Hans Nicklisch · Drei heitere Romane

Hans Nicklisch

Ohne Mutter geht es nicht

Duett zu dritt

Opas Zeiten

Drei heitere Romane

ULLSTEIN

Ex Libris Ausgabe · November 1987

Gesamtherstellung: May & Co, Darmstadt
Printed in Germany 1987
ISBN 3 550 08541 9

Inhalt

Ohne Mutter geht es nicht

1. Kapitel

Ständchen für Mutter

Mutter war für uns die großartigste Frau von der Welt. Vater sagte es, und deshalb mußte es stimmen. Aber auch ohne das hätten wir sie wundervoll gefunden. Sie war (und ist zum Glück auch heute noch) der ruhende Pol in unserem Familienleben, und wenn Vater uns alle tüchtig in Schwung brachte, dann war sie's, die die Reibungen, die dabei entstanden, nach Kräften milderte und ausglich. Kam einer von uns mit einer Beule im Kopf oder einem aufgeschlagenen Knie zu Vater, brummte der: »Geschieht dir ganz recht. Warum paßt du nicht besser auf dich auf? Ich halt nichts von Kindern, die wegen jeden Wehwehchens bei mir angetanzt kommen, jedenfalls nicht, solange der Kopf noch fest obendrauf sitzt.«

Wir sahen ein, daß er recht hatte – Vater hatte immer recht –, aber eigentlich trösten tat es uns nicht. Mutter aber hatte eine Art, uns zu trösten, ohne viel Worte dabei zu machen. Es genügte meistens schon, daß sie uns herzhaft über die Tolle fuhr, mehr wollten wir gar nicht. Aber mit ein klein bißchen Mitgefühl ließen sich das Brummen im Schädel und das Beißen des Jods im geschundenen Knie besser ertragen.

Mit Vaters Scherzen war es genauso. Einer seiner liebsten, den er meistens beim Sonntagsfrühstück vom Stapel ließ, bestand darin, daß er uns scheinheilig fragte, was wir haben wollten: Honig oder Schinken. Wollten wir Honig und sagten wir's, bekamen wir Schinken. Wollten wir ihn, durch Erfahrung gewitzigt, überlisten und baten um Schinken, bekamen wir Schinken. Er wußte immer, wonach uns gerade zumute war, und wir bekamen immer das Gegenteil. »Als ich so'n Dreikäsehoch war«, rechtfertigte er sein Verfahren, »konnte ich mir auch nicht aussuchen, was ich wollte. Ich mußte nehmen, was ich kriegte, wenn ich auch noch soviel Appetit auf was anderes hatte.«

Mutter beendete das grausame Spiel gewöhnlich, indem sie sagte: »Hast ja recht, aber da's nun mal da ist, wär's ungerecht, wenn wir's

nur alleine äßen. Außerdem ist Honig gesünder für Kinder.« Und dann schmierte sie uns Honigstullen, die wir mit klebrigen Fingern triumphierend verdrückten, während Vater so tat, als hätte er Angst, daß nicht mehr genug für ihn übrigbliebe.
Und wenn die Schulzeugnisse mal wieder nicht ganz nach Wunsch ausgefallen waren, gingen wir natürlich zuerst zu Mutter. Sie sah sich das Debakel an, schüttelte den Kopf und murmelte: »Na, so besonders ist es ja nicht. Muß nicht gerade schön sein, mit solchem Zeugnis dazustehen, wenn die meisten andern bessere Noten haben. Hast dich sicher geniert, nicht wahr?«
Wir hatten es eigentlich nicht, aber jetzt, wo sie's sagte, fanden wir doch, daß wir uns hätten genieren müssen, und schämten uns nicht nur nachträglich, sondern nahmen uns sogar vor (und hielten's manchmal auch), es das nächstemal bedeutend besser zu machen. Und dann ging Mutter mit uns zu Vater, und mit ihr als Rückendekkung fiel's uns viel leichter, mannhaft seinem Grimm ins Auge zu sehen. Denn wenn Vater nach Besichtigung des ominösen Dokuments kräftig Luft holte, um uns seine Meinung zu geigen, sagte sie gewöhnlich rasch, um ihn gar nicht erst in Fahrt kommen zu lassen: »Ich hab ihnen schon gehörig ins Gewissen geredet, Lieber, und ich denke, sie haben sich's hinter die Ohren geschrieben.«
»Wird auch besser sein«, grollte Vater, »weil ich ihnen, falls sie's nicht selber getan haben sollten, gern die Mühe abnähme. Und meine Handschrift kann sich sehen lassen.«
Nur einmal gelang es Mutter nicht, seinen gerechten Zorn zu dämpfen. An diesem Ostern waren nämlich gleich drei von uns auf einen Sitz klebengeblieben – Dreas, Thomas und Peter –, weil wir nämlich im Oktober von Mannheim nach Berlin gezogen waren und in Mannheim das Schuljahr im Herbst zu Ende ging, so daß wir uns in einem halben Jahr durch ein ganzes Klassenpensum durchfressen mußten. Vater hatte keinen Augenblick gezweifelt, daß sein Nachwuchs dieses Problem im Handumdrehn bewältigen würde, und die Familienkatastrophe traf ihn deshalb unerwartet. Das heißt, ganz traf sie ihn gar nicht, denn daß auch Peter sitzengeblieben war, hatten weder er noch Mutter mitgekriegt. Sie hatten es einfach übersehen – zwei waren schließlich auch schon genug –, und Peter war zu-

dem noch in der letzten Vorschulklasse, wo man einfach nicht sitzenblieb.

»Seht euch euern jüngsten Bruder an!« brüllte Vater darum und flocht zwischen zwei dräuende Blicke auf Dreas und Thomas einen anerkennenden für Peter ein. »Der hat es geschafft, wozu ihr älteren nicht imstande wart. Schämt euch was! Euch von einem solchen Liliputaner was vormachen zu lassen!«

»Friedrich und ich sind ja gar nicht klebengeblieben!« sagte Bixi beleidigt, weil sein Zorngeblitze sie diesmal einbezogen hatte.

»Na, das fehlte noch!« grollte er. »Daß ich mich überhaupt nicht mehr auf die Straße trauen könnte! Das heißt –« und seine Hand legte sich trostsuchend auf Peters Schulter – »einer wär wenigstens da, der seinen Vater bestimmt nicht im Stich läßt.«

Peter trat zuerst unruhig von einem Bein aufs andere, aber allmählich lebte er sich in die strahlende Musterknaben-Rolle ein, die Vater für ihn entworfen hatte, und bot ein Bild bescheidenen Stolzes. Ein ganzes Jahr lang hatte Vater ausgiebig Gelegenheit, angesichts von Peters Heften darüber zu räsonieren, daß man in der Schule heutzutage offenbar weniger verlange als zu seiner glorreichen Pennälerzeit. Aber da Peters Zeugnisse in Anbetracht dessen, daß er sozusagen sein Lernfutter wiederkäute, ungewöhnlich prächtig ausfielen, gab Vater sich damit zufrieden, und das dicke Ende kam erst nach, als er beim nächsten Versetzungszeugnis erstaunt feststellte, daß Peter auf mysteriöse Weise zum Ausgangspunkt des Schuljahres zurückgekehrt war.

Als er dann entdeckte, was passiert war, fand er es unlogisch, Krach wegen einer Sache zu schlagen, die schon wer weiß wie lange zurücklag und an der er, genaugenommen, selber Schuld trug, weil er nicht besser aufgepaßt hatte, und schließlich mußte er drüber lachen. Keiner von uns blieb noch einmal sitzen, aber es verging in Zukunft kein letzter Schultag vor Ostern, ohne daß er uns, die wir vor seinem Schreibtisch zur Zeugnisparade aufmarschiert waren, grinsend fragte, ob wir nicht wieder mal klebengeblieben wären und bloß damit hinterm Berg hielten, um seine strapazierten Nerven zu schonen.

»Sagt's lieber gleich«, säuselte er, »weil meine Nerven das besser vertragen, als wenn ich euch zum bestandenen Abitur gratulieren wollte und merkte, daß ihr gerade man erst in Quarta seid. Das heißt –« und er legte wieder wie damals seine Hand auf Peters Schulter – »wenn alle andern mich auch enttäuschten, bei diesem Musterknaben hier wüßt ich, daß er seinen armen, alten Papa nie im Stich lassen würde.«

Trotz der Ruppigkeit, die er manchmal an den Tag legte – das muß hier, um Irrtümern vorzubeugen, gleich gesagt werden –, liebte Vater seine Familie über alles und hätte keinen von uns missen mögen. Er war selbst mit einem Bruder und zwei Schwestern aufgewachsen und hatte es von Anfang an auf mindestens die gleiche Kompaniestärke bringen wollen. »Von der Sorte«, pflegte er zu sagen, »kann man gar nicht genug haben, wenigstens theoretisch. Je mehr davon rumwimmeln, desto rascher prügeln sie sich gegenseitig Anstand und gute Sitten ein.«

Das bedeutete natürlich beileibe nicht, daß er auf seine Rolle als Erziehungsberechtigter Nr. 1 verzichtet hätte. Es war ihm nur im Lauf der Zeit aufgegangen, daß sich vieles von selbst erledigte, wenn man nur ein einprägsames Stichwort gab und sich hinterher nicht mehr einmischte. Wenn Vater zum Beispiel den Sonntagsbraten so sachkundig tranchiert hatte, wie nur er das konnte, und die Bratenplatte danach um den Tisch ging, war es klar, daß sich jeder von uns das größte Stück zu angeln versuchte und daß die, die es nicht geschafft hatten, sich über die Glücklicheren beschwerten.

Vater hörte sich gleichmütig das Gejammere an, ließ das nächstemal die Platte andersrum gehen und erzählte uns dabei von seinem Jugendkumpanen Otto Nooks, dessen Bruder Max sich auch immer die größten Stücke rausgefischt hatte. »Max hat's brettste!« hatte Otto sich bitter beklagt, was in Vaters Heimatdialekt hieß: »Max hat's größte!« Es klang so albern, daß wir darüber kichern mußten und uns leicht geniert fühlten, wenn es uns von den andern zugerufen wurde, weil wir gerade wieder mal dabei waren, uns das »Brettste« auf den Teller zu laden. Gewöhnlich ließen wir's dann und nahmen beschämt ein kleineres Stück, worauf Vater über die Tischdecke Mutter zunickte und schmunzelnd sagte:

»Da sieht man's wieder, was für ein Blödsinn in den dicken Wälzern über Erziehung steht. Von schlechten Beispielen lernen sie mindestens ebensoviel wie von guten.«
»Nur bei dir, Lieber«, murmelte Mutter und gab ihm einen lächelnden Blick voller sanfter Bewunderung und Liebe zurück. »Du brächtest es fertig, sie auch von Ali Baba und den vierzig Räubern was Erzieherisches profitieren zu lassen.«
Wir fünf – Dreas, der eigentlich Andreas hieß, Friedrich, Bixi, Thomas und Peter – hätten uns in solchen Augenblicken für sie in Stücke reißen lassen. Wir sahen zwar nicht, daß sie unter der Tischdecke einen Moment lang heimlich Händchen hielten, doch wir spürten auch so, daß sie eine Einheit waren, die auch uns in ihre Sicherheit und Wärme einschloß. Vater war der Eckpfeiler dieser Sicherheit, ein recht massiver, fröhlicher Eckpfeiler, und seine ganze Art und Persönlichkeit ließen Mutter nach außen hin nicht neben ihm aufkommen, aber genau wie er wußte jeder von uns, daß das nur eine optische Täuschung war und daß es ohne Mutter einfach nicht ging. Und darum wird diesmal zur Abwechslung einmal ein wenig von ihr berichtet, natürlich nicht ohne Vater oder uns aus den Augen zu lassen, denn wir waren nun einmal der Rahmen, der sie erst richtig zur Geltung brachte und ohne den sie wiederum nicht denkbar war.
Aus begreiflichen Gründen wird der Familienchronist dabei häufig aufs Hörensagen – und manchmal sogar aufs Hörensagen vom Hörensagen – zurückgreifen müssen, genauer gesagt, vor allem auf das, was Vater von Mutters Anfängen, von ihrer Brautzeit und den ersten Ehejahren erzählte. Und er ist sich durchaus im klaren, daß er dabei auf nicht ganz verläßlichem Boden wandelt. Denn Vater war der geborene Erzähler, und bei aller Akkuratesse, die ihm sonst eigen war, brachte er's nicht über sich, eine Chance zum Ausschmükken auszulassen, wo er sich durch die historische Wahrheit um eine Pointe betrogen fühlte. Er war eben der Meinung, daß die nackte Wirklichkeit eine Stümperin sei, die erst des menschlichen Geistes bedürfe, um sich zur höheren, zur wirklichen Wirklichkeit aufzuschwingen.
Wo solcher Verdacht sich dringend erhob, verließ der Chronist sich

stets auf Mutter, die Vater zwar nie unterbrach, sondern stets mit geduldigem Lächeln dabeisaß, auch wenn er zum zehnten- oder zwanzigstenmal sein Histörchen erzählte, und erst hinterher auf unsere Fragen, ob es auch wirklich so gewesen sei, diplomatisch erwiderte: »Na, vielleicht nicht ganz genauso. Vater hat's eben ein bißchen anders gesehen. Aber ungefähr so war's.«

Und dann erzählte sie *ihre* Version. Vater hörte ungeduldig zu – Zuhören war nicht seine stärkste Seite –, und wenn sie fertig war, brummte er mürrisch: »Na ja, ich will ja nichts sagen. So kann's natürlich auch gewesen sein. Mutter hat vielleicht 'n besseres Gedächtnis als ich. Aber –« und er lehnte sich in seinen Stuhl zurück, stemmte die Hände gegen die Tischkante und blitzte uns der Reihe nach herausfordernd an – »ich möcht mal wissen, ob's so, wie's ich erzählt hab, nicht doch viel schöner gewesen ist.«

Schöner war's auf seine Weise, aber der Chronist fühlte sich der Wahrheit verpflichtet, schon deshalb, weil's hier in erster Linie um Mutter geht und Vater in *seinen* Geschichten unweigerlich selbst die Hauptrolle spielte.

Man hätte meinen sollen, daß Mutter mit ihrer sanften, ruhigen Art ohne Vaters Hilfe niemals imstande gewesen wäre, unsern fünffachen Tatendrang zu bändigen und überhaupt die Familie in Ordnung zu halten, aber sie war's. Und sie traute sich's auch sofort zu, als Vater eines Studienauftrags wegen für ein paar Monate nach Amerika fahren wollte, obwohl sie bis dahin keinen Tag in ihrer Ehe ohne ihn gewesen war.

»Paßt mal auf«, sagte sie, als wir vom Bahnhof wieder nach Hause gekommen waren – im letzten Augenblick hatte es noch mächtige Aufregung gegeben, weil Peter spurlos verschwunden gewesen war und beim Anfahren des Zugs aus einem WC gezerrt werden mußte, wo er der Faszination des Spülmechanismus erlegen war –, »kommt mal alle her zu mir.«

Wir stellten uns vor ihr auf, sie klemmte sich Peter zwischen die Knie, strich ihm übers Haar und sah uns mit einem ein bißchen mühsamen Lächeln an.

»Ihr seid doch meine großen Kinder«, sagte sie, »und da brauch ich sicher nicht viel Worte zu machen. Was Vater gesagt hat, wißt ihr ja.«

Und ob wir's wußten. Er hatte es uns laut und energisch genug begreiflich gemacht: »Wenn mir nur die geringsten Klagen kommen, daß ihr euch nicht anständig aufführt oder sonstwie Mutter Sorgen macht, komm ich auf der Stelle rüber und zermansch euch zu Kleinholz!«

Damals gab es zwar noch keine Flugzeuge, die über Ozeane flogen, aber irgendwie hatten wir den Eindruck, daß er über ein geheimes Fortbewegungsmittel verfüge, mit dem er seine Drohung auch wirklich auf der Stelle wahr machen würde.

»Unsertwegen brauchst du nicht wiederzukommen«, hatte Thomas gesagt, um ihn zu beruhigen, aber Vater kriegte es offenbar in die falsche Kehle.

»Na, da hört sich doch alles auf! Ihr seid wohl gar noch froh, daß ich euch aus dem Wege bin?«

»Sind wir nicht!« brüllten wir wie aus einem Munde, und dann drängelten wir uns um ihn, Peter versuchte, an ihm hochzuklettern, und er nahm uns alle zusammen in die Arme, und – wahrhaftig – seine zwinkernden grauen Augen hinter der Brille glänzten dabei verdächtig feucht.

»Laßt mich los!« trompetete er, um seine Rührung zu verstecken. »Wenn ihr weiter so an mir rumzerrt, bleibt womöglich bloß 'ne halbe Portion von mir übrig, und die volle Schiffskarte ist doch schon bezahlt.«

Ja, und nun war er weg, und Mutter hatte an seiner Stelle das Familienkommando übernommen.

»Vater wollte«, sagte sie, »daß jeder von euch Pflichten bekommt, die er pünktlich zu erledigen hat, damit alles seinen richtigen Gang geht. Aber ich meine, er hat euch in diesem Punkt unterschätzt, und wir werden's uns sparen können. Jeder langt eben zu, wo Hilfe gebraucht wird, und vor allem müssen die Schularbeiten in Ordnung sein. Die Weihnachtszeugnisse müssen mindestens so gut ausfallen wie die zu Ostern.«

Wir waren alle besten Willens, und daß wir Mutter keinen Kummer bereiten würden, war Ehrensache. Nur mit den Schularbeiten war

das so eine Geschichte. Der Mai, der Vaters Abreise folgte, war ungewöhnlich schön, und wir hätten lieber auf der Straße Unfug getrieben, als uns mit unregelmäßigen Verben rumzuschlagen oder in die verzwickten Geheimnisse der Algebra einzudringen, die besonders Dreas im Magen lagen. Vor allem aber brauchten wir Zeit, um unser Ständchen für Mutters Geburtstag im Juni zu üben. Vater bestand nämlich darauf, daß jeder von uns lernen müsse, zweckdienlich mit einem Musikinstrument umzugehen, sobald er aus dem Gröbsten heraus sei, und die drei Großen hatten sich schon zu einer gewissen rudimentären Fertigkeit im Umgang mit Flöte, Geige und Ziehharmonika aufgeschwungen. Die Quetschkommode gehörte natürlich Bixi, während Friedrich sich von der Eleganz der Geige hatte anziehen lassen und Dreas seine im allgemeinen nicht offen zutage liegenden Gefühle in zierlichen Flötenläufen verströmte.
Die Sache war nun die, daß wir Mutters Geburtstag diesmal besonders festlich gestalten wollten, um sie Vaters Fehlen nicht so merken zu lassen, und daß unsere zusammengelegten Taschengelder für Extravaganzen, wie sie uns vorschwebten, nicht reichten. Teils, weil wir auch bei besten Vorsätzen nicht immer der Versuchung widerstehen konnten, uns gelegentlich einen Negerkuß oder Groschenschmöker mit so aufregenden Titeln wie »Waputa, die Geierkralle«, oder »Der Rächer der Enterbten« zu leisten, teils, weil sie nach Vaters pädagogischem Willen von vornherein nicht üppig bemessen waren. Mutter sollte aber ihre Sonderüberraschung haben, und auf der Suche nach etwas Geeigneten, das nichts kostete, waren wir auf ein Ständchen gekommen. Der einzige und von den Betroffenen bitter beklagte Schönheitsfehler war, daß Thomas und Peter sich nur mit Notenumblättern an ihm beteiligen konnten. Zum Ausgleich wurde beschlossen, daß sie Mutter den Geburtstagsblumenstrauß überreichen sollten.
Da eine Überraschung nur eine Überraschung war, wenn Mutter vorher so wenig wie möglich davon merkte, wurden die Proben auf einen Schuttabladeplatz verlegt, der so weit von unserem und anderen Häusern entfernt lag, daß unliebsames Aufsehen nicht zu befürchten war. Die einzigen Benutzer außer uns, streunende Hunde, die in den Müllhaufen nach nahrhaften Resten schnupperten, such-

ten vor unserem musikalischen Treiben alsbald mit eingekniffenen Schwänzen das Weite.
Tatsächlich war es zuerst nicht ganz einfach, alle drei unter den Hut derselben Melodie und desselben Taktes zu bringen. Jeder wollte sich von seiner besten Seite zeigen, und die besten Seiten lagen unglücklicherweise in entgegengesetzten musikalischen Himmelsrichtungen. Bixi schwärmte für das Flotte, Dreas war mehr auf Mozartsche Triller aus, und Friedrich neigte zu herzbewegenden Pußtaklängen. Niemand erinnert sich mehr recht, worauf sie sich schließlich einigten, aber um so sicherer ist, daß selbst der Komponist es schwer gehabt hätte, sein Opus in der Darbietung der drei auseinanderstrebenden Virtuosen zu erkennen.
Anläßlich einer der Proben nun wurde uns eine Erleuchtung zuteil, die uns von der immer noch bestehenden Besorgnis befreite, ob der von uns vorbereitete Kunstgenuß wohl ein ausreichender Ersatz für Vaters Fehlen wäre. Wir wollten gerade loslegen, als über den morschen Bretterzaun des Platzes Musik an unsere Ohren drang. Wir kletterten auf den nächsten Schuttberg und spähten hinüber. Vor uns breitete sich ein Stück unbebauten Geländes, und drüber weg konnten wir in den Hof eines Hauses der Richard-Wagner-Straße sehen. Mitten auf dem Hof neben der Teppichstange stand ein Mann mit einer großen Pauke auf dem Rücken. An den Ellbogen hatte er Paukenschlegel befestigt, mit den Händen betätigte er eine Trompete, und statt eines Huts trug er ein Gestell mit funkelnden Schellen, die lieblich klingelten, wenn er den Kopf bewegte. Eine Menge Kinder quirlte bewundernd um ihn herum, und wenn jemand Geld aus dem Fenster warf, liefen immer ein paar hin, um es aufzusammeln und dem unermüdlich paukenden, klingelnden und trompetenden Mann in die Taschen zu stecken. Worauf er dankend nickte, was immer einen Extraklingler erzeugte.
»Dunnerwetter«, murmelte Dreas respektvoll. »Der kann's. Der ist bestimmt aus 'ner feinen Kapelle.«
»Glaub ich nicht«, sagte die praktischer denkende Bixi. »Wenn der in 'ner feinen Kapelle wäre, brauchte er nicht neben 'ner Teppichstange zu spielen.«
Es leuchtete auch Dreas ein, und nur, um nicht gleich zuzugeben,

daß er Unsinn geredet hatte, wandte er schwächlich ein, der Mann wolle sich vielleicht noch was zuverdienen.
Plötzlich wurden seine Augen rund, und er starrte uns an.
»Das könnten wir doch auch«, platzte er raus.
»Was? Mit so 'nem Ding auf'm Kopf und 'ner Pauke hinten?« ächzte Friedrich entsetzt.
Dreas schüttelte heftig den Kopf. »Quatsch!« sagte er. »Ich meine, wir drei könnten auch auf Höfen spielen. Thomas und Peter würden sammeln, und dann könnten wir Mutter was Schönes kaufen.«
Es dauerte eine Weile, bis der Gedanke richtig bei uns Fuß gefaßt hatte. Nicht bei den beiden Kleinen: die waren gleich mit Feuereifer dabei und sahen sich schon, platzend vor Wichtigkeit, zwischen den Kindern herumstolzieren und die Groschen kassieren. Dafür war Friedrich nicht einverstanden. Er fand es genant, und schon die bloße Vorstellung, daß ihn Bekannte dabei entdecken könnten, trieb ihm einen Schauder über den Rücken.
»Außerdem«, war sein letztes Argument, »steht überall angeschrieben: ›Betteln und Hausieren verboten!‹«
»Betteln! Lächerlich!« protestierte Dreas entrüstet. »Die meisten Leute hören gerne Musik. Denen tun wir geradezu einen Gefallen. Guck doch hin – « er wies mit dem Kopf zu dem vielseitigen Musikanten hinüber – »sonst würden sie dem da doch nichts geben.«
Den Ausschlag gab schließlich doch erst der in unserer Phantasie sich immer unwiderstehlicher blähende Gedanke, was Mutter für Augen machen würde, wenn wir sie außer durch Blumen und den musikalischen Hochgenuß mit der mit Kreuzstickerei verzierten Kaffeemütze aus dem Laden in der Seckenheimer Straße beglückten, die sie sich schon lange wünschte.
»Und wenn's wirklich verboten ist«, meinte Bixi tröstend zum Schluß, »können wir bestimmt schneller flitzen als der Mann mit der Pauke auf dem Rücken.«

Gesagt, getan. Der Geburtstag war schon nahe heran, und wir mußten uns beeilen, wenn wir's mit der Kaffeemütze noch schaffen wollten. Bei den ersten Malen hatten wir Lampenfieber, und es klappte nicht recht, weil Friedrich es nicht lassen konnte, zwischendurch ängstlich nach den Fenstern zu schielen, und dabei immer ein paar Takte in Rückstand geriet. Er gab sich zwar alle Mühe, ihn aufzuholen, aber da Dreas und Bixi nie ganz aus der Angst rauskamen, daß mittendrin ein streitbarer Portier erscheinen und sie um den Lohn ihrer Mühe bringen könnte, strebten sie wiederum so eilig dem Ende zu, daß sie alle drei mächtig außer Puste, aber niemals gemeinsam das Ziel erreichten. Gerade diesem mißlichen Umstand aber hatten wir unsere stattlichsten Einnahmen zu verdanken. Mehr als einmal wurden uns Summen bis zu fünfzig Pfennig geboten, wenn wir uns nur schleunigst verkrümeln und in den nächsten vierzehn Tagen nicht wieder aufkreuzen würden. Wir nahmen sie und dachten uns unser Teil. Schließlich konnte man nicht allerwärts höheres Kunstverständnis erwarten.

Zwischendurch strichen wir jeden Tag an dem Laden in der Seckenheimer Straße vorbei und sahen nach, ob »unsere« Kaffeemütze – in unseren Augen gehörte sie jedenfalls uns – noch auf ihrem angestammten Platz in der Auslage war. Einer von uns, immer reihum, wagte sich rein und erkundigte sich bei der ob so lebhafter Nachfrage ohne greifbares Resultat immer erstaunteren Inhaberin heuchlerisch nach dem Preis und begehrte das ersehnte Stück aus der Nähe zu sehen. In die Hand bekam er's nie, weil das Fräulein berechtigte Zweifel an der Sauberkeit unserer Finger hegte, aber wenn der Betreffende wieder draußen bei uns erschien, war er jedesmal neu überzeugt und übertrug es auf uns, daß kein anderes Geschenk Mutter so freuen würde und daß unser seiner Beschaffung dienendes Treiben durchaus eine moralische Grundlage habe.

Seelisch gestärkt, stürzten wir uns von neuem in unsere Hofmusik und waren schließlich so weit, daß uns am Tag vor Mutters Geburtstag nur noch ein paar schäbige Groschen fehlten. Wie sollten wir ahnen, daß ausgerechnet in der Beletage des hochherrschaftlichen Hauses, in dem wir frohen Muts unsere Abschiedsvorstellung gaben, am selben Nachmittag Mutter zu einem Damenkränzchen geladen war, noch dazu bei der uns wohlbekannten Frau Professor Grotjahn.

Vater sagte immer, Frau Grotjahn sei im Naturzustand mehr breit als hoch, und wenn er auch die Tatsachen milde übertrieb, kam er

doch ziemlich nahe heran. Diesem Umstand suchte sie abzuhelfen, indem sie sich so stark schnürte, daß sie im Gesicht immer wie eine überreife Tomate aussah und das Korsett ihre Fülle so nach oben und unten verdrängte, daß eine sanduhrartige Form rauskam. Weshalb Vater sie auch, wenn er glaubte, daß wir es nicht hörten, die apoplektische Sanduhr nannte. Sie war von überquellender Gutherzigkeit, und besonders für Kinder hatte sie etwas übrig.
Sie war es auch, die sich seidenraschelnd zum offenen Fenster bewegte und kurzsichtig in den Hof hinunterplierte, als die schrillen Disharmonien unseres musikalischen Wettrennens störend in das Geplausch ihres Kränzchens schallten.
»Wie schrecklich!« zwitscherte sie gerührt. »Schlimm genug, wenn Erwachsene betteln, aber Kinder . . .! Sehen Sie sich nur diese bedauernswerten Würmchen da an. Sicher ist der Vater ein Trinker und die Mutter eine Herumtreiberin.«
Mitfühlend erhoben sich auch die anderen Damen, um einen Blick aus dem Fenster zu werfen, aber erklärlicherweise entfesselte dieser Blick bei keiner solchen Gefühlssturm wie bei Mutter. Einen Moment lang glaubte sie in Ohnmacht zu sinken, dann aber wurde der Instinkt der Tigerin in ihr wach, die ihre bedrohten Jungen verteidigt. Mit hellseherischem Spürsinn für die schwächste Stelle der Situation ließ sie heimlich Frau Grotjahns Lorgnon vom Tisch verschwinden, denn die war ja die einzige, die uns kannte. Dabei hörte sie wie aus der Ferne Frau Grotjahns Entrüstung weiterzwitschern und fuhr, als sie angesprochen wurde, zusammen.
»Nein, wie blaß Sie doch aussehen, Liebste!« sagte Frau Grotjahn. »Und wie Sie das ehrt! Eine Mutter empfindet natürlich solches Elend viel tiefer. Denken Sie nur –« die wie mit Silberstaub überpuderten Haartuffs, die wohlfrisiert ihr knubbeliges Tomatengesicht über dem Fischbeinkragen umrahmten, gerieten ob dieser verrückten Idee in sanftes Geschüttel – »die Kinder da unten haben mich doch gleich an Ihre lieben kleinen Engel erinnert.«
»Mich auch«, sagte Mutter, die es angezeigt fand, dem Gespräch einen raschen Abschluß zu geben. »Ich hab meine lieben kleinen Engel förmlich vor mir gesehen. Und dann hab ich mich gefragt«, fuhr sie fort und sah mit gerunzelter Stirn auf ihre Trabanten hinunter,

»was ich mit ihnen anstellen würde, wenn sie sich aufführten wie Kinder von – hm – Trinkern und Herumtreiberinnen.«

Das Abschiedskonzert brachte uns weit mehr ein, als uns noch fehlte, und das meiste davon steckte in einem klimpernden Briefumschlag, den uns ein Dienstmädchen in Häubchen und weißer Schürze aus der Beletage überreichte.
Am gleichen Nachmittag noch wurde die Kaffeemütze im Triumph erstanden und bis zum nächsten Morgen ganz hinten in Peters Spielschrank verstaut. So spürbar eingesponnen waren wir in die frohe Erwartung des großen Tages, daß Mutter es nicht übers Herz brachte, unsere Vorfreude durch indiskrete Fragen zu trüben. Hinterher, fand sie, war dazu immer noch Zeit. Es Vater zu überlassen, hatte dagegen nicht viel Sinn. Sie wußte ohnehin, daß ihm die praktische Verwertung unserer musikalischen Fähigkeiten und ihre peinliche Lage bei Frau Grotjahn nur ein herzhaftes Gelächter entlocken würden.
Die Geburtstagsfete selbst verlief in aller Glorie nach unserem Plan. Vielleicht konnten wir ihr Vater nicht ganz ersetzen, aber da pünktlich mit der Morgenpost ein Brief von ihm kam und seine Fotografie, von zwei Sträußchen flankiert, mitten auf dem Geburtstagstisch gleich neben der Kaffeemütze prangte, war er sowieso mehr als ein kleines bißchen da.
Nur eine einzige Störung gab es. Als wir nach dem Mittagessen neben dem schon gedeckten Kaffeetisch eben unser Ständchen vom Stapel ließen – Mutter saß dabei mit gerührten Augen in ihrem blumenumkränzten Ehrenstuhl und gab sich Mühe, so zu tun, als hätte sie's nie zuvor gehört und als sei es das Hübscheste, was ihr je zu Ohren gekommen wäre –, klingelte es draußen, und Elsbeth führte Herrn Jonas, unsern Hauswirt, und zwei wildfremde Herren herein, die ein wenig verlegen auf die festlichen Umstände blickten. Das heißt, nur die Herren. Herr Jonas nicht. Für festliche Umstände hatte er zur Zeit kein Interesse. Für ihn waren wir seit eh und je die Störenfriede im Haus, nur hatte er uns niemals erwischen können. Jetzt aber glaubte er, uns am Schlafittchen zu haben. Die anderen Herren, Hausbesitzer wie er, hatten bei ihm über die ju-

gendlichen Hofmusikanten gejammert, von denen ihre Mieter heimgesucht worden waren, und nach ihrer Beschreibung stand für ihn fest, daß nur wir die Übeltäter gewesen sein konnten. Und bewies nicht der Tatbestand, der sich seinen Augen und Ohren bot, daß er mit seinem Verdacht haarscharf ins Schwarze getroffen hatte?

»Ha!« schnaubte er grimmig. »Da hätten wir ja die sauberen Früchtchen beim Üben in flagranti ertappt. Und noch dazu unter Aufsicht ihrer leiblichen Mutter. Ich muß mich doch sehr wundern, Frau Keller!«

Mutter ließ sehr damenhaft ihre Augenbrauen in die Stirn hinauf wandern, wie nur sie das konnte, und säuselte sanft: »Falls ich Ihren Gruß überhört haben sollte – guten Tag, Herr Jonas. Bitte, nehmen Sie Platz, meine Herren. Der Anlaß Ihres Besuches ist mir nicht bekannt, aber wir können darüber sprechen, sobald die Kinder ihren Vortrag beendet haben.«

»Na, das fehlte noch!« grollte Herr Jonas, der so leichten Kaufs nicht um die Wirkung seines gewichtigen Auftritts gebracht werden wollte.

»Damit sie womöglich hier auch noch sammeln!«

»Sammeln?« erkundigte sich Mutter verdutzt und beglückwünschte sich im stillen, über ihre Beobachtung bei Grotjahns uns gegenüber geschwiegen zu haben. Wie hätte sie ihre Rolle sonst spielen sollen! »Ich verstehe nicht recht. Ich weiß nur, daß die Kinder sich dieses Musikstück eingeübt haben, um mir heute an meinem Geburtstag eine Freude zu machen. Darf ich also bitten?«

Die wildfremden Herren, die Mutters Art und der Anblick unseres ordentlich gebürsteten, geburtstagsmäßig herausgeputzten und in dieser Aufmachung überaus unschuldig wirkenden Grüppchens von unserer Schuldlosigkeit überzeugt haben mochten, zogen nun auch den widerstrebenden Herrn Jonas auf einen Sessel hinunter, worauf Mutter lächelnd sagte: »Und nun beginnt noch einmal von vorn, meine Lieben. Es wäre unhöflich, unseren Besuch um einen solchen Genuß zu bringen.«

Und so geschah's, daß Herr Jonas am Schluß zwar mit etwas saurem Gesicht, aber nicht ohne Anerkennung bemerkte, er entsinne sich, schon Besseres vernommen zu haben, aber immerhin seien ihm diese Geräusche lieber als die, die wir üblicherweise von uns zu geben pflegten. Über »Sammeln« wurde zu unserer Erleichterung nicht mehr gesprochen.

2. Kapitel

Planwirtschaft

Wie die meisten Väter wünschte sich Großvater als ersten Sprößling einen Stammhalter, einen ordentlichen, strammen Jungen. Als dann Mutter erschien, war er auch zufrieden, aber in den ersten acht Tagen nach dem großen Ereignis hörte man ihn doch verschiedentlich unverhohlene Zweifel an der Zweckmäßigkeit einer Weltordnung äußern, die es zuließ, daß man zwar alles nur Mögliche in jeder gewünschten Form, Farbe und Qualität fabrizierte, in diesem recht wesentlichen Punkte jedoch dem Walten des Zufalls ausgeliefert schien. Großvater war eben Fabrikant, Zuckerfabrik-Besitzer, genauer gesagt, und in seinem Betrieb wäre solche Schlamperei niemals vorgekommen. Außerdem hatte er es sowieso nicht gern, wenn etwas nicht ganz so ging, wie sein Dickkopf es wollte.
»Nicht, daß ich dich dafür verantwortlich machte«, sagte er zu Großmutter, die ihn viel zu gut kannte, um ihm solcherlei Reden übelzunehmen, »und ein Mädchen ist ja gewiß auch ganz schön, aber erstens muß man mehr auf sie aufpassen als auf Jungs, und zweitens werden sie einem von irgendwelchen hergelaufenen Kerlen weggeheiratet, wenn man gerade anfängt, richtig was von ihnen zu haben. Und einen Haufen Geld muß man ihnen bei der Gelegenheit auch noch hinterherschmeißen. Ganz abgesehen davon ...«
Sein Blick schweifte zu der Stelle im Bücherregal hinüber, wo die in vielen, von Pfeifenqualm würzig durchschmökerten Abendstunden weidlich zerlesene Schopenhauer-Ausgabe stand, als suche er dort

nach neuer Munition für seine Breitseiten gegen den weiblichen Teil der Menschheit. Aber das Zitat, das ihm natürlich auch gleich auf der Zunge schwebte, ließ er unter Großmutters milde lächelnden, ein wenig kurzsichtigen, aber wunderschönen blauen Augen lieber doch ungesagt, weil er den Verdacht nicht loswerden konnte, daß sich der gestrenge Philosoph, wenn er nur Großmutter begegnet wäre, vermutlich anders über die Damenwelt ausgelassen hätte.

»Nun«, sagte Großmutter, die Großvaters Achillesferse – seinen Abscheu gegen unnütze Geldausgaben, und bei ihm war so ziemlich jede Ausgabe unnütz – nur zu gut kannte, »mit der Mitgift dauert's ja noch ein Weilchen, und wenn du jedes Jahr für sie eine Kleinigkeit sparst, kommt's zusammen, ohne daß du was davon merkst.«

Großvater nickte zerstreut – offenbar hatte er, mit anderen Gedankengängen beschäftigt, nicht recht zugehört. Und dann kamen diese anderen Gedankengänge auch schon ans Licht.

»Vielleicht ändern sich bis dahin auch die Gebräuche«, bemerkte er hoffnungsvoll. »Da hat kürzlich jemand im Magdeburger Blättchen behauptet, die jungen Erdteile Amerika und Afrika würden in Zukunft großen Einfluß auf das vergreisende Europa gewinnen. War's nicht bei den Basutos oder Hottentotten, daß die Herren Schwiegersöhne in spe die Braut den Schwiegereltern abkaufen mußten? Mir ist so, als wär da von ein paar Kühen und Schweinen die Rede gewesen, je nach Gewicht.«

»Nach wessen Gewicht?« forschte Großmutter entsetzt.

»Dem der Braut natürlich.«

In diesem Augenblick mischte sich – ob zufällig oder aus Protest, bleibt ungewiß, doch wahrscheinlicher ist das letzte – Mutter mit ohrenbetäubendem Gekreisch in die Diskussion, und Großvater neigte seine lange, knochige Gestalt über die neben Großmutters Bett stehende Wiege, und sein Seeräubergesicht mit der scharf vorspringenden Nase und dem kurzgehaltenen braunen Kinnbart drückte ein seltsam widersprüchliches Gemisch von Anerkennung und Zweifel aus: Anerkennung für das beachtliche Volumen der Stimme, das eine gesunde und kräftige Lunge versprach, und Zweifel, ob das in diesem Stadium beängstigend zarte Menschenbündel mit dem spärlichen dunklen Flaum über der höchst unzufrieden ge-

runzelten Stirn einem achtbaren Basutokrieger jemals mehr als ein unterernährtes Ferkel entlocken würde.
Acht Tage später waren Großvaters sonst so vortrefflichem Gedächtnis alle Vorbehalte, die er jemals laut oder leise gegen weiblichen Nachwuchs geäußert hatte, spurlos entschwunden, und wenn jemand so taktlos gewesen wäre, ihm sein früheres Gerede unter die Nase zu reiben, hätte er diesen Jemand nur verständnislos angestarrt. Mutter, so winzig sie war, hatte ihn nämlich rumgekriegt. Schon damals muß sie eine beträchtliche Menge jenes Charmes ausgestrahlt haben, der später in ihren Beziehungen zur Umwelt noch ganz andere Widerstände überwinden sollte.
Hatte sich Großvater aber einmal für etwas entschieden, war er auch Feuer und Flamme dafür, und Mutters Gegenwart und Zukunft beschäftigte ihn deshalb von Stund an ununterbrochen. Vielleicht nicht gerade, wenn er unten im Kontor vor seinem spindelbeinigen Stehpult stand und den täglichen Schreibkram erledigte, aber ganz gewiß, wenn er in schäbiger, schwarzer Lodenjoppe und Radfahrermützchen, den derben Knotenstock in der Faust, mit alles registrierendem Spähblick über den Hof patrouillierte oder den Fortgang der Arbeit in der Fabrik überwachte. Er war nun einmal ein Organisator, und er fand, daß man gar nicht früh genug damit anfangen könne, für die Zukunft vorzusorgen.
Zum Beispiel beunruhigte es ihn ungemein, daß Mutter, war sie erst aus dem Kleinsten heraus, im unmittelbaren Umkreis der Fabrik keine Spielkameradinnen vorfinden würde. Die auf dem Fabrikgelände hausenden Angestellten hatten entweder schon recht erwachsene Töchter oder nur Söhne, und außerhalb der Fabrik gab es nur das Dorf, und Dorfkinder wollte Großvater auf seinem Fabrikhof oder gar im Garten nicht haben. Sie machten ihm zuviel Spektakel, und außerdem schienen sie ihm nicht unbedingt die richtige Gesellschaft für sein zartes Gretchen.
Also mußte rechtzeitig anderweitig für die zukünftigen Spielgenossinnen gesorgt werden, und für diese wichtige Aufgabe schienen ihm Herr Mager, der Kontorvorsteher, und die Werkmeister, die seiner Meinung nach soviel bei ihm verdienten, daß sie ihm auch mal ruhig einen Gefallen tun konnten, bestens geeignet.

Ein anderer hätte sich vermutlich gescheut, sich ungefragt in die zartesten Bereiche des Privatlebens seiner Mitbürger zu mischen, aber Großvater fackelte da nicht lange, schon gar nicht, wenn es um Mutter ging. In ihm steckte eben noch eine ganz hübsche Portion vom patriarchalischen Geiste jener besseren alten Feudalherren, die mit ihren Untergebenen wie mit zwar geliebten, aber unmündigen Familienmitgliedern umzuspringen pflegten.
Herr Mager war der erste, den Großvater in dieser Angelegenheit am Rockknopf zu fassen bekam. Er war im Gegensatz zu der Vorstellung, die sein Name erweckte, ein rundlicher, kurzbeiniger Mann mit rosig-freundlichem Gesicht, anheimelnden Hamsterbakken, ein wenig vorquellenden treuherzigen braunen Augen und bemerkenswert wenigen, aber dafür bemerkenswert sorgsam verteilten Haarsträhnen auf dem kugeligen Haupt. Immer schmückten ihn Tintenflecke in der näheren Umgebung des rechten Ohrs, weil er da seinen Federhalter unterzubringen pflegte, und nur sonntags ließ er sich ohne Ärmelschoner aus schwarzem Alpaka blicken. Vor Großvater hatte er einen Heidenrespekt, und es war keine Frage, daß Großvater in seiner Hochachtungsskala gleich hinter Kaiser Wilhelm und Bismarck rangierte, wobei Bismarcks Vorzugsstellung nicht einmal so ganz sicher war.
Großvater erwischte ihn also nach Kontorschluß, und sie spazierten gemeinsam über den Hof, das heißt, Großvater spazierte, und Herr Mager folgte ihm in wohlabgemessenem Respektsabstand mit leicht vorgeneigtem Oberkörper und ehrerbietig schräg aufwärtsgewandtem Gesicht, so daß er der Unebenheiten des holprigen Kopfsteinpflasters nur ungenügend achten konnte und gelegentlich possierliche kleine Hüpfer vollführte, um die Balance nicht zu verlieren.
»Wie steht's zu Hause, Mager?« erkundigte sich Großvater, der im allgemeinen keine langen Umschweife liebte, in diesem speziellen und ein wenig heiklen Falle aber doch einige Präliminarien für angebracht hielt.
»Danke der Nachfrage, Herr Direktor«, murmelte der Kontorvorsteher, über soviel leutselige Anteilnahme an seinem familiären Wohlergehen ebenso beunruhigt wie entzückt. »Alles bestens, alles wohlauf.«

Großvater nickte wohlwollend. »Freut mich zu hören. Was treibt Ihr Junge? Er geht doch wohl schon in die Stadt zur Schule?«
»Gewiß, Herr Direktor. Will ja hoch hinaus. Obertertia ist er schon. Maschinenbau will er studieren. Ist jetzt schon in seiner Freizeit kaum aus der Fabrik rauszubringen.«
»So, so.« Großvater verlangte es herzhaft danach, Mager unter die Nase zu reiben, daß sein hoffnungsvoller Filius weder in seiner Freizeit noch sonst irgendwann etwas in der Fabrik zu suchen habe, aber er fand, daß es im Moment nur die günstige Entwicklung der Dinge stören könne, und verzichtete schweren Herzens darauf.
»Dann wird's zu Hause ja ruhig werden«, steuerte er unverdrossen weiter auf sein Anliegen los. »Vielleicht ein bißchen zu ruhig, was? Sie sollten rechtzeitig für – hm – Nachschub sorgen.«
»Ist schon da«, strahlte Mager. »Das Jungchen wird ja den August nicht mitnehmen können, und dann werden wohl meine Frau und ich für ihn sorgen müssen. Ist aber auch ein kluges kleines Kerlchen.«
»Wovon reden Sie eigentlich?« erkundigte sich Großvater mißtrauisch.
»Von unserm Meerschwein«, bekannte Mager ein wenig verlegen. »Das heißt, natürlich gehört's dem Jungchen.«
»Du lieber Himmel«, knurrte Großvater, »so was hab ich nicht gemeint.«
»Nicht!« Herr Mager war aufrichtig betroffen. »Herr Direktor sollten's bloß mal sehen ...« Irgendwie schien er sich noch in der Hoffnung zu wiegen, Sympathie für seinen vierbeinigen Schützling wecken zu können, aber ein Blick auf Großvaters angeekeltes Gesicht belehrte ihn eines anderen. Kleinlaut fuhr er fort: »Na ja, ist ja wahr, es riecht nicht besonders, und ein Hund wär da vielleicht viel besser, aber meine Frau ist sehr eigen mit der Wohnung, und Hunde haben was Unberechenbares in dieser Beziehung ...«
»Auch von Hunden war keine Rede«, bemerkte Großvater ziemlich streng.
»Mann, Mager, haben Sie noch nie gehört, daß man auch Kinder kriegen kann? Kinder! Junges Leben, das munter hält, besonders wenn's so ein nettes kleines Ding von Mädel ist, wie ich's da habe.

Mädels sind nämlich netter als Jungs, sind zärtlicher und auch billiger. Sie zerreißen nicht so viele Hosen ...«
Er verbreitete sich weiter über den Vorteil, »junges Leben« im Hause zu haben, vorausgesetzt, daß es von der weiblichen Sorte sei, und allmählich wich der törichte Ausdruck aus Herrn Magers wohlgepolsterten Zügen und machte einem leicht verschämten Grinsen Platz.
»Jetzt versteh ich, was Herr Direktor meinen«, bemerkte er. »Hab schon selbst manchmal dran gedacht, aber man ist eben zu sehr an das Leben mit dem einen Jungen gewöhnt und ...«
»Da haben wir's ja!« fiel Großvater hastig ein, denn er wollte das endlich gekommene Stichwort nicht versäumen. »Zu sehr gewöhnt! Sie werden zu bequem, Mager. Sie setzen Speck an! Ihr eingemottetes Seelenleben braucht etwas Bewegung. Denken Sie an das, was ich Ihnen sagte. Und wenn's soweit ist und das Mädel ist da, könnten Sie als Paten mit silbernem Serviettenring auf mich rechnen.«

Großvater war mit sich äußerst zufrieden, und weil er gerade so prächtig im Schwung war, nahm er sich hintereinander gleich auch noch die drei Werkmeister vor und hatte, als er zum Abendessen zu Hause erschien, das erhebende Gefühl, einen vorzüglich angewandten Nachmittag hinter sich gebracht zu haben. Auf Zehenspitzen schlich er ins Schlafzimmer hinüber, wo Mutter schlummerte, und beugte sich vorsichtig über die Wiege.
»Brauchst keine Angst zu haben, Gretchen«, wisperte er. »An Spielkameraden wird's dir bestimmt mal nicht fehlen. Dafür hat Pappi vorgesorgt.«
Es verlangte ihn danach, ihr einen zarten Kuß auf die diesmal ganz glatte Stirn zu drücken, aber dann fiel ihm sein männlicher Kinnzierat ein, und er verzichtete seufzend. Mutter konnte nämlich schon damals Bärte nicht ausstehn, ein Umstand, der viel später Vater sein spärlich-blondes, aber mit viel Stolz und Sorgfalt gehegtes und gepflegtes Dandy-Gewächs unter der Nase kosten sollte.

Am nächsten Tage muß Großvater durch geschäftliche Dinge heftig beansprucht gewesen sein, sonst hätte seinem Adlerblick nicht ent-

gehen können, daß ihm die Werkmeister mit verkniffenen Gesichtern in weitem Bogen aus dem Wege gingen und Mager jeder privaten Aussprache, die bei ihrer Nachbarschaft im Kontor leicht möglich gewesen wäre, einen Wall aufdringlich zur Schau getragenen Arbeitseifers entgegensetzte: bedenkliche Sturmsignale, die anzeigten, daß in der Angelegenheit der bestellten Spielgefährtinnen für Mutter irgend etwas nicht so lief, wie er es sich vorgestellt hatte. Großvater aber sah es nicht und merkte von der hinter seinem Rükken ausgebrochenen Palastrevolution erst etwas, als sie schon sozusagen die Stufen seines Throns umspülte.
Kartoffelpuffer und Apfelmus hatte es zu Mittag gegeben, und obwohl er das besonders gerne aß, weil es ihm erstens schmeckte und zweitens die Haushaltskasse schonte, wollte sich danach das gewohnte, von Seele und Magen ausstrahlende Wohlgefühl nicht einstellen. Während der ganzen Mahlzeit hatte eine leise, gewittrige Spannung um die mit einem grüngläsernen Büroschirm versehene Eßzimmerlampe geschwebt, und es war kein Zweifel, daß sie ihre Ursache in Großmutters unheilschwangerer Schweigsamkeit hatte. Großvater hatte sich's hinterher auch kaum in der Kanapee-Ecke seines Arbeitszimmers mit Pfeife und Zeitung so bequem gemacht, wie es sich unter solchen Umständen nur geben wollte, als ihm schon die Augen geöffnet wurden.
Großmutter – schmal und schlank in grauer, raschelnder, fischbeingestützt bis unters Kinn reichender Seide – kam nämlich herein, schloß sorgfältig die Tür hinter sich, und statt sich wie sonst mit einer Näherei traut in der anderen Kanapee-Ecke niederzulassen, setzte sie sich ihm gegenüber hinter dem ovalen Tisch mit der Samtdecke steif auf eine Stuhlkante, faltete entschlossen die schmalen, blassen Hände im Schoß und sah ihn aus kühlen, überlegenen Augen an.
»Ich muß mich sehr wundern, Krüger«, begann sie. Es war nämlich ihre Gewohnheit, ihn bei ernsten Gelegenheiten mit seinem Vatersnamen zu titulieren.
Großvater hob gefaßt den Blick über den flachen Rand seiner nikkelnen Lesebrille.
»Und worüber, wenn's recht ist?«

»Darüber, daß ein erwachsener Mensch wie du noch Dummheiten macht wie ein Primaner.«
Das war scharfer Pfeffer. Großvater gab sich zwar nicht als Haustyrann, aber bei aller Zuneigung für Großmutter hatte er doch niemals Zweifel daran aufkommen lassen, daß er jetzt und fürderhin das Familienzepter in der Hand zu halten gedachte. Und Großmutter hatte auch niemals an diesem Zustand gerüttelt, der ihr durchaus natürlich und mit der von ihr anerkannten höheren Ordnung in Einklang schien. Zudem war sie auch nicht der Typ dafür. Um so ungeheuerlicher klang ihre Attacke auf Großvaters überlegene männliche Weisheit.
Ein Augenblick sprachloser Stille folgte, dann raffte sich Großvater aus seiner Verblüffung auf.
»Würdest du dich vielleicht näher erklären«, sagte er in bedrohlich sanftem Ton, der jedem im weiteren Umkreis der Fabrik kalten Schweiß auf die Stirn getrieben hätte. Großmutter blinzelte nicht einmal. Ungerührt hielt sie ihren Blick auf den Angeklagten gerichtet, und wenn sie überhaupt eine Reaktion zeigte, dann nur die, daß sie sich womöglich noch steifer hielt.
»Gern«, sagte sie. »Frau Mager ist heute vormittag bei mir gewesen.«
»So?« knurrte Großvater. »Was du nicht sagst! Wenn's nicht zum zweitausendfünfhundertsechsundachtzigstenmal gewesen wäre, wär's eine ausgesprochene Neuigkeit.«
»Das ist es nicht«, erwiderte Großmutter. »Dafür ist um so neuartiger, weswegen sie kam.«
Leise Röte stieg ihr in die Wangen, sie senkte für den Bruchteil einer Sekunde den Blick, doch dann gab sie sich einen Ruck und fuhr tapfer fort: »Du willst von ihr ein Kind, wie sie mir sagte.«
Großvater riß zum zweitenmal verdutzt die Augen auf, dann jodelte er los. Eine ganze Weile war nur sein Lachgedröhne zu hören. Schließlich angelte er entzückt die Brille von der Nase, deponierte die Pfeife auf dem Tisch und wischte sich unter viel fröhlichem Taschentuchgewedel die Lachtränen aus den Augen. Die Beklemmung vom Mittagessen war weg. Was für ein Mordsspaß! Die alte Klatschtante hatte ihr wahrscheinlich von seinem Gespräch mit

Mager erzählt, und sie hatte es in die falsche Kehle gekriegt. Sie war eifersüchtig.

Doch ihre kühle Stimme brachte ihn rasch um seine freundlichen Illusionen. »Sei nicht albern!« fuhr sie ihn an. »Du weißt genau, was ich meine.«

Ernüchtert schob er sich wieder die Brille auf die Nase. »Wenn's das nicht ist, hab ich keinen Schimmer, weswegen du dich aufregen könntest. Es sei denn, du hättest was dagegen, daß ich mir um Gretchens Zukunft Gedanken mache. Was ist denn schließlich schon weiter dabei? Ich wollte ihm ja bloß auf die Sprünge helfen – auch zu seinem Besten. Der Kerl hätte ja nicht gleich alles auszutratschen brauchen.«

Es war kaum zu glauben, aber wirklich schwebte jetzt ein hauchzartes Lächeln um Großmutters Lippen.

»Zu dem, was du von ihm wolltest«, murmelte sie, »brauchte er ja schließlich ihr Einverständnis.«

»Ist auch wieder wahr«, gab Großvater kleinlaut zu.

»Aber das Schlimmste ist, daß du dir, abgesehen davon, daß man seine Finger vom Privatleben anderer Leute läßt, nicht mal überlegt hast, wie alt sie sind«, ließ sich Großmutter hartnäckig weiter vernehmen.

»Alt! Alt!« Großvater gestand sich betroffen ein, daß er diese Lappalie im Eifer des Gefechts wirklich übersehen hatte. »Er ist in den besten Jahren, kümmerliche sechzehn Lenze älter als ich, also – hm – einundfünfzig. Und sie ...«

»... ist genauso alt wie er«, ergänzte Großmutter trocken. »Du wirst, wenn du ehrlich bist, zugeben müssen: nicht mehr ganz das richtige Alter zum Kinderkriegen.«

Sie sah ihm an, daß er ihren Redefluß unterbrechen wollte, und hob darum energisch die Stimme: »Schön. Nehmen wir an, man könnte hier noch im Zweifel sein. Aber du hast dir ja auch die Werkmeister vorgeknöpft, und von denen ist einer achtundfünfzig und der andere fünfundsechzig.«

»Und der dritte«, zeterte Großvater los, weil das nun seine letzte Chance war, sich noch halbwegs mit Haltung aus dem Desaster zu retten, »der dritte, der ist zweiunddreißig.«

»Stimmt«, bemerkte Großmutter sanft, »und Junggeselle dazu.« Großvater, der zwar nie in Spanien gewesen war, aber letzthin einiges über Land und Leute gelesen hatte, sah plötzlich vor seinem geistigen Auge einen mit bebänderten Pfeilen grausam gespickten Stier aufkreuzen, der brechenden Blicks und wankenden Fußes den Todesstoß empfangen hatte und dennoch auf den Beinen blieb: unbezwinglich, unverstanden, ein Bild männlicher Würde, der auch die spitzigste Hinterlist nichts anhaben konnte. Schon wollte doch noch Hoffnung auf Rettung aufglimmen, als er Großmutter gleichmütig sagen hörte:
»Krüger, nimm deine Pfeife vom Tisch. Du hast ein Loch in die Decke gebrannt.«
Und damit hatte sie ihn endgültig ins Unrecht gesetzt. Während der Stier in die Knie brach, stand Großvater auf, würdigte Großmutter keines Blicks und betäubte das Raunen seines schlechten Gewissens durch den Krach, mit dem er bei seinem Abgang die Tür wütend zuschmiß.

Gegen Abend nahm Großvater Mutter immer noch mal aus der Wiege und ließ sie vorsichtig auf seinen knochigen Knien reiten. Er hatte einen Mordsspaß daran und Mutter desgleichen. Diesmal aber schien er nur mit halbem Herzen dabei, und als Großmutter für ein paar Minuten das Zimmer verließ, um in der Küche nach dem Rechten zu sehen, hielt er mitten im Galopp an und beugte sich vertraulich zu seinem Liebling hinunter, der ob dieser Unterbrechung gar nicht sehr erbaut war und ihn aus seinen braunen Knopfäuglein unzufrieden anstarrte.
»Weiß der Himmel, mit wem du später mal spielen wirst«, bemerkte er bekümmert. »Mein Plan ist nämlich danebengegangen. Mutter hat schon recht – ausnahmsweise. Schließlich kann ich deinetwegen weder alte Leute aus ihrer Ruhe bringen noch jüngere zu unmoralischem Lebenswandel verleiten. Na ja«, er seufzte tief auf, »mußt dich eben später mit 'nem übelriechenden Meerschwein oder deinem Pappi als Spielkameraden zufriedengeben. Wir werden's schon schaffen. Wär ja gelacht. Oder aber ...«
Eine Idee war plötzlich in ihm erwacht, und er murmelte hoff-

nungsfroh weiter: ». . . ich müßte mal mit Mutter sprechen, wenn auf andre kein Verlaß ist. Wahrhaftig, ans Nächstliegende denkt man immer zuletzt.«

3. Kapitel

Der gute Ton in allen Lebenslagen

Das reichlich verspätete Ergebnis von Großvaters Gespräch mit Großmutter war Leopold, unser späterer Onkel Leopold. Er war gut zweieinhalb Jahre jünger als Mutter, und Mutter leitete aus diesem Umstand das Recht ab, ihn unbekümmert zu tyrannisieren und alles das tun zu lassen, wozu sie selbst keine Lust hatte. Wenn der Ball beim Spielen über die Mauer in den Nachbargarten flog, mußte Leopold rüberklettern und ihn zwischen den Stachelbeersträuchern suchen, auf die Gefahr hin, daß ihn der Bauer Oleas, Großvaters Nachbar, dabei ertappte, nicht ganz unbegründet für einen heimlichen Mitnutzer seiner Stachelbeerernte hielt und vertrimmte.
Natürlich war Leopold viel fixer als er, aber soviel Vorsprung konnte er zwischen den Sträuchern und um die Obstbäume rum gar nicht rausholen, daß ihn Herr Oleas nicht spätestens in dem Augenblick erwischte, in dem er am verletzlichsten war: wenn er nämlich im Endspurt über die ziemlich zwei Meter hohe Mauer wollte und, bäuchlings auf der Kante liegend, seinem rachsüchtig nahenden Verfolger gerade die straff gespannte Kehrseite präsentierte.
»Ist etwa was gewesen?« erkundigte sich Mutter unschuldig, wenn er schmerzlich den Hosenboden reibend, wieder diesseits der Mauer erschien. »Mir war, als hätt ich irgendwo was klatschen hören.«
»Mir auch«, bemerkte Leopold düster. »Wenn du wissen willst, wo, brauchst du bloß das nächste Mal selbst rüberzuklettern.«
Bei anderen Spielen war es genauso. Wollte Mutter schaukeln,

mußte Leopold die Schaukel tüchtig in Schwung versetzen und durfte dann ungeduldig von einem dünnen Bein aufs andere treten, während sie mit fliegenden Zöpfen, wehendem Röckchen und fernem Blick hin und her an ihm vorüberschwebte und längst vergessen hatte, daß nach dem zwanzigsten Schaukler er eigentlich an der Reihe gewesen wäre. Und als Großvater ihnen Coopers »Lederstrumpf« vorlas, war es immer Leopold, der hinterher für den Marterpfahl herhalten und wer weiß wie lange mit einer alten Wäscheleine gefesselt am Kirschbaum ausharren mußte, weil Mutter inzwischen die Lust am Spiel verloren und sich in einem Anfall träumerischer Vergeßlichkeit mit »Trotzköpfchens Brautzeit« in die Geißblattlaube verzogen hatte. Sein wutentbrannt an- und abschwellendes Gezeter vernahm sie nicht, weil sie mit den Zeigefingern in den Ohren zu schmökern pflegte, um ja in ihrer Phantasiewelt durch kein Geräusch der schnöden Wirklichkeit gestört zu werden.

Klar, daß Leopold – Mutter nannte ihn Popsi – bisweilen gegen ihre launenhafte Allmacht aufmuckte, aber vorsichtshalber immer nur dann, wenn sie gerade nicht in der Nähe war. Entweder versteckte er das Buch, in dem sie eben las, oder verspeiste tückisch ihr fürs Schlafengehen aufgespartes Kompott oder hauste vandalisch in ihrer Puppenstube. Jedesmal war er selber insofern der Leidtragende, als es danach immer eine Weile dauerte, bis sie sich wieder gnädig dazu herbeiließ, mit ihm einen Vorstoß in den Kohlenspeicher zu unternehmen. Der Kohlenspeicher war nämlich das bevorzugte Revier seiner abenteuerlustigen Spiele, aber allein traute er sich nicht rein. Es war eine Art Tunnel, der neben dem Bahndamm entlanglief, so daß die Kohlen aus den Waggons durch Luken in der Decke direkt in den Speicher rutschen konnten. Nur kurz vor der herbstlichen Kampagne war der Tunnel bis vornehin voll, zu allen anderen Jahreszeiten wußte man nie, wie lange man vorsichtig vorrücken mußte, bis man auf die schäbigen Überreste des einstigen Kohlengebirges stieß. Denn bei geschlossenen Luken sah man ja im Tunnel nicht die Hand vor den Augen.

Zu Anfang ging's noch, weil vom Eingang her genügend Tageslicht einfiel, daß man den andern neben sich gerade noch schattenhaft unterscheiden konnte. Aber dann blieb die gewölbte Tunnelöffnung

immer weiter zurück, ein winziges Halbrund ferner, ganz ferner Helligkeit, letzter Schimmer der verlorenen Oberwelt, während man Hand in Hand zaghaft voranschlich, längst ängstlich verstummt und bis zum Bersten angefüllt mit einer aus Schauder und Lust gemischten, unablässig wachsenden und schließlich kaum mehr zu ertragenden Spannung. Die Abenteuer Don Quichotes, Marco Polos und Old Shatterhands zusammengenommen kamen Leopold kümmerlich vor neben diesem Vormarsch in eine Finsternis, in der ganze Heerscharen von dräuenden Unholden und tückischen Gespenstern zu lauern schienen. Stöhnte da nicht jemand? Kicherte da nicht etwas? Kam da nicht etwas unheimlich Dunkles – hu, hu! – eiskalt auf ihn zu?
Unerträglich wurde die Spannung und explodierte, wenn auch nur das geringste unvorhergesehen geschah – wenn der tastende Fuß zum Beispiel gegen ein liegengebliebenes Koksstück stieß oder der Wind sich heulend in einer Speicherecke verfing –, explodierte in gellendes Geschrei und atemlos galoppierende Flucht Richtung Ausgang. Teils selig erleichtert, teils bitter enttäuscht, erreichte man die lichte Oberwelt. Wieder einmal war man nicht bis zum Ende gekommen, aber das nächste Mal würde es sicher gelingen. Er gab es nie auf. Nur: er brauchte eben einen Begleiter dazu, und Mutter wollte nicht, wenn er sie ärgerte. Kein Wunder, daß Leopold bei solchen Erfahrungen von Mädchen nichts hielt und Großmutter in einer bekenntnisfreudigen Minute anvertraute, sein Dasein als Junggeselle beschließen zu wollen.

Seine Ansichten über die Nützlichkeit des weiblichen Geschlechts im allgemeinen und Mutters im besonderen wandelten sich erst, als sie mit vierzehn Jahren zum erstenmal zu Fräulein Gnesewitzens Tanzkränzchen durfte und ihre dörflichen Tanzstundenherren ihn ihretwegen interessant genug fanden, sich aus ihrer fünfzehn- bis sechzehnjährigen Erhabenheit zu seiner zwölfjährigen Belanglosigkeit hinabzulassen. Keiner von ihnen hätte früher mit dem rotznasigen Dreikäsehoch mehr als ein gönnerhaftes Wort gewechselt oder sich gar in Tauschgeschäfte mit überzähligen Briefmarken eingelassen. Jetzt sah sich Leopold zu seiner mißtrauischen Überraschung häufig vom einen oder anderen vertraulich in eine Ecke gezogen und mit Bonbons, türkischem Honig oder gar schwindelnden Summen bis zu zwanzig Pfennig aufwärts traktiert, nur weil sie von ihm irgendwas über Mutter erfahren wollten.

»Schön blöd sind die«, ließ er sich hinterher verächtlich vernehmen. »So'n Haufen Geld dafür, daß ich denen erzähle, an was für 'ner Sorte Blumen die dumme Trine besonders gern riecht. Wozu die so was bloß wissen wollen?«

Was ihn aber nicht abhielt zu nehmen, was er kriegen konnte. Und weil er in einer Art von verschmitztem Gerechtigkeitssinn fand, daß jeder für das, was er spendierte, eine eigene Auskunft erwarten durfte, variierten Mutters Lieblingsblumen mit der Zeit durch die ganze ortsübliche Flora hindurch, soweit sie Leopold eben vertraut war.

Es war übrigens kein Wunder, daß Mutter bei den in Gastwirt Pinkernelles mit staubigen Topfpalmen und den Krieger- und Kegelvereinsfahnen geschmücktem Festsaal stattfindenden Kränzchen soviel Zulauf hatte. Mit ihren lebendig herumflitzenden dunklen Augen, der zarten Rundung des Gesichts, dem reichen, kastanienfarbenen Haar war sie ohnehin bemerkenswert hübsch, aber inmitten der Schar draller, flachsblonder, ungeschickter Landpomeranzen, die ihre Mitelevinnen waren – Gutsbesitzerstöchter aus der nahen Umgebung zumeist –, kam ihre bewegliche Grazie noch mehr zur Geltung. Sie wußte es auch und genoß es mit sittsam gesenkten Lidern, wenn beim Einsetzen des verstimmten, altersschwachen Klaviers die an der gegenüberliegenden Längswand in einer Reihe sitzenden jungen Herren sich schleunigst erhoben und in erklecklicher Anzahl Kurs auf ihren Platz zu nahmen, wobei jeder bestrebt war, der Konkurrenz zuvorzukommen, ohne dabei die mühsam eingetrichterte Haltung des welterfahrenen Kavaliers zu verlieren.

»Aber meine Herren«, suchte Fräulein Gnesewitz mit aufgeregten Flattergesten diesem Andrang zu wehren, »sehen Sie um sich, je vous en prie! Die Demoiselle Krüger ist nicht allein auf der Welt.«

Doch es nützte nichts. Mutter mußte erst von einem der ihren für diesmal unwiderruflich erobert sein, bevor sich die andern reichlich lustlos Ersatz für sie suchten.

Großvater, der sich gewöhnlich höchstens alle Jahre einmal bei Pinkernelle blicken ließ und dann auch nur, um sich im Vorbeigehen ein paar Stumpen für den Hausgebrauch mitzunehmen, tauchte an solchen Nachmittagen unweigerlich auf, ließ sich in der um diese Zeit zu seiner Erleichterung immer leeren Gaststube nieder, verschanzte sich zur Vorsicht noch hinter dem Provinzkäseblättchen, das überhaupt nur in die Hand zu nehmen er sonst für unter seiner Würde hielt, bestellte sich einen Cognac und schwarzen Kaffee und suchte soviel wie möglich von dem Betrieb im Festsaal mitzukriegen. Erschienen einzelne der jungen Herren im vorderen Raum, um lässig das Klo im Hof aufzusuchen und sich bei der Gelegenheit zur Hebung ihrer keimenden Männlichkeit ein paar verstohlene Zigarettenzüge zu genehmigen, sahen sie sich jäh einem Gast gegenüber, der sie inquisitorisch-streng über den Rand seiner Zeitung und seines Zwickers anstarrte, als habe er sie beim Löffelstehlen erwischt. War einer dabei, der ihn schon kannte, wurde Mutter unverzüglich von dem Besuch unterrichtet.

»Ihr Alter Herr sitzt draußen, Fräulein Krüger«, hieß es dann immer. »Der sieht aber mächtig streng aus, muß ich schon sagen.«

»Ist er auch«, sagte sie, wenn der Betreffende zufällig jemand war, den sie nicht recht ausstehen konnte. »Und er sieht's besonders ungern, wenn ich mit jemand tanze, der heimlich schon mal qualmt.«

Gewöhnlich ließ sie dann, wenigstens für diese Stunde, der erschrockene Zudringling in Ruhe. War es aber einer von denen, die sie gern sah, flüsterte sie mit ihrem lieblichsten Lächeln:

»Ach, das macht er nur, um sich nicht anmerken zu lassen, daß ich ihn um den kleinen Finger wickeln könnte, wenn ich nur wollte.«

Hinterher ließ Großvater zu Mutters Stärkung eine Flasche Malzbier und ein Wurstbrot auffahren und eskortierte sie nach der Fütterung höchstpersönlich nach Hause. Während der ganzen Zeit tat er sein möglichstes, ihr die jungen Herren auf eine Art, die er für sehr unauffällig und diplomatisch hielt, madig zu machen.

»Ich weiß nicht, diese Lauselümmels gefallen mir nicht recht«, brummelte er zum Beispiel. »Kann mir nicht vorstellen, daß es Spaß macht, sich von solchen halben Wickelkindern rumschwenken zu lassen. Die gehen doch bestimmt bloß darum zum Rauchen aufs Klo, weil sie's da für alle Fälle nicht weit haben.«

Er hörte Mutter kichern und beglückwünschte sich zu dem Punkt zu seinen Gunsten, obwohl ihm peinlich klar war, daß Großmutter von solchen Argumenten nichts wissen durfte.

»Aber ein paar nette sind auch dabei«, sagte Mutter, erstens um der Wahrheit willen und zweitens, um Großvater ein bißchen zu sticheln.

»Na, wer schon?« fiel er auch sofort drauf rein. »Vielleicht das kleine, rosige Ferkel mit der geleckten Pomadentolle?« Seine Stimme drückte tiefste Abneigung aus. »Wenn ich 'n Mädchen wäre, würde ich dem erst mal erzählen, daß er sich das Schmalz aus seinen Schmachtlocken waschen soll, bevor er mich überhaupt antatschen dürfte.«

»I wo, der nicht«, rief Mutter. »Aber der andere, der auch draußen war, der Große mit den dunklen Haaren, gegen den kannst du bestimmt nichts sagen.«

»Der?« Großvater übertrieb absichtlich, weil er Mutters warme Fürsprache verdächtig fand. »Die dürre Bohnenstange mit den abstehenden Ohren? Na, mit dem würd ich schon gar nicht tanzen. Bei dem hätt ich Angst, daß ich mit meinem Kleid an einer von seinen rausstehenden Gräten hängenbliebe.«

»Du hast aber gegen alle was«, sagte Mutter beleidigt. »Mit wem soll ich denn überhaupt tanzen?«

»Mit gar niemand, wenn du's genau wissen willst«, bemerkte er. »Das ist es ja eben. Wenn's nach mir ginge, mit gar niemand.«

Mutter zauberte ein paar rührende Tränen in ihre Augen.

»Aber du hast doch auch mal tanzen gelernt. Sind denn da keine Mädchen dabeigewesen?«

»Doch«, sagte er, in die Enge getrieben, »aber auf die Mädchen kommt's dabei gar nicht an. Auf die Jungens nur. Und über die weiß ich Bescheid. Die brauchst du mich nicht kennen lehren.«

Mutter dachte nach, dann sah sie ihn schräg von unten her an, und fast schien's ihm, als glänze ganz tief unten in ihren von den Tränen noch feuchten Augen ein Lächeln. »Natürlich nicht«, murmelte sie, »du bist ja selbst mal einer gewesen.«

Großvater zog es vor, nichts darauf zu erwidern.
Mutter wurde also weiterhin einmal in der Woche von Fräulein Gnesewitz in die verzwickten Geheimnisse von Rheinländer, Polka und Cotillon und in die noch verzwickteren des guten Tons in allen Lebenslagen eingeweiht. Fortan spreizte sie beim Malzkaffeetrinken zierlich den kleinen Finger ab und setzte Großvater durch Aussprüche wie »Würdest du so liebenswürdig sein, mir die Zuckerdose zu reichen?« in beträchtliches Erstaunen. Vorher hatte sie bloß kurz und bündig »Gib mir mal rasch Zucker!« gesagt.
»Ganz sinnlos scheint's offenbar nicht zu sein«, meditierte er laut am Frühstückstisch, »obwohl ich aus der Angst nicht rauskomme, daß sie sich noch mal den kleinen Finger auskugeln wird. Ich verkehr ja schließlich auch nicht mit Krethi und Plethi, aber ich hab noch niemand gesehen, der sich beim Essen oder Trinken so die Gliedmaßen verrenkt. Hab ich nicht recht?« wandte er sich Großmutter zu.
Doch Großmutter lächelte nur still vor sich hin, und Gretchen überhörte vornehm sein Brummeln. Was hatten Großvaters Betrachtungen auch schon gegen Fräulein Gnesewitzens mondäne Erfahrungen und »guten Ton« zu bedeuten?

Der Gnesewitzsche Glanz verblaßte jedoch völlig, als Mutter ein Jahr drauf in die Teichgräbersche Pension nach Magdeburg übersiedelte und bei dieser Gelegenheit in eine richtige Tanzstunde kam. Großvater hatte sich natürlich heftig dagegen gesträubt, Mutter aus dem Hause zu lassen und außerhalb ihrer Hörweite fürchterliche Zukunftsbilder heraufbeschworen, in denen Mutter immer in den gierigen Armen irgendeines gewissenlosen Verführers verstrickt war, aber inzwischen war er schon so oft überstimmt worden, daß diesmal sein Widerstand nur halbherzig ausfiel. Immerhin machte er aus der Wahl der Pension eine Haupt- und Staatsaktion. Er wollte genau wissen, wo Mutter hinkam, und als nach langem Hin und Her schließlich der Würfel gefallen war, fuhr er höchstpersönlich hin, um sich an Ort und Stelle von der sittlichen Festigkeit der Leiterin und des Aufsichtspersonals zu überzeugen.
»Ich glaube, es wird gehen«, erklärte er Großmutter bei seiner

Rückkehr. »Um die beiden alten Schreckschrauben –« er meinte die beiden älteren Fräulein Teichgräber, die gemeinsam der Pension vorstanden – »hat die Versuchung bestimmt einen so weiten Bogen gemacht, daß sie aus Ärger drüber auch niemand anders was gönnen.«
»Krüger!« zischelte Großmutter indigniert, worauf Großvater sich schuldbewußt räusperte, denn er wußte, was das zu bedeuten hatte.
Mutter verlegte also mit Sack und Pack ihren Aufenthaltsort, und den immer damenhafter werdenden Berichten, die sie bei ihren Wochenendbesuchen erstattete, ließ sich entnehmen, daß sie das neue Dasein »einfach himmlisch« fand. Allem Vernehmen nach schien sich das »himmlisch« vorzüglich auf das Lyzeum zu beziehen, das sie von der Pension aus täglich heimsuchte, und was es dort an Neuem zu lernen gab. So gut wie gar nicht oder, wenn man ganz ehrlich sein will, überhaupt nicht war die Rede davon, daß diesem Lyzeum ein Gymnasium benachbart war, dessen flotte, mit unternehmungslustig schräg aufgestülpten und elegant eingekniffenen bunten Schülermützen ausgerüstete Insassen bereits nach kurzer Zeit werbende Bogen um Mutter zu schlagen begannen – eine in dieser Form vollständig neue, berauschende Erfahrung für sie. Ja, einige hatten sich sogar schon errötend erboten, ihre Schulmappe nach Hause zu tragen.
Mutter hatte solches Anerbieten anfangs schamhaft von sich gewiesen, aber mit der Zeit dann doch gnädig dem einen oder anderen ihre Tasche überlassen. Dafür konnte sie sich nachmittags auf dem Stück der Breiten Straße, das als Schauplatz für den »Bummel« diente und von den Mädchen nur in Gruppen und unter Führung einer der »Tanten« betreten werden durfte, besonders ehrerbietigen Mützenschwenkens erfreuen.
»Kennst du den Jungen, der da gegrüßt hat?« erkundigte sich »Tante« Teichgräber argwöhnisch.
»I wo«, sagte Mutter harmlos, »der hat sicher jemand ganz anders gemeint.«
Der Teichgräbersche Blick, durch eine im Ruhezustand am Halse baumelnde Lorgnette geschärft, schweifte über die kleine, sittsam zu zweien hinter ihr marschierende Schar, aber da war auch nicht

das kleinste Zeichen schuldhaften Einverständnisses mit dem aufdringlichen Jüngling festzustellen. Befriedigt wandte sie sich wieder nach vorn, wo sich in der promenierenden Menge von neuem ein mit kavaliersmäßigem Mützenschwung grüßender Jüngling bemerkbar machte.

»Den kennst du auch nicht? Merkwürdig, er hat dich doch angesehen!«

Es war der Sekundaner Sachtleben gewesen, der Mutters Tasche samt Turnschuhbeutel schon verschiedentlich freudig bis zu der Straßenecke geschleppt hatte, die gerade noch außerhalb des Blickbereichs der Pensionsfenster lag, aber Mutters Gesichtsausdruck nach hätte er ebensogut ein zum erstenmal in die irdische Sphäre geratenes Wesen von einem anderen Stern sein können.

»Wirklich?« fragte sie mit kindlich-reinem Augenaufschlag. »Vielleicht hat er mich mal auf dem Schulweg gesehen. Vielleicht schielt er auch bloß.« Dann hob sie damenhaft das Kinn und flötete weiter: »Aber auf jeden Fall mach ich mir gar nichts draus, wenn mich so dumme Jungens grüßen.«

Und in einer Weise stimmte das auch, denn was Mutter damals an unschuldiger Koketterie zur Verfügung stand, war so gut wie ausschließlich mit Herrn Feilitz, ihrem Klassenlehrer, beschäftigt. Einmal, weil sie ihn mit seinen romeobraunen Augen und dunklen, von interessanten grauen Fäden durchzogenen Locken himmlisch fand, und zum andern, weil er daraufhin großzügig übersah, wenn es mit ihren Hausaufgaben wieder mal nicht zum besten bestellt war.

Mutters größter Erfolg auf der Lehrerseite aber war Herr Groebler, der zweimal in der Woche in der Pension zusätzlichen Turnunterricht gab, um den jungen Damen Disziplin und standesgemäße Haltung beizubringen. Herr Groebler war Feldwebel bei den Fünfzehner leichten Feldartilleristen, die in Magdeburg in Garnison lagen, und kein Mensch bekam je heraus, wie es die Damen Teichgräber fertiggebracht hatten, den im Dienst ergrauten Rekrutenschreck bei seinen Vorgesetzten für diesen Spezialauftrag loszueisen, noch wie sie überhaupt auf diese absonderliche Idee verfallen waren.

Von preußischen Feldwebeln ist kein ausgesprochen zartes Benimm zu erwarten, und ihr Verkehrston ist selten ganz das richtige für die Ohren heranwachsender junger Damen. Herr Groebler hatte zwar hoch und heilig versprochen, sich in dieser Beziehung strenge Mäßigung aufzuerlegen, und tat auch, was in seinen Kräften stand, aber offenbar konnte er vor den in einer Reihe aufgebauten Mädchen oben auf dem Dachboden nie die Schauplätze seines Wirkens völlig auseinanderhalten.
»Das soll 'ne orntlich ausjerichtete Front sein?!« brüllte er puterrot, während er vom rechten Flügel her mit einem offenen und einem zugekniffenen Auge die Aufstellung seiner Schäflein inspizierte. »Die kleine Dicke dahinten – ziehn Sie jefälligst Ihren Bauch ein und die Lange dahinter das Gegenteil. Und nu Hände an die Hosennaht, Augen grrradeaus und Kinn an die Binde.«
Hatte er jeden Versuch zu kichern mit drohenden Blicken im Keim erstickt, pflanzte er sich in seiner dunkelblauen Ausgehmontur mit den blitzenden Messingknöpfen in der Mitte des Bodenraums auf, wo sonst immer die Wäsche aufgehängt wurde, zwirbelte wohlgefällig seinen stattlichen Schnauzbart und ließ die Mädchen um sich herum marschieren, links und rechts schwenken, kehrtmachen, bis sich die Mieter im Stockwerk drunter beschwerten, daß der Putz von der Decke fiele. Sein Wunsch, dazu ein markiges Marschlied anstimmen zu lassen, war leider an der beklagenswerten Unbildung seiner weiblichen Rekruten gescheitert.
»Wozu jehn Sie überhaupt auf Schule, wenn Sie kein orntliches Lied da lernen?!« hatte er mißbilligend bemerkt, und seinem Gesichtsausdruck war deutlich anzusehen gewesen, daß er sich nicht vorzustellen vermochte, wie ein anständiger Mensch ohne ein reichhaltiges Repertoire herzhafter Marschgesänge überhaupt existieren könne.
Herr Groebler betrachtete seine körperertüchtigende Tätigkeit auf dem Dachboden der Pension als eine Art vaterländischer Pflicht; Spaß machen tat sie ihm nicht. Über das Alter war er hinaus, und über die Mädchen hatte er bei einer vertraulichen Aussprache mit Teichgräbers Dienstbolzen Anna über einem Glas Bier verlauten lassen, daß er »lieber einem Sack Flöhe das kleine Einmaleins als

'ner Herde schnatternder Gänse das preußische Exerzierreglement beibringen würde.«

Nur eine der »Gänse« nahm er aus dem allgemeinen Mißfallen aus, und das war Mutter. Stets breitete sich ein freundliches Grinsen über sein rustikales Antlitz, wenn er ihrer ansichtig wurde, und in Zusammenhang mit ihr war nie grollend von Bauch oder dem Gegenteil davon die Rede. Sogar als er sie einmal dabei erwischte, wie sie ihn mit aufgeblasenen Backen und grimmigen Blicken vor der Front der andern karikierte, wackelte er nur freundlich-drohend mit seinem dicken Zeigefinger und brummte bewundernd: »Die Kleene is jut auf ihr'n Jroschen. Schade, Frollein, an Sie is'n Junge verlorenjegangen.«

Mutter fand das nicht. Sie hatte ganz und gar keine Lust, ein Junge zu sein.

Herrn Groeblers Tätigkeit fand ein jähes Ende, als eins der Mädchen sich bitter beschwerte, daß er ihr in pädagogischem Überschwang auf das »Gegenteil« geklatscht habe, um beim Einziehen nachzuhelfen, und als in Zusammenhang damit auch einige seiner besseren Redensarten zu den erbleichenden Ohren der Damen Teichgräber gelangten. Sofort wurde Onkel Edwin zitiert, der siebzigjährige Bruder der Damen, ein pensionierter Katasterbeamter, der eigentlich den Turnunterricht hatte überwachen sollen, aber nach dem erstenmal nicht mehr erschienen war, weil die Zugluft auf dem Dachboden seinem Ischias nicht bekam. Da seine Vernehmung nichts ergab, aber die schlimmsten Möglichkeiten offenließ, wurde Herr Groebler bei seinem nächsten Erscheinen gar nicht erst zum luftigen Ort seines Wirkens gelassen, sondern gleich ins Besuchszimmer der Damen gebeten. Vor der Tür postierte sich Anna, hin und her gerissen von ihrem Wunsch, am Schlüsselloch so viel wie nur möglich mitzukriegen, und ihrem Auftrag, neugierige Ohren fernzuhalten.

Es wäre schwer zu sagen gewesen, wem es unbehaglicher zumute war: den Teichgräberschen Damen, die vor einem so ausgesprochen männlichen Wesen das Thema doch erheblich heikler fanden, als sie gedacht hatten, oder Herrn Groebler, der es seiner eigenen späteren Aussage nach noch viel weniger gern »mit verrosteten alten Haubit-

zen als mit unzugerittenen Remonten« zu tun hatte, immerhin aber von der plüschenen Umgebung, den würdigen Mienen und der leise raschelnden, fischbeinsteifen Seidenpracht der Damen höchst unbequem beeindruckt war. Onkel Edwin dagegen beeindruckte ihn weniger; er sah nicht so aus, als ob er jemals gedient hätte.
Nachdem das Gespräch eine Weile stockend um den Kernpunkt der Sache herumgeschlichen war, ohne daß dem mählich ins Schwitzen geratenden Herrn Groebler klargeworden wäre, um was es sich eigentlich handelte, fand das ältere Fräulein Teichgräber, sich peinvoll überwindend, es sei an der Zeit, die Dinge endlich bei Namen zu nennen. Von ihrer jüngeren Schwester konnte sie solche Verleugnung weiblichen Schamgefühls nicht erwarten. Das Kleinchen war schließlich erst siebenundfünfzig.
Sie legte also los, mit viel Geräusper, Gewinde und sanftem Erröten, aber nur zu bald wurde offensichtlich, daß es eine Verständigungsmöglichkeit zwischen ihnen nicht gab. Herr Groebler und sie sprachen einfach zwei verschiedene Sprachen. Für Herrn Groebler war »Bauch« die höchst gesittete Benennung eines allgemein bekannten, bei ihm leider stattlich ausgebildeten Körperteils, für den er gewöhnlich viel kernigere Bezeichnungen auf Lager hatte, vom »Gegenteil« gar nicht zu reden. Für Fräulein Teichgräber war es dagegen ein Wort, das in Gegenwart von Damen oder gar von jungen Mädchen auszusprechen absolut unschicklich und platterdings unmöglich war. Was unterhalb des Kinns lag, gab es einfach nicht, hatte es nicht zu geben. Und während ihr das Klatschen auf die Hinterfront der Höhepunkt sittenlosen Benehmens schien, konnte sich Herr Groebler beim besten Willen nicht vorstellen, was bei solchem handgreiflichen Nachhelfen unsittlich sein sollte. Unter unsittlich stellte er sich etwas ganz anderes vor, und schließlich mußte er eine ordentlich ausgerichtete Front auf die Beine stellen.
Als er, endgültig von seinen pädagogischen Pflichten entbunden, wieder draußen im Flur erschien, war er mit Kopfschütteln noch immer nicht fertig.
»Was war denn?« erkundigte sich Anna gedämpft, obwohl sie sich im großen und ganzen im Bilde fühlte.
»Wenn ich's bloß wüßte«, gab Herr Groebler zurück und zog ratlos

an seinen Schnurrbartspitzen. »Na, jedenfalls bin ich das Jeturne hier los. Und leid tut's mir nich. Höchstens wejn der netten Kleenen, dem Frollein Krüger ...«

»Und nur, weil Sie eener mal hinten drauf ...?« Jetzt war die Reihe an Anna, den Kopf zu schütteln. »Ich kann da wirklich nischt bei finden.«

Herr Groebler ließ seinen kennerischen Blick erfreut über ihre drallen Formen wandern.

»'ne vernünftije, stattliche Person wie Sie ...« murmelte er anerkennend. Unwillkürlich glitt seine Hand in die Gegend, die es bei den jungen Damen nicht geben sollte, und ebenso unwillkürlich zog er sie erschrocken zurück. Doch Anna schien Fräulein Teichgräbers Ansichten auch in praktischer Hinsicht nicht zu teilen. Jedenfalls lehnte sie sich im dämmrigen Treppenflur eine Kleinigkeit an ihn und wisperte ihm ermutigend zu:

»Nur keene Angst nich, Herr Groebler. Ich weiß nich, warum ich verberjen soll, was sich ja nich übersehen läßt. Schließlich muß der Mensch ja auch auf irjendwas sitzen.«

4. Kapitel

Hochzeitsreise dummerweise ...

Die poltrige, argusäugige Wachsamkeit, mit der Großvater sein Goldstück umgab, hatte ihren guten Grund. Er fand Mutter wohlgeraten, wußte, daß gute Ware rascher Absatz findet als schlechte, und die unabänderliche Tatsache, daß er sie irgendwann einmal irgendeinem von weiß Gott wo hergelaufenen, nach Pomade und Schnurrbartwichse duftenden Lümmel würde ausliefern müssen – »Das arme Wurm«, murmelte er in entschuldbarer Verkennung der Umstände zuweilen zu Tränen gerührt vor sich hin. »Sie wird sich noch oft genug zu ihrem Vati zurücksehnen, der immer nur das Beste für sie gewollt hat« –, war ganz und gar nicht dazu angetan, ihn die jungen Herren, die im Laufe der Zeit als mehr oder weniger dauerhafte Planeten um die Sonne Gretchen kreisten, in einem besonders freundlichen Lichte sehen zu lassen. Was an ihm lag, sollte geschehen, um diesen Zeitpunkt so lange wie nur irgend möglich hinauszuschieben.

Selbst als Vater nach der berühmten Maibowle, bei der Mutter vom Stuhl gefallen war, schon längst das Rennen gemacht und seine reichlich ungnädige Zustimmung erhalten hatte, bestand Großvater darauf, daß die Verlobung fürs erste geheim bleiben sollte. So lange die Sache in der Verwandtschaft nicht rumkam, schien sie ihm der Realisierung noch erfreulich fern, und wahrscheinlich hoffte er auch im stillen, daß sie sich noch irgendwie zerschlagen würde. Obwohl er zugeben mußte, daß Vater kein Pomadenjüngling war und trotz seiner bürstenhaarigen Spillrigkeit auch sonst einen recht vernünftigen und ordentlichen Eindruck machte.

Übrigens war's einmal nahe genug am Verlobungs-Schiffbruch gewesen. An einem von Vaters Besuchstagen hatte sich Großvater nach dem Abendbrot schmollend auf das Plüschkanapee in seinem Arbeitszimmer zurückgezogen und seinen Verdruß über die Anwesenheit von Gretchens Anbeter durch ein paar Seiten aus »Ut mine Stromtid« zu mildern versucht (»Ut mine Stromtid« war seine Leib- und Magenlektüre, und es gab keinen Ärger, den er nicht mit einem Kapitel daraus fortschmunzeln konnte), als er vom Salon her Klaviergeklimper vernahm. Er hörte anfangs nicht genau hin, aber als sich eine auf studentisch-forsch gequetschte Stimme dazugesellte, spitzte er doch die Ohren. Schlimm genug, daß der Kerl hier herumschlich, aber sich auch noch mit einem Ständchen mausig zu machen ... Was sang er eigentlich? Großvater kam die Melodie vage bekannt vor.

Argwöhnisch verließ er seine Leseecke und horchte in den Flur hinaus.

»Hochzeitsreise dummerweise trat mit meiner Frau ich an«, hörte er Vater munter trällern. Die Tür zum Salon stand sperrangelweit offen, wie sich das gehörte, wenn ein junger Mann und ein junges Mädchen unbeaufsichtigt zusammensaßen, und er konnte nicht nur jedes Wort, sondern auch das Quietschen des Klavierschemels hören, auf dem sich der junge Herr vermutlich in übelster Kaffeehaussänger-Manier herumschwenkte, um Gretchen anzügliche Blicke zuzuwerfen.

Großvaters in die Stirn steigende Augenbrauen zeigten den Pegelstand seiner wachsenden Entrüstung an, während drüben das Geträllere seinen Fortgang nahm, wobei Vater, was Großvater auf den Tod nicht ausstehen konnte, nach jeder Verszeile auch noch mit dem Daumennagel über die ganze Klaviatur hinunterwischte.

»Nach Italien, nach Venedig sollt' uns führ'n der Reiseplan.
Ach, wie schlüpfte, ach, wie hüpfte sie in das Coupé hinein.
Unserm Schaffner gab zwei Mark ich, dafür ließ er uns allein ...«

Das war die Höhe! Seinem unschuldigen Kind, seinem Gretchen, einen Operettenschmarrn vorzujodeln, der äußerstenfalls in ein Offizierskasino gehörte! Dem jungen Mann würde er die Hochzeitsreise nach Venedig oder sonstwohin schon versalzen. Endlich brauchte er aus seinem Herzen keine Mördergrube mehr zu machen!

Teils mit sittlicher Entrüstung, teils mit düsteren Triumphgefühlen auf Vorschuß bis zum Kragenknopf geladen, überquerte er den Flur und bekam den Sünder zu Gesicht, als der eben mit zurückgeworfenem Kopf und schmalzigem Tremolo den Refrain in Angriff nahm:

»Ach, Emma, ach, Emma, du meine Wonne, du mein Glück!
Ach, Emma, mein Mauseschwänzchen, kehr zu mir ...«

In diesem Augenblick grapschte Großvater, der sich auf leisen Sohlen herangepirscht hatte, über die Schulter des stichelhaarigen Troubadours und riß das Notenblatt an sich. Das Geklimper verstummte mit einem erschrockenen Gickser.

Jetzt ... jetzt hätte die Flut seines gerechten Ingrimms gräßlich über den Übeltäter hereinbrechen sollen, aber – es kam nichts. Nicht das leiseste Wörtchen. Statt dessen starrte Großvater verdutzt auf das Blatt, auf dem oben in seiner eigenen zackigen Handschrift sein Namenszug prangte und das Opus unzweideutig als sein Eigentum auswies. Und nun fiel's ihm auch ein, daß er vor Jahren das Blatt bei Bote und Bock in Berlin erstanden hatte, weil Großmutter und er am Tag zuvor im Metropol waren und sich eine Erinnerung an den schönen Abend hatten mitnehmen wollen.

»Ziemlich komisch, nicht?« bemerkte Vater, um die beklommene Stille zu beleben. »Finden Sie nicht auch, Herr Direktor?«

»Sehr komisch«, gab Großvater kleinlaut zurück. »Das heißt ... na, lassen wir's. Aber vielleicht nicht ganz passend ... ich meine, für die Ohren eines jungen Mädchens.«

»Das fand ich auch«, gestand Vater zu, »aber da war ich schon mitten drin. Und außerdem – die Noten lagen ja auf dem Klavier.«

»Und da dachten Sie, sie gehörten zum Programm unserer Hausmusik.« Er kniff das Notenblatt zusammen, schob es in die Jackentasche und streifte das erleichtert aufatmende Gretchen mit einem bekümmerten Blick. »Na, lassen Sie sich nicht weiter stören ...«

Drüben in seinem Zimmer fühlte er nach dem Blatt in der Jackentasche. Wie kam der Kerl dazu, das Ding komisch zu finden? Ihnen beiden hatte es damals sehr gefallen. Damals, als Gretchen und Leopold kleiner und auch sie um ein paar Jährchen jünger und allein in Berlin gewesen waren ...

Über dem »Damals« geriet »Ut mine Stromtid« für diesen Abend in Vergessenheit, und als Großmutter sich viel später dem Schlafzimmer näherte, hörte sie ihn drinnen mit ungelenker Stimme singen: »Unserm Schaffner gab zwei Mark ich, dafür ließ er uns allein ...«

Kopfschüttelnd machte sie die Tür auf und sah ihn ohne Kragen auf dem Bettrand sitzen.

»Hast du da eben gesungen, Krüger?«

Großvater grinste über die Schulter zurück. »Gesungen? Ich? Doch nicht solchen Schmarrn! Du mußt dich verhört haben, Mauseschwänzchen.«

Die Geheimnistuerei, die Mutter und Vater Großvaters Machtwortes wegen auf sich nehmen mußten, führte natürlich zuweilen zu Mißhelligkeiten. Nie konnten sie, zum Beispiel, richtig allein miteinander sein, weil es irgendwelche dörflichen Klatschmäuler hätte in Bewegung setzen und womöglich gar vorzeitig auf die richtige Spur bringen können. Und wenn sie in Gesellschaft anderer beieinander waren, hatten sie alle zärtlichen Blicke und sonstigen verstohlenen Verständigungsmöglichkeiten zu unterlassen, die ihren Zustand offenkundig gemacht hätten.

Korrekt, wie Vater war, hielt er sich an Großvaters Gebote, aber wenn Mutter anfing, fand er es doch recht schwer, bei der Stange zu bleiben. So etwa damals, als Mutter ihm bei irgendeiner Fete im Familienkreis auf der anderen Tischseite gegenübersaß und sanft mit ihm zu fußeln begann. Vater zog zuerst erschrocken seine gepumpten Stiefeletten zurück – seine eigenen hatte er für die Gelegenheit nicht repräsentabel genug gefunden –, warf nach links und rechts einen ängstlichen Blick, um sich zu vergewissern, daß die Umsitzenden zur Genüge über dem Tisch beschäftigt waren, um den Vorgängen darunter keine Aufmerksamkeit zu schenken, und tastete sich sodann wieder langsam vor. Der Kontakt war auch alsbald hergestellt und den Blick sittsam auf seinen Teller gesenkt, machte sich Vater daran, auf dem Umweg über die Stiefelsohlen mit Mutter heimlich Zwiesprache zu halten. Wenn er schon heimlich verlobt war, sollte kein Vorteil der Heimlichkeit ungenutzt bleiben. Leider aber gehörten die Stiefelsohlen, auf die er tastend gestoßen war, nicht Mutter, sondern ihrem Tischherrn und um ein paar Jahre älteren Cousin Männe Speich. Dem schneidigen Männe waren unterirdische Praktiken solcher Art nicht fremd, wenn sie ihn auch in diesem Kreise ein wenig überraschten. Nach reiflichem Überlegen kam er zu dem Schluß, daß Vaters Dame, die sich von ihrem auf seinen Teller starrenden Tischherrn vernachlässigt fühle, auf diese Weise Entschädigung suche, und da sie ganz passabel aussah, nahm er die zarte Konversation mit Freuden auf. Doch stellte er rasch und kundig fest, daß die Schuhnummer, mit der er es zu tun hatte, kaum mit der vermuteten Partnerin übereinstimmen könne, auch entsprach ihr Verhalten über dem Tisch nicht dem darunter, weshalb als einzige Lösung blieb, daß da etwas vorliegen müsse, was beim neumodischen Telefonieren »falsch verbunden« hieß. Und da diese Sachlage seinem üppig entwickelten Sinn für Humor sehr gefiel,

stand er, während er sozusagen im ersten Stock mit Appetit sein Eisbein verspeiste, im Parterre fleißig weiter Rede und Antwort. Wie es auch ausging: der Spaß war auf jeden Fall auf seiner Seite.
Für Vater war er allerdings in dem Augenblick zu Ende, in dem er Mutter nach dem Essen für zwei Sekunden unbeobachtet im Flur erwischte.
»Feigling!« zischelte sie ihm zu.
»Wieso Feigling?« wisperte er zurück. »Hab ich nicht wacker mitgefußelt?«
Sie gab ihm einen verdutzten Blick. »Hast du? Aber dann bestimmt nicht mit mir.«
»Nicht mit dir?« Vaters Kinn wäre vor Schreck abwärts gesackt, wenn das bei seiner feierlich-hohen Kragenröhre überhaupt möglich gewesen wäre. »Mit wem denn sonst?«
»Weiß ich nicht«, pruschte Mutter. »Vielleicht mit Tante Effi. Die hat dir schräg gegenübergesessen.«
Tante Effi wog mindestens zwei Zentner und trug flache Gesundheitssandalen vom Umfang kleiner Plättbretter.
»Allmächtiger!« stöhnte Vater. »Was wird sie jetzt bloß von mir denken! Aber sie hat doch fleißig mitgemacht!«
»Glaub ich gern!« jubelte Mutter. »Sicher ist ihr das in den letzten dreißig Jahren selten passiert.« Sie wischte sich die Lachtränen.
Vater ging im weiteren Verlauf des Abends Tante Effi so weit aus dem Weg wie nur möglich, und bei späteren Gelegenheiten drückte er sich immer in großem Bogen um sie herum. Nur hin und wieder warf er aus sicherer Entfernung einen Blick auf ihre Gesundheitssandalen und schüttelte den Kopf. Wie hatte er sich bloß so irren können!
Erst als Männe bei der offiziellen Verlobung schmunzelnd von jener »falschen Verbindung« erzählte, fiel ihm dieser Stein von der Seele.
»Weiß der Himmel«, murmelte er erlöst, »das hat wie ein Albdruck auf mir gelegen.«
Männe nickte verständnisinnig.
»Kunststück. Bei einem guten Doppelzentner Lebendgewicht, Reformkleid und Sandalen nicht mitgerechnet.«

Ein anderer Fall war die Sache mit der Bulldogge Armin. Armin gehörte Gutsbesitzer Behrend, und da Herr Behrend ein alter Freund Großvaters war, ließ er sich häufig bei Krügers blicken. Gelegentlich mit seiner Frau, immer mit Armin. Obwohl Mutter nun Hunde nicht sehr mochte, hing Armin ihr mit rührender Zärtlichkeit an. Er negierte Mutters Abneigung großzügig, saß anbetenden Blicks zu ihren Füßen, drängelte sich an sie, und wenn es immer anging, strebte er beharrlich danach, sich trotz seiner stattlichen Größe auf Mutters Schoß häuslich niederzulassen. Besonders dann, wenn sie gerade eine frische Schürze umgebunden hatte oder in ein neues Kleid geschlüpft war.
»Schrecklich, daß er mich so gern hat«, seufzte sie erschüttert. »Ich weiß einfach nicht, wie ich ihn wegjagen soll. Schließlich will ich den armen Kerl doch nicht kränken.«
»Kränk ihn man ruhig«, grinste Herr Behrend. »Wenn du schon bei Hunden so zartfühlend bist, wie soll denn das bei den jungen Herren mal werden?«
Er warf dabei Vater, der in unmittelbarer Nähe stand, einen listigen Blick zu, und Vater wurde rot bis unter die stachlige Bürstentolle.
Wann immer Herr Behrend mit Armin kam, machte sich die Dogge schnurstracks auf die Suche nach Mutter; der Freßnapf in der Küche kam erst in zweiter Linie. Das Schlimme war nun, daß Herrn Behrends Besuche meistens mit Vaters zusammenfielen, denn Vater hatte nur sonntags Zeit, rasch mal von Leipzig, wo er Staats- und Wirtschaftswissenschaften studierte, rüberzukommen. Und wenn's ihm dann endlich mit viel List und Tücke gelungen war, Mutter für ein paar Minuten unter vier Augen für sich ganz allein zu haben, sprang – immer im ungeeignetsten Moment, immer gerade dann, wenn sich der Wind auf zärtlich drehte – die Tür krachend auf, und Armin stürzte sich freudig jaulend auf Mutter.
»Heiliger Bimbam«, murmelte Vater erbittert nach dem drittenmal. »Ich geb mir wirklich Mühe, alle Kreatur zu lieben, sogar mit Spinnen bin ich gut Freund, wenn sie nicht gerade aufdringlich werden, aber den Hund da könnt ich ungeniert und kalten Blutes erwürgen.«

Denn das war ja klar: selbst wenn es ihnen gelang, Armin wieder aus dem Zimmer zu expedieren, ohne daß sein Spektakel das ganze Haus alarmierte – hinterher war es nie mehr so schön wie zuvor. Der Schreck saß ihnen zu tief in den Gliedern, und Armins Gewinsel vor der Tür war auch nicht die richtige Begleitmusik für die zarten Geständnisse keimender Liebe.
Wenn sich Mutter deswegen bei Großvater beschwerte und verlangte, daß Herr Behrend Armin an der Leine behalten müsse, stieß sie seltsamerweise auf stocktaube Ohren. Seltsamerweise, weil er sonst seinem Liebling jeden halbwegs vernünftigen Wunsch erfüllte.
»Ich weiß nicht, was du hast«, pflegte er harmlos-verwundert zu äußern. »Solch armes Tier auch noch in der Wohnung an der Leine zu halten! Nur wer ein schlechtes Gewissen hat, braucht sich darüber aufzuregen. Bei mir, zum Beispiel, könnte er reinplatzen, wann er nur wollte, aber er tut's einfach nicht. Muß wohl daran liegen –« und Großvater strich sich tiefsinnig über den kratzigen Bart – »daß er weiß, daß es bei mir nichts zu stören gibt.«
Und dann war da Onkel Leopold, der wie eine Klette an ihnen hing und nur von ihrer Seite wich, wenn Vater seine immer unverschämteren Bestechungswünsche erfüllte, und dazu gab es die abendlichen Gespräche und sonntagnachmittäglichen Spaziergänge mit Großvater, bei denen er Gretchens jungem Mann auf den Zahn fühlen wollte. Großvater rauchte greulich schwarze Zigarren dabei, und obwohl Vater kein Raucher war und das Rauchen, wenn er's gewesen wäre, nach solchen Strapazen todsicher endgültig aufgesteckt hätte, tat er mit, um Großvater nur bei Laune zu halten. Wenn sie dann nach einem dreistündigen Spaziermarsch über die Ummendorfer Chaussee oder einem endlosen Schachspiel in Großvaters altpreußisch-sparsam eingerichteten Arbeitszimmer auseinandergingen, war Vater zwar grünlich-bleich um die Nase und weich in den Knien, aber ungebrochen. Wer ihn kleinkriegen wollte, wenn es um Mutter ging, der mußte erst noch geboren werden. Großvater erkannte seine Beharrlichkeit widerwillig an und erzählte Großmutter später beim Schlafengehen, Gretchens Jüngling hätte doch »mehr Murks in den Knochen«, als ihm von außen anzu-

sehen wäre. Doch wenn Großmutter den günstigen Wind nutzen wollte, um ihn zu überreden, mit der Verlobung endlich ernst zu machen, winkte er sofort wieder ab und meinte verdrießlich, so gut wäre sein Eindruck nun wieder nicht.
Außerdem sei ein Jahr, zumal er nur sonntags angetanzt käme, viel zu wenig Zeit, um einen Menschen richtig kennenzulernen.
»Er gefällt mir eben nicht«, brummte er, und das war nicht weiter erstaunlich, wenn man bedachte, daß ihm ein königlicher Prinz gerade eben gut genug für seinen Liebling gewesen wäre.
»Er gefällt dir nicht?« murmelte Großmutter träumerisch. »Das hat mein Vater von dir damals auch gesagt.«
»Von mir?« Großvaters Stimme klang ungläubig entrüstet. »Ausgeschlossen!«
Großmutters Augen glänzten in sanfter Erinnerungsfreude.
»Doch«, nickte sie. »Noch ganz was anderes hat er gesagt. Aber ich habe ihn reden lassen und dich trotzdem liebgehabt.«
Großvaters leicht angeknacktes Selbstbewußtsein hob sich wieder.
»Kunststück. Weil du mich eben besser kanntest.«
»Stimmt«, sagte sie. »Und Grete kennt Keller auch besser als du.«

Aber dann war's schließlich doch soweit, und nachdem er einmal A gesagt hatte, war auch das B, die Hochzeit, nicht mehr bis ins Uferlose auf die lange Bank zu schieben. Dafür sorgte schon der Guerillakrieg, den Mutter im Verein mit Großmutter gegen Großvater führte. Tränen spielten dabei eine gewaltige Rolle, und Mutter brachte es zu wahrer Meisterschaft in der Kunst, sich aufs Stichwort ein paar abzuquetschen, die dann rührend in ihren langen Wimpern glitzerten, bevor sie über die blassen Wänglein zu Tal rannen. Wenn jemals das Sprichwort »Steter Tropfen höhlt den Stein« seine Behauptung erfüllte, dann in diesem Falle. Großvater wurde ausgehöhlt, daß es nur so eine Art hatte, und das allerletzte Wehr wurde schließlich auch durch eine kleine Tränenflut weggespült.
»Schön«, sagte Großvater ergeben, als er sie sich entladen sah, »ich geb's auf. Ostern ist von mir aus Hochzeit.«
»Diesen?« fragte Mutter hoffnungsfroh, denn es war Februar, und Ostern war nur noch acht Wochen hin.

»Wo denkst du hin!« Großvater war sichtlich erschrocken. »Natürlich nächsten.«

»Und dann verschiebst du's wieder auf nächsten«, jammerte Mutter und setzte ihren Mechanismus in Tätigkeit, »bis Heinz genug hat und ich als alte Jungfer ende.«

»Wär auch nicht das Schlimmste«, brummte er abgewandten Gesichts. »Bei deinem Vater weißt du wenigstens, was du hast, aber bei deinem jungen Mann ...«

»... weiß ich wenigstens, was ich nicht habe«, fiel Mutter schluchzend ein. »Nämlich keinen, der mir dauernd was vor die Nase hält und es wegzieht, sobald ich zufassen will ... hu, hu!«

Mutter hatte auf volle Leistung geschaltet, sowohl was Lautstärke wie was Ergiebigkeit anbelangte, und Großmutter stürzte entsetzt aus der Küche herbei. Aber sie brauchte Mutter keine Hilfestellung mehr zu leisten, denn Großvater war endgültig aufs Haupt geschlagen.

»Also gut, diesen Ostern«, grollte er. »Wenn du dich absolut ins Unglück stürzen willst ...«

Vater war inzwischen zur praktischen Nutzung seiner Studien in ein Leipziger Bankhaus eingetreten, und da begründete Aussicht bestand, daß er in nächster Zukunft die Leitung einer Filiale übernehmen würde, war auch von dieser Seite die Voraussetzung für eine solide bürgerliche Familiengründung geschaffen. Nur in einer Beziehung hatte Vater noch Kummer. Für einen ordentlichen Frack mit Zubehör zur Trauung reichte sein Sparschwein gerade aus, für die Hochzeit wollte Großvater sorgen, aber die Hochzeitsreise war nun mal seine Sache, und Großvater war nicht bereit, auch nur einen roten Heller dafür zuzugeben. Nicht etwa aus Kleinlichkeit oder Abneigung gegen Vater, sondern weil er fand, daß es sich erstens so gehöre und daß man zweitens eine Ehe gleich von Anfang an im richtigen Rahmen führen müsse, wenn man nicht schnöde Schiffbruch erleiden wolle.

»Hat mir dein Vater vielleicht was zugegeben?« sagte er zu Großmutter. »Wir sind auch bloß auf 'ne Woche zu deinem Onkel nach Kleinwusterwitz gefahren und haben uns keine großen Rosinen in den Kopf gesetzt. Und sind wir deswegen vielleicht nicht glücklich geworden?«

Mutter hatte zwar keine großen Rosinen im Kopf, aber für ein junges Mädchen war es nur natürlich, daß sie sich für die Flitterwochen ihres Ehestandes einen möglichst schönen Hintergrund ersehnte, jedenfalls etwas, das romantischer als Kleinwusterwitz war, und da Vater sie nicht enttäuschen wollte, verbrachte er eine Reihe unruhiger Nächte, bevor er auf die gloriose Idee kam, seinen Studienkumpan Hedinger anzupumpen. Hedinger entstammte einer Schweizer Hutfabrikantendynastie und hatte nicht nur Verständnis für Vaters Dilemma, sondern auch die Mittel, ihm mit ein paar Hunderter unter die Arme zu greifen, was damals ein erkleckliches Sümmchen war.

Vater fühlte sich also von dieser Sorge befreit, und da er eine systematische Natur und ökonomisch gebildet war, machte er Voranschläge für ein paar in Frage kommende Reiseziele mit Extraspalten für Reisekosten, Aufenthaltskosten, unvermeidbare und vermeidbare Nebenausgaben. Das Ergebnis dieser streng wissenschaftlichen Untersuchung war, daß eine Reise nach Berlin die günstigste Ausnutzung der zur Verfügung stehenden Summe versprach. Berlin wurde also vorgeschlagen und von Mutter, die bisher noch nicht dagewesen war, auch angenommen. Berlin war zwar nicht Venedig, aber der haupt- und residenzstädtische Trubel samt historischem Eckfenster, Sanssouci und Metropol-Theater hatte auch seine Reize.

Von Großvater beraten und der Billigkeit wegen hatte Vater ein christliches Hospiz in der Friedrichstraße als Standquartier für ihre Flitterwochen gewählt, aber offenbar hatte Mutter von ihrem Liebesnest andere Vorstellungen gehabt als ein zwar pieksauber geschrubbtes, aber reichlich karges Zimmer mit eisernen Waschständern, Kerzen auf den Nachttischen und Aussicht auf einen düsteren Hinterhof. Auch die Hospizvorschriften gefielen ihr nicht.

»Morgens um acht Uhr Frühstück?« sagte sie und zog einen Flunsch. »Da müssen wir ja in aller Herrgottsfrühe aus den Federn.«

»Du bist doch bisher auch nicht später aufgestanden«, gab Vater

vernünftig zu bedenken. Mutter war jedoch in einer derartigen Stimmung, in der Vernunft keinerlei Eindruck auf sie zu machen schien.
»Bin ich auch nicht«, murrte sie, »aber schließlich will ich doch wissen, daß sich was geändert hat, daß ich verheiratet bin!«
Vater schien dieses Argument zwar nicht sehr überzeugend, aber schließlich war er selbst kein begeisterter Frühaufsteher, und darum fand er ihren Standpunkt immerhin verständlich. »Ich kann ja versuchen, mit der Vorsteherin zu sprechen«, murmelte er zögernd. »Vielleicht kann sie's einrichten, daß uns das Frühstück später ans Bett gebracht wird.«
Mutters Augen leuchteten bei dieser lockenden Vision auf, aber sie hatte die Vorsteherin in ihrer gestärkten weißen Schürze über dem schmucklos-grauen, bis unters Kinn geschlossenen Kleid bei der Ankunft gesehen, und dieser erste Eindruck genügte, um sie Vaters Optimismus nicht teilen zu lassen.
»Glaub ich nicht«, sagte sie. »Jede andere, aber die nicht. Vielleicht hält sie's für unsittlich, im Bett zu frühstücken. Und überhaupt . . .«
Sie warf sich an Vaters Brust und sah zärtlich flehend zu ihm auf. »Es gefällt mir einfach nicht. Ich hab's mir so hübsch vorgestellt . . . mit ein bißchen mehr Komfort und Kellnern im Frack und Läufern auf den Fluren, und wenn man klingelt, kommt ein Stubenmädchen mit weißem Häubchen und fragt, was man will. Hier gibt's nicht mal 'ne Klingel, und wenn ich aus dem Fenster sehe, könnte ich ebensogut in Magdeburg oder sonstwo sein.«
Vater hätte zur Not befrackte Zimmerkellner und Stubenmädchen vermissen können – bisher jedoch war er in seinem Studikerdasein ohne sie ausgekommen –, aber da Mutter sie offenbar zur Erhöhung ihres Lebensgefühls brauchte, wäre nicht viel dagegen einzuwenden gewesen, wenn nicht der Plan in seiner Brusttasche geknistert hätte. Und der erlaubte eben, was Hotels anbelangte, keine größeren Sprünge.
»Du hast ja recht«, sagte er deshalb schwächlich und nahm seine Zuflucht zu einem Kuß auf ihr dunkles, duftendes Haar, das ihn bei jeder ihrer Bewegungen an der Nase kitzelte. »Aber es geht nicht

anders. Du weißt ja, warum. Wir müssen eben vernünftig sein.«
»Ich will aber nicht«, erklärte Mutter entschieden. »Vernünftig können wir später immer noch sein, jahrelang, jahrzehntelang. Nach den Flitterwochen fang ich gleich damit an. Aber ... ach, Schatzi, hier stehen ja nicht mal die Betten nebeneinander!«
Zweifellos trug dieses Argument dazu bei, daß Vater ihr eine Viertelstunde später versprach, morgen sofort nach dem Frühstück mit ihr in ein anderes Hotel zu ziehen. Gleich ginge es nicht. Schließlich hatten sie das Zimmer im Hospiz im voraus bestellt.
Während sie abends über die Linden bummelten und sich die Schaufenster in der Friedrichstraße ansahen, konnte sich Vater seiner neuen Situation als junger Ehemann leider nicht so ganz erfreuen, wie er es gewünscht hätte. Sein Plan spukte ihm beunruhigend im Kopf herum, und ob er's wollte oder nicht – er mußte im stillen überschlagen, wieviel er wohl an den unvermeidbaren und vermeidbaren Nebenausgaben einzusparen hatte, um die Rechnung im neuen Hotel bezahlen zu können. Schließlich fiel es Mutter auf, und sie ertappte ihn dabei, wie er, in endlose Multiplikationen und Additionen verstrickt, abwesenden Blicks stumm die Lippen bewegte.
»Fehlt dir was, Schatz?« erkundigte sie sich sehr liebevoll und besorgt.
»Mindestens sechzig Mark«, murmelte er, in seinen Kalkulationen befangen. »Das heißt, wenn wir jeden Tag beim Essen ein bißchen einsparen könnten ...«
»Du, hör mal«, unterbrach ihn Mutter und drückte seinen Arm liebevoll an sich, »man soll zwar von Luft und Liebe leben können, und Liebe ist genug vorhanden, aber unglücklicherweise hab ich auch manchmal Appetit, und wenn ich nicht esse, bin ich kein Mensch. Es gibt bestimmt auch noch andere erwägenswerte Möglichkeiten.«
»Gibt's eben nicht«, sagte Vater bekümmert. »Ich hab alles genau eingeteilt, und laut Plan ...«
Alles, was Mutter von diesem und sonstigen Plänen, besonders aber von Plänen dachte, die Hochzeitsreisen »einteilen« sollten, drückte sich in der Geste aus, mit der sie ihren rosigen Zeigefinger auf seine Lippen legte.

»Kein Wort mehr«, sagte sie. »Ich hab einen viel besseren Plan. Wir fragen gar nicht danach, was irgendwas kostet, und wenn das Geld alle ist, fahren wir einfach nach Hause.«

Für Mutter war damit der Fall bestens erledigt, und auch Vater fand sich einen Abend lang durch die irrationale Kühnheit ihres »Plans« von allen seinen Sorgen erlöst, aber nach und nach hoben sie doch wieder dräuend ihr Haupt und versauerten ihm die schönsten Stunden. Er konnte es nun einmal nicht lassen, bei allem heimlich nach den Preisen zu gucken, sie tageweise zu addieren und dann mit einundzwanzig zu multiplizieren; drei Wochen hatten sie nämlich bleiben wollen. Am ersten Tag hatte das Resultat mit dem Inhalt seiner Reisekasse noch in einer einigermaßen vertretbaren Relation gestanden, aber je mehr Tage verstrichen, desto hoffnungsloser weitete sich die Kluft, und Vater hatte seine Flitterwochen schon um ein paar Tage verkürzen müssen. Immerhin, das Defizit war noch auszugleichen. Die Katastrophe sollte aber erst noch kommen.

Sie nahm damit ihren Anfang, daß Mutter sich vor einem Schaufenster von Wertheim in einen Pariser Modellhut verliebte. Es war ein wunderschönes Exemplar von der Größe eines mittleren Wagenrades, rot und auf raffinierte Weise von künstlichen Parmaveilchen bewachsen. Vater fand ihn reichlich auffallend, aber Mutter war nicht von der Scheibe wegzukriegen, und schließlich brachte sie es fertig, ihn mit hineinzulotsen. Sie wollte das Prachtstück bloß mal aufprobieren.

Während Vater unbehaglich auf einem gebrechlichen Stühlchen mit spindeldünnen, vergoldeten Beinen herumbalancierte und von einer liebenswürdigen, üppigen Dame mit entzückten Äußerungen über die Qualitäten des Huts und den unvergleichlichen Charme, den er seiner Trägerin mitteilte, berieselt wurde, nahm sich Mutter vor einem großen Spiegel von allen Seiten in Augenschein. Der Hut gefiel ihr jetzt noch viel besser, und als sie sich endlich mit einem strahlenden Lächeln Vater zuwandte, wußte er, was die Glocke geschlagen hatte. Er fand das Prachtstück noch immer reichlich pompös, aber es stand Mutter wirklich prächtig, und ein Vermögen konnte so ein mit künstlichen Blümchen garniertes Stück Filz ja unmöglich kosten. Für seinen Kalabreser hatte er vor drei Jahren drei Mark fünfzig bezahlt, und Filz war schließlich Filz, ob er nun schwarz oder rot war.

Man darf nun beileibe nicht in den Irrtum verfallen, Vater für übermäßig naiv oder Mutter gar für sträflich leichtsinnig zu halten. Vater war auf einem kleinen Bauernhof groß geworden, war ursprünglich Lehrer in einer niederschlesischen Kreisstadt gewesen, hatte dann unter schwierigen Verhältnissen studiert und war bei alledem – ebenso wie Mutter – noch nie mit Pariser Modellhüten in Berührung gekommen. Als die dicke Dame daher ganz nebenbei den Preis hören ließ, fuhr allen beiden der Schreck in die Glieder. Vater war froh, daß er saß, und Mutter hatte zum Glück noch den Hut auf, der zu Haltung verpflichtete.

Das Vernünftigste wäre gewesen, mannhaft zu bemerken, das Ding sei zu teuer und man werde sich woanders nach einer billigeren Kopfbedeckung umsehen. Aber irgendwie konnte es Vater nicht. Eine solche Äußerung schien ihm einfach nicht in das fürnehme Etablissement zu passen; außerdem saß er schon zu tief in der Sache drin, und es fiel ihm schwer, sowohl die dicke Dame, die sich so blumig-lyrische Lobpreisungen abgerungen hatte, als auch Mutter zu enttäuschen. Schließlich war eine Hochzeitsreise im allgemeinen eine einmalige Angelegenheit, und solange sie dauerte, hatte die junge Frau ein verbrieftes Recht auf wolkenlose Glücksgefühle.

Den letzten Anstoß gab die dicke Dame, indem sie fragte, ob sie vielleicht auch noch einen zum Hut passenden Schal zeigen dürfe.

»Danke«, sagte Vater blaß und zückte rasch sein Portemonnaie, um jede weitere Anzapfung seiner Reisekasse schon im Keim zu erstikken. »Der Hut genügt fürs erste. Mehr brauchen wir nicht.«

Mutter war selig mit ihrem Pariser Modell und hätte es, wenn es nicht zu schwierig gewesen wäre, am liebsten auch nachts aufbehalten. Vater war weniger selig. Den ganzen Tag über juckte es ihn, seinen Plan aus der Tasche zu holen und in den Abgrund zu blicken, der sich vor ihnen aufgetan haben mußte, aber er überwand sich und ließ ihn stecken. Dafür lenkte er ihre nächsten Spaziergänge in Ge-

genden, wo bestimmt keine Modegeschäfte zu erwarten waren. Sie besuchten nacheinander den Charlottenburger Schloßpark, den Tiergarten und den Park von Sanssouci, und obwohl es da wie dort von Möglichkeiten wimmelte, hinter einem Gebüsch oder im Schutz einer unanständig mangelhaft bekleideten Marmornymphe stehenzubleiben und sich zu umarmen, wurde Mutter bei soviel horticulturistischer Augenweide doch ein wenig unruhig; es fehlte ihr das Publikum für ihren Hut. Wenn sie schon den ganzen Nachmittag des von Parmaveilchen überwucherten Ungetüms wegen den Kopf steif hielt und Haltung bewahrte, wollte sie als Gegenleistung schließlich die Bewunderung der Menge einstreichen.
Vater spendierte zum Trost zwei Logenplätze im Metropol-Theater – abends waren ja keine Läden offen –, aber etwas Ungeschickteres hätte er gar nicht anstellen können. Denn außer den munteren Vorgängen auf der Bühne nahm Mutter während der Pause im Foyer auch die Kleidung der anderen Damen in Augenschein, und ihr wurde klar, daß zu dem Hut auch ein passendes Kostüm gehörte; das, was sie trug, wirkte angesichts dieser Vergleichsmöglichkeiten geradezu provinziell.
Sie teilte Vater ihre Beobachtung vertrauensvoll mit, aber Vater hörte auf diesem Ohr schwer. Er fände sie viel hübscher und eleganter als die andern, erklärte er entschieden, und außerdem schiene es ihm sehr zweifelhaft, ob es sich bei denen überhaupt um Damen handele, die in Modedingen und auch sonst als Vorbild anzusehen seien.
Mutter horchte interessiert auf. »Keine Damen? Meinst du, daß es . . .?«
Vater nickte gewichtig.
»Halbwelt«, murmelte er sachkundig. »Du wirst doch nicht etwa wie solche Halbweltdamen rumlaufen wollen!«
Es ist ungewiß, aus was für Romanen Mutter ihre Kenntnisse über Halbweltdamen bezogen hatte – jedenfalls schienen sie sie nicht allzusehr gegen sie eingenommen zu haben.
»Meinst du, daß alle . . .?« forschte sie und ließ ihre weit aufgerissenen braunen Augen von einer der Damen zur anderen wandern. Vater war sich selbst nicht sicher, wie die Dinge lagen, aber erstens

konnte er keine nennenswerten Unterschiede feststellen – für seine Begriffe waren sie alle mächtig aufgedonnert –, und zweitens schien es ihm vorsichtiger, bei der abschreckenden Halbwelt-These zu bleiben.
»Alle«, murmelte er deshalb düster.
»Schööön«, seufzte Mutter glücklich. »Ach, Schatz, ich bin so froh, daß wir unsere Hochzeitsreise hierher gemacht haben. In Venedig hätten wir so was Aufregendes bestimmt nicht erlebt!«

Daß Mutter den Gedanken an ein des Pariser Prachtstücks würdiges Kostüm noch nicht aufgegeben hatte, wurde Vater betrüblich deutlich, als sie am nächsten Tag zum Ausgehen ostentativ ihren Magdeburger »letzten Schrei« aufsetzte und das teure Modell im Schrank ließ. Ihr Antlitz trug dabei einen entsagungsvollen Ausdruck, und diesen Ausdruck behielt sie auch während des ganzen Spaziergangs bei. Vater negierte ihn, so gut er konnte, aber als Mutter beim Mittagessen in einer gemütlichen Bierstube in der Behrenstraße ganz gegen ihre Gewohnheit auch noch Zeichen eines bedenklich gestörten Appetits zu zeigen begann, war es mit seiner Widerstandskraft vorbei, und er beschloß, an ihren Realitätensinn zu appellieren.
»Hör mal«, murmelte er, nachdem er sich verstohlen vergewissert hatte, ob auch niemand nahe genug saß, ihre kleine Auseinandersetzung hören zu können, »ich hab dir doch gesagt, daß wir vernünftig sein müssen.«
»Weiß Gott, das hast du«, bemerkte Mutter nachgiebig. »Und ich bin auch so vernünftig, wie ich nur sein kann.«
»Weiß ich«, sagte Vater, »aber ich habe so eine düstere Ahnung, als ob du was anderes darunter verstündest als ich.«
»So? Dann erklär mir nur, was es deiner Meinung nach ist!«
»Vernünftig sein«, dozierte Vater, der seine frühere Tätigkeit als Lehrer nicht verleugnen konnte und gern jemand vom Born seiner Weisheit profitieren ließ, »heißt, daß man sich nach der Decke streckt, die nun einmal da ist, heißt, daß man das Gelingen des Ganzen nicht gefährdet, um einen unzeitgemäßen eigenen Wunsch erfüllt zu sehen. Mit anderen Worten, Vernunft ist die einsichtige Un-

terordnung unter Tatsachen, die nun einmal unabänderlich sind.« Befriedigt stellte er fest, daß seine Ausführungen offenbar auf fruchtbaren Boden gefallen waren. Der entsagende Blick war aus Mutters Augen geschwunden, ihre Wangen hatten sich ein wenig gerötet, und sie sah ihn mit einer anbetungswürdigen kleinen Falte auf ihrer glatten, runden, von braunseidigem Haargeflimmer umsprühten Stirn träumerisch an.

»Das versteh ich«, murmelte sie nach einem Weilchen. »Du meinst, daß es unvernünftig wäre, eine Portion Gänsebraten für eins fünfzig zu bestellen, wenn man nur eine Mark in der Tasche hat.«

»Genau das mein ich«, nickte Vater, begeistert, sie so gelehrig zu finden.

»Hm . . .« Mutter fuhr sich mit der Zungenspitze über die Lippen. »Wenn man aber gerade Appetit auf Gänsebraten hat, und es findet sich jemand, der's einem bezahlt, ist es dann unvernünftig, es anzunehmen?«

»Nee, dann wär's höchst unvernünftig, es abzulehnen«, grinste Vater. »Bloß wird leider niemand so unvernünftig sein, so was zu tun.«

Er war heilfroh, daß die heikle Diskussion auf ein neutrales Gebiet abgeglitten war und daß Mutter kicherte, als sie erwiderte: »Ach, das kann man nie wissen.«

Es war ihr erstes Kichern an diesem Tag, und er merkte, wie sehr er ihre gute Laune entbehrt hatte. Aus Dankbarkeit beschloß er, nach dem Essen allein in die Leipziger Straße zu ziehen und ihr irgendwo im Schaufenster ein hübsches Kostüm auszusuchen, das sie sich schicken lassen würden, sobald er sein erstes Gehalt als Filialleiter bekäme.

Mutter hatte zu seiner Erleichterung auch nichts dagegen, ihn allein zu lassen. Sie behauptete, für ein Mittagsschläfchen im Hotel reif zu sein. Um halb fünf wollten sie sich in der Hotelhalle wieder treffen. Vater zog also los, den Kalabreser unternehmungslustig aufs Ohr gerückt, mit schwingendem Stock und kühn auf der Nase wippendem Zwicker. Die gute Absicht erfüllte ihn mit einem angenehmen Wohlgefühl, er schmunzelte schon in Gedanken an Mutters Überraschung, und je weiter er seine Schaufenster-Inspektion ausdehnte, desto mehr verblaßte seine ursprüngliche Absicht und desto entschiedener reifte in ihm der Entschluß, ihr das Kostüm sofort zu kaufen. Kostüme waren gar nicht so teuer, wie er es sich in Erinnerung an den Hut vorgestellt hatte, und schließlich brauchte man nicht gerade das teuerste zu nehmen ...

Als er wieder im Hotel erschien, hatte er einen länglichen Karton unter dem Arm und war sogar mit seinem Plan einigermaßen im reinen. Zwei weitere Flitter-Tage waren zum Teufel, aber letzten Endes war Gretes Freude auch etwas wert, ganz abgesehen davon, daß ihre Appetitlosigkeit auf ihn abfärbte und daß ihm Fasten nun mal nicht bekam.

In der Halle war sie nicht, und Vater wandte sich eben zur Treppe, als er eine fremde Dame von betörender Eleganz von der Straße hereinrauschen sah. Auch sie trug einen länglichen Karton unter dem Arm, und es war dieser Umstand, vielleicht auch, daß ihm ihr Hut bekannt vorkam, der ihn ein zweites Mal genauer hinblicken ließ. Und wahrhaftig, die betörend elegante Dame war – Mutter.

»Na, wie findest du mich?« flüsterte sie in Verkennung der Ursache seiner Sprachlosigkeit selig. »Wundervoll, nicht? Ein Gelegenheitskauf. Auch ein Pariser Modell, nicht die kleinste Kleinigkeit dran zu ändern und gar nicht mal so schrecklich teuer. Die Rechnung ist im Karton. Willst du sie sehen?«

»Lieber nicht«, ächzte Vater, der seine Knie wanken fühlte. »Nicht bevor ich sitze. Und das, nachdem ich dir vorgepredigt habe, daß wir vernünftig sein müssen.«

»Aber ich bin ja vernünftig gewesen«, strahlte Mutter triumphierend. »Ich hab jemand gefunden, der den Gänsebraten ... ich meine, das Kostüm für mich bezahlt.«

»Allmächtiger! Wen denn?« Vaters Phantasie bevölkerte sich mit glatzköpfigen, älteren Lebeherren, von denen Mutter sich hatte ansprechen lassen.

»Ich bin einfach zu Gerson gegangen, wo Vati immer unsere Garderobe einkauft, und die haben's auf seine Rechnung geschrieben.«

Lebemänner waren schon schlimm genug, aber die Vorstellung, daß Großvater die Rechnung bekommen und denken könnte, daß er im Bilde gewesen sei ... das war geradezu niederschmetternd.

»Ausgeschlossen«, murmelte Vater schwach. »Lieber leb ich während des Rests unserer Flitterwochen von Wasser und Brot, schlaf auf 'ner Pritsche im Obdachlosenasyl, versetz meine Uhr und wanke auf Schusters Rappen nach Leipzig zurück, als daß ich mir von deinem Vater anhören würde, was er über jemand denkt, der auf anderer Leute Kosten hinterrücks seine junge Frau ausstaffiert.«
»Ich hab mir nichts Schlimmes dabei gedacht«, sagte Mutter kleinlaut. »Aber wenn du meinst ... Wir könnten zum Ausgleich nun wirklich ein bißchen sparsamer sein.« Ihr Blick fiel zum erstenmal auf Vaters Karton. »Was hast du denn da?«
»Meine Überraschung für dich ... auch ein Kostüm.«
Fünf Minuten lang herrschte zwischen ihnen bedrücktes Schweigen, dann hatte sich Mutter wieder gefangen.
»Weißt du, Schatzi«, schnurrte sie ermunternd, »wir fangen einfach jetzt mit dem Vernünftigsein an. Wie sagtest du gleich? Vernunft heißt, sich einsichtig Tatsachen unterzuordnen, die nun einmal unabänderlich sind. Hab ich dir nicht aufmerksam zugehört?«
»Hast du«, murmelte Vater zerknittert. »Aber offenbar nur da, wo es dir in den Kram gepaßt hat. Jedenfalls hast du zum letztenmal allein dein Mittagsschläfchen gehalten.«

Sie brauchten zwar für den Rest ihrer Flitterwochen nicht gerade von Wasser und Brot zu vegetieren, aber am nächsten Vormittag riß Vater sorgfältig seinen Plan in ganz kleine Stücke, ließ sie in den Papierkorb flattern, zahlte seufzend die Rechnungen im Hotel und bei Gerson, und mit dem schäbigen Rest fuhren sie vierter Güte nach Leipzig. Zehn Tage lang hausten sie in Vaters ehemaliger Studentenbude in Connewitz, die zum Glück noch frei war, wandelten stundenlang Hand in Hand in der Umgebung spazieren, futterten sich in einer kleinen Kneipe durch, in der Vater noch von früher Kredit besaß, und ihre einzige Sorge war, ob der Hotelportier wohl auch alle zwei Tage eine der bei ihm deponierten, im vorhinein frankierten und mit »besten Grüßen aus Berlin« versehenen Ansichtspostkarten in den Briefkasten stecken würde. Schließlich brauchte niemand etwas von dem unprogrammäßigen Ortswechsel zu erfahren.

Manchmal aber schlüpfte Mutter in ihr Kostüm – abwechselnd in das von Gerson und in Vaters Überraschung –, piekte das gute Pariser Stück auf ihrer hochgetürmten Haarfülle fest, Vater bürstete seinen Kalabreser auf neu und würgte eine besonders hohe Kragenröhre rund um seinen Adamsapfel, und dann fuhren sie mit der Straßenbahn in die Stadt, paradierten vor den besseren Hotels und Cafés und spielten »durchreisende Fremde von Distinktion«. Wenn sie danach in Vaters alte Bude zurückgekehrt waren, setzte sich Mutter auf die spartanische Eisenbettstelle, weil der einzige Holzstuhl noch härter war, und Vater mimte im Hochzeitsfrack mit einem Tablett, das mit einer Flasche Dünnbier und noch dünner bestrichenen »Bemmen« dürftig bestellt war, den Zimmerkellner, der elegant das Souper servierte. Sie hatten dabei immer eine Menge zu kichern, und Frau Bullrich, die Wirtin, die sie von der Küche aus hörte, schüttelte mehr als einmal bedenklich das Haupt.
»Ich fraach mich manchmal, ob die ooch würglich verhairat sin«, vertraute sie ihrer Nachbarin an. »Bei Bullrichen un mir is es jä'nfalls nie so lusdich gewäsen.«

5. Kapitel

Die erste Vorlesung

Mutter hatte gedacht, daß sie Vater nach einem halben Jahr Ehe bis in die letzte Westentasche kennen müsse, aber es gab doch immer wieder Augenblicke, in denen sie sich, was ihn anbelangte, wie Livingstone vor den ungelösten Rätseln des dunklen Erdteils vorkam. Da war, zum Beispiel, die Geschichte mit ihrem Haushaltsbuch. Vater war zwar um diese Zeit schon Leiter der Bankfiliale in einem kleinen Städtchen im Harz und residierte mit Mutter in einer mit Türmchen, Erkern, Glasveranden und einem vielgiebligen Schieferdach romantisch aufgeputzten Zweifamilienvilla – unten der

Hauswirt mit Gartenbenutzung, oben er ohne –, aber mit seinem Gehalt war es noch nicht weit her, und deshalb legte er Wert darauf, daß Mutter ihre Haushaltsausgaben ordentlich kontrollierte.
Mutter hatte nun bisher überhaupt nie oder nur höchst selten Geld ausgegeben – das hatten immer Großvater, Großmutter oder die Pensionstanten für sie besorgt –, und es schien ihr höchst lästig, das ohnehin unergründliche Mysterium seines unaufhaltsamen Dahinschwindens dadurch noch zu vertiefen, daß sie ihm mit Bleistift und Oktavheftchen auf den Fersen zu bleiben suchte.
»Warum bloß?« muckte sie gegen Vaters Belehrungsversuche auf. »Es wird ja doch nicht mehr, auch wenn ich's noch so ordentlich aufnotiere.«
Vater fand es schwierig, einem so liebreizenden Mädchen wie Mutter gegenüber ausnahmsweise mal ernste Töne anzuschlagen, aber er hatte das Gefühl, daß es in diesem Punkte einfach sein müsse, wenn er nicht gleich von Anfang an das Gedeihen seiner künftigen Familie aufs Spiel setzen wolle.
»Natürlich wird's nicht mehr«, sagte er darum nachsichtig, wenn auch fest. »Aber du weißt wenigstens, wofür du's ausgibst.«
»Das weiß ich sowieso, aber es hilft mir auch nicht weiter«, erwiderte Mutter ebenso fest. »Was weg ist, ist weg und kommt nicht wieder.«
Vater fuhr sich bekümmert durch die blonde Bürstentolle und fragte sich, warum es wohl so schwer sein mochte, gewisse ökonomische Grundprinzipien, die so sonnenklar schienen, daß über sie überhaupt nicht zu diskutieren war, einem weiblichen Wesen nahezubringen.
Fehlte womöglich da ein Organ, oder war es einfach mangelnde Lebenserfahrung?
Seufzend hob er von neuem an: »Aber ich könnte es mir mal ansehen und dir vielleicht raten, wo sich möglicherweise was einsparen ließe.«
»Einsparen? Wo ich doch ohnehin nur das Notwendigste kaufe! Bloß, was ich eben so brauche, um es dir ein bißchen gemütlich zu machen.«
Vater konnte nicht umhin, ihr solche Fürsorglichkeit gerührt mit

einem zärtlichen Kuß zu danken, und danach war es ohnedies mit ernsten Gesprächen fürs erste aus.
Allmählich aber sickerten Vaters Ermahnungen doch bei ihr durch, und sie sah reuig ein, daß er für sein gutes Geld wirklich ein wenig Entgegenkommen erwarten durfte. Ein Oktavheft wurde also erstanden, und so bemüht war sie, die ersten Seiten zum Vorzeigen vollzukriegen, daß sie ihn zwiefach überraschte: einmal mit dem Heft und zum anderen damit, daß das Haushaltsgeld für die ganze Woche schon am Mittwoch verputzt war.
Immerhin – das Haushaltsbuch blieb eine feststehende Einrichtung. Sobald Mutter vom Einkaufsgang nach Hause kam, setzte sie sich an ihren Nähtisch im Erker, kramte einen Bleistiftstummel heraus und kaute zum Zwecke der geistigen Sammlung die letzten schäbigen Holzreste von seinem Ende. Spätestens nach den ersten drei bis vier Zahlen war es mit präzisen Erinnerungen vorbei, und der fehlende Betrag wurde nach einigem Zögern schlicht unter »Sonstiges« deklariert.
Mit der Zeit schwoll diese Rubrik derartig an, daß Mutter sich schließlich doch gedrängt fühlte, eine Erklärung abzugeben.
»Weißt du«, sagte sie zutraulich, »heute war wieder soviel kleines Kroppzeug dabei, Salz und Streichhölzer und so was, daß ich dachte, es lohnt nicht, deswegen so viel Papier zu verschmieren. Schließlich willst du ja, daß ich spare.«
Sie lächelte Vater lobheischend an, und Vater brachte es nicht übers Herz, sie zu enttäuschen. Er hatte es im Grunde längst aufgesteckt, sie auch in diesem Punkt zu einer Musterhausfrau zu machen, und sah sich das Heftchen nur noch an, um ihr einen Gefallen zu tun. Und Mutter wiederum, nach wie vor weit entfernt davon, den Sinn der ganzen Angelegenheit zu begreifen, blieb nur ihm zu Gefallen bei der Stange. So häufte sie im Lauf der Jahre eine ganz stattliche Bibliothek von Oktavheftchen an, die uns Vater später immer als leuchtendes Beispiel vorwies, wenn die Kontoheftchen, die wir über unser Taschengeld führen mußten, wieder mal betrübliche Lücken aufwiesen.
Reinsehen ließ er uns in Mutters Heftchen allerdings nicht, und als er selbst einmal später zufällig drin rumblätterte, konnten wir ihn

kopfschüttelnd murmeln hören: »Weiß der Himmel, was wir damals immer gegessen haben. Es kann eigentlich nur Sonstiges gewesen sein.«

Auch mit Vaters Vorliebe für Tiere hatte sie nicht viel im Sinn. Nicht etwa, daß sie Tiere nicht gemocht hätte. Abgesehen von Spinnen, Blindschleichen, Mäusen, Küchenschaben und dergleichen hatte sie sie ganz gern, aber eben nur soweit sie ihr nicht zu nahe kamen. Sie mochte sie gleichsam nur in ihrer ideelichen Gestalt; die haarende, riechende, feuchtnasige Wirklichkeit ging heftig gegen ihren Reinlichkeitssinn.

Vater dagegen brachte ausnahmslos jedem geflügelten und vier- oder mehrbeinigen Wesen liebendes Interesse entgegen. Mutters wegen hielt er sich zwar weder Hund noch Katze, aber für die Vögel konstruierte er während des ersten Winters ihrer Ehe aus alten Kistendeckeln und Baumrinde höchstpersönlich ein Futterhäuschen, das in der Futterhäuschen-Architektur seinesgleichen suchte. Vorn war ihm ein balkongroßes Flugbrett vorgebaut, innen bot es mindestens zwanzig schnabulierenden Gästen Raum, und in eine windgeschützte Ecke stopfte Vater trockenes Gras, offenbar um seine hungrigen Kostgänger nach dem Mahl zu einem Mittagsschläfchen anzuregen.

Was Vater gar nicht begriff, war, daß die Vögel bei soviel gebotenem Komfort nicht vor dem Häuschen geradezu Schlange standen. Das Gegenteil war der Fall: so ausdauernd er auch mucksmäuschenstill hinter der Fensterscheibe lauerte, nie ließ sich während der ersten Woche ein Piepmatz blicken.

Vater begann schlecht zu schlafen und seinen Appetit zu verlieren. Die Frage nach dem Grunde so kränkender Zurückhaltung von seiten seiner gefiederten Freunde verfolgte ihn bis in sein Büro in der Bank, und von vertrauenswürdigen Gewährsleuten wird berichtet, er habe auf die Bemerkung eines Kunden, was es denn Gutes zum Mittagessen gebe, weil er so eilig heimwärts strebe, zerstreut geantwortet: »Ach, nichts Besonderes. Nur Hanf- und Sonnenblumensamen. Weiß der Teufel, warum sie's nicht mögen.«

Es dauerte noch eine ganze Weile, bis sich die ersten Gäste zur Be-

nutzung seines Luxusfutteretablissements herbeiließen, aber dann kamen sie auch gleich in Massen.
Vater vergaß das mittägliche Zeitunglesen und stand dafür glückselig hinter der Scheibe und zählte seine Kundschaft.
»Heute waren's siebzehn, zwei mehr als gestern«, sagte er zu Mutter, die seine Begeisterung der kalt gewordenen Suppe wegen nicht ganz zu teilen vermochte. »Paß mal auf, morgen sind's bestimmt zwanzig. So was spricht sich rum unter den lieben Tierchen, und solche Hanfkörner wie unsere kriegen sie auch nicht überall vorgesetzt.«
Sogar sonnabends und sonntags, den Tagen, an denen sie immer spazierengingen, um sich von der Woche auszulüften, war Vater schwer von seinem Beobachtungsstand wegzukriegen, und Mutter war froh, als das anhebende Frühjahr die »lieben Tierchen« wieder in Selbstversorger verwandelte. Vater aber konnte sich von der Erinnerung an seine Winterfreuden nicht so fix lösen. Wenn sie, ineinander eingehakt, durchs keimende Frühlingsgrün wanderten, kam es oft genug vor, daß er urplötzlich stehenblieb und hinter einer über den Weg hüpfenden Drossel hersah.
»Guck mal«, wisperte er aufgeregt, »die da kommt mir mächtig bekannt vor, die ist bestimmt Stammgast bei uns gewesen. Wetten, daß sie von dem bißchen, was sie draußen jetzt aufliest, unmöglich schon so fett sein könnte.«

Wenn Mutter bei solchen Gefühlsaufwallungen auch nicht ganz mitkonnte, meinte sie doch, aus ihnen schließen zu können, daß er alle Anlagen zu einem liebevollen Papa in sich habe. Wenn er sich schon bei Spatzen und Drosseln so anstellte, was würde er da erst bei seinen Kindern zuwege bringen! Und natürlich hatte sie recht, nur zeigte es sich bei Dreas, dem ersten, noch nicht.
»Weißt du«, sagte er und starrte mißtrauisch auf das rötliche, verrunzelte Etwas nieder, das sein Stammhalter war, »vorläufig sieht man noch nicht recht, was hinten und vorne ist, und vernünftig reden läßt sich auch nicht mit ihm. Aber«, fuhr er eilends fort, da er wohl merkte, daß Mutter bei dieser Gelegenheit mehr erwarten durfte, »mit der Zeit wird er bestimmt schon werden. Paß mal auf,

aus dem Kerlchen werden wir noch einen Prachtjungen machen.« Mutter war beleidigt, weil es sich anhörte, als habe sie nur ein Stück fehlerhaften Rohstoffs geliefert, aus dem er – daß »wir« war ja nur eine höfliche Verbeugung vor ihren Gefühlen – schon noch etwas Ordentliches zurechtbiegen würde, aber Vater war im Geiste schon so mit erzieherischen Zukunftsplänen beschäftigt, daß er ihren verwundeten Rehblick nicht bemerkte. Zum Glück expedierte ihn gleich darauf die Hebamme aus dem Zimmer – »Frau Doktor muß sich nu ausruhn. Die Herren wissen ja nie, wenn se aus 'ner Annehmlichkeit zu'n Ärjernis wer'n« –, und als Mutter endlich allein war, beugte sie sich über den Waschkorb, den man dicht neben ihr Bett geschoben hatte, strich mit den Fingerspitzen vorsichtig-zärtlich über den dünnen, schwärzlichen Flaum, der sich einstmals gewiß zu einer störrischen Jungenstolle entwickeln würde, und murmelte tröstlich: »Mach dir nichts draus. Vati meint's nicht so. Er kennt dich ja noch nicht. Aber Mutti kennt dich, und das ist die Hauptsache.«

Allerdings muß ein Umstand Vater zugute gehalten werden. Damals nämlich hatte er gerade den Entschluß gefaßt, die Bank Bank sein zu lassen und sich wissenschaftlicher Arbeit zuzuwenden. Er hatte nun genug in die Praxis geguckt und wollte weiter auf dem Weg, zu dem er sich berufen fühlte. Das aber war keine so einfache Sache, denn er hatte nun Familie und überdies einen Schwiegerpapa, der von seiner Zuckerfabrik aus argwöhnisch darüber wachte, daß es seinem Liebling in der Obhut des Phthisikers, wie er Vater wegen seiner mageren Körperlichkeit immer noch nannte, an nichts gebrach. Denn das war schließlich die Hauptbedingung für seine Einwilligung zur Hochzeit gewesen.

Vater hatte also allerlei zu bedenken, und Dreas' nimmermüdes Gebrüll war nicht dazu angetan, seine fürsorgliche Gedankenarbeit zu fördern. Und mit dem in seinem Gitterbettchen sich munter tummelnden Jüngling stumme Zwiegespräche zu führen, wie Großvater es einstmals mit Gretchen getan hatte, dazu fehlte ihm noch die Einsicht, daß man auch auf die Art zu bedeutsamen Antworten kommen kann.

Als Vater dann ein Angebot bekam, als Oberlehrer an die Höhere

Handelsschule nach Leipzig zu gehen und daneben als Privatdozent an der Universität zu wirken, gab es mit Umzug, allgemeinen und besonderen Vorbereitungen noch mehr zu bedenken, und Dreas nahm womöglich noch weniger Raum in seinen Gedanken ein als zuvor. Hin und wieder rückte Vater sich zwar zerstreut einen Stuhl an das Ställchen, in dem sich sein Sprößling mit einem reichlich zerfransten Teddybär und einem Stoffball vergnügte, aber irgendwie befriedigte ihn Dreas' Treiben nicht.

»Der Junge rutscht ja bloß immer rum«, bemerkte er in einem Ton, als habe er eben an einem teuren Einkauf einen Webefehler entdeckt. »Müßte er nicht eigentlich längst laufen können?«

»Wenn du mit vier Monaten längst laufen konntest«, erwiderte Mutter entrüstet, »bist du ein Wunderknabe gewesen.«

»Ich sag ja gar nichts«, murmelte Vater eingeschüchtert. »Ich meine nur, daß er vielleicht doch schon ein bißchen weiter sein könnte, wenn er – hm – nicht so verpimpelt würde. Kälber stehen schon nach ein paar Stunden auf den Beinen.«

»Die haben auch vier«, sagte Mutter kühl und durchbohrte ihn mit einem vernichtenden Blick.

Nach solchen Gesprächen war Mutter immer ein bißchen bekümmert, aber sie wußte ja, daß es anders werden würde, sobald Vater im neuen Amt richtig Fuß gefaßt und vor allem die erste Vorlesung hinter sich hätte. Denn daß er an der Handelsschule bestehen würde, darüber gab es weder bei ihr noch bei ihm Zweifel, doch am gleichen akademischen Institut, das ihn vor gar nicht langer Zeit erst als Lernenden gesehen, sich nun als Lehrer zu behaupten, das war schon eine andere Sache.

Die erste Vorlesung . . . ja, die eigentlich Leidtragende dabei war Mutter. Tagelang vorher schon lebte Vater nämlich in heller, doch männlich unterdrückter Aufregung. Natürlich glaubte er, sich so vorzüglich zu beherrschen, daß Mutter nichts davon merkte, aber Mutter hätte dazu taub, blind und auch sonst völlig gefühllos sein müssen; sie tat nur ahnungslos, um ihn in seinem frommen Glauben zu stärken. Und dabei bibberte sie selbst, daß irgend etwas schiefgehen könnte. Eine ganze Auswahl ominöser Möglichkeiten bevölkerte ihre Phantasie, von denen jäher Gedächtnisschwund und damit verbundenes hoffnungsloses Steckenbleiben vergleichsweise noch die mildeste schien.

Immer, wenn sie Vater vom Wohnzimmer aus hinter der verriegelten Tür seines Arbeitszimmers lampenfiebrig auf und ab tigern hörte, war sie drauf und dran, rüberzugehen und ihm irgend etwas Ermutigendes zu sagen, aber da sie wußte, daß Vater das nur noch unruhiger machen würde, tat sie es nicht und stopfte statt dessen ihre Sorgen in die Spielhöschen, die Dreas wieder einmal durchgerutscht hatte.

Doch wenn sie schon nicht ordnend in sein aufgescheuchtes Seelenleben eingreifen durfte, wollte sie sich wenigstens um die äußeren Voraussetzungen zum Gelingen der Sache kümmern, und da bedrückte sie vor allem eins: daß Vater nämlich bestens gerüstet auf dem Katheder erscheinen, aber auf den leeren Bänken niemand vorfinden würde, an den er seine Vorlesung loswerden konnte – eine Vorstellung, die auch einen weniger phantasievollen Menschen als Mutter erschüttert hätte. Sie wußte ja, wieviel von diesem Entree für ihn abhing. Es mußte also etwas geschehen, um diese fürchterliche Möglichkeit erst gar nicht möglich werden zu lassen. Aber was? Obwohl es mitten am Vormittag war, braute sich Mutter eine stramme Tasse Kaffee, und als sie danach im Schlafzimmer die Betten machte, kamen ihre Gedanken langsam in Schwung. Vater hatte ihr in Berlin während ihrer Hochzeitsreise aus dem Schatz seiner Welterfahrenheit mitgeteilt, es gäbe Leute, die dafür bezahlt würden, daß sie ins Theater gingen und tüchtig klatschten. Das fiel, obwohl es das einfachste gewesen wäre, für sie leider aus, weil sie erstens nicht wußte, ob es in Leipzig auch so was gab, und weil sich zweitens diese Leute, falls es sie gab, kaum von den Resten ihres Haushaltsgelds zum Erscheinen verlocken oder gar zu Beifallsäußerungen hätten hinreißen lassen. Aber andere Leute, das war das Schlimme, kannte sie auch nicht. Außer ein paar Handelsschullehrer-Gattinnen, denen sie Antrittsbesuche hatte abstatten müssen und von denen sie daraufhin eingeladen worden war, ihrem Geselligkeitskränzchen beizutreten. Mutter war jedoch der Ansicht gewesen, daß sie nirgends bessere Geselligkeit fände als mit Vater zu

Hause, und so waren auch bei den Kränzchenschwestern keine Bundesgenossen zu werben.
»Siehst du«, erzählte sie bekümmert Dreas, der in seinem Ställchen eben dabei war zu probieren, wie sein winziger großer Zeh schmeckte, »so geht's, wenn man sich nur um seine zwei Männer kümmert. Wenn man mal ganz dringend was braucht, können sie einem nicht mal unter die Arme grei . . .«
Sie sprach's nicht zu Ende, denn plötzlich war ihr mit seliger Gewißheit eingefallen, wer können würde, was ihre Männer nicht konnten. Malchen Pirwitz . . . warum hatte sie nur nicht gleich an Malchen gedacht!
Malchen war im Teichgräberschen Pensionat ihre Busenfreundin gewesen. Gemeinsam hatten sie Tränenströme über heimlich geschmökerten Romanen wie »Lumpenmüllers Lieschen« und »Reichsgräfin Gisela« vergossen und sich gegenseitig geschworen, gleichfalls nur höchst edle, unglücklich verlaufende Leidenschaften zu pflegen, weil die doch viel genußreicher und romantischer waren. Aber wie das Leben so spielte, war aus diesen Schwüren nichts Rechtes geworden. Mutter fand ihre glückliche Ehe mit Vater romantisch genug, und Malchen hatte nach einer unglücklichen, höchst romantischen ersten Liebesgeschichte mit einem Herrn, den sie im Dunkeln seiner Uniform wegen für einen Leutnant gehalten hatte, der aber nur Platzanweiser in einem Zirkus gewesen war, sich einem wohlhabenden, gutmütigen, aber äußerlich ganz und gar nicht edlen Großschlächtermeister verbunden, und was sie an höherem Ehrgeiz übrigbehalten hatte, verwandte sie auf das Dekorieren von Schweinsköpfen im Schaufenster mit Zitronenscheiben und Lorbeerblättern. Aber sie war, wie das Beispiel zeigte, praktisch veranlagt, und sie wohnte mit ihrem Schlächtermeister in Leipzig. Wenn einer helfen konnte, dann sie.
Mutter versorgte also Dreas, räumte alles aus dem Wege, womit er Unheil hätte anstiften können, schlüpfte in Vaters Überraschungs-Kostüm und machte sich spornstreichs auf den Weg. Als sie zurückkam, war sie aufgeräumtester Stimmung. Die alte Freundschaft hatte sich bewiesen: Malchen war zur Hilfe bereit.
Weniger ersprießlich verliefen die letzten Vorbereitungen am Vor-

mittag des großen Tages. Ein frisches Hemd und ein festlich gestärkter Röhrenkragen mit genügend Spielraum für Vaters prominenten Adamsapfel lagen zwar in der Kommode parat, aber die Hosen seines guten Anzugs bedurften dringend des Bügeleisens, und Mutter hatte vom Bügeln nicht viel Ahnung; im Pensionat waren solche Kenntnisse in der praktischen Lebens- und Eheführung offenbar für überflüssig gehalten worden. Irgendwie kam sie deshalb mit den Hosenbeinen durcheinander, und als sie fertig war, hatte jedes Bein mindestens eine Bügelfalte zuviel. Sie war sich nicht einmal sicher, ob wenigstens zwei davon an den ihnen rechtens zukommenden Stellen saßen.

Zum Glück hatte Vater an diesem Tag für solche Kleinigkeiten kein Auge. Er war von dem nun unmittelbar bevorstehenden Ereignis so in Anspruch genommen, daß es ihm vermutlich nicht einmal aufgefallen wäre, wenn die Falten quer gesessen hätten, und Mutter fand, daß seine teils dreieckigen, teils viereckigen Hosenbeine gar nicht mal so schlecht aussahen. Vielleicht würde er wie einst der Prinz von Wales sogar eine neue Hosenmode kreieren.

Die Entspannung, die Mutter sich vom Spaziergang zur Universität versprochen hatte, trat bei Vater leider nicht ein. Er mühte sich zwar, ruhig ein- und auszuatmen und dabei an nichts zu denken, wie er es in einem einschlägigen Buch gelesen hatte, aber je weniger er dran denken wollte, desto hartnäckiger dachte er daran, und schließlich artete es dahin aus, daß er bei jedem, der in gleicher Richtung mit ihnen ging, zu spekulieren begann, ob er zu seiner Vorlesung strebe oder nicht. Fiel es dem Betreffenden dann ein, sich in eine Nebenstraße davonzumachen, war Vater jedesmal nahe dran, wüste Worte hinter ihm herzumurmeln. Er blühte erst auf, als zum Stadtinnern zu der Verkehr anwuchs.

»Werden ja nicht alle zu mir wollen«, murmelte er bescheiden. »Kann man auch nicht verlangen, wahrhaftig nicht, aber ein paar werden's vielleicht doch. Was meinst du, Grete?«

Er warf Mutter einen flehenden Blick zu, der ihr bewies, wie gut sie daran getan hatte, für alle Fälle auf Nummer Sicher zu gehen. Sie drückte deshalb ermutigend seinen Arm und sagte: »Mach dir nur

keine Sorgen, Lieber. So voll wird's werden, daß der Pedell noch Stühle reinstellen muß.«
Nach diesem Vorspiel war es geradezu niederschmetternd, was Mutter erblickte, als sie allein den Hörsaal betrat. (Vater war wegen des akademischen Viertels und weil's ohnehin noch zehn Minuten zu früh war, nicht mitgekommen.) Ein total vereinsamter junger Mann saß in der hintersten Bank, blätterte gähnend in einem Buch und sah erstaunt hoch, als Mutter sich zögernd in seine Reihe schob.
»Wenn Sie Ruhe suchen, sind Sie hier richtig«, biederte er sich bei ihr an. »Im Lesesaal drüben war's zu laut. Wenn man fürs Staatsexamen büffelt, darf man sich nicht ablenken lassen. Hier liest heute 'n neuer Dozent. Kein Mensch wird kommen, nehm ich an.«
Ohne ihn eines Blickes zu würdigen, stand Mutter auf und ging raus, um sich draußen an der Tür zu vergewissern, ob es wirklich der richtige Hörsaal wäre. Er war's.
Nach fünf Minuten peinigenden Wartens erschien ein zweiter junger Mann mit einem Packen Bücher unter dem Arm. Mutters Augen leuchteten auf, doch leider zu früh, denn der Ankömmling plierte verdutzt durch seine Brille in die gähnende Leere, wandte sich schleunigst wieder zur Tür und sah nach, ob er sich im Hörsaal geirrt haben könnte. Offenbar hatte er's, denn er blieb gleich draußen.
Mutter war nahe daran, in Panik zu verfallen, als zum Glück gleich darauf zwei und dann noch einmal zwei Studenten auftauchten, die sich häuslich niederließen und sich weder verlaufen zu haben noch hier Ruhe zu suchen schienen. Wäre ihre Erziehung nicht dagegen gewesen, Mutter hätte sie auf der Stelle dankbar umarmt.
Mit ihr und dem Büffler waren nun immerhin sechs Leutchen im Saal, und noch war Malchens Schar zu erwarten.
Wer schließlich erschien, war jedoch nur Malchen. Sie hatte gehörig Staat gemacht, aber weder Federboa noch Pleureusen am Hut vermochten Mutter die fehlenden Hilfstruppen zu ersetzen.
»Wo sind deine Leute?« zischelte sie.
»Noch nicht da?« Verdutzt ließ Malchen ihre sanft-törichten braunen Augen über die leeren Bankreihen schweifen. »Diese Schufte! Mein Mann hat sie extra zwei Stunden früher entlassen – alle Lehrlinge und Gesellen aus unserm Geschäft –, und ich hab ihnen noch

freundlicherweise zwei Flaschen Bier pro Nase versprochen.«
»Für vorher oder hinterher?« fragte Mutter, böser Ahnungen voll.
»Wieso?« Malchen war weniger fix im Denken. »Ach so, das Bier. Für hinterher, natürlich.«
»Vielleicht«, sagte Mutter düster, »haben sie drauf Vorschuß genommen und sitzen in einer Wirtschaft hier in der Nähe. Komm, wir werden sie suchen müssen.«
»In den Kneipen?« zeterte Malchen entsetzt.
»In den Kneipen«, wiederholte Mutter fest. »Es ist mir ganz gleich, was andere Leute über Damen denken, die ohne Begleitung zweifelhafte Lokale besuchen. Ich weiß nur, daß Heinz sein volles Haus haben muß.«

Drei Lokale, in denen ihre unbeschützte Weiblichkeit weidlich Aufsehen erregte, mußten sie schaudernd im Geschwindschritt durchstreifen, bevor sie im vierten – Mutter war über den Rand der Verzweiflung fast schon hinaus – endlich auf eine dröhnend tafelnde Runde stießen, deren feierliche Sonntagsanzug-Aufmachung unter mehreren Lagen auflockernder Getränke bereits bedenklich gelitten hatte. Von Vorschuß konnte keine Rede mehr sein. Die Burschen hatten sogar den Nachschuß schon hinter sich und eine üppige Hypothek auf die Zukunft genommen.
»Da sind die Halunken!« grollte Malchen. »Paß mal auf, wie ich denen Beine mache.«
Und tatsächlich: Malchen brachte es fertig, die lärmende Schar – sechzehn robuste Erscheinungen in vorgerückten Stadien alkoholumdufteter Fröhlichkeit – in Sekundenfrist durch ihr bloßes Erscheinen in eine Herde verlegen scharrender, unter die Last ihres schlechten Gewissens gebeugter, folgsamer Schäflein zu verwandeln. Die einzige Schwierigkeit bestand nur noch darin, sie in einer strebenden Jüngern der Wissenschaft einigermaßen angemessenen Haltung über die Straße und in den Hörsaal zu eskortieren.
Aber auch das gelang wider Erwarten zum besten. Mutter voraus, Malchen wie ein kreisender Schäferhund mit wehenden Pleureusen bald rechts, bald links, bald hinterher, hielt die wackere Schar leicht schwankend, doch im ganzen achtbar anzusehen, ihren Einzug

in die akademischen Hallen, kurz bevor Vater in Erscheinung trat. Er konnte mit seiner Zuhörerschaft wirklich zufrieden sein. Mutter seufzte selig auf und überließ es Malchen, sich darum zu kümmern, daß ihre Schäflein weiterhin Haltung bewahrten und weder ein Nickerchen machten noch vergaßen, an den richtigen Stellen begeistert zu trampeln, was ihnen von allem am besten gefiel. Sie selbst hing hingegeben an seinem Mund, und wenn sie hinterher auch kaum recht hätte erklären können, um was es sich eigentlich gehandelt hatte, war sie doch felsenfest der Meinung, nie eine bessere Vorlesung vernommen zu haben. Was für ihren Teil auch stimmte, denn es war ja die erste gewesen.

»Ich hab doch ein bißchen Bammel gehabt«, bekannte Vater, als sie später frohgemut heimwärts strebten. »Ich hab's dich natürlich nicht merken lassen, um dir nicht unnötig Sorgen zu machen. Neue Dozenten können froh sein, wenn sie bei ihrer Antrittsvorlesung zehn Mann vor sich haben. Ich hatte, dich abgerechnet, sogar zweiundzwanzig.« Er streckte die Brust raus und sah von der Höhe seines Erfolges auf sie hinunter: »Das soll mir erst mal einer nachmachen«, grinste er stolz.

»Oder mir«, wollte es Mutter schon über die Lippen, aber zur Vorsicht schluckte sie's runter. Vater war zwar kein Vegetarier, aber am Beginn seiner akademischen Laufbahn als tätige Geburtshelfer gleich sechzehn Schlächtergesellen zu finden, hätte wohl auch ihn ein wenig bekümmert.

6. Kapitel

Ehrlich, sauber und willig

Nach Dreas kam Friedrich, und Mutter hätte sich unter ihren Männern vielleicht ein wenig vereinsamt gefühlt, wenn als Nummer drei nicht Bixi erschienen wäre. Auf ihrem Taufschein stand Brigitte, aber offenbar war ihr der Name zu umständlich oder zu schwer – jedenfalls verkürzte sie ihn zu Bixi, und dabei blieb's. Während sich Vater um die beiden Jungs anfangs weniger gekümmert hatte, weil sie in ihren Windeln für seine Erziehungsabsichten noch keine rechten Ansatzpunkte boten – »Laß sie man erst stubenrein und ein bißchen menschenähnlicher werden«, pflegte er zu Mutter zu sagen. »Dann werd ich sie schon an die Kandare nehmen. Bis dahin gehören sie in den Harem!« – ließ er sich von Bixi vom ersten Augenblick an um die winzigen, rosigen Finger wickeln, was Mutter zu der eifersüchtigen Bemerkung veranlaßte, wenn er sich jetzt schon so wegen jüngerer Mädchen aufführe, was solle da erst später werden. Vater grinste und meinte, es läge nur an ihr, immer konkurrenzfähig zu bleiben. Und dann nahm er Bixi aus der Wiege und schaukelte sie auf seinem Knie, bis sie vor Vergnügen krähte.

Manchmal fuhr er sie auch im Kinderwagen spazieren, natürlich nur, wenn außer Mutter niemand in der Nähe war. Später hätte er sich den Teufel drum gekümmert, wer ihm bei seinen Kapriolen zuguckte, aber damals glaubte er sich noch als angehende Leuchte der Wissenschaft zu Haltung verpflichtet und sah sich erst vorsichtig um, bevor er zu Bixis frenetischem Jubel kühne Achten fuhr oder das Wagenschiff auf seinen quietschenden Federn ganz gewaltig ins Schaukeln brachte. Es war ein hochrädriges Möbel mit aufklappbarem Wachstuchverdeck, das schon unter den beiden vorhergehenden Insassen mächtig gelitten hatte, und Mutter fiel aus einem Schrecken in den anderen, während sie besorgt neben den beiden Fahrkünstlern herlief und deren Überschwang zu dämpfen suchte.

Um diese Zeit war Vaters Interesse für seine beiden Ältesten längst erwacht, und er hatte tatkräftig mit ihrer Erziehung begonnen. Nicht nur so von ungefähr, sondern mit aller Gründlichkeit, zu der er sich vor dieser verantwortungsvollen Aufgabe verpflichtet fühlte. Zuerst kaufte er sich einen Stapel Bücher über Erziehungspsychologie, eine Wissenschaft, die damals gerade ihre ersten Knospen trieb, aber während er die Wälzer durchstudierte, drang mit Dreas' und Friedrichs Gebrüll vom Kinderzimmer her die Praxis in die graue Theorie und ließ ihn nicht zu ungeteilter Aufmerksamkeit kommen. Meistens klappte er sein Buch zu und ging hinüber, und während er sich vorzetern ließ, was es wieder einmal gab, durchwühlte er seine neugewonnenen Erkenntnisse vergeblich nach einer Nutzanwendung, die sich auf diesen speziellen Fall anwenden ließ. »Wahrscheinlich haben die Leute, die solche Schmöker schreiben, überhaupt keine Kinder«, ließ er sich hinterher ärgerlich zu Mutter vernehmen. »Ich hab jedenfalls nirgends was drüber finden können, was ich anstellen muß, wenn Dreas sich Murmeln in die Nase steckt, die Friedrich gehören.«

Mutter sah lächelnd von ihrem Haushaltsbuch auf.

»Dazu brauch ich doch keine Bücher zu lesen. Ich hau Dreas eins auf die Finger und laß ihn die Murmeln Friedrich zurückgeben, sobald er sie herausgepolkt hat.«

»Hm«, brummte Vater. »Vermutlich hat's deine Mutter schon genauso gemacht.« Er kratzte sich gedankenvoll hinterm Ohr. »Aber wo bleibt da der menschliche Fortschritt?«

»Weiß ich nicht«, murmelte Mutter und überlegte, wofür sie wohl die fünfundneunzig Pfennig ausgegeben haben mochte, die ihr noch fehlten. Dann schrieb sie »Sonstiges« dahinter. »Vielleicht hat der menschliche Fortschritt nichts mit Kindern zu tun.«

»Offenbar mit Hausfrauen auch nichts«, bemerkte Vater, der ihr über die Schulter gesehen hatte.

Doch so einfach war es auch für Mutter nicht immer. Friedrich zeigte zwar von Anfang an äußerlich alle Anlagen zum Musterknaben – immer sah er beängstigend sauber aus, und wenn er was pexiert hatte, merkte man's erst eine ganze Weile später, wenn's nur noch halb so schlimm war –, aber mit Dreas verhielt es sich anders. Dreas hatte seinen eigenen Kopf, und er zeigte zum Unterschied von Friedrich nicht die leiseste Neigung zu diplomatischen Finessen, wenn er ihn durchsetzen wollte. Die Sache wurde dadurch noch komplizierter, daß Mutter und Vater in der Bewertung seiner Untaten nicht immer ganz einig waren. Wo Mutter mehr auf Unart tippte, sah er gelegentlich vielversprechende Spuren von Charakterfestigkeit, Willensstärke und anpassungsfähigem Grips, Erbanlagen also, die er in erster Linie sich zuschrieb.

Als Dreas noch klein gewesen war, hatte Mutter ihn einmal dabei erwischt, wie er ihr Theaterlorgnon einer eingehenden Untersuchung unterzogen hatte, die dem Lorgnon nicht bekommen war. Sie hatte den freiheitsdurstigen Knaben zur Strafe in sein Ställchen gepfercht und das Lorgnon in der Eile auf einen in der Nähe stehenden Stuhl gelegt, weil gerade jemand an der Flurtür klingelte. Als sie wieder erschien, hatte sich Dreas mit Hilfe eines im Ställchen gefundenen Stocks das hochinteressante Guckeding zurückgeangelt, und Vater stand daneben und strahlte vor Stolz über die einfallsreiche Beharrlichkeit seines Sprößlings. Er strahlte weniger, als er die Reparatur zu bezahlen hatte.

Wenn Mutter sich auch in bezug auf die Herkunft der Erbanlagen zuweilen so ihre eigenen Gedanken machte – in einem Punkte waren sich beide einig: seine überquellende Tierliebe hatte Dreas von Vater. Maikäfer lebten in seinem mit Luftlöchern versehenen Schuhkarton mindestens doppelt so lange wie in denen seiner Spezis von der Straße; weiße Mäuse vermehrten sich unter seiner Obhut so rapide, daß es selbst Vater zuviel wurde, weil er fand, daß man sich – Tierliebe hin, Tierliebe her – in seinen eigenen vier Wänden wenigstens bewegen können müsse, ohne irgendein vierbeiniges, rotäugiges Leben zu gefährden. Und Goldfische ...

Richtig, die Goldfische. Woher Dreas sie hatte, blieb vorerst im Dunkel seiner unerschütterlichen Schweigsamkeit verborgen. Seine Mäusezucht war gerade von Vater aufgelöst worden, weil sie zu unhaltbaren Zuständen in der Wohnung geführt und Vater mit den Mietern über und unter uns, in deren Speisekammern sie bemerklich geworden war, in Kriegszustand versetzt hatte, und wahrscheinlich hatte er Angst, daß er sie würde zurückbringen müssen, wenn er ihre Herkunft gestand. Sie waren einfach eines Tages da und bewegten sich schweigsam und sehr würdig in der Badewanne herum.

Mutter entdeckte sie, als Friedrich ins Badezimmer wollte, das auch das WC barg, und seinen Drang vor der seit Stunden verriegelten Pforte bezähmen mußte. Auf sein Gezeter eilte sie zur Hilfe herbei, bummerte energisch an die Tür – und sah die Bescherung. Es waren nicht einmal so sehr die Fische, die sie bedenklich stimmten – es waren ja friedliche Wesen, die weder Haare verstreuten noch bellten –,

sondern die störenden Konsequenzen, die sich aus diesem Familienzuwachs ergeben mußten.
»Sie müssen weg«, sagte sie deshalb kategorisch zu Vater, als er abends nach Hause kam. »Dreas hängt schon sehr an ihnen, und er wird Spektakel machen, aber schließlich wollen auch andere Leute schwimmen – ich meine: baden, und für ein gewöhnliches Aquarium sind sie zu groß.«
Vater begab sich also mit entschlossener Miene ins Badezimmer, wo Dreas auf dem Klodeckel seine Schularbeiten machte und dabei seine neuen Freunde beaufsichtigte, und Mutter erwartete nun, das vorausgesagte Spektakel zu hören. Es blieb jedoch, von einigem Gemurmel abgesehen, still, und als sie nach einer Weile ahnungsvoll durch den Türspalt guckte, sah sie Vater und Sohn selig vereint auf dem Wannenrand sitzen und fasziniert ins Wasser starren.
Bei ihrem Eintritt zog Dreas einen trotzigen Flunsch, und Vater machte ein schuldbewußtes Gesicht. Damals hatte sich noch nicht eingespielt, was sie sich später zur Gewohnheit machten: sich nicht in Hörweite von uns Kindern zu streiten, wenn sie über irgendeine Frage, die uns betraf, ausnahmsweise nicht einer Meinung waren.
»Nette Tierchen«, murmelte Vater verlegen und stand auf, wobei sich's zeigte, daß sein Hosenboden mehr, als ihm lieb sein konnte, mit dem Wasser in Berührung gekommen war. »Wir – hm – haben sie Romeo und Julia getauft, obwohl's –« er rang sich ein etwas mühsames Grinsen ab – »genaugenommen, aber wir haben's erst später gesehen, zwei Männchen sind.«
Auf Mutter machte seine angestrengte Heiterkeit keinen Eindruck. »So«, sagte sie streng, »getauft hast du sie? Ich dachte, du seist mit ganz anderen Absichten hier reingegangen.«
»Bin ich auch.« Vater wich Dreas' anklagendem Blick geflissentlich aus. »Aufgeschoben ist ja auch nicht aufgehoben. Aber schließlich – ich meine, sie stören ja nicht, und zweierlei ist immerhin sicher: Zwei Männchen können sich schlecht vermehren, und daß sie sich in anderer Leute Speisekammer rumtreiben, hat man von Goldfischen auch selten gehört.«
Wie die beiden da vor ihr standen, um ihre Schützlinge bangend und voll schlechten Gewissens, kamen sie Mutter trotz des Unterschieds

an Format und Alter recht ähnlich vor, und wider Willen mußte sie lächeln.
»Na, schön«, gab sie nach, »aber eins sage ich euch: Füttern müßt ihr sie, und wenn ich baden will, möchte ich die Wanne nicht mit zwei Goldfischen teilen, ob's nun Männchen sind oder nicht.«

Füttern – damit hatte Mutter ein Problem angeschnitten, über das die beiden Tierfreunde noch gar nicht nachgedacht hatten. Friedrichs Vorschlag, daß Romeo und Julia seine Bratkartoffeln vom Abendbrot haben könnten – er hielt von Bratkartoffeln nicht viel –, wurde zwar mit Hohngelächter zurückgewiesen, aber deswegen wußte man noch lange nicht, wovon Goldfische eigentlich lebten. Das Lexikon brachte die Erleuchtung. Der Goldfisch, Carassius auratus, stand da, durch künstliche Züchtung zuerst in China entstandene Abart der gemeinen Karausche, sei mit Weißbrot oder Ameisenpuppen zu speisen. Ameisenpuppen hatte Mutters Speisekammer nicht zu bieten, aber Weißbrot war da, und dem Familienzuwachs wurde davon so viel in die Wanne gebrockt, daß Mutter zur Sparsamkeit mahnen mußte.
»Aber wenn sie nachts aufwachen und Hunger kriegen«, rechtfertigte sich Dreas jammernd.
Vater grinste mitfühlend. »Besser, sie hungern ein bißchen, als daß sie vor Weißbrot in der Wanne nicht treten können.«
In den nächsten Tagen richtete sich Dreas im Badezimmer häuslich ein. Nur zum Essen kam er freiwillig raus, und wenn jemand den Raum zu etwas anderem als zum Baden aufsuchen wollte, bedurfte es jedesmal längerer Diskussionen, bevor er widerstrebend das Feld räumte. Und dann blieb er gewöhnlich noch vor der Tür stehen und bummerte ungeduldig, wenn es ihm zu lange dauerte.
Im übrigen hatte Vater ein Aquarium erstanden, in das Romeo und die männliche Julia übersiedeln mußten, wenn das Badezimmer seinen eigentlichen Zweck zu erfüllen hatte. Für ihre Größe war es zu klein, und selbst Vater fand, daß sie vorwurfsvoll durch die Scheiben glotzten, wenn man sie aus der Weiträumigkeit der Wanne vorübergehend dort hineinversetzte. Zum Ausgleich wurde ein bißchen Grünzeug hineingepflanzt, damit sie sich heimischer fühlen

sollten. Dreas hatte auch in der Badewanne eine Anpflanzung anlegen wollen, aber als er mit einem Spieleimer voll Schlamm und ein paar schmuddeligen Schlinggewächsen anrückte, die er irgendwo ausgerissen hatte, wurde es Mutter zuviel, und diesmal fand ihr Protest auch Vaters Billigung. Tierliebe sei eine Sache, Reinlichkeit eine andere, meinte sie entrüstet, und wenn die Tierliebe auf Kosten der Reinlichkeit gehe, mache sie nicht mehr mit.

Da Romeo und Julia aber tatsächlich Grünzeug und Schlamm zu vermissen schienen und trotz Weißbrot und Ameiseneiern von Tag zu Tag blasser wurden, sprach Vater schließlich ein Machtwort, und die Versetzung der Goldfische in eine ihnen bekömmlichere Umgebung war beschlossene Sache.

Dreas hockte den ganzen letzten Abend trübe auf dem Wannenrand und plätscherte elegisch mit den Fingern im Wasser herum, um seine ebenfalls betrübt wirkenden Freunde aufzuheitern, und früh am nächsten Morgen zog er mit Vater und Friedrich los. Vater trug das Aquarium, Dreas eine Tüte mit Ameisenpuppen, die den beiden über den Abschiedskummer hinweghelfen sollten, und Friedrich trug wie gewöhnlich nichts. Er hielt auch vom Tragen nicht viel, weil er fand, daß man sich dabei bloß die Finger oder den Anzug schmutzig machte.

Bei der Gelegenheit enthüllte sich schließlich auch, woher Dreas Romeo und Julia hatte, denn er führte die kleine Karawane stracks zu einem Bassin, das mit seinem munter sprudelnden Springbrunnen eine Anlage in der Nähe zierte.

»Das hast du aber hübsch ausgesucht«, lobte Vater, noch ahnungslos, und setzte das Aquarium auf dem Bassinrand ab.

»Ist doch bloß«, schniefte Dreas bekümmert, »weil sie sich hier besser eingewöhnen, wo sie doch schon die andern von früher kennen.«

Vater hatte die einstigen Hausgenossen eigentlich in feierlicher Zeremonie der Freiheit wieder ausliefern wollen, aber angesichts der nun offenbarten Zusammenhänge und der Möglichkeit, daß jeden Moment der Parkwächter auftauchen und sie bei der Rückerstattung gemausten städtischen Eigentums ertappen könnte, kippte er das Aquarium formlos um und überzeugte sich sodann durch einen raschen Rundblick, daß niemand Amtliches ihn dabei beobachtet hatte. Die fällige pädagogische Strafpredigt blieb ihm angesichts von Dreas' trostlosem Gesicht allerdings mitfühlend im Halse stekken.

Erst als sie wieder zu Hause angelangt waren, entdeckte Dreas, daß er die Tüte mit den Ameisenpuppen noch in der Hosentasche hatte. »Fein«, kommentierte er mit wiedererwachender Lebenslust den Fund, »nu haben wir gleich Futter für die nächsten Fische.«

Romeo und Julia waren somit aus der Familienrunde ausgeschieden. Daß Dreas keine Nachfolger anschleppte, lag an dem Kasperletheater, das Vater und Mutter ihm zum Geburtstag schenkten. Hätten sie geahnt, daß sie ihren Filius damit gleichsam den schon auf ihn lauernden Musen in die Arme warfen, wären sie bestimmt vorsichtiger gewesen. Aber sie kamen gar nicht auf die Idee. Sie wurden nicht einmal stutzig, als sie sahen, mit welcher Vehemenz sich Dreas auf das neue Spiel verlegte. Selbst daß sie fürderhin einen sprunghaft sich erhöhenden Konsum an Schreibheften finanzieren mußten, die Dreas allerdings weniger für Schularbeiten, als zum Verfassen grausiger Ritter- und Räuberdramen benutzte, machte sie nicht mißtrauisch. Im Gegenteil, Vater sah in seinem schöpferischen Drang optimistisch ein Zeichen fortschreitender geistiger Entwicklung – er hatte auch einmal Dramen und Gedichte verbrochen –, und Mutter war schon zufrieden, daß keine neuen Vierbeiner oder Flossentiere sich in der Wohnung tummelten und Dreas mit seinem Theater überdies auch noch den Rest der inzwischen zahlreicher gewordenen Kinderzimmer-Belegschaft in Atem hielt. Denn wir taten natürlich alle mit, wenn auch vorerst nur als Publikum. Wir mußten uns auf den Fußboden oder auf Kissen vors Theater setzen, und wenn dann oben unter beängstigendem Gewackel des aus dünnen Holzlatten und bemaltem Pappendeckel zusammengefügten Gehäuses der Vorhang auseinanderrauschte, tat sich uns eine aufregende Welt der Wunder auf, in die hineinzustarren wir nie müde wurden. Was gab es da aber auch nicht alles! Einen leibhaftigen König mit einer goldenen Krone aus Messing; eine liebliche Prinzessin, die Bixi jedesmal ein atemloses »Oh!« höchster

Entrückung entlockte; einen grimmigen, schwarzgesichtigen Teufel mit schwefelgelben Krallen und zierlich zugespitzten Hörnchen; einen dicken Gendarm mit einer lackierten Pickelhaube, einem martialischen Schnauzbart unter einer dicken, blauroten Knubbelnase und einem Schleppsäbel, der unser aller Entzücken war, weil man ihn wirklich aus seiner blechernen Scheide herausziehen konnte; eine scheußlich schielende warzige Hexe und als Clou einen Kasper, der so melancholisch und zugleich so hintertrieben verschmitzt aussah, daß wir ihm unbesehen jeden Streich glaubten, den er im Dienste einer nicht immer ganz einwandfreien Moral dem Teufel und der Warzenhexe zu spielen hatte.

Und außerdem gab es noch das grasgrüne Krokodil, das wir Alma nannten, weil wir alle fanden, daß es genauso unsympathisch wie Mutters neue Hausstütze aussähe und auch genauso lange, gelbe Zähne hätte. Natürlich nannten wir's nicht so, wenn Alma es womöglich hätte hören können. Sie hatte nämlich eine ganz greuliche Art, einen in die Rippen zu knuffen oder an den Haaren zu ziepen, wenn Mutter nicht in der Nähe war.

Dreas brummte, zirpte und säuselte alle Rollen selbst, er donnerte, heulte, zischte, pladderte und gab überhaupt alle Geräusche von sich, die in seinen Stücken vorkamen, und als ihm das zu anstrengend wurde – er wollte ja jedesmal was Neues und Besseres bieten und mehr als zwei Puppen gleichzeitig führen konnte er auch nicht –, wurde schließlich Friedrich ins Innere des Theatergehäuses zugelassen. Sie verstanden sich dabei ganz gut. Dreas legte, vom Kasper abgesehen, mehr Wert auf die Schurken, und Friedrich war dafür auf die edlen Gestalten aus. Vor allem aber pinselte er neue Kulissen. Bei denen, die von Dreas stammten, wußte man nie so recht, was oben und unten war, aber bei seinen war alles am richtigen Platz und ganz genau zu erkennen: jedes Astloch in der Wand von Kasperles Hütte, jede Troddel am purpurnen Baldachin im Thronsaal, jede Wurzel im Zauberwald.

Angesichts dieser neuen Errungenschaften hielt Dreas die Zeit für gekommen, sein Publikum zu erweitern. In der Schule und auf der Straße wurden eifrig Besucher geworben, und als Mutter und Vater eines Samstagnachmittags vom Einkaufen in der Stadt zurückkehrten, fanden sie alle Zimmer von Stühlen leer und dafür das Kinderzimmer gerammelt voll von wildfremden Kindern, die alle einen Sechser bezahlt hatten, um des Kunstgenusses teilhaftig zu werden. Sie blieben gleich drin, denn sie hätten in der ganzen Wohnung ohnehin nichts zum Sitzen gefunden. Leider nahm die Vorstellung einen unvorhergesehenen Verlauf. Die Zuschauer, die offenbar Illusion und Wirklichkeit noch nicht recht auseinanderhalten konnten, nahmen einhellig gegen den Teufel Partei, der die Prinzessin und den Kasper gerade bedrohlich in der Klemme hatte. Die in der vordersten Reihe gingen sogar zu handgreiflichen Hilfsmaßnahmen für die bedrohte Unschuld und gegen den schwarzgesichtigen Unhold über, worauf Dreas wütend seinen Kopf durch das Bühnenloch steckte und ein dem Teufel zugedachtes Wurfgeschoß gegen die Nase bekam.

Es dauerte eine ganze Weile, bis Vater das Kinderzimmer vom heftig protestierenden Publikum gesäubert und die Ruhe wiederhergestellt hatte.

»Wenn man so was sieht«, bemerkte er hinterher pustend, »fällt's einem schwer, an der Zukunft der Menschheit zu verzweifeln. So viele wackere Streiter für die Unschuld hab ich lange nicht auf einem Haufen gesehen.«

Er sah uns der Reihe nach an, die wir erhitzt und ein klein wenig bedrückt zwischen all den durcheinandergeschobenen und umgeworfenen Schemeln und Stühlen herumstanden, weil wir nicht recht wußten, ob das dicke Ende wegen unserer eigenmächtigen Einladung nicht noch nachkommen würde. Aber dann strich er bloß Dreas über das struppige Haar, und wir atmeten erleichtert auf.

»Mach dir nichts draus«, fuhr er grinsend fort. »Kunst ist nun mal dazu da, den Menschen an sein besseres Teil zu erinnern, und wenn sie das zuwege bringt, ist es mit einem Nasenstüber billig bezahlt. – Schade bloß«, wandte er sich zu Mutter, »daß der ganze schöne Idealismus meistens irgendwo auf dem Wege zwischen Kindheit und Erwachsensein flötengeht.« Einen Augenblick starrte er betrübt vor sich hin, aber dann schmunzelte er wieder. »Na, auf jeden Fall haben wir ihn heute im Urzustand am Wirken gesehen.«

»Stimmt«, sagte Mutter düster. »Und wenn er sich nicht gerade meine Stühle zum Wirken ausgesucht hätte, fiel's mir leichter, mich daran zu erbauen. Ich bin nur gespannt, wer mir helfen wird, die idealistischen Schrammen wieder rauszupolieren.«

Natürlich halfen wir alle, sogar Thomas, unser inzwischen eingetroffener Vorjüngster, der mit seinen drei Jahren kaum richtig mit einem Staubtuch hantieren konnte. Denn eins war klar: Mutters neuer Stütze Alma durften wir damit nicht kommen. Wir konnten froh sein, daß sie an dem Tag gerade Ausgang gehabt und nichts von unserer Vorstellung gemerkt hatte, denn sie lag Mutter ohnehin dauernd in den Ohren, daß wir Kinder zuviel Schmutz in die Wohnung brächten und überhaupt viel zuviel Unordnung machten.
»Wenn man sie reden hört, möchte man meinen, daß sie als Kind nie einen Mucks von sich gegeben und nie was schmutzig gemacht hat«, sagte Mutter entrüstet zu Vater. »Ich wollt sie schon fragen, ob sie als Säugling etwa ihre eigenen Windeln gewaschen hat.«
Vater beruhigte Mutter immer wieder, denn er hatte seinen besonderen Grund, Alma im Hause zu behalten. Unsere früheren Mädchen waren nämlich aus Mutters Heimatdorf gekommen, wo sie Großmutter vor allem unter dem Gesichtspunkt der Ehrlichkeit, Sauberkeit und Willigkeit ausgesucht hatte. Ehrlich, sauber und willig waren sie dann auch alle gewesen, aber ihre beklagenswerte Unfähigkeit, sich den Gegebenheiten des Haushalts in einer Großstadt anzupassen, hatte unser Familienleben jedesmal ziemlich kompliziert. Vater vor allem konnte ein Lied davon singen. Wie oft war es ihm zum Beispiel passiert, daß er sich vorm Ausgehen noch rasch die Hände über der Badewanne hatte waschen wollen und daß beim Aufdrehen des Hahns die Brause von oben herab ihren Segen über sein frisch gebürstetes Jackett ergossen hatte, nur weil Anna oder Malwine regelmäßig vergaßen, den Hebel richtig herum zu stellen. Je nach seiner Reaktionsgeschwindigkeit brauchte er sich bloß einen neuen steifen Kragen umzubinden oder mußte dazu noch ein anderes Jackett anziehen, wobei er fürchterliche Drohungen gegen Dorftrampel ausstieß, die allenfalls genug Grips zum Mistkarren hätten.
Auch ihre Gewohnheit, Vaters Gäste an der Tür mit biederem

Händedruck zu begrüßen und sich in trauliche Gespräche über Woher und Wohin mit ihnen einzulassen, behagte ihm gar nicht. Aber endgültig riß sein Geduldsfaden erst, als Mutter eines Tages Almas Vorgängerin zu Bekannten schickte, bei denen sie etwas abgeben sollte. Sie kam erst nach ein paar Stunden zurück, sowohl von der Wohnung wie von ihren Bewohnern enthusiasmiert, und äußerte ihren Eindruck folgendermaßen:

»Das is aber 'ne feine Wohnung, Frau Doktor. Mit Spitzen und Deckchen und all so was überall auf die Sofas und Sessels un seidenes Zeugs um die Fenster rum. Sogar ins Klo sind Gardinen und 'n kleiner Teppich, wo man die Füße hinstellen tut. Und denn die Leute – proper un vornehm, kann ich Sie bloß sagen. Sie un Herr Doktor sind direkt jewöhnlich dagegen ...«

Es half nichts, daß Mutter beschwichtigend vermutete, sie habe »nett« oder »leutselig« gemeint, um den Gegensatz zu den etwas hochnäsigen Bekannten anzudeuten – bei Vater hatte es diesmal gezündet.

»Jetzt reicht's mir aber«, grollte er abends in der Stille der vier Schlafzimmerwände. »Was hat die auf dem Klo zu suchen, wo sie bloß was abgeben sollte. Wahrscheinlich hat sie überall ihre Nase reingesteckt und Verwandtenbesuch gemimt, und die glauben jetzt womöglich, sie wär 'ne Cousine von dir. Und dann noch: gewöhnlich! Ich werd der mal zeigen, wie gewöhnlich ich sein kann, wenn ich ihr morgen früh erzähle, daß für sie am fünfzehnten der erste ist.«

Er starrte Mutter vorwurfsvoll an, weil er meinte, daß sie etwas zur Entschuldigung vorbringen wollte. »Und eins sage ich dir«, fuhr er grimmig fort. »Diesmal suchen wir uns selber 'n ordentliches Mädchen, das von Tuten und Blasen 'ne Ahnung hat. Ich hab's satt, mich dauernd von so 'nem Trampel bespritzen zu lassen!«

Das »ordentliche Mädchen« war Alma. Vater hatte sie höchstpersönlich in einem »Stellennachweis für hochherrschaftliches Hauspersonal« aufgetrieben und dabei vergessen, sich ihre Zeugnisse zeigen zu lassen. Hinterher rechtfertigte er sich, sie sähe doch tüchtig und repräsentabel aus, und er traue seinen Augen mehr als irgendeinem Wisch, in dem doch nur die üblichen Phrasen stünden. Mutter seufzte; sie fand sie auch sehr repräsentabel, zu repräsentabel für ihren Geschmack, denn Alma brachte es wahrhaftig fertig, sie vom ersten Tag an einzuschüchtern.

»Mit Kindern hab ich nicht viel im Sinn, Frau Professor«, hatte Alma energisch zu ihr gesagt. »Meine vorige Herrschaft hatte sich dafür ein Kindermädchen genommen. Auf meine Veranlassung. Schließlich kann man nicht das Haus in Ordnung halten und auch noch auf eine Menge ungezogener Kinder aufpassen.«

Mutter nahm unter Almas strengem Blick all ihren Mut zusammen. »Ich hab's früher immer so gemacht und bin ganz gut damit zu Rande gekommen«, sagte sie und wurde rot vor unterdrückter Aufregung. »Und woher wissen Sie, daß meine Kinder unartig sind?«

»Kinder sind immer unartig!« erklärte Alma kategorisch. Auf den ersten Teil von Mutters Äußerung ging sie gar nicht erst ein. Offenbar war es unter ihrer Würde, von einem so unstandesgemäßen Zustand Kenntnis zu nehmen.

Ihre Abneigung für uns Kinder war gegenseitig. Auch uns war sie zu repräsentabel. Sie trug immer lange, schwarze Kleider und weiße, gestärkte Schürzen, und ihr Busen war so umfangreich, daß Bixi sich wunderte, wie sie wohl merken mochte, wenn es wieder mal Zeit zum Füßewaschen war, da sie doch ihre Füße unmöglich sehen konnte. Dafür hatte sie um so dünneres, stumpfes Haar, das sie am Hinterkopf in einem überraschend dicken Dutt von schönstem Kastanienbraun zusammendrehte, aus dem alle Augenblicke Haarnadeln fielen. Wir erkannten die Ursache des verdächtigen Farbunterschieds erst, als Thomas eines Tages triumphierend mit etwas im Wohnzimmer erschien, das wie ein Pferdeschwanz aussah.

»Guck mal, Mutti«, jubilierte er und wedelte den Schwanz über den Kaffeetisch, »was ich eben gefunden habe.«

Vater beäugte das merkwürdige Ding. »Was ist denn das?« fragte er angewidert. »Wenn ich nicht wüßte –« er sah mißtrauisch zu Mutter hinüber – »daß dein Haar echt ist, würde ich sagen, es wär so was wie'n falscher Wilhelm. Oder haben mir deine Eltern eine Frau angedreht, die's nötig hat, sich mit fremden Federn zu schmücken, und ich hab's bloß in all der Zeit nicht gemerkt?«

»Pfui, Heinz!« Mutter war so beleidigt, daß ihr beinah die Tränen kamen. »Du weißt genau, daß . . . Komm mal zu mir, Thomas. Wo hast du das her?«
Thomas schob sich betreten näher. Er hatte mit dem Ding Pony spielen wollen, und nun war aus einem ihm unerklärlichen Grunde über seinem unschuldigen Haupt ein Sturm losgebrochen. In der Badestube hätte er's gefunden, jammerte er.
»Wahrscheinlich hat's irgendeins von den Kindern auf der Straße aufgelesen und dahingeschleppt«, vermutete Vater düster. »Ruf mal Alma. Sie soll's unverzüglich in den Müllkasten schmeißen, wo's hingehört.«
Mutter teilte ihm steif mit, daß Alma nicht zur Verfügung stehe. Sie habe ihren freien Nachmittag genommen, habe vorhin gebadet, und nach den Schnarchgeräuschen, die aus ihrer Kammer drängen, bereite sie sich offenbar für die Mühsale ihres abendlichen Ausgangs vor.
»Dann bringst du's eben selber runter«, befahl Vater dem heulenden Thomas. »Aber stopf ihn so tief wie möglich rein und schmeiß noch was drauf, damit niemand auf die Idee kommt, ihn etwa wieder rauszupulen.«
Wenn Mutter damals schon vermutete, daß der Ponyschwanz etwas mit Almas Dutt zu tun haben könnte, behielt sie es jedenfalls für sich. Viel wahrscheinlicher ist aber, daß der Verdacht erst in ihr auftauchte, als Alma nach ihrem Nachmittagsschläfchen zuerst in ihrer Kammer, dann im Badezimmer und hinterher wieder in ihrer Kammer wie eine Furie herumrumorte und sich im weiteren Verlauf des Abends weder sehen ließ noch wie üblich aufgeputzt wie ein Zirkuspferd ihren Ausgang antrat. Am nächsten Morgen richtete sie den Frühstückstisch mit einem wollenen Tuch um den Kopf und erklärte auf Mutters Fragen patzig, daß sie gräßliche Zahnschmerzen habe. Nach ihrem Einkaufsgang, der diesmal länger dauerte als gewöhnlich, verschwanden Tuch und Zahnschmerzen allerdings ebenso plötzlich, wie sie in Erscheinung getreten waren; dafür prangte der Dutt wieder am alten Platz, nur prangte er um eine deutlich erkennbare Nuance dunkler.
Wir sahen es sofort, nur Vater sah es nicht. Er war an diesem Tag

zum Mittagessen nach Hause gekommen, und der Anblick von Almas wieder vollständiger Haarpracht erfüllte ihn sichtlich mit Bewunderung für seinen Scharfblick.
»Hab ich also doch recht gehabt«, posaunte er selbstgefällig, während er Alma die Fleischplatte abnahm und sie Mutter zum Bedienen hinhielt. »Meine Frau meinte nämlich, der falsche Zopf, den irgend jemand gestern ins Badezimmer geschleppt hat und den ich dann in den Mülleimer hab schmeißen lassen, wär vielleicht Ihrer. Ich hab ihr aber gleich gesagt, daß ein so vernünftiges Mädchen wie Sie, selbst wenn Sie's nötig hätten, für solchen Firlefanz keinen Pfifferling gäbe. Und nun sieht man's ja deutlich, daß . . .«
Plötzlich fiel ihm die lastende Gewitterstimmung auf, er sah Mutters starres Gesicht, sah Almas grimmige Miene, und dann entdeckte er endlich, daß der Dutt . . . und es verschlug ihm die Rede. Alma hatte es offenbar auch die Rede verschlagen. Jedenfalls preßte sie, während sie erhobenen Hauptes hinausstolzierte, ihre dünnen Lippen so fest aufeinander, als hätte sie nicht nur einen falschen Dutt, sondern auch ein falsches Gebiß und fürchtete, es zu verlieren.

Mutters Verhältnis zu ihr gestaltete sich durch diesen Zwischenfall nicht eben erfreulicher. Wenn Alma bisher noch Hemmungen gehabt hatte, ihrer diktatorischen Ader freien Lauf zu lassen, verlor sie sie jetzt restlos. Und Mutter kam einfach nicht gegen sie auf. Ihr war es scheußlich, Streitigkeiten im eigenen Hause zu haben, und um die Spannungen nicht noch mehr zu vertiefen, gab sie lieber nach, solange es nicht zu schlimm kam.
Dazu war Alma schlau genug, sich bei Vater lieb Kind zu machen. Das Bügeln war nie eins von Mutters Spezialtalenten gewesen, und Großmutters rustikale Hilfstruppen hatten in ihrem dörflichen Zuhause auch keine rechte Möglichkeit gehabt, sich in der Pflege besserer Herrenwäsche zu üben. Vater erklärte darum des öfteren bitter, seine frisch aus der Kommode gezogenen Hemden sähen aus, als wenn er schon wer weiß wie lange in ihnen geschlafen hätte, und wenn die Falten durchs Tragen endlich raus wären, sei das Hemd wieder für die Wäsche reif. Bei Alma aber gab's so was nicht. Sie bü-

gelte, daß es eine wahre Lust war, und wenn sie Falten machte, dann nur in Mutters Blusen und Kleider.

Kein Wunder, daß er das dumpfe Grollen seiner Familie überhörte. Seiner Überzeugung nach hatte er genug um die Ohren. Der Haushalt war Mutters Angelegenheit, und wenn etwas in ihm nicht stimmte, hatte sie für Ordnung zu sorgen, natürlich ohne daß sein Wohlbefinden dadurch beeinträchtigt wurde, und sein Wohlbefinden hatte viel mit Alma zu tun.

Mutter duldete also still, aber es wird schon so sein, daß sie sich damals von Vater zum erstenmal ein bißchen verlassen fühlte. Wir spürten genau, daß nicht alles in der Reihe war. Mutter war nicht so lustig wie sonst. Sie spielte zwar noch immer mit den Kleineren und las uns vor dem Zubettgehen vor, aber sie war nicht mehr so recht bei der Sache. Zu ihrem Ärger mit Alma kam noch hinzu, daß auf dem Trockenboden verschiedene Wäschestücke, darunter ihre beste Tischdecke, verschwunden waren, und von ihren silbernen Bestecken fehlte auch etwas. Mutter hatte einen bestimmten Verdacht, nur konnte sie ihn nicht beweisen.

Einmal hörten wir sie durch die angelehnte Wohnzimmertür mit Vater drüber reden, während wir schon in unseren Betten lagen. Die Tür war zugewesen, aber Bixi hatte sie leise wieder aufgemacht, weil wir es gern hatten, im Dunkeln zu liegen und den Lichtstrahl durch den Türspalt fallen zu sehen. Wenn dann von nebenher ihre Stimmen und das Rascheln von Vaters Zeitung zu uns drangen, konnten wir uns einbilden, wir wären noch immer dabei, und schliefen schneller ein, weil wir sie bei uns hatten.

»Liebst du mich?« fing Mutter trügerisch harmlos an.

Am Rascheln der Zeitung merkten wir, daß Vater sie hatte in den Schoß sinken lassen.

»Mächtig«, sagte er. Wir konnten sein Grinsen förmlich hören.

»Ich denk noch oft an die erste Zeit«, fuhr Mutter fort, »als wir gerade in unsere erste Wohnung gezogen waren.«

»Trautes Heim, Glück allein«, murmelte Vater. »Aber mit den Kindern ist es doch auch hübsch, oder . . .?«

»Natürlich.« Mutters Stimme klang entrüstet. »Aber es ist eben anders hübsch. Damals gab's bloß dich und mich.«

»Kein ewiger Krach im Kinderzimmer, keine Bollen in fünf Paar Strümpfen, bloß in meinen, keine Fünfen in Rechenheften, keine Fische in Badewannen, keine eingeschmissenen Fensterscheiben«, setzte Vater träumerisch fort.
»Damals«, sagte Mutter, als hätte sie seine Litanei nicht gehört, »hast du auch geschworen, du würdest mich immer auf Händen tragen.«
»Schwör ich heute auch noch!« beteuerte Vater. »In jeder Menge. Und ich tu's auch. Der halbe Zentner, den du inzwischen zugenommen hast, macht mir gar nichts.«
Wir wunderten uns, daß Mutter nicht protestierte, denn auf ihre jugendliche Schlankheit war sie sehr stolz. Offenbar führte sie was im Schilde, was ein Protest nur gestört hätte.
»Brauchst du nicht«, säuselte sie, nachdem sie den halben Zentner runtergeschluckt hatte. »Ich glaub's auch so. Aaaber ...« Sie zog das »aber« so lang, daß selbst der Begriffsstutzigste merken mußte, daß sie jetzt die Katze aus dem Sack lassen wollte.
»Aber ...?« fragte Vater erwartungsvoll.
»Ach, du tust es ja doch nicht«, kicherte Mutter. »Ich sag's erst gar nicht.«
Doch nun wollte Vater es genau wissen. Er zappelte wie ein Brummer in Mutters Netz und wartete nur darauf, gefressen zu werden.
»Sag's schon!« drängelte er. »Ich versprech's, daß ich's tun werde. Wenn's«, fügte er mit einem letzten Rest von Überlegung hinzu, »nicht allzu unvernünftig ist.«
»Na, schön«, sagte Mutter. »Dann –« und plötzlich klang ihre Stimme ängstlich und flehend – »laß uns bitte Alma entlassen.«
Wir warteten gespannt, was Vater sagen würde, aber es dauerte eine ganze Weile, bis wir ihn hörten.
»Hör mal, Grete«, sagte er gedämpft, »ich bin froh, daß ich noch das ›Wenn‹ dazugesagt habe. So einfach geht's nun wirklich nicht. Wenn das, was du mir erzählt hast, stimmte, dann ja. Aber das muß man standfest beweisen können. Auf bloßen Verdacht hin und weil einem seine Nase nicht paßt, kann man keinen Menschen entlassen. Schließlich ist Alma im Haushalt doch tüchtig.«
»Wenn sie so tüchtig ist«, jammerte Mutter, und dem Ton ihrer

Stimme nach hatte sie gefährlich nahe am Wasser gebaut, »daß sie dir über die eigne Familie geht, dann entlaß doch uns und heirate Alma.«
»Lieber nicht«, grinste Vater und dachte dabei offenbar an den falschen Zopf. »Ich hab meine Frau gern in einem Stück. Wer weiß, was an der sonst noch abnehmbar ist.«
Wir krochen schleunigst unter die Decken, aber sie mußten wohl doch unser Gegicker gehört haben, denn die Tür wurde nachdrücklich zugemacht, und die weitere Unterhaltung vollzog sich ein paar Tonstärken leiser.

Alma blieb also, aber Mutter paßte auf sie auf wie ein Schießhund. Wenn Vater bereit war, diese Natter an seinem Busen zu nähren, war das seine Sache. Sie aber fühlte sich für die Familie verantwortlich, und sie hatte keine Lust, sich zusätzlich zu Almas Impertinenzen auch noch die halbe Aussteuer mopsen zu lassen.
In den nächsten Wochen entfaltete sie eine Tätigkeit, die Sherlock Holmes alle Ehre gemacht hätte, aber ihre Bemühungen scheiterten teils an Almas hochherrschaftlicher Biedermannsmiene, die auch nicht wankte, als, wiederum vom Trockenboden, zwei unserer besten Frotteehandtücher verschwanden, teils an Almas Kammertür. Alma hielt sie zwar nicht verschlossen, aber zu Großvaters unerschütterlichen Erziehungsgrundsätzen hatte es gehört, daß man in die private Sphäre anderer Leute ungebeten nicht einzudringen hatte – mit einer Ausnahme selbstverständlich: ihm selbst –, und das schob ihren Nachforschungen gerade da einen Riegel vor, wo sie möglicherweise Erfolg versprachen.
Um diese Zeit kam Dreas auf die Idee, wieder einmal eine Theatervorstellung zu veranstalten, um die leicht gedrückte Stimmung im Hause zu heben. Diesmal sollte es jedoch kein Puppenspiel sein – über dieses Stadium war er hinaus –, sondern eine Aufführung in Lebensgröße. Zwar standen außer ihm selbst nur noch zwei vollwertige Darsteller, Friedrich und Bixi, zur Verfügung, dazu beschränkt verwendbar noch der dreijährige Thomas und Peter in seinem Kinderwagen, aber für ein phantasievolles Köpfchen war das kein ernsthafter Hinderungsgrund. Ein Stück wurde also schleu-

nigst zusammengeschustert, das dieser Sachlage Rechnung trug. »Aladins Wunderlampe oder die verschwundene Prinzessin« hieß es. Dreas war der schurkige Sultan, Friedrich Aladin persönlich, Bixi die geraubte Prinzessin und Thomas ein etwas dürftig geratener Haremswächter, der seinen Mangel an Figur durch eine bärbeißige Miene ersetzte und von Aladin bei der Flucht mit der Prinzessin durch Reiben an der Wunderlampe in ein Untier verwandelt wurde. Das Untier, das außer »Huhu!« nichts zu sagen hatte, war der mit einem sonst als Bettvorleger dienenden plüschenen Leopardenfell drapierte Peter, und die Verwandlung wurde so bewerkstelligt, daß Aladin seinen aus einem Bettlaken bestehenden Burnus einen Augenblick lang vor Thomas ausbreitete, der dahinter schleunigst in die Kulisse zu verschwinden und Peter an seine Stelle zu setzen hatte.

Die Vorstellung fand an Almas freiem Nachmittag statt und hatte bei Vater und Mutter großen Erfolg. Vater schudderte bei den grausigen Stellen hörbar, und als die Prinzessin im finsteren Kerker in wohlgesetzter Rede ihre verlorene Freiheit beweinte, zog er sein Taschentuch heraus und tat so, als ob er sich die Augen wische.

Hinterher ließen sie die Mimen vor sich aufmarschieren, um ihre Kostüme zu bewundern, und als sie Bixis weite Odaliskenhose gerade als ein sonst sorglich verborgenes, über den Hüften zusammenzubindendes, hinten mit einem Schlitz und an den Knien mit Rüschen versehenes weibliches Unterkleidungsstück identifizierten, schoß Alma herein.

»Da haben wir's ja!« kreischte sie wütend. »Ich hab's ja gewußt, daß die Kinder sich dran vergriffen haben. Herr Professor verzeihen, aber es ist nicht meine Schuld, daß es Herrn Professor vor Augen kommt!«

Damit packte sie Bixis Arm und zerrte sie mit sich auf den Flur.

»Dunnerlittchen!« sagte Vater verdutzt. »Ich hab mich schon gewundert, daß du solche stattlichen Buxen trägst, Grete.«

Seine Stimme hatte hörbar erleichtert geklungen, aber als er sich nun zu Dreas wandte, war von Erleichterung nichts mehr zu spüren.

»Hör mal, Freundchen«, knurrte er, »von Theaterleuten sagt man zwar von alters her: ›Hängt die Wäsche weg, die Schauspieler

kommen‹, aber so genau brauchst du dich deinen großen Kollegen nicht anzupassen. Jedenfalls möchte ich's nicht noch einmal erleben, daß du dich an den Dessous fremder Damen vergreifst.«
»Ich hab ja gar nicht gewußt, daß es Almas sind!« verteidigte sich Dreas hitzig. »In der Kiste auf dem Boden, aus der ich sie mir rausgesucht habe, lag ja auch 'n Haufen Sachen von uns.«
Das war der Fingerzeig, auf den Mutter zu hoffen eigentlich schon aufgegeben hatte, und das schönste war, daß sie ihn Alma selber verdankte. Unter Dreas' Führung wurde die Kiste in der hintersten Bodenkammer-Ecke rasch aufgestöbert und in ihr unter einer dünnen Lage von Wäschestücken, die Alma gehörten, alles das, was in den letzten Monaten im Haushalt verschwunden war: die Tischdecke, die Frotteehandtücher, die silbernen Löffel und sonst noch allerlei, was Mutter bisher noch nicht aufgefallen war.
Vater pfiff anerkennend beim Anblick der Sammlung. »Alle Wetter, die hat aber ein einnehmendes Wesen gehabt.«
»Und nicht nur das«, sagte Mutter sanft. »Sie sah auch so tüchtig und repräsentabel aus, daß ein gewisser Herr, den ich jetzt nicht näher bezeichnen möchte, seinen Augen mehr traute als einem Zeugniswisch, in dem vielleicht doch noch etwas anderes als die üblichen Phrasen gestanden hat.«
Aus den Augenwinkeln erspähte Vater, daß Dreas grinste. »Scher dich raus, Lümmel!« fuhr er ihn an, und als sich die Bodentür hinter seinem Sprößling geschlossen hatte: »Die Burschen merken früh genug, daß ihre Eltern fehlerhaft sind. Man braucht's ihnen nicht noch auf die Nase zu binden. Und was Alma angeht – zieh mir nur ordentlich das Fell über die Ohren. Ich geb's zu, ich hab mich geirrt. Ich hätte gleich auf dich hören sollen. Immerhin – bügeln hat sie gekonnt.«

Die Unterhaltung, die Mutter am nächsten Morgen mit Alma führte, war angesichts der auf dem Tisch aufgestapelten Beweisstücke kurz und schmerzlos, und Vater trat nur noch in Aktion, als am frühen Nachmittag ein stämmiger, von Alma als »Cousin« angekündigter, aber keinerlei Familienähnlichkeit mit ihr aufweisender Herr erschien, um ihre bewegliche Habe abzuholen. Der Herr trug nämlich eins von Vaters Hemden, und obwohl Vaters Temperament durch sein Schuldbewußtsein erheblich gedämpft war, ging ihm eine so schamlose Herausforderung doch gegen den Strich. Er bestand darauf, daß der Cousin das Hemd auf der Stelle zurückzuerstatten habe, und obwohl Mutter unchristliche Regungen sonst fremd waren, verspürte sie leise Schadenfreude bei dem Gedanken, daß die hochherrschaftliche Alma ihren Auszug an der Seite eines Herrn bewerkstelligen mußte, der ohne Hemd noch weniger respektabel aussah als mit.

Vom Balkon aus sahen wir alle zu, wie die beiden die Straße hinunterstrebten, Alma aufgedonnert fünf Schritte voraus und der »Cousin« mit den Koffern hinterher, und als sie um die Ecke verschwunden waren, hörten wir Vater zu Mutter sagen:

»Am besten, du schreibst gleich wegen der Neuen nach Hause. Ehrlich, sauber und willig soll sie sein. Ich werd eben künftig beim Händewaschen immer den Regenschirm aufspannen müssen.«

7. Kapitel

Der durchgefallene Weihnachtsmann

In puncto Niederlagen waren Vater und Napoleon eines Sinnes: alle beide mochten sie nicht. Wenn Vater in der Familie dergleichen passierte und es so offenkundig geworden war, daß es sich beim besten Willen nicht mehr abstreiten ließ – wie zum Beispiel bei der Sache mit Alma –, gab er es zwar großzügig zu, aber meistens in einem Ton, der den Eindruck erweckte, als hätte er uns bloß listig aufs Glatteis führen wollen, um uns beizubiegen, daß man sich nur auf sein eigenes Urteil verlassen und entsprechend handeln solle. »Da grinst ihr, ihr Bande«, gab er sich dann grimmig. »Ich seh schon, das Ei will wieder mal klüger sein als die Henne. Nur hab ich bisher bloß faule, aber nie kluge kennengelernt.«

In solchen Fällen ließen Mutter und wir ihn ruhig bei dem Glauben, als fielen wir auf seinen Trick rein. Schließlich konnte jeder mal ins Fettnäpfchen treten, und das war ja das Schöne an Vater, daß er in dieser Hinsicht keine von den beängstigenden Ausnahmen war, wie sie bei unseren Schulkumpanen zu Hause das Zepter führten: immer waren sie Primus in der Klasse gewesen, nie hatten sie einen Tadel im Klassenbuch, niemals eine Nachsitzestunde, nie einen Fettfleck im Sonntagsanzug gehabt. Wie konnte man einen solchen in die Jahre gekommenen Musterknaben schon lieben! Vater konnte man rundherum lieben – wir, und auch Mutter taten's mit Wonne.
Mutter fiel hinterher die Aufgabe zu, seine gelegentlichen Seitensprünge ins Fettnäpfchen – die heimlichen wie die offenkundig gewordenen – ganz in der Stille auszubügeln und manchmal sogar sein dabei ins Wanken geratenes Selbstbewußtsein mit sanfter Diplomatie wieder aufzurichten. Wobei hier allerdings gleich gesagt werden muß, daß eine Menge dazu gehörte, es erst einmal ins Wanken zu bringen. Wie damals, zum Beispiel, als er für uns den Weihnachtsmann mimte. Mutter hätte uns nie was davon erzählt, aber Vater konnte nun einmal der Versuchung nicht widerstehen, eine hübsche Geschichte vom Stapel zu lassen, selbst wenn er dabei nicht gerade den Helden spielte.
Er war eben der Meinung, solange man wisse, wer man sei, könne man sich getrost eigenhändig durch den Kakao ziehen, ohne daß einem gleich ein Stein aus der Krone falle. Und außerdem war er natürlich stolz auf Mutter.
Die Sache war so: Für Mutter fing Weihnachten an, wenn sie sich um den ersten Advent herum mit ein paar Bogen weißen Papiers und ein paar angeknabberten Bleistiftstummeln in eine stille Ecke zurückzog und unter murmelnden Selbstgesprächen lange Listen anzufertigen begann, die Vater, je länger sie wurden, mit desto größerem Mißtrauen erfüllten.
War sie endlich fertig, überreichte sie sie ihm, nachdem sie sich vergewissert hatte, daß keiner von uns spionierte.
»Was soll ich damit?« wollte Vater wissen und nahm sie widerwillig entgegen, wie etwas, das allem Vermuten nach mit ansteckenden Krankheitskeimen behaftet war.

»Frag nicht so albern«, sagte Mutter. »Da hab ich alles aufgeschrieben, was wir für Weihnachten brauchen. Die Geschenke für die Kinder, und was sonst fürs Backen und so weiter besorgt werden muß.«

»Meine Güte!« murmelte Vater entsetzt, während er sich durch Mutters kleine, gestochene Schriftzüge die erste Seite hinunterarbeitete. »Wir wollen doch nicht der ganzen Straße bescheren.«

»Der ganzen Straße nicht«, bemerkte Mutter unbeeindruckt. Sie kannte ja Vaters hinhaltende Manöver zur Genüge. »Bloß Nummer 24, erster Stock rechts.«

Und um ihm für weitere Proteste gleich allen Wind aus den Segeln zu nehmen, fügte sie sanft hinzu: »Wahrscheinlich hab ich die Hälfte vergessen. Aber mir wird's schon noch einfallen, wenn wir nur lange genug drüber reden.«

»Meine Güte«, murmelte Vater zum zweitenmal und lüpfte sich schleunigst ein wenig vom Stuhl, um besser an seine hintere Hosentasche langen zu können, wohin er sein Portemonnaie zu verstauen pflegte. »Ich weiß ja ohnehin, daß du keine Ruhe gibst, bevor mir nicht mal beim Kopfstehen noch was aus der Tasche fällt. Also nimm.«

Damit drückte er großzügig ein Fünfmarkstück in Mutters Rechte, die sie ihm geräumig ausgehöhlt hinhielt.

Mutter ließ lächelnd das Fünfmarkstück verschwinden und behielt die Rechte noch fordernder dort, wo sie schon war: unter seiner Nase.

Vater steigerte sich grämlich zu einem Zehnmarkschein, zu einem Zwanziger, ließ als Abschlagszahlung einen zweiten Fünfer folgen und rang sich schließlich, da Mutters Rechte noch immer nicht wich, unter düsteren Hinweisen auf seinen kurz bevorstehenden Ruin und den Schuldturm, in den wir alle würden umsiedeln müssen, einen funkelnagelneu knisternden Fünfziger ab.

»Das reicht für den Anfang«, sagte Mutter befriedigt. »Wenn wir die größeren Dinge kaufen gehen, wirst du ja ohnehin selber dabei sein.«

Sie beugte sich heiter zu ihm hinunter, rieb ihre Nase leise an seinem Ohr und murmelte zärtlich: »Du wirst mich doch nicht allein gehen

lassen? Du weißt doch: wenn du nicht dabei bist, kommt mir Weihnachten gar nicht weihnachtlich vor.«
Vater kam natürlich mit, obwohl er zuerst immer Sperenzchen machte und bitter erklärte, daß es ihm vollauf genüge, zu wissen, daß man ihn ruiniere. Auch noch als Zeuge dabeizusein, wie sie es anstelle, sei doch wahrhaftig zuviel verlangt. Machte er sich aber mit ihr auf den Weg, war es Mutter, die seinen Tatendrang bremsen mußte. Vor allem aus Spielzeugläden war er nur mit List wieder rauszukriegen. Alles, was sich aufziehen ließ und dann schnarrend herumhüpfte, summend kreiselte oder sich sonstwie von der Stelle bewegte, konnte auf sein ungeteiltes Interesse rechnen. Und so mancher Verkäufer, der sich in der Hoffnung auf ein schnelles Geschäft mit ihm einließ, bereute hinterher bitter, ihm in die Quere gekommen zu sein.
Zum Abschluß stärkten sie sich in einem Café, und unweigerlich krempelte Vater, bevor sie sich mit den Trauben ihrer Pakete mühsam durch die Drehtür zwängten, erst einmal seine Taschen um, um festzustellen, ob der schäbige Rest seiner Barschaft überhaupt noch für zwei Täßchen Kaffee und zweimal Apfelkuchen mit Schlagsahne reichte.
»Besser ist besser«, bemerkte er. »Ruiniert sein ist wahrhaftig schon schlimm genug. Aber ruiniert sein und dazu als Zechpreller polizeikundig werden – das ist noch schlimmer.«

Solange für die Weihnachtsvorbereitungen Vaters Portemonnaie herhalten mußte, hatte er noch ein gewichtiges Wort dabei mitzureden. Aber während der sich über die Adventswochen hinziehenden Kleinarbeit trat er in den Hintergrund. Mutters weihnachtliche Obliegenheiten erstreckten sich in dieser Zeit auch darauf, ihn daran zu hindern, daß er uns die Geschenke vorzeitig zeigte. Er konnte es einfach nicht erwarten. Manchmal ging er nach dem Abendbrot in sein nebenan liegendes Schlafzimmer hinüber, begann auffällig mit Papier zu knistern, und wenn wir dann zu seinem Kummer immer noch nicht aufmerksam wurden, brüllte er beleidigt zu uns herüber: »Daß mir jetzt aber ganz bestimmt keiner reinkommt!«
Wenn wir daraufhin angerannt kamen, steckte er schleunigst ir-

gendwas weg, aber möglichst so, daß wir noch eine Kleinigkeit zu sehen kriegten, gerade genug, um uns Gedanken darüber zu machen, was es wohl gewesen sein könnte.
»Schert euch raus!« knurrte er uns grinsend an. »Hat euch die Neugier wohl wieder mal keine Ruhe gelassen! Na, wenn ihr brav seid, kann ich euch ja noch ein Eckchen zeigen.«
Zum Glück kam dann gewöhnlich Mutter dazwischen, scheuchte uns raus, riegelte die Tür hinter dem letzten energisch ab und sah Vater mit stummem Vorwurf an.
»Von einem ausgewachsenen Mann«, flüsterte sie, weil sie aus pädagogischen Gründen nicht wollte, daß wir ihre Philippika hörten, »sollte man wahrhaftig erwarten können, daß er sich vernünftiger aufführt als das jüngste seiner Kinder. Oder hast du schon mal erlebt, daß Thomas – Peter ist noch zu klein – uns vor dem Heiligen Abend sein Geschenk vor die Nase gehalten hätte?«
»Weil er keine Phantasie hat«, murmelte Vater zerknirscht, aber durchaus noch nicht willens, klein beizugeben. »Ich wollt sie ja bloß 'n bißchen in Spannung versetzen.«
»Das kenn ich«, replizierte Mutter. »So lange, bis von Spannung keine Rede mehr ist. Aber eins sage ich dir.« Ihre Stimme bekam für ihre Verhältnisse etwas erstaunlich Entschiedenes. »Wenn du's dahin bringst, gehen wir zwei noch mal Einkäufe machen.«
Damit war im allgemeinen der Fall erledigt, nur knistern tat er noch hin und wieder ein bißchen.

Am Heiligen Abend selbst ging alles genauso vor sich, wie es schon in seiner und Mutters Kinderzeit gewesen war. Zuerst wurde gesungen, dann verschwand Vater, um im großen Wohnzimmer die Kerzen an unserm Baum anzuzünden, und wir mußten uns doppelt anstrengen, um die Lücke, die sein dunkles, warmes Organ in unserem Chor hinterlassen hatte, nur halbwegs zu füllen.
Nach einer Weile kam er leise wieder herein, nahm die große, alte Familienbibel zur Hand, las die Weihnachtsgeschichte vor, auf deren seltsam-altmodische, einfach-feierliche Worte wir immer wieder mit andächtigem Herzklopfen lauschten, und dann ging's hinein in den festlichen Glanz des Weihnachtszimmers.

Nur einmal, und nun beginnt eigentlich erst richtig unsere Geschichte, schlug Vater eine Änderung vor.
»Wie wär's, Schatz«, fragte er, »wenn wir diesmal zur Bescherung einen ordentlichen, gemütlichen Weihnachtsmann hätten? So ein Rauschebart gehört ganz einfach zum Fest, um der Bande vor der Lustbarkeit Respekt beizubringen.«
Mutter, die fand, daß Vater unsern Bedarf an Respekt leicht ohne fremde Hilfe deckte, sah zweifelnd von dem Pulswärmer hoch, den sie mit mehr Fleiß als Begabung als Weihnachtsgeschenk für Großvater strickte. »Ich weiß nicht«, murmelte sie. »Für die Kleinen ist es vielleicht ganz hübsch. Aber bei den beiden Großen kommt dein Rauschebart wohl ein bißchen zu spät.«
»Nicht, wenn er seine Sache anständig macht«, erwiderte Vater, der bei Widerspruch immer nur noch dickköpfiger wurde, und Mutter hatte dem nichts entgegenzusetzen.
Zunächst hielt Vater nach einem geeigneten Weihnachtsmann Ausschau und fand ihn in Dr. Adolphus. Dr. Adolphus war einer seiner Assistenten im Seminar und durch seinen Bierbaß und seine wohlgerundete Leibesfülle für die ihm zugedachte Aufgabe bestens gerüstet. Er war auch gleich mit Freuden bereit. Vater wollte die Kostümierung besorgen, und Adolphus sollte gegen halb fünf am Heiligen Abend an der Hintertür aufkreuzen, so daß Vater noch eine Stunde Zeit hatte, um ihn ordentlich herzurichten und seelisch auf sein Amt vorzubereiten. Denn obwohl er Mutters Zweifel auf die leichte Schulter genommen hatte, war ihm doch klar, daß allerhand dazugehörte, fünf Rangen, von denen vermutlich schon zwei lebhafte Zweifel an der Existenz des weihnachtlichen Freudenbringers hegten, in andächtigen Schrecken und Respekt zu versetzen.
Nie wäre Vater auf die Idee gekommen, daß Dr. Adolphus vor seiner eigenen Courage Angst kriegen würde. Da er Junggeselle war, hatte er mit Kindern keine Erfahrungen vorzuweisen, und die ganze Sache war ihm deshalb recht spaßig erschienen. Je näher der Tag aber heranrückte, desto schwieriger schien sie ihm, und so begab er sich am frühen Nachmittag des großen Ereignisses in eine Kneipe, um seinem wankenden Mut ein wenig auf die Beine zu helfen. Unglücklicherweise waren in diesem Lokal ein paar Leute, die er kann-

te, zu einer feuchten Vorweihnachtsfeier versammelt, und über den verschiedenen kleinen und großen Gläschen, die er in ihrer Runde leerte, teils um ihnen Bescheid zu tun, teils um sein eigenes Rückgrat zu steifen, blieb er der verstreichenden Zeit nicht genügend auf den Fersen. Jedenfalls wartete Vater vergeblich von halb fünf bis fünf wie ein Schießhund an der Hintertür und zog sich schließlich, düstere Prognosen von sich gebend, was er alles mit einem gewissen Herrn anstellen würde, wenn er ihn nur zwischen die Finger bekäme, ins Schlafzimmer zurück, um zur Feier des Tages in seinen Smoking zu klettern.

Er war gerade untenrum wieder präsentabel, als ihm Gertrud, unser Mädchen, einen Herrn Adolphus meldete, der über die Hintertreppe gekommen sei. Sie habe ihn zuerst für den Boten vom Kolonialwarengeschäft gehalten, aber es müsse wohl doch jemand anders sein, denn er bestehe darauf, Herrn Professor zu sprechen. »Schikken Sie ihn nur rein«, knurrte Vater. »Ich hab grade noch Zeit, ihm ein paar passende Wörtchen zu flüstern.«

Aber der Adolphus, der hereinkam, war nicht der, den er erwartet hatte. Es war ein schmächtiges Bürschchen, kaum zwanzig Lenze alt, und Vater sah noch einmal aus der Tür, ob da etwa der richtige stände und sich bloß nicht reintraute.

»Was wollen Sie denn?« erkundigte er sich schließlich grollend.

»Ich bin bloß der Bruder«, stotterte der Jüngling hastig. »Ich weiß, daß Oskar herkommen wollte, aber nun ist er irgendwo abgeblieben, und ich dachte, daß ich wenigstens Bescheid sagen müßte. Vielleicht ...« Er stockte unter Vaters Basiliskenblick, lief krebsrot an, gab sich einen Ruck und hastete weiter: »Vielleicht, daß ich sogar für ihn einspringen könnte, weil ich doch weiß, was er Ihnen versprochen hat.«

»Allmächtiger!« stöhnte Vater, aber sein Blick ruhte doch mit einer Spur von Wohlwollen auf dem Jüngling. »Ein Weihnachtsmännchen statt eines Weihnachtsmannes. Na, probieren wir's. Kriechen Sie mal in diesen Mantel.«

Doch schon diese Probe machte alle Hoffnung zuschanden. Vater hatte den Mantel für des älteren Adolphus Fülle gewählt und womöglich zur Vorsicht ein paar Nummern größer. Der jüngere verlor sich gänzlich in ihm. Das rote Tuch schlotterte formlos um ihn herab, der weiße Pelzbesatz ließ eben noch die Fußspitzen sehen, und die Kapuze, die Vater ihm überstülpte, sank ihm stracks bis über das unterentwickelte Kinn und mußte eilends gehoben werden, um ihn zu Atem kommen zu lassen.

»Geht nicht«, resümierte Vater enttäuscht. »So was kann ich meiner Bande nicht präsentieren. Bei den Älteren käm's ja nicht so drauf an. Deren Kindergemüt ist so und so schon fadenscheinig geworden. Aber nicht mal Peter würde uns den Weihnachtsmann glauben. Das heißt – warten Sie mal . . .!«

Vater war angesichts der Vogelscheuche eine Idee gekommen, eine wundervolle Idee, die um so wundervoller wurde, je mehr er sie ventilierte. Wenn er nun selbst . . .? Ihm würde das Zeug ja passen, und auch sonst hatte er sicher das Talent dazu. Ein bißchen Schauspielerei hatte schon immer in seiner Natur gelegen. Wenn er uns vorlas, fühlten wir im vielfach wechselnden Klang seiner Stimme eine wunderliche Welt rings um uns lebendig werden, in der sich allerlei seltsame Gestalten und Wesen rührten. Er lebte sie, während er sie lesend vor uns in eine neue Wirklichkeit stellte, und wir glaubten sie leibhaftig vor uns zu sehen, fühlten uns in märchenbunte Fernen versetzt, während wir doch nur auf dem Wohnzimmerteppich lagen und gebannt zur Decke aufsahen, die mit ihren Rissen und Unregelmäßigkeiten wie die Karte eines hinter dem Monde gelegenen geheimniserfüllten Landes wirkte.

Und war es nicht überhaupt gerade seine Aufgabe, diese Rolle zu spielen? War der Weihnachtsmann nicht eigentlich so recht das Urbild des häuslichen Gabenspenders, das Monument väterlicher Kraft und Güte? Leuchteten seine Augen nicht im Glanze alles verstehenden, alles verzeihenden Humors? Trug sein Haar nicht die ehrwürdige Farbe in erfahrungsreichem Dasein erworbener Weisheit? Ja, er würde ihn spielen, er würde ihn schaffen. Zur Probe drückte er sich die Mütze über die Ohren, sah in den Spiegel, und da saß sie nun, für sein kräftiges, volles Gesicht wie geschaffen. Nun noch weiße, wattige Augenbrauen, die frostrote Pappnase, den Seehundsschnauzer und unters Kinn den stattlich wallenden Rauschebart. Warum hatte er bloß nicht gleich daran gedacht! Vater frohlockte. Er würde, das schwor er sich, der Rasselbande einen Weihnachtsmann auf die Beine stellen, daß sogar noch die Großen, ganz zu schweigen von Bixi, Thomas und Peter, ihren Kindern und Kindeskindern ehrfurchtsvoll von diesem Prachtexemplar seiner Gattung berichten sollten.

Als Mutter eine Viertelstunde später im Schlafzimmer erschien, hatte sie wohl vernommen, daß ein Herr Adolphus gekommen sei, nicht aber, daß Vater ihn wieder weggeschickt hatte. Sie mußte demnach in dem Weihnachtsmann vor ihrem Toilettenspiegel Herrn Adolphus vermuten, und sie fand es gelinde ungezogen, daß er von ihrem Eintritt so gut wie keine Notiz nahm.

»Lassen Sie sich nur nicht stören«, sagte sie patzig. »Sie hätten mich ruhig fragen können, bevor Sie meine Toilettensachen benutzen.«

»Hätt ich«, brummelte der vermummte Herr Adolphus. »Und um's wiedergutzumachen, werd ich Ihrem Herrn Gemahl auch bestimmt nichts von dem Töpfchen Rouge hier verraten.«

Er schmunzelte, und daran erkannte sie Vater. Verschämt entriß sie ihm das Töpfchen. Vater hatte nie gemocht, daß sie sich »anschmierte«, wie er es nannte, und sie hatte darum ihre kleinen Schönheitsstützen sorglich vor ihm versteckt gehalten.

»Scheusal!« zischte sie. »Mir so ein billiges Theater vorzuspielen!«

»Wenn du's nicht gemerkt hast, werden's nicht mal Dreas und Friedrich merken«, sagte Vater vergnügt. »Adolphus ist nämlich verschüttgegangen. Bloß sein Bruder war da, und den hätten wir höchstens als Christkind in der Wiege verwenden können.«

Als Vater mit dem Sack auf der Schulter die Hintertreppe hinunterstieg, um über die Vordertreppe wieder in die Bereiche der Beletage zu gelangen, war er von guten Gedanken erfüllt. Nicht mehr der Herr Professor war er, sondern ein fröhlich-behäbiger Sendbote aus himmlischen Märchensphären, der nichts als Freude und heitere Andacht verbreiten wollte. Die Kinder würden Augen machen. Um für alle Möglichkeiten gewappnet zu sein, hatte er sich Bart und Augenbrauen mit Syndetikon angeklebt, was auf der Haut zwar scheußlich spannte, aber immerhin die Gewähr bot, daß keine Pan-

nen eintreten konnten. Wenn schon, dann richtig – das war Vaters Devise.
Im Treppenhaus vor der Wohnungstür setzte er noch einmal seufzend den Sack ab, in dem irgend etwas Eckiges ihn peinlich bedrängte, schwang ihn von neuem auf den Rücken, drückte die Klingel und bemühte sich trotz Syndetikon um ein gütiges Lächeln. Drinnen rührte es sich, Schritte trappelten eilfertig durch die Diele – Thomas war's; na, der würde gleich Augen machen! – die Tür ging auf und wurde im nächsten Moment wieder zugeschmissen.
»Ist nicht Vati!« hörte er ihn innen trompeten. »Im Dunkeln konnt ich's nicht genau sehn, aber Vati war's nicht, und jemand anders können wir jetzt nicht brauchen.«
»Hat der Mensch Töne!« murmelte Vater und fühlte seine Bereitschaft zu christlicher Nächstenliebe um eine ganze Kleinigkeit erlahmen. Dieses Gör! Aber schließlich durfte man sich von solchen läppischen Programmwidrigkeiten nicht gleich von seinen guten Vorsätzen abbringen lassen. Von neuem pumpte er sich voll mit Weihnachtsstimmung, und das Brennen der Haut, der Druck des eckigen Dinges auf seinem Rücken schienen ihm notwendige Opfer, die die Befriedigung des Freudespendens nur noch erhöhten. Er drückte ein zweites Mal auf die Klingel – Grete würde schon dafür sorgen, daß ihm aufgemacht würde. Aber Grete war offenbar nicht zur Stelle, denn vom Musikzimmer her vernahm er über den Stimmen der andern nur Friedrichs Bemerkung: »Laß den man bimmeln. Das ist bestimmt derselbe von eben.«
Das war fast schon zu viel. Krampfhaft klammerte sich Vater an seine Vorstellung von dem gütigen alten Bilderbuchmann, der an frischgewaschene, wohlgescheitelte und auf jeden Fall gläubig und dankbar strahlende Kinder seine Gaben verteilt, aber dieses Bild stand in zu erbitterndem Gegensatz zu seiner eigenen schnöden Verlassenheit vor der Tür, zu dem jeden Moment unerträglicher drückenden Sack, dem zwackenden Bart, der höllischen Hitze unter dem dicken Habit. Und doch wäre vielleicht noch alles gut abgegangen, wenn nicht in dieser Sekunde oben im Treppenhaus jemand Licht angeknipst und hörbar den Weg nach unten beschritten hätte. Das fehlte ihm noch! Er war zwar bereit, für seine Familie in den ei-

genen vier Wänden Weihnachtsmänner und Osterhasen zu spielen, aber sich in dieser Aufmachung und in dieser lächerlichen Situation von irgendwelchen Hausbewohnern überraschen zu lassen, das ging wirklich zu weit. Selbst ein Weihnachtsmann konnte sich so was nicht bieten lassen.
Wütend stieß er den Schlüssel ins Schloß, den er zum Glück in der Tasche hatte, warf krachend die Tür auf, stampfte hinein, blitzte seine in der Musikzimmertür auftauchende Nachkommenschaft grimmig an und brüllte, während der Sack schmerzhaft auf seine Fußspitzen plumpste und er nach der oben aufgebundenen Rute griff:
»Nun möchte ich die Lausegören mal kennenlernen, die den Weihnachtsmann draußen vor der Tür stehenlassen!«

Oh, von diesem Weihnachtsmann würden sie wirklich noch ihren Kindern und Kindeskindern berichten! Wenig, beklagenswert wenig blieb leider von all dem übrig, was Vater vorgeschwebt, was er sich vorgenommen hatte. Kein väterliches Symbol, kein friedfertiger Weihnachtsheiliger, ein donnernder Zeus war es in für die griechische Sagenwelt ungewöhnlicher Equipierung, der statt gemütvoll-spendabler Herzhaftigkeit Furcht und Schrecken um sich verbreitete. Bei jeder Pause, die im Gedichtaufsagen eintrat, wippte er bedrohlich mit der Rute, und wer gar steckenblieb, hatte die Verse bis zum nächsten Vormittag zehnmal fehlerlos abzuschreiben und dem lieben Vati vorzulegen, den solche Kinder ja gar nicht verdienten.
Auch Mutter, die, aus der Küche herbeigestürzt, nach dem ersten Schreck mehr als einmal verstohlen in ihr Taschentuch pruschte, bekam zu guter Letzt noch etwas von dem dröhnenden Segen ab, denn ihr wurde aufgetragen, künftig besser ihrer Pflichten als Mutter zu walten, denn sie habe offensichtlich verabsäumt, den jungen Allerwertesten Respekt einzubleuen. Der Sack aber habe bis zur Ankunft des lieben Vatis verschlossen zu bleiben, und ihm allein sei es überlassen, wem er und ob er überhaupt etwas von seinem Inhalt verteilen wolle.
Nach seinem Abgang herrschte Stille nach dem Sturm in der Diele.

Hätte der Weihnachtsmann an der Tür gehorcht, hätte er immerhin den tröstlichen Eindruck mitnehmen können, daß er Respekt hinterlassen hatte. Aber Vater dachte nicht dran zu horchen. Er schlich die Vordertreppe hinunter, schlug sich an den Müllkästen vorbei durch den finsteren Hof und tastete sich über die Hintertreppe – und dabei ebbten die Zornwellen ab, und die bittere Erkenntnis wuchs ihm im Herzen, daß er versagt hatte, daß er durchgefallen war. Einen gütigen väterlichen Freund hatte er den Kindern vorführen wollen, und was war aus diesem Vorsatz geworden? Nur, weil nicht alles gleich nach seinen Wünschen gegangen war.
Bedrückt sank er auf eine Treppenstufe und unterdrückte den Wunsch, höhnisch aufzulachen. Es wäre wohl doch zu theatralisch gewesen. Wo war denn der alles verstehende, alles verzeihende Humor geblieben, wo die Güte und Weisheit des überlegenen Alters? Hier, im Dunkel der Hintertreppe, wo niemand ihn sah, konnte er's bekennen: als Weihnachtsmann war er eine glatte Niete gewesen! War er es gar als Vater auch?
Ach, wie schön wär's, Mutter jetzt tröstend zur Seite zu haben. Wie oft schon hatte sie das rechte Wort gefunden, wenn er – nun, es half ja nichts, auch ihm passierte dergleichen – mit Karacho in ein Debakel gestolpert war. Sie allein war's gewesen, die seine Seelenfalten mit sanfter Hand hatte glätten können, ein hilfreicher Engel, der mit der Gabe liebenden Verstehens gesegnet war.
Hoffnungsvoll lauschend, hob er die Mütze vom Ohr, aber kein Engel senkte sich aus der Beletage hernieder. Nur ein Grammophon war zu hören, das scheppernd und schmalzig »O Tannenbaum« sang.
Seufzend stemmte er sich wieder hoch – er konnte ja nicht bis in alle Ewigkeiten hier sitzenbleiben, obwohl ihm das nach Kohl und Hintertreppengerüchen duftende Dunkel eine Gnadenfrist schenkte, bevor er wieder den Seinen vor Augen trat. Er mußte sich stellen und, so schwer es ihm fiel, aus diesen Augen sein Urteil entgegennehmen.

Und dann war's doch ganz anders, als er es sich vorgestellt hatte. Als er – nun ohne den Weihnachtsmannplunder – neuerlich an der

Vordertür klingelte, empfing ihn eine erwartungsvolle, festfrohe Schar, wie sie artiger und liebevoller nicht gedacht werden konnte. Hut und Mantel wurden im Nu von eifrigen Händen in die Garderobe befördert, und angesichts des ins Musikzimmer geschleppten, noch verschlossenen Sacks wurde ihm von fünf Stimmen zugleich über den groben Besucher berichtet.

»Schade, den hätt'st du erleben müssen«, wußte nur Friedrich zu loben. »Der hat vielleicht gebrüllt! Da wärst sogar du nicht mitgekommen.«

»Wieso gebrüllt?« Vater lächelte zagend. »Habt – habt eure Gedichte wohl nicht gekonnt?«

Da keiner antwortete, sah er Dreas an, der als Ältester gewöhnlich für die anderen sprach.

»Doch – das heißt ...« Dreas' Blick wanderte hilfesuchend zu Mutter hinüber, dann räusperte er sich und sagte, während er Vaters Ohrläppchen anstarrte, als sei da etwas ganz Besonderes zu entdekken: »Nee, nicht ganz. Mutter kann's bezeugen, der hat einen so nervös gemacht. Und dann hat er gebrüllt, wir sollten jeder unser Gedicht abschreiben und's dir morgen zeigen. Fünf ... fünfmal.«

»So, so, fünfmal«, murmelte Vater und zwinkerte über die Köpfe der Kinder Mutter zu, die ihn ängstlich-flehend ansah. Was dachte sie denn von ihm? Etwa, daß er den grimmigen Rübezahl wiederaufleben ließe? »Und weshalb hat er nichts aus dem Sack rausgenommen?« fragte er, nur um etwas zu sagen.

»Er sagte ...« Bixis Stimme klang ein wenig bedrückt, doch Mutter sprang ein: »... daß du bestimmt am besten wüßtest, wer was am meisten gebrauchen könnte. Wahrscheinlich ist der Arme bei den vielen Weihnachtsbesuchen mit den Wunschzetteln ein bißchen durcheinandergekommen. Aber –« und sanft drängte sie die Kinder zurück – »jetzt wird nicht an den Sack gegangen. Jetzt ist Vati da, und da werden erst ein paar Lieder gesungen.«

Ja, Vati war da, war endlich zur Stelle. Man sah's ihnen an – sie freuten sich drüber. Und bei den Liedern klangen fröhlich ihre Stimmen zusammen, nicht eine hätte fehlen dürfen, am wenigsten, ganz gewiß am wenigsten die dunkle, tiefe, vor deren Hintergrund die andern erst Klarheit, Glanz und Farbe erhielten.

»Weißt du, Lieber«, sagte Mutter viel später, als die Kinder schon längst in ihren Betten lagen, »heute ist es eigentlich besonders schön gewesen, obgleich es zuerst nicht danach aussah.«
Vater grinste ein wenig verlegen zu ihr hinüber, dann stand er auf, nahm vorsichtig sein Glas und ließ sich neben ihr auf das rotsamtene Sofa sinken, wo er den Baum in seiner ganzen dunkelglitzernden Schönheit vor Augen hatte.
»Ich weiß«, murmelte er. »Du brauchst mir gar nicht den Kopf zu waschen. Das hab ich im stillen schon selbst besorgt – vorhin, auf unserer Hintertreppe. Gründlicher noch, als es nötig war. Denn inzwischen ist mir ja aufgegangen, daß ich glücklicherweise nur als Weihnachtsmann durchgefallen bin, nicht als Papa.«
Er hob sein Glas, fand in ihm die wenigen Kerzen widergespiegelt, die noch die Tiefen des Baums mit ihrem lautlosen Leben erfüllten, und ließ es leise gegen Mutters klingen.
»Ja«, lächelte Mutter, »man macht's sich zu leicht, wenn man glaubt, es genügte, sich als Weihnachtsmann einen langen Bart anzukleben.«
Vater nickte. »Hab ich mir's«, fragte er nachdenklich, »als Papa nicht manchmal auch ein bißchen zu leicht gemacht?«
»Lieber«, murmelte Mutter nur, »Lieber.« Und ganz nah hörte Vater das leise Wehen von Engelsschwingen.
Dann kicherte Mutter und fügte hinzu: »Immerhin kann's nichts schaden, wenn du mir diese Erkenntnis zu morgen früh zehnmal aufschreiben würdest.«
Vater grinste. »Sagtest du fünfmal? Wenn's weiter nichts ist ...?«

Weit nach Mitternacht klingelte anhaltend das Telefon, und als Vater sich verschlafen meldete, teilte ihm Dr. Adolphus mit heiterer, aber reichlich unsicherer Stimme mit, daß er sich für die kleine Verspätung entschuldige, nun jedoch bereit sei, seines Amtes zu walten, wenn dafür noch ein Bedürfnis bestände.

8. Kapitel

Eigener Herd ist Goldes wert

Solange wir uns erinnern konnten, hatte Vater sich immer ein Haus kaufen oder, besser noch, bauen wollen. Ein ordentlicher Garten sollte drumrum sein, und wenn wir auf einem Spaziergang an einem Garten vorbeikamen, in dem gerade jemand mit Spaten und Rechen herumwirtschaftete, blieb er träumerisch am Zaun stehen und verbreitete sich darüber, was er alles anstellen würde, wenn er selbst erst mal seinen Garten hätte. Wir hatten den Eindruck, daß dieser Garten mindestens einen Quadratkilometer groß sein müßte, um seine in Jahrzehnten der Landentfremdung aufgestaute Aktivität fassen zu können.

Mutter lächelte nur dazu. Vermutlich dachte sie sich ihr Teil, und dieses Teil war mehr mit Skepsis gesättigt, als ihm in seinem agrikulturistischen Enthusiasmus lieb war.

»Du glaubst mir wohl nicht?« forschte er mißtrauisch, wenn er sie bei einem solchen Lächeln erwischte. »Du meinst wohl, nach drei Tagen hätte ich schon die Nase voll und ließe alles stehen und liegen.«

»I wo«, sagte Mutter, und als seine Miene sich eben wieder aufheitern wollte, fuhr sie fort: »Nicht nach dreien, nach einem spätestens schon. Und dann gäbst du uns von einem gemütlichen Liegestuhl aus Anweisungen, wie wir's zu machen hätten.«

Ich will dahingestellt sein lassen, wieweit Mutters Zweifel berechtigt waren – sie kannte ihn schließlich länger als wir –, aber sicher ist, daß sein Verlangen nach einem eigenen Haus auf eigenem Grund und Boden, den er mit seiner Hände Arbeit bestellen wollte, einen echten, handfesten Hintergrund hatte. Schließlich war Vater als Bauernsohn aufgewachsen, und irgendwie saß das noch immer in ihm, obwohl er sich längst den Schreibtisch als Arbeitsfeld ausgesucht hatte. Der Mensch, der den ursprünglichen Zusammenhang mit den natürlichen Dingen verlor, war in seinen Augen nur noch eine Art von Homunkulus, ein künstliches Geschöpf, das den be-

sten Teil des Menschseins, die Kraft zum schöpferischen Wirken, eingebüßt hatte.
»Kartoffeln essen kann jeder«, pflegte er uns auseinanderzusetzen, »aber wer nie welche gesetzt oder hinterher rausgebuddelt hat, stundenlang, bis er den Rücken nicht mehr grade kriegen konnte, der weiß gar nicht, wie großartig sie schmecken. Ich komm mir direkt wie'n Rabenvater vor, daß ich euch diesen Genuß bisher nicht verschafft hab.«
Daß uns Kartoffeln auch schmeckten, wenn wir sie unter Umgehung des krummen Rückens schlicht beim Gemüsefritzen kauften, sah er unseren nicht eben begeisterten Gesichtern an, und es bestärkte ihn in seiner Auffassung, daß wir der Natur schon bedenklich entfremdet wären und daß schleunigst etwas getan werden müßte, um diesen Prozeß nach Kräften einzudämmen. Er war deshalb auch ungerne von Mannheim nach Berlin gezogen, weil die größere Stadt seiner Ansicht nach diese Gefahr auch entsprechend vergrößern mußte. Immerhin wohnten wir weit genug vom Zentrum entfernt, um schnell ins Freie kommen zu können, und wenn auch keine Kartoffelfelder zur Hand waren, gab es doch Schrebergärten in Hülle und Fülle, angesichts derer er vor unserer leicht genierten Runde seine Ideen über Gartenbau entwickeln konnte.
Ganz besonders geniert waren wir, wenn die Besitzer der Gärten nah genug waren, daß sie mitkriegen konnten, wie Vater, auf ihren Zaun und seine ländlichen Jugenderfahrungen gestützt, unbekümmert ihre Arbeit kritisierte. Nach ein paar Minuten wurde es dem Betreffenden meistens zu dumm, und er forderte Vater grollend auf, sich entweder weiterzuscheren oder gefälligst reinzukommen und ihm mit dem Spaten in der Hand zu zeigen, wie es seiner Meinung nach richtiger wäre.
Gewöhnlich gelang es uns dann, Vater mit vereinten Kräften aus der Gefahrenzone zu ziehen, aber es dauerte immer eine ganze Weile, bis er sich über die mangelnde Lernbereitschaft der Menschen im allgemeinen und dieses Exemplars im besonderen beruhigt hatte.
»Das könnte dem so passen!« sagte er. »Für ihn die ganze Arbeit machen, und er steht mit'n Händen in der Hosentasche daneben. Wo er doch bloß die Ohren aufzusperren braucht, um was fürs Le-

ben zu lernen. Ich hab's auch gelernt, und ich genier mich auch heute noch nicht, von jemand was zu lernen, vorausgesetzt, daß er's besser kann.«
Daß es offenbar niemand gab, der irgend etwas besser konnte als er – nicht nur im Umgang mit Mutter Erde –, war ihm schließlich nicht in die Schuhe zu schieben.

Vater hatte schon ein paar Jahre lang jeden Sommer ein Haus in Kladow gemietet, aber so ganz das richtige war es nicht. Er wollte eins, das ihm gehörte, das ganz nach seinen Bedürfnissen eingerichtet war und unter Bäumen stand, deren Wachsen und Werden er als ureigenste Angelegenheit mit Anteilnahme verfolgen konnte. Auch Obstbäume sollten darunter sein, denn seiner Meinung nach schmeckten selbstgeerntete Äpfel zum Beispiel, auch wenn sie mickrig und sauer waren, zehnmal besser als die, die man sündhaft teuer im Laden bekam. Und gesünder waren sie auch, weil sie nicht weiß Gott wer vorher angegrapscht, beschnuppert und wieder in den Korb zurückgelegt hatte. Nein, er wollte seine eigenen Äpfel, und die wuchsen eben nur im eigenen Garten.
Eine Zeitlang hatte er in einer sentimentalen Anwandlung daran gedacht, sich in seinem Heimatdorf oder wenigstens in der Nähe herum anzusiedeln, aber das hatte Mutter ihm ausgeredet. Sie fand, wenn schon Haus, sollten auch die Kinder was davon haben, und von den Kindern war kaum zu erwarten, daß sie sich in einem schlesischen Winkeldorf wohl fühlen würden, ganz abgesehen davon, daß sie ja höhere Schulen besuchen und, soweit die Ältesten in Betracht kamen, ihren Berufsplänen nachgehen können mußten.
Das »Winkeldorf« schmeckte Vater gar nicht. Er meinte beleidigt, er sei da schließlich auch groß und nicht gerade ein Depp geworden. Doch das mit den Schulen leuchtete ihm ein. Uns in Internate zu stecken, wäre ein Ausweg gewesen, aber Vater glaubte steif und fest daran, daß Kinder in einen kompletten Familienkreis gehörten, wenn sie zu ordentlichen, tüchtigen Menschen heranwachsen sollten, und was für andere Familien galt, galt für die seine besonders, denn er schätzte seinen und Mutters erzieherischen Einfluß in aller Unbescheidenheit sehr hoch ein. Außerdem: so schön konnte ein

Haus gar nicht sein, daß er ohne uns seine Freude hätte dran haben können. Ohne uns, die wir, von Mutter und seiner Arbeit abgesehen, sein eigentliches Lebenselement bildeten.
Und ganz zuletzt fiel ihm endlich noch ein, daß er selbst ja auch nicht jeden Tag von seiner Klitsche nach Berlin fahren konnte, um seine Berufspflichten zu erfüllen. Und mit seinem Lieblingsplan bis zu seiner Emeritierung zu warten, das hätte seine nicht allzu kräftig entwickelte Geduldsfähigkeit auf eine zu harte Probe gestellt.
Also nahm er bekümmert Abschied von seiner Idee, und Mutter und er begannen die nähere Umgebung von Kladow, wo wir uns immer recht wohl gefühlt hatten, nach geeigneten Objekten zu durchstöbern. Es machte dabei gar nichts, daß sie bei der Bewertung der Geeignetheit von ganz verschiedenen Gesichtspunkten ausgingen. Vater zum Beispiel wäre nie darauf gekommen, in die Küchen zu gucken, ob da alles in Ordnung sei, und sich zu überzeugen, ob es eine Extra-Waschküche und genügend Bodenraum gebe. Küchen interessierten ihn nicht. Ihn interessierte, ob der Garten groß genug war, ob die Obstbäume vielversprechend aussahen, ob die Fenster genügend Licht und Luft reinließen, ob er seine Bücher würde unterbringen können, ob überhaupt für die ganze Familie – eine siebenköpfige Familie mit Dienstmädchen und, Gott sei's geklagt, gelegentlichen Verwandtenbesuchen – auch genügend Auslauf da war. Denn Enge konnte Vater auf den Tod nicht ausstehen, weder bei den steifen Smokingkragen, die er sich unter dumpfem Drohgemurmel um den Hals würgte, wenn es mal gar nicht zu umgehen war, noch bei den Räumlichkeiten, in denen er domizilierte. Er brauchte Weite um sich, und wenn nur reichlich genug davon zur Verfügung stand, war ihm Mutters Extra-Waschküche schnurz und piepe. Aber, wie gesagt, es machte gar nichts, denn im wichtigsten Punkt immerhin waren beide sich einig: daß es ein Haus sein mußte, in dem wir uns alle miteinander wohl fühlen sollten. Beim Abendbrot gaben sie uns dann einen Bericht von der wieder mal ergebnislos verlaufenen Exkursion des Tages.
»War nischt«, brummte Vater. »Dabei sah's von außen gar nicht so übel aus. Aber wissen möcht ich, wie die in solchen Kabuffs bloß atmen können. Zimmer, so winzig, daß man Fenster und

Türen aufreißen muß, wenn man sich die Jacke ausziehen will.«
»Du übertreibst mal wieder«, mahnte Mutter. »Und der Boden war immerhin ganz geräumig.«
»War er«, gestand Vater bereitwillig zu. »Wir könnten ja auf den Boden ziehen. Ich seh förmlich schon, wie du uns abends der Reihe nach zum Schlafen über die Leine hängst . . .«
Ja, und dann mußte die Haussuche unterbrochen werden, weil Mutter zur Kur nach Salzuflen sollte. Sie wollte nicht – Vater alleinlassen, das war in ihrer ganzen Ehe kaum zwei- oder dreimal vorgekommen –, aber der Doktor wollte es, und Vater wollte es ihrer Gesundheit wegen auch, obwohl er sich vermutlich graulte, wenn er an die fünf Wochen ohne sie dachte.
»Aber dann muß wenigstens Tante Flora her«, sagte Mutter fest, die uns ohne ihren sorgenden Beistand einem gräßlichen Hungertode entgegengehen sah.
»Bloß nicht!« zeterten wir entsetzt. »Nicht Tante Flora! Elsbeth ist ja da, und paß mal auf, wie fein wir ihr alle helfen werden.«
Mutters Blick glitt zweifelnd über ihre Trabanten hinweg und traf sodann auf Vaters bedenkliche Miene.
»Nee, Grete«, sagte er, »du fünf Wochen weg und dann noch Flora als Ersatz . . .«
Er ließ offen, was er darüber dachte, vermutlich weil Tante Flora immerhin Mutters Cousine war und er ihre Gefühle vor unseren Ohren nicht verletzen wollte. Aber wir konnten's uns vorstellen. Er mochte sie genauso wenig wie wir. Daß sie spitznasig war und ewig aussah, als ob sie progressierende Gelbsucht hätte, dafür konnte sie schließlich nichts, aber ihre Muffligkeit und zänkische Rechthaberei gingen auch Vater auf die Nerven. Sie war verheiratet gewesen, war aber dann wegen böswilligen Verlassens durch ihren Verflossenen geschieden worden, und wir hörten Vater dieses Ereignis einmal folgendermaßen kommentieren: »Böswillig? Möcht mal wissen, was der (das war der Richter) in seiner Lage angestellt hätte. War doch glatte Notwehr. Vor Krokodilen kratzt nun mal jeder aus.«
»Heinz!« hatte Mutter tadelnd bemerkt, aber ihre Entrüstung hatte nicht übermäßig überzeugend geklungen.

Tante Flora war also abgemeldet, und Mutter verwandte die letzten Tage darauf, Elsbeth auf erweiterte Hausfrauenpflichten umzuschulen. Dann reiste sie ab, und zwei Tage drauf legte sich Elsbeth mit Masern ins Bett.

»Ausgerechnet Masern«, knurrte Vater, als er abends davon erfuhr. »Die ist wohl größenwahnsinnig! Über das Alter ist sie doch raus.«

Die Folge war, daß die Haushaltspflichten neu organisiert werden mußten und ganz auf unsere für solche Lasten nicht geeigneten Schultern sanken. Bixi übernahm außer Elsbeths Pflege den Küchendienst, und Mutters sorglich für vier Wochen im voraus aufgestellter Speisezettel schrumpfte auf Spiegeleier, Rühreier, harte Eier und Würstchen zusammen, die es zu Vaters lebhafter Mißbilligung immer abwechselnd gab.

»Höhere Geometrie und Latein in der Schule, aber Kochen wird nicht gelehrt«, erklärte er bissig. »Das reinste Wunder, daß ich noch 'n paar menschliche Töne rauskriege, statt bloß noch zu gackern. Wie lange dauert's eigentlich, bis eure Mutter endlich zurückkommt?«

Er war nämlich ein gewaltiger Fleischvertilger, und wenn er's gar nicht mehr aushielt – Würstchen waren seiner Überzeugung nach kein Fleisch, sie rangierten bei ihm unter Gemüse –, band er sich Elsbeths Küchenschürze um, ließ sich durch den Türspalt von ihr ein paar Ratschläge geben und briet sich ein Schnitzel, das er vorher höchstpersönlich beim Schlächter erstanden hatte. Weil es ihm zu langweilig war, dabeizustehen und zu warten, bis es ordentlich durch war, nahm er sich ein Buch mit in die Küche und las, und nicht selten kündete ein sengeriger Geruch, der bis zu uns ins Wohnzimmer zog, von der unangebrachten Ausschließlichkeit, mit der er sich der Lektüre gewidmet hatte.

»Wär vielleicht doch besser, wenn wir an Tante Flora telegrafierten«, murmelte er, während er lustlos an den verkohlten Resten seines Schnitzels herumoperierte. »Oder lieber nicht. Könnte ja sein, daß ihretwegen zum zweitenmal jemand böswillig Haus, Hof und Familie verließe, um in der Fremde arm, aber glücklich trocken Brot zu knabbern.«

Das bezog sich auf Herrn Strahtmann, Tante Floras Ehemaligen,

der sich eines Tages fluchtartig und nur mit dem Nötigsten versehen davongemacht und das Odium einer Scheidung wegen böswilligen Verlassens auf sich genommen hatte, nur um seinen Lebensabend möglichst weit von ihr entfernt in Ruhe genießen zu können.
Friedrich, der als einziger von uns Anzeichen kaufmännischer Begabung verriet, bekam das Einkaufen aufgehalst, Thomas und Peter übernahmen den Innendienst, das heißt, sie sorgten für Staubwischen, Schuheputzen und den ordentlichen Zustand der Zimmer, und Dreas, der von der Schauspielschule ziemlich in Anspruch genommen war, brauchte bloß hin und wieder beim Geschirrabwaschen und Abtrocknen zu helfen. Er deklamierte dabei immer aus der Rolle, die er gerade lernte, und so wußten allmählich auch die Kleinen in der dramatischen Literatur ganz gut Bescheid. Als Peter später im Schultheater zum erstenmal den »Don Carlos« sah, murmelte er zum Erstaunen der Umsitzenden ganze Partien aus der Hauptrolle mit. Und als ihn sein Nachbar, der Deutschlehrer der oberen Klassen in seiner Schule, deswegen belobte, winkte er nur nachlässig ab: »Kenn ich doch. Ist weiter gar nichts dabei. Aber der Mann da hat's nicht richtig gemacht. Nich 'n einziges Mal hat der dabei Geschirr abgespült!«

Ganz verschont von den Haushaltspflichten blieb nur Vater. Er hatte auch keine Zeit dazu. Er wollte Mutter nämlich bei ihrer Rückkehr überraschen, und die Überraschung sollte das eigene Haus sein. Wie es häufig passiert, hatten sie zwar im weiteren Umkreis fleißig gesucht, aber ganz übersehen, daß in der Nähe, bloß zwei Ecken von uns entfernt, ein hübsches Haus zu verkaufen war. Es lag mitten in einem verwilderten Garten und war wie ein Schweizerhaus gebaut, im Parterre weiße Mauern, oben rissiges, braunes Holz, und um drei Seiten lief im ersten Stock ein Balkon, auf dessen Geländer Blumenkästen mit roten Geranien standen. Das rosige Ziegeldach sah aus, als sei es um ein paar Nummern zu groß geraten, denn mit seinen geschnitzten Kanten stand es vorn und seitwärts so weit über, daß man bei Regen auf dem Balkon im Trockenen spazierengehen konnte.
Vater war gleich beim ersten Blick hingerissen. Obzwar von Berufs

wegen auf praktisches Durchdenken wirtschaftlicher Vorgänge geeicht – und ein Hauskauf war gewiß ein Unternehmen, das wirtschaftliches Denken erforderte –, schlug angesichts dieses weißbraunen Wunders in seiner grünverwunschenen Wildnis der heimliche Romantiker in ihm durch. Mit keinem Gedanken dachte er an Waschküche, Bodenräume oder woran sonst ein gewiefter Hausaspirant hätte denken sollen: an den Zustand des Dachs, zum Beispiel, oder ob der Schwamm nicht etwa im Hause niste. Er sah bloß die zitternden Sonnenkringel auf den rauhweißen Mauern, den warmen Ton des Holzes, roch das Gras, schnupperte in die duftende Stille – und dann sah er die Apfelbäume.

»Gravensteiner«, sagte er und beklopfte erfreut mit der flachen Hand den stattlichen Stamm. »Gute, haltbare Sorte. Wetten, der trägt bestimmt seine vier, fünf Zentner.«

Wir starrten, von seiner Bewunderung angesteckt, alle andächtig in die Krone hinauf, wo zwischen dem Laub winzige, grüne Früchte saßen, die nicht anders aussahen als andere unreife Äpfel auch.

»Kommen mir ziemlich mickrig vor«, bemerkte Thomas zweifelnd. »Woran siehst du, daß es Gravensteiner sind und wieviel er trägt?«

»Seh ich eben«, sagte Vater großartig. »Bin ja nicht umsonst auf dem Land groß geworden. Wir konnten alle auf drei Kilometer Entfernung jede Sorte unterscheiden und ziemlich bis aufs Pfund abschätzen, was später an ihnen dranhängen würde. Und mickrig . . .« Er streifte Thomas mit einem scharfen Blick. »Jeder Apfel wirkt mickrig, solang er nicht reif ist. Und nicht nur Äpfel! Ich kenn auch kleine Jungs, die so aussehen, als ob sie nie mehr als mickrige Früchtchen würden.«

Hinterher stellte sich's raus, daß die Gravensteiner Borsdorfer waren, und Vater behauptete, er habe es gleich gewußt und uns nur auf die Probe stellen wollen. Schließlich sei er ja auf dem Land groß geworden . . .

Vater war also begeistert, um so mehr, als der Preis in seine Möglichkeiten paßte. Die Besitzer waren zwei friedfertige alte Leutchen, die schon in die Stadt gezogen waren und nur noch gelegentlich herauskamen, um nach dem Rechten zu sehen. Sie waren es müde, sich mit dem Garten abzuplagen, und außerdem hatten sie es satt, sich mit Herrn Poritz, ihrem Nachbarn, herumzuärgern. Herr Poritz war in der ganzen Umgebung seines cholerischen Temperaments wegen berüchtigt, das sich zum Leidwesen seiner Widersacher mit einer profunden Kenntnis aller Tricks und Winkelzüge des Strafgesetzbuches verband. Kein Wunder: er war nämlich vor seiner Pensionierung dreißig Jahre lang Gerichtshelfer an mehreren Berliner Amtsgerichten gewesen. Von ihm war übrigens bei den Verhandlungen über das Häuschen niemals die Rede. Er war eine Sonderüberraschung, von der die alten Leutchen hofften, daß sie Vater erst nach dem Kaufabschluß zuteil werden würde. Wie es dann auch zu seinem Kummer geschah.

Die Bekanntschaft fand folgendermaßen statt: Wir wohnten zwar noch nicht auf unserem neuen Besitztum, weil die Möbel der alten Leutchen noch nicht völlig rausgeräumt waren, aber Vater ging mit uns jeden Tag hinüber, um unseren Umzug vorzubereiten. Was wir bisher noch niemals praktisch miterlebt hatten, sahen wir jetzt in voller Glorie: Vaters Organisationsgenie, mit dem er ganze Armeen von einem Platz zum andern hätte bewegen können, ohne dabei einen Reißnagel zu verlieren. Wenigstens auf dem Papier. Papier spielte bei unseren Vorbereitungen eine große Rolle, Papier für Pläne, natürlich. Vater trug stets eine große Papierröhre unter dem Arm, und auf jedem Blatt war der Grundriß eines Zimmers in verkleinertem Maßstab aufgezeichnet, dazu auf je einem Extrablatt die Grundrisse des ersten und zweiten Stocks mit Treppen, Fluren, Klos, Steckdosen und Vermerken, wem die einzelnen Zimmer gehören sollten.

»Organisation ist alles«, pflegte er zu erklären, wenn er die Pläne auf einem wackligen Gartentisch auf der Terrasse ausbreitete und wir ehrfürchtig um ihn herumstanden. »Sollt mal sehen, wie es flutscht, wenn erst die Möbelwagen kommen. Sobald die Möbel draufgemalt sind, werden die Pläne einfach in den Hausflur gehängt, und die Leute brauchen sich's bloß anzugucken, um zu wissen, wo sie das Zeugs hinschleppen müssen. Wenn's richtig gemacht wird, braucht niemand auch nur eine überflüssige Frage zu stellen.«

Während Vater sich begeistert in Einzelheiten verlor, verzogen sich

die an Organisationsfragen weniger interessierten Kleinen in den Garten und begannen, nachdem sie ein Weilchen abenteuerlustig in ihm herumgestreunt waren, Fußball zu spielen. Die Teppichklopfstange dicht am Zaun zum Nachbargrundstück lieferte ein geeignetes Tor, und bereits der zweite Schuß landete in fremdem Territorium. Thomas holte ihn raus und saß schon wieder oben auf dem Zaun, als von der anderen Seite her eine schlottrige, wild gestikulierende Gestalt durchs Gesträuch brach: Herr Poritz.
»Werd zur Polizei gehen, wenn ich einen von euch noch mal in meinem Garten erwische!« zeterte er. »Hausfriedensbruch! Beschädigung fremden Eigentums! Klarer Fall! Fehlte noch, daß mir jede fremde Rotzgöre auf meinen Beeten rumtrampelt!«
»Wir wollten ja bloß unsern Ball wieder zurückholen«, meldete sich Thomas eingeschüchtert. »Er ist zufällig zu Ihnen rübergefallen.«
»Zufällig!« höhnte Herr Poritz und reckte drohend eine magere Faust. »Werd euch gleich zufällig die Jacke voll hauen. In meinem Garten hat niemand nischt was zu suchen!« Damit verschwand er im Gesträuch; statt dessen erschien in der Haustür Vater.
»Was ist denn los?« forschte er. »Muß gleich alles, was ihr treibt, mit soviel Gelärme verbunden sein?«
»War ja nichts Besonderes«, sagte Thomas. »Wir haben bloß'n bißchen Fußball gespielt, und da ist der Ball da rübergeflogen.«
»Weil ihr nicht richtig zielen könnt«, sagte Vater großartig. »Als ich so alt war wie ihr, hab ich auf zwanzig Meter Entfernung in 'ne Hundehütte geschossen.«
»Glaub ich nicht«, sagte Thomas. »Kann nicht mal Harder, wenn er in Form ist.« Harder, ein damals auf allen deutschen Fußballplätzen berüchtigter Torschütze, kam in Thomas' Heldengalerie gleich nach Lindbergh, der vor kurzem den Atlantik überflogen hatte.
Vater starrte Thomas sprachlos an. Sein Vorletzter war zwar immer mit dem Mundwerk vorneweg, aber so offen hatte er an seiner väterlichen Überlegenheit noch nie Zweifel geäußert. Er war sich gegenüber soviel sportlicher Sachkenntnis im klaren, daß er sich auf ein gefährliches Gebiet vorgewagt hatte, aber nun konnte er nicht mehr zurück. Es gab nur eins: den beiden grinsenden Bürschchen

da zeigen, was ihr alter Herr – ach, was hieß alt! – immer noch auf dem Kasten hatte.
»Na, paß mal auf!« sagte er. »Schmeiß den Ball her und stell dich ins Tor. Und wenn er drinsitzt, schreibst du dir die beiden nächsten Taschengelder in den Kamin.«
»Und wenn nicht«, grinste Thomas, »krieg ich die nächsten beiden doppelt. Vergiß aber nicht, daß er im Tor sitzen muß, nicht drüben im Garten.«
Vater plazierte den Ball sorgfältig auf eine ebene Stelle im Rasen, trat zwei Schritte zurück, holte tief Luft, bot einen reglosen Augenblick lang in Hosenträgern und aufgekrempelten Ärmeln ein imposantes Bild gesammelter Kraft, die sich im nächsten in einem wuchtigen Ansturm und einem rasanten Torschuß entlud. Wie eine Kanonenkugel schoß der Ball in schwindelnde Höhe, segelte, während die drei offenen Mundes nach oben guckten, über die Teppichstange und verschwand hinter den Baumwipfeln des Nachbargartens. Gleich darauf drangen ein scheppherndes Klirren und hinterher ein greller Wutschrei herüber.
»Alle neune!« stöhnte Thomas erschüttert. »Das war'n Volltreffer in Poritzens Fenster. Hätte Harder auch nicht besser machen können.«
»Poritz?« Vater erwachte peinvoll aus seiner Erstarrung. »Wieso Poritz? Wohnt der Streithammel etwa da? Na –« er lächelte mühsam, um seine Unerschrockenheit zu dokumentieren – »hilft nichts. Dann muß ich ihm wohl 'ne Visite abstatten!«
»Brauchste nicht«, prophezeite Thomas. »Wie ich den kenne, macht er dir bestimmt selber gleich 'n Antrittsbesuch.«

Und so war's auch. Thomas hatte kaum ausgesprochen, als Herr Poritz wutbleich am Zaun erschien. Über die folgende stürmische Unterhaltung gingen die Aussagen Vaters und der Zeugen später beträchtlich auseinander. Vater behauptete, sich durchaus würdig aufgeführt und eben dadurch den Sieg davongetragen zu haben. Die Zeugen hingegen, das heißt wir, hatten ihn zwar zunächst erstaunlich gebändigt gesehen – durch das Gefühl seines Unrechts in seinen Temperamentsäußerungen offenbar heftig gebremst –, dann aber

war ihm der Kragen geplatzt, und er hatte seinen spillrigen Gegner stimmgewaltig in Grund und Boden gedonnert.
»Lassen Sie sich's gesagt sein, Mann«, hatte er zum Abschluß gebrüllt, »ich bin der ruhigste Mensch von der Welt und zahl Ihnen auch mit Vergnügen die Scheibe, aber –« und wahrhaftig brachte er's fertig, sein Gebrüll noch um eine Nuance zu steigern – »wenn Sie mir noch länger mit Ihrem Geschrei auf die Nerven fallen, werd ich Sie wegen ruhestörenden Lärms vor den Kadi schleifen!«
Dieser Drohung mit eigenen Waffen hatte Herr Poritz nicht standgehalten. Wahrscheinlich war er zur Vorsicht erst einmal nach Hause gestürzt, um sich in seinen Pandekten über ihre juristischen Grundlagen zu informieren.
Vater aber hatte sich befriedigt die Hände gerieben und vor unserem bewundernden Kreis die erzieherische Lehre aus dem Vorfall gezogen. »Ihr habt's gesehen: Wenn man sich anständig und beherrscht verhält, hat auch der größte Schreihals nichts zu bestellen. Euch das vorzuführen, war mir die Scheibe glatt wert.«
»Hoffentlich«, bemerkte Thomas dazu, »auch zwei doppelte Taschengelder.«

Während die Umzugsvorbereitungen weiter gediehen, war von Herrn Poritz nichts mehr zu hören. Vater hatte uns verboten, fürderhin im Garten Fußball zu spielen, und im übrigen waren wir vollauf mit unseren Plänen beschäftigt. Friedrich und Thomas hatten unter Vaters Aufsicht alle Möbel zentimetergenau ausmessen müssen, und abends hockten wir im endlich ausgeräumten neuen Haus um eine Kiste zusammen und richteten mit Bleistift und Lineal theoretisch ein.
An diesen Abenden war Vater besonders in Fahrt, denn er wußte genau, daß Mutter ihn zwar für den prächtigsten Menschen der Welt und darüber hinaus für eine Kanone in seiner wissenschaftlichen Disziplin, der Betriebswirtschaftslehre, hielt, trotzdem aber höchst mißtrauisch gegen die praktische Auswertung seiner betriebsorganisatorischen Erkenntnisse in ihrem Haushalt war. Einen Umzug jedenfalls hätte sie ihm nie zugetraut. Und nun sollte sie mal sehen, wie glatt so was ging, wenn man mit der althergebrachten

hausfraulichen Umstandskrämerei brach und das Unternehmen auf eine rationelle, planvolle Basis stellte. Mit diesen Plänen – er sah sie wohlgefällig an, bevor er sie zusammenrollte, um sie gleich neben der Haustür an die Wand zu nageln – konnte nichts schiefgehen. Sie würde staunen.
Zunächst ging auch alles wie geschmiert. Mittags kamen die Möbelwagen aus der Stadt, wo die von ihren Masern wiederauferstandene Elsbeth das Aufladen beaufsichtigt hatte. Vater empfing die stämmigen Herren und setzte ihnen vor den Plänen auseinander, welch sinnreiche Arbeitserleichterung für sie in ihnen verborgen lag. Keine überflüssigen Fragen, kein Zeit und Kraft verschleißendes Hin und Her: ein Blick nur, und der weitere Weg war klar. Die Herren lauschten mit der solchen Muskelgiganten eigenen Nachsichtigkeit für Leute, die sich ungebeten in ihre beruflichen Prozeduren mischen, schielten begehrlich nach den in einer Ecke des Flurs aufgebauten Kästen Bier, zogen sich bedächtig die Hosen hoch und machten sich sodann mit gewichtiger Entschlossenheit an ihre schweißtreibende Arbeit. Elsbeth wurde in die Küche geschickt, um mit Bixi Stullen für die Brotzeit vorzubereiten, wir anderen durften mit kleineren Stücken beim Ausladen mittun, und Vater zog sich mit einem Buch in eine entlegene Ecke des Gartens zurück, fest überzeugt, das Seinige zum Gelingen geleistet zu haben. Zudem wollte er damit dokumentieren, welch unbegrenztes Vertrauen er in die Wirksamkeit seines Planes setzte.
Sei es nun, daß er die willige Intelligenz seiner rüstigen Helfer zu hoch eingeschätzt hatte; sei es, daß sie es Vater übelnahmen, mit den gewohnten Usancen vertraut-menschlichen Zusammenwirkens gebrochen und sie gleichsam kalt eingeplant zu haben; sei es gar, daß Vaters Pläne doch noch irgendwelche Unklarheiten aufwiesen, was schon zu denken freilich lästerlich gewesen wäre – jedenfalls wurde er bereits nach einer guten Stunde von dem atemlos herbeistürzenden Thomas aus seiner siegesgewissen Versunkenheit aufgescheucht und zum Haus beordert.
Das Tohuwabohu, auf das er dort stieß, entsprach allerdings ganz und gar nicht dem, was ihm als Ergebnis seiner organisatorischen Meisterleistung vorgeschwebt hatte. Die Ziehmänner waren offen-

bar mit dem Unterschied zwischen Parterre und erstem Stock nicht klargekommen, denn in unserem künftigen Wohnzimmer türmten sich Betten, und Vaters Schreibtisch war erstaunlicherweise in der Küche gelandet, während das Küchenbüfett in Vaters und Mutters Schlafzimmer stand. Aber auch sonst konnten noch allerlei Planwidrigkeiten beobachtet werden. So waren in einzelnen Zimmern aus unerfindlichen Gründen die Möbel aus Platzmangel bis zur Decke gestapelt, während in anderen gähnende Leere herrschte. Und das obere Klo war seiner Zweckbestimmung entzogen, weil ein Ziehmann, der sich in den Türen verzählt haben mußte, einen Klubsessel reingepfercht hatte, der nun in seinem weißgekalkten Gehäuse so fest wie ein Pfropfen in einer Sektflasche saß.

Vergeblich suchte Vater, die unablässig auf fünf Paar kräftigen Schultern hereinströmende Möbelflut abzustoppen und vorerst einmal eine Klärung des Chaos zu organisieren. Nichts war's damit! Um fünf sei Feierabend, hieß es, eine Stunde Fahrzeit sei einzurechnen, und wenn sie rechtzeitig fortkommen wollten, dürften sie keine Zeit verlieren. Außerdem hätten sie sich haargenau an den Plan gehalten. Und als Vater sich als lebendes Hindernis in der Tür aufbaute, entschlossen, keinen Fußbreit zu weichen, stellten sie die Möbel im Garten ab. Punkt vier verschwanden sie unter Mitnahme der Bierkästen und der Stullen. Sie wollten, brüllten sie als letztes aus dem anrollenden Wagen, Vaters Methode mit den Plänen gern weiterempfehlen.

So war die Sachlage, als Elsbeth aufgeregt von unserem früheren Haus her angerannt kam, wo sie noch ein paar Kleinigkeiten zusammengepackt hatte, und Vater zuschrie, daß Mutter eben angerufen habe. Sie habe es nicht länger aushalten können, sei schon einen Tag früher gefahren und eben auf dem Anhalter Bahnhof gelandet. »Und wissen Sie, was sie gesagt hat, Herr Professor?« fuhr Elsbeth fort und streifte das Möbellager im Garten samt Vater mit einem vorwurfsgeladenen Blick. »Daß sie sich nach fünf Wochen Hotelzimmer riesig auf ihre gemütliche Wohnung freut.«

Und noch ein weiterer unvorhergesehener Zwischenfall ereignete sich am Abend dieses für Vater nicht gerade gloriosen Tages. In der

nicht ganz unberechtigten Überzeugung, sich durch ihr Mittun beim Möbelschleppen ein Recht auf einen entsprechenden Anteil am Inhalt der Bierkästen erworben zu haben, hatten Dreas und Friedrich heimlich ein paar Flaschen beiseite geräumt. Dreas hatte schnell genug gehabt, aber der neugebackene Studiosus Friedrich war, schon um den guten alten Brauch zu üben, dabeigeblieben, bis der heitere Überschwang einem unbehaglich sich ausbreitenden Gefühl wolkiger Verschwommenheit gewichen war. In dieser Verfassung war er kurz nach Mutters Ankunft Vater in die Quere gekommen, und obwohl sie Vater aus seinen eigenen Studententagen nicht durchaus fremd war – auch er hatte sich gelegentlich in einem ähnlich schwankenden Verhältnis zu seiner Umwelt befunden –, war er nicht geneigt, ihrem ersten Auftreten bei seinem Sohn tatenund widerspruchslos zuzusehen.
»Überlaß ihn mir«, sagte Mutter hastig nach einem besorgten Blick auf seine Miene. »Ein Donnerwetter macht die Sache jetzt bloß noch schlimmer.«
Darauf schleppte sie Friedrich ab – in Bixis Zimmer, das einzige, das halbwegs ordentlich eingeräumt war – und überließ Vater trüben Gedanken rund um das Bibelwort von den Sünden der Väter, von denen noch das dritte und vierte Glied heimgesucht würde. Um sie freundlicher zu gestalten, holte er sich eine Flasche Aßmannshausener aus einer Kiste im Garten und hörte beim Überqueren der Diele im oberen Stock Mutter geschäftig hantieren. Vermutlich packte sie jetzt den Bengel in Watte, statt ihm die Hölle heiß zu machen.
Seit er in gereiftere Jahre geraten war, trank Vater nicht mehr als zwei Gläser Wein auf einen Sitz – »Wer säuft«, pflegte er zu sagen, »zeigt damit bloß, daß er's nicht wert ist, einen guten Tropfen ins Glas zu kriegen« –, aber sei es nun, daß sich seine Gedanken zu ausschließlich um dieses neueste Kümmernis drehten, als daß er sich drum hätte noch sorgen können, seinem Durst die üblichen Grenzen zu setzen, oder sei es, daß ihn Friedrichs Anblick in frühere Zeiten zurückversetzt hatte – jedenfalls war das Fläschchen plötzlich leer, so ungläubig er auch den Boden nach oben kehrte. Und Mutter war noch nicht zurück.

Ungeduldig spähte er in die Diele und schlich, als er sie von fern her murmeln hörte, die Treppe hinauf bis zu Bixis Zimmertür.
Der Bengel hockte kläglich im Nachthemd auf dem Bettrand, vorgebeugt, das Gesicht in den Händen verborgen. Mutter saß neben ihm, ein dickes Buch, offenbar ein Lexikon auf den Knien, aus dem sie vorzulesen schien.
»Muß denn das jetzt sein?« hörte er Friedrich eben jammern. »Mir ist scheußlich elend zumute.«
»Schad gar nichts«, sagte Mutter fest. »Je elender, um so besser wirst du's dir merken. Hier steht noch 'ne Kleinigkeit über Alkoholismus. Such dir die passenden Symptome gleich raus.«
Dann legte sie los, heiter und deutlich, auf daß sein gemindertes Verständnisvermögen ja alles begriffe: »Krankhafter Zustand infolge mißbräuchlichen Genusses alkoholischer Getränke. Akut als Rausch und Trunkenheit nach einmaligem Genuß großer Mengen, chronisch als Trunksucht bei gewohnheitsmäßigem Genuß kleinerer Quantitäten ... erzeugt Magen-Rachen-Katarrh« – Friedrich stöhnte – »Erkrankungen der Leber, Nerven, Gefäßwandungen ...«
»Hör auf!« ächzte Friedrich. »Mit meinem Magen stimmt was nicht, mit der Leber auch nicht, und wenn ich wüßte, was Gefäßwanderungen wären ...«
»Gefäßwanderungen«, stellte Mutter richtig und fuhr, beeindruckt von solcher Vielfalt des Unheils, fort: »Wirklich allerhand, was einem da so passieren kann. Aber laß dir noch die eine oder andere Möglichkeit offen. Es geht nämlich weiter: ... bei Bier Vergrößerungen des Herzens, desgleichen eine Art Zuckerruhr –« abgrundtief wurde Friedrichs Stöhnen – »endet häufig mit Säuferwahn ...«
Kopfschüttelnd stellte sie fest, daß Friedrich mit einem ersterbenden Laut hintenüber gesunken war und sich die Decke über die Ohren gezogen hatte.
»... siehe Delirium«, fügte sie der Vollständigkeit halber hinzu. Dann klopfte sie auf die Ausbuchtung der Decke, unter der Friedrichs Kopf zu vermuten war, und fragte herzlich: »Soll ich nicht noch 'n bißchen was über Delirium lesen?« Und als die Ausbuchtung heftig verneinte: »Schade. Du hast das Beste verpaßt.«

Vater hörte es schon nicht mehr. Bei »Säuferwahn« hatte er zum Rückzug geblasen und sich ins Wohnzimmer geflüchtet.
Im Glas funkelte noch ein Kräftigungsschluck, doch Vater ließ es wieder sinken. Er hatte das Gefühl, als bahne sich in seinem Magen schon was Katarrhalisches an.
»Du liebe Güte!« rief Mutter aus, als sie fünf Minuten später von der Türschwelle auf dem Tisch die leere Flasche entdeckte. »Mir scheint, hier ist 'ne zweite Vorlesung fällig.«
»Bloß nicht!« Man sah's: obwohl Vater grinste – es schudderte ihn. »Hut ab vor deiner Schocktherapie, aber wenn du noch mal anfängst, seh ich womöglich weiße Mäuse.«
Mutters Vertrauen zu exakten Informationen bei der Niederringung des Lasters zeitigte prächtige Früchte. Friedrich nahm fortan, wenn Durst ihn plagte, mit Milch und Limonade vorlieb ...

Als Vater und Mutter abends über ein paar Sessel und den großen Eßzimmertisch in ihre Betten geklettert waren – wir andern hatten uns jeder ein provisorisches Eckchen zum Schlafen gerichtet und fanden es ungeheuer romantisch, mit Ausnahme von Elsbeth, die in die Badewanne einquartiert worden war und sich mit einem Rettungsring aus Kork ausstaffiert hatte, falls sie in ihrer bewegten Traumexistenz auf die Idee kommen sollte, den Wasserhahn aufzudrehen –, verlegte sich Vater anfangs auf ein schmollendes Schweigen. Er hatte Mutters ersten entsetzten Blick auf das Chaos der ersehnten »gemütlichen Wohnung« nicht vergessen, ganz zu schweigen von ihrem Schreckensschrei: »Warum habt ihr bloß nicht auf mich gewartet?!« Allzu tiefe Mißachtung seiner Fähigkeiten hatte in Blick und Ton gelegen, noch dazu vor der betreten grinsenden, außer Friedrich vollzählig versammelten Mannschaft. Aber dann hatte sich Mutters Hand leise zu ihm hinübergestohlen, und vor der Berührung waren Groll und Kränkung wie durch Zauber verflogen. »Hab's ja bloß gut gemeint, Grete«, murmelte er. »Wahrhaftig, piekfein und urgemütlich sollte es sein. Eine Überraschung für dich. Hab mir die ganze Zeit über vorgestellt, was du für Augen machen würdest, wenn ich dich am alten Haus vorbei und ins eigene neue führte. Ja, und dann ...«

»Und dann«, fiel Mutter leise ein, aber so leise es war, die Heiterkeit, die endlich wiedergekehrte Heiterkeit war zu seiner Beglükkung in ihrem Stimmklang deutlich zu hören, »dann haben wir uns beinah anseilen müssen, um urgemütlich in unsere Betten zu steigen. Wenn du's geplant hätt'st, wär die Überraschung nicht größer gewesen.«
»Fang nicht schon wieder an«, warnte Vater grinsend. »Mein Plan war schon richtig, aber für die Dösköppe wahrscheinlich zu hoch. Beim nächsten Umzug werd ich nur Ziehleute nehmen, die wenigstens 'n paar Semester Betriebswirtschaft studiert haben müssen.«
Mutter rekelte sich behaglich in ihren Kissen. »Mach das, Lieber«, murmelte sie. »Das heißt: besser nicht. Wenn du's genau wissen willst – ich bin sogar froh, daß dein Plan danebengegangen ist. Das eigene Haus muß man sich selber einrichten, muß die Möbel drin rumschieben, bis man weiß, so und nicht anders ist's richtig, wenn man sich drin wohl fühlen will. Hätten die's gemacht, wär schon was Fertiges dagewesen, und ich hätt mich womöglich geniert, noch mal von vorne anzufangen.« Sie gähnte und fuhr schläfrig fort: »Stell dir bloß vor, wieviel Freude uns da entgangen wäre. Dir, mir und den Kindern auch ...«
Vater lag ganz still da, um das leise Wachsen des Glücks in sich nicht zu stören. Das war echt Mutter. Zuerst sah's aus, als ob man alles verdorben hätte, obwohl man besten Willens gewesen war, und dann sagte sie ein Wort nur, einen einzigen Satz, und dieser Satz rückte alles wieder ins Lot. »Stell dir bloß vor, wieviel Freude uns da entgangen wäre!« Natürlich war's richtig: das eigene Haus mußte man selbst einrichten. Rationalisierung und Organisation hatten nichts damit zu tun, die altmodischste Methode war die beste: rumschieben, bis alles an seinem Fleck stand, bis man sich warm und zu Hause fühlte.
Über ihm an der Decke bewegten sich still die zarten Schatten der Zweige, die die Laterne an der Straße durchs Fenster warf, und Vater sah lächelnd zu ihnen auf, hätte sie am liebsten heruntergeholt, um aus ihnen eine Girlande für Mutter zu winden, die ewig junge Königin seines Herzens, die Hüterin der Familie, die, ohne die es nun mal nicht ging.

Er drehte sich vorsichtig um, um sie nicht zu stören, falls sie schon schliefe, und vernahm zugleich mit dem sanften Rascheln der Blätter draußen ihre schlafsatte Stimme:
»Eigene Blätter«, murmelte sie.
»An eigenen Bäumen«, ergänzte er.
»Im eigenen Garten«, fügte Mutter hinzu.
Drauf herrschte ein Weilchen Stille, und dann sagte Mutter, schon halb aus dem Schlaf: »Ist doch schön, daß du uns das Haus gekauft hast, Lieber, auch wenn's nur 'ne murklige Waschküche hat.«
Vater strahlte. »Paß mal auf«, sagte er, wieder ganz wach, »was das für ein wundervolles Gefühl sein wird: im eigenen Haus, auf einem eigenen Stück Boden zu leben. Dein Haus ist deine Burg. Niemand weit und breit, der dich anöden kann . . . Hoppla!«
Als er sich seitwärts beugte, um seine Brille auf dem Nachttisch zu deponieren, hatte er dort den Brief entdeckt, der, mit der Mittagspost eingetrudelt, im Trubel vergessen worden war. Er machte Licht.
»Was ist denn?« fragte Mutter blinzelnd. »Ein Brief? Mach ihn auf. Der erste Brief im neuen Haus. Er bringt sicher Glück.«
»Wie man's nimmt«, sagte Vater. »Unsere Burg ist doch nicht so sicher. Ich bin wegen unbefugten Betretens fremden Eigentums und grober Sachbeschädigung vor den Kadi geladen!«
Vater brauchte wegen Poritz nicht zum Kadi zu wandern. Mutter ging am nächsten Vormittag klammheimlich zu unserem Nachbarn hinüber, und was bisher niemand gelungen war, brachte sie im Handumdrehen fertig: Poritz nahm die Klage zurück. Er erklärte sogar, daß er nichts dagegen hätte, wenn wir in unserem Garten Fußball spielten, auch auf die Gefahr hin, daß der Ball gelegentlich zu ihm rüberfiele. Nur wär's ihm lieber, der Herr Professor spielte nicht mit.
Als wir sie staunend fragten, wie sie ihn rumgekriegt hätte, meinte sie harmlos, sie habe sich bloß bei ihm erkundigt, was er sich von einer Klage verspreche, da wir ohnedies die Scheibe bezahlten, und dann habe sie nur ein wenig seine Tauben bewundert. Sie verstünde gar nicht, wie er in den Ruf eines Streithammels käme. Zu ihr sei er hinterher jedenfalls geradezu liebenswürdig gewesen.

Doch mußte noch ein anderer Schatten von Vater genommen werden, bevor er an diesem Tage seiner neuen Rolle als Haus- und Grundbesitzer froh werden konnte. Mutter fand ihn in einem der oberen Zimmer, wo er einsam und melancholisch eine Kiste auspackte.

»Sieh dir das an«, sagte er und hielt ihr einen Wagen von Thomas' elektrischer Eisenbahn vor die Nase. »Bald werd ich der einzige sein, der noch damit spielt. Und so lange, bis sie wieder Geschmack dran finden, kann ich in meinen Jahren nicht warten.«

Mutter setzte sich neben ihn. Liebevoll glitt ihr Blick über das Grau seiner Schläfen, das gar nicht so recht zu den sonst immer lustigen Augen hinter den Brillengläsern passen wollte.

»Na, wenn schon«, sagte sie. »Dann bringst du eben mir bei, wie man richtig die Weichen stellt, und ich spiel mit dir. Aber vorderhand brauchst du dir doch darüber noch keine Sorgen zu machen.«

»Vorderhand, vorderhand!« grummelte Vater. »Vorderhand sind natürlich Thomas und Peter noch da. Aber schon Thomas ist nicht mehr so ganz bei der Sache. Sie werden eben älter. Hast du schon die Galerie süßer Filmbubis an der Wand in Bixis Zimmer gesehen? Und neulich hat mich Friedrich doch angepumpt, weil er mit einem Mädel ins Kino wollte.«

»Hast du's ihm gegeben?« kicherte Mutter.

»Natürlich«, brummte er. »Bin nie 'n Spielverderber gewesen. Ist 'n hübsches Ding. Hat mir'n Foto gezeigt.« Sein Blick, für eine Sekunde lichter, trübte sich wieder. »Das alles zusammen, siehst du, das ist es. Ich seh sie schon ausfliegen, während wir beide einsam unter unseren Apfelbäumen verschrumpeln. Kein Hund wird mehr 'n Stück Brot von uns nehmen.«

Er sah sie vorwurfsvoll an, während sie lachte. Dann entwand sie seiner Hand den Eisenbahnwagen und sagte: »In Kisten und Erinnerungen wühlen, bekommt dir nicht. Das laß mich nur machen. Geh in den Garten und überleg dir, was du anpflanzen willst. Ein Garten ist immer das beste, um sich vor Augen zu führen, das alles wachsen und schließlich reif werden muß und jedes Stadium seine eigenen Freuden hat.«

Vater trollte sich in den Garten, aber er überlegte nicht. Statt dessen holte er einen Spaten aus dem Keller – Arbeit, hatte er uns immer gepredigt, sei die beste Medizin für dumme Gedanken. Beete anlegen, umgraben – das war's, was er brauchte. Ein karger Ersatz, aber immerhin ein Ersatz für die selige Schufterei, als er noch ein kleiner, derber Bursche in geflickten Hosen gewesen war, barfüßig, mit blitzeblanken Augen, die noch keinen Optiker brauchten, einem Schopf blonder Haare über der Stirn, der sonntags mit viel Brunnenwasser zu einem schnurgeraden Scheitel gebügelt wurde. Ob seine eigenen Kinder auch so glücklich waren wie damals er, die Prügel eingerechnet, die er hin und wieder bezogen hatte, weil das Kokeln an den Torfhaufen oder an seiner Mutter Spinnrad mit dem herunterhängenden Faden oder das heimliche Rauchen aus Großvaters Pfeife so verlockend gewesen war? Ob sie wohl einstmals wie er an seine eigene Jugend zurückdenken würden, voller Dank für die, die sie mit ihrer Liebe umgeben hatten?

Er stieß das blanke Spatenblatt in den Boden, hörte das Knirschen, spürte den herben Erdgeruch in der Nase, spürte das Ziehen in seinem Rücken – und spürte trotzdem noch immer über sich den Schatten, der offenbar nicht weichen wollte.

Da lehnte sich jemand an den Zaun, und als er schwitzend aufblickte, war es Mutter. Das »Gemüse« stand vollzählig und grinsend um sie herum.

»Seht euch das mal an«, dozierte Mutter. »Ein besseres Beispiel dafür, wie man's nicht machen soll, kann man gar nicht finden. Der Kerl hat nicht den blassesten Schimmer. Wie der bloß mit dem Spaten hantiert! Viel zuviel Kraftverbrauch und zu wenig Wirkung.«

»Sprich doch nicht so laut, Mutter«, flüsterte Bixi vernehmlich. »Der Mann kann's bestimmt hören. Er schielt schon furchtbar böse rüber.«

»Laß ihn doch schielen«, sagte Mutter. »Soll doch froh sein, wenn er was lernen kann. Ich hab's auch gelernt und genier mich heut noch nicht, die Ohren ordentlich aufzusperren, wenn jemand was besser kann als ich.«

»Gibt's denn so jemand?« ließ sich Friedrich scheinheilig hören.

»Natürlich nicht«, posaunte Mutter. »Der da schon gar nicht. Ich seh's von hier aus: das Beet ist ganz schief!«

Vater unterdrückte ein Grinsen und runzelte furchterregend die Stirn.
»So«, brüllte er, »das Beet ist schief, und vom Umgraben hab ich nicht den blassesten Schimmer! Scheren Sie sich weiter oder machen Sie's mir vor, wenn Sie's besser können!«
»Lieber nicht«, erwiderte Mutter und ließ sich von uns aus der Zaunnähe wegziehen. »Könnt Ihnen so passen, daß wir reinkommen und für Sie Ihre Arbeit machen, während Sie mit den Händen in der Hosentasche dabeistehen, wo Sie nicht mal 'n klein bißchen höfliche Kritik vertragen.«
Und dann platzten wir raus, und Vater lachte am meisten, lachte, als ob es nie auch nur den Schatten eines Schattens am Familienhorizont gegeben hätte.
»Gut habt ihr's mir besorgt«, japste er endlich, krebsrot im Gesicht. »Na ja, auch Väter haben zuweilen Fehler.«
»Du nicht!« brüllten wir und sahen zu, daß wir irgend etwas von ihm zum Drücken oder liebevollen Knuffen erwischten. »Oder doch bloß so kleine, daß man sie mit 'm Fernrohr suchen muß.«
»Nun?« fragte Mutter. »Siehst du jetzt rosiger in die Zukunft?«
»Wenn du die Zukunft bist«, murmelte Vater, »ist rosig nur ein höchst ungenügender Ausdruck dafür.«

Duett
zu dritt

Zur Psychologie von Ehekrächen

Wenn ein Vulkan ausbricht, läßt sich das, heißt es, an gewissen Anzeichen vorher erkennen. Man kann das Nötigste tun, kann rasch noch die Wäsche von der Leine nehmen und seine Siebensachen zusammenpacken oder die Tür verriegeln und das Schlüsselloch gegen die Lavafluten verstopfen, je nachdem, wo und wie man das Unheil zu überstehen gedenkt, kurz, man ist auf alles gefaßt und vorbereitet. Nur verhindern kann man es nicht. Das ist aber auch alles, was ein Vulkanausbruch mit einem ehelichen Krach gemeinsam hat. Denn der bricht völlig unvorhergesehen über einen herein, aus heiterstem Himmel, wie man so sagt, wächst sich in Windeseile aus lächerlichstem Anlaß zu hanebüchensten Dimensionen und folgenschwersten Entschlüssen aus, und bei alledem hat man nicht mal den fragwürdigen Trost wissenschaftlicher Erklärung, da das, was die psychoanalysierenden Seelenklempner dazu zu sagen haben, ohnehin kein Mensch versteht oder, falls er's versteht, ihm ebensowenig nützt wie ein nasses Streichholz bei dem Versuch, sich in einem dunklen und dazu fremden Kohlenkeller zurechtzufinden.
Nehmen Sie, zum Beispiel, Evas und meinen Fall. Seit sieben Jahren verheiratet, leben wir wie die Turteltäubchen, sind ein Herz und eine Seele, von den üblichen kleinen Reibereien natürlich abgesehen, und ich wette, sie hat vor dieser Stunde noch nie an so was wie Scheidung gedacht. Und dann, plötzlich, aus heiler Haut ... und noch dazu ausgerechnet an dem Tag, an dem wir in Urlaub fahren wollten ... Aber lassen Sie sich's erzählen ...
Urlaub ist erfreulich. Man darf sich in der angenehmen Erwartung abenteuerlicher Erlebnisse wiegen, die einen in den alltäglichen vier Wänden beharrlich meiden, man steckt die Nase in fremde Düfte, bietet dem Auge neue Horizonte, und außerdem werden einem, sofern man verheiratet oder ansonsten fest beweibt ist, bei dieser Gelegenheit endlich die seit Monaten fehlenden Knöpfe an Pyjamas und Hemden angenäht und eventuell sogar die Hosen gebügelt.

Kurzum, Verreisen macht Freude, aber nicht nur. Es hat auch seine mühsamen Seiten.
Das Packen, zum Beispiel. Was mich betrifft, komme ich zur Not für vier sommerliche Wochen mit zwei Hosen, meiner alten Lederjacke, zwei Pullis, vier Hemden und dem dazugehörigen Kleinkram aus. In fünf Minuten könnte ich gepackt haben. Aber Eva denkt anders.
»Und was ziehst du an, wenn wir abends mal groß ausgehen wollen?« fragt sie etwa in beiläufigem, aber bestimmtem Ton, der von vornherein klarmacht, daß sie meinen Einwand, in unserem Reisebudget sei »groß ausgehen« nicht eingeplant, nicht zur Kenntnis zu nehmen gedenkt.
Zudem legt sie bei der Auswahl ihrer persönlichen Garderobe Maßstäbe an, die von tiefem Mißtrauen in die sommerlichen Witterungsverhältnisse zeugen.
»Schließlich muß ich ja was zum Anziehen haben, wenn's mal kalt wird«, sagt sie, während sie sich langsam um sich selbst dreht und träumerisch den auf Stühlen, auf der Couch und dem Teppich ausgebreiteten Inhalt ihres Kleiderschranks mustert. »Das letztemal hat's geschneit . . .«
»Da sind wir im Spätherbst in die Dolomiten gefahren«, erinnere ich sie. Es scheint allenfalls bis zu ihren rosigen Ohren, aber nicht in ihren Gehörgang, geschweige denn weiter zu dringen.
»Und wechseln muß man ja auch mal können«, fährt sie ungerührt fort. »Wenn ich bloß in Jeans fahren soll, kann ich auch gleich zu Hause bleiben.«
Sie scheint vielerlei Wetter- und Wechselmöglichkeiten ins Auge zu fassen, denn nach kurzem sind schon zwei stattliche Koffer gefüllt, ein dritter wird in Angriff genommen, und zwei auch nicht eben kleine Taschen harren geöffnet der dazugehörigen Accessoires, vom Kosmetikköfferchen gar nicht zu reden. Ein Glück, daß die dritte Person der Familie in dieser Beziehung keine Ansprüche stellt. Sie ist mit ihrem Tragekörbchen und einer flachen, mit einer Schicht Spreu versehenen Plastikwanne für ihre leiblichen Bedürfnisse vollauf zufrieden. Es handelt sich um Othello, unseren Kater, einen bis in die Haarwurzeln pechschwarzen, nur mit einem einzi-

gen weißen Barthaar ausgestatteten Herrn mittleren Alters mit dem würdevollen Gehaben und Aussehen eines besseren Prinzen. Seitdem er uns einmal ein Vierteljahr lang ernstlich geschmollt und unsere Wiederanbiederungsversuche, soweit sie nicht nahrhaft waren, vornehm übersehen hat, weil wir es gewagt hatten, ohne ihn zu fahren, ist eine Reise ohne ihn nicht mehr zu denken. Er sorgt übrigens selbst auf seine feine, zurückhaltende, prinzliche Art dafür, nicht übergangen zu werden, indem er, sobald der erste geöffnete leere Koffer in Evas Zimmer auftaucht, sich diesem argwöhnisch nähert, ihn umständlich beschnuppert und sich sodann in ihm zu längerem Aufenthalt einrichtet. Auch die zunehmende Einengung seines zeitweiligen Lebensraums durch Stapel zarter Dessous und wolligweicher Pullis verscheucht ihn nicht. Im Gegenteil, er scheint sie zu Evas Mißvergnügen für einen zartsinnigen Beitrag zu seiner Bequemlichkeit zu halten, zerrt sie sich für seine Zwecke zurecht und bettet sich weicher.

Aber kehren wir zum ärgerlichen Geschäft des Packens zurück. Auch der Inhalt des umfänglichsten Kleiderschranks wäre schließlich in relativ kurzer Zeit in Koffer zu pferchen, wenn man nicht wie Eva von Zweifeln geplagt würde. Sie kennt die beschränkte Aufnahmefähigkeit des Kofferraums unseres nicht mehr ganz jugendfrischen Vehikels, sie kennt meine Abneigung, unnütze Dinge herumzuschleppen, die man aller Voraussicht nach niemals braucht, sie ist guten Willens, dem Kofferraum und mir entgegenzukommen, andererseits aber ist da die Möglichkeit, daß man das eine oder andere aus praktischen oder modischen Gründen doch braucht und daß es einem im entscheidenden Augenblick fehlen könnte.

Ihr Problem heißt Auswahl, und es äußert sich in halblautem Selbstgespräch, während sie einpackt, das Eingepackte wieder auspackt, es prüfend erst auf Armeslänge von sich ab, dann vor dem oben- wie untenrum zu kurzen Spiegel vor sich unters Kinn hält, in die Knie geht, um sich noch einmal der Wirkung oben, auf einen Schemel klettert, um sich der unteren zu versichern, das Kleid oder was es gerade ist darauf seufzend entweder auf den Teppich fallen läßt oder entschlossen neuerlich einpackt und dabei vornehm anklagend zu mir sagt:

»Daran bist nur du schuld. Ich wäre schon längst mit Packen fertig, wenn ich nicht bei jedem bißchen überlegen müßte, ob ich's nun ganz bestimmt brauche oder nicht. Außerdem wolltest du mir schon vor einer Ewigkeit einen anständigen Spiegel kaufen.«

Ich enthalte mich vorsichtshalber jeder Antwort, die nur zu weniger vornehmen Anklagen und zu weiterem Zeitverlust führen kann, und beginne mit dem mühseligsten Teil des Geschäfts: die schon fertig gepackten Koffer runterzuschleppen. Mühselig insofern, als wir im vierten Stock Gartenhaus wohnen und kein Fahrstuhl den An- und Abstieg erleichtert.

Normalerweise macht uns das nichts aus, im Gegenteil – ungebetenen Besuchern wie Staubsaugervertretern oder mildherzigen Damen, die uns den »Wachturm« verkaufen und zum Reiche Jesu auf Erden bekehren wollen, geht meistens schon im dritten Stock die Puste aus, und die Annehmlichkeiten der Ruhe und Ungestörtheit mitten in der Stadt sind die kleine Strapaze wahrlich wert, aber wie ein Packesel mit Gepäck beladen – und das gleich ein paarmal hintereinander –, das ist was anderes. Zudem macht es Aufsehen, und Aufsehen ist mir peinlich.

Spätestens beim drittenmal abwärts erscheint ob des ungewohnten Gepolters im Treppenhaus ein Mitbewohner in einer der unteren Etagen an der Flurtür und erkundigt sich hoffnungsvoll, ob wir etwa ausziehen. Er hat nichts gegen uns persönlich, ein ganzes Stockwerk liegt zwischen uns, er hört weder etwas von meiner häufig noch spät nachts betriebenen Schreibmaschine, noch wird er durch die Chopinschen Klavierklänge gestört, die Evas Plattenspieler zuweilen durch die ganze Wohnung schallen läßt, wenn sie sich die langweilige Küchenarbeit erfreulicher gestalten möchte, aber Wohnungen in dieser Gegend sind rar und im Gartenhaus dazu noch halbwegs erschwinglich, und jeder kennt irgendwen, der gerade auf etwas Ähnliches aus ist.

Ich mußte ihn enttäuschen.

In der Etage drunter wartet schon die Inhaberin des dort behausten Maßateliers für Mieder und feine Damenwäsche, der ich mich zur Auskunft verpflichtet fühle, da sie gelegentlich unsere Blumentöpfe in Pension nimmt und eine weiße Katze namens Blümchen besitzt, mit der unser Othello bei seinen Spaziergängen im Treppenhaus einen platonischen Flirt betreibt. Sie hat ebenfalls auf Umzug getippt, und meine Erklärung, daß wir nur verreisen, regt sie zur Mitteilung eigener Reiseerlebnisse an.

»Na, hoffentlich nicht nach Mallorca«, sagt sie und lehnt sich bequem gegen die Tür. »Stellen Sie sich vor, im Hotelprospekt stand ›in Strandnähe mit Ausblick aufs Meer‹, und nachher waren es mindestens zwanzig Minuten zu laufen, und ein Zipfelchen vom Meer sah man nur aus dem Klo-Fenster in der obersten Etage. Und dazu mußte man auch noch auf die Brille klettern. Wer macht denn so was?«

Auch diesmal gelingt es mir, an der untersten Wohnungstür gleich neben den Hausbriefkästen unbehelligt vorbeizukommen. In der Stube dahinter – diese Wohnung besteht nur aus Stube und Küche – pflegt Herr Hempel noch um diese Zeit der Ruhe, die er sich zu üblichen Ruhezeiten von Berufs wegen um die Ohren schlagen muß. Er ist Nachtwächter in einem Möbellager, aber »nur so«, wie er zuversichtlich sagt, bis er was Besseres gefunden hat. Das »Bessere« scheint ihm wie eine Fata Morgana unerreichbar voranzuschweben. Jedesmal, wenn er es um Haaresbreite erwischt hat, kommt ihm irgendwas hinterlistig dazwischen, ein böswilliger Zufall, ein tückischer Schicksalsschlag, von dem er in bewegten Worten an unserer Wohnungstür berichtet, und jedesmal steuert sein Bericht die leicht verschämte Frage an, ob ich ihm nicht zur Überbrückung der Klemme, in die ihn das Scheitern seiner fast sicheren Zukunftshoffnungen versetzt habe, einen Zwanziger oder wenigstens einen Zehner pumpen könne. »Bloß fürs Notwendigste«, sagt er. »Der Mensch muß ja essen.«

Offenbar auch trinken, und Alkoholisches dazu, denn wie immer umweht ihn, wie er da vor mir steht, stämmig, leicht angegraut, Biederkeit im Blick, kregel trotz der mannigfaltigen Schicksalsschläge, mit den momentan zwar leicht tragisch umwitterten, aber angenehm geröteten Zügen eines schlichten Lebensgenießers, ein stattliches Fähnchen, das bestimmt nicht aus der Wasserleitung stammt.

Letzthin bin ich seinen Pumpversuchen gegenüber harthöriger, aber es verdrießt ihn nicht, er geht ohne Groll – vermutlich einen Stock tiefer oder ins Nebenhaus –, und im übrigen spornt es seinen Erfindungsreichtum in puncto Schicksalstücke nur noch an. Seine Besuche an unserer Wohnungstür sind zu wahren Duellen zwischen meinem abwehrenden Mißtrauen und seiner üppig sprießenden Phantasie geworden, die einem orientalischen Märchenerzähler vor Neid die Tränen in die Augen treiben könnte. Er weiß natürlich, daß ich ihm nicht mehr glaube, und ich weiß, daß er's weiß, aber er weiß auch genausogut wie ich, daß es mir peinlich ist, ihm die Tür einfach vor der Nase zuzumachen, und daß er, solange es ihm gelingt, mich durch seinen Redeschwall davon abzuhalten, noch immer eine Chance hat, zu seinem oder vielmehr meinem Geld zu kommen.

Es läßt sich also denken, daß ich froh war, ungeschoren an seiner Behausung vorbeizukommen, denn die unübersehbare Tatsache, daß wir verreisen, hätte ihn garantiert zu dem Versuch beflügelt, mir in letzter Minute eine Abschlagszahlung auf die nächsten vier Wochen zu entsteißen.

Auf der Straße lud ich die Koffer in den Wagen, der sich schon bedenklich in seinen Federn senkte, und als ich wieder pustend nach oben kam, fand ich Eva neben dem letzten Koffer und einer Tasche in der Diele. Auch Othellos Tragekörbchen stand da, und Othello saß schon reisefertig drin und sah mich durch die noch offene Tür erwartungsvoll an.

»Fertig«, sagte Eva, als meinte sie sich und nicht das Gepäck.

Ich musterte den Rest. Es war erfreulicherweise weniger als von mir befürchtet. Zusammen mit den Mänteln und Decken konnten wir beide es in einem Gang schaffen.

»Na, dann also los«, sagte ich und nahm Koffer und Tasche.

»In der Küche sind noch zwei Tüten«, ließ sie beiläufig fallen.

Es waren nicht zwei, sondern vier – Eva nimmt es mit Zahlen nicht allzu genau, sie sind ihr zu trocken –, und ich fragte ganz harmlos: »Muß das denn sein?«

Ich schwör's, es war wirklich harmlos gemeint. Ich kann bloß die Tütenwirtschaft nicht ausstehen. Die hinteren Sitze mit Gepäck vollzustopfen ist schon schlimm genug, und nun auch noch Tü-

ten ... Mit einer Lumpensammlerfuhre durch die Gegend zu rauschen ist nicht jedermanns Sache.
»Natürlich muß es sein«, sagte sie, schon eine Winzigkeit schärfer. »Außerdem ist es fast nur dein vergessenes Zeug!«
Ich sah nach. Tatsächlich! Alles, was ich wohlweislich in den hintersten Winkeln der Schubladen hatte verschwinden lassen, um es Evas Blick zu entziehen, hatte sie fürsorglich vorgekramt: dicke Pullis mit Rollkragen, warme Unterhosen und Socken, meine Winterjeans – und das mitten im Sommer!
Bestimmt wäre noch alles glatt über die Bühne gegangen, hätte ich jetzt den Mund gehalten, aber es war schon raus, bevor ich es unterdrücken konnte:
»So ein Blödsinn! Das brauch' ich doch gar nicht!«
»Und wenn's kalt wird, jammerst du mir die Ohren voll!« Sie war schon halbwegs auf der Palme. »Sei ruhig!«
»Ich hab' ja gar nichts gesagt.«
»Aber du denkst dir was, und ich weiß, was du denkst.« Jetzt kam's gleich armdick herausgesprudelt. »Überhaupt, mir steht's schon bis hierhin! Seit sieben heute früh räum' ich die Wohnung auf, schmier' Stullen, koche Eier, koche Tee, muß um jeden Fatz kämpfen, den ich mitnehmen will, nur um im Urlaub was auf dem Leibe zu haben, und du stehst mit vorwurfsvollem Gesicht dabei ... Bin ich vielleicht deine Sklavin, dein Fußabtreter? Nein, ich mach' nicht mehr mit! Fahr du nur alleine! Ich ... ich laß mich überhaupt scheiden!«
Sie knallte die Tür ihres Zimmers hinter sich zu.
Da hatte ich's. Ich starrte die Tür einen Moment verdutzt an, dann machte ich sie wieder auf.
»Komm schon«, sagte ich versöhnlich. »Die Tüten nehmen wir mit. Du kannst dich ja hinterher noch scheiden lassen.«
Offenbar trug mein unzeitgemäßer Versuch, die Sache scherzhaft zu nehmen, nicht gerade zur Verbesserung ihrer Stimmung bei.
»Laß mich in Ruhe!« fauchte sie. »Ich hab's satt! Gründlich satt! Deine ewige Bevormundung, deine Selbstgefälligkeit und Besserwisserei ...«
Sie kam in Fahrt. Die Fahrt dauerte ziemlich lange. Alle meine Schattenseiten kamen hierbei sehr beschämend zutage. Es waren

ihrer ziemlich viele. Ich wußte gar nicht, daß ich so schattig war. Als ihr endlich die Puste ausging, schmiß sie sich aufs Bett und zog die Bettdecke über sich. Oben guckte nur ein Strutz rötlichen Haars, unten nur ein bestrumpfter Fuß mit einem kleinen Loch am großen Zeh heraus. Mit ihren letzten Worten hatte sie mir noch einmal ihre unumstößliche Scheidungsabsicht kundgetan und mich beauftragt, ihre Koffer wieder heraufzuschaffen. Sie habe nicht die Absicht, mit jemand auf Urlaub zu fahren, mit dem sie fürderhin weder Tisch noch Bett zu teilen gedenke.

Ich schloß seufzend die Tür und zog mich ratlos in den Flur zurück. Othello hatte sich nicht aus dem Tragekörbchen gerührt. Er ließ ein ungeduldiges »Miau!« vernehmen.

»Du bist auf dem falschen Dampfer, Freund«, sagte ich ihm. »Komm raus. Frauchen will nicht mehr.«

Er reckte sich hoch, baute auf dünnen, zittrigen Beinen einen stattlichen Buckel, gähnte ausgiebig, drehte sich einmal um sich selbst, ließ sich wieder aufs Kissen nieder und schloß die Augen. Offenbar war er nicht gewillt, seine Reisepläne durch törichte menschliche Auseinandersetzungen stören zu lassen.

Ich hätte gleichfalls gern die Augen vor meiner betrüblichen Situation verschlossen, aber was half das schon? Wir hatten in Urlaub fahren wollen, und nun war der Urlaub – fürs erste jedenfalls – wie eine Seifenblase geplatzt. Eva mit Brachialgewalt aus dem Bett zu holen und in den Wagen zu setzen kam nicht in Betracht. Andererseits konnte es ewig dauern – tagelang vielleicht, wenn überhaupt –, bis sie von allein aus ihrer emanzipatorischen Verirrung herausfand. So lange aber konnte ich nach allem, was ständig von aufgebrochenen Wagen in den Zeitungen stand, unser Gepäck unmöglich auf der Straße lassen. Ich stärkte mich also in der Küche mit einem Cognac, erzielte beim Rausgehen mit einem kräftigen Tritt nach einer der Tüten ein einwandfreies Tor im leider offengebliebenen Geschirrschrank – an irgendwas muß der Mensch seinen Grimm ja auslassen – und machte mich mißmutig ans Werk. Zuerst die Scherben zusammenzulesen und dann die Koffer wieder raufzuschleppen. Als ich den ganzen Krempel wieder oben hatte, steckte ich den Kopf durch Evas spaltweit geöffnete Tür und teilte es ihr mit.

»Warum denn den ganzen?« fragte sie kühl. »Ich wollte nur meine Koffer haben. Du kannst ja allein in Urlaub fahren.«
Sie lag nicht mehr im Bett, sondern saß vor ihrem Toilettentisch und hatte sich das Telefon herübergeholt.
»Ich habe übrigens eben mit Erich gesprochen«, fuhr sie knapp fort. »Er soll so bald wie möglich die Scheidung einleiten.«
Erich war unser gemeinsamer Freund Erich Pankow, Rechtsanwalt seines Zeichens, dem ich vor sieben Jahren Eva ausgespannt hatte. Seitdem stellte er sich mindestens jeden Monat einmal hoffnungsvoll zum Abendbrot ein, um mit dem kundigen Blick des Scheidungsanwalts festzustellen, ob unsere eheliche Eintracht etwa schon vielversprechende Risse zeigte.
Wenn man die letzten paar Stunden damit verbracht hat, schwitzend und mit allmählich ins Wanken geratenden Knien zentnerweise Gepäck für nichts und wieder nichts vier Stockwerke rauf- und runterzuschleppen, ist man derartigen Mitteilungen nicht gewachsen. Ich war es jedenfalls nicht. Mir platzte der Kragen. Ich brüllte!
»So! Das ist ja die Höhe! Ohne vorher mit mir zu reden, rufst du einfach diesen Knilch an! Ich ...«
Sie kam, ganz Dame, auf mich zu. Ganz Dame, das hieß gemessen, mit einem Schuß unaufdringlicher Überlegenheit und dem kühlkeimfreien Lächeln einer Oberschwester in einer psychiatrischen Klinik. »Schrei gefälligst nicht«, sagte sie milde. »Du hast vorhin schon genug mit mir rumgeschrien. Das zählt unter seelische Grausamkeit und reicht schon zur Scheidung. Am besten, wir reden später drüber, wenn du ruhiger bist.«
Sie schob mir die Tür vor der Nase zu.
Es war also Ernst, bitterer Ernst.
Bis jetzt hatte ich geglaubt oder jedenfalls doch im stillen gehofft, daß es nur eine Laune Evas wäre, eine vorübergehende Verstimmung, ein mittleres Ungewitter, das nach seiner stürmischen Entladung wieder blitzblauem Urlaubs- und Ehehimmel weichen würde, aber da sie nun Erich angerufen hatte, Erich, meinen heimtückisch auf seine Stunde lauernden, Monat für Monat an meinem Tisch sich mästenden Nebenbuhler, hatte die Laune die bedrohlichen Kontu-

ren rauher Wirklichkeit angenommen. Seelische Grausamkeit ... Das mir, der ich doch Eva jeden Wunsch immer von den Augen ablas und keiner Fliege was antun konnte, weder seelisch noch sonst irgendwie!

Es gibt Momente, in denen der Mensch dringend der Aus- und Ansprache bedarf. Jeder wäre mir recht gewesen, der meinen Kummer und meine Rechtfertigung angehört oder mich wenigstens abgelenkt und auf andere, erfreulichere Gedanken gebracht hätte. Aber da war niemand, als ich wieder die Küche betrat, außer Othello natürlich, der noch immer in seinem Körbchen schlief und keinerlei Neigung zeigte, an meinen Nöten teilzunehmen.

In solcher Lage kann ein Klingeln an der Flurtür belebend wie eine Vitaminspritze wirken. Es ertönte, als ich eben dabei war, mangels anderer Tröstung ein zweites Gläschen Cognac zu kippen, und ich spritzte zur Tür, um dem Einlaß Begehrenden gar nicht erst Gelegenheit zu geben, etwa zu verschwinden, ohne zuvor meine jammervolle Vereinsamung durch einen Anhauch menschlicher Nähe zu mildern.

Auf dem Treppenabsatz stand Herr Hempel und griente bieder. Es war nicht eben der Anhauch, den ich brauchte.

»Tach, Herr Dokter«, sagte er munter. »Hab' gehört, Sie woll'n verreisen, und da wollt' ich schnell mal ...«

Der »Herr Dokter« klang einigermaßen beruhigend. Zu Herrn Hempels Pump-Ritus gehörte es, die von ihm eines Pumps für würdig Befundenen zuvor einer kleinen aufmöbelnden Seelenmassage zu unterziehen und entsprechend der Höhe des erhofften Betrages rangmäßig zu befördern. Doktor war die unterste Stufe, höhere Ansprüche kündigten sich durch Professor an, und ich hatte es mehrfach schon zum Geheimrat und einmal sogar zum Oberst gebracht, in seinen mehr benebelten Augenblicken offenbar ein Nonplusultra an wunschträumendem Höhenflug. Bei dieser Gelegenheit hatte er gewaltig mit den Hacken geknallt und mit der Hand an der Stirn zackig-militärisch gegrüßt. »So was sitzt einem eben noch von dunnemals in'n Knochen, Herr Oberst«, hatte er sich dazu vernehmen lassen.

Jetzt war's also bloß Doktor.

Er hatte sich bereits in die Schilderung des letzten tückischen Schicksalsschlages auf seinem dornenreichen Weg in eine geordnete bürgerliche Existenz gestürzt. Diesmal hatte es sich um die Aufsicht über das Spirituosenlager einer großen Importfirma gehandelt, für die ein sachkundiger, nüchterner Mann gesucht worden war. Für Sachkunde konnte sich Herr Hempel guten Gewissens verbürgen, und Nüchternheit, hatte er dem Personalchef anvertraut, sei geradezu sein Ideal.

»Dabei muß ich wohl dem Mann zu nahe gekommen sein«, fuhr er kummervoll fort, »jedenfalls hat er angefangen, so komisch zu schnuppern, und dann hat er gesagt: ›Tut mir leid, aber Ihr Ideal is mir für den Posten zu hochprozentig.‹ Was sagen Sie dazu? Wo ich doch bloß, weil mir so'n bißchen schwummrig im Magen war, rein als Medizin zwei Cognacs zur Brust genommen hatte. Schade um die schöne Stellung. Hätte mir wie angegossen gepaßt, aber heutzutage is ja auf nischt mehr Verlaß . . . Tscha, und da wollt' ich mal fragen . . . bloß bis zum fuffzehnten und fürs Notwendigste . . .«

Ich überreichte ihm stumm zehn Mark. Er besah sich den Schein, nicht eben übermäßig beglückt.

»Na, ja«, sagte er dann, »besser als in die hohle Hand, und fürs Allernötigste reicht's. Schönen Dank auch, Herr Jespersen.«

Das hatte ich nun davon. Sogar um den »Dokter« war ich gekommen.

Ich kehrte zu meiner einsamen Zwiesprache mit der Cognacflasche zurück und war eben dabei, mir zur Förderung meiner Gegenwartsbewältigung ein drittes Gläschen zu Gemüte zu führen, als ich wiederum Schritte die Treppe heraufkommen hörte.

Falls es Herr Hempel war, der es bereute, sich mit dem Allernötigsten begnügt zu haben, und nun noch das Notwendigste nachholen wollte, war ich zu äußerstem Widerstand entschlossen, auch wenn er mich zum General befördern sollte.

Aber diesmal war er's nicht. Vor der Tür stand mein Freund Theo, in jeder Hand einen ziemlich großen, mit Tüchern verhängten Vogelbauer, in denen es leise piepte, quer vor der Brust eine Art Schmetterlingsnetz, und hinter ihm gewahrte ich ein Mädchen mit windverwehten blonden Stirnfransen und einer großen Sonnenbrille auf der winzigen Nase, ebenfalls von zwei Käfigen flankiert. »Ihr seid ja noch da!« sagte er vorwurfsvoll statt jeder Begrüßung. Und ich schwör's, erst in diesem Augenblick fiel mir ein, was mir im Trubel dieses Tages gänzlich entfallen war: daß wir für den ersten Teil unseres Urlaubs Theo unsere Wohnung vermietet hatten...

Einen Vogel kann man haben

Die Sache war abgesprochen worden, als Theo uns vor ungefähr zwei Wochen aus Landshut angerufen hatte, wo er fürs erste als Apotheker amtierte. Er fand's dort im großen und ganzen ganz angenehm, nur an kulturellen Erbauungen hatte ihm seine neue Umgebung nicht viel zu bieten, und das war sehr betrüblich, denn Theo schwärmte nun einmal für Kultur.

Die Musen hatten es ihm angetan.

In seinen Sturm- und Drangtagen hatte er eigentlich Schauspieler, dann Maler und schließlich Schriftsteller werden wollen, und nur die Schwierigkeit, sich zwischen seinen vielfältigen Talenten zu entscheiden, seine nicht zu übersehende und nicht wegzuhungernde körperliche Fülle, die ihn allenfalls zum Komiker, nicht aber, wie er's gern gehabt hätte, zum Romeo oder Hamlet prädestinierte, und schließlich die Überlegung, daß eine florierende Apotheke doch eine verläßlichere Lebensbasis sei als die kargen, nur für wenige und keineswegs immer die Verdienstvollsten fetten Weiden der Kunst, hatten ihn bei seinem Studium gehalten.

Um sich für diesen löblichen Entschluß zu entschädigen und irgendwie einen Ausgleich zwischen seinem praktischen Sinn und seinen höheren Aspirationen zu schaffen, hatte er sich in seinen amourösen Beziehungen vorwiegend weiblichen Wesen zugewandt, die es mit den Künsten hatten. Doch auch diese mehr mittelbare Beteiligung an den Musen war nicht ohne herbe Enttäuschung geblieben. Die herbste war eine ehrgeizige junge Schauspie-

lerin gewesen, die seine zärtlicheren Anwandlungen häufig übersehen und ihm statt dessen ihr Rollenbuch zum Abhören in die Hand gedrückt hatte.
»Stell dir vor«, hatte er mir bekümmert erzählt, »die Rolle abhören... Kunst fordert Entsagung, weiß ich, seh' ich ja ein, aber gleich so? Man ist ja gelegentlich auch mal Mensch. Sogar im Schlaf hat sie dauernd ihren Text gemurmelt. Und nicht nur gemurmelt! Ich hab' kein Auge zutun können, dafür hab' ich hinterher ihre Rolle besser gekonnt als sie.«
Es war ihm auf die Dauer zu enervierend gewesen.
Theo hatte uns also vor zwei Wochen aus seinem Exil angerufen, sich nach unseren Ferienplänen erkundigt und auf meine Auskunft, daß wir in Bälde zu reisen gedächten, erfreut gesagt, das treffe sich ganz ausgezeichnet, er könne zum gleichen Termin vierzehn Tage auf Urlaub gehen, und da er erholsame Landluft jeden Tag haben könne, gedenke er, die Zeit mit Theaterschlemmerei und sonstigen Kunstgenüssen in unserer Stadt zu verbringen, falls wir bereit seien, ihm unsere Wohnung gegen Erstattung eines entsprechenden Mietanteils zur Verfügung zu stellen, denn so käme es ihn noch immer billiger, zumal er eventuell nicht allein, sondern zu zweit sei.
Über den letzteren Punkt wollte er sich nicht weiter verbreiten, vielleicht, weil es noch allzu eventuell war, vielleicht auch, weil er aus der Apotheke telefonierte und Mithörer scheute oder seinen Chef nicht allzusehr schädigen wollte. Jedenfalls stand er nun vor mir, wahrhaftig zu zweit und, wenn mich das Piepen nicht täuschte, zu mehr als zu zweit, und sagte vorwurfsvoll:
»Ihr seid ja noch da!«
»Na, kommt erst mal rein«, erwiderte ich. »Überraschungen lassen sich im Sitzen besser ertragen.«
Und als sie sich mit ihren Käfigen und dem Schmetterlingsnetz zwischen dem im Flur aufgestapelten Gepäck durchgedrängelt hatten und auf der Couch in meinem Zimmer saßen, fuhr ich fort:
»Wir wären schon heute morgen weg, aber Eva will nicht mehr. Sie läßt sich scheiden.«
»Wie ein Schlag ins Kontor« wäre eine kümmerliche Umschreibung der Wirkung, die meine Mitteilung hatte. Theo wurde blaß, machte

mehrmals den Mund auf und zu, ohne passende Worte zu finden, und warf zwischendurch einen hilfesuchenden Blick zu dem windverwehten Mädchen hinüber, das noch weniger sagte.
»Das . . . das ist ja'n Ding«, brachte er schließlich heraus.
Ich nickte düster-befriedigt. Wenigstens war ich nicht mehr der einzige, der Anlaß hatte, mit seinem Schicksal zu hadern, und außerdem tat mir sein Mitgefühl mit meiner jäh so unerfreulich veränderten Lage wohl. Daß es weniger meiner als seiner Lage galt, merkte ich erst, als er nach einer Pause anklagend hinzufügte:
»Ja, was wird denn da mit uns? Ich meine, wo sollen wir denn bloß hin mit den Vögeln?«
Sie waren tatsächlich nicht zu zweit, sondern zu achtzehnt, wie sich's erwies, als er die Verhüllungen von den Käfigen hob, die sie mit ins Zimmer gebracht hatten. Sechzehn buntscheckige Piepmätze waren es, je vier in einem, die, offensichtlich von der Reise mitgenommen, verschüchtert auf ihrem Gestänge hockten und überrascht in die fremde Umgebung blinkerten. Es verstieß eindeutig gegen unsere Abmachung. Von zweien war die Rede gewesen. Wir hatten nicht daran gedacht, unsere Wohnung als Massenquartier zu vermieten.
»Wieso hast du sie überhaupt mitgeschleppt?« fragte ich anklagend. »Einen Vogel kann man ja haben, aber gleich so einen Haufen? Früher ist doch bloß eine Schildkröte bei dir rumgekrochen.«
Er gestand, in der ersten Zeit in Landshut, genauer gesagt, bis er Annemie – er wies flüchtig mit dem Daumen auf das Mädchen mit der Sonnenbrille, das ich nun endlich auch dem Namen nach kannte – im Stadttheater als Faustens Gretchen gesehen und bewundert, hinterher mit einem Strauß Alpenveilchen am Bühnentürchen erwartet und so kennengelernt habe, habe er sich in der fremden Umgebung ziemlich einsam gefühlt. Die Schildkröte Alma sei in dieser Situation nur ein dürftiger Trost gewesen. Schildkröten lebten nun mal sehr ichbezogen und seien kaum in der Lage, gesellschaftlich relevante Impulse zu vermitteln. Er habe Alma daher in der örtlichen Zoohandlung gegen ein Meerschweinchen oder einen Hamster umtauschen wollen, sich aber schließlich für ein Pärchen Prachtfinken entschieden, die in dieser Hinsicht weit ergiebiger seien, und seit-

dem seine Piepmatz-Familie aus Spaß an der Sache wie durch bemerkenswerte Zuchterfolge beträchtlich vermehrt.
»Wirklich merkwürdig!« Er schüttelte, selbst verwundert, den dikken, runden Kopf, dessen blondsträhniger Haarschmuck sich über der Stirn schon bedenklich lichtete und dafür hinten und an den Schläfen um so üppiger über Kragen und Ohren quoll. »Bei mir kommen sie eben irgendwie in Fortpflanzungsstimmung. Muß wohl an meiner Ausstrahlung liegen. Annemie hat es auch festgestellt.«
Es war nicht ganz ersichtlich, ob bei sich oder bei den Vögeln, aber ich wollte ihr unserer noch jungen Bekanntschaft wegen nicht gleich allzu vertrauliche Fragen stellen.
Mitnehmen habe er sie schließlich müssen, fuhr er fort, da er von dem vorgesehenen Vogelsitter leider versetzt worden sei und seine Wirtin sich angesichts des Küchenzettels seiner kleinen Lieblinge geweigert habe, sie vertretungsweise in ihre Obhut zu nehmen.
»Als ob da schon was dabei wäre«, bemerkte er bitter. »Bloß Senegal- oder Mohairhirse, geschälte Hirse, halbreife Grassamen, Flohknöterich, hin und wieder eine Kleinigkeit Eifutter, frische Ameisenpuppen, Wachsmottenlarven, zur Abwechslung gekochte, ausgequetschte oder frisch gehäutete Mehlwürmer und natürlich lebende Spinnen. Und zum Nachtisch ein paar Körnchen Kolbenhirse in Honig und Babymilch.« Übrigens – er warf einen Blick auf die Uhr – sei es Zeit zu füttern, und ob ich eine Heizsonne zur Bestrahlung der armen Kerlchen habe, um sie vor möglicher Erkältung durch die hinter ihnen liegende Reise zu bewahren. Es seien nämlich teils Granatinae granatina, teils Pytiliae afra, an die Wärme ihrer afrikanischen Heimat gewöhnte Tierchen.
Ich war schon draußen. Weniger der Heizsonne als eines leicht aufrührerischen Gefühls im Magen wegen, da ich seit dem heute sehr frühzeitigen Frühstück außer zweieinhalb Cognacs nichts mehr zu mir genommen, dafür aber wie ein Akkordarbeiter geschuftet hatte und ausgequetschte oder frisch gehäutete Mehlwürmer und lebende Spinnen für diese flaue Verfassung nicht ganz das rechte waren. Der Nachtisch hatte zum Glück den Aufruhr ein bißchen besänftigt. Um noch weiteres in dieser Richtung zu tun, strebte ich zur Küche,

in der stillen Hoffnung, dort vielleicht doch Eva bei der Zubereitung eines späten Mittagessens zu finden. Ihre Scheidungsabsicht konnte unmöglich so weit gehen, mich gleich verhungern zu lassen. Sie war jedoch nicht da, sondern lag, wie ich gleich darauf zu meinem Mißvergnügen feststellte, in ihrem Zimmer im Bett.
»Was ist denn los?« erkundigte sie sich schläfrig.
»Wir haben Besuch, und mir hängt der Magen in den Kniekehlen«, erwiderte ich. »Wenn ich für Ameisenpuppen, Wachsmottenlarven und Mehlwürmer schwärmte, hätte ich mich bei der Vogelfütterung gleich mit angestellt.«
»Bist du verrückt? Was für Vögel?«
Sie setzte sich, gar nicht mehr schläfrig, auf. Offenbar hatte sie, durch das Scheitern unserer Ehe nicht im geringsten gestört, Theos und Annemies Einzug friedlich verschlafen.
Ich brachte sie über die veränderte Situation aufs laufende. Sie hatte gleichfalls nicht mehr an Theo gedacht, und wir beratschlagten gemeinsam wie in alten, gar nicht so alten Zeiten, was nun zu tun sei. Theo samt Zoo und Faustens Gretchen vor die Tür zu setzen, kam natürlich nicht in Frage. Er hatte sich mit Recht auf unsere Abreise verlassen. Der Zoo war in die Abmachung zwar nicht einbegriffen gewesen, aber er war nun einmal da, und wir sahen weit und breit keine andere Bleibe für ihn. Keine Pensionswirtin, die ihre fünf Sinne beisammen hatte, würde ihre gepflegten Räumlichkeiten für solche Massenbelegung zur Verfügung stellen. Und wenn Theo jetzt vergeblich von Pension zu Pension zöge, würden sich seine an Wärme gewöhnten afrikanischen Pfleglinge womöglich erkälten, und wir wären schuld, wenn sie sich Schnupfen oder gar noch Schlimmeres holten.
Es blieb also nichts weiter übrig, als ihn samt Anhang aufzunehmen und die Wohnung irgendwie unter uns aufzuteilen. Ich gestehe, daß ich dabei heimlich hoffte, die zwangsläufig entstehende Enge werde Eva und mich wenigstens räumlich wieder einander nähern, aber ich hoffte vergebens.
»Damit wir uns gleich richtig verstehen«, sagte sie kühl. »Ich behalte mein Zimmer für mich . . . allein natürlich. Du kannst mit den beiden zusammenkampieren. Für vierzehn Tage wird's schon ge-

hen. Das heißt –«, sie schien einen Moment im ungewissen, »– wie sieht denn das Mädchen eigentlich aus?«
»Weiß ich nicht. Ich hab' noch nicht hinter ihre Sonnenbrille geguckt. Bis jetzt kenn' ich nur ihre Fransen und ihre Nase.«
Meine Stimme mußte beruhigend uninteressiert geklungen haben, jedenfalls war der Moment des Zweifels vorüber.
»Also geh schon und sag's ihnen. Sie sollen sich im Wohnzimmer einquartieren, du kannst in deinem Zimmer bleiben, und kochen tut jeder für sich allein.«
Ich wollte gegen das letztere protestieren, als ein schriller Schrekkensschrei und gleich danach dumpfes Gepolter zu uns drangen, die deutlich davon kündeten, daß unsere von Eva für die nächsten vierzehn Tage so säuberlich geordnete kleine Welt offenbar schon vor ihrer Realisierung ins Wanken geraten war. Von Eva gefolgt, stürzte ich hinüber. Uns bot sich ein hochdramatisches Bild. Theo reckte sich käseweiß mit ausgebreiteten Armen vor seinen Käfigen in der Haltung eines zum Opfertod bereiten Heiligen, der seine frommen Schäfchen gegen Satan persönlich verteidigt, das Mädchen, das in der Aufregung über einen Stuhl gestolpert sein mußte, hockte am Boden, rieb sich ein Knie und fahndete dabei nach ihrer Sonnenbrille – sie sah übrigens ohne recht lieblich aus, lieblicher als ich gedacht hatte –, und die offenbar urplötzlich aus der Versenkung aufgetauchte satanische Hauptperson der bewegten Szene, unser Othello, musterte von der Couch aus interessiert die Vögel, die in ihren Drahtgehäusen verängstigt hin und her flatterten.
»Schaff das Biest weg!« kreischte Theo bei meinem Anblick hysterisch. »Du siehst doch, was das Untier im Schilde führt!«
Es war nicht zu leugnen, daß in Othellos Augen die ersten Fünkchen Jagdfieber glommen. Ich konnte es ihm nicht mal verdenken. Schließlich muteten wir seinem Magen jahraus, jahrein Ersatzbefriedigungen zu, und der Anblick eines flatternden Vögleins mußte ihn einfach an seine atavistischen Instinkte erinnern. Um Theo zu beruhigen, nahm ich den sich heftig sträubenden Othello hoch und trug ihn in die Küche zurück, aus der er nach seinem Schläfchen ausgebüxt sein mußte, als ich vorhin auf der Suche nach Eva in die Küche geguckt und vermutlich die Tür offengelassen hatte.

»Hör mal zu, Freundchen«, sagte ich ihm, nachdem ich ihn in sein Reisekörbchen zurückgestopft und diesmal das Gitter hinter ihm geschlossen hatte. »Ich kann zwar verstehen, daß dir das Wasser im Maul zusammenläuft, wenn du so hübsche Vögelchen siehst, aber es schickt sich nun mal nicht, liebe Hausgäste zu verspeisen. Und damit du dich auf deine gute Erziehung und Herkunft besinnst – schließlich bist du nicht irgendwer, sondern aus edlem Katzengeschlecht –, werden wir dich fürs erste unter Verschluß halten müssen.«

Er sah hochnäsig an mir vorbei, einem Spielverderber, der für ihn nicht vorhanden war, rollte sich ohne weiteren Mucks auf seinem Kissen zusammen und kniff die Augen zu. Vielleicht schloß er so die schnöde Außenwelt aus, die ihm nicht einmal die Erfüllung bescheidenster Wünsche gönnte, und erging sich dafür in Traumgefilden, in denen die appetitlichsten Vöglein förmlich bei ihm Schlange standen, um sich von ihm verspeisen zu lassen.

Offenbar hatte ich richtig getippt, denn während ich noch eine Weile durchs Türchen spähte, begann er leise, aufgeregte Tönchen von sich zu geben, zu zucken, mit den Schnurrbarthaaren zu zittern, und schließlich leckte er sich, im Traum noch natürlich, genüßlich die Lippen.

»Laß dir's schmecken«, murmelte ich. »Ich werd's Theo nicht verraten.«

Als ich in mein Zimmer zurückkam, war Theo eben dabei, Eva moralisch zu beknien. Er kam aus den heiligen Rollen nicht heraus. Nach dem Märtyrer schien nun der Geist des heiligen Vogelfreundes Franz von Assisi in ihn gefahren zu sein.

Er wolle sich zwar nicht in unsere Angelegenheiten mischen, erklärte er, aber er sehe nicht ein, warum seine Tierchen darunter leiden sollten. Wenn wir nämlich blieben, sei der seelische Schaden für sie trotz aufgeteilter Wohnbereiche nicht abzusehen, da sie stündlich eines Schocks wie des gehabten gewärtig sein müßten. Er habe gegen Othello persönlich nichts einzuwenden, im Gegenteil, aber die Anwesenheit einer Katze im Haus verschlüge erfahrungsgemäß den kleinen Sängern nicht nur das Tirilieren, sondern auch die für ihr Wohlbefinden so notwendige Fortpflanzungsstimmung, und er

müsse uns deshalb dringend, wenn's sein müßte, sogar auf Knien bitten, unsere – hm, nun ja – privaten Schwierigkeiten für die nächsten vierzehn Tage auf Eis zu legen und, wie fest abgemacht, auf Urlaub zu gehen. Im übrigen sollten wir auch an Othello denken, dessen Seele ebenfalls Schaden litte, wenn wir ihn ohne einen ihm verständlichen Grund längere Zeit des freien Auslaufs in unserer Wohnung, seinem angestammten Herrschaftsbereich, beraubten.
Allerdings, daran hatten wir nicht gedacht.
Eva, die, mit hochgezogenen Beinen lässig gegen einen Kissenberg auf der Couch gelehnt, seinem Sermon bisher mit einem leise mokanten Lächeln gelauscht hatte, wirkte zum erstenmal beeindruckt, und ich stellte mit einem Anflug von Verbitterung fest, daß meine eindeutig von ihr vom Zaun gebrochene Seelenpein sie weit weniger zu bekümmern schien als die von Theo beschworene, nicht einmal sichere des Katers.
Theo war schon dabei, den wahrgenommenen Vorteil nach Kräften auszuweiten.
Tierseelen seien nämlich äußerst empfindlich, priesterte er weiter auf sie ein. Seine Schildkröte Alma, zum Beispiel, sei von seiner Studienzeit her so an seine häufige häusliche Anwesenheit gewöhnt gewesen, daß seine in Landshut durch den Apothekendienst bedingte Abwesenheit sich ihr, ob wir's glaubten oder nicht, aufs Gemüt geschlagen und sie dem Säuferwahn in die Arme getrieben habe. Sie habe sich nicht nur gierig auf jeden verschütteten Schnapsrest gestürzt, sondern sich auch über die Schalen mit purem Alkohol hergemacht, in denen er Präparate für private Forschungen aufbewahrt habe. Mehrmals sei sie bei seiner Rückkehr sternhagelblau im Zimmer herumgetorkelt, und schließlich habe er sich nicht anders zu helfen gewußt, als sie in der Aktentasche in die Apotheke mitzunehmen und dort während seiner Dienstzeit in einem Papierkorb unterzubringen, um sie ausnüchtern und wieder zu ihrem Seelenfrieden finden zu lassen.
Er unterbrach sich, weil ich mein Taschentuch aus der Hose zog, mir die Augen wischte und es hinterher auswrang.
»Was soll das?« fragte er ungehalten. »Kommt dir vielleicht irgendwas komisch vor?«

»Im Gegenteil«, sagte ich. »Tränen der lautersten Rührung... Hoffentlich hat Othello aus Kummer nicht schon einen Schluck aus der Cognacpulle gekippt.«
Annemie, die sich bis dahin aus allem herausgehalten hatte, unterdrückte ein Kichern, aber Eva streifte mich mit einem verweisenden Blick.
»Laß ihn«, sagte sie zu Theo. »Das sind so seine kleinen Scherzchen. Aber ich glaube, du hast recht. Außerdem, es war ja so abgemacht, und wir haben ohnehin schon gepackt.«
Sie war schon auf, zog ihre Jeans glatt und wandte sich dann zu mir: »Also komm schon! Wir fahren!«
Ich hatte zwar seit dem Morgen fahren wollen, aber so plötzlich kam's mir doch ein bißchen überraschend.
»Was? Jetzt noch? Und wohin?«
Die Frage war nicht unberechtigt, da sich draußen immerhin schon die ersten Anzeichen der Dämmerung bemerkbar machten.
»Darüber reden wir im Wagen«, sagte sie. »Fang schon mal an, das Zeugs runterzuschleppen!«
Gut, daß ich im Training war. Es war das drittemal an diesem Tage, daß ich unsern Kofferstapel über vier Stockwerke und den durch ein paar magere Hortensienbüsche gärtnerisch verschönten Hinterhof verfrachtete, diesmal zum Glück abwärts, und das ohne Mittagessen, nur mit einem frühen Frühstück im Magen.
Eigentlich hatte ich die Magenfrage rasch noch anschneiden wollen, aber dann erwog ich, daß Evas plötzlicher Abreisewunsch auch ein Abrücken von ihren Scheidungsplänen bekunden könnte, und unterließ es lieber. Um Erichs stille Hoffnungen zu enttäuschen, wäre ich noch ganz anderer Opfer fähig gewesen.
Mit vier Gängen war es geschafft. Als ich unten die letzten Tüten und Taschen in den Wagen stopfte, kam der Herr aus der unteren Etage, der sich morgens hoffnungsvoll bei mir erkundigt hatte, ob wir auszuziehen gedächten, mit der Aktentasche unter dem Arm die Straße entlang, offenbar auf dem Rückweg aus seinem Büro.
Bei meinem Anblick blieb er stehen.
»Ich dachte, Sie wären längst weg«, sagte er erstaunt. »Verreisen Sie noch oder etwa schon wieder?«

»Noch«, sagte ich.
Er schüttelte den Kopf, dann musterte er mißtrauisch die Ladung im Wagen.
»Aber ausziehen tun Sie jedenfalls nicht?« forschte er.
»Bestimmt nicht«, sagte ich.
»Na, dann gute Fahrt!«
Endgültig enttäuscht, verschwand er in der Haustür.

Oben war bereits der Abschied im Gange. Eva gab letzte Anweisungen, wie die Blumen auf dem Balkon zu gießen seien, und Theo versprach hoch und heilig, daß die Piepmätze, wenn er sie hin und wieder zur Aufheiterung oder Belohnung für gute Führung zum Freiflug in unsere Räumlichkeiten entließe, sich säuberlich aufführen und, soweit es an ihm und Annemie läge, keine Spuren ihrer Verdauungstätigkeit hinterlassen würden.
Als wir runtergingen, ich mit Othello im Tragekörbchen, blieben sie noch einen Moment in der offenen Tür, um uns um den unteren Treppenabsatz verschwinden zu sehen, Annemie schmal, schlaksig und wuschlig um den Kopf, gar nicht so recht nach Faustens Gretchen aussehend, neben Theos schon bedenklich ins Bürgerlich-Solide umschlagender Fülle. Und ich fragte mich, was sie wohl an Theo fand und ob er über das Rollenabhören bei ihr schon hinausgediehen war.
»Gute Fortpflanzungsstimmung!« rief ich ihnen als letztes zu.
»Danke!« rief sie zurück. »Ich werd's den Vögeln bestellen!«

Wie wird man Gentleman?

»Wohin also?« fragte ich, als wir beide unten im Wagen saßen.
Falls ich wirklich auf einen Sinneswandel bei Eva gehofft hatte, war ihre Antwort eine herbe Enttäuschung.
»Fahr uns zu Elisabeth. Sie kann uns bestimmt bei sich unterbrin-

gen, bis du aus deinem Urlaub zurückkommst. Dann werden wir sehen, wie es mit der Scheidung steht. Du machst doch keine Schwierigkeiten?«
Es klang nach kühler Gewißheit und nur pro forma wie eine Frage. Ich holte tief Luft.
»Und ob ich welche mache, verlaß dich drauf!« verkündete ich und fügte hitzig hinzu, daß ich gar nicht daran dächte, meine Ehe einer Laune, irgendwelcher blödsinnigen Lappalien wegen zerstören, mich mir nichts, dir nichts aus unserer bis zum heutigen Morgen doch recht erfreulichen, jedenfalls meinen Ansprüchen genügenden ehelichen Gemeinschaft hinaussetzen zu lassen, daß ich mir sehr gut vorstellen könne, mit welcher Tücke ihr lieber Erich ... natürlich ihrer, denn er sei ja ihr Freund und für mich nur ein angeheirateter Freund gewesen ... mit welcher Tücke er also seit Jahren ständig Gift in unser Glück zu träufeln versuche, obwohl er sich gleichzeitig an meinem Tisch ungeniert den Bauch vollschlage, daß ich aber auch vor solcher Heimtückerei keineswegs die Segel zu streichen gedenke und ...
Abgesehen davon, daß mir die Luft ausging, fiel mir plötzlich wieder etwas ein, das ich in der ersten Entrüstung nicht beachtet hatte, und ich fragte:
»Was heißt überhaupt ›uns‹?«
»Wieso ›uns‹? Ich weiß nicht, wovon du sprichst.«
»›Fahr *uns* zu Elisabeth‹, hast du vorhin gesagt.«
Sie ließ einen leicht müde klingenden Seufzer vernehmen, der wohl andeuten sollte, daß sie es eigentlich für absolut überflüssig halte, über Selbstverständlichkeiten zu reden, und es nur tue, um meiner bedauerlichen Begriffsstutzigkeit unter die Arme zu greifen: »Na, das ist doch wohl klar! Othello und mich, natürlich!«
Klar? Es war alles andere als klar, und empörend war es dazu. Sich scheiden lassen wollen und mich außerdem noch um Othello bringen, das ging zu weit!
Ich drehte mich nach ihm um. Sein Tragekörbchen, das wie eine Art Bienenkorb mit Henkel aussah, stand, eingepfercht zwischen Koffern und Tüten, auf dem hinteren Sitz, ich hatte die Gittertür geöffnet, er war herausgekommen und hatte es sich auf den Mänteln un-

ter dem schrägen Heckfenster bequem gemacht. Evas Freundin Elisabeth wohnte nur drei Ecken weiter, und wie er so dalag, behaglich ausgestreckt, mit der distanzhaltenden Würde des Weisen die Vorgänge auf der Straße verfolgend, sah er ganz und gar nicht so aus, als ob ihm an einer so schnellen Beendigung seiner Reise gelegen wäre.
Außerdem kam ihm in unserem Dreierbund ein besonderer Ehrenplatz zu: Er war – genaugenommen – sozusagen unser Ehestifter gewesen. Vor sieben Jahren und eine Kleinigkeit mehr hatte ich, als Student noch, eine kleine ausgebaute Mansarde in einem einstens feudalen Mietshaus bewohnt, und mein damaliger Kater, mein erster, noch nicht einjährig und Romeo geheißen, hatte sich durch häufige Expeditionen auf das geräumige flache Dach für die Beengtheit unserer Klause entschädigt. Anfangs hatten sie nie lange gedauert, allenfalls ein Viertelstündchen zum Vertreten der Beine, aber plötzlich waren sie immer ausgedehnter geworden, und hinterher war er jedesmal aufgekratzt und selbstgefällig um mich herumgestrichen, und sein Schnurren und Miauzen hatte irgendwie tiefer und männlicher geklungen. Ich schrieb es der charakterbildenden Wirkung des Blicks in weite Horizonte und der Erfahrung ungehemmt-abenteuerlichen Schweifens zwischen Schornsteinen und Fernsehantennen zu und ließ nur ungern von dieser idealischen Vorstellung ab, als eines Tages eine streng blickende junge Dame in meiner Mansarde erschien und mich ersuchte, meinen Kater – denn es sei unzweifelhaft meiner, unverkennbar derselbe, der dort auf dem Schreibtisch liege –, meinen Kater also schärfer unter Aufsicht zu halten, da er, wie sie durch die Dachluke ihrer Küche beobachtet habe, unziemlich ihre noch jungfräuliche Katze Bella bedränge.
Es stellte sich heraus, daß sie im Seitenflügel desselben Hauses gleichfalls eine Mansarde bewohnte, daß sie, wie ich vom Kastrieren, vom frühen Sterilisieren nichts hielt und gleich mir ihrem Goldstück die unerfreuliche Prozedur so lange wie möglich ersparen wollte und daß sie Bella nie aufs Dach entlassen hätte, wenn ihr bekannt gewesen wäre, daß dort ein schlimmer Lustbold sein Wesen treibe. Sie hoffe nur, Nichtwiedergutzumachendes sei noch nicht geschehen.

Ich hoffte es auch – der schlimme Lustbold gab sich mit leise zukkenden Öhrchen und fest zugekniffenen Augen so harmlos unter der Schreibtischlampe, daß es ihm wahrlich nicht zuzutrauen war, aber ich dachte an sein jüngst erworbenes männliches Schnurren, an seine neue Selbstgefälligkeit und schwieg bedrückt. Immerhin gelang es mir, die junge Dame – Eva natürlich – für ein erstes halbes Stündchen bei einem schnell gebrauten Espresso und Katzenfachgesprächen festzuhalten. Nachdem sie nämlich aufgehört hatte, streng zu blicken, schien sie mir überaus reizend, und schließlich ließ sich ja nicht leugnen, daß sich zwischen uns sozusagen, wenn auch ohne unser Zutun und Wissen, schon eine mehr oder weniger intime Verbindung angebahnt hatte.
Daß sie mehr als weniger intim war, stellte sich peinlich heraus, als sich bei Bella erste Schwangerschaftszeichen zeigten. Inzwischen hatte ich Eva einen Gegenbesuch abgestattet, zwecks Erfahrungsaustauschs in Katzenangelegenheiten natürlich, der weitere angenehme Berührungspunkte sowie die Tatsache ergeben hatte, daß sie einen noch besseren Espresso als ich zu brauen verstand. Außerdem hatte ich dabei erfahren, daß sie sich mit Erfolg als Pressefotografin betätigte. Danach war ich zweimal mit ihr im Kino und einmal zur Auflockerung in einer Diskothek gewesen und hatte bei einer kleinen Party zu dritt bei ihr einen gewissen Dr. Erich Pankow kennengelernt, der mir schon damals mißfiel, und ich fürchtete, daß die anderen Umstände, in die Bella gewissermaßen unter meiner Mitwirkung geraten war, sich als Hemmnis für das weitere Gedeihen unserer Beziehungen erweisen könnten. Doch das Gegenteil war überraschend der Fall. Wir fanden uns in gemeinsamer Verantwortung für den zu erwartenden Nachwuchs der beiden jugendlichen Sünder eher noch erfreulicher zusammen, und als Bella mit einem Wurf von zwei nicht lebensfähigen und einem um so lebendigeren Jungen niederkam, beschlossen wir, uns auch gemeinsam dessen Aufzucht und Erziehung anzunehmen. Diese wichtige Aufgabe erforderte eine gemeinsame Wohnung und diese wiederum einen Besuch des Standesamts, wohin uns Dr. Pankow mit säuerlicher Miene als Zeuge begleitete.
Vor zwei Jahren war Romeo bei einem seiner Ausflüge, von denen

er auch in der neuen Umgebung nicht abließ, spurlos verschwunden, und ein halbes Jahr darauf hatte die verwitwete Bella offenbar aus Herzenskummer das Zeitliche gesegnet. Der übriggebliebene Othello ragte als einzige Säule aus unserer himmelblauen Vergangenheit in die mehr wolkig bezogene Gegenwart, und ihn wollte Eva nun . . .

»Ausgeschlossen!« sagte ich fest. »Schließlich ist Othello Romeos Sohn, und der gehörte bekanntlich mir!«

»Wenn schon!« bemerkte Eva ungerührt und ebenso fest. »Bellas Sohn war er auch, und Kinder gehören bekanntlich zur Mutter.«

Hinter mir hupte es, nicht zum erstenmal, aber diesmal anhaltender. Ich hatte den Wagen vorhin des bequemeren Einladens wegen vor die selten benutzte Hofeinfahrt des Nachbarhauses gestellt. Offenbar wollte da jemand jetzt raus, und obwohl ich nicht wußte, wohin, und mir klar war, daß es mir bei der bevorstehenden Auseinandersetzung um Othellos Besitz an der nötigen geistigen Sammlung fehlen würde, wenn ich meine Aufmerksamkeit zwischen den Erfordernissen des Verkehrs und der Widerlegung ihrer Argumente zu teilen hätte, mußte ich wohl oder übel die Einfahrt freigeben. Ich fuhr also los – bis zur Klärung der Verhältnisse einfach immer rund um den Block.

Als wir zum sechstenmal an unserm Haus vorbeifuhren, hatten wir mindestens ebensooft streitbar das Problem umkreist, hatten es unter juristischen und moralischen, allgemein menschlichen und tierpsychologischen Aspekten untersucht, ohne einer Einigung näherzukommen, im Gegenteil. Dafür war es dunkel geworden, und in der Hitze des Redegefechts war ich mehrmals nur mit knapper Not einer Karambolage mit weniger anderweitig beschäftigten Autofahrern entronnen. Zum Glück war nichts Polizeiliches drunter gewesen. Total erledigt, bog ich schließlich auf einen Parkplatz ein, hielt an und kurbelte zur Kühlung die Scheiben auf meiner Seite runter.

»Du bist eben ein hoffnungsloser Egoist«, sagte Eva gerade. »Nur um deinen Dickschädel durchzusetzen, hast du Othello und mich während der letzten halben Stunde mindestens fünfmal beinah krankenhausreif geschafft. Ein wahres Wunder, daß nichts passiert ist.« Sie drehte sich um. »Wo ist er überhaupt?« Ich tat es ihr nach.

Das Körbchen war leer, der Platz unter dem Heckfenster desgleichen, zwischen den Tüten und Koffern rührte sich nichts. Er war weg, mußte in den letzten Sekunden unbemerkt durchs Fenster entwischt sein. Jedwedem Streit abhold, hatte er wohl vor unserem Gerede das Weite gesucht.
Im nächsten Moment standen wir draußen. Ich griff noch automatisch nach der Taschenlampe.
Es wäre nun wirklich Anlaß für eine Philippika Evas gewesen, denn schließlich hatte ich achtlos die Scheiben runtergekurbelt, aber der Schreck saß ihr wohl zu sehr in den Gliedern.
»Bloß nicht rufen«, flüsterte ich ihr übers Wagendach zu. »Sonst denkt er, wir wollen mit ihm spielen, und versteckt sich erst richtig. Wir müssen uns ranzuschleichen versuchen.«
Es war leichter gesagt als getan. Auf dem Parkplatz reihten sich ungefähr drei Dutzend Wagen, ringsherum wuchs dichtes Gebüsch, und die nächste Laterne stand neben der Einfahrt, zehn Meter weiter. Unsichtbarer als ein schwarzer Kater bei Nacht kann man kaum sein. Stecknadeln in Heuhaufen zu suchen wäre das reinste Kinderspiel gegen das, was uns bevorstand.
Eva war nach links ins Dunkel verschwunden, ich fahndete also rechts, am Gebüsch entlang. Am Ende der Reihe stieß ich unversehens wieder mit ihr zusammen.
»Au! Paß doch auf!« zeterte sie gedämpft. »Hast du was gesehen?«
Ich schüttelte den Kopf.
»Kein Bein. Der Bursche sitzt vermutlich unter einem Vehikel und feixt sich eins.«
»Hast du keine Taschenlampe?«
»Doch. Hier!« Ich zeigte sie ihr.
»Na und?«
»Keine Batterien drin. Ist mir eben erst wieder eingefallen. Ich wollt' sie mir beim ersten Tanken auf der Reise kaufen.«
»Trottel!«
Ich schwieg etwas bedrückt. So ganz unrecht hatte sie damit ja nicht.
»Leg dich auf den Bauch«, fuhr sie fort. »Wenn er unter einem Wa-

gen sitzt, kannst du ihn vielleicht gegen das Laternenlicht dahinten sehen. Ich such' inzwischen auf der anderen Seite.«
Sie entschwand von neuem.
Ich hatte den Trottel wiedergutzumachen, und außerdem war ihr Rat das beste, was sich unter diesen Umständen tun ließ. Zögernd legte ich mich also auf den Bauch.
Ein Parkplatz ist alles andere als ein Tanzsaal mit blankgewienertem Parkett. Mit den Fingern war ich in was verdächtig Klebriges geraten, und es stank aufdringlich nach Öl und anderen unerfreulichen Dingen. Von Othello war dafür keine Spur zu sehen.
Ich stemmte mich seufzend hoch, widerstand der Versuchung, die Finger an meiner Hose abzuwischen, schlich zum nächsten Wagen zur Linken und wiederholte die mißliche Prozedur. Kein Othello.
Als ich vor dem vierten Wagen auf dem Bauch lag, hörte ich hinter mir energische Schritte, und gleich darauf fragte eine barsche Stimme:
»He! Sie da! Was machen Sie denn da?«
Es war ärgerlich, höchst ärgerlich! Einen Moment zuvor hatte ich Othellos Schatten zwei Wagen weiter zu sehen geglaubt, jetzt hatte der lästige Frager ihn verscheucht, und wenn ich mich nicht beeilte...
Ich rappelte mich hastig auf, um ihm nachzuspurten, aber die Stimme hielt mich nach den ersten zwei Metern zurück:
»Halt! Keinen Schritt weiter! Bleiben Sie stehen!«
Ich drehte mich um. Eine vierschrötige Gestalt kam auf mich zu, ein Polizist. Er hatte die Hand am Pistolenhalfter.
»Na, also«, sagte er. »Ist auch vernünftiger so. Ausreißen hätte nur unnötig Ärger gemacht.«
»Was wollen Sie eigentlich?« fragte ich entrüstet. »Wir suchen hier nur unsern Kater.«
Er nickte geduldig.
»Sieh einer an! Zufällig auf dem gleichen Parkplatz, auf dem letzte Nacht wiederum ganz zufällig ein Pärchen vier Wagen geknackt und ausgeraubt hat. War unvorsichtig, so schnell den gleichen Trick am selben Ort noch mal zu versuchen. Nee, nee, kommen Sie nur schön mit... Sie auch da!« Damit war Eva gemeint, die eben am

Schauplatz unserer Auseinandersetzung auftauchte. »Ihren Kater können Sie den Herren im Revier aufbinden.«
Es half nichts, daß wir protestierten, daß wir – Eva mehr vivace, ich mehr piano – im Duett unserm Unmut über ungerechtfertigte, geradezu lächerliche Verdächtigungen ordentlicher, pünktlich ihren Verpflichtungen nachkommender Bürger Ausdruck verliehen, daß wir zur Abwechslung gefühlvoll das trübselige Geschick und den voraussichtlichen Hungertod des herrenlos herumirrenden Othello beschworen und daß Eva schließlich auf nicht ganz damenhafte Weise rückfällig wurde, den Polizisten wie mich zuvor einen Trottel nannte und erklärte, es sei kein Wunder, daß bei solchen Ordnungshütern die Kriminellen ins Kraut schössen und sich einen feuchten Staub um die Ordnung scherten.
Wie gesagt, es half nichts, wir mußten mit, zumal sich inzwischen ein Grüppchen von Anwohnern angesammelt hatte, unter denen sich offenbar einige der in der Vornacht geschädigten Autobesitzer befanden, die ihrem drohenden Gemurmel nach durchaus bereit schienen, uns zu lynchen. Von der Besorgnis über Othellos Verbleib einmal abgesehen, mußten wir noch froh sein, ihrem Grimm unter obrigkeitlichem Schutz ins nahe Revier entrinnen zu können.

Nähere Berührung mit der Polizei ist eine ganz eigene Sache. Jeder reagiert anders. Bei mir, zum Beispiel, löst sie unweigerlich Schuldgefühle aus, obwohl ich mich nicht erinnern kann, mit Ausnahme von Klingeln an fremden Haustüren und nachfolgender johlender Flucht in jüngeren sowie gelegentlichem falschen Parken in reiferen Jahren je Polizeiwidriges verbrochen zu haben. Bei andern hingegen, Eva etwa, genügt schon der bloße Anblick einer Polizeiuniform, um ihnen innerlich und äußerlich sämtliche Borsten zu sträuben. Wie man von Tiefenpsychologen hört, ein später traumatischer Protest gegen den erzieherischen Zwang, im zarten Kindesalter ohne Not aufs Töpfchen gesetzt zu werden. Allenfalls ein Polizist, der ein altes Mütterchen durchs Verkehrsgewühl über die Straße schleust, findet Gnade vor Evas Augen.
Bei solcher Konstellation ließ sich von unserer Vorführung einiges erwarten, doch um es gleich vorwegzunehmen: Unser Aufenthalt

im Revier ging ziemlich zivilisiert vonstatten und dauerte nicht lange. Eine Überprüfung unserer Ausweise, ein paar Telefongespräche, darunter zu meinem Kummer eins mit dem Rechtsanwalt Erich Pankow, den ich nur ungern als Retter bemüht sah, genügten, unsere Respektabilität über jeden Zweifel erhaben zu erweisen und uns der Freiheit zurückzugeben, nachdem sich der Polizist zuvor entschuldigt und Eva einigermaßen überzeugend ihr Bedauern über den herausgerutschten Trottel geäußert hatte.
Hinterher strebten wir, von der gemeinsamen Sorge um Othello getrieben, mit einer uns leihweise zur Verfügung gestellten polizeilichen Taschenlampe eilends zum Parkplatz zurück. Das Grüppchen hatte sich zum Glück verzogen, und während Eva sich sofort ans Suchen machte, lief ich zuerst zu unserem mit unverriegelten Türen und offenen Fenstern zurückgebliebenen Wagen, um festzustellen, ob das richtige Pärchen von gestern nicht doch den Trick wiederholt und ihn inzwischen ausgeplündert hatte. Aber es war heute offenbar auf anderen Parkplätzen tätig, denn er stand noch unberührt da, selbst die Tüten waren vorhanden, und außerdem – ich sah noch einmal genauer hin, weil ich meinen Augen nicht traute – lag Othello friedlich in seinem Körbchen.
Er hatte einen kleinen Abendspaziergang gemacht, hatte sich ein bißchen umgesehen, vielleicht sogar eine unvorsichtig des Weges daherkommende Maus verspeist, und nun war er zurückgekehrt, lag da, als könne er kein Wässerchen trüben, und harrte guten Gewissens unserer Rückkehr und der Fortsetzung der Reise. Was er uns eingebrockt hatte, entzog sich seiner Verantwortlichkeit. Warum hatten wir, statt uns so töricht aufzuführen, nicht in aller Ruhe sein Wiedererscheinen erwartet?
Eva schloß ihn wie den leibhaftigen verlorenen Sohn in die Arme und hätte auch sicher ein Kalb für ihn geschlachtet, falls eins zur Hand und ihm danach zumute gewesen wäre, aber als ich, der schon mit einem hübschen, kleinen, nicht allzu kleinen Kalbsschnitzelchen zufrieden gewesen wäre, den Vorschlag machte, auf den Schreck erst mal in der Kneipe gegenüber dem Parkplatz eine Kleinigkeit zu essen, es sei immerhin schon zehn, und seit dem Frühstück und so weiter, winkte sie ab.

»Du kannst im nächsten Rasthaus essen«, sagte sie, während sie sich mit Othello im Arm auf den Beifahrersitz neben mich schob. »Wir müssen ja sowieso irgendwo schlafen, und ein bißchen weiter wollen wir am ersten Reisetag doch wohl kommen.«
Und als ich verblüfft zu ihr rübersah, erklärte sie mir beiläufig, daß sie sich nun doch zum Mitfahren entschlossen habe. Natürlich nicht meinet-, sondern Othellos wegen. Sie gehe zwar weiterhin davon aus, daß das Mutterrecht ihn ihr zuspreche, aber da er nun mal an uns beide gewöhnt sei und sie ihm jedwede Frustration zu ersparen wünsche, sei sie entgegenkommenderweise bereit, ihm die Entscheidung selbst zu überlassen. Der Urlaub würde uns und ihm Gelegenheit geben, die Frage zu aller Befriedigung zu klären.
»Aber daß du dir keine falschen Hoffnungen machst«, fügte sie kühlen Tons hinzu. »Mein Entschluß bleibt bestehen, und wenn unterwegs keine Einzelzimmer zu haben sind, erwarte ich, daß du dich wie ein Gentleman benimmst und auf der Couch oder sonstwo schläfst. Und nun mach den Mund zu, es kleidet dich nicht, und fahr los, sonst finden wir wirklich heute abend kein offenes Restaurant mehr.«
Ich hatte tatsächlich den Mund vor Staunen nicht zugebracht. Was ich von diesem Abend noch erwartet hatte, weiß ich nicht, aber keinesfalls das. Immerhin war es die beste aller unter diesen Umständen möglichen Lösungen. Schließlich hätte sie verlangen können, daß ich sie bei Elisabeth oder gar bei Erich absetzte oder zu unserer Wohnung zurückbrachte, wo ihre alleinige Anwesenheit allenfalls Theos Fortpflanzungsstimmung beeinträchtigt hätte, oder wir hätten bis morgen früh hier auf dem Parkplatz gestanden und uns hungrig und hohläugig um Othello gestritten.
Es war nicht gerade der Start in den Urlaub, den ich mir erträumt hatte, voller Vorfreude auf vier ungebundene, erholsame Wochen, aber, nun ja, man mußte sich zufriedengeben mit dem, was man hatte, und guten Muts auf Besseres hoffen.
Als ich den Motor anließ, begegnete ich Othellos Blick. Er lag noch immer auf Evas Schoß, in seinen honigfarbenen Augen fing sich ein letzter Abglanz des Lichtscheins der Laterne draußen, und – sah ich richtig oder nicht? – er kniff, sichtlich geheimes Einverständnis si-

gnalisierend, wahrhaftig ein Auge zu und ließ das andere ironisch glitzern, als wollte er sagen: »Laß nur, ich lieg' hier zwar auf Frauchens Schoß, aber wir Männer halten trotzdem zusammen.«
Es fing also doch nicht ganz unfroh an.
Der Rest des Anfangs war dafür wieder unerfreulich. Es stand offenbar in den Sternen geschrieben, daß ich an diesem Tag außer dem frühen Frühstück nichts in den Magen kriegen sollte, denn das erste Motel an der Autobahn, das wir nach einer knappen Stunde erreichten, war wegen Umbaus geschlossen, das nächste war mehr als hundert Kilometer weiter, und im einzigen Gasthof des kleinen Orts gleich hinter der Ausfahrt mußten wir erst einen Hausknecht aus den Federn trommeln, um wenigstens ein Zimmer zu kriegen. Das Zimmer war natürlich ein Doppelzimmer – ein anderer Wunsch wäre dem verdösten Burschen nicht begreiflich zu machen gewesen –, und die Küche war ebenso natürlich längst geschlossen.
Das Doppelzimmer rief mich erstmals zu gentlemanlikem Benehmen auf, und als ich schließlich, auf dem Grat eines einseitig tief eingesessenen, mit allen geknickten Federn krachenden, viel zu kurzen und zu schmalen Sofas balancierend, bedenklich unstabil zur Ruhe gekommen war und zu Eva hinübersah, die in ihrem molligen Doppelbett bequem quer hätte schlafen können, fragte ich mich, ob der Begriff des Gentlemans als beispielhaftes gesellschaftliches Vorbild nicht doch reichlich überschätzt wurde.
Eine kleine Tröstung wurde mir jedoch noch zuteil. Offenbar durch mein Magenknurren gestört, erinnerte sich Eva zu guter Letzt, daß sie morgens ja einen Stapel Stullen geschmiert und in ihrem Proviantkorb verwahrt hatte. Den Korb hatte sie zwar im Wagen gelassen, und ich mußte mich durch dunkle Flure und über knarrende Treppen in den Hof runtertasten und wieder zurück, aber dann lag ich doch wieder unter meiner Decke, kaute friedlich vor mich hin, stopfte die nagende Leere im Magen und lauschte auf Othellos sanftes Schnurren. Er hatte sich's dicht über meinem Kopfkissen bequem gemacht, fuhr manchmal mit dem Schwanz zart über mein Gesicht, und dieser Liebesbeweis war absolut uneigennützig, denn Leberwurststullen mochte er nicht. Für seinen prinzlichen Geschmack waren sie allzu plebejisch.

Haare auf der Brust müßte man haben

Ich hatte den Eindruck, eine reichlich unruhige Nacht verbracht zu haben, als ich morgens erwachte. Anfangs hatte Othello bei mir kampiert, was ich normalerweise nicht schätzte, in Anbetracht der besonderen Umstände aber als Bekräftigung unseres heimlichen Männerbündnisses würdigen und dulden mußte. Dann hatte er sich jedoch allmählich so breit gemacht, daß ich an den abschüssigen Rand der eingesessenen Mulde geraten und nur durch einen herangeschobenen Stuhl vor jähem Absturz bewahrt worden war.

Ich hatte Othello höflich, aber entschieden zum Platzwechsel veranlaßt und beim Wiedereinschlafen, halb schon in Traumgefilde entgleitend, die Frage erwogen, wie wohl der Stuhl dorthin gekommen sein mochte? Hatte ich ihn selbst in einem vergessenen, halbwachen Moment herangerückt, oder war es Eva gewesen, Eva in einer Anwandlung verspäteter oder neuerwachter Fürsorglichkeit? Aber das war wohl ausgeschlossen. Wer sich scheiden lassen will, rückt nächtens keine Möbel, um den Verflossenen vor Unbill zu schützen!

Jetzt, kurz vorm Aufstehen, beschäftigten mich andere Fragen: wie sich etwa ein Gentleman angesichts der nun nahenden Notwendigkeit des Waschens und Anziehens verhielt, wenn er das Zimmer mit einem Mädchen teilte, das ihm zwar ehelich angetraut war, von den Rechten und Pflichten dieses Zustands aber keinen Gebrauch mehr zu machen und auch sonst jedwede Intimität zu vermeiden wünschte. Früher hatte es Anstandsbücher gegeben, aus denen man in schwierigen Fällen Rat schöpfen konnte, aber ob sie über Probleme hinaus wie etwa die, in welcher Form man seiner künftigen Schwiegermutter zum Geburtstag gratulierte oder wie ehrerbietig die Verbeugung vor seinem nächsthöheren Vorgesetzten auszufallen habe, diffizilere Schwierigkeitsgrade der Art behandelten, mit denen ich mich nun herumschlagen mußte, war noch die Frage. Hatte ich mir die Decke über den Kopf zu ziehen, während Eva sich ihrer Ganzwaschung hingab? Und was den Gentleman betraf: Hatte er sich unter dem Hemd zu säubern wie Klosternonnen, um sich oder vielmehr ihr keine Blöße zu geben?

Ich war noch mitten im Grübeln, als ich vom Doppelbett her Evas Stimme vernahm. Sie klang frisch und ausgeschlafen, was ich von mir nicht gerade behaupten konnte.

»Ich glaube, ich hab' gestern abend vorn neben der Treppe ein Bad gesehen«, sagte sie. »Am besten, du nimmst dein Zeug gleich mit und ziehst dich da auch an. Dann kannst du runtergehen und schon das Frühstück bestellen. Tee und ein Vier-Minuten-Ei für mich. Auf die Weise können wir uns jeder für sich in aller Ruhe fertigmachen.«

Für sie traf das mit der Ruhe sicherlich zu, für mich weniger. Das Bad vorne neben der Treppe schien die einzige Toilette im Oberstock zu bergen, und da der Gasthof allem Anschein nach gut belegt war und sämtliche Gäste sich um diese Zeit zu erheben schienen, wurde alle Augenblicke mehr oder weniger dringlich an der Klinke gerüttelt, meistens mehr. Manche, vermutlich die Damen, gaben es verschüchtert nach dem erstenmal auf, manche standen offenbar unter dem Eindruck, daß die Tür klemmte und das Öffnen nur vermehrter Kraftanstrengung bedürfe, und die Hartnäckigsten klopften und rüttelten so ausdauernd, daß ich darauf verzichtete, meinen durch die unruhige Nacht verminderten Lebensgeistern durch ein Bad neuen Auftrieb zu geben, und mich aufs Nötigste beschränkte. Daß die Badezimmertür gegen alle Gepflogenheit nach außen aufging, war nicht meine Schuld, und daß der apoplektisch gerötete dicke Herr, den ich beim Verlassen des Bades mit schmerzlich gegen die Stirn gepreßter Hand auf dem Flurläufer sitzend fand, gerade durchs Schlüsselloch hatte spähen wollen, um zu erkunden, wer der dauerhafte Benutzer sei, konnte ich beim besten Willen nicht wissen. Ich sagte es ihm, aber es milderte seinen Unmut nicht, und während er sich aufrappelte, teilte er mir ungehalten mit, es sei höchst ungehörig, das Bad zu einer Zeit, in der es den Menschen nach der Nachtruhe zur Befriedigung seiner aufgestauten Bedürfnisse dränge, länger als unbedingt vonnöten für jeden Verkehr zu sperren.

Auch im Gastzimmer unten, wo ich mit dem erkaltenden und wieder erneuerten Tee auf Eva wartete, war der Groll des Herrn noch nicht verflogen. Er schoß mir über die trennenden Tische schräge Blicke zu und äußerte dem Kellner gegenüber vernehmlich, er wisse nicht, wo es mit dieser Welt noch hinkommen solle, wenn es üblich werde, in Badezimmern zu baden, wenn andere Bedürfnisse vordringlich seien, und Menschen, die dagegen höflich protestierten, körperliche Schäden hinnehmen müßten. Dabei fuhr seine Hand zur Stirn, wo ihm inzwischen eine kleine, bläulich getönte Beule gesprossen war.

Es schienen noch andere Klinkenrüttler beim Frühstück zu sitzen, denn seine bewegte Klage fand beifällig murmelnden Widerhall, und ich spürte, wie die Flut feindseliger Stimmung lautlos um mich stieg.

Sie ebbte erst wieder ab, als endlich Eva erschien, sichtlich ausgeruht, morgenfrisch und heiter. Selbst der dicke Herr mit der Beule schien vor ihrem erfreulichen Anblick zu kapitulieren. Immerhin merkte sie, daß etwas gewesen war, und ich berichtete ihr gedämpft von meinem Badezimmererlebnis.

»Daß du auch immer Krawall anfangen mußt«, bemerkte sie tadelnd, während sie mit zarten Fingern ihr Ei aufklopfte. »Man kann mit dir wirklich nirgendswohin. Um diese Zeit hat man sich eben im Bad zu beeilen. Übrigens bist du heute nacht zweimal von der Couch gefallen. Wenn wir wieder mal zusammen schlafen, möchte ich dich bitten, leiser zu fallen. Ich bin beide Male davon aufgewacht.«

Ich schluckte um des lieben Friedens willen außer meinem Tee noch einiges andere runter. Nach dem Stuhl zu fragen, vergaß ich. Das Dasein eines Gentlemans war wahrhaftig nicht leicht.

Meine Stimmung hob sich erst wieder, während wir weiter südwärts fuhren und die Umrisse der ersten Alpengipfel am Horizont sichtbar wurden.

Vor unserem Aufbruch hatte ich noch eine kleine Unstimmigkeit zwischen Othello und dem Hofhund zu schlichten, dessen Hütte er hatte besichtigen wollen. Es hatte mir ein stattliches Loch in der

Hose eingebracht, und Eva sagte mir hinterher, sie hoffe, ich sähe nun endlich ein, wie gut es sei, daß sie zuletzt noch fürsorglich die von mir versteckten Winterjeans in eine der Tüten gestopft habe. So könne ich mich nirgends sehen lassen, ihr Nähzeug sei irgendwo in einem der Koffer vergraben, und außerdem sei es sehr die Frage, ob eine sozusagen in Scheidung lebende Frau noch verpflichtet sei, den Hosenboden des sozusagen Verflossenen instand zu halten.

Mir war von Anfang an, zumindest jedoch seit dem gestrigen Abend, klar gewesen, daß wir unter den obwaltenden Umständen bei dieser Reise immer wieder über Probleme stolpern würden, aber daß sogar ein Loch in der Hose sich zu einem auswachsen könnte, wäre mir nicht im Traum eingefallen. Immerhin, solange wir fuhren, auf erfreulich spärlich befahrener Straße südwärts fuhren, den blaßblau sich türmenden Bergen entgegen, zwischen Feldern, an deren Rändern Klatschmohn blühte, standen neue Überraschungen wohl kaum zu erwarten. Ich konnte mich in Sicherheit wiegen. Eva saß neben mir, anmutig in den Sitz zurückgelehnt, mit halbgeschlossenen Augen friedlich in das Sonnen- und Schattenspiel blinzelnd. Es war, als sei nie etwas zwischen uns gewesen, als herrschte noch Eintracht wie in früheren Zeiten, in denen noch nichts von den Borsten der letzten vierundzwanzig Stunden zu spüren gewesen war.

Wir hatten am Morgen zuviel Zeit verloren, und da wir einer weiteren Nacht in Gasthöfen ohne freie Einzelzimmer und mit eingesessenen Sofas aus dem Weg gehen und lieber gleich unser Reiseziel ansteuern wollten, kehrten wir zu Mittag nicht ein, sondern hielten nur am Wegrand kurz Rast, um den Rest der von Eva geschmierten Stullen und ein paar gekochter Eier mit einer Flasche lauwarmem Apfelsaft runterzuspülen. Othello ließ sich die morgens erstandenen hundert Gramm Schabefleisch schmecken, die ihm Eva bröckchenweise aus der Hand servierte, und hinterher machte er, durch das Gezirpe der Vögel angeregt, einen kleinen Verdauungsspaziergang durch die Wiese. Hin und wieder sahen wir seine steif hochgereckte schwarze Schwanzspitze, Zeichen seelischen und körperlichen Wohlbehagens, über den Gräsern auftauchen.

Schließlich ging ich los, um ihn zu holen, und als ich mit ihm zu-

rückkam, war Eva auf den Platz hinter dem Steuer gerutscht, lächelnd, ein wenig angestrengt lächelnd, doch sichtlich fest entschlossen, dort zu bleiben, obwohl sie wußte, daß ich das nur sehr ungern sah. Meiner bescheidenen Überzeugung nach war nur ich mit den spärlichen Tugenden und zahllosen Unsitten unseres ältlichen Vehikels genügend vertraut, um es zu Höchstleistungen anzuspornen, ohne es dabei zu Schaden kommen zu lassen. Seitdem sie vor drei Jahren nach dreimal wiederholter Fahrprüfung triumphierend mit dem Führerschein nach Hause gekommen war, predigte ich ihr unermüdlich, daß eine alte Kutsche wie die unsere sich nur der Meisterhand unterwerfe, daß Lehrlinge fehl am Platze seien und daß sie mit der Praktizierung ihrer frisch erworbenen Künste warten solle, bis wir eine neue hätten, die sich unbeschadet an neue, sogar noch unerfahrene Hände gewöhnen könne. Und nun das, und noch dazu auf der Reise, fern von Reparaturwerkstätten und notfalls kundigen Helfern.
Ich sagte es ihr erneut, aber sie zeigte keinerlei Einsicht.
»Steig endlich ein«, sagte sie fest. »Wir verlieren bloß Zeit. Außerdem mach' ich's nur aus Rücksicht auf dich. Ich hab' Othello morgens und mittags gefüttert, jetzt mußt du ihn auf den Schoß nehmen und ein bißchen mit ihm scharmuzieren. Wenn er sich später zwischen uns beiden entscheiden soll, muß jeder die Möglichkeit haben, sich ihm vorher von der besten Seite zu zeigen. Jetzt bist du an der Reihe. Wenn wir erst in Pisogno sind, müssen wir einen genauen Plan aufstellen, damit jeder täglich zu seinem Recht kommt.«
Ich war nicht in der Lage, schon so weit zu denken. Mit Eva am Steuer über die Paßstraßen nach Pisogno zu kommen schien mir geradezu utopisch. Bis dahin gab es tausenderlei Möglichkeiten, irgendwo unterwegs zu stranden, in Abgründe zu stürzen, an Baumstämmen zu zerschellen, entgegenkommende Autos zu rammen oder in irgendeinen See zu fallen, und ich nahm mir fest vor, keinen Moment in meiner Aufmerksamkeit zu erlahmen und ihr beim ersten Anzeichen einer dieser Gefahren am Steuer in den Arm zu fallen und auf die Bremse zu treten, um uns wenigstens die schlimmsten dieser Möglichkeiten zu ersparen.
Aber dann brauchte ich's gar nicht. Sie fuhr zu meinem Staunen wie

ein altgedienter Taxichauffeur, schaltete rechtzeitig, jagte den Motor nicht unnütz auf Touren, bremste, wenn's an der Zeit war und nicht im letzten Moment, und schließlich kam ich mir mit meiner Aufpasserei ziemlich albern vor, ließ es bleiben, entspannte mich, fand es eigentlich ganz schön, mal gefahren zu werden, statt selbst zu fahren. Othello räkelte sich auf meinem Schoß, und während ich ihn pflichtgemäß streichelte, sah ich an den mal sonnenhellen, mal schattendunklen Berghängen, an den Heerhaufen aufwärtskletternder Fichten zu den rosiggrauen Felskronen hinauf und fragte mich bekümmert, warum man sich jahrelang von falschen Vorstellungen an der Nase herumführen ließ, statt einfach die Probe aufs Exempel zu machen und sie von der Wirklichkeit revidieren zu lassen. Aber das war's eben: Man wollte sie gar nicht revidieren lassen. Man wollte bloß recht behalten und seinem Affen Zucker geben! Eva hatte schon recht mit meiner Rechthaberei. Was kam's denn wirklich schon darauf an, noch ein paar Tüten in den ohnehin vollen Wagen zu stopfen, oder was machte es aus, wenn Eva zwei oder drei Kleider mehr mitnahm, als sie vielleicht brauchte? Sie brauchte zu ihrem Wohlbefinden eben auch die, die sie nicht brauchte, und wäre ich gestern schon zu dieser Einsicht gelangt, hinge heute nicht die Scheidungsdrohung über meinem Haupte, die mir den Urlaub verdüsterte ...

So löblich-reuiger Gedanken voll schlief ich ein und wachte erst auf, als der Wagen am Rand der Schnellstraße zwischen Bellinzona und Locarno hielt. Eva rüttelte mich am Arm und teilte mir mit, der hinter uns haltende Wagen habe offenbar eine Panne. Der Chauffeur habe jedenfalls gewinkt, und vielleicht könne ich helfen.

Ihre Stimme klang nicht gerade so, als ob sie überzeugt davon sei – ich war es angesichts meiner mehr als dürftigen technischen Fähigkeiten auch nicht –, aber ich kletterte trotzdem raus. Meine ideelle Hilfsbereitschaft wollte ich niemand versagen. Notfalls konnten wir zur nächsten Tankstelle fahren und jemand herschicken.

Zum Glück erwies es sich, daß besondere technische Fähigkeiten nicht erforderlich waren. Es handelte sich nur um eine Reifenpanne, und dem Chauffeur, einem würdigen, leicht rheumatischen alten Knaben in vornehm dunkelblauer Uniform mit dito Schirmmütze,

hatte es lediglich an der nötigen Kraft gefehlt, die Schraubenmuttern des Rades zu lösen, um es auswechseln zu können. Wir erledigten es gemeinsam, und ich bestaunte dabei den Wagen, ein wahres Museumsstück, ein Palast auf Rädern, eine hochbeinige amerikanische Prunkkalesche aus den zwanziger Jahren mit Vorhängen an den Fenstern und einem vermutlich astronomischen Benzinkonsum. Der Chauffeur bestätigte es.
»Die Frau Baronin«, fuhr er mit einem diskreten Lächeln um die faltigen Mundwinkel fort, »ist eben nicht für die neumodischen Wagen, in die man, wie sie sagt, auf menschenunwürdige Weise hineinkriechen müsse.«
Allerdings, in dieses Monstrum konnte die Dame, falls sie nicht gerade an Übergröße litt, beinahe hochadelig erhobenen Hauptes einsteigen.
Der einzige Insasse außer dem Chauffeur war übrigens ein kleiner Hund, der schrill kläffend auf dem Rücksitz thronte. Kein auserlesenes Exemplar seiner Art, kein glotzäugiger Pekinese, zittrig-delikater Windhund oder reinrassiger Zwergpudel, wie man nach Wagen und Chauffeur hätte annehmen müssen, sondern eine richtige spitznasige, fledermausohrige, undefinierbare Töle. Wenn sie nicht sichtlich wohlgenährt, säuberlich hergerichtet und mit einem eleganten grünledernen Geschirr versehen gewesen wäre, hätte man vermuten können, daß der Chauffeur sie irgendwo aus Mitleid aufgelesen hatte, um sie zum Tierhort zu bringen.
»Lassen Sie den Hund doch mal raus«, sagte ich, schon halb im Gehen. »Vielleicht muß er mal.«
»Lieber nicht«, erwiderte der Chauffeur. »Er hat eine beklagenswerte Neigung, sich schmutzig zu machen, und da ich ihn eben erst vom Hundecoiffeur in Bellinzona abgeholt habe, wäre Frau Baronin mit seinem Zustand nicht zufrieden. Übrigens habe ich ihn vor der Abfahrt sein Geschäftchen verrichten lassen.«
Er hatte währenddessen Wagenheber und Schraubenschlüssel wieder im Werkzeugkasten verstaut, und auf dem Rückweg nach vorn zog er seine Mütze und fügte mit leichter Verbeugung hinzu:
»Meinen besten Dank, mein Herr. Ich hoffe, ich habe Sie nicht allzulange aufgehalten.«

Gleich darauf fuhr er los, und als er bei uns vorbeikam, hochherrschaftlich und steifrückig hinter seinem Steuerrad, hob er noch einmal eine weißbehandschuhte Hand grüßend an den Mützenschirm.
»Alle Achtung!« sagte Eva anerkennend. »Vornehmer geht's nicht. Er hat auch nicht mal mit der Wimper gezuckt, als er das Loch in deiner Hose gesehen hat. Zieh dich übrigens lieber gleich um, bevor wir in zivilisiertere Gegenden kommen.«
Ich tat es widerstrebend, und dann rückte Eva zur Seite und meinte: »Fahr du doch das letzte Stück. Ich kenn' den Weg nicht so genau, und außerdem fühl' ich mich im Stadtverkehr nicht besonders sicher.«
Ich folgte dankbar ihrer Aufforderung. In den letzten vierundzwanzig Stunden hatte sie mich mit Anerkennung nicht gerade verwöhnt.
Ich fuhr also das letzte Stück durch Locarno und dann nach Ascona. Wir hatten Othellos wegen, der konstante Häuslichkeit schätzte und von der unpersönlichen Atmosphäre ewig wechselnder Hotelzimmer ohne Auslauf nicht viel hielt, für den Urlaub ein Ferienhaus in Pisogno im Hinterland des Lago Maggiore gemietet, und Frau Füssli, die Besitzerin, betrieb gleich hinter der Piazza in Ascona eine Damenboutique, wo wir uns den Schlüssel und weitere Weisungen abholen sollten.
Wir entdeckten sie, die Boutique, an einem kleinen Plätzchen – zwei schmale Schaufenster unter zierlichen gelbgelackten Sommermarkisen, elegant dekoriert mit Pariser Bikini-Modellen, Schweizer Batistblusen und italienischen Sandaletten –, nachdem wir zur Aufmunterung in einem der Piazza-Cafés rasch noch einen Espresso getrunken hatten, und Eva erklärte, sie fühle sich in Pulli und Jeans, ungekämmt und fern der Heimat soviel Schick und vermutlichem Etepetete nicht mehr gewachsen. Ich müsse also den Schlüssel holen. Bei Männern sei das sowieso anders. Männer, auch ungebügelte und ungekämmte, seien in Damenboutiquen immer am Platze, je männlicher, desto besser, schon als stimulierender Gegensatz zur einseitig erotisch aufgeladenen, elegant-parfümierten weiblichen Atmosphäre, und es sei höchst bedauerlich, daß ich

nicht mit einem Strutz Brusthaar im bis zum Bauchnabel aufgeknöpften Hemdausschnitt aufwarten könne, weil das als Nonplusultra uriger Männlichkeit besonders stimulierend wirke. Unter diesem Gesichtspunkt sei es vielleicht doch ein Fehler gewesen, daß ich die löchrige Hose ausgezogen hätte, denn ein Loch im Hosenboden sei als Aushängeschild unbekümmerter männlicher Urigkeit zwar nicht ganz so wirksam wie ein Strutz Brusthaar, aber auch nicht zu verachten.

In der Zwischenzeit, fuhr sie fort, werde sie schnell ein paar Kleinigkeiten fürs Abendbrot und das morgige Frühstück einkaufen. Vielleicht sei das Haus kilometerweit vom nächsten Restaurant entfernt, und überdies habe sie trotz unseres kärglichen Mittagsmahls keine Lust, heute abend noch auf fein getrimmt unter die Leute zu gehen. Ein paar in die Pfanne geschlagene Eier oder ein paar Rostwürstchen täten es auch, vor allem, wenn ein anständiger Schluck Walliser Wein sie begleite. Wenn mir nach mehr zumute sei, könne ich ja allein ...

Ich winkte ab.

Frau Füssli schien weder den Strutz noch das Loch in der Hose als Stimulans zu vermissen. Sie war ohnehin durch Kundschaft stimuliert und unterbrach sich nur für einen Moment, um mir die Hausschlüssel zu überreichen und ihre Verkäuferin anzuweisen, mir den Weg zum Haus zu beschreiben. Es sei nicht weit und überdies ganz einfach zu finden. Sie selbst werde morgen vormittag vorbeikommen, um sich zu überzeugen, daß wir alles richtig und behaglich vorgefunden hätten. Bis dahin ein herzliches Grüezi und Willkomm! Sie winkte mit den rosig polierten Fingerchen und entließ mich.

Mir scheint, ich habe noch nicht erwähnt, daß Eva gelegentlich ein Bedürfnis nach gesundem Lebenswandel verspürt. Sie trägt während solcher Anwandlungen breite, flache Ledersandalen, die ihren hübschen Füßen keinerlei Zwang antun, nährt sich – und natürlich auch mich – mit Joghurt, Haferflocken, biologisch angebauten Radieschen und Soja-Würstchen und macht weite Umwege, um nicht an Fleischerläden vorbei zu müssen. Der einzige, der davon verschont bleibt, ist Othello, der sich beharrlich weigert, Radieschen und Soja-Würstchen als vollwertigen Ersatz für Schabefleisch und Rinderleber anzusehen. Gewöhnlich endet es sang- und klanglos damit, daß Eva unversehens Appetit auf ein ordentliches Rindersteak anweht, worauf sie sich nach einem Übergangstag, an dem sie in gereizter Stimmung umhergeht und dunkle Äußerungen des Inhalts von sich gibt, daß die Menschheit vermutlich seit der Erfindung von Pfeil und Bogen für die reine Lehre des Vegetarismus verdorben und der einzelne zu schwach sei, sich gegen Jahrhunderte aufzulehnen, zögernden Schritts zum Fleischer begibt und im D-Zug-Tempo zum häuslichen Herd zurückkehrt. Von Quark und Soja-Würstchen ist bis zum nächstenmal keine Rede mehr.

Da solche Anwandlungen sich häufig mit Urlaubsanfängen decken, wunderte es mich nicht übermäßig, Eva nach meinem Besuch in der Boutique im Reformhaus an der Hauptstraße vorzufinden. Die geplanten Kleinigkeiten hatten sich in der kurzen Zeit schon so beachtlich ausgewachsen, daß wir nicht nur heute abend und morgen, sondern mindestens die nächsten vierzehn Tage damit reichen würden.

»Weißt du«, erklärte sie, meine gerunzelte Stirn übersehend, »ein bißchen Vorrat für alle Fälle im Haus zu haben kann ja nichts schaden.«

Mein Blick glitt über den kleinen Chimborasso aus Dickmilchbechern, Quarkschalen und Haferflockentüten.

»Hast du nicht vorhin was von Rostwürstchen gesagt?«

Der Reformmann hinter der Kasse runzelte mißbilligend die Stirn, als hätte ich in einer protestantischen Kirche vom Beichten gesprochen.

»Das war vorhin«, wies mich Eva zurecht. »Du kannst dir ja nebenan beim Schlächter welche holen. Ich möchte wenigstens in den ersten Tagen richtig gesund leben. Wozu macht man sonst Urlaub? Hast du die Schlüssel?«

Und dann ging's endlich auf die letzte Etappe zum Haus. Sie erwies sich als langwieriger, als wir gedacht hatten. Entweder hatte mir die Verkäuferin nicht den richtigen Weg gesagt, oder ich hatte ein Links oder Rechts überhört, oder ich war in dem Gewirr von namenlosen Straßen, Sträßchen und Feldwegen zwischen Maisfeldern, Wein-

gärten und kleinen Waldstücken am richtigen Kreuzweg vorbeigefahren, weil ich ihn nicht für voll genommen hatte, jedenfalls landeten wir unversehens auf einer Wiese, die jemand als Schuttabladeplatz benutzt hatte.
Ich war bisher bemüht gewesen, Evas gelegentlich geäußerte Zweifel vornehm zu überhören, obwohl mir selbst schon Bedenken gekommen waren, aber nun mußte ich doch mit der ohnehin nicht zu übersehenden Wahrheit heraus, daß ich mich verfahren hatte.
»Na, Gott sei Dank«, meinte sie überraschend friedlich. »Ich dachte schon, Frau Füssli hätte uns kein Haus, sondern einen Platz zum Zelten vermietet.« Ihr Blick folgte der imponierenden Kammlinie der Schutthaufen. »Mit überwältigender Aussicht allerdings. Was machen wir jetzt?«
»Ganz einfach«, sagte ich. »Wir fahren zur Straße zurück und dann bis zu der Kreuzung, bis zu der's noch gestimmt haben muß, weil da die komische Obstbude stand. Von da aus war's genau zweimal rechts, einmal links, noch zweimal rechts, einmal halblinks und zum Schluß einmal ganz links.«
»Fragen könnte man schließlich auch«, warf sie ein. »Wenn man bedenkt, wie schnell es jetzt Nacht wird ...«
Ich hatte es auch schon besorgt bemerkt. Die Sonne war längst hinter dem Bergkamm versunken, die Dämmerung im Tal unten verdichtete sich langsam zu spätabendlichem Dunkel, nur der Himmel war noch hell, blassestes Blaßblau mit Streifen orangefarbener, an den unteren Rändern ergrauender Wölkchen.
Beim Wenden rumpelte ich über Schutt, irgendwas schlug häßlich hinten gegen den Benzintank, dann war ich wieder auf dem Weg. Das Stück bis zur Straße kam mir erheblich länger vor als vorhin, aber es war dann doch die richtige Straße. Auch die Obstbude tauchte nach einigem Hin und Her wieder auf. Sie war nun geschlossen und weit und breit niemand in Sicht, den wir hätten fragen können, und als ich mit unguten Gedanken an Frau Füssli und die Verkäuferin wiederum wendete und zweimal rechts, einmal links und noch zweimal rechts fuhr, war es schon vor dem nächsten halblinks endgültig dunkel geworden, wir schaukelten einen Weg entlang, der kaum ein Feldweg zu nennen war, nur eine dürftige Fahr-

spur zwischen Wiesen und vor uns das noch dunklere Dunkel hoher Bäume. Doch dann blinkten zwischen den Bäumen plötzlich Lichter auf, und wir fühlten uns der Welt zurückgegeben.
Es war ein ländliches Ristorante mit einem Garten davor, in dem unter Lampions Leute saßen, Wein tranken und aßen, und als wir auf dem kleinen Parkplatz neben anderen Wagen hielten, wehte ein lieblicher Duft nach gebratenen Hähnchen zu uns herüber.
Um es kurz zu machen: Fünf Minuten später saßen wir gleichfalls unter den Lampions, eine Flasche Merlot vor uns auf dem Tisch, und Eva hatte ihren löblichen Vorsatz vergessen, wenigstens in den ersten Tagen ganz gesund von Joghurt und Haferflocken zu leben, und sich gleich mir ein Hähnchen bestellt.
»Man braucht's ja nicht gleich zu übertreiben«, sagte sie und nippte an ihrem Glas. »Hähnchen sind schließlich auch gesund. Bloß die nicht, die mit Hormonen gefüttert werden. Die hier laufen bestimmt frei im Garten rum, immer an der frischen Luft, picken auf, was ihnen schmeckt, und genießen ihr Leben.«
»Bis sie's ausgenossen haben und wir sie genießen«, warf ich taktlos ein. »Bei Haferflocken brauchtest du dir deswegen keine Gedanken zu machen.«
Flüchtig zog ein Wölkchen über ihr im Lampionschein matt schimmerndes Gesicht, ein Wölkchen bekümmerten Mitgefühls für die lieben Tierchen, die sich ohne uns vielleicht weiter der gesunden, frischen Luft im Garten hätten erfreuen dürfen, bis morgen wenigstens oder bis übermorgen, aber dann stellte der Kellner die köstlich duftende Platte auf den Tisch, und im Nu war das Wölkchen verflogen. Es zeigte sich, daß die schwachen Regungen des Gewissens gegen die gebieterischen des Magens nichts zu bestellen haben und daß vollendete Tatsachen veränderte, erheblich mildernde Umstände schaffen. Jedenfalls war Evas Appetit nichts mehr von Reue oder Gewissensqual anzumerken, und daß sie am Schluß etwas übrigließ, lag nur daran, daß sie meinte, auch Othello, der im Wagen geblieben war, müsse ein Pröbchen von unserem Festmahl haben.
Und irgendwie war's auch ein Festmahl. Als wir vom Kellner zu unserer freudigen Überraschung erfuhren, daß Frau Füsslis Haus nur

etwa hundert Meter entfernt und in gerader Linie ohne links und rechts und halblinks vom Parkplatz aus zu erreichen war, ließ ich die zweite Flasche auffahren, und wir saßen unter den Bäumen und den milden Monden der Lampions, die Müdigkeit der langen Fahrt in den Gliedern, aber angenehm gesättigt und aufgemuntert und gelöst durch den Wein und die nach der Hitze des Tages abgekühlte, nach Harz, Fichtennadeln und ein bißchen Küche duftende Luft, und während wir hin und her redeten, über dies und das, sah ich sie manchmal verstohlen an, sah sie anmutig zurückgelehnt in ihren Stuhl, sah das rötlich schimmernde lange Haar, das sie über die Schultern zurückgestrichen hatte, das matte Oval ihres Gesichts, die schmalen Finger, die spielerisch den Fuß des Weinglases drehten ... sah alles wie zum erstenmal und fand es schön. Und scheinbar ganz ohne Zusammenhang fiel mir ein, daß sie mir ziemlich zu Anfang unserer Bekanntschaft, aber nicht ganz zu Anfang, denn wir waren uns schon zwei, drei Schrittchen nähergekommen, einmal beim Gute-Nacht-Sagen vor ihrer Wohnungstür erzählt hatte, daß sie das Kleid, das sie an einem hübschen Abend getragen habe, danach im Kleiderschrank nie mit anderen Kleidern zusammenhänge, damit es keine zarten Geheimnisse ausplaudern könne. Und als ich sie fragte, ob es dem Kleid, das sie momentan trage, wohl genauso erginge, hatte es um ihre Mundwinkel verdächtig gezuckt, aber sie hatte ganz ernst erwidert: »Meinen Sie, daß ich's müßte? Daß es schon was ausplaudern könnte?«

Wenn ich's nicht vorher schon war, hab' ich mich bestimmt in diesem Augenblick auf dem obersten kahlen Treppenabsatz zwischen der eisernen Bodentür und der Tür zu ihrer ausgebauten Mansarde bis über beide Ohren und zu äußersten Konsequenzen entschlossen in sie verliebt, und das war's, was den Augenblick von damals und den von heute miteinander verband: daß ich drauf und dran war, mich, wenn's sowas gibt, noch mal in sie zu verlieben, weil ich plötzlich, wie sie da so saß, in ihr das Mädchen voller Geheimnis sah, das der Verschwiegenheit ihres Kleides nicht traute. Vielleicht auch, weil sie sich von mir trennen wollte. Ich mußte unbedingt was dagegen tun. Und die guten Vorsätze, die ich während der Fahrt über die Berge gefaßt hatte, als ich merkte, wie gut sie mit dem Wa-

gen umzugehen verstand, erwachten wieder und verdichteten sich zu noblen Entschlüssen.
Am liebsten hätte ich meinen Stuhl näher an ihren gerückt und ihr anvertraut, zu welch besserungswilligen Gedanken mich ihr Anblick beflügelte, hätte ihr vielleicht auch nur, um mich nicht gleich festzulegen, versuchsweise den Arm um die Schultern gelegt, aber ich wagte es nicht, weil ich ihrer Reaktion mißtraute und der Kellner sich in unserer Nähe herumtrieb und über den leer gewordenen Nebentischen die Kerzen in den Lampions ausblies. Und als ich nahe daran war, es doch zu wagen, ganz dicht davor, gähnte sie anhaltend und genußvoll, streckte sich anmutig wie eine müde Katze, stand auf und sagte:
»Komm, gehen wir. Es ist schon spät.«
Sie schlenderte gemächlich zum Wagen, indes ich zu zahlen begehrte und der Ober sich zu seinen Gunsten verrechnete, weil ihm das kleine Einmaleins offenbar durcheinandergeriet, während er bewundernd hinter ihr her sah. Ich stellte seinen Irrtum ausnahmsweise nicht richtig und gab ihm sogar noch ein Trinkgeld dazu. Ein Dankopfer schien mir nötig zu sein, dargebracht der guten Stunde, die nichts Unerfreuliches trüben sollte, dem freundlichen Gott, der an diesem Abend über uns waltete und hoffentlich auch weiter walten würde.

Sein Maß für Entfernungen hatte den Kellner nicht betrogen, es waren wirklich kaum hundert Meter bis zu Frau Füsslis Haus, und als wir vor dem Gartentor mit der verschnörkelten Inschrift »Mon Repos« hielten, waren wir übereingekommen, nur den Wagen in die Garage zu fahren, das Nötigste herauszunehmen, unsere Zimmer zu suchen und dann der späten Stunde und unserer Müdigkeit wegen sofort ins Bett zu gehen. Umsehen konnten wir uns morgen. Es wäre, fanden wir, ein besonderer Reiz, in einem Haus zu erwachen, das wir nicht kannten.
Doch kam es dann ein bißchen anders. Es erwies sich zwar, daß das Haus, wie in der Annonce angezeigt, zwei Schlafzimmer barg, im oberen Stock rechts und links des Bades, aber Frau Füssli hatte in der nicht ganz unbegründeten Annahme, daß ein noch ziemlich

junges Ehepaar nächtliche Zweisamkeit dem getrennten Solo vorziehe, beide Betten im größeren der Räume zusammenstellen lassen. Ich mußte also, bevor ich mich zur Ruhe begeben konnte, zuerst eins der Betten auseinandernehmen, ins andere Zimmer zurückschleppen und dort wieder zusammenfügen. Eva trug mir Bettwäsche und Decken nach und wünschte mir eine gute Nacht. Später, selbst schon zur Nacht gerüstet, kam es mir unwürdig vor, einen so unverhofft schönen Abend ohne ein letztes gutes Wort zu beschließen, und ich tastete mich im Vertrauen auf das Walten des freundlichen Gottes und für alle Fälle mit einem Spritzerchen Wohlgeruch versehen durch den Flur noch einmal zu ihrer Tür hinüber. Es war schon dunkel bei ihr, aber durchs offene Fenster fiel diffuses silbriges Licht, und ich sah, daß sie mir ihr Gesicht zuwandte.

»Ich . . . ich wollte nur . . .«, stotterte ich.

»Ich weiß«, sagte sie schläfrig, »aber du vergißt dich. Wir leben in Scheidung sozusagen. Und selbst wenn nicht . . .«

Sie gähnte herzhaft, kuschelte sich tiefer unter die Decke, und als ich schon dachte, sie sei mitten im Satz eingeschlafen, kam doch noch, halb schon aus dem Traum, wie ein Seufzer das Ende:

». . . wäre ich jetzt viel zu müde.«

Selbst Othellos tröstliche Nähe blieb mir in dieser Nacht versagt. Er schlief bei ihr. Der freundliche Gott war ihm trotz meines Opfers günstiger gesonnen als mir . . .

Lust- und mühevolle Katerspiele

Von Katzen geht die Sage, daß sie wasserscheu seien. In allen besseren Büchern über Katzen kann man es lesen, und also muß es wohl stimmen. Sogar ein altes Sprichwort gibt's, das besagt: »Die Katze frißt gern Fisch, aber sich die Füße deswegen naßmachen möchte sie nicht.« Nur Onkel Alfons, der Familienkauz, Vaters ältester Bruder, war anderer Meinung, und er hatte seine Erfahrungen. Er war pensionierter Oberförster, und in seinem schönen Haus zwischen Harz und Sölling waren immer an die dreißig bis vierzig Katzen um ihn versammelt, denen sein gleichfalls pensioniertes Dackelpärchen Pyramus und Thisbe wohlwollende Duldung entgegenbrachte. Sie liefen ihm zu, liefen ihm gelegentlich in schöner Unabhängigkeit auch wieder weg, und in der Zwischenzeit versuchte er, ihnen ein gemütliches Zuhause zu bieten.

»Die Bande verscheucht mir die Verwandtschaft«, pflegte er grienend zu sagen. »Sonst hätte ich während der Ferienzeit das Haus voller Leute, die sich plötzlich liebend meiner erinnern, und heutzutage haben sie ja alle naselang Ferien. Da tu' ich mich mit den Biestern leichter, die reden wenigstens nicht.«

Er also meinte, es gäbe so'ne und solche, wasserscheue und andere, wie bei Menschen auch. Wasserscheue vielleicht mehr, weil sie in grauer Vorzeit aus trockenen Ländern gekommen seien und in ihrem Gefühl für Würde nicht daran dächten, sich wie Krethi und Plethi holterdiepolter veränderten Lebensbedingungen anzupassen. Othello hatte zwar auch reichlich Gefühl für Würde, aber nach dieser Theorie schien er zu den Anpassungsfreudigsten, Fortschrittlichsten seiner Art zu gehören. Wasser begeisterte ihn geradezu. Waren Eva oder ich in der Küche mit Abwasch beschäftigt, fiel er vor lauter Zudringlichkeit fast ins Becken, wenn er versuchte, mit den Pfoten nach dem aus dem Wasserhahn plätschernden Strahl zu angeln, und sobald wir, jeder für sich oder auch beide zusammen, in der Badewanne saßen und die Tür unvorsichtigerweise offengelassen hatten, erschien er wie magisch angezogen, sprang auf den Wannenrand, balancierte gravitätisch um uns herum und war weder durch rauhe Worte noch durch Spritzkanonaden zu verscheuchen. Bei seinem Erzeuger, dem lange verschollenen Romeo, hatte schon ein einziges Spritzerchen genügt, ihn gesträubten Fells die Flucht ergreifen zu lassen.

Manchmal rutschte Othello bei seinen Rundgängen auch in die Wanne, und wir mußten ihn klitschnaß und dünn wie eine Fadennudel wieder herausfischen und trockenrubbeln, aber auch dieses Ungemach hielt ihn nicht davon ab, weiterhin seiner Wasserlust zu

frönen. Er brauchte bloß irgendwo was rauschen und plätschern zu hören, und schon war er da.
Ich dachte daran, als ich ihn am Morgen nach unserer Ankunft suchte. Zuerst hatte ich vorsichtig durch den offenen Türspalt in Evas Zimmer gespäht, aber er war nicht da, und Eva schlief noch. Unten war auch nichts von ihm zu sehen, abgesehen davon, daß er beim Scharren in seinem Klo eine Fuhre Spreu über Frau Füsslis säuberlich geschrubbten Küchenfußboden verbreitet hatte. Dann aber hörte ich, als ich in der Küche eine Kleinigkeit frühstückte, das Rauschen. Das heißt, ich hatte es schon gestern bei unserem Einzug und später auch und heute beim Aufwachen gehört und die angenehme Vorstellung eines nah vorbeiplätschernden Gewässers damit verbunden. Falls Othello irgendwo einen Durchschlupf nach draußen gefunden hatte . . .
Er hatte natürlich. Das kleine Fenster in der Speisekammer neben der Küche stand offen. Darunter und unter dem vorspringenden Hausdach war an der Außenmauer in passender Höhe Scheitholz gestapelt, bequemer hätte er's gar nicht haben können.
Ich frühstückte, wenn man die paar Happen für den ersten Hunger so nennen wollte, erst gemütlich zu Ende, dann ging ich ihm nach. Hinter dem Haus, gleich jenseits des Gartenzauns, zog sich ein Gehölzstreifen eine kleine Böschung hinunter, ein schmaler, steiler Pfad schlängelte sich hindurch, unmittelbar bis zum Ufer des Flüßchens. Es rauschte zwischen einer Unzahl über das ganze Bett verstreuter kleiner, größerer und ganz großer Steinbrocken ziemlich rasch und ziemlich breit dahin, fing sich hier und da in flachen, kniehoch gefüllten Mulden, strudelte durch Engpässe, vereinte sich für zwei, drei Meter zu breiten, glitzernd über Sand- und Geröllboden hinschießenden Bahnen, schäumte um Klötze, die sich moosiggrün oder nackt und rundgeschliffen wie Schildkrötenrücken über die Oberfläche erhoben oder ganz dicht drunter blieben, von seidig-lebendiger Wasserhaut überzogen, und verschwand für Sekunden im kühlen Schatten unter Bäumen oder ausgewaschen überhängenden Felsen – ein wahres Paradies für unsern Kater.
Er saß natürlich mittendrin auf einem Stein, ein lächerlich kleiner schwarzer Gnom, ein Fremdkörper in dieser von Sonnenlicht über-

fluteten Welt, völlig davon in Anspruch genommen, mit der Pfote nach dem zwischen seinem und dem Nachbarstein aufspritzenden Wasser zu schlagen. Ich nahm ihn hoch, obwohl er ungehalten strampelte, und während ich mit ihm zum Haus zurückging, machte ich ihm klar, wie unfein es sei, sich als Schreck in der Morgenstunde zu betätigen und schon am ersten Tag auf eigene Faust die Gegend zu erkunden.
Er hörte mir geduldig zu, aber sein schräger Blick sprach Bände.
In der Küche stießen wir auf Eva. Sie war noch im Bademantel und sah mich zu meiner Überraschung frostig an.
»Was ist denn das da?« fragte sie und wies auf die Spuren meines Frühstücks.
»Ich hab' schon ein bißchen gefrühstückt«, bekannte ich, unversehens von einem Anflug schlechten Gewissens befallen, ohne zu wissen, wieso.
Sie nahm mir den strampelnden Othello ab und setzte ihn runter.
»Das sehe ich«, sagte sie vorwurfsvoll. »Und ich seh' leider auch, daß du unverbesserlich bist, ein hoffnungsloser Egoist! Am ersten Morgen im Urlaub frühstückst du allein, nur um dich, auch allein, möglichst schnell draußen tummeln zu können. Die Haustür stand sperrangelweit offen, obwohl du wußtest, daß ich oben noch schlief. Die Spreu wegzukehren, hast du großzügig mir überlassen, und...«
»Warte mal!« protestierte ich, um die Flut der Beschuldigungen, der gerechten wie ungerechten, erst einmal einzudämmen. »Alles der Reihe nach! Erstens hab ich gar nicht richtig gefrühstückt, bloß so ein bißchen. Ich wußte ja, daß du für uns noch Frühstück machst, und dann hätte ich mit dir zusammen gemütlich...«
Es war falsch, völlig falsch, und ich hätte es wissen müssen. Infolgedessen kam ich nicht bis zum Ende des Satzes und schon gar nicht bis zum »Zweitens« und »Drittens«. Sie blitzte mich aus ihren graugrünen Augen an. Es überkroch mich eisig.
»So?« sagte sie, und ihre Stimme war womöglich noch eisiger als ihr Blick. »Du wußtest also –«, das »wußte« war scharf mit Hohn geladen, »– daß ich für uns Frühstück mache, und dann wolltest du mit mir gemütlich, wenn ich den ungemütlichen Teil vorher erledigt

hätte. Aber warum sollte ich eigentlich? Ich bin auch mehr fürs Gemütliche!«
Ich blieb vorsichtshalber stumm. Das Terrain schien mir in diesem Gesprächsstadium mit Fallen gespickt. Sie fuhr schon fort:
»Kämst du je auf die Idee, Frühstück für uns zu machen und mir womöglich ans Bett zu bringen?«
»Hab' ich ja!« warf ich hastig ein. »Bestimmt! Das war ... das war damals ...«
Es mußte schon ziemlich lange her sein, denn Genaueres fiel mir nicht ein.
»Vermutlich im ersten Überschwang, als wir gerade geheiratet hatten«, sagte sie spöttisch. »Geflittere in den Flitterwochen, wenn überhaupt. Aber seitdem ... Es liegt dir eben nicht, auch mal an andere zu denken, und weil du dich in deiner Selbstgefälligkeit für ein strahlendes Exemplar Männlichkeit hältst und dir einbildest, immer alles richtig zu machen, bist du unfähig, gelegentlich was dazuzulernen und dich auch nur um so viel zu ändern!« Sie schnipste kränkend mit den Fingern. »Und dabei hab' ich gestern abend beinah geglaubt, daß du dich doch noch ändern könntest, daß wir's vielleicht noch mal miteinander versuchen sollten, aber ...«
Sie kam nicht weiter. Von draußen tönte Autohupen herein, dazu das aufdringliche Gejodel einer weiblichen Stimme:
»Juhu!«
»Ausgerechnet! Das kann nur Frau Füssli sein«, murmelte ich.
»Zeig dich nicht!« zischte Eva. »Wir tun, als ob wir nicht zu Hause wären!«
Aber es war schon zu spät. Um mich zu vergewissern, ob sie's wirklich war, hatte ich um die Ecke des Küchenfensters geschielt und dabei gesehen, daß sie mich gesehen hatte. Sie entstieg schon ihrem schicken, sportlichen Gefährt, ganz Dame mit zur Farbe des Kleides passenden Handschuhen und hochhackigen Sandaletten und einem flotten, niedlichen Strohgebilde auf dem wohlondulierten Haar. Evas Bademantel konnte es damit nicht aufnehmen.
»Zieh dir doch oben rasch was über«, sagte ich.
Sie sah mich an, als hätte ich ihr Gott weiß was zugemutet.
»Wie komm' ich denn dazu. Wenn sie mich in Gala besichtigen will,

kann sie zu einer anständigen Tageszeit kommen, nicht mitten in der Nacht.«

Wir waren, unwillkürlich flüsternd, an der Tür angelangt, durch den unverhofften Besuch wenigstens äußerlich in harmonischer ehelicher Eintracht verbunden. Draußen knirschten Frau Füsslis Sandaletten schon im Geschwindschritt über den Kiesweg. Ich ermannte mich zu einem strahlenden Lächeln und machte auf. Vor uns stand sie, Frohsinn im Blick, als gelte es, ihrem Herzen nahestehende Freunde zu begrüßen, die sie mindestens zehn Jahre lang nicht gesehen hatte.

»Charmant! Charmant!« rief sie mit einem leisen Anklang kehlig-schweizerischen Singsangs entzückt. »Wie wohltuend, ein junges Ehepaar so einträchtig beieinander zu finden! Ich störe doch hoffentlich nicht! Es wäre mir schrecklich unangenehm! Aber ich wollte mich überzeugen, ob Sie gut angelangt und mit Ihrem Unterkommen zufrieden sind. Nur ein klitzekleines Momentchen! Meine Zeit ist nämlich äußerst bemessen. Die Boutique, verstehen Sie . . .«

Sie hob beide Hände samt Blick in der Geste einer schicksalergebenen Dulderin gen Himmel.

». . . Was Geschmack und modisches Flair betrifft, ist selbst auf die besten Angestellten kein rechter Verlaß. Wenn ich da aus der Schule plaudern wollte . . .«

Das »wenn« war nur rhetorisch gemeint, sie plauderte schon, aus der Schule und überhaupt, plätscherte fort und fort, hin und wieder ein entzücktes kleines Gelächter aufflattern lassend, offenbar keines Anstoßes unsererseits bedürftig. Es genügte ihr, sich selber reden zu hören, um sich bestens zu unterhalten.

Eva streute ab und zu ein höfliches »Ah!« oder »Oh!« ein, und ich nahm indessen Frau Füssli in Augenschein. Gestern war's mir nur um den Schlüssel zu tun gewesen. Sie sah wie eine muntere Vierzigerin aus, aber wenn man die Künste ihres Friseurs, ihre eigenen kosmetischen Fertigkeiten und die eindämmende Wirkung des Korsetts oder was mollige Damen zwecks Erzielung einer eleganten Linie sonst unter ihrer schmückenden Außenhülle tragen, abzog, kamen sicher zehn Jährchen mehr heraus. Appetitlich war sie je-

doch noch immer, auch ohne die Klunkern an den Ohren, die Perlen um den Hals und die glitzernden Ringe an den gestikulierenden Fingern.
Plötzlich schreckte ich auf, ein Alarmsignal klingelte in meinen Ohren.
Sie sagte gerade:
»... komm' ich rasch noch auf ein Momentchen mit rein, um Ihnen ein paar Kleinigkeiten zu zeigen.«
»Das muß ja nicht jetzt sein«, hörte ich Eva hastig sagen. »Das können wir doch gar nicht verlangen!«
Und ich fügte nicht weniger hastig hinzu:
»Ihre Zeit ist doch leider äußerst bemessen!«
Doch sie drängte schon durch die Tür, schritt schon munter schwatzend voraus, fest entschlossen, ohne Rücksicht auf ihre Person Gastlichkeit walten zu lassen, zeigte uns, wo im Keller die Ölkanister zwecks Ingangsetzung der Heizung an kühlen Tagen standen, wo draußen das Scheitholz gestapelt war, falls wir das Bedürfnis nach einem romantischen Kaminfeuer verspürten – Kanister und Scheite seien gezählt und würden gesondert berechnet –, wie die Waschmaschine in der Küche am schonendsten zu betätigen sei, wies uns auf die Möglichkeit hin, über die Türschwellen hinweg direkt auf den Läufer im Flur oder in umgekehrter Richtung auf den Teppich im Zimmer zu treten, um den empfindlichen Bodenanstrich nicht zu schädigen, und Gläser oder gar Teller und Schüsseln nicht ohne Tischtuch auf die polierte Platte des Kamintischs zu stellen und überhaupt eventuelle häusliche Mahlzeiten gleich in der Küche einzunehmen.
Daß wir beide nicht oder nur spärlich rauchten und infolgedessen weder die Zimmerdecken noch die Fenstervorhänge verräuchern würden, erfreute sie sichtlich, und vor allem erleichterte es sie zu erfahren, daß Othello, dessen sie inzwischen mit einigem Mißtrauen ansichtig geworden war, längst die mißliche Gewohnheit aufgegeben habe, seine Krallen an Sesselbezügen zu wetzen, sondern sein Wetz- und Kratzbedürfnis, wo er könne, in freier Natur, sonst aber an ihm zu diesem Zweck zugewiesenen Geräten absolviere.
Sie war schon im Aufbruch – leider, sie wäre gern noch zu einem

Täßchen Tee und weiterem Gespräch geblieben, aber ihre Zeit sei äußerst bemessen! –, als ihr ein Blick in Evas Zimmer zeigte, daß wir das zweite Bett wieder ausgeräumt hatten.

»Sie schlafen getrennt?« fragte sie überrascht. »Und ich glaubte, Ihnen einen Gefallen zu tun, als ich das zweite Bett extra hier hereinbringen ließ.«

»Wie reizend von Ihnen!« Eva lächelte schmelzend; die Aussicht auf Frau Füsslis Verschwinden schien sie aufzuheitern. »Sie konnten ja auch nicht wissen, daß mein Mann schnarcht.«

Sie erstickte meinen Protest mit einem aus dem Lächeln aufblitzenden scharfen Blick, während Frau Füssli wieder eins ihrer entzückt aufflatternden Gelächter losließ.

»Oh, das kenne ich, meine Liebe! Mein Mann schnarchte auch!« Und als hätte dieser Umstand Schleusen zärtlich gehegter Erinnerung in ihr aufgezogen, fuhr sie fort zu berichten, daß sie oftmals des Nachts ihrem Mann die Nase zugekniffen – oh, nur ganz zart! – und ihn, wenn er erwachte, angefleht habe, bitte, bitte doch nicht mehr zu schnarchen oder doch wenigstens nicht so laut, damit auch sie endlich ein wenig Schlaf finden könne. Und dann habe er sie angelächelt, ganz kindlich und weich, besonders kindlich, weil er bei Nacht ja seine Brille nicht getragen und seine hochgradige Kurzsichtigkeit seinen blauen Augen einen freundlich-verschwommenen, ja fast hilflosen Ausdruck mitgeteilt habe, und er habe ihr fest versprochen, wenn überhaupt, dann nur ganz, ganz leise zu schnarchen. Und danach habe er sich auf die andere Seite gedreht und nach zehn Minuten wieder genauso laut und markerschütternd geschnarcht.

»Und trotzdem«, fügte Frau Füssli mit sanfter Ekstase in Blick und Stimme hinzu, »habe ich meinen Mann keine Nacht allein gelassen. Er war so niedlich, zum Verlieben niedlich, wenn er lächelte, ohne Brille lächelte, und schließlich gehören Mann und Frau in Freud und Leid ja zusammen.«

»Aber ein bißchen ungestörten Schlaf braucht der Mensch auch«, erklärte Eva nüchtern. »Und deshalb . . .«

Frau Füssli fand aus ihrer verklärten Erinnerungswelt zurück.

»Natürlich, natürlich«, gestand sie zu, und der schweizerische

Singsang samt Gaumen-ch schlug diesmal stärker durch, als fühle sie sich noch im Blickfeld gewisser kurzsichtig-verschwommener Augen. »Mein Mann hat das auch gesagt, und das muß dann ja wohl auch jeder für sich entscheiden.«

Mir war, als streifte sie mich dabei mit einem bedauernden Blick. Als sie dann endlich abgebraust war – »Besuchen Sie mich doch einmal in der Boutique«, hatte sie zum Abschied Eva ermuntert. »Ich habe da Verschiedenes, was Sie entzückend kleiden müßte!« –, bemerkte Eva besorgt:

»Hoffentlich kommt sie nicht noch mal wieder und erklärt uns, daß wir senkrecht in den Betten schlafen müßten, um die Laken zu schonen. Ich könnte nicht garantieren, daß ich mich wieder gesellschaftsfähig benehme.«

Sie verschwand in der Küche, steckte aber den Kopf gleich wieder raus.

»Ich mach' rasch Frühstück . . . für uns drei. Ausnahmsweise noch mal! Du kannst inzwischen den Kamintisch decken, damit du auch was davon hast. Aber denk dran: nicht ohne Tischtuch!«

Ich ging eifrig ans Werk, um das düstere Charakterbild, das sie vor Frau Füsslis Erscheinen von mir entworfen hatte, wenigstens um eine Kleinigkeit aufzuhellen, rückte sogar die beiden geblümten Sessel rechts und links des Kamins näher heran, stopfte in Evas ein zusätzliches Kissen und rannte zum Schluß noch in den Garten, um den Eindruck gepflegter Frühstückskultur durch ein paar rasch gepflückte Heckenröschen in einer hübschen biedermeierlichen Porzellanvase noch zu erhöhen.

Leider hatte die Vase ein Leck, was ich erst bemerkte, als der Wasserfleck sich schon beträchtlich auf dem Tischtuch verbreitet hatte, so daß ich mit Rücksicht auf die fleckengefährdete polierte Tischoberfläche wieder abdecken und die ganze Prozedur von vorne beginnen mußte.

Mittendrin kam Eva mit dem vollbeladenen Tablett herein, höchst erstaunt, mich erst in diesem Stadium vorzufinden. Sie äußerte sich zwar nicht laut, aber ein Kopfschütteln, verbunden mit einem elegischen Blick zur Decke, verriet deutlich genug, daß ich mit meinen Aufhellungsabsichten nicht sonderlich erfolgreich gewesen war.

Während des Frühstücks setzte sie mir auseinander, wie sie sich unsere Zeiteinteilung mit Othello dachte.
Ich wandte hoffnungsvoll ein, daß es ja vielleicht gar nicht nötig sei. Sie habe selbst vorhin erst gesagt, daß sie gestern abend fast schon erwogen habe ...
Das sei gestern abend gewesen, erklärte sie mit auf den Teller gesenktem Gesicht, und mir schien es, als bemühe sie sich, ein Lächeln zu unterdrücken. Der heutige Morgen habe leider erwiesen, daß sie einem trügerischen Eindruck zum Opfer gefallen sei. Es bleibe also bei unserer ursprünglichen Absicht, und es sei besser, auch was Othello anginge, klare Verhältnisse zu schaffen. Vormittags gehöre er also ihr, nachmittags könne ich ihn dann übernehmen.
»Sonst beschwerst du dich hinterher«, sagte sie, »wenn er sich für mich entscheidet, daß ich dir nicht genug Zeit gelassen hätte, ihn rumzukriegen. Nein, wir fangen gleich heute nachmittag an. Du hast dir ja Arbeit mitgenommen, mußt also sowieso zu Hause bleiben, während ich zum Baden nach Ascona zum Lido fahre, um euch gar nicht in die Quere zu kommen.«
»Und wann fahren wir beide mal zusammen zum Lido?«
Sie maß mich mit einem tiefgekühlten Blick.
»Wozu denn das? Soviel ich weiß, sind wir nicht hergekommen, um zusammen zu baden.«
Ich ließ es bei einem Seufzer bewenden.

Nachmittags war Othello also bei mir. Eva war mit ihrem Badezeug und dem Wagen verschwunden, und während ich ihr noch von der Gartentür aus nachsah, machte ich mir reichlich trübe Gedanken darüber, wie es nun eigentlich weitergehen sollte. Und ganz allmählich war aus meiner bekümmerten Ratlosigkeit Trotz erblüht, und ich sagte mir, wenn sie es nun einmal so haben wolle, solle sie's haben, und wenn sie ernstlich darauf bestehe, sich scheiden zu lassen, dann bitte, von mir aus, aber jedenfalls – Mutterrecht hin, Mutterrecht her – ohne Othello. Othello gehörte nun einmal mir, er mußte sich zu mir bekennen. Ich würde ihn zu männlicher Solidarität aufrufen und ihm zeigen, wie prächtig es war, ein ordentlicher, gestandener Männerkater zu sein, kein verpimpeltes, verspieltes Objekt weiblicher Launen. Ich würde mit ihm männliche Spiele betreiben, ihn zur Jagd aufrufen, an die Tugenden seiner uralten Rasse erinnern, würde ihn an Ordnung und pünktliche Mahlzeiten gewöhnen, nicht mal hier, mal da ein Bröckchen, wie das bei Eva so Mode war, würde . . .

Aber als ich, bester Vorsätze voll, damit anfangen wollte, war er nicht da.

Zum Flüßchen hin konnte er nicht entwetzt sein. Das Loch im Zaun, durch das er am Morgen der Wasserverlockung gefolgt war, hatte ich vorsichtshalber mit einem Brett verbarrikadiert, im Garten war er nicht, wie ich mit einem schnellen Rundblick feststellte, er mußte sich also im Haus rumtreiben.

Nach einer Stunde mühsamen Stöberns mit Kniebeugen, Flach-auf-den-Bauch-Legen und Kommodenrücken, um Licht in dunkle Ecken zu bringen, fand ich ihn schließlich doch im Garten.

Er lag, nur aus nächster Nähe zu sichten, unter einem der sich mächtig plusternden Hortensienbüsche, und seine höchst befriedigte Miene sowie die kläglichen Feder- und sonstigen Reste in seinem Umkreis ließen keinen Zweifel daran, daß er sich trotz seines reichlichen Frühstücks als Selbstversorger betätigt und vermutlich zum erstenmal in seinem Dasein einen Vogel erwischt hatte. In Anbetracht seiner eigenen Unerfahrenheit in dieser Beziehung mußte es ein ebenfalls unerfahrener, ziemlich törichter Vogel gewesen sein, aber schließlich hatten auch die ein Recht zu leben.

Ich stand vor einem ernsten Dilemma. Einerseits hatte ich ihn zu den Freuden männlichen Jagens ermuntern wollen, andererseits hatte ich dabei nicht an Vögel gedacht, Singvögel schon gar nicht, mehr an Mäuse und anderes seiner Spezies von altersher als Nahrung zugedachtes Getier. Katzen hatten schon die Kornkammern Ägyptens vor Mäusen bewahrt und waren zur Belohnung in den Rang von Göttern erhoben worden mit einer ihnen eigens zugeordneten Priestergilde. Von Vögeln war keine Rede gewesen. Vögel waren gefiederte Poesie. Man lauschte ihrem Gesang, es war kulturlos, sie zu verspeisen. Bis auf Hühner und Anverwandtes natürlich, aber Hühner und Anverwandtes hatten mit Poesie nichts zu tun und waren überdies keine Vögel, sondern Geflügel.

Sein arglos-sanfter Blick aus schrägen, gelbgrünen Augen, mit dem er sich meine Vorwürfe und historischen Reminiszenzen anhörte, zeigte mir an, daß es schwerhalten würde, ihm solche Unterschiede begreiflich zu machen. Aber ich dachte nicht dran, es aufzugeben. Wenn ich ihm erst richtig nähergekommen wäre, Zugang zu seinem Innenleben gefunden hätte, mußte sich auch ein Weg ergeben, irgendwie an sein Gewissen zu appellieren.
Fürs erste nahm ich ihn mit ins Haus, was er sich ohne Murren gefallen ließ. Offensichtlich hatte ihn das ungewohnte Mahl einem Verdauungsschläfchen geneigt gemacht, jedenfalls rollte er sich brav in einem der geblümten Sessel am Kamin zusammen. Die sommerliche Wärme des Tages eingerechnet, durfte ich jetzt auf zwei, drei Stunden Ruhe hoffen. Ich konnte also mit meiner Arbeit beginnen.
Meine Gedanken zum Werke sammelnd, rückte ich den Kamintisch in den kleinen Erker. Um die Urlaubswochen finanziell nicht ganz unergiebig verstreichen zu lassen, hatte ich's nämlich übernommen, für eine Modezeitschrift mit literarischen Ambitionen eine Story zu schreiben, die Unterhaltsamkeit mit gehobenem Anspruch, warmer Menschlichkeit, tiefschürfendem Realitätssinn und Bezüglichkeit zu Art und Anliegen der Zeitschrift vereinte. So hatte es im Brief des Chefredakteurs gestanden.
Ich war noch im besten Zuge, mir etwas Passendes zusammenzubasteln, vor mir auf dem Tisch Kugelschreiber und ein paar beängstigend leere weiße Seiten, um mich die asketische Atmosphäre geistigen Schaffens, als mir Weiches auf den Schoß sprang. Othello natürlich. Sein Gelüst nach Geselligkeit schien doch stärker zu sein als sein Ruhebedürfnis. Ich versuchte, ihm klarzumachen, daß ich eben im Begriff sei, ein paar schüchtern gekeimte Ideenzipfelchen festzuhalten, unterhaltsam weiterzuspinnen, menschlich warm zu verknüpfen und mit tiefschürfendem Realitätssinn anzureichern, ein diffiziles Geschäft, bei dem ich nicht gestört werden dürfe, aber er zeigte sich uneinsichtig. Arbeit kam bei ihm nicht vor. Er wollte spielen, und er spielte auf dem Tisch mit allem, was ich gerade brauchte, erwartete, daß ich mitspielte, und als ich mich meinerseits uneinsichtig zeigte und ihn vom Tisch in den Sessel zurückexpedier-

te, zog er mißgestimmt ab, um sich anderwärts die Zeit zu vertreiben.

Fünf Minuten lang konnte ich mich der Illusion hingeben, vorerst seinen Anspruch auf meine Person abgeschlagen zu haben und mich unbehelligt dem Fortgang meiner Geschichte widmen zu können, aber dann hörte ich aus der Küche ein Klirren, und meine Besorgnis um Frau Füsslis Geschirr trieb mich hinüber.

Es blieb nicht bei diesem einen Mal. Es wurde überhaupt ein bewegter Nachmittag. Natürlich hätte ich ihn kurzerhand in meinem oder Evas Zimmer oben einsperren können, wo seine Unternehmungslust nicht viel Unheil anrichten konnte, aber dann fielen mir meine Vorsätze vom Gartentor wieder ein und daß ich mich bei ihm anbiedern mußte und Einsperren vermutlich nicht der rechte Weg dazu wäre, wenn ich nicht wollte, daß Othello sich ebenfalls von mir scheiden ließe.

Also spielte ich mit ihm, spielte Einkriegezeck, spielte Anschleichen, spielte Verstecken im ganzen Haus, spielte Mäuschen, indem ich meine Hand unter der Teppichecke trippelnde und kratzende Geräusche produzieren ließ, spielte es so lange, bis ich an seinem allmählich gelangweilteren Blick, seinen immer lustloseren Sprüngen merkte, daß er die Sache über und meinen Trick längst durchschaut hatte und eigentlich nur dabeiblieb, um mir einen kleinen Gefallen zu tun. Zwischendurch versuchte ich's immer mal wieder mit einer kleinen Arbeitseinlage, vergeblich natürlich, und gedachte in solchen Momenten neidvoll des beschaulichen Daseins, das Theo jetzt im Kreise seiner Piepmätze mit den langwierigen lateinischen Namen genoß. Er brauchte weder Einkriegezeck noch Mäuschen mit ihnen zu spielen, nur Futter mußte er ihnen geben, und für die Annehmlichkeit dieses Friedens hätte ich auch gern den Umgang mit lebendigen Spinnen und ausgequetschten Mehlwürmern auf mich genommen. Selbst mit Faustens Gretchen, selbst wenn er nur zu genauerer Kenntnis weiblicher Hauptrollen der gängigen Dramenliteratur führte.

Und dann saß mir Othello wieder auf der Pelle, und ich trabte mit ihm zur Abwechslung in den Garten, veranstaltete Wettrennen ums Haus, bei denen er sich gelegentlich selbständig machte, verkehrt herumlief und schon hinter der nächsten Ecke wartend saß wie weiland der Märchenigel mit seinem triumphierenden »Ick bün allhier!« Und als ich schwitzend, hechelnd und mit weichen Knien nach einem geruhsameren Zeitvertreib für ihn und mich grübelte, kam mir endlich die gloriose Idee, die Stehleiter aus der Besenkammer zu holen und als Klettergerüst im Kaminzimmer aufzubauen. Vielleicht würde ihn dieses Möbel dazu ermuntern, sich ein Weilchen ohne meine Mitwirkung zu vergnügen.

Und siehe da, kaum stand sie, war er auch schon mit drei Sprüngen oben und kauerte sich, eine kleine schwarze Sphinx, gemütlich auf den obersten breiten Tritt, das Terrain mit sichtlichem Interesse aus ungewohnter Perspektive überschauend. Und dabei fielen ihm die Augen zu. Wahrhaftig, er hatte genug, er schien nur auf dieses luftige Plätzchen gewartet zu haben, um sein Verdauungsnickerchen nachzuholen.

Ich konnte mich zum Tiefschürfen vor die noch immer leeren Seiten setzen.

Doch dann war unversehens Eva wieder da. Die Zeit mußte, von mir unbemerkt, einen kleinen Zwischenspurt eingelegt haben. Schon als sie mit ihrer von der Schulter baumelnden Badetasche über den Kiesweg draußen ging, sah ich ihr an, daß ihr Nachmittag nicht gerade erbaulich gewesen sein konnte. Sonst pfiff sie sich eins und hatte so eine besondere, hübsche Art zu gehen, irgendwie federnd und leicht und mit schwingenden Hüften wie eine Tänzerin, aber diesmal klebte sie sichtlich am Boden, und als sie zu mir ins Zimmer kam, fiel mir gleich auf, daß sie ein bißchen müde um die Augen aussah.

»Du kannst von Glück reden, daß du zu Hause geblieben bist«, sagte sie seufzend und sank in einen der Sessel. »Hier hast du wenigstens Ruhe gehabt. Man sieht's dir an. Am Lido war jede Menge Volks und kaum ein Quadratzentimeterchen Sand zum Liegen. Alle Augenblicke trat einem jemand auf die Füße, mit Absicht oder ohne ...«

»Mit auch?« fragte ich.

Sie ließ einen hohngesättigten Laut hören, den man zur Not für einen matten Heiterkeitsausbruch halten konnte.

»Sei du mal ein alleinstehendes ...«, sie verbesserte sich, »... alleinliegendes Mädchen am Strand. Die Typen scheinen anzunehmen, man warte bloß drauf, dem Erstbesten an die Badehose zu sinken. Und dann bin ich zwischen zwei Stocktaube geraten, die ihre Transistordinger auf Volldampf eingestellt hatten, links Heino, rechts Bach, und einen Sonnenbrand hab' ich mir eingehandelt, und einen neuen, schicken Badeanzug brauche ich auch. In meinem alten bin ich mir wie ein hochgeschlossenes mittelalterliches Burgfräulein vorgekommen!«
Die Bilanz klang nicht gerade erhebend. Sie stemmte sich aus dem Sessel und kam zu mir rüber.
»Bist du wenigstens mit der Arbeit gut vorwärtsgekommen?«
»Mächtig«, antwortete ich und wies auf die leeren Seiten.
Und als ich aufsah, blieb mein Blick zufällig an dem Spiegel über der Kommode rechts von mir hängen, und da sah ich, ohne daß sie was davon wußte, daß sie die Hand hob, wie um mir aufmunternd übers Haar zu streichen wie früher, wenn ich mit der Arbeit nicht recht vorankam. Doch dann ließ sie die Hand wieder sinken, als habe sie sich bei Unerlaubtem ertappt, und ich fragte mich, ob ich überhaupt richtig gesehen und wenn, was es zu bedeuten hatte, falls es was zu bedeuten hatte. Und während ich noch daran herumrätselte, hörte ich sie hinter mir abfällig sagen:
»Das hat man gerne. Da opfert man sich auf, um dir ein paar ruhige Stunden für die Arbeit zu verschaffen, und dann vertrödelst du ...«
Sie verstummte jäh und fuhr erstaunt fort, offenbar erst jetzt die Leiter bemerkend: »Mein Gott, was macht er denn auf dem Ding da oben?«
»Er schläft«, sagte ich und drehte mich um, »genießt den Schlaf des Ungerechten, nachdem er mich stundenlang durch Haus und Garten gescheucht hat. Er scheint als einziger einen erfreulichen Nachmittag verbracht zu haben.«

Lobgesang auf einen Super-Casanova

Weitere ebenso erfreuliche und erholsame Nachmittage folgten, erholsam wenigstens für Othello. Er gedieh sichtlich. Ich weniger. Am allerwenigsten meine tiefschürfende Story.

Es lag daran, daß mir das Verhältnis, das sich zwischen Eva und mir herausgebildet hatte, auf die Nerven ging. Sie war reserviert nett wie eine weitläufige Bekannte, der man zufällig im Urlaub wieder begegnet, noch dazu in der gleichen Pension, die aber keinerlei Neigung zeigt, die verflossene Bekanntschaft über das Notwendigste hinaus neu aufzufrischen. Sie machte zwar das Frühstück, zog sich aber mit Othello und ihrem Tablett meistens wieder in ihr Bett zurück und überließ es mir, mich am Küchentisch allein mit Müsli, milchsaurem Vollwertbrot und meinen reichlich trüben Gedanken herumzuschlagen.

Hinterher erledigte ich, um meinen guten Willen zu zeigen, den Abwasch – mein bißchen Frühstücksgeschirr und die paar Teller vom Abend vorher –, und während ich abtrocknete, hörte ich sie oben über irgendwas hellauf lachen, was Othello sicher gerade angestellt hatte, und fühlte mich in meiner Vereinsamung womöglich noch ungerechter behandelt. Manchmal gab ihr Tonbandgerät Chopinsches von sich – Chopin konnte sie zu jeder Tages- und Nachtzeit hören –, und wenn es zufällig die dumpfen Rhythmen des Trauermarschs waren, gab ich mich der trübe-tröstlichen Vorstellung hin, wie bitterlich sie ihre Gleichgültigkeit mir gegenüber bereuen würde, wenn sie runterkäme und mich an Gasvergiftung oder von mir aus auch an gebrochenem Herzen jäh verblichen auf den Küchenfliesen fände. Aber erstens gab's im ganzen Hause kein Gas, zweitens hatte ich noch nichts Brüchiges an meinem Herzen verspürt, und da ich hinterher ohnehin kaum in der Lage sein würde, mir schadenfroh die Hände zu reiben, versprach auch diese Aussicht nichts übermäßig Ermunterndes.

Man wird zugeben müssen, daß solche Stimmung nicht sonderlich

arbeitsfördernd war. Ich setzte mich zwar in Arbeitspositur ans Erkertischchen, um, ihr von draußen sichtbar, präsent zu sein, wenn sie mit Othello das Haus verließ, aber es verfehlte total seine Wirkung, weil sie nie zu mir hinsah.
Sie ging jetzt immer nach dem Frühstück zum Flüßchen baden. Nach dem erstenmal hatte sie mir berichtet, von Schwimmen könne da natürlich keine Rede sein, außer vielleicht zwei, drei Stöße in einer Art Bassin, das die Strömung ein Stück weiter oben zwischen den Felsen ausgespült habe, aber dafür sei sonst keine Menschenseele und vor allem nichts Transistorähnliches da, und das Wasser sei wunderbar frisch, prickelnd wie Sekt, und Othello habe alle Pfoten voll zu tun, nach vorbeischwimmenden Holzstückchen oder auf dem Wasser tanzenden Sonnenflecken zu angeln.
Nicht gleich, erst als sie am zweiten und dritten Tag ebenfalls zwecks Badens zum Flüßchen ging und vom Lido keine Rede mehr war, kam mir der vage Verdacht, daß ihr angebliches Ruhebedürfnis vielleicht nur den eigentlichen Grund für den Badeplatzwechsel bemänteln sollte: daß es nämlich zwischen den Felsen da unten ganz gleich war, ob ihr Badeanzug nach Burgfräulein aussah oder nicht, da ja niemand da war, vor dem sie sich deshalb zu genieren brauchte. Und unversehens fielen mir Frau Füsslis schicke Pariser Bikinis ein und daß ich ihr so ein Ding schenken und mit diesem raffinierten Eröffnungszug noch einmal einen Versuch unternehmen könnte, sie von ihren lächerlichen Scheidungsabsichten abzubringen. Einmal, am Abend unserer Ankunft, war es fast schon so weit gewesen, und dann war irgendeine Winzigkeit dazwischen gekommen, aber das bewies lediglich, daß uns nur Hirngespinste trennten. Und vor allem bewies meine brillante Idee, daß ich alles andere als ein selbstgefälliger Egoist war, wie sie behauptete. Außer ein bißchen an mich dachte ich schließlich hauptsächlich an sie.
Die freudige Erregung über diesen Beweis für meine inneren Qualitäten scheuchte mich von meinen nach wie vor ziemlich fragmentarischen Story-Anfängen auf, und ich trat vors Haus. Eigentlich hatte ich nur an eine kleine Beruhigungsrunde durch den Garten gedacht, aber dann fand ich mich zu meiner Überraschung plötzlich auf dem Schlängelpfad zum Fluß. Ich hatte es bisher vermieden, den

Ort ihrer Badefreuden aufzusuchen, während sie da war, aber vielleicht war es nicht falsch, ein bißchen Werkspionage zu treiben und mich zu überzeugen, wie gut sie mit Othello stand und was für Spiele sie da trieben.
Was ich sah, als ich mich nahe genug herangepirscht hatte, war beunruhigend und beruhigend zugleich. Beunruhigend, weil Eva, ungemein lieblich anzusehen, mitten in der Strömung auf einem Felsen saß, eine naßglänzende Quellnymphe, die, ob aus modischen Gründen oder nicht, ihren Badeanzug anzuziehen vergessen hatte und mit um die Knie verschränkten Händen, zurückgeworfenem Kopf und geschlossenen Augen den Zaubertönen der Flöte Gott Pans zu lauschen schien. Beruhigend, weil Othello sich ganz und gar nicht um sie kümmerte. Er hatte sich drei Felsen weiter im Baumschatten niedergelassen und spähte mit leise spielenden Ohren argwöhnisch ins vorbeistrudelnde Gewässer. Offenbar hegte er den Verdacht, daß sich unter all dem Gerausche und Gespritze etwas Lebendiges, möglicherweise sogar Eßbares verbergen müsse, denn ab und zu duckte er den Kopf tief auf den Stein, ruckelte sich hinterwärts zum Sprung zurecht, aber es blieb beim falschen Alarm, da sich der Feind nicht blicken lassen wollte.
Ich spähte zwischen den Baumstämmen rasch noch mal zu der Nymphe rüber. Nur ihre Zehen bewegten sich wie im Takt eines für mich nicht hörbaren Lieds. War es nicht reichlich unvorsichtig, sich so freizügig hierherzusetzen? Wenn nun jemand käme? Des Wasserrauschens wegen könnte sie nicht mal hören, wenn eine Kompanie Soldaten hier vorbeidefilierte. Aber wer verkrümelte sich andererseits schon in diese Wildnis, wo zwei Kilometer weiter der gerühmte Lago Maggiore mit Snackbars, Strandcafés und zivilisierten Badefreuden lockte?
Einigermaßen beruhigt trat ich den Rückweg an, doch mein Seelenfrieden hielt nicht lange vor. Schon zwei Minuten später, beim Verlassen des Wäldchens oben, prallte ich fast mit einem kleinen alten Herrn zusammen. Er schien ein Stück weiter oben am Fluß gefischt zu haben, wie seine Ausrüstung mit Angelrute und Fischtrommel auswies. Mein Auftauchen kam ihm unerwartet, und er fuhr erschrocken zurück, aber dann breitete sich ein verständnisinniges

Grienen über die rosigen Pölsterchen seines Gartenzwerggesichts, er wackelte scherzhaft drohend mit dem Zeigefinger vor meiner Nase und überschüttete mich mit einem Schwall prasselndem Italienisch.
»Nix capisco«, entfaltete ich meinen gesamten Sprachbesitz.
Sein Grienen wurde noch breiter.
»Ah, vielleicht nix kapier von spreken, aber dafier von Scheen'eit von Natur . . . besonders von Scheen'eit in Ssustand von Natur . . .« Er kniff listig ein Auge zusammen. »Ge'eert siisch niischt, 'eimlich ssu sehen, aber ist gutt fier 'erz und Gemiet auch von alte Mann, niischt nur junge.«
Er kniff noch einmal heiter ein Auge zu und schob ab auf kurzen, strammen, rüstig stapfenden Beinchen in blauen, zerknitterten Leinenhosen, gelbem Wollhemd drüber, Schal um den Hals, blinkende Sonne auf der von einem weißen Haarkranz umkräuselten blanken Glatze. Erst als er um die Zaunecke rum und fast schon an der Straße war, viel zu spät, um hinter ihm herzulaufen und ihm noch anständig Bescheid zu stoßen, ging mir erst richtig auf, was er gemeint hatte. Statt sich um Forellen oder was man hier sonst angelte zu kümmern, hatte er »'erz und Gemiet« an Evas Anblick erlabt! Ein Voyeur war er, ein heimlicher Lüstling, und mich hatte er auch noch für seinesgleichen gehalten!
Der Bikini-Kauf wurde nun wirklich dringlich. Wenn sie das neue Schmuckstück erst hätte, würde sie wieder zum Lido fahren, und vielleicht würde sie es sogar hier anziehen, obwohl ich mir ziemlich genau vorstellen konnte, was ich zu hören bekäme, wenn ich ihr von den sie hier umlauernden Gefahren erzählte: »So ein Quatsch! Wer soll hier schon herkommen? Am Lido haben sie's doch viel bequemer, bloß mit ein paar lächerlichen Quadratzentimeterchen Stoff drumrum. Außerdem hängen Nackedeis haufenweise an jedem Zeitungskiosk. Da denkt sich kein Mann mehr was dabei, bloß du mit deiner pubertär zurückgebliebenen Phantasie!«
Nein, besser war's da schon, ihr erst gar nichts zu erzählen. Aber den Bikini würde ich gleich heute nachmittag holen, und abends wollte ich sie, statt mit ihr in der Küche herumzuwirtschaften, zu einem stimmungsfördernden Mahl im Grotto Callandri, dem klei-

nen Ristorante unter den Bäumen, einladen, wo wir am ersten Abend so hübsch gegessen hatten. Und dabei oder hinterher, je nachdem, wenn ich den richtigen Moment gekommen sähe, würde ich ihr den Bikini überreichen.

Es traf sich bestens für meine Absicht, daß es Eva an diesem Nachmittag nach Häuslichkeit verlangte. Sie hatte ein paar Kleinigkeiten zu waschen und außerdem im Bücherregal im Kaminzimmer unten, das eine Ansammlung reichlich zerfledderter Schmöker, Liegengebliebenes von früheren Mietern, aber auch ein paar von Frau Füssli für eventuelle Regentage fürsorglich zur Verfügung gestellte Bände Schweizerisches enthielt, die »Idyllen« von Geßner und einiges von Conrad Ferdinand Meyer gefunden und die Ansicht geäußert, wenn man schon in der Schweiz sei, habe man sich auch um vertieftere Kenntnis seiner Umwelt zu bemühen. Es genüge nicht, wie gewisse Leute – sie streifte mich mit einem anzüglichen Blick – in seinem Wissensdrang bei Schweizer Käse und Rösti stehenzubleiben. Man müsse auch die geistigen Delikatessen erkunden.

Ich beeilte mich, ihr zuzustimmen, um nur keine längere Auseinandersetzung zu provozieren, die meinen Aufbruch hätte verzögern können, trug vorsorglich noch einen Liegestuhl für sie zu einem schattigen Plätzchen im Garten und fuhr los. Als Ausrede hatte ich ihr vorgeschwindelt, ich müsse nach Ascona, um den Chefredakteur der Modezeitschrift telegrafisch um Terminverlängerung für die Story zu bitten.

Die Piazza von Ascona ist zum Unterschied von der normalen runden oder eckigen Sorte ziemlich länglich geraten und eigentlich nur ein Uferstreifen, auf einer Seite vom See, auf der andern von Cafehausterrassen begrenzt. Jeder Stuhl war besetzt, als ich mit Othello unter dem Arm an ihnen entlangging, um vor meiner Visite bei Frau Füssli rasch noch einen Espresso zu trinken. Es war natürlich albern gewesen, ihn mitzunehmen, aber er stand mir nun einmal für den Nachmittag zu, und obwohl ich dem Ergebnis meiner Versöhnungsaktion mit einiger Hoffnung entgegensah, wollte ich nicht versäumen, für alle Fälle auch meine Beziehungen zu ihm gebührend zu pflegen.

Übrigens – ein Stuhl schien noch frei, bis ich beim eiligen Anmarsch

entdeckte, daß auch er besetzt war, und zwar von einem wenn nicht guten, so doch alten Bekannten: dem Köter aus der mächtigen Prunkkalesche, der ich zwischen Bellinzona und Locarno zu ihrem Ersatzrad verholfen hatte. Ich erkannte ihn auf den ersten Blick, wie er da fledermausohrig, struppig und krummbeinig auf einem offenbar extra für ihn mitgebrachten Kissen lag, ein Plebejer, der es dank hoher Protektion nicht mehr nötig hatte, auf dem Pflaster zwischen Tisch-, Stuhl- und Menschenbeinen nach runtergefallenen Brocken zu schnappen und konkurrierende Kollegen wegzuknurren, sondern hochherrschaftlich am nachmittäglichen Kaffeestündchen der Großen Welt teilnahm.
Die hohe Protektion, sein Frauchen, saß neben ihm, und ich muß gestehen, daß bei ihrem Anblick mein erster Impuls, höflich aber bestimmt um Räumung des schließlich menschlicher Benutzung zugedachten Stuhls zu ersuchen, erheblich erlahmte. »Frauchen« war für die Dame allerdings nicht die rechte Bezeichnung. Ein Monument war sie in jeder Beziehung, und mir wurde erklärlich, warum es ihr schwerfiel, ein Auto normalen Ausmaßes zu besteigen. Das in die Stirn gerückte, dreispitzartige schwarze Hutgebilde auf waagerecht gereihten grauen Locken, das energische, lebhaft gerötete Gesicht mit Adlernase, wasserblauen Augen, leicht beschnurrbarteter Oberlippe und mehrstufigem Doppelkinn hätte zudem einem pensionierten friderizianischen General gut angestanden. Und wenn die imposante, in graue Seide verpackte Busenbastion darunter zu diesem Bilde auch nicht so recht paßte, ging von der statiösen Erscheinung doch etwas so einschüchternd Gebieterisches aus, daß der Vergleich letzten Endes nicht allzu schieflag. Wären Generalinnen in des großen Friedrich Armee üblich gewesen, hätten sie so und nicht anders ausgesehen.
So beeindruckt war ich im ersten Moment, daß mir die Anfahrt der Prunkkalesche auf der Seeseite der Piazza völlig entging und ich den stelzbeinigen, alten Chauffeur erst sah, als er mit grüßend gezogener Mütze zum Tisch trat.
»Führen Sie Adhemar zu einem Baum, Herr Pfister«, hörte ich die Dame sagen, »falls er noch ein Geschäftchen zu erledigen hat. Ich fürchte, der Ober hat ihm zu kaltes Wasser serviert, und seine Blase

ist empfindlich. Ich zahle inzwischen. Wir können dann fahren.«
Herr Pfister verbeugte sich rheumatisch.
»Sehr wohl, Frau Baronin«, sagte er mit einem erfreut, aber gemessen grüßenden Seitenblick zu mir.
Othello war es wohl in meiner Armbeuge ungemütlich geworden, möglicherweise mißfiel ihm Adhemars Nähe, jedenfalls sträubte er sich und beanspruchte kurz meine gesammelte Aufmerksamkeit. Als ich wieder hochsah, sah ich Herrn Pfister, das Extrakissen unter den Arm geklemmt, mit dem Köter an der Leine über den Fahrdamm schreiten, als führe er der Jury einer Schönheitskonkurrenz für Rassehunde den voraussichtlichen Sieger vor.
Ich trat eilends zum Tisch.
»Gestatten?« fragte ich und wies auf den freigewordenen Stuhl.
Die Baronin nickte und nahm dabei Othello zur Kenntnis.
»Hübsch«, sagte sie und griff ungeniert, als gehöre er ihr, nach einer seiner Pfoten, hob sie ein bißchen an, warf einen Blick auf die schwarzen Pölsterchen der Sohle und ließ die Pfote wieder los. »Schade! Vermutlich reinrassig. Sie werden nicht viel Freude an ihm haben, junger Mann.«
»Wieso?«
Ich fühlte mich für Othello getroffen.
Ihr wasserblauer Blick verlor an Strenge, glitt liebevoll zu Adhemar hinüber, der eben, von Herrn Pfister überwacht, artig am Fuße des für passend befundenen Baums ein Beinchen hob. Das zu kalte Wasser schien durchzuschlagen. Dann kehrte ihr Blick zu mir zurück. Er war, so aus der Nähe besehen, schon ein klein bißchen altersblaß, aber etwas vom zynischen Wissen einer alten Schleiereule schwamm in seinen wäßrigen Tiefen.
»Ich habe fast vierhundert Jahre Erfahrungen hinter mir«, erklärte sie. »So lange hat meine Familie streng auf Rassereinheit gehalten und eine beachtliche Zahl von Dummköpfen und Taugenichtsen hervorgebracht, mein eigener Mann – Gott habe ihn selig – nicht ausgenommen, wenngleich ...«
Der Kellner lenkte sie für einen Augenblick ab, und nachdem sie gezahlt hatte, erhob sie sich zu monumentaler Größe, wandte sich jedoch noch mal zu mir. »Wenngleich«, fuhr sie fort, »zu seiner Ehre

auch gesagt werden muß, daß er mehr zu den Taugenichtsen gehörte.«
Leicht verstört starrte ich ihr nach, während sie ihrem pompösen Gefährt zuschritt, dessen Schlag Herr Pfister mit gezogener Mütze bereits geöffnet hatte, und als der Kellner sich erkundigte, was er mir servieren könne, antwortete ich, noch in Gedanken an Adhemar und die Baronin, mechanisch:
»Ein Glas Wasser, aber nicht zu kalt.«
»Und für Sie selbst?«
Er griente diskret, ich griente verschämt zurück. Verständnisvoll sagte er:
»Eine umwerfende Person, die Frau Baronin, nicht wahr? Sie hätten sie früher erleben sollen, als sie noch häufig mit einem jungen Schimpansen kam und jedem, der es hören wollte, erzählte, es sei der einzige, freilich ein wenig entfernte Verwandte, mit dem sie einigen Staat machen könne ... Was soll's also außer dem nicht zu kalten Glas Wasser sein? Ein Espresso? Jawohl, der Herr, sofort. Merci vielmals!«
Er trabte ab. Gleich darauf setzte sich drüben die Prachtkutsche wie ein Ozeandampfer in Bewegung, Herr Pfister steif wie ein Zinnsoldat am Steuer, im Fond die stattlichen Umrisse der Baronin und neben ihr, offenbar auf untergeschobenen Kissen sitzend, um ihm zu besserer Aussicht zu verhelfen, ganz baronliche Würde: Adhemar. Das letzte, was ich von ihm sah, waren seine spitzen Fledermausohren.

Der Bikini-Kauf ging danach so gut wie bestens vonstatten. So gut wie, das hieß, von einem kleinen Zwischenfall abgesehen. Frau Füssli zeigte sich hocherfreut, mich zu sehen, pries Evas Figur und äußerte die Überzeugung, daß sie geradezu für diese Pariser Bikinis geschaffen sei und daß es sie oft tragisch anmute, wenn Damen in ihrer Boutique erschienen, die unbedingt einen solchen Bikini zu kaufen begehrten und weder die Figur danach hätten noch das rechte Augenmaß für ihre Möglichkeiten. Natürlich sei sie in erster Linie Geschäftsfrau und müsse diese Meinung in ihrem Herzen verschließen, falls sie kein anderes geeignetes Modell anbieten könne, aber das hindere nicht, daß sie hinterher gelegentlich mit ihrem außergeschäftlichen Gewissen zu ringen habe. Schon ihr Mann habe früher immer gesagt, sie sei viel zu zartbesaitet für diesen Beruf. Bei Eva jedoch . . .

Sie war wieder einmal nicht zu bremsen. Erst der Zwischenfall mit Othello brachte es zuwege. Das Lehrmädchen, über soviel vierbeinige Anmut entzückt, hatte anfangs mit ihm gespielt, aber dann hatte er die erstbeste Gelegenheit benutzt, sich selbständig zu machen, und war unbemerkt im nebenan gelegenen Lagerraum verschwunden. Eingewickeltes auszupacken, hatte von jeher zu seinen Lieblingsbeschäftigungen gehört, und die Fülle von Kartons und in Zellophan verpackten Pullis, Blusen und Badeanzügen in den hohen Regalen hatte seine Neugier und seinen Tatendrang ungemein beflügelt. Das Knistern und Rascheln hätte uns ohne Frau Füsslis Lobgesang auf Evas Figur und ihre dezente Klage über ihre zarte Besaitung längst auf seine Spur bringen müssen, aber nun war es erst ein vernehmliches Poltern, das das Lehrmädchen und auf dessen Schreckensschrei hin Frau Füssli und mich in den Lagerraum rief. Othello hatte offenbar die Stabilität eines Kartonstapels überschätzt, war mit ihm zusammengebrochen und saß, sichtlich über die Störung verdrossen, inmitten eines Haufens zerknüllten und zerrissenen Seidenpapiers, aus dem hier und da ein Blusenärmel oder ähnliches hervorlugte. Zum Glück hatte er mit dem Auspakken zuviel zu tun gehabt, um sich schon mit dem Ausgepackten zu beschäftigen, so daß kein ernstlicher Schaden entstanden war. Das Lehrmädchen würde schon alles wieder in Ordnung bringen, beschwichtigte Frau Füssli honigsüß meine verlegenen Entschuldigungen, und sie hoffe nur, daß Othello nicht auch im Hause ähnliche Neugier entfalte und mit Dingen spiele, die nicht für ihn bestimmt seien. Eventuell entstehende Schäden seien laut Mietvertrag umgehend zu melden und vor der Abreise zu begleichen. Und im übrigen viel Spaß für Eva im neuen Bikini!

Als ich auf dem Parkplatz in den Wagen klettern wollte, fand ich einen Zettel unter dem Scheibenwischer. In steiler, energischer, offensichtlich männlicher Schrift stand auf ihm geschrieben:

»Bin beim Rückwärts-Ausparkieren leider leicht gegen Ihren Wagen gefahren. Eine der Beulen –«, das »eine« war doppelt unterstrichen, »– im linken hinteren Kotflügel rührt davon her. Da ich nicht länger auf Sie warten kann, bitte ich Sie, sich der Schadensbehebung wegen an mich zu wenden.« Unterschrieben war es V. Asmodi, und dahinter stand eine Adresse auf der Collina.

Ich sah mir den linken hinteren Kotflügel an. Im Laufe der Zeit hatte ich den Überblick über seine in unserem Dienst erlittenen Narben und Schrammen, teils Eigenbau, teils Fremdeinwirkung, verloren, aber eine Beule, mehr ein Beulchen als eine Beule, schien mir jüngeren Datums zu sein. Ohne den Zettel wäre sie mir kaum aufgefallen. Soviel Ehrlichkeit verdiente Belohnung; das mindeste, was dieser Herr V. Asmodi erwarten konnte, war, daß ich ihn aufsuchte und zur Kasse bat. Aber erst morgen, nicht heute! Heute hatte ich Besseres vor. Und plötzlich verspürte ich das dringende Bedürfnis, Eva wiederzusehen ...

Ich fand sie ratlos in der Küche vor der Waschmaschine. Ihr Versuch, sich mit der schweizerischen Literatur zu befreunden, war ziemlich unbefriedigend verlaufen. Geßners »Idyllen« waren ihr zu idyllisch gewesen, und Meyers »Versuchung des Pescara« hatte ihre vom Titel geweckten Erwartungen enttäuscht. Daraufhin war ihr eingefallen, daß sie ein paar Kleinigkeiten zu waschen hatte, und war zur Waschmaschine gegangen. Nun war die Waschmaschine kaputt oder funktionierte wenigstens nicht.

»Zuerst ging sie, und dann ging sie plötzlich nicht«, sagte sie entrüstet. »Dabei hab' ich bloß an dem Schalter da gedreht. Ich wollte schon vom Restaurant aus Frau Füssli anrufen, aber dann dachte ich, vielleicht weißt du, wie man das Ding wieder in Gang bringt.«

Ihr Vertrauen ging mir lieblich ein. Andererseits war mir leicht bänglich zumute. Meine technischen Fertigkeiten – ich habe es schon bekannt – sind nicht übermäßig entwickelt und reichen zur Not eben aus, um ein neues Farbband in meine Schreibmaschine zu ziehen und schadhafte elektrische Sicherungen ohne Gefahr für Leib und Leben auszuwechseln. Immerhin, versucht mußte es werden, mit soviel nach Sachkenntnis aussehender Bemühung versucht, daß sie sich in ihrem Vertrauen nicht getäuscht fühlen würde. Wenn es nicht klappte, worauf es unvermeidlich hinauslief, konnte sie's mir nicht übelnehmen. Schließlich war ich ja kein gelernter Waschmaschinenmonteur.

»Laß mal sehen«, sagte ich daher, Ruhe und Sachverständnis ausstrahlend, machte das Ding oben auf, sah sachverständig hinein, fummelte pro forma innen ein bißchen herum, ging in die Knie, öffnete sachverständig unten einen Hahn und machte ihn schleunigst wieder zu, weil Wasser herauslief, und weil es sonst nichts mehr sachverständig zu befassen gab, zog ich, das Eingeständnis meines Unvermögens schon auf den Lippen, ein bißchen an der Steckerschnur, hob sie dabei wohl eine Kleinigkeit an, und plötzlich hörte ich, daß sich drin was rührte. Ich traute meinen Ohren nicht, aber es rührte sich wirklich, und nicht nur das, es schnurrte, brummte und schütterte, und als ich vorsichtig und ungläubig, doch so sachverständig wie möglich oben reinsah, war das Ding wahrhaftig in vollem Betrieb, als wäre nie was mit ihm gewesen.

»Das wär's«, sagte ich lässig. »An der Schnur hat's gelegen. Irgendein Wackelkontakt vermutlich. Du hättest das Ding übrigens wieder ausschalten müssen. Unter Umständen hätte ich einen gefährlichen Schlag kriegen können.«

»O Gott!« sagte sie erschrocken. »Doch nicht sehr gefährlich?«

Ich zuckte gleichmütig mit den Schultern, als sei ich den Umgang mit solcherlei Gefahren gewöhnt.

»Wie man's nimmt. Auf jeden Fall hätte es böse ausgehen können.«

Ich mußte es überzogen haben, denn statt bewundernd sah sie mich mißtrauisch an.

»Schlimm genug«, sagte sie, »daß du nicht vorher nachgesehen hast, ob es ausgeschaltet war oder nicht, wo du dich doch so großartig damit auskennst.«

Da hatte ich's! Es sah ganz so aus, als hätte ich die kleine Trumpfkarte, die ich dem Zufall verdankte, wieder mal glänzend verspielt. Aber als ich ihr trotzdem beklommen vorschlug, mit mir im Grotto Callandri zu Abend zu essen, war sie zu meiner überraschten Erleichterung gleich dabei.

»Muß ich ja wohl«, erwiderte sie, »nachdem du beinah dein Leben für mich aufs Spiel gesetzt und uns vor allem die Dame Füssli vom Leibe gehalten hast.«

Und obwohl es in ihren grüngrauen Augen dabei spöttisch glitzerte, schien mir ihr Spott doch mehr von der liebevollen Sorte als von der kränkend-kühlen zu sein, mit der ich es letzthin meistens bei ihr zu tun gehabt hatte.

Es war letzten Endes doch ein hoffnungsvoller Auftakt für das geworden, was ich vorhatte, und als wir dann später unter den Bäumen im milden Dämmerlicht der Lampions saßen und der Kellner klirrend Flasche und Gläser brachte und nach der würzig duftenden Minestra vor jeden von uns eine stattliche Bachforelle mit knusprig-frischen patate fritte und sonstigem appetitlichen Zubehör stellte, bewährte sich der rustikale Zauber des Orts, schwebte aus dem stillen, dichten Dunkel der mächtigen Kastanienkronen über uns auch wieder die gleiche, gelöste, friedfertig-heitere Stimmung wie am ersten Abend auf uns herab. Der einzige, der von ihr ausgeschlossen blieb, war Othello. Wir hatten ihn mittels Halsband und Leine ausnahmsweise an einem Stuhlbein verankern müssen, um sein Entweichen zu verhindern. Im Dunkel war er – die Erfahrung hatte es uns gelehrt – nur schwer wiederzufinden.

Anfangs hatte ihn das vom Kellner servierte Hühnerbein über die ihm angetane Schmach hinweggetröstet, aber dann hatte er protestierend und unfein seine Stimme erhoben, und als wir ihm mit Rücksicht auf die anderen Gäste dieses Benehmen verwiesen, war er grollend unter dem Tisch verschwunden, den heraufdringenden Geräuschen nach offenbar mit dem Versuch beschäftigt, seine Fessel zu durchkauen.

Das Mahl hielt noch eine kleine Sonderüberraschung für uns und vor allem für mich bereit. Mittendrin nahte, nach allen Seiten grüßend und »buon appetito« wünschend, von der Küche her zwischen den Tischen eine kleine, rundliche Gestalt in Weiß, und jedesmal, wenn sie aus dem Dunkel ins Licht eines der Lampions tauchte, glänzte ihre weißhaarig umsträubte Glatze auf, als umleuchte sie ein Heiligenschein. Aber es war kein Heiliger, der da nahte, wie auch das weiße Gewand, aus größerer Nähe besehen, nicht das Gewand eines Heiligen war, sondern das eines Kochs. Vermutlich Signor Callandri persönlich. Und im übrigen erkannte ich ihn gleich: Es

war der kleine, dicke Mann mit der Angelrute, den ich vormittags am Fluß oben getroffen und der, statt zu angeln, heimlich und unstatthafterweise Eva belauscht und mich für einen Lauschkollegen gehalten hatte.
Er erkannte mich auch, und vor allem erkannte er Eva und ließ es deshalb nicht wie bei den andern mit einem Gruß und einem »buon appetito« bewenden, sondern trat nach tiefer Verneigung vor Eva zu mir und murmelte mir, halb über meine Schulter geneigt, wie ein alter Bekannter respektvoll zu:
»Congratulazione, signore!«
Und da er an meinem vermutlich ziemlich törichten Gesichtsausdruck merkte, daß ich ihm nicht gleich zu folgen vermochte, setzte er, verschmitzt blinzelnd Eva zum Zeugen nehmend, erklärend hinzu:
»Deitsches Mann tiechtig, iisch 'aben immer gewußt, aber sooo tiechtig . . .« Er schüttelte, vor Staunen vorübergehend mit Sprachlosigkeit geschlagen, den Kopf. »Kaum er 'at Scheen'eit gese'en, er sie schon 'at wie Schmetterling im Neetz!«
Und mit einem zierlich auf die eigenen Fingerspitzen applizierten und dann in die Lüfte geschnellten Kuß, mit dem er die »Scheen'eit« im allgemeinen und speziell die Evas grüßte, und einer neuerlichen Verbeugung vor ihr und auch ein bißchen vor mir wandte er sich den restlichen Tischen zu. Wir sahen ihm nach. »Komischer Kauz«, sagte Eva verdutzt. »Wovon ist eigentlich die Rede gewesen, und wozu hat er dir gratuliert?«
»Zu dir, natürlich«, erwiderte ich karg.
»Versteh' ich nicht. Wieso?«
Ihr forschender Blick nagelte mich in peinlicher Lage fest. Peinlich insofern, als es mir beim gegenwärtigen Stand unserer Beziehungen schwerfiel, vor diesen forschenden Augen einzugestehen, daß ich, wenn auch aus durchaus rechtschaffenem Anlaß, heute vormittag heimlich an ihrer Badestelle gewesen war. Wir hatten uns früher einmal geschworen, daß jeder des anderen Privatsphäre achten würde, falls er aus diesem oder jenem Grunde dort nicht erwünscht sei; eine moderne Ehe wollten wir führen, ganz ohne Sentimentalitäten und persönlichkeitsbeschränkenden Besitzanspruch, und nun

wollte ich nicht als Meineidling vor ihr stehen. Und noch schlimmer war, daß sie glauben könnte, ich sei nicht nur heute am Flüßchen gewesen, sondern schliche seit Tagen da unten herum, um mich für ihre eheliche Kühle sozusagen durchs Schlüsselloch zu entschädigen.

Aber weil ihr Blick nicht nachließ zu forschen und die Sache, bei Licht und vor allem unter Einbeziehung des irrenden Signor Callandri besehen, der ja nicht ahnen konnte, daß wir verheiratet waren, sich eigentlich doch recht komisch ausnahm, vertraute ich ihrem Sinn für Humor und erzählte. Erzählte mit angestrengter Heiterkeit, um endlich ihr mich freisprechendes Lächeln zu sehen, ihr Lachen zu hören, aber sie tat mir nicht den Gefallen. Nicht gleich jedenfalls, während ich Blut und Wasser schwitzte und unermüdlich, wortreich und mit immer fadenscheiniger werdender Heiterkeit erklärte, warum das alles so überaus, so maßlos, so geradezu lächerlich komisch sei und wieso sich Signor Callandri in einem Irrtum befände. Und das alles, obwohl ich hätte merken müssen, daß sie sich längst schon heimlich amüsierte und ihre Lachlust kaum noch zu unterdrücken vermochte. Wenn auch weniger über Callandri und seinen Irrtum als über mich, den vermeintlichen Super-Casanova, der unentwegt über sein schlechtes Gewissen stolperte. Aber dann platzte sie doch los, und als sie sich ausgelacht hatte, seufzte sie mitfühlend:

»Ach, du Armer! Für einen Verführer gehalten zu werden, einen ›tiechtigen‹ noch dazu, und dann nichts davon zu haben!«

Der Kellner kam meiner Antwort in die Quere. Er stellte geschäftig zwei Coppa Gelati vor uns auf den Tisch, Schalen mit kompliziert geschichteten Pagodentürmchen aus weißem, grünem, gelbem und rosarotem Speiseeis, jedes Türmchen mit einer Kirsche gekrönt. Bevor ich einwenden konnte, wir hätten nichts dergleichen bestellt, erklärte er, Signor Callandri schicke uns dies mit seiner Empfehlung. Er sei im Moment leider noch dringend in der Küche festgehalten, aber wenn es dieser bescheidenen Spende gelänge, die Herrschaften noch ein wenig zum Bleiben zu bewegen, werde es ihm eine Ehre und ein Vergnügen sein, zur Feier des Tages noch ein besonders gutes Gläschen mit uns zu trinken.

Wir sahen uns an, Eva nickte mit lächelnden Augen, und ich bat den Kellner, Signor Callandri auszurichten, daß es uns ebenfalls eine Ehre und ein Vergnügen sein werde.
Und als er erfreut gegangen war, blinzelte sie mir über ihre Kirsche weg zu und meinte, nun hätte ich also doch was davon.
»Ja. Was Abkühlendes«, sagte ich. »Aber das bin ich ja seit ein paar Tagen gewöhnt.«
Wir löffelten beide an unserem Eis, beide, wie ich feststellte, an der Vanilleschicht, weil wir Vanille von all dem bunten Zeugs am liebsten mochten, und es freute und bekümmerte mich zugleich, weil es mir wieder einmal bewies, wie unsinnig diese Scheidungsdrohung war, wo wir uns doch in allen Dingen, selbst in den kleinsten, sogar in Speiseeisangelegenheiten, so gut verstanden.
Vielleicht dachte sie ähnlich, denn ich hörte sie plötzlich murmeln:
»Mach kein so trübetümpliges Gesicht. Ich weiß auch ohne das, was du denkst.«
»Kunststück«, erwiderte ich. »Woran soll ich sonst schon denken?«
»Ist es so schlimm?«
Ich nickte stumm. Ich hätte einiges zu sagen gehabt, aber ich hoffte, daß zuerst sie etwas sagen würde, etwas Aufmunterndes, Hilfreiches, das es mir leichter machte. Aber sie tat es nicht, sie sagte nur:
»Schade, daß das ganze Ding nicht nur aus Vanilleeis ist. Das andere Zeug ist bestimmt künstlich gefärbt und schädlich.«
Sie schabte trotzdem noch ein bißchen an dem Bunten, Schädlichen herum, aber dann legte sie plötzlich ihre schmale Hand auf meine, und als ich erschrocken aufsah, erschrocken nicht wegen ihrer Hand, sondern weil im gleichen Augenblick zwei Tische weiter eine dröhnende Lachsalve in die Kastanien stieg und oben schläfrig piepsenden Protest erregte, rief sie durch das Gelärm:
»Denk dran, daß Casanova ›kleine Fiisch‹ gegen dich ist! Einem so renommierten Verführer ist nichts unmöglich!«
Und leiser, weil die drüben unversehens auch leiser geworden waren:
»Mit dem Abend heute hast du schon einen ganz hübschen Anfang gemacht.«

Sie hatte ihre Hand auf einmal wieder an sich genommen, aber ich spürte sie noch immer auf meiner. Wärme ging von meinem Handrücken aus und vereinigte sich mit der Wärme des mählich zum Flämmchen sich auswachsenden Hoffnungsfünkchens in meiner Brust oder wo sonst Hoffnungsfünkchen zu glimmen pflegen und mit der zusätzlichen Wärme auf meinem Schoß, auf dem sich Othello inzwischen ausgebreitet hatte, nachdem er seiner erfolglosen Befreiungsbemühungen unter dem Tisch offenbar müde geworden war.

Was Eva da gesagt hatte, schien – wenn ich es richtig verstand, und was war da mißzuverstehen? – alles zwischen uns wieder ins Lot zu bringen, so wenig ich noch immer begriff, wie es aus dem Lot geraten war, und es verlangte mich stürmisch danach, auf Casanovas Spuren bis zum nicht mehr allzu fern winkenden Ziel weiterzuwandeln. Aber bevor mir einfiel, was ich auf der Stelle zu diesem Zweck unternehmen könnte, tauchte Signor Callandri auf, ein völlig verwandelter Signor Callandri in blütenweißem Hemd und festtäglich-elegantem schwarzen Anzug, hinter sich den Kellner mit Sektschalen und einem silbrig schimmernden Kübel, aus dem der vielversprechend in goldenes Stanniol gewickelte Hals einer Flasche ragte. Da nur noch wenige Gäste im Garten waren, hatte die Küche ihn freigegeben; was die wenigen Gäste verlangten, konnte auch sein Kochgehilfe besorgen.

Ihn hingegen verlangte es, mit »ein guttes Tropf«, wie er sagte, in Gesellschaft von »Juggend und Scheen'eit« würdig den Tag zu beschließen, der ihm beides so erfreulich nahegebracht hatte. Und nachdem der Kellner mit diskretem Knall die Flasche geöffnet, mit hinter dem Rücken gewinkeltem freien Arm im besten Grand-Hotel-Stil die Schalen gefüllt und sich wieder entfernt hatte, hob er sein Glas und sagte, Eva mit lächelndem, schönheitstrunkenem Blick umfangend: »Wenn iisch wäre jingger wie niischt, iisch wirde sein gewaltig eifersiechtig auf diese 'err. Aberr da iisch bin alt, iisch trinke senza invidia . . . ohne Neid auf amore!«

Es wurde noch recht vergnüglich in dieser letzten halben Stunde. Signor Callandri war nicht nur ein Virtuose auf dem finessenreichen Gebiet der Gastronomie – »Beste Koch garantiert weit und breit . . .

wenigstens sswischen Basilea und Milano«, sagte er von sich bescheiden –, sondern auch ein ausgezeichneter Anekdötchenservierer. Sie purzelten ihm förmlich von den genüßlich die Pointen abschmeckenden Lippen. Und vermutlich durch Evas Nähe, durch ihr paradiesisches Bild von heute morgen, ihre lächelnden Augen, ihren beweglichen, lachlustigen Mund angeregt, drehten sie sich alle um amore.

Es war kaum zu glauben, was für ein unternehmungslustiger Hallodri er in seiner Jugend in dieser Hinsicht gewesen sein mußte, aber er vergaß nicht, letzten Endes doch mir die Palme zu reichen. Zweifellos, erklärte er, hätte er nie den Mut aufgebracht, eine so bezaubernde, einschüchternd bezaubernde junge Dame, die er zum erstenmal gesehen und noch dazu verbotenerweise in so betörender Situation beobachtet habe, kurzerhand anzusprechen und für den gleichen Abend noch zum Souper einzuladen. Und noch dazu mit Erfolg, wie man sehe! Dem Signore müßten Verführungskräfte innewohnen, die man ihm äußerlich gar nicht anmerke, was das besonders Raffinierte dabei sei. Als Sohn eines Volkes, dem die Welt so ruhmreiche Liebhaber wie Romeo und Casanova verdanke, neige er sich jedenfalls tief vor einem Mann, der beide mühelos übertroffen habe.

Und er neigte sich mit erhobenem Glase wirklich, diesmal zuerst vor mir und danach vor Eva, und es fiel mir schwer, auf seinen Trinkspruch mit der gebührenden Würde zu antworten, weil Eva mir zweimal unter dem Tisch gegen das Schienbein trat, um die Heiterkeit loszuwerden, die sie über dem Tisch bei sich behalten mußte. Dann tranken wir feierlich den letzten Schluck aus unsern Gläsern, versicherten uns unserer gegenseitigen unverbrüchlichen Freundschaft, und schließlich traten Eva, Othello und ich den Heimweg an, ich leicht hinkend und mit Othello auf der Schulter. Das Schienbein zeugte noch immer von ihrem Frohsinn, aber ich spürte es kaum, denn nun ging es nach Hause, wo ich unsere Versöhnung vollenden wollte. »Faß mich um«, sagte Eva. »Wenn du ein Verführer bist, auch wenn man's dir raffinierterweise nicht ansieht, mußt du irgendwas Verführerisches tun. Du kannst nicht alles dem Mond und der lauen Nacht überlassen.«

Ich faßte sie um, sie schmiegte sich ein bißchen an mich, gerade genug, daß ich ihren Körper spürte und die Bewegung ihrer Hüfte, und so gingen wir den dunklen Weg zwischen den duftenden Wiesen und dem Maisfeld entlang. Hoch über uns flimmerten die Sterne, und zur Linken hoben sich aus der Nacht die noch schwärzeren Umrisse der Berge ab. Ich wußte, daß ich den Bikini nicht mehr brauchen würde. Ich hatte das Geld umsonst ausgegeben. Das heißt, doch nicht umsonst, denn ich würde ihn ihr beim Frühstück überreichen, als überraschende Morgengabe, aber bis dahin war es noch lange hin. Bis dahin . . .

»Du hast doch den Wagen wieder in die Garage gefahren?« erkundigte sich Eva plötzlich.

Ihre Frage hatte mich aus lieblichsten Träumereien gerissen.

»Natürlich. Wieso?«

»Weil vorm Haus einer steht.«

Wir hatten die Ecke des Maisfelds umrundet, von der aus hinter ein paar Bäumen unser Haus zu sehen war, und wahrhaftig, davor stand ein Wagen, und, was noch schlimmer war, von den Treppenstufen zum Eingang erhob sich jetzt, im Mondlicht undeutlich sichtbar, eine dunkle Gestalt und kam uns entgegen. Und bevor sie noch nah genug zum Erkennen war, wußte ich schon mit untrüglicher Gewißheit, wer da kam: der, den ich am wenigsten hier erwartete, den ich am allerwenigsten sehen wollte, der, den – es war gar nicht anders möglich – Eva hinterlistig, jawohl, schamlos hinterlistig herbestellt haben mußte, denn wie hätte er sonst hier auftauchen können: Erich Pankow natürlich!

Ein Walfisch in einer Sardinenbüchse

Ein Ochse geht stur mit dem Kopf durch die Wand, aber er kann nichts dafür. Sein imponierendes Stirngehäuse enthält mehr Knochen- als Denksubstanz, was nicht besagen will, daß sich in dieser

Hinsicht vorteilhafter ausstaffierte menschliche Wesen durch die Bank etwa besser verhielten. Sie machen's meistens genauso. Hinterher wissen sie allerdings, und da liegt der kleine Unterschied, wie sie es hätten richtig machen können, wenn sie es nicht vorher falsch gemacht hätten. Doch bevor es soweit ist, sonnen sie sich in der erhebenden Überzeugung, genau das Richtige getan zu haben. In meinem Fall war das Richtige, nicht nur Pankow, sondern auch Eva ein für allemal klarzumachen, daß ich mich von ihnen nicht hinters Licht führen ließe.
Pankow hatte grämlich gesagt:
»Daß ihr überhaupt noch kommt! Wo wart ihr denn? Ich warte nämlich schon über zwei Stunden. Heute am frühen Abend bin ich eingetrudelt, und mein erster Weg war zu euch. Ich dachte, wir könnten noch ein bißchen Wiedersehen feiern.«
Worauf ich seine ausgestreckte Hand übersah und feinironisch erwiderte:
»Na, großartig, dann feiert man schön Wiedersehen, aber ohne mich! Ohne meine störende Gegenwart braucht ihr euch dabei keinen Zwang anzulegen.«
Weiter klappte es mit der Feinheit nicht, weil die Wut in mir überkochte, und ich schmiß ganz unfein die Haustür hinter mir zu. Aber auch das fand ich richtig, goldrichtig, auch noch, als ich bald darauf Pankow wieder abfahren und Eva die Treppe raufkommen hörte. Sie klinkte an meiner Zimmertür, und weil ich sie ausnahmsweise verriegelt hatte, klopfte sie an.
»Sei nicht albern! Mach auf!«
»Laß mich in Ruhe! Ich will schlafen!«
»Vollidiot!« sagte sie. Es klang kühl, ruhig und überzeugt.
Und dann hörte ich sie noch ein Weilchen im Bad nebenan, danach zwei leichte Schritte über den Flur, und als ich ihre Tür zufallen hörte, war mir zum erstenmal doch ein bißchen nach Zweifel zumute. Nach Zweifel, ob ich wirklich richtig gehandelt hatte. Aber nur einen Moment. Im nächsten saß ich schon wieder hoch zu Roß auf meiner Empörung über die mir angetane Niedertracht. Natürlich waren die beiden in tückischem Einverständnis gewesen, und Eva hatte mir bei Callandri und danach nur wiedererwachende Ein-

tracht vorgespielt, um mich in Sicherheit zu wiegen und desto leichter an der Nase herumführen zu können.
Das von Frau Füssli hübsch mit rosa Seidenband verschnürte Päckchen mit dem Bikini fiel mir in die Hände, und ich feuerte es wutentbrannt in die Ecke. Hinterher hob ich's gleich wieder auf – schließlich hatte das Ding viel Geld gekostet, sündhaft viel Geld für solche Winzigkeit Stoff, und vielleicht, dachte ich erbittert und zugleich prickelnd verlockt, konnte ich's jemand anders schenken, einem anderen Mädchen, das sich dankbarer erweisen würde.
Nur mußte ich mir eins mit dazu passender Figur suchen.
Und dann hörte ich Othello vor der Tür draußen mauzen – es wärmte mir das Herz, denn war es nicht ein Bekenntnis zu mir in meinem Kummer? –, und ich machte geräuschlos auf. Er mußte aus Evas Zimmer gekommen sein, denn ihre Tür stand jetzt einen Spaltweit offen, doch kein Licht fiel heraus. Vermutlich schlief sie schon, ungestört durch so etwas wie ein schlechtes Gewissen, das sie hätte wachhalten müssen, während ich, der kein schlechtes Gewissen und auch keinen Grund dazu hatte, aller Wahrscheinlichkeit nach einer schlaflosen Nacht entgegensah. Ganz zu Unrecht sprach man von weiblichen Wesen als dem zarten Geschlecht. Was die Muskeln anging, mochte es stimmen. Evas Gemüt jedoch hätte einem Möbelpacker gut angestanden. Es mußte erheblich unzarter, unempfindlicher konstruiert sein als meins, der ich litt, wo sie hätte leiden müssen.
Aber dann war es doch nichts mit der hohläugig-übernächtigen Leidensgestalt, als die ich am nächsten Morgen vor Eva als stummer Vorwurf zu erscheinen gedachte. Ich schlief nämlich prompt ein, während ich noch mit trübem Genuß in der Gewißheit meiner Schlaflosigkeit badete. Ich schlief ein, und nicht einmal Othellos Neigung, sich nächtens auf meine Kosten unverschämt im Bett auszubreiten, gelang es, mich vor dem Morgen zu wecken. Und der Morgen war sogar ziemlich weit vorgeschritten, denn ein erster Sonnenstreif glitt bereits in mein Zimmer. Falls die Sonne nicht vorging, mußte es demnach mindestens halb zehn sein.
Im ersten Moment fuhr ich erschrocken hoch, weil ich's versäumt hatte, Eva beim Frühstückmachen zu helfen, aber dann fiel mir der

gestrige Abend wieder ein und daß unter diesen Umständen nicht der leiseste Anlaß dazu bestand. Überdies drang kein Laut aus dem Haus zu mir herein. Entweder schlief sie also noch oder frühstückte wie üblich allein in ihrem Zimmer, wenn auch ohne Chopin-Begleitung, oder sie war schon fortgegangen.

Das letztere war der Fall, wie sich's herausstellte, als ich hinter dem würdig mir voranschaukelnden Othello her die Küche betrat. Frühstücksteller und Milchnäpfchen waren frisch für ihn gefüllt, auch für mich stand was parat. Offenbar hatte sich ihr Gewissen doch endlich gerührt. Aber das war ein Fehlschluß, denn der dabeiliegende Zettel lautete:

»Denk dran, daß Othello vormittags mir gehört, und bring ihn zur Badestelle runter. Im übrigen hoffe ich, daß Du nach deinem albernen Betragen gestern wieder zur Vernunft gekommen bist. Wenn man nichts verträgt, soll man nicht soviel trinken.«

Das war die Höhe, und außerdem war es typisch Eva! Statt sich reumütig an die Brust zu schlagen, versuchte sie, mir die Schuld anzuhängen! War Pankow vielleicht nur eine Ausgeburt meines alkoholisch benebelten Gehirns gewesen, vorausgesetzt, daß es überhaupt benebelt gewesen war? Lächerlich! Die paar Gläschen Johannisberger zur Forelle und danach der Sekt hätten nicht ausgereicht, eine einzige kleine weiße Maus zu produzieren, geschweige denn einen ausgewachsenen Rechtsanwalt. Und nur darauf kam's an: daß er leibhaftig hier gewesen war, Beweis genug, daß sie hinter meinem Rücken mit ihm konspirierte, vermutlich, um ihre Scheidungsabsichten voranzutreiben. Woher wüßte er sonst unsere Adresse?

Ich war nahe daran, zur Badestelle zu gehen, um ihr unmißverständlich meine Meinung zu sagen, aber dann ließ ich's doch. Ich wußte, wie ich sie dort antreffen würde, und ich wußte auch, daß ich für diesen Anblick anfällig war und leider nicht sittlich gefestigt genug, um diese Anfechtung ohne Schaden für meine gerechte Empörung zu überstehen. Zweifellos war es besser, einen weniger anziehenden, aber dafür angezogeneren Moment abzuwarten. Inzwischen konnte ich den Kerl aufsuchen, der mir auf dem Parkplatz eine Delle in den Wagen gefahren hatte. Immerhin wollte ich ihr wenigstens eine Nachricht hinterlassen.

»Habe in Ascona zu tun und nehme Othello mit«, schrieb ich auf den zerknüllten und wieder glattgestrichenen Zettel. »Du kannst ihn nachmittags haben, falls Dir Pankows Anwesenheit Zeit dazu läßt. Im übrigen beweist meine gestrige Zurückhaltung diesem zweifelhaften Herrn gegenüber, daß ich absolut nüchtern war, sonst wäre ich handgreiflich geworden. Der Vollidiot.«

Der Kerl, den ich der Delle wegen aufsuchen wollte, war kein Kerl. Ich hatte die Adresse auf der Collina, dem Villenhügel über Ascona, zuerst nicht gefunden, und als ich sie gefunden hatte, kamen mich immer noch Zweifel an, ob es auch die richtige war. Leute, die so wohnten, fuhren nicht selbst Beulen in anderer Leute Wagen, sondern ließen das von ihren Chauffeuren besorgen.

Das hohe eiserne Lanzengitter zog sich mindestens hundert Meter an der schmalen, gewundenen Straße entlang, an der sich auch sonst nur bessere Villen reihten, und erst durch die Auffahrt war in der Tiefe des Parks zwischen alten Bäumen ein Stück des Hauses zu sehen, offenbar ein altmodischer, solider Kasten mit Rundbögen und dicken Säulen und viel Platzvergeudung im Innern, der bestimmt nicht mit einer Putzfrau zweimal die Woche in Ordnung zu halten war. Übrigens ratterte es an- und abschwellend oben hinter den Bäumen; ein motorisierter Rasenmäher schien da im Gange zu sein. Für den Fall, daß ich mich doch in der Adresse irrte, ließ ich den Wagen mit Othello gleich draußen und ging die Auffahrt hinauf, und dabei sah ich, daß der Kasten genauso war, wie ich's mir gedacht hatte. Grau, ein bißchen verwittert, doch nobel, stand er frei auf einem kiesbestreuten, mit Blumenrabatten eingefaßten Platz, und während ich mich ihm unter den Kastanien näherte, sah ich das, was ich dem Geräusch nach für einen Rasenmäher gehalten hatte, einen blauen, ziemlich verdreckten Deux-Chevaux, dreimal knatternd links um die Hausecke biegen und rechts staubaufwirbelnd und kiesspritzend wieder verschwinden. Vor dem viertenmal rettete ich mich schleunigst in den von zwei Säulen flankierten Hauseingang und setzte den Türklopfer in Bewegung.

Eine freundliche Frau mit rosa Knitterbäckchen und grauem Haar in schwarzem Kleid und großer, weißgestärkter Schürze öffnete

mir. So und nicht anders hatte ich mir immer die Haushälterin eines solchen Hauses vorgestellt. Ich teilte ihr mit, daß ich Herrn Asmodi zu sprechen wünsche.
»Der Herr ist tot«, erwiderte sie überrascht.
»Das tut mir leid«, murmelte ich betreten. »So plötzlich? Gestern muß er doch noch ganz munter gewesen sein!«
Ich reichte ihr den Zettel, den ich unter dem Scheibenwischer meines Wagens gefunden hatte. Ihre Miene hellte sich auf.
»Das ist Fräulein Verenas Handschrift! Warten Sie einen Moment. Ich werde gleich ...«
Aber sie brauchte das Fräulein mit dem hübschen Namen nicht erst zu holen, es war schon da, kam selbstsicher durch die Halle, in deren kühlem Dämmer vergoldete Rahmen an den Wänden schimmerten und schwere, dunkle Möbel standen, kam, während sich die freundliche Hausdame mit den Knitterbäckchen diskret zurückzog, ganz unangemessen diesem noblen Milieu in T-Shirt und abgescheuerten Jeans, schmal und ein bißchen schlaksig, ein frisches, ernstes Gesicht mit kühlen grauen Augen, eingerahmt von langem blonden, glatt über die Schultern hängendem Haar, kam auf mich zu und sagte:
»Sie sind der Herr, dem ich gestern ...?«
Ich nickte und nannte meinen Namen.
»Wenn es Ihnen recht ist«, fuhr sie fort, »fahren wir gleich zu einer Werkstatt, wo man mich kennt. Der Schaden ist ja nicht groß, ich glaube, das Blech ist nicht mal geknickt und der Lack kaum beschädigt, und wenn ich den Mann bitte, macht er's sofort, selbstverständlich auf meine Rechnung, so daß wir darauf warten können. Sie müßten mich nur mitnehmen und wieder zurückbringen, denn mein Wagen ...«
Sie wies nach draußen, wo ich den Deux-Chevaux eben zum sieben- ten- oder achtenmal um die Ecke preschen hörte.
»Ich hab' mich schon über den Verkehr hier oben gewundert. Spielt Ihr kleiner Bruder Rallye ums Haus?«
»Nein, meine Großmutter.«
Sie blieb ernst. Es sah nicht so aus, als wolle sie mich hochnehmen. Ich drehte mich schleunigst um, aber das Vehikel war schon vorbei.

»Warum tut sie das?« fragte ich verblüfft.
Es gehörte sich eigentlich nicht, jemand Wildfremdes nach Familienintimitäten zu fragen, doch sie schien in Zusammenhang mit der alten Dame einiges an Fragen gewöhnt.
»Sie frischt ihre Fahrkünste wieder auf«, erwiderte sie. »Vor fünfzig Jahren hat sie Fahren gelernt, hat aber immer einen Chauffeur gehabt, weil Großvater das für standesgemäßer hielt. Jetzt glaubt sie, ihr jetziger Chauffeur sei zu alt, und sie will lieber selber fahren.«
Ich rechnete emsig im stillen nach. Vor fünfzig Jahren hatte sie ... und der Chauffeur war ihr zu alt ...
»Du liebes bißchen, da muß er ja ein wahrer Methusalem sein.«
»Fünfundsechzig«, sagte sie.
»Und Ihre Großmutter?«
»Fünfundsiebzig!«
Mir war, als glimmere die Andeutung eines Lächelns in ihren kühlen Augen. Eine Ahnung dämmerte in mir auf. Ich fuhr herum, diesmal schnell genug, um einen Blick auf das eben wieder vorbeiratternde Gefährt zu erwischen. Wahrhaftig, sie war's! Die Baronin! Eingepfercht in das viel zu kleine Blechgehäuse, kam sie mir wie ein Walfisch in einer Sardinenbüchse vor.
»Wie ist sie denn da bloß reingekommen?« staunte ich.
»Kennen Sie sie?«
Ich nickte.
»Gestern hab' ich sie auf der Piazza kennengelernt. Wir waren über Rassefragen nicht ganz einer Meinung, aber sie hat mich sehr beeindruckt.«
»Sie beeindruckt jeden ... so oder so. Manchmal, als träte einem ein Elefant auf die Zehen.«
Und plötzlich lächelte sie richtig, zum erstenmal, und zum erstenmal merkte ich, wie sehr ihr Name zu ihr paßte.
»Aber gehen wir jetzt lieber«, fuhr sie fort. »Wir müssen den Mann in der Werkstatt gleich nach der Mittagspause erwischen.«
Wir wollten gerade in die Auffahrt einbiegen, als es hinter uns wieder ratterte, dann quietschten Bremsen, und wir drehten uns um. Das Vehikel rollte noch ein paar Meter näher, kam zum Stehen, nur der Motor puckerte weiter. In der heruntergeklappten oberen Fen-

sterhälfte erschien das durch Enge, Anstrengung und Hitze noch lebhafter als sonst gerötete, ganz unstandesgemäß verschwitzte Gesicht der Baronin.
»Fünfzig Runden ohne Unfall!« japste sie triumphierend. »Es geht wie geschmiert! Was sagst du dazu? Nur einmal hab' ich Bremse und Gas verwechselt und wäre beinahe drüben zwischen den Geranienkübeln gelandet, konnte aber noch rechtzeitig das Bremspedal erwischen. Ich fahre noch mal fünfzig oder gleich hundert, dann kann ich morgen auf die Straße.«
»Aber nicht in meinem Wagen!« protestierte Verena. »Ich kann mir so schnell keinen neuen kaufen.«
»Lächerlich!« Die blauen Augen blitzten friderizianisch. »Nimm dir an Adhemar ein Beispiel! Der hat mehr Vertrauen als du. Er findet es herrlich.«
Adhemar saß hinter ihr auf dem Rücksitz. Offenbar mißfiel ihm die Unterbrechung der Fahrt, und da er in uns die Störer seines Vergnügens sah, begann er uns giftig anzukläffen.
Inzwischen hatte der leicht wäßrige friderizianische Blick mich in seinen Radius einbezogen.
»Ah, Sie sind das!« sagte sie. »Gestern haben Sie mir besser gefallen. Sie sollten nur mit Katzen spazierengehen.«
Damit gab sie Gas, der Kies spritzte uns um die Beine, der Deux-Chevaux schoß mit einem Sprung in beängstigendem Tempo los, und es gelang ihr gerade noch, die Hausecke ohne Schaden für sich und das Haus zu umsteuern.
»Wirklich sehr beeindruckend«, murmelte ich.
Verena seufzte. »Verstehen Sie jetzt, was ich vorhin meinte? Das mit dem Elefanten auf den Zehen?«

In der Werkstatt wurde uns der hilfsbereite Empfang zuteil, den sie vorausgesagt hatte, und nachdem wir uns über die Delle einig geworden waren, die auf ihr Konto ging und die sie zu bezahlen hatte, und uns weiterhin darüber geeinigt hatten, daß der Mann dann in einem Aufwasch auf meine Kosten auch gleich die anderen zwei daneben ausbügeln sollte, klemmte ich mir wieder mal Othello unter den Arm, und wir wanderten zu dritt der Piazza zu. Im Benzinge-

stank der Werkstatt zu warten hatte wenig Reiz, und da Verena ohnehin in der Buchhandlung ein bestelltes Buch abholen wollte, konnten wir uns ebensogut die Wartezeit mit einem Schwatz auf einer der Caféhausterrassen vertreiben.
Sie waren schon wieder ziemlich besetzt, aber ich fand einen freien Tisch, und während wir Verenas harrten, lag Othello, überaus sphinxisch-ägyptisch anzusehen, auf meinem Schoß und ließ das Urlaubsleben schläfrig an sich vorbeipromenieren. Bei etwa des Weges kommenden größeren Hunden kniff er vornehm die Augen zu und tat, als seien sie oder er nicht vorhanden. Kam ihm aber ein unter den Tischen nach Krümeln pickender Spatz zu nahe, begannen seine Ohren leise zu spielen, und am hinteren Ende geriet sein Schwanz in Bewegung. Ich hatte ihm schon öfter solcher Gelüste wegen die Leviten gelesen und wollte die Hoffnung auf Besserung nicht aufgeben.
»Sei friedlich, Bruder«, sagte ich drum. »Ich weiß, wonach dich verlangt, aber du hast vorhin erst tüchtig gefrühstückt und solltest daher imstande sein, deine unzivilisierten Triebe wie ein Gentleman zu zügeln. Außerdem weißt du, daß ich solchen Kannibalismus nicht mag.«
»Glauben Sie, er versteht das?« fragte Verena, die eben wieder erschienen war und sich direkt neben mich setzte, etwas diskret ironisch.
»Und ob«, sagte ich. »Haben Sie eine Ahnung! Katzen verstehen alles. Erkundigen Sie sich bei E.T.A. Hoffmann. Oder bei Balzac. Der hat seine Romane immer mit seinen Lieblingskatzen besprochen, bevor er sich ans Schreiben machte. Er soll ihren Anregungen viel zu verdanken haben.«
Sie lächelte spärlich, wie um anzudeuten, daß sie sogar dann Verständnis für Scherze habe, wenn sie erwachsenen Menschen eigentlich nicht ganz angemessen seien. Indessen fiel mein Blick auf den Titel des Buchs, das sie abgeholt hatte. »Triebproblematik im Rahmen von Interaktion und Kommunikation« stand da. Irgendwie war ich nicht sonderlich überrascht. Es paßte eigentlich genau zu ihrem Typ.
»Ob er das versteht«, fuhr ich fort, »möchte ich allerdings leise be-

zweifeln, obwohl er mit seinen Trieben häufig ernste Probleme hat. Ist das etwa Ihre Nachttischlektüre?«
Ein Ausdruck akolythischen Eifers verdrängte ihr Lächeln.
»Nicht gerade Nachttischlektüre, aber ich beschäftige mich ernsthaft damit.«
Sie gestand, daß sie in Zürich Soziologie und Geschichte studiere, daß Triebproblematik ein unheimlich interessanter Bestandteil des menschlichen Sozialisationsprozesses sei, und während sie mir noch seine unheimliche Interessantheit mit einerseits und andererseits und einem flüssig über ihre ungeschminkten Lippen quellenden Aufwand von Soziologen-Chinesisch erklärte, glitt leider mein Interesse schlagartig ab. Nicht etwa aus Mißvergnügen an der Materie, beileibe nicht, sondern weil ich zwei Caféhausterrassen weiter unversehens Eva entdeckte. Und nicht nur Eva, sondern auch Dr. Pankow.
Sie saßen an einem der kleinen Tische, Pankow, dessen geschniegelt-konservative Eleganz mit Kragen und Schlips auffällig vom lässigen Freizeitlook seiner Umgebung abstach, schien eifrig auf sie einzureden, die Sonne streute rötliche Funken über ihr Haar, ich sah sie lachen, und mir war plötzlich flau im Magen, sehr flau. Dann übermannte mich der Grimm.
Es war also doch so, wie ich im ersten Augenblick angenommen hatte! Mittlerweile waren nämlich die leisen Zweifel an der Richtigkeit meines Verhaltens hin und wieder lauter geworden, und ich hatte mich schon gefragt, ob Pankows unvermutetes Auftauchen gestern nicht doch die Folge eines lächerlichen Zufalls oder einer Verkettung von Umständen ohne Evas tätige Mitwirkung gewesen sein konnte. Vorher bei Callandri hatte sie sich immerhin ziemlich, nein, sehr reizend benommen, und ich hatte bisher keinerlei Anlaß gehabt, ihr so ruchlose Falschheit zuzutrauen. Vielleicht, so dachte ich, wäre es doch besser gewesen, nicht dem ersten blindwütigen Impuls zu folgen und die Tür zuzuschmeißen, sondern nach einer Erklärung zu forschen. Aber nun lag der Fall ja sonnenklar! Da saßen sie, kaum daß ich Eva den Rücken gewendet hatte, saßen da und unterhielten sich offenbar prächtig, keinen Gedanken an mich verschwendend, von dem sie geschieden werden wollte. Ja, vielleicht

war sogar Pankow der, um dessentwillen sie die Scheidung betrieb! Ich darf von mir nach reiflicher Selbstprüfung und einiger Erfahrung im Umgang mit mir behaupten, im allgemeinen ein ruhiger, friedsamer, eher zu vornehmer Zurückhaltung als zu ungezügelten Temperamentsausbrüchen neigender Mensch zu sein, aber man wird verstehen, daß es mich trotzdem in diesem Moment dringend danach verlangte, aufzuspringen, mich zu ihrem Tisch zu begeben, stürmischen Schritts natürlich, kräftig auf diesen Tisch zu hauen und ihnen vornehm und zurückhaltend, wenn auch nicht gerade leise mitzuteilen, was ich von ihnen dachte. Und ich war schon fast auf dem Sprung dazu, als ich entdeckte, daß Eva mich ebenfalls entdeckt haben mußte, und dadurch auf einen anderen und, wie mir schien, besseren, raffinierteren Gedanken kam. Denn ich war ja auch nicht allein! Und Verena war in jeder Weise ein schmuckes Kind! Wenn Eva mich mit Pankow in aller Öffentlichkeit hinterging, sollte sie ruhig sehen, daß auch ich meine Chancen hatte und Mädchen fand, bei denen ich mich nach Herzenslust für meine häuslichen Enttäuschungen entschädigen konnte.
Um Eva ja nicht im Zweifel zu lassen, rückte ich meinen Stuhl näher an Verenas heran und legte meinen Arm traulich auf ihre Lehne.
»... darf man das nicht mit ahistorischen Kategorien der menschlichen Entwicklung zu fassen versuchen«, sagte sie eben, noch immer mit Triebproblematik beschäftigt. Sie hatte die ganze Zeit geredet, bloß hatte ich nicht zugehört.
»Man muß«, fuhr sie fort, »in Abgrenzung gegen idealistische und positivistische Sozialisationstheorien wie gegen den Freudschen Biologismus zeigen, wie durch Auseinandersetzung mit innerer Natur einerseits ...«
Es war nicht ganz einfach, sich durch das, was sie sagte, zu einem Verhalten animieren zu lassen, das über zwei Caféhausterrassen hinweg auf Eva wie verliebter Flirt wirken sollte. Ich schwang mich für alle Fälle zu einem möglichst verführerischen Lächeln auf. Verena sah es überrascht.
»Finden Sie dabei was komisch?« fragte sie und unternahm einen schwächlichen Versuch, meinen Arm von ihrer Lehne zu schieben. Ich leistete unauffällig, aber erfolgreich Widerstand.

»Beileibe nicht! Wie kommen Sie nur auf die Idee?« protestierte ich. »Es interessiert mich außerordentlich!«
Aus den Augenwinkeln vergewisserte ich mich, daß ich das Theater nicht etwa umsonst abzog. Nein, Eva sah zu uns herüber. Es war ein bißchen schwierig für sie, weil zwischen uns Leute saßen, von denen sich der eine oder andere immer bewegte, ihre Sicht auf uns verdeckte und sie zwang, sich ebenfalls zu bewegen.
»Na, gut«, sagte Verena zögernd. »Wobei war ich noch stehengeblieben?«
»Bei . . . bei . . .«
Ich hatte keinen blassen Schimmer. Zudem störte es mich, daß sie, offenbar durch meine Nähe geniert, ihren Stuhl ein Stück von mir abzurücken versuchte. Zum Glück gelang es mir rechtzeitig, einen Fuß um eins der Stuhlbeine zu ranken und es so zu verhindern. Es hätte einen schlechten Eindruck auf Eva gemacht.
»Bei . . . ah, ja! Beim Freudschen Biologismus!«
Es war das einzige, was sich mir eingeprägt hatte. Hinterher ließ ich ein auf Fernwirkung berechnetes, für Verena total unmotiviertes und vermutlich idiotisch klingendes Gelächter vom Stapel, als wären wir in munterster Unterhaltung begriffen.
»Sie sind doch . . . ich meine, Sie fühlen sich doch wohl?« fragte sie, durch meinen Heiterkeitsausbruch leicht beunruhigt.
Ich legte zur besseren Fernwirkung noch einen kleinen Lacher zu. »Ausgezeichnet! Ich würde gern noch mehr von Triebproblematik hören. Man macht ja da auch so seine eigenen Erfahrungen.«
»Eben«, bestätigte sie eifrig. Dann überrascht: »Wieso?«
Aber da sie gerade den Anknüpfungspunkt gefunden und ohnehin nur halb zugehört hatte, vergaß sie ihre Frage und kam mit ihrer Erklärung wieder in Fahrt. Und gleich darauf sah ich Eva und Pankow das Café verlassen, einen Augenblick schwanken, in welche Richtung sie gehen sollten, und sich dann zum entgegengesetzten Ende der Piazza entfernen.
Ich hißte in mir die Wimpel des Triumphs. Diesmal hatte ich's Eva gezeigt! Ich hatte sie aus dem Felde geschlagen! Wenn mein Trick nicht gewirkt hätte, wäre sie todsicher an unsern Tisch gekommen und hätte lächelnd und überlegen ein paar passende Wörtchen ge-

sagt. Aber sie hatte es nicht getan, was zur Genüge bewies, daß sie eifersüchtig war. Und dann wurde mir doch ein bißchen bänglich zumute, weil mir klar wurde, daß ich sie mit meinem Theater in ihrem Scheidungsentschluß noch bestärkt haben könnte. Aber vielleicht auch nicht! Wahrscheinlicher war, daß ich in ihren Augen im Werte stieg. Sie hatte sich meinetwegen in dieser Beziehung noch nie Gedanken zu machen brauchen, und nun verhielt es sich mit mir wie mit dem Knochen, den ein Hund seinem Erstbesitzer zu mopsen droht, woraus sich zweifelsfrei ergibt, daß an dem Knochen noch etwas dran sein muß, was ihn für den Erstbesitzer wieder begehrenswert macht.

»Blödsinn!« entfuhr es mir laut, da mir der Vergleich ganz und gar nicht gefiel.

Verena verstummte mitten im Wort.

»Bestreiten Sie etwa die Möglichkeit kommunikativer Interaktion?« erkundigte sie sich streitbar und sichtlich gekränkt.

Ich bestritte durchaus nichts, entschuldigte ich mich hastig, ich sei nur vorübergehend geistig weggetreten gewesen, ihr Vortrag habe mich jedoch völlig von der unheimlichen Wichtigkeit der kommunikativen Interaktion für den Sozialisationsprozeß überzeugt. Nun aber müßten wir uns wohl doch um den Wagen kümmern. Die Zeit sei leider wie im Fluge verstrichen.

Sie sah mich noch einen Moment mißtrauisch an, und ich bemühte mich eifrig, ihren Blick ebenso treuherzig wie Othello zu erwidern, der gleichfalls nicht zugehört, sondern der Spatzen wegen mit Ohren und Schwanz gewackelt hatte.

Der Wagen war fertig und sah ohne die Dellen wieder eine Kleinigkeit respektabler aus, so daß ich keine Hemmungen hatte, auf der Collina in die noble Auffahrt unter den alten Kastanien einzubiegen und bis zur Villa hochzufahren. Verena hatte mich darum gebeten. Ihr war eingefallen, daß es Herrn Pfister gemeinsam mit dem übrigen Hauspersonal nicht gelungen sein könnte, die Baronin nach beendigtem Fahrexerzitium aus dem engen Karosseriekabäuschen zu hieven, und für diesen Fall wollte sie einen kräftigen Helfer bei sich haben.

Ihre Besorgnis war nicht unberechtigt, wie sich's zeigte, als wir auf den Kiesplatz einbogen. Herr Pfister, die freundliche Haushälterin und ein rustikal aussehender Bursche in grüner Schürze, der Gärtner offenbar, ausgewiesen durch eine Harke, die er mit sich herumschleppte, obwohl sie ihm bei diesem Geschäft kaum von Nutzen sein konnte – diese drei also wimmelten ratlos vor der Haustür um den offenen Wagenschlag herum, in dessen Engpaß die Baronin auf dem Wege nach draußen irgendwie steckengeblieben war. Gut zwei Drittel waren noch drin, ein Drittel war draußen. Ohne Knochenbruch oder Verrenkung konnte sie weder vor noch zurück. Die Hauptschwierigkeit, die restlichen Drittel zu bergen, schien daher zu rühren, daß ihre mit erstickter Stimme und puterrotem Gesicht gegebenen Anweisungen zu tätiger Hilfe teils von Adhemars schrillem Gekläff übertönt, teils von der versammelten Domestikenschaft aus Respekt vor ihrer Herrin nur halbherzig befolgt wurden. Man konnte es Herrn Pfister auch wirklich nicht verargen, daß sich Jahrzehnte in Anstand und Sitte ausgeübter Pflichterfüllung in ihm dagegen sträubten, sich mir nichts, dir nichts und in noch so guter Absicht gegen das voluminöse Hinterteil der Baronin zu stemmen oder ihrer Körperlichkeit sonstwie unziemlich zu nahe zu treten. Mit unserem Eingreifen war die Sache schnell geschafft: ein bißchen respektloses Schieben und Ziehen, ein kräftig posauntes »Au!«, ein schmerzlich geächztes »Per bacco!« der Baronin, dann stand sie draußen. Äußerlich ziemlich ramponiert, doch ungebrochenen Mutes und fest entschlossen, zwar nie mehr in ein so menschenunwürdiges Gefährt zu steigen, aber sich dafür morgen mit der großen Prunkkalesche auf die Straße zu wagen. Sie habe zweihundert tadellose Runden ums Haus absolviert, sie fühle sich mit Gas, Kupplung und Steuer so vertraut wie mit Messer und Gabel, was ihr noch fehle, sei ein gedrängter Kursus über Verkehrszeichen und Verkehrsregelung. Ursprünglich habe sie an Herrn Pfister oder Verena als Unterrichtsperson gedacht, aber der erstere falle nach den eben mit ihm gemachten trüben Erfahrungen aus, und Verena habe die ärgerliche Neigung, sich aus dem Praktischen allzu leicht in theoretische Abstraktionen zu verlieren.
Das sei mir auch schon aufgefallen, warf ich ein.

Mit jungen Herren sei das was anderes, sagte sie. Da könne das Kind gar nicht abstrakt genug sein.
Das Fünkchen amüsierter Neugier, das einen Moment in ihren wasserblauen Augen aufgeglitzert war, versank wieder. Sie hatte Wichtigeres im Sinn.
Deswegen, fuhr sie fort, ergehe ihre Frage an mich, ob nicht ich ...? Ich schiene ihr halbwegs vernünftig zu sein, schon meines Umgangs mit Katzen wegen, der beweise, wie nahe ich der profunden Erkenntnis sei, daß Tiere die besseren Menschen wären. Wo mein Kater überhaupt stecke?
»Noch im Wagen«, erklärte ich. »Ich hab' ihn Adhemars wegen nicht rausgelassen. Für Othellos Friedfertigkeit kann ich die Hand ins Feuer legen, aber bei Hunden kann man nie wissen.«
»Seien Sie nicht albern!« dröhnte sie. Nur reinrassige Lebewesen, zweibeinige wie vierbeinige, kultivierten Vorurteile. Sie spreche aus vierhundertjähriger Erfahrung. Ich könne den Kater ruhig holen. Ihm geschehe nichts. Von Adhemar jedenfalls sei nichts Bösartiges zu erwarten.
Und so war es denn auch. Sie wandelten anfangs neugierig und schnuppernd umeinander herum, Adhemar mit Freundschaft signalisierendem, wedelndem Posthornschwänzchen, Othello mit dem lautlos-anmutig um Vertrauen werbenden Charme, dessen er, wenn's ihm drauf ankam, fähig war. Und als wir, die Baronin und ich, uns im Damensalon niedergelassen hatten, um uns der Verkehrserziehung zu widmen, hörten wir sie nebenan in der Halle schon einträchtig mit Adhemars Bällchen spielen. Hin und wieder jagten sie das Bällchen durch die Tür in den Salon, damit auch wir an ihrem Vergnügen teilhaben könnten.
Wir jedoch waren ernst mit ernsthaften Dingen beschäftigt. Ich hielt der Baronin den, wie ich annahm, von ihr erwarteten gediegenen Vortrag über Vorfahrt, Geschwindigkeitsbegrenzung, rücksichtsvolles Fahrverhalten, Halt- und Parkverbots- und sonstige Schildereien, bis sie mich unzufrieden unterbrach und erklärte, das sei im großen ganzen früher, zu ihrer Zeit, auch schon so gewesen, und im übrigen sei es Theorie. Ich sei genauso theorieversessen wie Verena, es scheine eine allgemeine Krankheit der Jugend zu

sein. In der Praxis sei ja heutzutage alles ganz anders. Ihrer Beobachtung nach finde zum Beispiel Geschwindigkeitsbegrenzung allenfalls statt, wenn die Schranke eines Bahnübergangs heruntergegangen sei oder wenn einem ein langsam fahrendes Lastauto auf enger Straße jede Möglichkeit zum Überholen nehme. Rücksichtsvolles Fahrverhalten könne man bestens beobachten, wenn Fahrer, die sich ausnahmsweise doch an Geschwindigkeitsbegrenzungen hielten, von Fahrern, die sich nicht daran hielten und sich durch das Verhalten der ersteren im freien Ausleben ihrer Persönlichkeit beeinträchtigt fühlten, mit gellendem Gehupe und drohend aus dem Fenster gereckter Faust an diesen vorbeipreschten, wenn sie nicht sofort respektvoll möglichst gleich in den Straßengraben auswichen. Und was etwa Haltverbotsschilder anbelange, verhalte es sich in der Praxis so, daß sie, wenn sie in Ascona oder Locarno ihren Wagen zwei Stunden unter einem solchen Schild stehenließe, bei ihrer Rückkehr vielleicht neben dem Wagen einen Polizisten vorfinde, der sie höflich mit der Hand am Mützenschirm grüße und sage: »Grüezi, Frau Baronin. Sie hätten hier eigentlich nicht parkieren dürfen, aber wenn Sie jetzt sowieso echappieren, will ich nichts gesehen haben.« Ich müsse zugeben, daß diese Praxis weit vom luftleeren Raum meiner Theorie entfernt sei, und nur an der Praxis sei sie interessiert.

Dann solle sie sich wenigstens die Vorfahrtsregeln einprägen, denn da gehe es nun wirklich ums praktische Überleben, entgegnete ich, und um wenigstens in diesem Punkt den Vorwurf des Theoretisierens zu entkräften, spielte ich mit Hilfe zweier dem Nähkasten entnommener Garnrollen, des Tintenfäßchens vom Schreibsekretär, eines Zigarettenpäckchens und einer Streichholzschachtel, die sie sich sozusagen als ihren eigenen Wagen denken sollte, auf der Tischplatte verschiedene komplizierte Verkehrssituationen an Kreuzungen durch.

Aber auch damit kam ich ihrem Bedürfnis nach praktischer Belehrung nicht genügend nach, jedenfalls äußerte sie, etwas Theoretischeres, als sich in einer Streichholzschachtel zu denken, könne sie sich beim besten Willen nicht vorstellen. Und als ich schließlich vor Verzweiflung schwitzend flehte, dann von ihrer eigenen gedachten

Beteiligung an der Situation abzusehen und sie einfach als Schachaufgabe zu nehmen, kam sie zu so draufgängerisch-individualistischen, allen Verkehrsregeln hohnsprechenden Lösungen, daß ich mich wieder an meinen ersten Eindruck von ihr erinnert fühlte, an den friderizianischen General, nur nicht schon in Pension gegangen, sondern an der Spitze eines attackierenden Haufens. Im stillen konnte ich nur hoffen, ihr nie an einer Kreuzung in die Quere zu kommen.

Hinterher lud sie mich zur Belohnung für mein nicht eben sehr erfolgreiches Bemühen zum häuslichen Abendessen ein. Ich würde ja, meinte sie, da der Kater hier sei, sicherlich von niemand zu Hause erwartet. Erst in diesem Moment fiel mir Eva wieder ein, die ich über den pädagogischen Strapazen dieses Nachmittags völlig vergessen hatte.

Im ersten Augenblick wollte ich ablehnen, Evas wegen natürlich, aber dann sagte ich mir, daß sie sicher mit Pankow zusammengeblieben sei, daß sie in irgendeinem Restaurant zusammen speisten und daß sie sich ruhig einbilden sollte, auch ich speise irgendwo mit dem hübschen Mädchen zusammen, mit dem sie mich gesehen hatte. Und ganz so unrecht hätte sie damit ja nicht, selbst wenn die näheren Umstände nicht ganz der Vorstellung entsprachen, die sie sich in ihrer Eifersucht hoffentlich machte.

Zu zweien fürchtet sich's gemütlicher

Über die verzwickte Frage der Berechtigung eigener und anderer Leute Eifersucht nachzugrübeln, während man im Abendschummerlicht eine schmale, kurvenreiche Straße entlangfährt, ist nicht anzuraten. Auf der Heimfahrt nach dem Abendessen bei der Baronin wäre ich deswegen um ein Haar seitwärts auf die Wiese nebenan abgeirrt, und gleich danach gelang es mir nur durch reaktionsschnelles Bremsen, den Zusammenstoß mit einem entgegenkom-

menden Wagen zu vermeiden. Übrigens war es Pankow, der offenbar Eva nach Hause gebracht hatte und nun zurückkam.
Als er dicht neben mir anhielt, erkannte er mich auch und verschluckte deshalb den Vortrag über flagrante Verkehrsgefährdung infolge sträflicher Nichtbeachtung des Rechtsfahrgebots und Fahrens ohne Beleuchtung, den er vermutlich schon auf Lager gehabt hatte, und sagte statt dessen nur tadelnd: »Ach, du bist das! . . . Ich hätte es mir denken können. Gestern abend warst du ja auch betrunken.«
Ich war schon wutschnaubend halb draußen, als er vorsichtshalber schleunigst wieder anfuhr, mir beinah über die Zehen. Ich schwenkte drohend die Faust und schrie »Vollidiot!« hinter ihm her.
Irgendwie war es tröstlich, den mir von Eva verliehenen Titel an ihn weiterzureichen.
Leicht aufgemuntert, landete ich vorm Haus. In Evas Zimmer brannte Licht. Othello sprang aus dem Wagen und nahm mit sichtlichem Wohlgefallen zur Kenntnis, nach der langen Abwesenheit wieder in heimischen Gefilden zu sein. Der Tag hatte ihm die Wonnen einer neuen Freundschaft beschert, aber nun schien er doch froh, vertraute Düfte und die gewohnte Beschaulichkeit und Ruhe wiederzufinden.
Ob er Eva vermißt hatte, war zweifelhaft. Unterwegs hatte ihn nichts an sie erinnert, es hatte Ablenkungen und Zerstreuung in Fülle gegeben, aber jetzt lief er erwartungsfroh die Stufen zur Haustür hinauf und sah sich ungeduldig um, weil ich nicht gleich mitkam. Ich konnte ihm schlecht verständlich machen, daß ich mich noch im hinhaltenden Zustand der Sammlung, der seelischen Vorbereitung auf die bevorstehende Begegnung mit Eva befand. Im Gedankenaustausch zwischen uns gab es eben noch Grenzen.
Letzten Endes war ich aber doch nicht vorbereitet genug, jedenfalls nicht auf die Überraschung, die mir bevorstand: Ich fand Eva beim Packen!
Sie hatte Koffer und Taschen vom Boden geholt, Kommodenschubladen und Kleiderschrank auf den Teppich gestülpt oder ausgeräumt und stand nun inmitten eines chaotischen Durcheinanders, in

das sie Ordnung zu bringen sich mühte. Anfangs hatte sie wohl versucht, das Zeug richtig gefaltet und geglättet unterzubringen, bis es ihr langweilig geworden und sie dazu übergegangen war, einfach alles, wie es kam und lag, wie Kraut und Rüben in die Koffer zu stopfen. Jetzt sah es so aus, als ob sie mindestens noch mal so viele Koffer brauchen würde, um den ganzen Krempel unterzubringen.
»Was machst du denn da?« fragte ich verblüfft von der Schwelle aus.
»Das siehst du doch!« sagte sie patzig. »Ich packe. Ich reise ab. Heute abend noch!«
»Und warum?«
Es sah ganz so aus, als unterdrücke sie, was ihr abschußfertig auf der Zunge lag, um mir statt dessen die Schuhe, die sie gerade in der Hand hielt, an den Kopf zu werfen, aber dann ließ sie es doch bleiben und fuhr mit einem wütenden Blick auf mich anklagend fort: »Das fragst du mich noch? Das ist wirklich der Gipfel! Deshalb fahre ich jedenfalls. Pankow holt mich in einer halben Stunde ab.«
»Aha!« sagte ich. Es war nicht viel, aber es enthielt eine ganze Menge. Vor allem die nun bestätigte Gewißheit, daß ich mit meinem Verdacht Pankows wegen recht gehabt hatte. Er steckte dahinter! Wie Jakob um Rahel hatte der Heimtücker sieben Jahre an meinem Tisch und noch dazu auf meine Kosten um Eva gebuhlt, und nun glaubte er sich dem Siege nahe.
»Was heißt aha?« fragte sie gereizt. »Natürlich mit Pankow! Mit wem denn sonst?«
Dieses »natürlich« ließ mich prompt jedwede Vernunft, alle besseren Vorsätze vergessen, die bei der Entdeckung, daß Eifersucht im Spiele war – denn etwas anderes konnte dieses »Das fragst du noch?« kaum bedeuten –, blitzschnell in mir gesprossen waren. Statt sie versöhnlich in die Arme zu nehmen oder wenigstens einen Versuch in dieser Richtung zu starten, stürzte ich mich wie ein Stier aufs rote Tuch dieses Wörtchens »natürlich«, ließ meinem Grimm freien Lauf, erzählte ihr wieder, was für ein sauberer Herr das sei, in dem sie so natürlich einen selbstlosen Freund und Helfer sähe, wie er uns jahrelang umschlichen und, von ihr geduldet und gefördert, auf eine Chance gewartet habe, das Gift der Zwietracht in unsere Eintracht zu träufeln, wie er ihr stets einen ganzen Busch bezie-

hungsvoll roter Rosen zum Geburtstag geschickt, mir jedoch nur mit einem lahmen Händedruck mehr kondoliert als gratuliert habe, daß sie zweifellos schon lange mit dem Gedanken umgehe, mich wie einen ausgedienten Besen in die Ecke zu stellen und durch diesen lackierten Hannepampel zu ersetzen, und als mir auf dem Höhepunkt meiner moralischen Entrüstung die Puste wegblieb, schmiß ich als Schlußpunkt und dröhnendes Finale wieder mal wuchtig die Tür hinter mir zu und verzog mich in die tröstende Einsamkeit meines Zimmers.

Aber Pustekuchen! Sie tröstete nicht. Im Gegenteil. Je mehr mein Grimm aus Mangel an weiterem Zündstoff abflaute, desto deutlicher wurde mir klar, daß das, was ich getan hatte, genau das Gegenteil von dem war, was ich als zivilisierter, humanistisch gebildeter Mensch mit einem immerhin beachtlichen Intelligenzquotienten hätte tun müssen. Und als ich schließlich zerknirscht ganz unten im Keller meiner Selbstachtung saß, begann sich der Entschluß in mir zu regen, jetzt gleich, sofort, auf der Stelle zu ihr rüberzugehen – hic Rhodus, hic salta! oder wie das hieß – und zu retten versuchen, was vielleicht noch zu retten war.

Doch gerade da hörte ich sie auf dem Flur, und dann stand sie zur Abwechslung in meiner Tür, holte tief Luft und erzählte mir ihrerseits mit zornig blitzenden Augen, daß nicht Pankow, sondern ich der saubere Herr sei, dem man keine zwei Schritte weit trauen könne. Hätte er es verdient, von mir so schamlos verlästert zu werden? Hätte ich mir nicht so und so oft Geld von ihm gepumpt und mir mit dem Wiedergeben reichlich Zeit gelassen? Hätte er nicht mit seinem guten Namen für mich gebürgt, als ich auf Kredit das Auto gekauft habe? Wäre er mir nicht immer wieder mit juristischem Rat behilflich gewesen, ohne je etwas dafür zu berechnen? Was hätten da schon die paar kümmerlichen Würstchen oder Bouletten oder was auch immer zu bedeuten, die er bei uns gegessen habe? Kurz und gut, es ließe sich kein selbstloserer Freund denken, dem sich eine junge Frau in ihrer beklagenswerten Lage unbedenklich anvertrauen könne. Ich hingegen solle mich schämen. In Grund und Boden!

Und wieder knallte eine Tür zu, diesmal die meine. Frau Füssli hätte

an unserer Behandlung ihres Hausinventars ihre helle Freude gehabt.
Zurückgelassen hatte Eva nur ein Wölkchen Guerlainsches »Jicky« – bei heftigen Gemütsbewegungen pflegte sie sich zur Beruhigung stets kräftig mit Parfüm zu besprengen – und Othello, der unbemerkt von ihr mit hereingewitscht und beim Türenknall schmerzlich zusammengefahren war. Familienkrach hatte schon immer an seinem empfindlichen Seelenfrieden genagt. Wenn wir uns früher einmal gestritten hatten, war er mit vorwurfsvollen Blicken zwischen uns hin und her geirrt und dann gewöhnlich in der allseits abgeschirmten Klause seines Reisekörbchens verschwunden, um den Sturm erst mal vorüberbrausen zu lassen. Irgendwie verstieß es auch gegen sein Würdegefühl; erwachsene Lebewesen, zu welcher Gattung sie auch gehörten, benahmen sich einfach nicht so, schon gar nicht solche, denen er die Gunst erwiesen hatte, sie sich als Schutzpatrone zu erwählen. Jetzt machte er einen sichtlich verstörten Eindruck, schlich auf niedrigen Beinchen durchs Zimmer und warf halb verschreckte, halb argwöhnische Blicke zur Tür, offenbar neues Getöse befürchtend. Schließlich nahm ich ihn auf den Schoß, um ihn zu beruhigen, und da saß ich dann, ließ meine Hand über sein glattes lackschwarzes Fell gleiten, lauschte auf etwaige Geräusche aus Evas Zimmer und fragte mich bedrückt, wie es nun weitergehen solle? Zweifellos konnte ich nichts mehr tun, um die Lage zu ändern. Wir hatten einander gesagt, was wir voneinander hielten, es war nicht sehr erbaulich gewesen und unter solchen Umständen nur zu verwundern, daß wir es bei so hochgradiger gegenseitiger Abneigung sieben Jahre eigentlich ganz gut miteinander ausgehalten hatten. Nun mußten die Dinge eben ihren Lauf nehmen. Ich jedenfalls konnte meine Hände in Unschuld waschen. Angefangen mit allem hatte sie; ohne sie wäre Pankow nicht hergekommen.
Aber auch in diesem Gedanken fand ich keine Linderung meiner Bedrängnis, und da mir einfiel, daß im Kühlschrank noch eine aufmunternde Flasche Bier sein müsse, setzte ich Othello aufs Bett und ging in die Küche. Ich stand nach dem ersten Schluck mit der Flasche in der Hand im Dunkeln am offenen Küchenfenster, als Pankow vorfuhr und hinter unserem Wagen hielt.

Er hupte kurz, ich sah ihn herausklettern, aber bevor er die Gartentür erreichte, rief Eva ihm von oben zu, sie sei noch nicht fertig, in einer halben oder dreiviertel Stunde vielleicht... Er könne inzwischen im Grotto Callandri eine Kleinigkeit essen. Essen werde er erst mit ihr, rief er galant zurück. Allenfalls einen Schluck trinken. Ob er aber nicht lieber raufkommen und ihr helfen solle? Sie zögerte, dann hörte ich sie gedämpfter, wie um zu verhindern, daß ich sie hörte: Es sei besser, er bliebe draußen. Ich sei zu Hause. Es könne eine schwierige Situation heraufbeschwören. Pankow hatte sowohl für schwierige Situationen wie für den Wunsch, sie tunlichst zu vermeiden, Verständnis. Als Rechtsanwalt hatte er ständig mit schwierigen Situationen zu tun. Im Urlaub konnte er sie entbehren. Vermutlich dachte er auch an unsere Begegnung vorhin, der er sich durch eilige Flucht entzogen hatte.
Er fuhr also wieder ab, Richtung Callandri, und irgendwie kam es mir vor, als sei der erste Ansturm des Gegners abgeschlagen. Aber nur im ersten Moment, dann war mir klar, daß ich nichts gewonnen hatte. Einen trügerischen Aufschub höchstens, mehr nicht. Und nach wie vor trüber Gedanken voll, begab ich mich wieder hinauf in mein Zimmer, teils trutzig entschlossen, ebenfalls meinen Koffer zu packen und abzureisen, irgendwohin, teils durch den Umstand gehemmt, daß wir das Haus fest für vier Wochen gemietet hatten und daß Frau Füssli deshalb mit Fug und Recht auf Bezahlung der vollen Miete bestehen würde, was weitere Reisepläne erheblich erschwerte. Während ich noch im Zwiespalt zwischen Packen und Nichtpacken schwankte, klopfte es an der Zimmertür, Eva erschien, kühl und schon so gut wie zur Abreise gerüstet, und erklärte, daß wir uns nun Othellos wegen entscheiden müßten beziehungsweise daß Othello sich für einen von uns zu entscheiden hätte, wie wir es bei der Abreise besprochen hatten.
»Wie stellst du dir das vor?« erkundigte ich mich. »Sollen wir beide ihn etwa rufen, und der bekommt ihn, zu dem er geht?«
Sie sah an mir vorbei, als stände neben oder hinter mir ein anderes, besseres Ich, das Ich früherer Jahre sozusagen, mit dem sie noch vernünftig sprechen könne, während es sich mit dem jetzigen Original-Ich nicht mehr verlohne, und sagte, sie habe ja anfangs mit ei-

ner längeren Dauer des gemeinsamen Aufenthalts hier gerechnet, in dessen Verlauf sich Othellos Zuneigungsverhältnisse sicherlich eindeutig geklärt hätten, aber da ihr unter den gegebenen Umständen ein weiterer Aufenthalt nicht mehr zumutbar sei, müsse die Entscheidung leider auf diese vom Zufall abhängige, wenig verläßliche Weise getroffen werden.
Und plötzlich blitzte sie mich doch an, mich, das Original-Ich, blitzte mich streng an und fuhr bitter-höhnischen Tones und mit einer Spur Bibber in der Stimme fort:
»Denn ich gehe wohl in der Annahme nicht fehl, daß du gar nicht auf den Gedanken kämst, das zu tun, was jedem anderen Mann, der innerlich nicht völlig verroht ist und noch einen Funken Anstand im Leibe hat, selbstverständlich wäre, nämlich mir Othello aus freien Stücken zu überlassen!«
Blaß, großäugig und merkwürdig fremd stand sie vor mir, und es war nicht zu leugnen, daß sie schön war, besonders schön in diesem Augenblick, in dem sie sich von mir zu trennen gedachte, und daß ich es trotz Pankow draußen und der gepackten Koffer drinnen noch immer nicht glauben konnte und wollte. Ich sagte deshalb, auch wenn ich innerlich völlig verroht und funkenlos sei, könne ich mich vielleicht zur Erfüllung ihres Verlangens entschließen, aber zuerst solle sie mir verraten, was für gegebene Umstände das seien, die ihr den weiteren gemeinsamen Aufenthalt mit mir verböten.
»Das weißt du selber ganz genau!« fuhr sie mich wütend an. »Und überhaupt –«, schimmerte da gar etwas Feuchtes in ihrem Blick, oder irrte ich mich? »– ist alles schon viel zu spät! Wo ist Othello? Dann soll er eben entscheiden!«
Aber Othello, der aufgerufen war, sein Schicksal in die eigenen Pfoten zu nehmen, glänzte durch Abwesenheit. Als ich in die Küche runtergegangen war, hatte ich ihn aufs Bett gesetzt, seitdem hatte ich ihn nicht mehr gesehen. Wir riefen ihn, knisterten auf dem Flur mit Packpapier, sonst ein unfehlbares Mittel, ihn aus jedem Schlupfwinkel, von jedem noch so interessanten Zeitvertreib wegzulocken – er kam nicht. Eva beschuldigte mich hitzig, ich hätte ihn absichtlich versteckt, um ihn ihr mit gemeiner List zu entziehen, aber wo hätte ich ihn schon verstecken sollen? Unter den Betten war

er nicht, in keinem der Schränke, nicht im Bad, wo er gelegentlich seiner Wasserleidenschaft zu frönen pflegte, noch in Küche, Speisekammer oder Keller. Das Küchenfenster war eine Zeitlang offen gewesen, aber ich hatte es beim Verlassen der Küche geschlossen und es bis dahin so gut wie immer im Auge gehabt. Er konnte unmöglich . . . oder vielleicht doch? In der Küche war es ja dunkel gewesen. Vielleicht hatte ich ihn nur nicht gesehen? Vielleicht . . . Also verlegten wir unsere Suchaktion in den Garten, suchten mit der Taschenlampe unter den Hortensienbüschen, im kleinen Werkzeugschuppen, unter der Hecke, riefen, lockten, raschelten, pfiffen . . . nichts rührte sich! Othello war und blieb spurlos verschwunden. Irgendwann zwischendurch erschien Erich Pankow wieder am Zaun, eine dunkel mahnende Gestalt vorm hellen Scheinwerferlicht seines Wagens, aber er blieb draußen, offenbar der schwierigen Situation eingedenk, die er gern vermeiden wollte. Als er weiterhin nur stumm und dunkel mahnte und sonst nichts tat, beschied Eva ihn gereizt, nicht länger da sinnlos in der Gegend herumzustehen, sondern lieber morgen früh wiederzukommen. Ohne Othello führe sie nicht, aber bis morgen früh werde er sich sicher angefunden haben.

Pankow wirkte leicht verstimmt, gehorchte jedoch und kletterte wieder in seine Karosse, ohne mir gute Nacht zu wünschen. Nur Eva. Es war ein Hochgenuß, seine Schlußlichter hinter der Biegung verschwinden zu sehen, und ich verspürte das dringende Bedürfnis, Othello dankend das Pfötchen zu drücken, denn immerhin war mir ein weiterer Aufschub gegönnt.

Doch, wie gesagt, er war nicht da. Auch im Garten nicht. Nirgends. Wir waren ratlos, und unsere gemeinsame Sorge um den kleinen Kerl brachte uns irgendwie, ein ganz klein bißchen, weniger sichtbar als spürbar einander näher. Es äußerte sich darin, daß ihre Stimme, wenn sie etwas zu mir sagte, nicht mehr ganz so barsch und abweisend klang und daß sie mir gestattete, sie ein- oder zweimal zu stützen, als wir uns zum Schluß durch das Gehölz zum Flüßchen hinuntertasteten, um nachzusehen, ob ihn das Rauschen und Plätschern etwa zu einem nächtlichen Ausflug verlockt hatte.

Natürlich war er auch dort nicht, soweit sich das feststellen ließ, und wir kehrten beklommen ins Haus zurück, wo er ebenfalls noch nicht wieder war, obwohl wir noch einmal alles durchstöberten, raschelten und pfiffen, sogar mit viel Gefühl und Tremolo »Stille Nacht, heilige Nacht« pfiffen, weil uns einfiel, daß er das besonders gern mochte. Und schließlich trennten wir uns, beide einer Nacht des Wartens entgegensehend, einer bangen, einer schlaflosen Nacht ohne Frage.

Doch wie es so geht, und wie ich's schon einmal erfahren hatte: Auch der schlimmste Kummer ist Schwächeanwandlungen des Fleisches nicht gewachsen. Zuerst war ich im Zimmer auf und ab gegangen und bei jeder Kehrtwendung lauschend stehengeblieben, ob sich kein leises Kratzen, kein klägliches Miauzen vernehmen ließe. Dann hatte ich mich angezogen aufs Bett gelegt, und nach einer Weile hatte ich mir gesagt, wenn ich schon läge, könnte ich's mir auch bequemer machen, mich ausziehen und richtig liegen. Falls etwas wäre, brauchte ich ja nur in die Hosen zu springen.

Und so tat ich's denn auch und lauschte noch eine weitere Weile mit immer schwerer werdenden Lidern und anhaltenderen Gähnkrämpfen in die nächtliche Stille, und dann muß ich wohl allem Kummer zum Trotz doch eingeschlafen sein, denn ich fuhr wieder hoch aus dem Schlaf, jäh und schreckhaft, weil jemand die Tür aufgerissen hatte. Der Jemand war Eva. Ich sah sie undeutlich im Nachthemd auf der Schwelle.

»Was ist?« fragte ich. »Ist er wieder da?«

Sie zog eilends die Tür hinter sich zu, verriegelte sie und flüsterte aufgeregt:

»Er nicht! Aber Einbrecher sind im Haus!«

Ich riß verblüfft die Augen auf. Hören tat ich nichts. Nur das gedämpfte Rauschen des Flüßchens, im Haus keinen Laut.

»Du mußt dich irren«, sagte ich.

»Bestimmt nicht.« Sie schüttelte heftig den Kopf.

»Ich hab's ganz deutlich gehört. Schritte . . . so was wie Schritte . . . auf dem Dachboden oben.«

Ich überlegte. Eva ließ sich nicht so leicht ins Bockshorn jagen. Sie hatte Mut, bei Tageslicht jedenfalls. Im Dunkeln hingegen unterlag sie gelegentlich Zwangsvorstellungen. Wenn wir spät nachts nach

Hause gingen und Schritte folgten uns hartnäckig auf dem Trottoir, Schritte, die immer näher kamen, konnte es passieren, daß sie mich wie zufällig in den Lichtkreis der nächsten Straßenlaterne drängte und dort so lange ausharrte, bis der einsame Wanderer vorüber und der nächste noch weit entfernt war.
»Neulich erst hat in der Zeitung gestanden«, rechtfertigte sie sich dann, »daß jemand nachts von hinten auf harmlose Leute eingestochen hat, bloß so ... zum Spaß. Man kann ja nie wissen. Vielleicht war der eben auch vergnügungssüchtig.«
Und in unsern dunklen Keller ging sie gleichfalls nie ohne mich. Selbst dieses harmlose unterirdische Labyrinth aus Bretterverschlägen, Heizungsrohren und unverputzten Ziegelmauern hatte die Zeitungslektüre mit grausen Schauergeschichten und blutrünstig lauernden Phantomen bevölkert. Ein richtiger Tick. Es war also sehr gut möglich, daß sie auch hier ...
Jäh fuhr ich zusammen. Über mir liefen deutlich vernehmbar Schritte über die Decke.
Eva hatte einen winzigen Schrei von sich gegeben und die Distanz zwischen sich und dem Bett etwa um die Hälfte verringert.
»Ha ... hast du gehört?« flüsterte sie.
Ich nickte zögernd. Ich hatte Schritte gehört ... falls ich nicht einer akustischen Täuschung zum Opfer gefallen war. Denn wie hätten Einbrecher auf den Boden gelangen können, ohne vorher durchs Haus zu schleichen, was wir bei den knarrenden Treppenstufen unbedingt hätten merken müssen?
Das heißt, als wir vorhin unten am Fluß auf Othello-Suche gewesen waren, hatten wir in der Eile die Haustür abzuschließen vergessen, und außerdem erinnerte ich mich jetzt, daß es durchaus eine Möglichkeit gab, den Boden sozusagen direkt unter Umgehung der Treppen zu erreichen. Über den dicken Ahorn seitwärts des Hauses nämlich, der einen seiner mächtigen Äste bis dicht ans Dach und die immer offenstehende Dachluke streckte. Wenn man schwindelfrei war und auf nächtliche Kletterpartien trainiert, konnte man ohne weiteres ...
Da! ... Da waren sie wieder, die Schritte, ganz deutlich, keine akustische Täuschung. Und gleich hinterher noch mal. Leichte, schnelle

Schritte. Dann wieder Stille, tiefe, unheilschwangere Stille. Diesmal war Eva bis zum Bettrand geflüchtet.

»O Gott!« wisperte sie.

Ich sah, daß sie in ihrem dünnen Nachthemd zitterte. Vor Kälte konnte es nicht sein.

»Komm doch rein«, sagte ich und hob einladend einen Zipfel der Bettdecke an. »Zu zweien fürchtet sich's gemütlicher.«

»Ich denk' nicht dran!«

Ihre Stimme klang plötzlich wieder kratzbürstig und ziemlich entschieden. Zum Beweis, daß sie's ernst meinte, zog sie sich einen halben Meter zurück und fuhr fort:

»Zu dir nicht! Niemals! Eher ...«

Im selben Augenblick brach ein wahrer Tumult über uns los. Es hörte sich an, als ob sich ein paar Leute prügelten. Und im nächsten Moment war sie bibbernd und wimmernd neben mir unter der Dekke, an mich gedrängt, angenehm anzufühlen, und mir war es unversehens ziemlich schnurz, was da oben vorging. Von mir aus sollten sie sich da oben nur kräftig prügeln, wenn sie uns hier unten dafür in Ruhe ließen.

Eva jedoch war anderer Meinung. Ihre neue Situation hatte sie von der schlimmsten Panik befreit, und ihr wiedererwachender Mut verlangte nach Betätigung.

»Wir müssen zur Polizei«, dremmelte sie flüsternd. »Du hast den Wagen zum Glück ja draußen gelassen. Wenn wir uns ganz leise runterschleichen, können wir losfahren, bevor sie's merken.«

»Und wenn wir zurückkommen, sind sie weg und haben inzwischen das ganze Haus ausgeräubert. Außerdem – willst du vielleicht im Nachthemd fahren?«

Sie schüttelte den Kopf.

»Oder vorher etwa zum was Anziehen zu dir rüberschleichen?«

Ein wahrer Schüttelschauer überlief sie. Ich drückte sie, nur zur Beruhigung, eine Kleinigkeit an mich.

»Laß das gefälligst«, sagte sie unwirsch. »Es ist unfein, Situationen auszunutzen.«

»Genauso unfein, wie einem unfeine Absichten unterzuschieben, wenn man gar nicht an so was denkt.«

»Das gehört jetzt nicht her!«
Wir lauschten von neuem hinauf, wo eben wieder etwas in Gang kam. Ein paar Schrittgeräusche zuerst, dann polterte etwas Schweres zu Boden, und eine wilde Jagd, so etwa hörte es sich an, stob zur anderen Bodenseite hinüber, kehrte zurück, erneutes Poltern und wieder Stille. Eva war bis auf einen Wuschel Haar völlig unter der Decke verschwunden.
Ich dachte nach. Etwas an der Geschichte kam mir allmählich komisch vor. Einbrecher benahmen sich für gewöhnlich nicht so auffällig, wenn sie ihren dunklen Geschäften nachgingen. Nicht einmal, wenn sie annehmen konnten, daß niemand im Hause war. Und diesen hier mußte, wie sie auch da oben raufgekommen sein mochten, unser Wagen vor der Gartentür aufgefallen sein. Außerdem – was suchten sie da oben? Soweit ich mich von dem einzigen Besuch her, den ich dem Boden beim Verstauen der leeren Koffer abgestattet hatte, erinnerte, standen da nur ein paar staubige alte Möbel, die allenfalls Trödelladenbesitzer interessieren, aber gewiß nicht zu gesetzwidrigen Handlungen verleiten konnten.
Plötzlich drang, bildlich gesprochen, ein Fünkchen Licht ins Dunkel des Rätsels.
»Hör mal zu. Wir brauchen keine Polizei«, sagte ich leise zu Eva, die vorsichtig wieder aufgetaucht war.
»Ich geh' selber rauf.«
»Bist du verrückt?« Sie klammerte sich hektisch an mich. »Da oben sind mindestens zwei! Und was wird mit mir? Du kannst mich doch nicht allein lassen!« Ich kletterte schon über sie weg, ungern, wie ich zugeben muß. Es hatte sich ganz hübsch so gelegen.
»Es dauert ja nicht lange«, beruhigte ich sie männlich. »Du riegelst einfach hinter mir zu, und wenn ich zurückkomme, klopfe ich die ersten Eroica-Takte, damit du auch weißt, daß ich es bin. Paß auf! So!« Ich klopfte es ihr gedämpft am Bettrand vor. Ta-ta-ta-taaa!
»Und wenn du nicht ...?« Es klang ziemlich kläglich. »Blödsinn!« sagte ich wacker und reckte die Schultern. »Wegen so'n paar Ganoven? Warum sollte ich nicht? Los, steh auf und mach gleich hinter mir zu!« Ich wartete an der Tür auf sie, und sie kam auf bloßen Füßen im Dunkeln angetapst, ein schmales, ängstliches Gespenst in

Weiß, das Gesicht ein blasser Tupfen mit weit aufgerissenen, fast schwarz wirkenden Augen. Und sie sagte:
»Soll ich . . . ich meine, soll ich nicht lieber mit, damit du nicht allein . . .?«
Aber ich war schon draußen, zog die Tür fest hinter mir zu und hörte gleich darauf den Riegel einschnappen. Das hätte mir gerade noch gefehlt: Sie dabei zu haben, wenn ich heldenmütig die unschuldige Ursache des Einbrecherschrecks, den verschwundenen Othello, da oben erwischte. Othello, der vermutlich nach Mäuschen oder dergleichen jagte . . .
Wir hatten den Boden vorhin beim Suchen ausgespart, weil er immer verschlossen gewesen war, aber Eva mußte die Tür beim Kofferholen versehentlich offengelassen haben, wenn es nicht der Trottel Pankow gewesen war. Und Othello, der nur allzu selten zum Mäusejagen kam und außer für Wasser auch für Kellerverschläge und Bodenkammern schwärmte, hatte die rare Gelegenheit benutzt und uns mit der größten Seelenruhe nach ihm pfeifen und rufen lassen, während er da oben alle Ecken und Winkel ausschnüffelte und sich dann still und heimlich auf die Lauer legte.
Daß es so sein könnte, war mir vorhin eingefallen, und als ich leise hinter dem dünnen Lichtstrahl der Taschenlampe her die Bodentreppe hinaufstieg, hoffte ich, daß ich mich nicht getäuscht hatte. Es wäre mir doch etwas peinlich gewesen, statt Othello unversehens einen oder auch zwei bei unrechtem Tun ertappte und deshalb zu Gewalttätigkeit neigende Herren vor mir zu haben.
Aber es war wirklich Othello. Das heißt, zuerst sah ich nichts, nur pechschwarze Finsternis. Ich ließ von der Tür aus den Lichtstrahl über die staubigen Bodenbretter gleiten, bis er an der jenseitigen Wand auf eine kleine Möbelansammlung stieß. Davor lag eine Art Apothekenschränkchen, offenbar heruntergefallen. Das mußte das eine Mal Poltern gewesen sein. Auf der anderen Seite stand nur noch ein Koffer, meiner, den Eva – oder Pankow – stehengelassen hatte, und unter dem Schrägdach zwischen den beiden Luken war eine Menge Kleinkram gestapelt, der aus der Boutique zu stammen schien, vielleicht bei einer Renovierung überflüssig geworden, und den wegzuschmeißen Frau Füssli nicht übers Herz gebracht hatte.

Das also sah ich – von den Urhebern des Tumults hingegen, wer sie auch sein mochten, keine Spur. Und dann, ja, dann blieb der langsam hin und her gleitende Lichtstrahl urplötzlich an etwas Schwärzlichem, Schwarzglänzendem, lauernd Kauerndem hängen: Othello natürlich! Er wandte nur kurz den Kopf zu mir, den Bruchteil einer Sekunde glitzerten zwei schräge gelblich-grüne Lichter, und wieder war er nichts als gespannte Feder, ein Mini-Panther im nächtlichen Dachbodendschungel, der seine Beute zwischen ausrangierten Möbeln rumoren hört. Ich muckste mich nicht, um ihm nicht den Spaß zu verderben.
Und schon ruckelte er sich zum Sprung zurecht, schnellte sich ab, lautlos, aus der Lichtbahn hinaus, und gleich darauf brach los, was wir unten als Getümmel und Gepolter vernommen hatten, verstärkt durch die Resonanz des leeren Bretterfußbodens: ein jähes Gehopse, vermischt mit dünnem Gefiepe, ein Springen, Stoßen, in wilder Flucht Übereinanderstürzen ... nein, Mäuse benahmen sich diskreter, und als ich mehr zufällig als geistesgegenwärtig den Lichtstrahl auf die offene Luke richtete, sah ich, was es war ... Siebenschläfer, Ghiri, zwei, drei, vier, fünf, vermutlich die Nachhut der Familie, die Othello aufgespürt und aus ihrem gemütlichen Quartier hier auf dem Boden vertrieben hatte ...
Ich ließ Othello oben. Einesteils, weil er wollte und sich als selbsternannter Hüter des Bodens zu weiterer Wachsamkeit verpflichtet fühlte, andernteils, weil Eva ja nicht gleich zu erfahren brauchte, welcher Art die nächtlichen Ruhestörer gewesen waren. Dazu war später immer noch Zeit. Übrigens stand sie schon hinter der Tür, als ich wie verabredet klopfte, und, kaum im Zimmer, rankte sie schon ihre Arme um meinen Hals.
»Gott sei Dank, daß du wieder da bist«, flüsterte sie. »Bei dem Krach eben dachte ich schon, sie hätten dir was getan.«
»Ausgerissen sind sie«, sagte ich wahrheitsgetreu. »Du brauchst jetzt keine Angst mehr zu haben.«
»Sie? Also waren es doch mehr als einer?«
Ich konnte es mir leisten, auch weiterhin streng bei der Wahrheit zu bleiben.
»Vier oder fünf. Mehr nicht.«

»O Gott! War das nicht ein bißchen zuviel für dich?« Sie umrankte mich fester.
Und dann fanden wir, die durchs Fenster hereindringende Morgenkühle sei doch etwas frisch, und um uns nicht unnötig Erkältungsgefahren auszusetzen, zogen wir uns ins Bett zurück. Es war schön, nach all der Aufregung einträchtig und friedlich beieinanderzuliegen, und obwohl viel zu sagen gewesen wäre, viel, sehr viel, sagten wir lieber nichts. Worte sind oftmals ziemlich störend. Erst nach einer ganzen Weile murmelte diesmal ich:
»Laß das gefälligst. Es ist unfein, Situationen auszunutzen.«
Und wahrhaftig, ich hörte sie leise im Dunkeln kichern . . .
Um halb acht wachten wir beide auf. Jemand hupte draußen, hupte kräftig und anhaltend, hupte noch mal, und ein paar Augenblicke später klingelte es stürmisch an der Haustür.
Eva strich das verwuschelte Haar aus ihrem Gesicht. Sie sah ungemein lieblich, wenn auch ein bißchen erschrocken aus.
»Ah herrje!« sagte sie. »Das muß Pankow sein.«
»Laß ihn nur bimmeln«, erwiderte ich. »Er wird schon aufhören, wenn's ihm zu langweilig wird. Aber ich mach' ihm auch gerne auf.«
»Bloß nicht«, seufzte sie und kuschelte sich dichter an mich. Und bevor sie wieder einschlief, sagte sie noch mit schlafsatter Stimme: »Aber nett ist es doch, daß er so pünktlich gekommen ist . . . bloß eben völlig überflüssig.«

Beim Frühstück später wurde nachgeholt, wozu wir vorher weder Zeit gefunden noch Lust gehabt hatten: es wurde gebeichtet. Zuerst beichtete ich, wie ich zur Bekanntschaft mit Verena und in das Café an der Piazza gekommen war, und nachdem sie sich über die Trieb- und Flirtproblematik genügend amüsiert hatte, beichtete sie zu meiner ungläubigen Überraschung, daß sie nichts zu beichten habe. Rein gar nichts. Weder habe sie Erich Pankow nach Ascona bestellt – er habe ja gewußt, daß wir hier gemietet hatten, und sich gedacht, daß es uns angenehm wäre, ein paar Urlaubstage mit ihm zu verbringen –, noch habe sie ihn am Tage des Krachs und unserer Abreise angerufen und ihn gebeten, die Scheidung einzuleiten.

Ich starrte sie an, vermutlich nicht gerade überaus geistreich.
»Aber du hast doch gesagt, du hättest!«
Sie blies sich mit vorgeschobener Unterlippe ein paar Fransen aus der Stirn.
»Hab' ich auch, aber ich hab' nicht.«
»Und warum hast du mich angeschwindelt?«
Dabei legte ich die Brötchenhälfte zurück, die ich mir hatte zu Gemüte führen wollen. Der Ernst des Augenblicks, schien mir, vertrug keine Ablenkung. Denn damit, mit dem Schwindel, hatte ja alles begonnen.
Sie griente ein bißchen, mehr verlegen als heiter.
»Weil ich dich aus deiner Selbstzufriedenheit aufscheuchen wollte. Weil ich dir zu selbstverständlich geworden war. Weil ich nicht wollte, daß du ein Ehekrüppel von der üblichen Sorte wirst, ein scheußlicher Nörgler und Besserwisser. Du warst nämlich auf dem besten Wege dazu.«
Ich wollte entrüstet protestieren, aber sie ließ mich nicht.
»Ich bin noch nicht fertig«, sagte sie. »Ich wollte vor allem, daß du merkst, daß auch nach sieben Jahren Zusammenseins nichts garantiert ist, daß Gewohnheit allein nicht reicht, daß ein Stückchen Unsicherheit bleiben muß, um daran zu erinnern, daß man etwas dafür zu tun hat, wenn man zusammenbleiben will.« Und dann sagte sie noch: »So, das war's«, sichtlich erleichtert, es losgeworden zu sein. Und ich, ich langte nach einer Weile nach meinem Brötchen, einmal um überhaupt ein Lebenszeichen von mir zu geben, und zum andern, weil mir Wahrheiten auf nüchternen Magen nie recht bekommen. Denn eine Wahrheit war's, dachte ich reuig beim Kauen, vielleicht ein bißchen übertrieben, denn ein scheußlicher Nörgler war ich nicht, und von Besserwisser konnte auch keine Rede sein ... oder jedenfalls fast keine Rede, allenfalls eine ganz kleine Rede, aber sonst ... Ja, sie hatte recht. Ich hatte allen Grund, ihr dankbar zu sein.
»Aber wenn's schiefgegangen wäre?« fragte ich, nachträglich noch vom Schauder dieser Möglichkeit angerührt.
»Konnte ja nicht«, erwiderte sie und sah zur Tür, wo Othello eben mit stolz gehißter Fahne hereinstolziert kam. »Wir hatten ja unsern

guten Geist im Haus . . . und außerdem Einbrecher auf dem Boden.«
Sie mühte sich, ernst zu bleiben, aber dann griente sie doch, und ich griente auch, und mir war, als sei nun der letzte Rest des Gewesenen, des unerfreulichen Schattens zwischen uns geschwunden, als sei es ganz wieder wie vordem, nein, viel besser, weil mir die Augen aufgegangen waren für das, was ich hatte. Und in diesem Moment fiel mir der vergessene, versteckte, schon zu den Akten gelegte teure Bikini ein, und ich lief hinauf, um ihn zu holen . . .

Der Bikini sollte gleich eingeweiht werden, und zwar auf Evas Wunsch am Lido. Als wir beim Abmarsch zur Gartentür kamen, fanden wir eine Ansichtskarte im Kasten. Sie stammte von Theo, und in seinem kaum zu entziffernden Apothekergekrakel stand drauf geschrieben:
»Liebste, Beste! Hoffe, Ihr habt Euch wieder zusammengerauft! Wohnung in Schuß, Vögel mit ihr zufrieden, Fortpflanzungsstimmung ausgezeichnet. Kann inzwischen Shakespeares Julia auswendig und fange an, das Theater überzukriegen. Euer sanft duldender Untermieter.«
Darauf in schwungvoll-femininer Schrift, durch den beschränkten Raum gebändigt:
»Er lügt. Die Julia kann er noch lange nicht. Er wäre auch kaum die richtige Besetzung für die Rolle. Dann eher schon für den Romeo. Annemie.«
Und ganz unten folgte ein Postscriptum, wieder von Theos Hand: »Habe den reizenden Herrn Hempel kennengelernt. Sagte mir, Du hättest vergessen, ihm zwanzig Mark zurückzugeben, die er Dir gepumpt hat. Schäme Dich! Der Mann ist ohnehin von Schicksalsschlägen geplagt genug. Ich hab' ihm die zwanzig Piepen zurückgegeben und weitere zehn dazugelegt. Ich ziehe sie Euch von der Miete ab. Bestens grüßend, der Obige.«
Sogar Herrn Hempels Unverfrorenheit konnte unsere Stimmung nicht trüben. Eva und ich hatten uns ausgesprochen, ich war in der Weisheit des Lebens und der Liebe ein gutes Stück vorangekommen und willens, den Beweis dafür sofort anzutreten. Aber auch sie

hatte sich weise vorgenommen, meine einsichtsvolle Gutwilligkeit nicht gleich über Gebühr zu strapazieren. Infolgedessen ging es mehrmals hin und her mit »Aber hör doch, du fährst doch so gerne...«, »Ich möchte aber, daß du fährst!«, »Nein, fahr du! Du fährst viel besser!«, »Nein, du...!«, bis sie sich endlich bereitfand, den Platz hinter dem Steuer zu übernehmen.
»Na, schön«, sagte sie nachgiebig. »Wenn du absolut willst, und bevor wir wieder ins Streiten kommen...« Sie hob Othello hoch, reichte ihn mir und fuhr großzügig und mit einer Spur Lächeln um die Mundwinkel fort:
»Dann darfst du dich ausnahmsweise mit ihm abgeben, obwohl er mir für den Vormittag zusteht.«
Ich nahm ihn, wir, Othello und ich, sahen einander an, und, wahrhaftig, mir war, als kniffe er, von Eva ungesehen, dabei blinzelnd ein Auge zu...

Opas Zeiten

1. Kapitel

Großvater war nicht gerade das, was man einen Kunstfreund nennt, aber für Theater hatte er was übrig, wenn auch für eins mehr persönlicher Art, die Großmutter gelegentlich mit dem Stoßseufzer kommentierte: »Wahrhaftig, für Theater brauchen wir kein Geld auszugeben. Das macht Paulo schon alleine.«

Er hieß eigentlich laut Taufschein schlicht Friedrich Wilhelm Paul Otto Gottlieb – Friedrich Wilhelm als Reverenz vor preußischer Tradition, Paul nach seinem Vater, Otto nach dessen Idol, dem großen Bismarck, und Gottlieb nach einem bäuerlichen Onkel mit vermuteter Erbschaft –, aber gerufen wurde er nur Paul, und das von Otto herübergezogene »o« hatten ihm in fernen Jugendtagen Studienkollegen angehängt, weil er ihnen nach dunkelhaarigem Aussehen und schnell hochschießendem Temperament so italienisch vorgekommen war, und Temperament wie »o« waren ihm geblieben. Nur das Haar war ihm allmählich etwas spärlicher und grauer geworden, aber für neunzig war es noch ganz schön üppig.

Morgens fing er mit seinem Theater schon vor dem Aufstehen an. Die Freiübungen, die er zum Anwärmen winters und bei kühlem Wetter noch im Bett abzuhalten pflegte, begleitete er mit aufsehenerregendem Ächzen und Stöhnen. Zum Glück waren Großmutter und die sonstigen Familienmitglieder an das Trara gewöhnt, sonst hätte ihr Frühstücksappetit unter den bis zur Küche dringenden Marter- und Foltertönen sicherlich empfindlich gelitten. War doch mal jemand dabei, der Großvaters Gewohnheiten nicht kannte, sah er schreckensbleich um sich, höchst verblüfft über den unerschütterlichen Gleichmut einer Familie, in deren Haus offenbar gerade ein Mord verübt wurde.

»Lassen Sie den Kaffee nur nicht kalt werden«, sagte Großmutter dann. »Wär' schade drum. Es ist bloß Paulo. Er könnte auch leiser, aber es macht ihm nun mal keinen Spaß, wenn nicht die halbe Ortschaft dran teilnimmt.«

Ein nachsichtiges, ganz klein wenig spöttisches Lächeln glomm schwach in ihren blaßblauen, noch kein bißchen altersmüden Augen, während sie fortfuhr:
»Und das nicht nur akustisch. Na, Sie werden's ja gleich erleben.«
Was der Neuling dann zu sehen bekam, war auch wirklich besichtigungswert. Der Höhepunkt von Großvaters frühmorgendlicher körperlicher Ertüchtigung war nämlich sein Auftritt im Freien. Genauer gesagt, im Garten vor dem Küchenfenster, wo man ihn auch von den Nebengrundstücken aus sehen konnte. Denn Publikum brauchte er, erst Publikum spornte ihn zu besonderen Höchstleistungen an.
Gewöhnlich dremmelten sich schon vorher ein paar Nachbarskinder rechts und links hinter dem Maschendrahtzaun, und am Wochenende waren meist auch ein paar Erwachsene zu bemerken, die mit angemessener Zurückhaltung herüberschielten und teils grienend, teils staunend Großvaters Ein-Mann-Sportfest verfolgten. Natürlich tat er, als sähe er sie nicht – er fand, das sei er seiner Würde schuldig –, aber jeder seiner Bewegungen war anzumerken, daß er sich als Mittelpunkt allgemeiner Aufmerksamkeit fühlte. Klein und drahtig, bei jeder Witterung mit schlotternden langen Unterhosen und einer uralten Strickjacke über dem Nachthemd angetan, dazu durch eine Pudelmütze und einen dicken Wollschal um den Hals gegen etwaige rauhe Lüftchen geschützt, vollführte er zuerst ein paar wacklige Kniebeugen, unternahm sodann einen Fünfzig-Meter-Dauerlauf dreimal rund um die Pumpe und das Beet mit den Küchenkräutern, legte danach eine Pause für geräuschvolle Atemübungen mit Armrollen ein und absolvierte als krönenden Abschluß am waagerechten untersten Ast des Apfelbaums drei Klimmzüge. Beim letzten mußte er den Hals schon gehörig lang machen, um sein Stoppelkinn halbwegs über den Ast zu kriegen. Wenn er dann hinterher frisch rasiert, gewaschen und hungrig in die Küche marschiert kam, schwand seine Hochstimmung über die wieder mal coram publico vollbrachte sportliche Leistung angesichts des auf ihn wartenden Müslitellers. Großmutter sah zwar in Reformkost nicht gerade das Heil der Welt – sie hielt auch was von Schweinebraten mit Kartoffelklößen –, aber sie meinte, daß er we-

nigstens dann und wann auch auf neumodische Art etwas für seine Gesundheit tun könne.
»Soll der Babypamps da –«, Großvater wies mit anklagendem Zeigefinger auf den Müsliteller, »– vielleicht ein Frühstück für jemand sein, der gerade fünf Klimmzüge geschafft hat, und das mit einundneunzig Jahren?«
»Neunzig«, sagte Großmutter sanft, aber bestimmt. »Und es waren nur drei.«
Großvater ließ sich nicht so leicht aus der Ruhe bringen. »Wirklich? Nur drei? . . . Na, man kann sich ja mal verzählen. Mir ist es jedenfalls wie fünf vorgekommen. Und außerdem – du schaffst nicht mal einen halben, und dabei bist du erst lächerliche achtzig.«
»Neunundsiebzig«, stellte sie richtig. »Was hab' ich auch auf Apfelbäumen zu suchen? Ich mach' meine Gymnastik in der Küche.«
Großvater wedelte ihren Einwand beiseite.
»Also im achtzigsten, wie ich im einundneunzigsten bin, oder hab' ich nicht vor vierzehn Tagen Geburtstag gehabt?«

Großvaters Verhältnis zum Alter war, im ganzen gesehen, reichlich widerspruchsvoll und nicht frei von einer koketten Note. Bis zu fünfundsiebzig hatte er sich immer um mindestens zehn Jahre jünger gemogelt, was ihm bei seinem Aussehen ohnehin jeder abnahm, aber von da an machte er sich älter. Wenn ihn jemand fragte, wie alt er wohl sei, ließ er unbestimmt vernehmen, er gehe auf die Achtzig, und als er die Achtzig dann wirklich umrundet hatte, war nur noch von »bald neunzig« die Rede und von der beklagenswerten Notwendigkeit, sich allmählich doch ans nahende Alter gewöhnen zu müssen.
Seine Voreiligkeit in dieser Beziehung beruhte nun keineswegs auf einer ihm etwa zuteil gewordenen Erkenntnis von der Relativität der Zeit – Erkenntnisse solcher mehr philosophisch-abstrakten Art waren nicht sein Fall –, sondern auf seinem nie erlöschenden eitlen Verlangen, auf dem Antlitz des jeweiligen Fragers ungläubig bewunderndes Staunen aufziehen zu sehen und Äußerungen zu hören wie: »Sie wollen mich wohl vergackeiern? Neunzig? Sie sehen doch mindestens dreißig Jahre jünger aus! Wie machen Sie das?« Es ging

ihm jedesmal glatt runter wie Schweinefüßchen in Sülze, er konnte gar nicht genug davon kriegen, und wenn irgendeiner sich unterstand, etwa nur zu bemerken: »Na ja, dafür haben Sie sich ja ganz leidlich gehalten« oder überhaupt darüber hinwegzugehen, fühlte er sich persönlich beleidigt. Glücklicherweise taten ihm die meisten den Gefallen, und wenn Großmutter, die es natürlich besser wußte, nicht dabei war, erzählte er mit besonderem Genuß, daß ihn der Ortsbürgermeister, als er ihm bei dessen Pflichtbesuch mit Blumenstrauß und Kognakflasche zum neunzigsten Geburtstag höchstpersönlich die Tür geöffnet habe, gefragt hätte, ob er wohl seinen Herrn Vater sprechen könne.

»Der hat nicht schlecht gestaunt, als ich ihm sagte, ich wär' selber das Geburtstagskind!« überschrie er das Gelächter seiner Zuhörer. »Wahrscheinlich hätte er's auch geglaubt, wenn ich ihm erzählt hätte, ich wär' bloß der Enkel.«

Natürlich war kein wahres Wort dran, denn der Bürgermeister kannte Großvater noch aus dessen Zeit als Amtsrichter, als er selbst erst gerade Referendar gewesen war und unter Großvaters absonderlichen Arbeitsgewohnheiten ein Erkleckliches gelitten hatte. Denn absonderlich – das muß bei aller Familienrücksicht gesagt werden – waren sie, jedenfalls für einen auf pünktliche Pflichterfüllung gedrillten preußischen Staatsbeamten.

Vor allem gelang es ihm selten, im Amtsgericht aufzukreuzen, bevor die Justizangestellten zum ersten Täßchen Kaffee des Tages ihre Stullen auspackten. Manchmal war's auch erheblich später. Dabei war er, weiß Gott, kein Langschläfer; es lag nur an der Tücke des Objekts, an dem allmorgendlich sich einstellenden Verhängnis, daß die Dinge, die er dringend brauchte, um für die Aufgaben des Tages gebührend gerüstet zu sein, nicht dort lagen, wo sie liegen sollten, daß heißt dort, wo er sie seiner Meinung am Abend zuvor hingelegt hatte. Während er aufgeregt nach Manschettenknöpfen, dem »gemauerten« Schlips, den er sich mit Hilfe einer Schnalle nur hinten am Kragen festzuzurren brauchte, und dem Schuhlöffel fahndete, ohne den er nicht in seine engen Stiefeletten fand, murmelte er dräuend etwas von »himmelschreiender Unordnung« vor sich hin, ein Gemurmel, das sich allgemach zu wilden Drohungen und Flüchen und schießlich zu unverhohlenen Beschuldigungen Großmutters steigerte, sie habe seine Utensilien mit Absicht versteckt. Großmutter war daran gewöhnt und ertrug es mit Fassung. Nur wenn es ihr gar zu dumm wurde, verzog sie sich stillschweigend in die Küche, drehte hinter sich den Schlüssel zweimal im Schloß herum und braute sich eine anständige Tasse Kaffee von der besten Sorte, der sie ein Gläschen Kognak aus der im obersten Fach des Küchenschranks immer präsenten, aber sorglich im Hintergrund versteckten Flasche beigesellte. Wenn sie dann gemütlich am Tisch saß, in das grüne Gewirr der Obstbäume im Garten hinaussah und genüßlich mal aus der Tasse, mal aus dem Gläschen nippte, während aus dem Schlafzimmer Großvaters Gefluche und Gepolter gedämpft untermalend und gar nicht mehr so recht ernstzunehmend herüberdrang, fühlte sie sich wieder im Einklang mit einer Welt, zu deren schönsten Seiten es gehörte, daß sie auch weniger schöne hatte, ohne die man die schönen ja nicht so recht schätzen konnte. War sie einmal bei dieser tröstlichen Erkenntnis angelangt, schloß sie leise die Tür wieder auf, legte sein Stullenpaket parat, schmierte eine Frühstücksschrippe und stellte auch ihm eine frische Tasse Kaffee zurecht, die er pustend und eilig schlürfte, wenn er dann endlich gestiefelt und gespornt und merklich besänftigt erschien.

»Na, hast du alles gefunden?« konnte sie sich manchmal nicht verkneifen zu fragen. »Wo war's denn versteckt?«

Möglich, daß ihn sein voller Mund am Reden hinderte, aber sicher ist, daß er ganz froh darüber war, auf undeutliche Laute und eine vage herumfuhrwerkende Handbewegung ausweichen zu können. Jedenfalls entzog er sich allen weiteren Fragen, indem er sich schleunigst auf sein schon damals ein wenig altertümliches Veloziped schwang, auf dessen Gepäckträger er zuvor ein dickes Aktenbündel festgeschnallt hatte, und gewaltig in die krachenden Pedalen trat.

Großmutter sah ihm meistens einen Moment kopfschüttelnd nach, bis er mit flatternden Rockschößen hinter der nächsten Ecke verschwand, dann kehrte sie ins Haus zurück, um wieder einmal das Chaos im Schlafzimmer in Augenschein zu nehmen. Es sah aus, als hätten Ali Baba und die vierzig Räuber in ihm gehaust, und Großmutter brauchte eine gute Stunde, um es wieder halbwegs in bewohnbaren Zustand zu versetzen. Und trotzdem: Zuweilen konnte man selbst bei solchen Gelegenheiten die Spur eines Lächelns auf ihrem Gesicht überraschen, und wenn man ihr nahe genug stand, konnte man sie rauh, aber fast ein wenig liebevoll murmeln hören: »Er ist nun mal ein Verrückter. Da kann man nichts machen.«

Aber kehren wir zu seinem neunzigsten Geburtstag und zum Bürgermeister zurück. Großvater war natürlich von dem bevorstehenden hohen Besuch verständigt worden und hatte ursprünglich streitbar geäußert, er würde den Deibel tun und sich wegen jemand in Schale schmeißen, den er noch als rotznasigen Referendar zum Schrippenholen geschickt hätte. Aber so ganz ernst war sein Protest nicht gemeint, denn erstens wußte er ja, daß Großmutter mit ihren speziellen Vorstellungen von Schicklichkeit ihn an seinem Ehrentag keinesfalls in Filzparisern, Kragenknöpfchen und womöglich gar noch unrasiert in Erscheinung treten lassen würde, und zweitens fühlte er sich insgeheim doch geschmeichelt. Bürgermeister war schließlich Bürgermeister, die Staatsautorität erwies ihm in seiner Person ihre Reverenz, und solche Gelegenheiten bedurften eines würdigen Rahmens.
Daß er trotzdem moserte, der Stehkragen sei mindestens drei Nummern zu eng und die schwarze Sonntagshose dafür viel zu weit, war nur so eine Art Rückzugsgefecht, weil er sonst nichts zum Ärgern fand, denn Großmutter hatte seinen selten getragenen Festtagsstaat vorsichtshalber schon am Abend zuvor aus dem Schrank geholt, ausgebürstet, auf Flecken und fehlende Knöpfe untersucht und dann für ihn parat gelegt. Zu suchen gab's diesmal beim besten Willen nichts. Sogar den ziemlich murkligen blauen Sonntagsschlips hatte sie frisch gebügelt und über die Stuhllehne gehängt.
»Alles in Ordnung?« fragte sie und steckte den Kopf durch den Spalt der Schlafzimmertür, um sich zu vergewissern, wie weit Großvaters Vorbereitungen schon gediehen wären.
»Weiß ich nicht«, knurrte er. »Kommt drauf an, wie man's ansieht. Wenn du's in Ordnung findest, daß ich wegen dem verdammten Kragen vermutlich schon erstickt sein werde, bevor der Kerl über-

haupt kommt, und daß ich in den Hosen wie ein Harlekin aussehe, ist bestimmt alles in bester Ordnung.«
Großmutter schob sich zwecks genauerer Musterung noch ein Stückchen weiter herein.
»Mit den Hosen ist es nicht so schlimm«, meinte sie tröstend. »Wenn du die Jacke drüberziehst, merkt man gar nicht, daß du in den Hosenboden zweimal reingehst. Übrigens haben die von Anfang an nicht gepaßt. Man darf eben bei einem Konkurs keinen Posten Hosen kaufen, ohne nicht wenigstens eine anzuprobieren.«
Großvater sog hörbar die Luft ein, als ob er dazu etwas zu bemerken habe, zog es dann aber doch vor zu schweigen, denn Großmutter hatte ihn bei einer schwachen Stelle erwischt. So schwerhörig er nämlich tat, wenn er für den Haushalt oder die Kinder irgendwas Neues anschaffen sollte, so magisch fühlte er sich angezogen, wenn es bei einer Konkursversteigerung oder in der letzten Viertelstunde des Wochenmarkts, wenn die Marktleute ihre verderblichen Restbestände den Kunden förmlich hinterherschmissen, billigen Ramsch zu erhandeln gab. Wochenlang hatte er jeden Samstag einen Rucksack voll grüner Heringe angeschleppt, die Großmutter noch abends braten und in Essig mit Dill und Zitronenmelisse einlegen mußte, bis sie die Nase im wahrsten Sinne des Wortes voll gehabt und ihm energisch erklärt hatte, der Gestank sei überhaupt nicht mehr aus dem Haus zu kriegen, und wenn er sich nur noch von Bratheringen nähren wolle, sei das seine Sache. Sie und die Kinder hätten jedenfalls hin und wieder auch auf was anderes Appetit.
Großvater hatte sich daraufhin grollend in die Waschküche im Anbau verzogen, wo er soviel stänkern konnte, wie er wollte, und sich noch ein paar Wochenenden lang höchstpersönlich der häuslichen Verarbeitung seiner Einkäufe gewidmet. Aber dann ließ sich nicht länger übersehen, daß seine Kollegen im Amtsgericht bei dienstlichen und außerdienstlichen Gelegenheiten auffällig von ihm abrückten, und der Amtsgerichtspräsident hätte nach einer Sitzung schließlich gefragt, ob einer der Herren etwa nebenberuflich eine Fischbraterei betreibe, und auf die einschlägigen Bestimmungen des Beamtengesetzes verwiesen.
Großvater war deshalb, zumindest vorübergehend, zu dauerhafte-

ren und weniger anrüchigen Artikeln wie Hosen übergegangen, wobei er offenbar der Ansicht huldigte, daß sie schon passen würden, wenn sie nur recht billig wären. Einmal hatte er sogar einen stattlichen Posten Schuhe ersteigert.

»So gut wie geschenkt«, triumphierte er, während er vor seinen erwartungsvoll versammelten Lieben den Sack auf den Wohnzimmerteppich ausleerte. »Bei dem lächerlichen Preis hab' ich natürlich schnell zugegriffen und nicht erst lange fragen können, ob's auch die richtigen Größen sind, aber ein paar werden euch schon passen, und in den Rest wachst ihr eben nach und nach rein. Der Mensch muß rechtzeitig für die Zukunft vorsorgen.«

Großmutter schob den Haufen mit der Schuhspitze auseinander. »*Die* Zukunft werden wir vermutlich nicht mehr erleben«, meinte sie dann.

»Wieso?« Großvater starrte sie entrüstet an. Er hatte enthusiastischere Zustimmung zu seinem vorsorglichen Einkauf erwartet.

»Weil die Menschheit kaum von heute auf morgen auf zwei linken Füßen rumlaufen wird. Wir jedenfalls nicht, und wenn wir so alt wie Methusalem werden.«

Sie hatte recht. In dem Haufen waren nur linke Schuhe. Die rechten mußte jemand anders ersteigert haben.

Wutentbrannt über die Blamage, schleppte Großvater sie am nächsten Tag zurück, aber sein Versuch, entweder die rechten dazu- oder sein Geld zurückzukriegen, schlug fehl, und er mußte unverrichteter Dinge wieder abziehen. Um wenigstens halbwegs sein häusliches Ansehen zu retten, ließ er den Schuhsack bei der Rückfahrt im Vorortzug stehen und erzählte Großmutter, er hätte dem Mann so lange die Hölle heiß gemacht, bis er die Schuhe zurückgenommen und das Geld wieder rausgerückt hätte.

Die Sache wäre damit einigermaßen ausgebügelt gewesen, wenn der Zugbegleiter, der Großvater vom Sehen kannte, weil er ein Stückchen weiter in derselben Straße wohnte, ihn nicht mit dem Sack hätte in den Zug steigen sehen. Infolgedessen brachte er das gewichtige Fundstück noch nach Dienstschluß bei ihm vorbei, und Großvater mußte ihm zähneknirschend dafür auch noch einen anständigen Finderlohn geben.

Die so gut wie geschenkten Schuhe verschwanden im hintersten Winkel der Bodenkammer, und Großmutter behielt ihre Meinung über den Fall für sich, bis sich die Schlafzimmertür an diesem Abend hinter ihnen geschlossen hatte. Bei den Kindern, das heißt bei Vater und seinen Geschwistern, muß die Erfahrung aber lebhafte Zweifel an der paarweisen Existenz allen Schuhwerks hinterlassen haben, denn als Großvater ein Jahr drauf mit ihnen in einen richtigen Laden Schuhe kaufen ging und der Verkäufer dem, der gerade dran war, zur Probe erst einmal einen angepaßt hatte, fragte der ängstlich:
»Sitzen tut der ja, aber –«, er druckste herum, »– haben Sie denn bestimmt auch den andern?«

Kein Wunder also, daß Großvater trotz seines streitbaren Temperaments lieber den Mund hielt, wenn Großmutter auf gewisse grüne Heringe oder Hosen anspielte. An diesem Geburtstagsmorgen schien er womöglich noch mehr in sich zu gehen, aber vielleicht lag's auch nur an dem drei Nummern zu engen Kragen. Auf alle Fälle zerrte er unablässig an dem Ding und murmelte dazu bedrohlich. Er taute erst wieder richtig auf, als der Bürgermeister erschien, ihm einen Strauß roter Nelken und eine Flasche Kognak überreichte – »Das reine Rattengift! Nicht mal der Verwandtschaft würd' ich den vorsetzen«, sagte er später. »Wie alt muß man denn werden, bis man einen anständigen mit drei Sternen kriegt?« – und die Verdienste des Jubilars in wohlgesetzter Rede pries.
Nach dem offiziellen Teil ließ sich der hohe Herr von Großmutter noch zu einem Stück eigens gebackener Apfeltorte mit Schlagsahne verführen, und während sie so gemütlich schnabulierend zusammensaßen, fragte er Großvater, wie er es eigentlich anstelle, so jung und knusprig zu bleiben.
»Bierhefe«, sagte Großvater. »Jeden Morgen, bevor ich die Hosen hochziehe, ein Eßlöffel Bierhefe. Gehäuft. Und Gymnastik natürlich. Sollten Sie auch machen, Herr Bürgermeister. Sie sind ja noch der reine Jüngling –«, der Besucher stand knapp vor der Pensionierungsgrenze, »– aber glauben Sie, Sie könnten noch fünf Klimmzüge an dem Apfelbaum da schaffen?«

Er wies durchs Fenster in den Garten hinaus und verhinderte zugleich durch einen niederschmetternden Blick jede etwa beabsichtigte Einmischung von Großmutters Seite.
»Ich weiß nicht«, erwiderte der Bürgermeister. »Wenn mir Ihre verehrte Gattin noch so'n Stück Apfeltorte spendiert, könnte es vielleicht klappen. Aber ich probier's lieber nicht, sonst verklagen Sie mich noch wegen Baumfrevel. Seitdem ich bei Ihnen Referendar war, hab' ich ja schließlich eine Kleinigkeit zugenommen, und der Baum sieht mir nicht allzu stabil aus.«
Sie lachten gemeinsam über die »Kleinigkeit«, die das Lebendgewicht des Herrn nahezu verdoppelt haben mußte, und da sie nun bei persönlichen Bekenntnissen angelangt waren, erkundigte sich der Bürgermeister, ob Großvater, wenn er sich's wünschen könnte, lieber in der Zeit seiner Jugend oder in der Gegenwart leben würde.
»Ich seh' da keinen Unterschied«, erwiderte Großvater. »Ist doch alles eins, und wer was anderes sagt, soll sich 'ne bessere Brille verschreiben lassen. Die Jungen vergessen bloß, daß sie auch mal älter werden, und die Alten, daß sie mal jung gewesen sind, das ist alles. Nur das Drumrum ändert sich'n bißchen, aber die Menschen und ihre Dummheiten bleiben die gleichen. Ich muß immer lachen, wenn die Oberschlauen von Opas Zeiten reden, als hätten wir uns wie die Affen damals noch auf Bäumen geschaukelt. Nee, Opas Zeiten sind immer, vorgestern, heute und übermorgen. Man muß nur manchmal 'n bißchen drauf warten, bis man's merkt.«
Er spähte in sein Glas, fand es leer und schob es Großmutter über die plüschene Decke zu.
»Schenk noch mal ein, Emmi«, sagte er. »Man wird ja meistens bloß einmal neunzig im Leben. Aber nicht wieder aus der Flasche vom Herrn Bürgermeister.« Er plinkerte ihr verstohlen zu. »Die heb' ich mir für besondere Gelegenheiten auf. Lieber aus deiner im Küchenschrank, wenn noch'n Schlückchen drin sein sollte.«
Und als Großmutter widerstrebend seinen Wunsch erfüllt hatte, hob er sein Glas und sagte:
»Prost, Herr Bürgermeister! Hoffentlich sind Sie in zehn Jahren noch so knusprig und bei Kräften, daß Sie mich zum Hundertsten wieder besuchen können.«

2. Kapitel

Als Großvater in einer der zu dieser Zeit noch fast brandneuen Mietskasernen der Schillerstraße in Charlottenburg geboren wurde, läuteten die Kirchenglocken, doch da am selben festlichen Tage, dem 27. Februar 1881, Prinz Wilhelm von Preußen, der spätere Kaiser Wilhelm II., Auguste Viktoria zum Traualtar führte, ist fast mit Sicherheit anzunehmen, daß es nicht ihm zu Ehren geschah. Großvaters Vater, der Oberbahnassistent Paul Wilhelm Leppien, soll das eben frisch geborene Würmchen trotz Protestgezeters seiner Frau Martha aus der Wiege neben dem Nußbaum-Ehebett genommen, feierlich zum Fenster getragen, als sei es dort dem historischen Ereignis näher, und dort bewegt zu ihm gesagt haben: »Sei immer eingedenk, mein Sohn, daß dich besondere Schicksalsgunst an einem Freudentag unseres Herrscherhauses zur Welt kommen ließ, und zeige dich dessen würdig.«

Genauso und kein Wörtchen anders, denn Mutter Martha hatte es getreulich in ihrem Tagebuch festgehalten, das sie an diesem Abend begann, um Wachsen und Gedeihen des Jünglings dokumentarisch zu begleiten. Es blieb die einzige Eintragung, da sie es in ihrem jungen Mutterglück fortzuführen vergaß.

Würdig zeigte sich der Stammhalter indessen nicht, denn auch das ist überliefert, daß die dunkelblaue Uniform seines Vaters hinterher betrübliche feuchte Spuren aufwies, was dessen gehobene Stimmung beträchtlich minderte.

Großvater ließ sich über seinen Erzeuger, der später als Vorsteher des Bahnhofs Charlottenburg waltete, selten aus, aber als er einmal in alten Fotos kramte, zeigte er eins, auf dem ein reichlich mürrisch blickender Herr mit Franz-Joseph-Bart in einem bis zu den Kniekehlen reichenden Uniformrock, engen Korkzieherhosen und zu unserer Überraschung mit einem Säbel mit Troddel an der Seite neben einer malerisch abgebrochenen Pappsäule zu sehen war.

»Das ist er«, erklärte er. »Die Plempe hat er natürlich nur zum Fotografieren und zu Kaisers Geburtstag getragen. Sonst hing sie zu Hause über dem Vertiko. Auf dem Bahnhof ist er damit nicht rumgerannt.«

Wir fanden das enttäuschend, denn ein Bahnhofsvorsteher mit Kelle war nichts Besonderes, die konnte man auf allen Bahnhöfen sehen, aber einer, der statt dessen seinen Säbel schwenkte wie der Feldmarschall Moltke vorm Sturm auf die Düppeler Schanzen auf der Gravüre über Großvaters Plüschsofa, entsprach schon eher unserem damals noch recht elitären Familiengefühl.

»Der sieht aber streng aus«, sagte einer von uns.

»War er auch«, bemerkte Großvater ungewöhnlich wortkarg und ließ das Foto unter den anderen verschwinden. Erst nach einer Weile fuhr er fort: »Damals hatte es sich eben noch nicht rumgesprochen, daß Kinderseelen verkümmern, wenn man die dazugehörigen Hosenböden versohlt.«

Weitere Einblicke in seine frühe Jugendzeit gewährte er nicht. »Was soll denn schon sein?« sagte er nur und mimte auf ärgerlich. »Jungs machen sowieso immer dieselben dämlichen Streiche. Soll ich euch meine vielleicht erzählen, damit ihr die paar, die euch noch nicht eingefallen sind, schnurstracks nachmacht und eure armen Eltern noch mehr graue Haare kriegen? Nee, nee, von mir kriegt ihr nichts zu hören.« Aber eine Geschichte, die mit dem Eisenbahnwagen, erfuhren wir auf irgendwelchen Umwegen doch.

Großvater suchte die Sekunda des Kaiserin-Augusta-Gymnasiums in der Cauerstraße heim, und er und seine Klassenkumpane fühlten sich mit ihren schräg auf die Tolle geklemmten bunten Schülermützen schon als halbe Studenten. Deshalb wollten sie auch den Anfang der Sommerferien mit einem solennen Festkommers nach allen Regeln der Kunst begehen, und da ihnen zünftige Kneipen bei ihrer kaum zu übersehenden Jugendlichkeit nicht zugänglich waren, mußten sie sich nach was anderem umsehen. Zu Hause bei einem von ihnen ging's aus begreiflichen Gründen nicht, außerdem sollte es was Ausgefallenes sein, und so verfielen sie – das heißt, nicht sie, sondern Großvater natürlich – schließlich auf die ganz verrückte Idee, ihre Fidelitas in einen der auf den Rangiergleisen des Bahnhofs Charlottenburg abgestellten Eisenbahnwaggons zu verlegen. Gleich hinterher überkamen ihn zwar ob der Tollkühnheit des Unternehmens Bedenken, aber es sollte auch nicht so aussehen, als ob er einer Lappalie wegen gleich die Hosen voll hätte, denn man mußte schon aus einer besseren Eisenbahnerfamilie sein, um ermessen zu können, was es bedeutete, leichtfertigen Fußes Bahngelände zu betreten, geschweige denn ärarisches Eigentum für private Festivitäten zu nutzen. In den Augen des Oberbahnassistenten Leppien jedenfalls kam es gleich nach Revolution.

Zehn Mann hoch zählte also das Häuflein der Verschworenen, die in der Abenddämmerung mit zwei von ihren zusammengelegten Taschengeldgroschen redlich erstandenen vollen Bierkästen und einigem weniger redlich elterlichen Zigarrenkisten und Speisekammern entnommenem Zubehör zwischen dunklem Gesträuch die steile Böschung vom Stuttgarter Platz zum Bahngelände emporklommen. Den schwärzlichen Staketenzaun unten hatten sie mit Hilfe zweier lockerer Latten überwunden, die Großvater noch von früheren Räuber- und Gendarmspielen her kannte.

»Seid bloß leise«, warnte er beklommen. »Mein Alter Herr hat heute abend Spätdienst, und wenn der uns erwischt ...«

Die unausgesprochen über ihren Häuptern schwebende Drohung machte das Unternehmen für die anderen womöglich noch reizvoller, und als sie ungesehen einen einsam vor dem Prellbock stehenden Waggon zweiter Güte geentert und sich's auf den staubig riechenden Polstern bequem gemacht hatten, brach allgemeine Hochstimmung aus, nur vorübergehend gedämpft durch Großvaters Beschwörung, erst die lappigen Vorhänge vor die Fenster zu ziehen, bevor sie die mitgebrachten Kerzen ansteckten.

Für die Kerzen waren Halter vonnöten, wozu sich bekanntlich die Hälse leerer Flaschen besonders eignen, und so vergluckerte der Inhalt der ersten Runde durch die vor Aufregung trockenen Kehlen, was die Stimmung noch mehr belebte. Es dauerte nicht lange, bis der erste Zigarrenqualm und, mit ihm vermischt, der erste Cantus rauher, noch ein wenig brüchiger Jünglingsstimmen zu den Gepäcknetzen aufstieg.

Anfangs mag Großvater noch versucht haben, den musikalischen

Tatendrang seiner Klassenspezis zu dämpfen, aber schließlich sah er wohl ein, daß es zwecklos war – herzhafter Gesang gehörte nun mal zu altersgeheiligtem studentischen Brauch –, und außerdem versank auch ihm allmählich die dräuende väterliche Gestalt in der überschäumenden Bierseligkeit, und um so hehrer und verklärter stieg sein eigen Bild als wackrer Bursch vor ihm auf, dem keine Macht der Welt ein feiges Zittern abtrotzen sollte. Ihm nicht, ihm schon ganz und gar nicht! Und er angelte sich eine neue Flasche, hob sie wie ein altgedienter Korpsstudent in den Tabaksqualm und schmetterte trutzig: »Komme euch ein Volles! Ex mit Schaden!«

Vielleicht wäre trotzdem alles gut abgegangen, wenn einer aus ihrer Runde nicht ins Bremserhäuschen geklettert wäre und im Überschwang oder in Unkenntnis der Zusammenhänge die Bremse gelöst hätte, so daß der Waggon auf der sanften Schräge ebenso sanft und unauffällig ins Rollen kam. Er rollte mählich, doch mit mählich sich mehrender, aber noch immer maßvoller Schnelligkeit dem Bahnhof zu, ohne daß es einem der jubilierenden Insassen ins Bewußtsein drang, zumal der Frevler im Bremserhäuschen, von Bier und Müdigkeit übermannt, auf seinem engen Hochsitz entschlummert war.

Erst als der Wagen über eine Weiche ruckelte, dämmerte Großvater Schreckliches auf und ließ ihn durch eins der Fenster plieren. Was er sah, trieb ihm die militärisch kurz gestutzten Haare zu Berge, denn da glitt schon der Bahnhof in nahe Sicht, wenn auch zum Glück der total leere und nur von ein paar Funzeln sparsam erleuchtete Güterbahnsteig, und drüben auf Bahnsteig eins tat sich eben die Tür zum Stationsvorsteher-Kabäuschen auf, und im herausfallenden Lichtschein erschien eine uniformierte, an Umriß und Bewegung deutlich erkennbare und selbst auf die Entfernung noch Gänsehaut erzeugende Gestalt . . .

Stationsvorsteher Paul Wilhelm Leppien war eben dabeigewesen, die Pause bis zum Eintreffen des Elf-Uhr-fünf-Eilzuges nach Magdeburg–Hannover mit einer ihn immer wieder tief befriedigenden Tätigkeit auszufüllen. Da sein Adlatus, Bahnassistent Piechow, die um diese Zeit spärlicher werdenden Stadtbahnzüge abfertigte, konnte er ohne Furcht vor Störungen die Stiefel von den Füßen ziehen, den hühneraugenbehafteten Zehen in den grauen, grobgestrickten Wollsocken freien Spielraum gewähren und die obersten drei Knöpfe seiner Uniformjacke öffnen. So behaglich eingestimmt, machte er sich daran, im täglich zu erstattenden Dienstbericht den vorschriftsmäßig pünktlichen Verlauf von Ankünften und Abfahrten zu vermelden.

Ordnung und Pünktlichkeit waren ihm nicht nur das halbe, sondern das ganze Leben. In seinen Westentaschen, erzählte uns Großvater, hätten immer drei Uhren gesteckt, für den Fall, daß eine stehenblieb. Zwei brauchte der Mensch seiner Meinung nach, um überhaupt existieren zu können und den Zufälligkeiten technischen Versagens nicht ausgeliefert zu sein. Entdeckte er auf seinen Wegen irgendwo eine Turmuhr oder Uhren in der Auslage eines Uhrengeschäfts, zog er seine heraus und stellte mit Genugtuung ihre Übereinstimmung fest, die klar bewies, daß die anderen vor oder nach gingen. Großvater war es jedesmal furchtbar peinlich gewesen, wenn sein Vater bei sonntäglichen Familienspaziergängen von jemand nach der Zeit gefragt worden war und nacheinander seine drei Uhren zutage förderte, ohne sich dadurch stören zu lassen, daß die Frager schon bei der zweiten große Augen bekamen und bei der dritten sichtlich unruhig wurden.

»Was hast du denn?« fragte sein Vater. »Der Mann will doch eine richtige Auskunft von mir haben. Ordnung muß nun mal sein.«

Vermutlich kam er nie auf die Idee, daß man ihn für einen ambulanten Uhrenhändler oder gar für einen Taschendieb halten könnte. Und mit der sonstigen Ordnung war es bei ihm genauso. Von Martha, seiner Frau, wird berichtet, sie habe vermutet, er brauche nur deshalb so lange zu seiner Morgentoilette, weil er vorm Scheitelziehen die Haare zähle, damit auf jede Seite die einmal für richtig befundene Anzahl käme. Das heißt natürlich nur so lange, bis sie ihm ausgingen und die stattliche Stirnglatze sein Ordnungsstreben an dieser Stelle erübrigte. Falls sie das wirklich gesagt hat – und Großvater blieb dabei –, muß sie wohl mehr Humor gehabt haben, als das reichlich streng blickende Porträt in fischbeingestützter schwarzer, gerüschter Seide im Familienalbum verrät.

Urgroßvater Leppien war bei der letzten Rubrik des Dienstberichts, »Besondere Vorkommnisse«, angelangt, und der säuberlich mit dem Lineal gezogene Strich, den er dort anzubringen pflegte, war für ihn die Krönung des Tages, Abschluß und letzte Bestätigung, daß wieder einmal alles nach Vorschrift verlaufen war. Noch war es für diesen Schlußstein zu früh – zwei Fernzüge waren bis Dienstschluß noch fällig, von den Stadtbahnzügen gar nicht zu reden –, aber er genoß schon im Vorhinein das Hochgefühl, das es ihm wieder bereiten würde, wenn . . .

In diesem erhebenden Moment also war's, daß Piechow den bemützten Kopf durch die Tür hereinsteckte und aufgeregt rief: »Herr Stationsvorsteher, kommse mal schnell!«

Im Aufstehen die Mütze aufstülpend und mit geübtem Griff die drei oberen Uniformknöpfe schließend, hastete er auf den Bahnsteig hinaus. Und dort gewahrte er, was er bis dato für völlig ausgeschlossen gehalten hatte. Das unvorhergesehene, das besondere, in einem geordneten Dienstbetrieb nicht statthafte Vorkommnis rollte dort drüben vor seinen ungläubig aufgerissenen Augen durch die Nacht: ein Zweiter-Klasse-Waggon, dunkel bis auf die Fenster eines Abteils, und keineswegs nur eine optische Sinnestäuschung, denn diesem Abteil entströmte grölend Gesang, mehrstimmig und weder klangrein noch im vorgesehenen Takt, aber nur allzu deutlich vernehmbar:

»Bier her, Bier her, oder ich fall' um, juchhe! Soll das Bier im Keller liegen und ich hier die Kränke kriegen? Bier her, Bier her . . .«

Das allein jedoch war es nicht, was ihn noch immer wie versteinert dem längs des Güterbahnsteigs dahinrollenden und wieder in die Nacht entschwindenden Waggon nachstarren ließ. Undenkbares, total Undenkbares kam hinzu. Köpfe, dunkle Köpfe, waren hinter den Fenstern aufgetaucht, Köpfe mit Schüler- oder Studentenmützen, und in einem von ihnen hatte er trotz der Entfernung seinen eigenen, leiblichen Filius zu erkennen geglaubt . . .

Nur eine Winzigkeit fehlte noch, um den schwer Angeschlagenen gänzlich aus den Pantinen zu kippen, und diese Winzigkeit enthüllte ihm Piechows verdutzt auf die unterwärtsige Erscheinung seines Vorgesetzten gerichteter Blick. Denn vor Piechow stand, was nicht weniger unerhört und in der Königlich-Preußischen Eisenbahndienstordnung keinesfalls vorgesehen war: ein Stationsvorstand im Dienst, dessen Füße in selbstgestrickten, dicken grauen Wollstrümpfen steckten. Die Schuhe hatte er in der Eile des Aufbruchs anzuziehen vergessen.

Großvater hatte damals nach der Schrecksekunde schnell geschaltet. Der Waggon war kaum aus dem dürftigen Lichtschein des Bahnhofs heraus, als er sich auch schon übers Trittbrett zum Bremserhäuschen hangelte. Eben holperte der Waggon langsam über eine Weiche aufs Nebengleis, das unmittelbar am Bahndammrand entlanglief. Wenn er ihn schnell genug abbremste, würde er noch weit genug vor dem Stellwerk zum Stehen kommen, und niemand könnte im Finstern ihre Flucht beobachten oder gar verhindern. Es ging wie geschmiert. Das Schwierigste war noch, die bier- und sangesselige, halb vertrante Kumpanei in aller Eile von der Delikatheit ihrer Situation zu überzeugen und zu raschem, halbwegs geordnetem Rückzug zu veranlassen. Immerhin, es gelang, und als Piechow von der einen Seite und der alarmierte Stellwärter von der anderen her außer Puste den Waggon erreichten, waren die Übeltäter ausgeflogen, und außer großzügig verstreuter Zigarrenasche, zerknülltem, fettigem Papier und einem liegengebliebenen Zwicker mit Gläsern aus Fensterglas kündeten nur ein Haufen leerer und ein paar volle Bierflaschen davon, daß hier Unerlaubtes vonstatten gegangen war.
»Weg sind se«, konstatierte Piechow befriedigt, nachdem er auch die angrenzenden Abteile mit seiner Acetylen-Latichte abgeleuchtet hatte. »Hab' schon Angst gehabt, hier könnten noch'n paar Bierleichen rumliegen, die wir abschleppen müßten. Und dann die Schererei mit der Polizei!«
Er angelte sich eine der vollen Flaschen und hielt sie ans Licht. »Wenigstens hamse ein paar Helle dagelassen. Anständig von den Jungs, muß ich sagen. Na, dann Prösterken auf den Schreck.«

Mit dem Linealstrich in der Rubrik »Besondere Vorkommnisse« war es diesmal nun leider nichts. Statt dessen wurde der Vermerk eingetragen, daß sich die Bremsen eines auf dem Bahngelände zeitweilig abgestellten Waggons offenbar durch fremde Einwirkung gelöst hätten, so daß besagter Waggon ins Rollen gekommen sei. Trotz raschen und entschlossenen Eingreifens des pp. Bahnpersonals seien die Täter unerkannt entkommen. Ein Schaden an Bahneigentum sei nicht eingetreten. Es werde um gefl. Weisung gebeten, ob Strafanzeige gegen Unbekannt zu veranlassen sei.

Urgroßvater Leppien strebte in dieser Nacht zu ungewohnt später Stunde seinem häuslichen Herde zu. Die Abfassung der Meldung hatte den Peniblen schwere Mühe gekostet, von seinen Gewissensqualen gar nicht zu reden. Falls seine Beobachtung zutraf und sein Sohn an dem Vorfall beteiligt gewesen war, setzte er sich seiner vorgesetzten Behörde gegenüber ins Unrecht, wenn er sie nicht meldete. Andererseits: wenn sie nicht zutraf, das heißt, wenn er sich irrte – und die Entfernung wie die herrschende Dunkelheit und die Flüchtigkeit des Eindrucks sprachen dafür –, setzte er sich bei Meldung wiederum ins Unrecht, erschwert durch den Umstand, daß er die Behörde veranlaßte, sich ebenfalls ins Unrecht zu setzen, indem sie einen Unschuldigen gerichtlich verfolgte. Das doppelte Unrecht des zweiten Falls wog zweifellos schwerer als das einfache und dazu nicht nachweisbare Unrecht des ersten, und diese unanfechtbare Gewissensarithmetik bewog ihn schließlich, sich für »Täter unerkannt« zu entscheiden.

Aber unbeschwert fühlte er sich deswegen noch lange nicht, und erst als Martha, aus erstem friedlichen Schlummer aufgescheucht, ihm gähnend versicherte, Paul junior sei den ganzen Abend zu Hause gewesen und schlafe seit langem, senkte sich Frieden in sein Gemüt. Sie sagte es guten Glaubens, weil sie es nicht besser wußte, denn sie selbst hatte den Abend bei der netten Gemüsehändlerin unten im Haus verbracht, mit der sie gelegentlich plauschte, ein Umstand, den sie ihrem Mann verheimlichen mußte, da er so unstandesgemäßen Verkehr nicht liebte.

Barfuß und im Nachthemd schritt er schließlich noch in die Kammer des Jungen hinüber und sah gerührt und reuig auf das Unschuldsantlitz des Schlafenden hinab, den er beinah eines . . . ja, eines Verbrechens beschuldigt hätte. Und während er, milde über so-

viel Verirrung den Kopf schüttelnd, endlich Kurs aufs Ehebett nahm, entging ihm der im Raum schwebende leise Zigarrenruch, wie er Textilien entströmt, die längere Zeit in engen Räumlichkeiten, Eisenbahnabteilen zum Beispiel, zigarrenqualmgeschwängerter Luft ausgesetzt waren.
Die einzige Folge dieser Ereignisse war, daß er noch eine Zeitlang, vorzüglich während des Dienstes, gelegentlich zusammenzuckte, als plage ihn ein nervöser Tick, und sich durch einen verstörten Blick überzeugte, ob er auch wirklich Schuhe an den Füßen hatte.

3. Kapitel

Daß er sich danach gerissen hätte, im Anschluß an das nicht gerade glänzend, aber doch mit einigem Anstand bestandene Abitur zum Kommiß einzurücken, kann man von Großvater nicht gerade behaupten. Militärisches fand er erst vom Leutnant an aufwärts interessant; was darunter war, schien ihm nicht übermäßig anziehend. Mit Krethi und Plethi in einem trübseligen Spandauer Kasernengeviert nächtigen zu müssen, noch dazu auf einem klumpig gestopften Strohsack unter einer kratzigen Wolldecke, hielt er für eine ausgesprochene Zumutung, und die ihm vom Kammerbullen nach einem offenbar fehlgeleiteten Orientierungsblick zugeteilte Uniform entsprach nicht einmal seinen bescheidensten Vorstellungen von Eleganz. Daß weder das Menü aus der Kasernenküche noch das stumpfsinnige Auf-Nieder und Rechtsum-Linksum auf dem staubigen Kasernenhof unter Anleitung eines vierschrötigen, äußerst unhöflichen Feldwebels nach seinem Geschmack war, bedarf kaum besonderer Erwähnung.
»Na, ich hab's auch nicht lange mitgemacht«, teilte er befriedigt mit, und wenn wir danach fragten, wie er das angestellt habe, ob er vielleicht so schnell schon befördert worden sei, schwankte er sichtlich zwischen der Versuchung, uns irgendwas Rühmliches aufzu-

binden, und der Preisgabe einer Wirklichkeit, deren Bedeutung abseits jeden äußeren Glanzes in der Erkenntnis lag, daß man sich, ein gewisses Maß an Grips vorausgesetzt, auch unter mißlichen Umständen als Individuum behaupten könne.

Es kam nämlich heraus, daß er es irgendwie verstanden hatte, sich aus den unerfreulicheren Bereichen des militärischen Daseins in den zivileren der Küchen der Frau Hauptmann und später der Frau Oberst abzusetzen und sich durch Kartoffelschälen, Fußbodenschrubben und allerlei anderer Hilfsarbeiten nützlich zu machen.

»Klar, daß die sich jemand Gebildeteres für so was aussuchen«, sagte er. »Wer will schon irgendeinen Dorftrottel mit dreckigen Fingern in der Küche, der sich bei Damen nicht angenehm zu machen versteht.«

Er lächelte wohlgefällig längst vergangenen Zeiten – und wohl auch längst vergangenen Damen – zu und fuhr fort:

»Ihr hättet mal sehen sollen, wie der Dienstbolzen – Rosa hieß sie, so 'ne deftige Blonde – jedesmal zur Frau Oberst gespritzt ist, wenn es wieder mal hieß, ich müßte zur Kompanie zurück. Sie hätte ja auch ihre Arbeit zu tun. Der Herr Oberst erwarte, daß ihm pünktlich ein anständiger Happenpappen vorgesetzt würde, und wenn er weiter so fein geschälte Petersilienkartoffeln zum Rindfleisch wolle . . . Na ja, und die Frau Oberst hat dann auch immer richtig gespurt, und ich bin beim Kartoffelschälen geblieben. In meinen Militärpaß hätten sie reinschreiben müssen: Ausgebildet am Schrubber und Kartoffelschälmesser.«

Mit solchen Kenntnissen versehen, kehrte Großvater ein Jahr später aus Spandau zurück und stand vor der Frage, was nun werden sollte. Beruflich natürlich. In seiner eigenen Vorstellung war das von ihm schon als Schüler gehegte Idealbild des Studenten noch nicht verblaßt, im Gegenteil, aber Studiosus sein war kein Beruf, das Studium mußte zu irgend etwas Einträglichem und Respektablem führen, an dem man sich ein Leben lang festhalten konnte, und in dieser Beziehung war Großvaters Zukunftsvision reichlich unscharf.

Eine Weile war ihm, der Respektabilität wegen, nach Arzt zumute gewesen, aber dann fiel ihm noch rechtzeitig ein, daß Ärzte oft mitten in der Nacht aufstehen mußten und überhaupt viel mit Krank-

heiten und sonstigen Unerfreulichkeiten in Berührung kamen, und Blut sehen konnte er sowieso nicht.
Mit der Medizin war's also nichts, und die Lehrer, die er in seinen letzten Schuljahren genossen hatte, waren in seinen Augen auch nicht die rechten Vorbilder gewesen, um ihn zu beruflicher Nacheiferung anzuregen. Komische Figuren allenfalls, die weniger durch ihre pädagogischen Fähigkeiten als durch mancherlei schrullige Eigenheiten glänzten. Moses, zum Beispiel, der eigentlich bloß Meyer hieß, aber soviel Urwüchsiges, Bärtiges, Urväterliches an sich hatte, daß einfach kein anderer Spitzname für ihn in Frage kommen konnte.
Moses gab Mathematik, Physik und Turnen, und häufig gerieten ihm alle drei durcheinander. Beim Reckturnen konnte es passieren, daß er mittendrin unterbrach und dem turnerischen Unvermögen der vor ihm aufgebauten Schülerriege durch ausgedehnte Vorträge über Hebelwirkung, statische Momente, Zentral- und Tangentialkraft aufzuhelfen versuchte.
»Reine Physik, meine Herren«, pflegte er zu sagen. »Wenn Sie bei den Gesetzen der Mechanik nicht geschlafen hätten, wäre die Riesenwelle ein leichtes für Sie. Statt dessen hängen Sie wie nasse Handtücher auf der Leine.«
Klingelte es, für ihn überraschend, plötzlich zur Pause, während er noch tief in seinen theoretischen Darlegungen steckte, zog er betroffen seine Uhr zu Rate, um ganz sicher zu sein, daß der Pedell mit seiner Klingelei nicht etwa vorging.
»Nun, diesmal ist der corpus leider zu kurz gekommen«, bemerkte er. »Damit die mens trotzdem sana bleibt, absolvieren Sie dafür zum Ausgleich als Hausarbeit für die nächste Physikstunde fünfzehn Liegestütze. Den Vollzug lassen Sie sich von Ihrem Herrn Vater attestieren.«
Am hübschesten entfaltete er sich jedoch nach Großvaters Schilderung fern der Schule während der Nachsitzestunden bei ihm zu Hause. Sie waren begehrt wie Premierenkarten im Metropol, und man kam ebenso schwer an sie heran. Geringere Vergehen wurden von Moses mit einem Tadel im Klassenbuch bedacht, den er hinterher meistens mitfühlend wieder ausstrich, sehr zum Mißvergnügen

der Betroffenen, da erst die gesammelte Widersetzlichkeit von drei Tadeln zum Nachsitzen ausreichte und sie auf diese Weise dem Ziel ihrer Wünsche nicht näher rückten. Man mußte schon ganz gehörig auf die Pauke hauen, um ihn zu schärferen und bleibenden Maßnahmen zu veranlassen, aber zum Nachsitzen kam es auch dann meistens nur, wenn an diesem Tag gerade ein dicker Packen Hefte mit den fragwürdigen Ergebnissen der letzten Mathe-Klassenarbeit zum Korrigieren in seine Behausung zu schleppen war.
Erschien man zur festgesetzten Stunde, war während des Mittagsnickerchens auch der letzte Rest seines Grolls verflogen, ein von Frau Schmiechen, seiner Wirtschafterin, speziell zur Tröstung des Inkulpaten gebackener Marmorkuchen stand samt bauchiger Kaffeekanne und Tassen schon auf dem Tisch, und statt der angekündigten Strafarbeit verbreitete sich Moses zur Horizonterweiterung des Jünglings ausgiebig über die vielfältigen Wunder der Wissenschaft und mit leiser Wehmut über die Erfindungen, die er beinah gemacht hätte, wenn ihm nicht zufällig gerade jemand zuvorgekommen wäre: Edison beim Phonographen, zum Beispiel, und ein gewisser Carl Benz aus Mannheim beim Gasmotor.
Zwischendurch erinnerte er sich, daß außer dem Horizont auch der corpus zu seinem Recht kommen müsse, befreite sich von seinem Jackett, trat in Hosenträgern und Rauschebart mit dem jeweiligen Nachsitzer zu Knie- und Rumpfbeugen in die frische Luft des Balkons hinaus und schritt danach heftig gerötet und pustend, was bei seiner Körperfülle nicht verwunderlich war, zum Tisch zurück, um durch ein weiteres Stück Marmorkuchen den Kalorienverlust einigermaßen auszugleichen.
»Der Mann war in Ordnung«, erzählte uns Großvater, wenn er uns, was selten genug passierte, ein Eckchen aus seiner Pennalzeit preisgab. »Mit seinen Erfindungen hat er vielleicht gesponnen, weiß ich nicht, stelle anheim, aber das mit dem corpus, mit den Freiübungen, das war goldrichtig. Ich halt' mich noch heute damit in Schwung, seht mal her –«, dabei beugte er wie ein Gewichtstemmer den rechten Arm und ließ uns stolz seinen spärlichen Bizeps fühlen, »– und wenn der arme Kerl schon als junger Mensch mit knapp siebzig gestorben ist, wär's nicht deswegen, sondern weil er wieder mit 'ner

schon erfundenen Erfindung zu Gange war, dabei ins Wasser gefallen ist und sich 'ne Lungenentzündung geholt hat.«
Er legte eine Minute stillen Gedenkens ein und zog dann für uns die Nutzanwendung:
»Laßt also gefälligst die Finger vom Erfinden. Freiübungen sind gesünder.«

Ein rechter Anreiz, der Großvater hätte ermuntern können, sich der Pädagogik zu widmen, war Moses also ebensowenig wie seine Kollegen gewesen, und da auch Theologie mangels entsprechender Berufung ausfiel, blieb die Frage »Was nun?« weiterhin ungelöst. Es war etwa um diese Zeit, daß ihm Oberstudienrat Dr. Schuppe, sein Deutschpauker in den beiden letzten Schuljahren, unversehens über den Weg lief.
Über den Verlauf dieser für sein weiteres Dasein nicht unwichtigen Begegnung existieren zwei Berichte. Einer von Großvater selbst, in dem er als strahlender Held dem Pauker anständig seine Meinung über mancherlei ihm widerfahrenes Unrecht geigte (»Nicht mal piep hat der mehr gesagt, könnt ihr mir glauben. Das hat der sich bestimmt nicht hinter'n Spiegel gesteckt!«), und ein zweiter, von Großmutter aus Bruchstücken zusammengereimt, die er ihr in schwachen Stunden anvertraut hatte, und dieser zweite schien uns der historischen Wahrhaftigkeit viel mehr zu entsprechen. Danach war er, Großvater nämlich, bei einem Abstecher »in die Stadt«, wie das hieß, wenn man teils per Pferdebus, teils mit der neuen elektrischen Straßenbahn von Charlottenburg in die Gegend zwischen Potsdamer Platz und Hausvogteiplatz zuckelte, in die Moellersche Buchhandlung in der Leipziger Straße geraten, weil sein Blick in der Auslage an einem Buch mit dem verlockenden Titel »Katechismus der Tanzkunst« hängengeblieben war.
Natürlich hätte er in diesen Tagen andere Sorgen haben müssen, aber er muß schon damals groß darin gewesen sein, Unerfreuliches vor seiner Nasenspitze zu übersehen und dafür Angenehmeres, wenn auch Entlegeneres ins Auge zu fassen. Tanzen hatte er zu seinem Leidwesen nie richtig gelernt – der Stationsvorsteher hatte Tanzstunden aus Sparsamkeitsgründen abgelehnt, und bei Preu-

ßens war die Anstandsausbildung auf das zackige Ritual des Grüßens Vorgesetzter beschränkt geblieben –, und nun fiel ihm dieses Büchlein in die Hände, das sich jedwedem als unumgänglich empfahl, der, wie auf dem Titelblatt stand, Geselligkeit und feine Manieren liebte und dazu berufen war, sich in besseren Kreisen zu ergehen.
Geselligkeit liebte er nun allemal, feine Manieren bewunderte er in Marcel Prévosts heimlich geschmökerten Romanen aus der Pariser Lebewelt, und die Berufung zum Umgang in besseren Kreisen fühlte er ebenfalls in sich keimen. Also ging er schon heftig mit sich zu Rate, ob er die zwei Mark, die er in der Tasche hatte, für ein broschiertes Exemplar der »Tanzkunst«, für eine auch ohne Uhr vor der Weste zu tragende echt feuervergoldete Kavalierskette von Rosenhain nebenan oder, wie eigentlich vorgesehen, für eine Bockwurst mit Salat, ein Bier und die Rückfahrt nach Charlottenburg anlegen sollte, als er hinter sich eine diskret von asthmatischem Pfeifen umspielte heitere Altherrenstimme vernahm:
»Ei, ei, sieh da! Sollte das nicht mein einstiger Schüler, der junge Leppien, sein, der in diesem Tempel der Bücher mit literarischen Geistern Zwiesprache pflegt?«
Großvater fuhr verlegen herum, und die Hand mit dem Buch verschwand hinter seinem Rücken. Er kannte die Stimme nur zu gut. Sie hatte ihm meistens nichts Gutes verkündet. Seine deutschen Aufsätze waren nicht die besten gewesen. Thematische Fragen wie etwa die, was für Gedanken Wilhelm Tell bewegt haben mochten, als er den Apfel vom Haupt seines Sohnes schoß, regten seine in weniger hypothetischen Bereichen schweifende Phantasie zu keinerlei zweckdienlichen Einfällen an. Und was man nicht wußte, war auch schlecht in Einleitung, Hauptteil klein a, Hauptteil klein b, Folgerung und Schluß zu gliedern.
Und nun stand also der Pauker Schuppe, der damals das dürftige Ergebnis seiner Bemühungen um Wilhelm Tells Innenleben mit einem lapidaren »Ungenügend und unreif« honoriert hatte, leibhaftig vor ihm: genauso anzusehen wie damals auch, klein, mit Schlapphut, grauen Künstlerlocken, einem nikotinbraun verfärbten, graubuschigen Schnauzbart unter der geäderten Knollennase und

drüber einem silbergerahmten Zwicker an schwarzem Band mit ovalen Gläsern, hinter denen es grau, spöttisch und rötlich umrandet glitzerte.

Pennalluft schien großartig zu konservieren.

»Darf man sehen, was Sie da Schönes haben?«

Großvaters Hand kam nur zögernd hinter dem Rücken hervor.

»Einen Katechismus«, gestand er.

Schuppes Augenbrauen krochen wie Raupen in die Stirn.

»Staunenswert, wirklich staunenswert!« murmelte er verblüfft. Dann beugte er sich vor, plierte kurzsichtig auf den Buchdeckel, und hinter den Zwickergläsern glitzerte es wieder.

»Dacht' ich's mir doch!« Das Asthma pfiff beim keckernden Gelächter mit. »›Spiegelberg, ich kenne dich‹, wie's in den ›Räubern‹ unseres großen Schiller heißt. Mein Weltbild wäre auch womöglich ins Wanken geraten, wenn ich Sie auf den Pfaden der Frömmigkeit wandelnd angetroffen hätte, denn die Konfirmation liegt ja schon um etliche Jährchen hinter Ihnen und die Zeit, in der sich der Mensch nolens volens wieder für das Jenseits und dessen Verklärung zu interessieren beginnt, etliche vor Ihnen. Dazwischen aber . . . Nun, gerade Sie schienen mir mehr noch als Ihre auch nicht eben üppig zur Verinnerlichung neigenden Klassengenossen dem äußeren Scheine hingegeben. Wenn ich mich recht erinnere, waren Sie es, dem ich während einer Klassenarbeit einen sogenannten Radlerzwicker aus Fensterglas konfiszierte, den Sie sich zur Hebung Ihrer noch recht dürftigen Erscheinung auf die Nase klemmten, und der ein andermal mit einem Tropenhelm auf dem Kopf auf dem Schulhof erschien und den staunenden Mitschülern erklärte, er habe sich als Freiwilliger der Schutztruppe des eben für neunundneunzig Jahre gepachteten Kiautschou zur Verfügung gestellt und erwarte binnen kurzem seine Verschiffung. Leider sprach sich Ihr patriotischer Eifer bis zur Schulleitung herum, die Ihren ahnungslosen Herrn Vater konsultierte, woraus sich, wie ich vermute, höchst unerfreuliche Folgen für Ihr Wohlbefinden ergaben. Der Tropenhelm erwies sich übrigens als für fünfzig Pfennige bei einer Maskenverleihanstalt entliehen.«

Seine Äuglein erglänzten in sanfter Erinnerungsfreude, während

Großvater unruhig um sich spähte, ob dieser peinliche Monolog ihn nicht etwa vor fremden Ohren blamierte.

»Und nun finde ich Sie hier wieder einmal mit den schönen Äußerlichkeiten des Daseins beschäftigt«, fuhr Pauker Schuppe unbekümmert um Großvaters Besorgnis fort, jeden Nadelstich wonnevoll empfindend, den er dem jungen Mann versetzte. »Ein Goetheband in Ihrer Hand – es wäre auch wirklich kaum vorstellbar! Damals in unserer Lehranstalt pflegten Sie aus den Werken unserer Geistesheroen, die ich Ihnen und Ihren Mitschülern zur Lektüre auftrug, nur die zur Einflechtung in gebildete Gespräche geeigneten Zitate herauszulesen, aber in dieser Hinsicht werden Sie ja durch die ›Geflügelten Worte‹ des verehrten Professors Büchmann weit rationeller bedient. Vermutlich wird man in fernerer, wenn auch nicht schönerer Zukunft nur noch Exzerpte konsumieren, und Sie eilen nur Ihrer Zeit voraus als der homo novus dieses neuen Jahrhunderts.«

Der Gedanke schien ihn zu amüsieren, jedenfalls keckerte und pfiff er wieder. Dann legte er flüchtig seine blauadrige Hand auf Großvaters Arm.

»Wenn ich mir in müßigen Augenblicken überlegte, welches Berufsziel meine Herren Schüler einmal anstreben würden, habe ich Sie, mein lieber Leppien, immer als Komödianten oder – nehmen Sie's mir nicht übel – Commis in einem Konfektionswarenhaus gesehen. Der eine wie der andere verkauft schönen Schein, ohne von seiner Ware viel zu verstehen. Da Ihnen zum ersteren aber die hervorstechende Begabung fehlt und beides dem Sohn eines königlich-preußischen Beamten kaum anstehen dürfte, werden Sie wohl wie jeder, der sich's halbwegs leisten kann, die Rechte studieren. Das hört sich gut an, führt bekanntlich überall hin und hat den Vorzug, Ihnen bis zum Referendar Zeit zum Überlegen zu lassen, was nun eigentlich wirklich mit Ihnen werden soll.«

Er sah Großvater aufmunternd an, offenbar eine Bestätigung erwartend, stellte aber am plötzlich gleichsam entleerten Blick seines einstigen Schülers fest, daß der Lümmel vermutlich gar nicht zugehört hatte. Doch er irrte sich. Bei Großvater war nun endlich der Groschen gefallen, und daß er das ausgerechnet diesem Giftzwerg ver-

dankte, war verrückt genug. Woran er seit wer weiß wie lange herumgerätselt hatte, war ihm jetzt unversehens klar geworden. Seine Phantasie hatte sich an dem Wörtchen »Referendar« verhakt, das ihm wie der Schlüssel zum Berge Sesam den Weg in eine schneidige, besseren Kreisen zugehörende Zukunft zu öffnen schien.
Schuppe seufzte. Er hatte diese heitere Philippika, diese kleine späte Rache an dem seiner Zucht entronnenen, der aufgewandten Mühe im Grunde unwürdigen Zögling so recht genossen, und irgendwie enttäuschte es ihn, daß da so gar kein Echo kam. Der Ex-Schüler Leppien hatte sich wahrlich nicht verändert. »Unaufmerksam wie stets« wäre im Klassenbuch zu vermerken.
»Nun, Gott befohlen, mein Lieber«, endete er. »Ich wünsche Ihnen Glück auf Ihren fürderen Lebensweg, wohin er Sie auch führen möge.« Und vertraulich ihm zugeneigt, scherzhaft drohend den am Bande hängenden Zwicker schwingend: »Nur hüten Sie sich künftig davor, Ihrem Hang zum schönen Schein allzu hochstaplerisch die Zügel schießen zu lassen. Sie könnten sich sonst eines Tages auf der verkehrten Seite des Richtertisches wiederfinden.«
Großvater spürte den laschen Druck einer ältlichen Hand, sah den Schlapphut auf grauen Künstlerlocken noch ein- oder zweimal über einem Regal auftauchen, dann war der Oberstudienrat Dr. Schuppe endgültig seinem Dasein entschwunden.
Auch Großvater verließ die Moellersche Buchhandlung, in der ihm endlich Erleuchtung in Gestalt einer im Hauptpunkt zumindest geschärften, im weiteren Umkreis jedoch noch bedenklich vagen Vision seiner Zukunft geworden war, und seine daraus resultierende euphorische Verwirrung war so groß, daß er erst auf dem halben, zu Fuß nach Charlottenburg zurückgelegten Weg merkte, daß er eigentlich gar nicht per pedes hätte zu gehen brauchen. Zu seiner Überraschung fand er nämlich sowohl den Katechismus als auch die unangetasteten zwei Mark noch in seiner Tasche.
Es schien ihm anfangs zwar nicht ganz passend, den Tag seiner Berufung zum Wahrer des Rechts ausgerechnet mit einer Art Diebstahl zu begehen, aber den Weg in die Leipziger zurück trat er dennoch nicht an. Er war schon zu weit in Richtung Schillerstraße vorgedrungen, die Füße taten ihm vom Pflastertreten weh, und außerdem

– war ein Diebstahl überhaupt als Diebstahl anzusehen, wenn er aus Versehen, ohne planvolle Absicht und Vorbereitung und noch dazu unbemerkt, also im Grunde eigentlich gar nicht stattgefunden hatte?
Mit solcherlei Gedanken beschäftigt, legte er in der nächsten Kneipe eine Marschpause ein und fragte sich nicht ohne leise Verwunderung, warum er sich nicht schon früher dem Recht zu widmen entschlossen hatte, da er doch so subtiler juristischer Logik fähig war ...

Ob er sich nun wirklich, wie er uns gegenüber behauptete, damals noch nachträglich ehrlich gemacht und den Katechismus bezahlt hat, ist unter diesen Umständen höchst ungewiß. Zurückgetragen hat er ihn jedenfalls nicht, denn wir fanden das Buch nach einigem Stöbern zerlesen und zerfleddert in seinem Bücherschrank, in dem er teils hinter Glas, teils hinter schnörkelig geschnitzten Eichentüren außer ein paar Rideamus-Bänden, einem Stapel vergilbter Hochzeitszeitungen und uralten Akten seinen Weinvorrat – meist billigen Samos oder Malaga – verwahrte. Als Lesezeichen lag im Katechismus ein verblaßtes blaues Seidenband, wie es junge Mädchen früher als Haarschleife trugen, und als wir ihn neugierig fragten, ob es Großmutter gehört hätte, nahm er es in die Hand, rieb langsam mit dem Daumen über die mürbe Seide und sagte dann:
»Nee, Großmutter nich. Die hat sowas schon nich mehr getragen. Das is von Carmen ...«
Unversehens schien uns Großvater, wie er so auf das Band zwischen seinen mageren Fingern runterblinzelte, in eine ferne Zeit entrückt und trotz der Fältchen und Runzeln in seinem noch immer hübschen Gesicht merkwürdig jung, fast wie ein bißchen älterer Bruder.
»Jawoll, von Carmen«, murmelte er. Dabei lächelte er jemand zu, den wir nicht sahen, und während er rausging, nicht in seinem üblichen Filzlatschengang, sondern irgendwie flotter und beschwingter, hörten wir ihn ziemlich falsch »Die Liebe vom Zigeuner stammt« trällern. Gleich darauf steckte er aber wieder ganz der alte, den Kopf herein und brüllte:

»Was habt ihr überhaupt in meinem Schrank zu kramen? Daß ihr mir nicht an den Wein geht! Ich hab' keine Lust, für ein paar kurzhosige Saufbrüder Krankenschwester zu spielen!«

4. Kapitel

Der Stationsvorsteher hatte gegen Großvaters überraschende neue Berufspläne nichts einzuwenden. Er hatte zwar lange heimlich gehofft, daß der Junge ebenfalls ins Eisenbahnerische schlagen und mit der Zeit ihn gar übertrumpfen und einem richtigen Kopf- und Fernbahnhof vorstehen würde, aber da selbst die einjährige militärische Zucht in Spandaus Kasernen – die Küchen waren ihm verschwiegen worden – es nicht zuwege gebracht hatte, dem Jüngling den für diese stolze Berufung nötigen Sinn für Ordnung und Pünktlichkeit einzutrichtern, war er einsichtig genug, auf seine stillen Hoffnungen zu verzichten; blutenden Herzens, wenn Leppien senior sich so ausschweifende Gefühlsäußerungen überhaupt gestattet hätte. Aber es nützte ja nichts: Als Eisenbahnbediensteter wäre sein Ältester eine glatte Niete gewesen.
Für den alten Leppien war und blieb nämlich Großvater immer der »Älteste«, obwohl sich seither kein weiterer Nachwuchs eingestellt hatte, eine Fehlleistung im vorgesehenen Fahrplan, die er in der Verschwiegenheit seines kargen Innenlebens ebenso wie Großvaters schwach entwickelten Ordnungssinn seiner Frau und erst in zweiter Linie sich selbst ankreidete. Denn schließlich hätte er ja nicht in eine Malermeistersfamilie einzuheiraten brauchen. Mit einer Beamtentochter wäre ihm solche Regelwidrigkeit gewiß nicht passiert.
Da Mutter Martha in so wichtigen Dingen wie Berufswahl ohnehin nichts zu sagen hatte, war die Frage also geklärt. Nur eins machte Großvater dabei Kummer. Nach dem Abendbrot, während Mutter Martha in der Küche mit den Tellern klapperte, hatte der Stations-

vorsteher ihm klar gemacht, daß er seinen Studienwunsch nur bei äußerster Sparsamkeit erfüllen könne.
Äußerste Sparsamkeit, das hieß: vorerst keine eigene sturmfreie Studentenbude, wie Großvater sie sich für den neuen Lebensabschnitt ungebundener Freiheit erträumt hatte, und kein freizügiger Monatswechsel, sondern ein schmales Taschengeld, das weder Saus noch Braus erlaubte. Immerhin, er war Student auf dem Wege zum Referendar, der in seinen Augen in puncto schneidiger Eleganz gleich hinter dem Gardeleutnant kam, und alles Weitere würde sich schon finden.
Zudem trat um diese Zeit etwas ein, das vorübergehend wenigstens alles andere überschattete – oder überleuchtete, wie man es nimmt: Großvater verliebte sich. Zwar nicht zum erstenmal, denn schon während der letzten Schuljahre hatte er hier und da, weil es ja männlich und Ehrensache war, ein bißchen getechtelmechtelt und mit kichernden Nachbarstöchtern hinter der Haustür schüchtern Küßchen getauscht, aber diesmal dafür ernstlich und gleich dreifach, in drei zugleich.
Als wir ihn nach diesem staunenswerten Faktum ausfragten, sagte er zwinkernd:
»Na, warum denn nicht? Wenn schon, dann richtig. Hintereinander, dazu hätten die vierzehn Tage ja auch nicht gereicht.«
Aber so einfach war's nun wieder auch nicht. Im Gegenteil. Die Sache kam so:
Bis zum Beginn seines ersten Semesters blieben noch vierzehn Tage Zeit, und Mutter Martha fand, daß der Junge vom Militärdienst noch angegriffen aussehe und ein bißchen Schmalz und Farbe in die Backen kriegen müsse, sonst halte er dem bevorstehenden Andrang der Gelehrsamkeit nicht stand.
Der Stationsvorsteher hingegen meinte, wichtiger als Erholung, die sich ohnehin erübrige, da der Junge gerade sein Körper und Geist stählendes Militärdienstjahr hinter sich habe, sei die Vorbereitung aufs Studium. Wenn die Entbehrungen, die sich die Eltern auferlegten – natürlich gern auferlegten, flocht er unter Marthas stumm tadelndem Blick schleunigst ein –, um das Studium des Sohnes zu ermöglichen, Früchte tragen sollten, müsse sofort damit begonnen

werden, um den Anschlußzug nicht zu verpassen und das Ziel zu erreichen. Fast hätte er, einmal aufs eisenbahnerische Gleis geraten, Zielbahnhof gesagt.
Der Streitfall endete mit einem Kompromiß. Großvater durfte sich erholen, aber nicht ohne in seinem Köfferchen ein paar gewichtige Bände, betitelt »Einführung in die Rechtswissenschaft«, mitzuschleppen, die ihm beklagenswert wenig Platz für anderes ließen – ein Töpfchen Türkischen Bartwuchsbalsam zur schnellen und sicheren Aufzucht eines strammen Schnurrbarts zum Beispiel, der ihm für seine studentische Laufbahn weit wichtiger schien.
Der rechte Ort zur Anreicherung der Backen mit Schmalz und Farbe war Mittenwalde. Einmal, weil dort keinerlei mondäne Ablenkungen zu befürchten standen – ein ungenannter Lokalpoet hatte einmal die Annehmlichkeiten des Orts in den Zeilen zusammengefaßt:

»Mittenwald' am Nottestrand
ist grad' nicht sehr weltbekannt.
Hat viel Müll und wenig Geld,
dafür großes Rieselfeld«,

während Theodor Fontane in seinen »Wanderungen durch die Mark Brandenburg« gefragt hatte: »Wer reist nach Mittenwalde?«, um lapidar zu antworten: »Niemand!« –, und zum andern, weil Onkel Oscar Opitz, in Familienkreisen kurz O. O. genannt, ihn dort mit offenen Armen aufnehmen würde. Nur hatte Mutter Martha vergessen, daß O. O. außer einer gutgehenden Pleureusen- und Posamentierwaren-Fabrik nicht nur eine musikfreudige Gattin, Tante Thekla, sondern auch drei Töchter sein eigen nannte, auf deren Namen Isolde, Mignon und Carmen die mütterliche Neigung unübersehbar abgefärbt hatte.
Das heißt, vergessen hatte sie es nicht – wer vergißt schon reiche Verwandtschaft? –, aber als sie vor Jahren das letztemal zu Besuch in Mittenwalde gewesen war, hatten die drei sich noch tief im Stande kindlicher Unschuld befunden, und irgendwie war ihr nicht aufgegangen, daß sie inzwischen größer geworden sein mußten, zumal

in Tante Theklas Glückwunschbriefen zu Weihnachten und den Geburtstagen immer nur von »den lieben Kindern« die Rede war. Beim Abschied auf dem Bahnsteig hatte sie ihm deshalb eine Tüte mit klebrigen grünen Bonbons, in einschlägigen Geschäften als Maiblätter bekannt, in die Hand gedrückt und ihm eingeschärft: »Die gibst du den Mädels. Wenn die zum Puppenspielen was zu lutschen haben, stören sie dich nicht beim Erholen.«

Eine erste schwache Ahnung, daß es mit dem Puppenspielen wohl nicht mehr ganz stimmte, dämmerte ihm auf, als O.O., der ihn mit einer Kalesche vom Bahnhof abgeholt hatte, während der Fahrt bemerkte:

»Deine Mutter hat mir geschrieben, daß du dich hier in der Landluft ein bißchen erholen sollst, bevor's ans Studieren geht. Na, ich weiß nicht recht. Ein Erholungsheim is das bei uns nu grade nich – mit den drei Liesen im Haus. Am besten, du hältst dich an deine Bücher. Du hast doch welche mit?«

Großvater nickte, sah aber nicht gerade begeistert aus.

»Na ja«, sagte O.O. verständnisvoll. »Bücher in den Ferien ... Denn schon lieber Kuhkacke am Hemd ... oder von mir aus auch die Mädels. Aber laß dir nicht zu sehr den Kopf verdrehen.«

Doch von da bis zu der Überraschung, die Großvater am Abend blühte, als er zum erstenmal den »lieben Kindern« begegnete, war ein weiter Weg.

»Ich dachte, mich laust der Affe«, erklärte er später, als wir seinen damaligen ersten Eindruck aus ihm rauszuquetschen versuchten. »Na, is doch wahr! Ihr bildet euch ein, ihr kriegt's mit halben Wikkelkindern zu tun, und dann ... und gleich drei auf einmal. Und eine schnuckliger als die andere. Dabei wollt' ich die Tüte mit den Bonbons grade aus der Tasche ziehen. Aber zum Glück ging's nicht. Die waren am Futter festgeklebt.«

»Dafür wirst du wohl tüchtig Süßholz geraspelt haben«, warf Großmutter ein. »Soweit ich mich entsinnen kann, warst du dadrin immer ganz groß, sonst wär' ich ja auch nicht auf dich reingefallen.«

»Man tut, was man kann«, griente Großvater, und damit war der Fall für ihn erledigt.

Sicher ist allerdings, daß es mit dem Süßholz, wenigstens zu Anfang, nicht so weit her war. Er wußte ja gar nicht, bei wem er raspeln sollte. Alle drei gefielen ihm gleich gut, und für die eine oder andere entscheiden konnte er sich auch nicht. Jedesmal, wenn es beinah soweit war und er sich nachts in seiner Kemenate zu der Überzeugung durchgerungen hatte, die eine sei vielleicht doch um eine Winzigkeit seiner Anbetung würdiger als die beiden andern, lief ihm am nächsten Morgen als erste eine von den andern frischgewaschen, lieblich und munter über den Weg, und dann fing das ganze Theater wieder von vorne an. Buridans Esel mit seinen Heubündeln war der reinste Waisenknabe gegen den Armen.

Was blieb ihm übrig, als für alle Fälle bei allen dreien soviel Eindruck wie nur möglich zu schinden, wenn er nur gewußt hätte, wie! Mit seinen bisherigen Tricks und Scherzchen, die bei den Schillerstraßenmädels noch immer gewirkt hatten, kam er bei den dreien nicht an. Die beiden Ältesten waren in besseren Schweizer Pensionaten mit Französisch-Lektionen, Klavierstunden, Tanz-, Benehmitäts- und Konversationsunterricht auf junge Dame aufpoliert worden, und die siebzehnjährige Carmen, die erst nächstes Jahr in ein Potsdamer Institut für höhere Töchter sollte, war auch nicht mehr anspruchslos genug, um sich an seinen plötzlich gar nicht mehr so urkomischen Paukergeschichten oder Kommißhistörchen zu erbauen.

Großvater hatte also nichts, womit er in diesem Haus etwas rausstecken konnte, das aus allen Poren nach reichlich protzigem bürgerlichen Wohlstand stank, weit mehr Wohlstand jedenfalls, als ein königlich-preußischer Bahnhofsvorsteher mit oder ohne Säbel ihn sich je auch nur im Traum unter den Nagel zu reißen imstande war. Das eben war es, obwohl er es sich nicht eingestand: Das Haus schüchterte ihn ein, ramponierte sein zwar schon vorhandenes, aber noch ein bißchen wackliges Selbstgefühl, und gerade davon hätte er eine tüchtige Portion gebraucht, um vor den Grazien zu bestehen.

Von außen ein stattlicher Bau mit Türmchen, Gesimsen und Erkern, grenzte die Villa zwar mit der Vorderfront unmittelbar an den Fabrikhof, ein holprig mit Kopfsteinen gepflastertes Geviert, das

mit den stall- und scheunenartigen Gebäuden rundum, in denen die Fertigung der Posamenten stattfand, eher wie ein Gutshof aussah und in voropitzschen Zeiten vermutlich auch einer gewesen war, aber dafür breitete sich hinterwärts ein opulenter Garten mit schattigen alten Bäumen, Blumenrabatten vorne, Bosketten dahinter und säuberlich gezirkelten Kieswegen dazwischen, von Tante Thekla mit Vorliebe »der Park« genannt.
Höhepunkt aber waren die zum Park hinausliegenden Parterreräumlichkeiten: der Wintergarten mit Topfpalmen und Goldfischaquarium, der Musiksalon und die Bibliothek, in denen Tante Thekla ihre allmonatlich wiederkehrenden musikalischen Soireen abhielt, zu denen sich sogar Offiziere der Potsdamer Garnison einfanden, wenn auch weniger der künstlerischen als der kulinarischen Genüsse und vor allem der Töchter wegen.
Die Bibliothek suchte ansonsten nur O.O. zu regelmäßigen Mittagsschläfchen heim, und es bleibt mehr als fraglich, ob er bei diesen Gelegenheiten – und sei es auch nur zum Zwecke rascheren Entschlummerns – je einen der fünf Meter Klassikerbände in goldgeprägtem Leder zur Hand nahm, die in ihrem Regal hinter Glas einigermaßen die Bezeichnung der Örtlichkeit rechtfertigten.
Immerhin, es war eine Bibliothek, und weder das noch einen Wintergarten oder gar einen Musiksalon gab es in der engen Mietwohnung in der Charlottenburger Schillerstraße, ganz zu schweigen von musikalischen Darbietungen, sah man von den Leierkastenmännern ab, die unten im Hof neben der Teppichstange ihre Kurbel drehten und dazu mit versoffener, rauher Stimme »Weißt du, Mutter, was ich träumte?« oder sonst einen Schmachtfetzen sangen, der gerade im Schwange und geeignet war, auch das hartgesottenste Dienstbolzenherz zu Spendierfreudigkeit zu erweichen. Was Wunder, daß es Großvater schwerfiel, sich in dieser Umgebung zu behaupten und vor den Mädchen den großen Mann aus der Haupt- und Residenzstadt Berlin zu mimen.
Auch mit dem Gegenteil, der Selbstdarstellung als romantisch allem weltlichen Tand abgewandter, womöglich an unglücklicher Liebe krankender und ganz seinen Studien hingegebener Jüngling, sollte ihm kein rechtes Glück beschieden sein. Denn so sehr er sich auch

Mühe gab, Pannen ließen sich leider nicht immer vermeiden. Natürlich nicht, solange er diese Rolle ohne Publikum in seinem Zimmer spielte und bei sich nahenden Schritten auf dem Flur schleunigst aus seiner geruhsamen Stellung auf dem Kanapee zu dem ans Fenster gerückten, vorsorglich mit Bücherstapel und Notizzetteln hergerichteten Tischchen flitzte, so daß sich dem Eintretenden das erhebende Bild eines strebsam in seine Arbeit versunkenen Studiosus bot. Aber wenn schon jemand kam, war es allenfalls Tante Thekla oder eins der ältlichen Stubenmädchen, und damit verlor die Sache ihren Sinn.

Folglich ging er dazu über, mit einem dicken Band der »Einführung« unter dem Arm gedankenvoll durchs Haus zu spazieren, ihn sogar zu den Mahlzeiten mitzuschleppen und neben seinen Teller zu legen. Er brachte es so weit, daß ihn O. O. »unser strebsamer Jurist« oder gar in schmeichelhaftem Vorgriff auf die Zukunft »Herr Referendar« titulierte. Einmal ließ er jedoch das Buch aus Versehen liegen, und Carmen, die im ewigen Kopf-an-Kopf-Rennen seiner drei Grazien seit ein paar Tagen um eine klare Halslänge vorne lag, trug es ihm in den Wintergarten nach, wo er die schläfrigen Manöver der Goldfische verfolgte.

»Vermißt du nichts?« fragte sie.

»Nee. Wieso?«

Sie zog das Buch sichtlich enttäuscht hinter ihrem Rücken hervor.

»Ach, ich dachte, du brauchst es zum Studieren.«

»Brauch' ich auch. Danke«, erwiderte er lässig und nahm es ihr ab.

»Ist wohl schwer zu lesen?« erkundigte sie sich, Respekt in der Stimme.

Er nickte gewichtig.

»Ziemlich schwieriges Zeug. Paragraphenkram. Muß ein Referendar alles wissen. Die Hälfte hab' ich schon geschafft.«

Carmens Antlitz zeigte die erhoffte Wirkung.

»Die Hälfte von dem dicken Ding?«

Er sonnte sich in ihrer Bewunderung.

»Klar. Heute nachmittag muß ich noch den Rest durchackern. Abends wahrscheinlich auch.«

In ihren blauen Augen glitzerte plötzlich etwas verdächtig auf.

»Na, dann laß dich man nicht aufhalten«, zwitscherte sie. »Aber schneid besser zuerst die Seiten auf. Auch die von der ersten Hälfte. Dann ackert sich's nämlich bestimmt viel leichter.«
Und sie entschwebte mit Gekicher.
Großvaters Blick kehrte mit einer gewissen Sehnsucht zu den Goldfischen zurück, die nach wie vor mit unerschütterlichem Gleichmut ihre schläfrigen Bahnen zogen. Zweifellos war ihr Dasein erheblich weniger kompliziert als seins.

Während er sich hinterher in seinem Zimmer seufzend daran machte, für alle Fälle das Aufschneiden nachzuholen, haderte er mit seinem Geschick, das ausgerechnet Carmen zum Werkzeug seiner Blamage erkoren hatte. Und das wiederum ausgerechnet in einem Augenblick, in dem er sich schon der Hoffnung hingab, ihr ein bißchen näherzukommen. Falls diese Scharte überhaupt auszuwetzen war, dann nur durch etwas Besonderes, Spektakuläres, etwa wenn sie in die Notte fiele und von ihm vor jämmerlichem Ertrinken gerettet würde. Aber erstens war das Flüßchen zum Ertrinken nicht tief genug, zweitens konnte Carmen schwimmen, und drittens hatte Tante Thekla gemeinsames Baden, noch dazu außerhalb der Badeanstalt, verboten, und im Familienbad ging einem das Wasser höchstens bis zum Hals. Etwas anderes fiel ihm aber zu seinem Kummer nicht ein. Er wäre deshalb höchst verwundert gewesen, wenn ihm jemand gesagt hätte, daß er sich dennoch schon auf dem Wege zu diesem Spektakulären befand, als er sich ein Weilchen später die Treppe hinunterschlich und, vorsichtig nach allen Seiten witternd, in den grünsamtenen Troddelprunk des Musiksalons tauchte. Wenn Tante Thekla noch ihr nachmittägliches Beauté-Schläfchen hielt, was sie »sich mit ihren Gedanken zurückziehen« nannte, die Mädchen auf ihren Zimmern Handarbeiten betrieben, O. O. hingegen schon in die Fabrik aufgebrochen war, hatte er es sich nämlich letzthin zur Gewohnheit gemacht, in aller Heimlichkeit ein bißchen auf dem Flügel zu klimpern. Diesmal war es ein Stückchen aus Mozarts »Türkischem Marsch«; zufällig drang das Gespiele Tante Thekla zu Ohren, als sie, durch irgend etwas aus ihren »Gedanken« geschreckt, auf den Flur hinauslauschte, und beim Abendessen gab

sie ihrem Wohlgefallen dadurch Ausdruck, daß sie den jugendlichen Virtuosen einlud, sich bei der nächsten Soiree zu produzieren. »Man denke! Ein heimlicher Künstler in der Familie!« Sie bedachte ihre Töchter, die ihr trotz erblicher Vorbelastung und ausgiebigem Unterricht diese Befriedigung versagt hatten, mit einem vorwurfsvollen Blick. »Das dürfen wir unseren Gästen nicht vorenthalten.«
Nun war es mit Großvaters Klavierkünsten nicht zum besten bestellt. Das bißchen, was er konnte, hatte er Herrn Klünder abgelauscht, der im Kinematographentheater gleich um die Ecke von der Schillerstraße die hüpfenden, zuckenden Schattenbilder auf der flimmernden Leinwand mit grollenden Gewitterstürmen und lindem Frühlingsraunen begleitete und zwischendurch mit rollendem »r« Bonbons dramatischer Epik von sich gab: »Und so passiert, was des Jeschickes Mächte für arme Waisen zusammenbrauen, oder jedenfalls fast. Der schnieke Lüstling mit dem gebügelten Pomadenscheitel erjreift die jünstige Jelejenheit, um Amandas Unschuld zu rauben. Man sieht die finstre Absicht an seinen wackelnden Schnurrbartspitzen. Dem hübschen Kind schwant Fürchterliches. Das Korsett kann jrade noch das Wogen ihres jungfräulichen Busens bändijen. Schon streckt der Kerl seine jieprijen Pfoten nach ihr aus, da naht im allerletzten Moment die Rettung. Ihr Liebster biejt außer Puste um die Ecke . . . Alles Weitere zeijt Ihnen der Augenschein.« Und mit Karacho ging's hinein in Offenbachs Unterweltgalopp, der den Untergang des Bösewichts und den Sieg der Tugend begleitete.
Gab's was Heiteres, spielte er auch Walzer und Polkas, und jede einigermaßen schmissige Melodie ging Großvater sofort ins Ohr. Wenn er dann vor Herrn Klünders Privatklavier in der mit allerlei ulkigem Gerümpel vollgestellten Kellerwohnung neben dem Gemüseladen im Haus unten saß, suchte er sich, in den Fingern noch ein bißchen ungelenk, aber sonst schon ganz findig, die dazugehörigen Tasten zusammen. Und wenn das nicht recht klappen wollte, half Herr Klünder gutmütig nach, indem er von seinem zerschlissenen Lehnstuhl her »Fis, Junge! Fis, verdammt noch mal!« brüllte oder ihm die schwierige Stelle mit seinen tabakgelben Fingern vorspielte, bis er sie endlich intus hatte. Großvater war eben für alles

begabt, was er im Fluge einfangen und mit Effekt wieder von sich geben konnte.
So stand es also, und obwohl Großvater sich durch Tante Theklas Aufforderung geschmeichelt und durch Carmens neu erwachte Beachtung angenehm erwärmt fühlte, war ihm doch auch blümerant zumute, denn es war ja was anderes, einfach so vor sich hin oder in Herrn Klünders Gerümpelbude zu klimpern, als in dem hochherrschaftlichen Salon auf einem richtigen Konzertflügel zu spielen, noch dazu vor Leuten, die er nicht kannte und die vermutlich erstmal tief Luft holten, bevor sie das Wort »Musik« mit der nötigen Feierlichkeit von sich gaben.
Mit einigem Geräuspere und Gestottere erklärte er daher verlegen, daß er sich vielmals für die gute Meinung bedanke, nur könne er dafür leider nicht genug und schon gar nichts Klassisches, und er werde nur sie und sich selber blamieren.
Aber wie das oft so geht: so geradezu rührend anmutende Bescheidenheit ließ Tante Thekla nur noch beharrlicher auf ihrer Absicht bestehen und sogar über das Fehlen von »Klassischem« hinwegsehen, das O. O., dessen bis dahin nur mäßiges Interesse an der Unterhaltung plötzlich lebhaft wurde, zu der aufmunternden Äußerung inspirierte:
»Na, um so besser! Spiel doch was Flottes. Offenbach oder so. Die Mondscheinsonate is ja hübsch, aber ich hab' schon Leute bei einschlafen sehen. Bei ›Pariser Leben‹ kann das nich passieren.«
Mit dem Suppenlöffel taktierend, schickte er sich an, zum Exempel ein offenbar auch im Text recht munteres Liedchen zu trällern, wurde jedoch durch ein streng mahnendes »Oscaaar!« Tante Theklas im besten Anlauf daran gehindert.
»Nun, warum nicht«, meinte sie dann. »Was Kunstbanausen –«, das galt O. O., »– über Beethoven sagen, läßt mich zwar kalt, aber ein bißchen Abwechslung im Programm kann wirklich nichts schaden. Spiel also Offenbach. Es heißt ja, er sei auch bei Hof sehr beliebt.

Besser, fand Großvater, hätte es gar nicht kommen können. Von Offenbach kannte er nämlich den Unterweltgalopp und die Barkarole aus »Hoffmanns Erzählungen«, ohne die kein Flohkintopp-Pianist auskam, und er kannte sie nicht nur, er hatte sie auch auf dem Klünderschen Privatklavier fleißig geübt, und sie zählten zu seinen Paradestücken. Er traute sich's zu, sie notfalls sogar im Schlaf zu spielen, und falls er gelegentlich danebengriff, was ja vorkommen konnte, war es besonders im schmissigen staccato des Galopps kaum zu merken. Was konnte ihm also dabei schon passieren? Ihn plagte infolgedessen kaum eine Spur von Lampenfieber, als der große Tag gekommen war, und Tante Thekla in gerüschter gleißendgrauer Seide ihn nach ihrer von der andächtigen Gästeschar respektvoll beklatschten Darbietung der Mondscheinsonate aus der hintersten Stuhlreihe zum Flügel winkte.

»Hoffentlich hast du deine Noten aufgeschnitten«, hörte er Carmen krötig zischeln, als er sich an ihrem Platz vorbei nach vorn schob. Einen Moment wurde ihm dann angesichts der stattlichen Ansammlung von korsettierten Wespentaillen, feierlich schwarzen Bratenröcken, einigen spärlichen blau-roten Uniformen, aufgezwirbelten Schnurrbartspitzen, spiegelnden Glatzen, Zwickern und Lorgnetten doch eine ganze Kleinigkeit schwummrig im Magen, und er vernahm nur wie von fern Tante Theklas Stimme und ihre Ankündigung, hier sei nun also ein hoffnungsvoller Kunstjünger aus der Verwandtschaft, der nach dem Erhabenen ein wenig Weltliches zu Gehör zu bringen gedenke, und sie erbitte auch für ihn die geneigte Aufmerksamkeit der verehrlichen Gäste.

Eigentlich war man nach Beethoven seelisch mehr aufs kalte Buffet nebenan eingerichtet gewesen, dessen Platten man beim Eintreten mit diskretem Seitenblick appetitfördernd hatte bewundern können, aber wohlerzogen, wie man war, lehnte man sich, weiteren Kunstgenusses gegenwärtig, ergeben zurück. Zudem sah der spacke Jüngling, der eben vor dem Flügel Platz nahm und die gestärkten Manschetten in die Ärmel zurückstieß, erfreulich wenig ausdauernd aus.

Von solchen Stimmungsschwankungen merkte Großvater jedoch nichts. Ganz deutlich hingegen vernahm er Herrn Klünders Stimme, der ihm einmal gesagt hatte: »Wenn du so'n Ding abziehst wie den Galopp, mußte reinspringen wie in kaltes Wasser, koppheister und mit zugekniffener Neese.« Und so tat er's denn auch – mit fast mechanisch im Zweivierteltakt flott über die Tastenreihe hinwetzenden Fingern, und nach einer Weile fand er selbst richtig Spaß daran, saß nicht mehr stocksteif auf seinem Schemel, sondern galoppierte förmlich im Rhythmus mit, wie er's bei Herrn Klünder gesehen hatte, mit wackelndem Kopf und zuckenden Schultern, und als er schließlich fast ohne Fehltritt das Ende erreichte, umrauschte ihn Jubel, gegen den der Mondschein-Beifall für Tante Thekla ein lindes Säuseln gewesen war.

Eine Zugabe war fällig, trotz kaltem Buffet, und das war nach Großvaters Meinung die beste Gelegenheit, die spröde Carmen endgültig zu erobern. Seit dem Reinfall vor zwei Tagen mit dem unaufgeschnittenen Buch hatte sie zwar keinerlei zärtlichere Gefühle für ihn zu erkennen gegeben, und ihre krötige Bemerkung vorhin war auch gerade kein Hinweis in dieser Richtung gewesen, aber trotzdem ließ sich an gewissen Winzigkeiten ihres Verhaltens erkennen, daß er durch die Enthüllung seiner pianistischen Talente bei ihr wieder an Boden gewonnen hatte. Sie hatte eben auch besonders stürmisch geklatscht, und wenn der geschniegelte Leutnant mit den wasserblauen Augen und dem fadblonden Schnurrbart neben ihr nicht gewesen wäre, der ihr dauernd irgendwas ins Ohr flüsterte, das sie zu amüsieren schien, hätte er sich seiner Sache ziemlich sicher gefühlt. Aber bei dieser Lage der Dinge mußte er wohl noch stärkeres Geschütz auffahren.

Und plötzlich fiel ihm ein, womit er ihr ganz persönlich huldigen konnte. Von einem seiner heimlichen Pennälerbesuche eines Tingeltangels in der Friedrichstraße her – des Stationsvorstehers Kleiderspind hatte dazu die äußeren Attribute reiferer Männlichkeit in allerdings ziemlich verjährter Eleganz liefern müssen – stand ihm noch das heiß bewunderte Bild eines Vortragskünstlers in Samtjakkett und Lavallièrekrawatte vor Augen, der auf der Nudelbrettbühne ein sogenanntes Chanson zum Besten gegeben und sich selbst am Piano begleitet hatte.

Es war ein Erlebnis für Großvater gewesen, mit einer Mark für Eintritt und ein Glas Bier nicht zu teuer bezahlt. Das Chanson handelte von einer gewissen Galathee, deren Liebreiz vom Haar bis zu den

Füßchen der Sänger mit so viel anzüglicher Aufwendigkeit in Mimik und Tonfall pries, daß Großvater sich hinterher hingerissen für weitere drei Groschen das Notenblatt mit Text erstand und das Chanson bei Herrn Klünder genau nach Vorbild mit ein paar Klünderschen Zutaten eingeübt hatte. Das also sollte jetzt die Blume sein, durch die er Carmen seine Gefühle gestehen wollte.

Aber die Sache hatte einen Haken, und der hatte mit Tante Thekla und ihrer Empfindlichkeit in Dingen zu tun, die sie für unmoralisch hielt. Je weiter Großvater nämlich mit seiner Lobpreisung der körperlichen Vorzüge Galathees gedieh, je mehr ihn das beifällige Schmunzeln besonders der jüngeren Herren über sich selbst hinaus und fast zur schwindelnden Höhe seines Vorbilds hinaufwachsen ließ, desto entschiedener wurde ihr klar, daß hier etwas geschah, was sie nicht dulden durfte. Nicht nur am kaum verklungenen Beethoven wurde schwer gesündigt, auch die Ohren der Damen würden offenbar Dinge zu hören bekommen, die ihrer Meinung nach möglicherweise in einer Kneipe am Platze waren, aber keinesfalls in diesem Raum, nicht bei ihrer musikalischen Soiree. Und das Schlimmste im Grunde war, daß der Sänger diese Schamlosigkeit auch noch unübersehbar an ihre Tochter Carmen adressierte.

Was also tun? Hilfeflehend warf sie einen Blick zu O.O. hinüber, aber der dachte nicht im Traum daran, Anstoß zu nehmen, im Gegenteil. Hatte er bei der Mondscheinsonate zu ihrem Verdruß betrübliche Zeichen mangelnden Interesses gezeigt und sich die Zeit mit Daumendrehen vertrieben, war er hier ganz bei der Sache und amüsierte sich königlich. Von ihm war demnach keine Unterstützung zu erwarten. Wenn was zu retten war, dann nur durch sie.

Und da Großvater, wie sie geahnt, nach Haar, Wangen und Händen nun den Rubikon überschritt und sich wirklich den unteren, den unaussprechlichen weiblichen Extremitäten zuwandte, da er nun sang:

»Ach, du ahnst nicht, wie ich glühe,
Galathea, schönes Kind,
dir zu küssen deine Knie,
weil sie so verlockend sind ...«,

schoß sie, Thusnelden, der Tugendhüterin, gleich, von ihrem Sessel neben dem Flügel hoch, schlug knallend den Deckel über die Tasten, so daß Großvater seine Finger nur durch blitzschnelles Zurückziehen vor ernstlichem Schaden bewahren konnte, und sagte mit ein wenig gezwungenem, aber durchaus noch gesellschaftsfähigem Lächeln, so als sei alles in schönster Ordnung:
»Und nun genug des Kunstgenusses. Ich glaube, wir haben uns eine kleine Stärkung redlich verdient.«
Ein paar höfliche Klatscher noch, dann folgte die Versammlung einmütig dem Sog des allzulange vorenthaltenen kalten Buffets. Es war für Großvater nur ein kümmerlicher Trost, daß sich einige der Herren außer Hörweite ihrer Damen zwinkernd danach erkundigten, welche sonstigen Reize Galathees ihnen durch den leider verfrühten Paukenschlag des Abbruchs entgangen seien, und daß schließlich, mit vollen Backen an einem Lachsbrötchen kauend, auch O. O. erschien und ihm anerkennend zuraunte, er habe sich zum erstenmal auf einer von Tante Theklas musikalischen Abfütterungen glänzend amüsiert. Ein schwacher Trost, wie gesagt, denn Carmen war als eine der ersten ohne Blick noch Wort und noch dazu mit ihrem Leutnant verschwunden, er fühlte sich um den Erfolg seines Mühens betrogen, und er wußte nicht einmal recht, warum.
Aufhellendes Licht fiel ins Dunkel seiner Verwirrung erst, als O. O. vertraulich fortfuhr:
»Für deine Tante war's natürlich zu starker Tobak. Wegen Knie und so und überhaupt. Damen sind da ein bißchen kitzlig.« Er lachte dröhnend über den ihm unbeabsichtigt zugeflogenen bescheidenen Scherz. »Gut gesagt, was? Na, mach dir nichts draus. Wenn ich nächstens geschäftlich in Berlin bin, machen wir'n Bummel durch die besseren Kneipen. Du scheinst es ja dicke hinter den Ohren zu haben.«
Er schob wieder ab, wieder in Richtung kaltes Buffet, und Großvater verzog sich vor der allgemeinen Nichtbeachtung in die Bibliothek. Sie war dämmrig und leer; geistige Labsal konnte mit leiblicher eben nicht konkurrieren. Trüben Sinnes meditierte er über die Vergänglichkeit allen Ruhms. Eben noch gefeierter Virtuose und

schon über Schinkenbrötchen und einem Gläschen Mosel vergessen. Wenn wenigstens Carmen ...

Es raschelte seidig an der Tür, und da war sie: ein bißchen atemlos, rosig, mit aufgeregt flatternden Lidern.

»Nur ein klitzekleines Momentchen«, flüsterte sie. »Mutter läßt mich kaum aus den Augen. Sie sorgt sich um meinen guten Ruf. Du hättest mich nicht so anblinzeln sollen.«

»Anblinzeln?« Er war perplex. »Wieso?«

»Na, während des Liedes. Hat doch jeder gemerkt, wessen Knie gemeint waren. Der Leutnant hat mich schon gefragt, ob du satisfaktionsfähig bist.«

Großvater bekam vor Verlegenheit rote Ohren. Am liebsten hätte er sie wie einer dieser schicken Kintopp-Casanovas mit routiniertem Griff in die Arme gerissen, aber er traute sich in dieser Umgebung nicht. Fragte man etwa vorher: »Gestatten?«

Carmen spähte einen Moment besorgt zur Tür des Wintergartens. »Darum bin ich doch mit dem Leutnant gleich raus.«

»Ausgerechnet mit dem!« Großvaters eifersüchtiger Ärger quoll hoch. »Was hat dir der Kerl denn immer ins Ohr geflüstert?«

»Ach, der!« Carmen kicherte. Es klang wie zärtliches Vogelpiepsen. »Dummes Zeug. Er hat mir einen Heiratsantrag gemacht, stell dir vor ... Sag mal ...« Sie hob kokett die Lider. Im Fächerschatten der Wimpern glitzerte es. »Wegen der Knie ... Woher weißt du denn, ob sie wirklich so hübsch sind?«

»Das brauch' ich nicht zu wissen!« flüsterte er hitzig zurück. »Sowas ahnt man eben.«

»Ahnen?« fragte sie.

Sie lehnte fast an ihm, Glitzeraugen und Lippen ganz nah, süßer Atemhauch und lockende Körperwärme. Ihm war, als schwebten sie losgelöst in einem knisternden Wölkchen. Nur die Arme – seine – blieben wie festgenagelt.

Ja, und dann kicherte sie wieder, aber schon nicht mehr ganz so zärtlich.

»Na, wenn dir das reicht!« hörte er sie und fühlte sie zugleich nicht mehr ganz so dicht. »Du schmökerst ja auch unaufgeschnittene Bücher.«

Von draußen klang in ihr Idyll Tante Theklas Stimme: »Carmen!«

»Ach, du Schreck! Ich muß los!« wisperte sie hastig. »Wenn sie mich mit dir findet . . . Bleib du bloß hier!«

Sie wandte sich noch einmal zurück.

»Kannst ja nachher gegen zwölf in den Pavillon kommen, hinten im Park . . . wenn du willst.«

Es war wie ein Hauch, aber er hatte es deutlich verstanden.

Großvaters Stimmungsbarometer war während der nächsten Stunden ständig in Bewegung: mal wonnevoll aufwärts, mal kummerschwer abwärts. Aufwärts, wenn er sich ihrer dichten, ganz dichten Nähe entsann und der leider verspäteten Erkenntnis, daß er sie hätte küssen können; abwärts, wenn er daran dachte, daß er die Gelegenheit wie ein Tölpel hatte verstreichen lassen. Kaum auszudenken, was sie jetzt von ihm hielt!

Doch der Gedanke an das bevorstehende mitternächtliche Rendezvous ließ seinen Stimmungspegel aus kellertiefer Bekümmernis wieder steil nach oben klettern. Diese Chance jedenfalls hatte er noch, und er würde sie diesmal nutzen. Allerlei berauschende Vorstellungen erfüllten ihn, und er begab sich zum Bücherschrank, um sich literarisch einzustimmen. Aber »Romeo und Julia« fand sich nicht. O. O. hatte seine Klassiker nach nationalen Gesichtspunkten ausgewählt, und weder »Götz von Berlichingen« noch »Wilhelm Tell« schienen Großvater für die Gelegenheit passend. Dafür gewahrte er durchs Fenster, daß wenigstens der Park die erforderliche romantische Kulisse für sein aufgewühltes Innenleben verhieß. Mondlicht flimmerte silbern über Rabatten und Rasen, und nach einem vorsichtigen Blick in den Musiksalon nahm er Kurs auf den Wintergarten und die ins Freie führende Treppe.

Niemand nahm von ihm Notiz. Während seines freiwilligen Bibliotheksexils war die Schlacht ums kalte Buffet bis zur Vernichtung des Gegners geschlagen worden, die Gesellschaft hatte sich bereits um einige Bratenröcke und Wespentaillen verringert, der Rest sich in einzelne Grüppchen aufgelöst, die plaudernd des letzten Anstoßes zum Aufbrechen harrten. Carmen reichte unter Tante Theklas Aufsicht sittsam Mokkatäßchen herum. Ohne Aufsehen vermochte Großvater sich sogar noch mit zwei übriggebliebenen Schinkenbrötchen und einem kalten Hühnerbein auszurüsten, bevor er die Treppe hinunterschritt, da er zu seiner Verwunderung Appetit verspürte. Wer hätte gedacht, daß man den niederen Bedürfnissen des Leibes auch dann noch unterworfen war, wenn man seelisch in höheren Sphären schwebte!

Er schwebte weiter im Silberlicht, schwebte über den Kies des Weges dahin, vollauf damit beschäftigt, sich auszumalen, was das mitternächtliche Rendezvous ihm bescheren würde. Diesmal sollte ihn die Situation gewappnet finden. Einem Troubadour gleich, würde er sich ihr nahen, würde die Tante Theklas Zensur zum Opfer gefallenen Galathee-Verse singen – gedämpft natürlich, um nicht unnötig Aufsehen zu erregen –, und dann . . . dann . . . ja, dann würde sie wohl in seine Arme sinken. Minnesänger waren, soweit er sich einschlägiger Bemerkungen Pauker Schuppes über mittelalterliche Sitten im Deutschunterricht entsann, des Dankes der Schönen gewiß. So euphorischer Erwartungen voll, setzte er sich auf eine Bank am Weg, streckte behaglich die Beine von sich, räusperte sich mit anschließendem »Mi-mi-mi«, um seine Stimme zeitig auf Wohlklang vorzubereiten, und wartete auf den ersehnten Augenblick . . .

Er erwachte fröstelnd in der Kühle des frühen Morgens. Der Zauber der Nacht war verflogen. Statt froher Hoffnung verspürte er Niesreiz, während er in die bleiche Helle der Frühe blinzelte. Die Stunde des Minnegesangs war vorbei. Der Troubadour hatte seinen Einsatz verpaßt . . .

Zum Glück war die Tür zum Wintergarten offengeblieben.

Als er sich durch das schweigende Haus in sein Zimmer getastet hatte, fand er auf seinem Bett einen bekritzelten Zettel:

»Schlaf schön. Träum süß von Knien, solange Dir das Träumen nicht zu langweilig wird. Galathee.

Zwei Tage später fuhr ihn Herr Poppe, der Kutscher, zum Bahnhof. Die vierzehn Tage waren um. Mit Carmen Zwiesprache zu halten, war Großvater nicht mehr so recht gelungen. Tante Thekla hatte es erfolgreich zu verhindern gewußt. Der Abschied von ihr war kühl gewesen.

Die Heimkehr des weitgereisten Sohnes in die Schillerstraße wurde mit extra dick belegten Wurststullen und zwei zur Feier des Tages vom Stationsvorsteher gestifteten Flaschen Braunbier würdig begangen. Mutter Martha fand, viel mehr Schmalz und Farbe habe er zwar nicht in den Backen, aber sonst wirke er doch erfreulich erholt. »Haben dich die Kleinen wenigstens in Ruhe gelassen?«

Großvater nickte. Seiner Meinung nach hatten sie ihn viel zu sehr in Ruhe gelassen, aber das gehörte wohl nicht hierher.

»Haben sie«, sagte er. »Ich hab' mich gut mit ihnen vertragen.«

»Dacht' ich's doch«, lächelte Mutter Martha, und ihr Sinn fürs Praktische war schon mit der Zukunft beschäftigt. »Wo Thekla jetzt weiß, daß du kinderlieb bist, wirst du sicher wieder eingeladen.«

Der Stationsvorsteher geleitete ihn später in seine Kemenate, und erst, als er vor dem Gutenachtwunsch bemerkte, er hoffe, er habe die Zeit auch zum Studieren genutzt, fiel Großvater beklommen ein, daß er seine bis aufs Inhaltsverzeichnis und das erste Kapitel unaufgeschnittene Einführung in die Rechtswissenschaft in Mittenwalde vergessen hatte.

Eins wäre der Vollständigkeit halber nachzutragen: Zwei Monate später traf in der Schillerstraße die freudige Kunde ein, daß Carmen sich mit dem Leutnant von Pöllnitz verlobt habe. Sein Konkurrent hatte sich mit Träumen offenbar weniger aufgehalten als er.

Großvaters Kummer hinderte ihn nicht daran, die Anzeige schleunigst verschwinden zu lassen, bevor sie Mutter Martha vor Augen kam, um ihr die Illusion über das Alter der »lieben Kinder« so lange wie möglich zu erhalten.

5. Kapitel

Großvater war in einer Familie von bescheidenen Staatsdienern,

Handwerkern und einigen wenigen bäurischen Einsprengseln der erste gewesen, der je eine Universität heimgesucht hatte. Seitdem hatte das leppiensche Geltungs- und Bildungsbedürfnis wie Heuschnupfen um sich gegriffen. Seine Söhne, die sich brüderlich in seine Vornamen Friedrich Wilhelm und Paul Otto teilten – Onkel Gottliebs Erbe war andern zugefallen und sein Name infolgedessen gestrichen worden –, waren vorangegangen, drei seiner Enkel hatten das Studium schon hinter sich, und die beiden jüngsten schlugen sich, als er so um die fünfundachtzig war, noch damit herum. »Schlagen« war gar kein so schlechter Ausdruck dafür, denn während Großvaters Kommilitonen, von Leberschäden und Schmissen abgesehen, falls sie einem Corps angehörten, ihrem Studienfleiß allenfalls Schwielen am Allerwertesten verdankten, ging es bei den Vorlesungssprengungen und Vollversammlungen der unruhigen Enkel offenbar nie ohne Beulen und blaue Flecken ab.
»Das ist gehupft wie gesprungen«, erklärte Großvater ungerührt. »Zu meiner Zeit haben sie sich mit Säbeln traktiert, heute tun sie's mit Stuhlbeinen oder was weiß ich. Geprügelt wird immer. Was sich ändert, ist nur das Weswegen.«
»Du bist fein raus«, murrte Sohn Paul Otto bei seinem vierwöchentlichen Sonntagsnachmittagsbesuch. »Du hast nichts mehr damit zu tun, aber ich mach' mir Sorgen um Mulle.«
Mulle, das war Mulle Leppien, zwanzigjährige Medizinstudentin, auf Monika getauft, aber in der Familie nur als Mulle bekannt.
»Ich wünschte jedenfalls, du würdest mal mit ihr reden«, fügte Paul Otto hinzu.
»Wieso? Redet sie nicht mit dir?«
Paul Ottos Seufzer klang kellertief.
»Gelegentlich, wenn sie Geld braucht. Ich bin bloß ihr Vater.«
»Und was bin ich?« griente Großvater. »Vielleicht Jung-Siegfried?«
»In deinem Alter bist du schon wieder Jugendstil, und der ist Mode. Außerdem hat sie neulich von dir gesagt, mit dem alten Knacker könnte man bestimmt noch Pferde stehlen.«
Großvater griente noch mehr.
»Mehr kann man wirklich nicht verlangen. Und was soll ich ihr sagen, wenn ich mit ihr rede?«

»Daß sie ein bißchen mehr studieren und ein bißchen weniger Revolution machen soll. Bloß mit Revolution kommt sie jedenfalls nicht durchs Examen.«

Seiner Meinung nach hatte Großvater ein Alter erreicht, in dem er sich für seine Familie, von Großmutter natürlich abgesehen, nicht mehr verantwortlich zu fühlen brauchte. Seine Söhne waren erwachsen genug, um »selber den Dreck vor ihren Türen wegzukehren«, wie er sich ohne Umschweife ausdrückte, und seine Enkel sah er nur zu seinem Geburtstag und zu Weihnachten allenfalls, und sie schienen ganz gut ohne ihn auszukommen.
Auch Mulle kam natürlich ohne ihn aus und besuchte ihn nicht viel öfter als die anderen, aber wenn's um sie ging, fühlte er sich doch besonders angesprochen. Vielleicht, weil sie hübsch und außerdem das einzige Mädchen – in seiner Ausdrucksweise »der einzige weibliche Teil« – in seiner Nachkommenschaft war, und für hübsche weibliche Teile hatte Großvater allemal was übrig gehabt.
»Ich fahr' morgen rasch mal hin«, erklärte er nicht gerade zu Großmutters Überraschung. »Schließlich kann ich Paul Otto nicht sagen, daß er mir den Buckel runterrutschen oder sonst was soll, wenn er sich um das Küken Sorgen macht.«
»Küken? Mit zwanzig?«
Großmutter hätte es sich nie eingestanden, so lächerlich war's, aber selbst jetzt noch, nach der Goldenen Hochzeit und obwohl es bloß Mulle war, spürte sie ein Fünkchen der Eifersucht, zu der er ihr im Verlauf von mehr als fünfzig Ehejahren in so reichlichem Maße Anlaß gegeben hatte. Mit oder ohne Grund, darüber ließ sich streiten. Über die Eifersucht leider nicht.
»Sonst sagst du doch immer ...«
»Weiß ich«, unterbrach er sie ungeduldig. »Daß sie sich selber um ihren Mist kümmern sollen, aber ... Na ja, ich fahr' eben mal hin. Ich bin sowieso lange nicht in der Stadt gewesen, und mir fällt die Bude hier schon auf den Kopf.«
Am nächsten Frühnachmittag rückte er also ab, fein in Schale, mit grauen Knöpfgamaschen und englisch zusammengerolltem Schirm und von Großmutter mit der Mahnung versehen, auch bestimmt bei

Bögges nebenan anzurufen, wenn es etwas später werden würde. Großvater hatte nämlich kein Telefon. Er fand, von allen Zudringlichkeiten moderner Zeitläufte sei diese Einrichtung, die jedem Wildfremden erlaubte, ungefragt in sein Privatleben einzudringen und ihn durch anhaltendes schrilles Gelärme aus seinem Mittagsschläfchen oder sonst welchen wichtigen Verrichtungen zu reißen, die allerzudringlichste.

Früher hatte er mal eins gehabt, aber es war seinen Temperamentsexplosionen bei solchen Gelegenheiten nicht gewachsen gewesen. Bei der dritten Reparatur hatte er dem Monteur vom Telefonamt gesagt:

»Reißt bloß das Ding da mit Stumpf und Stiel aus der Wand, sonst habt ihr nächstens noch meinen Schlaganfall auf dem Gewissen!«

Seitdem mußten Bögges von nebenan herhalten, und der gutmütige Herr Bögge, Milchhändler seines Zeichens, hatte sich längst mit der Tatsache abgefunden, daß er jeden Anruf für Großvater, selbst den eiligsten, nur durch einen in den Briefkasten am Gartentor gesteckten Zettel anzuzeigen hatte.

Großvater schob also los, und als er an der Ecke zum Königsgraben noch einmal mit der Musspritze zu Großmutter zurückwinkte, die wie üblich am Tor gewartet und mit einem aus leisem Spott und Rührung gemischtem Gefühl festgestellt hatte, daß man ihm – wenigstens von hinten – sein Alter überhaupt nicht ansah, ahnte sie nicht, daß es das Letzte war, was sie an diesem Tag von ihm sehen würde.

Um zehn war er nämlich noch nicht wieder da, obwohl er spätestens um neun hatte zurück sein wollen, und als sie um halb elf zuerst im Briefkasten nachgesehen und dann nebenan geklingelt hatte, erfuhr sie von Herrn Bögge, daß auch bei ihm kein Lebenszeichen des Verschwundenen eingelaufen sei.

»Aber machen Sie sich man keine Sorge, Frau Leppien«, sagte er über den Zaun. »Der alte Herr ist ja noch recht kregel und puppenlustig, dem passiert so leicht nischt. Vielleicht hat ihn was Familiäres aufgehalten.«

Er schob einladend die Gartenpforte auf.

»Wollen Sie nich'n bißchen reinkommen? Meine Frau is noch auf.

Sie wärmt Ihnen 'n Glas Milch, das beruhigt. Oder wenn Ihnen 'n Likörchen lieber is? Dabei wartet sich's leichter.«

Aber obwohl Großmutter einem Schnäpschen in Ehren nie abgeneigt war – Milch, und noch dazu warme, konnte sie schon eher entbehren –, fand sie doch, daß ihr Platz zu dieser Stunde zu Hause sei. Wenn Paulo inzwischen käme und sie nicht fände, würde er ihr die Hölle heiß machen, weil sie sich beim Nachbarn einen angetütert hatte, statt mit einem warmen Süppchen auf ihn zu warten.

Um viertel zwölf, als allmählich doch eine Kleinigkeit Angst in ihr aufstieg, kam der offensichtlich aus dem Bett gescheuchte Herr Bögge mit gesträubtem, schütterem Haar und im Nachthemd mit Bademantel drüber und tat ihr kund, eine gewisse Mulle habe eben angerufen.

Die Angst in ihr ebbte ab, quoll aber im nächsten Moment wieder hoch.

»Hat sie was von meinem Mann gesagt?«

Herr Bögge räusperte sich verlegen.

»Nee. Keinen Ton. Sie hat bloß gesagt, sie käme gleich raus.«

Die unheilschwangere Stille zwischen ihnen schien sich endlos zu dehnen. Schließlich räusperte sich Herr Bögge erneut:

»Soll ich nich so lange bei Ihnen bleiben? Aufgeweckt bin ich nu sowieso. Ich meine ...« Er geriet ins Stottern. »Manchmal tut 'n bißchen Zuspruch doch gut.«

Doch Großmutter war, wenigstens äußerlich, wieder ganz auf der Höhe.

»Na, das fehlte noch!« protestierte sie. »Was glauben Sie, was passiert, wenn mein Mann erfährt, daß ich nachts um zwölf einen Herrn im Nachthemd im Hause hatte. Und –«, mit dem blassesten aller Lächeln, »– so einen flotten noch dazu! Nee, das können wir ihm nicht antun.«

Kurz vor zwölf kam dann endlich ein Gefährt die sandige Eulenstraße entlanggetuckert. Spärliches Scheinwerferlicht zitterte vor ihm her. Es war Mulles »Schlitten«, Großmutter erkannte ihn im Licht der Gartentorlaterne an den Pop-Kliererereien auf dem Blech, deren grelle Farben unter der mindestens halbjährigen Dreckschicht kaum mehr zu unterscheiden waren.

Mulle kletterte raus, allein, knallte den Schlag zu und kam schlaksig ohne Eile den Gartenweg entlang. Eine Ami-Kutte hing ihr lose um die Schultern. Was Besonderes war ihr nicht anzumerken.
Großmutter empfing sie in der Haustür. Ein Kloß saß ihr hemmend in der Kehle.
»Was ist mit Paulo?« flüsterte sie.
Mulles Grienen suchte Beruhigung zu verbreiten.
»Mach dir nichts draus«, erwiderte sie. »Mit dem ist alles in Ordnung. Der sitzt.«
»Sitzt? Ja, wo denn?«
»Im Kittchen natürlich.«

Wie es zu diesem erstaunlichen Umstand gekommen war, erfuhr Großmutter zwischen zwölf und halb eins am Küchentisch von Mulle bei einem Täßchen schnell gebrühten Kaffees. Aber die richtige Farbe erlangten die Ereignisse erst, als Großvater sie am nächsten Nachmittag berichtete, nachdem er stolz wie ein Gockel in leicht derangiertem Aufzug und mit einem Schirm zurückgekehrt war, dessen zerfledderter, halb abgeknickter Zustand unmißverständlich verriet, daß er anderen als den ihm zugedachten Zwecken gedient haben mußte.
Angefangen hatte es damit, daß Großvater bei Mulle geklingelt und von dem Mädchen, mit dem sie zusammenhauste, erfahren hatte, Mulle hielte seit gestern ein Uni-Institut besetzt, nicht alleine natürlich. Mittags hätten sie im Radio angesagt, Polizei sei inzwischen eingetroffen, habe aber bisher nicht eingegriffen.
Als er sich dann, teils neugierig, teils um Mulle besorgt, zum Institut durchgefragt hatte, war zu seiner enttäuschten Erleichterung von einem Belagerungszustand nichts zu entdecken gewesen. Nur in einer Seitenstraße fünfzig Meter davon hielten ein paar Mannschaftswagen, und an der Ecke stand eine martialische Gestalt, mit Helm und Funkgerät obenrum wie ein verirrter Marsmensch anzusehen, und musterte ihn argwöhnisch.
»Wollen Sie hier was?« erkundigte sich der vom Mars.
Fragen so dämlicher Art pflegten Großvaters leicht reizbare Widersetzlichkeit anzuregen. Schließlich, das sagte einem doch wohl

schon der gesunde Menschenverstand, wäre er ja nicht hier, wenn er hier nichts wollte.
»Klar!« krähte er. »Ich hab' ein paar Molotowdinger in der Tasche – für die. »Er wies mit dem Kinn zum Institut hinüber. »Aber sehen Sie sich beim Filzen vor. Ich bin nämlich kitzlig.«
Der Mann starrte ihn unentschlossen an. Einen Moment sah's so aus, als ob er ihn wirklich filzen wollte, dann wandte er sich ab. Großvater sah allzu unverdächtig aus, und außerdem hatte er offenbar Wichtigeres zu tun, denn nach einem Blick auf die Uhr begann er, in sein Funkgerät zu sprechen.
Den Schirm über den Arm gehängt, schritt Großvater rüstig weiter, dem Institut entgegen, in dessen offener Tür ein bärtiges, langmähniges Individuum in Jeans und schlottrigem Pulli lehnte und über ihn weg zur Ecke spähte.
»Mach 'ne Fliege, Opa«, raunzte er schläfrig. »Heute ist keine Visite für Studienanwärter. Wir erwarten bessere Herrschaften.«
Aber so leicht ließ Großvater nicht mit sich Schlitten fahren. Wenn er wollte, hatte er eine ganz schön kräftige Stimme, und diese Stimme lockte die erstaunte Mulle herbei, die ihn an dem Bartfritzen vorbei im gleichen Moment in die Halle zog, in dem draußen die Marsmänner um die Ecke quollen und zum offenbar lange erwarteten Sturm ansetzten.
Die Tür flog zu, andere Langmähner tauchten auf, ein paar intelligenzblasse, strähnige Mädchen dazwischen, Tische und Schränke wurden in Windeseile vor Tür und Fenster geschoben, und plötzlich war Großvater mittendrin, in den hektischen Wirbel einbezogen, fand es herrlich aufregend, schob, türmte, rückte und schleppte pustend mit, bis . . . ja, bis ihn jemand von hinten am Kragen packte und leider offenkundig wurde, daß die wackeren Institutsbesetzer zwar vornerum alles bestens zur Verteidigung gerüstet, die Kellertür hinten aber vergessen hatten, und durch die war nun unfairerweise ein Stoßtrupp der Ordnungsmacht eingedrungen.
Der unfeine Griff zu Großvaters Paletotkragen führte bei ihm zu einer Reaktion, die vollauf bestätigte, was Fräulein Selma, Großmutters zweimal die Woche erscheinende Putze, schon immer von ihm gesagt hatte: »Der Herr Leppien is'n Kollerieker. Wenn dem

was verquer geht, kricht er immer gleich eukalyptische Anfälle.« Denn in einem solchen Anfall fuhr Großvater nun wie ein geölter Blitz herum, schwang seine Musspritze und landete einen Volltreffer auf des Angreifers Helm. Und damit war sein Schicksal fürs erste besiegelt.

»Wieso hast du dich mit dem Mann, dem Polizisten, auch eingelassen?« fragte Großmutter und schüttelte mißbilligend die grauen Löckchen.

Großvater schien einem eukalyptischen Anfall wieder bedenklich nahe.

»Ich mich mit ihm? Na, da hört sich doch ...! Er mit mir! Ich wollte Mulle ja bloß ein bißchen ins Gewissen reden, weil Paul Otto mich drum gebeten hatte, und da mischt so 'n Kerl sich in unsre Familienangelegenheiten ein, packt mich von hinten am Schlafittchen, fuchtelt mit seinem Knüppel vor meiner Nase rum, murmelt was von Widerstand gegen die Staatsgewalt und will auch noch meinen Ausweis sehen. Und weil ich den nicht bei mir hatte ... Was ist denn los? Findst du das komisch?«

Ärgerlich starrte er Mulle an, die natürlich auch dabei war, denn sie hatte ihn von der Wache abgeholt und mit ihrer Nuckelpinne nach Hause gefahren. Jetzt wand sie sich auf dem Sofa vor Lachen.

»Du vielleicht nicht?« gickerte sie atemlos. »Kommt hin, um sein Enkelkind auf den Pfad der Tugend zurückzuführen, hat mit dem Remmidemmi sonst nicht die Bohne zu tun und ist der einzige, den sie hinterher die Nacht über in der Zelle behalten! Weißt du, was mir der Bulle vorhin gesagt hat?«

Sie imitierte den Polizisten mit behördlich gerunzelter Stirn und auf tief gequetschter Stimme:

»Passense in Zukunft auf Ihren Opa besser auf, Frollein. Wenn der nämlich noch mal solche Zicken macht, wird nicht mehr lange gefackelt.« Sie sah ihn an, schön geschwungene Brauen und darunter helle blaugraue, langbewimperte Augen, die mühsam ihren Ernst bewahrten, und fuhr tadelnd fort. »Wirklich, Großvater ... Nicht mir, *dir* müßte man ins Gewissen reden ... Widerstand gegen die Staatsgewalt – und das in deinem Alter!«

Und diesmal lachte Großmutter mit.

Bei dieser Gelegenheit kam übrigens überraschend ans Licht, daß Großvater schon eine polizeiliche »Vergangenheit« hatte. Im ersten oder zweiten Semester war es gewesen, kurz nach der Jahrhundertwende, noch bevor er aus der Schillerstraße in die Kabuse unter dem Dach neben dem Fotoatelier des Bildkünstlers Hugo Günteritz in der Behrenstraße gezogen war, um, wie er sich vor dem Stationsvorsteher ausredete, der nur drei Ecken entfernten Universität näher zu sein und durch das ewige, langwierige Hin- und Hergefahre keine Zeit fürs Studium zu verlieren. Damals also war im Reichstag um die sogenannte »lex Heinze« ein erbitterter Kampf entbrannt. Der reichlich staubaufwirbelnde Prozeß gegen einen gewissen Herrn Heinze, dem nachgesagt wurde, von den Einkünften einiger flotter Damen der in Berlin üppig florierenden Lustindustrie ein angenehmes Leben zu führen, veranlaßte die konservativeren unter den Volksvertretern zu einer Attacke auf die Mächte des Lasters und in einem Aufwasch auch gleich noch auf den sittenverderbenden Einfluß von Theater und bildender Kunst. Verboten werden sollte die Verherrlichung des Ehebruchs und der fleischlichen Lust. Was im Reichstag vorging, zählte unter hohe Politik und spielte sich im allgemeinen außerhalb von Großvaters Gesichtskreis ab. Er war viel zu sehr mit den aufregenden Erfahrungen seines leider vorläufig noch durch die Schlafstelle im elterlichen Heim familiär gebundenen neuen Daseins beschäftigt. Die Hörsäle der Uni gehörten selbstverständlich dazu – schließlich konnte der Stationsvorsteher für sein gutes, wenn auch zögernd und spärlich ausgezahltes Geld einen verläßlich klingenden Bericht über Leben, Treiben und vor allem strebsames Studieren dort erwarten –, doch es wäre mehr als übertrieben gewesen, in ihnen etwa das Zentrum seiner studentischen Existenz zu sehen.
Da gab es eben doch viel interessantere Dinge. Die rauchigen Studentenkneipen in der Charlotten- und Oberwallstraße, zum Beispiel. Oder die Paukböden, trübselige Gartensäle oder als Kegelbahnen benutzte Schuppen und Kellerräume von Gastwirtschaften mehr j. w. d. zumeist, geadelt durch die schweißig-staubige Aura ritterlichen Zweikampfs, an dem teilzuhaben ihm freilich nicht vergönnt war, da er weder fechten konnte noch jemand kannte, der ihn

zur Aufnahme in ein Corps jemals hätte vorschlagen können. Vorerst mußte ihm genügen, daß er am Rande zusehen durfte, aufgeregt und ehrfürchtig das steife, hackenknallende, klirrende Zeremoniell verfolgend, in der hoffnungsvollen Erwartung, daß er in nicht allzu ferner Zukunft richtig dazugehören würde.

Und dann waren da die Theater, das Metropol und das Centraltheater vor allem, die er weiß Gott nicht als andächtiger Kunstjünger besuchte, sondern im Gefolge Herrn Trittkows, des Claquenchefs, um in stürmischen Beifall auszubrechen, sobald er den kleinen, dikken, stets in einem speckig glänzenden dunklen Habit steckenden Mann sich auf seinem gut sichtbaren Parkettsitz in der dritten Reihe rechts über die von ein paar Sardellen dürftig verhüllte Glatze streichen sah.

Das galt natürlich nur für den spontan entlockten Beifall. Auftritts-, Szenen- und Aktschlußapplaus für einzelne Künstler oder das ganze Ensemble waren schon vor Vorstellungsbeginn nach Dauer, Wärme und Lautstärke dem Tarif entsprechend genau festgelegt worden. Es gab dafür außer dem Freibillett jedesmal eine ganze Mark bar auf die Hand, die sich zusammen mit der Gage für ebenfalls von dem geschäftigen Herrn Trittkow vermittelte gelegentliche Statisterieauftritte (als Schweizer Volk im »Wilhelm Tell« oder Landsknechtshaufen im »Wallenstein«) mit oder ohne Rhabarbergemurmel im Lauf des Monats zu einem nicht zu verachtenden Zuschuß zum väterlichen Taschengeld zusammenläpperten.

Schwierig war nur, daß Großvater bei solchen Gelegenheiten notgedrungen immer erst spät abends nach Hause kam und allerlei Ausreden erfinden mußte, um den Stationsvorsteher nichts von seinen Nebenbeschäftigungen ahnen zu lassen. Denn daß Herr Trittkow samt seinem ungewöhnlichen Brötchenerwerb ihm höchst suspekt gewesen wäre, daran konnte kein Zweifel bestehen, wie Theater ihm überhaupt gleichbedeutend mit Sittenverderbnis schien, Goethe und Schiller natürlich ausgenommen. Die waren immerhin Beamte in fürstlichen Diensten gewesen und als solche in Straßennamen und dauerhaften Denkmälern verewigt. An Spätseminaren und gemeinsamer Arbeit mit gleich strebsamen Kommilitonen bis in die Nacht hinein auf deren Buden fand er hingegen nichts auszusetzen.

»Der Junge scheint sich wirklich zu machen«, sagte er gelegentlich, wenn er in seinem steifleinenen Nachthemd schon parallel zur Bettkante ausgerichtet unter dem Plumeau lag, während Mutter Martha noch an ihren Korsettschnüren knüpperte. »Fleißig und pflichtbewußt ist er, das muß man sagen. Schließlich hat er aber auch an mir ein Vorbild gehabt.«
»Und was ist mit mir?« fragte Mutter Martha spitz.
»An dir natürlich auch«, gestand er großmütig zu. Und während er seine auf dem Nachttisch aufgereihten drei Chronometer in Augenschein nahm, deren übereinstimmender Zeigerstand ihm die Ordnung seiner Welt bestätigte, wiederholte er:
»Klar, an dir auch.«
Aber es klang nicht so überzeugt, wie sie es sich gewünscht hätte.

Der weithin vernehmliche Krach um die »lex Heinze« im Reichstag und der Wellenschlag, den er durchs Brandenburger Tor die Linden entlang bis hin zu den akademischen Gefilden der Friedrich-Wilhelm-Universität erzeugte, hätte also kaum Einlaß in Großvaters anderweitig beanspruchtes Bewußtsein gefunden, wenn es dabei letzten Endes nicht um Geld gegangen wäre, um sein Geld, um das vorläufig noch recht wacklige finanzielle Fundament seiner erstrebten Befreiung von elterlicher Oberaufsicht in der Schillerstraße, in die er vorerst noch nächtens heimkehren mußte. Und sogar diese Einsicht war ihm nicht selbst gewachsen; die Erkenntnis der geheimnisvollen Zusammenhänge zwischen der hohen Politik und seinen heimlichen privaten Einkünften verdankte er Herrn Trittkow.
»Sehense sich nur ruhig schon nach was anderem um, Leppien, bevor sie uns die Butter von der Stulle nehmen«, hatte Herr Trittkow nämlich gesagt, vor sich im Schoß die entfaltete Tante Voß, während sein bezwickerter Blick kummervoll über die rotverschossenen Plüschbänke, Spindelbeinstühle und runden Marmortischchen des Victoriacafés Ecke Unter den Linden und Friedrichstraße schweifte, in dem er nachmittags ab fünf bis kurz vor Theaterbeginn sich über die Tagesereignisse zu informieren und seine Applaushelfer zur Befehlsausgabe zu empfangen pflegte. Kummervoll, als gelte

es jetzt schon, von diesem Feldherrnhügel Abschied zu nehmen. »Könnense garantiert Gift drauf nehmen. Wenn die Herren im Reichstag erst die Sittenpolizei auf uns hetzen –«, »uns« bedeutete in diesem Zusammenhang die durch Herrn Trittkow in seiner leicht schäbigen Eleganz wenig überzeugend repräsentierte Gesamtheit der berlinischen Bühnen, »– kommt kein anständiger Mensch mehr ins Theater. Wer soll denn noch kommen, wenn schon der kleinste Ehebruch, das kleinste bißchen Seitensprung, das harmloseste Fehltrittchen ... Hörense auf! Ist doch weltfremd, der Gipfel der Weltfremdheit! Noch weniger kann man gar nicht auf die Bühne bringen. Was glauben Sie, warum die Leute ins Theater gehen, mein lieber Leppien? Doch nicht, um ›Trautes Heim, Glück allein‹ auch da zu genießen. Das habense ja zu Hause, hängt ihnen ja da schon zum Halse raus! Nee, nee, wenn die Herren im Reichstag da –«, und er schlug mit der kleinen, fetten, unsolide glitzernd beringten Hand knallend auf das Zeitungsblatt, das unter einer dicken Überschrift vom Kampf der feindlichen Brüder, der Sitten- und Gesetzesstrenge fordernden Konservativen und der mit List und endlosen Widerreden im Namen der Kunst Obstruktion betreibenden Freisinnigen und Sozialdemokraten, berichtete, »– wenn die das durchpauken, können die Theater vor leeren Bänken spielen, und dazu braucht man keine Claqueure und keinen Antrittsapplaus nach Tarif. Sie werden sehen, Leppien, wenn die Sozis nicht doch noch ..., na, dann gute Nacht!«
Beide Hände Herrn Trittkows flatterten in einer dramatischen Verzweiflungsgeste so hoch, wie es seine kurzen Arme nur eben erlaubten, und seine Rede verstummte vielsagend angesichts der Schwärze der Zukunft, die sich ihm malte.
»Wenn die Sozis nicht doch noch ...«, hatte Herr Trittkow gesagt. Großvater hatte den Stationsvorsteher zwar wer weiß wie oft predigen hören, die Sozis seien vaterlandslose Gesellen, und Bismarck habe schon gewußt, warum er ihnen damals, 1878, mit dem Sozialistengesetz auf die nach Krone und Thron grapschenden Finger geklopft hätte, aber wenn sie für die Freiheit der Kunst eintraten, worunter Großvater seine persönliche Freiheit verstand, im Dienste der Kunst und Herrn Trittkows ein paar dringend benötigte Mark

zu verdienen, hatte er nichts gegen sie einzuwenden. Und als er bei einem seiner Pflichtbesuche in der Uni ein im Vorhof sich geräuschvoll sammelndes Häufchen Studenten gewahrte, das eben zum Reichstag aufbrechen wollte, um stellvertretend für die Massen des Volks gegen den Vorstoß des Ungeistes Protest zu erheben, gesellte er sich reinen Herzens und naiven Gemüts dazu und marschierte wacker mit.

Der flammende Protest rannte sperrangelweit offene Türen ein, denn eben an diesem sonnigen Frühlingstage hatten die Konservativen, im Ringkampf mit der Verzögerungstaktik des Gegners ermattet, ihre finsteren Absichten aufgesteckt, aber es wurden trotzdem, und weil man nun schon einmal da war, einigen Abgeordneten der Rechten die Zylinderhüte von den Köpfen geschlagen, einige behäbige Polizisten in ungewohnte Bewegungen versetzt und schließlich der Ordnung halber im Getümmel auch einige Verhaftungen vorgenommen. Von denen, die verhaftet wurden, wußte Großvater am allerwenigsten, warum.

Abends erschien dann der Stationsvorsteher gramgebeugt in der Reichstagswache, um seinen mißratenen Filius abzuholen. Mutter Martha war noch während des Dienstes total aufgelöst in seinem Kabäuschen im Bahnhof erschienen und hatte ihm nach wenigstens fünfmaligem fahrigen Überzeugen, daß die Tür auch wirklich geschlossen und kein Lauscher in der Nähe sei, trotzdem noch atemlos flüsternd berichtet, ein Polizist habe in der Schillerstraße geklingelt – »Denk doch nur, ein Polizist bei uns im Haus! Was werden bloß die Nachbarn denken!«, um sich nach ausgiebigem Anlecken von Daumen und Zeigefinger und einigem Suchen in seinem Merkbuch der Richtigkeit der Angaben eines gewissen Paul Otto Leppien, angeblich hier wohnhaft und Student der Rechtswissenschaft, zu versichern.

Der Stationsvorsteher war wie vor den Kopf geschlagen gewesen, hatte sich aber nichtsdestotrotz nach Dienstschluß mit seiner besten Montur bestückt, hatte sich sogar zur Hebung seiner Moral mit dem Kaisers-Geburtstags-Säbel umgürtet, und da stand er nun, ein Bild ungebrochener, wenn auch leicht kummerumflorter Würde, und ließ den Sermon des Wachvorstehers mit dem nötigen, behördlichen Akten geschuldeten Respekt über sich ergehen. Er entnahm ihm zu seiner Erleichterung, daß man dem jungen Mann in Anbetracht seiner bisherigen Unbescholtenheit und achtbaren Familie die eigentlich verwirkte Anklage des Widerstands gegen die Staatsgewalt ersparen und ihm lediglich einen Verweis wegen öffentlich verübten groben Unfugs erteilen werde.

Doch bevor er den verirrten Sohn in die Arme schließen durfte, geschah etwas, das die Bekümmernis dieses Abends doch noch um ein Weniges aufhellte. Ein kleiner, rundlicher Herr in leicht speckig glänzendem, aber sonst durchaus respektabel wirkendem dunklen Habit trat im Wachlokal auf den Stationsvorsteher zu, lüftete feierlich den schwarzen, steifen Hut, wobei er eine stattliche, von ein paar Sardellen nur dürftig verdeckte Glatze enthüllte, und sagte mit spiegelnden Zwickergläsern:

»Gestatten, Trittkow mein Name. Höre eben, Sie sind der Vater meines hochgeschätzten Leppien. Gratuliere von Herzen! Ein sehr erfreulicher junger Mann, mein bestes Pferd im Stall sozusagen. Immer einsatzbereit, mit schneller Auffassung begabt und begeisterungsfähig.« Er lächelte mild. »Wie man sieht, zuweilen sogar ein bißchen zuviel, aber an richtiger Stelle angewandt, eminent wichtig. Bin deshalb auch extra gekommen, als ich von seiner Lage erfuhr, um hier ein gutes Wort für ihn einzulegen. Aber da Sie jetzt selbst ... Grüßen Sie ihn also und sagen Sie ihm, daß ich ihn wie immer erwarte. Er wird gebraucht. Und nun ... meine Pflichten rufen mich leider. Es war mir wirklich ein Vergnügen.«

Mit einer fixen Verbeugung war er auf seinen kurzen Beinen entschwunden, und ob es der Zwicker, die Glatze oder seine schnell sprudelnde, Autorität verströmende Beredsamkeit war oder der Umstand, daß eigentlich gar nichts anderes in Frage kam, jedenfalls hinterließ er bei dem in akademischen Zirkeln total unbewanderten Stationsvorsteher einen Eindruck, den er folgendermaßen kundtat, während er mit dem aus Polizeihaft entlassenen Sohn der Straßenbahnhaltestelle vor dem Café Josty am Potsdamer Platz zuschritt:

»Daß ich zuerst aus allen Wolken gefallen bin, Junge, kannst du dir wohl denken, aber was dein Professor dann über dich sagte, hat mich wieder aufgerichtet.«

»Was für ein Professor?« erkundigte sich Großvater verdutzt.
»Trittkow, wenn ich recht verstanden habe. Professor Trittkow.«
Der Stationsvorsteher sah forschend zu dem bedrückt neben ihm wandelnden Sohn hinüber. »So heißt er doch wohl?«
Großvater nickte stumm. In Anbetracht der Umstände fand er es nicht angezeigt, den Irrtum gleich oder in näherer Zukunft aufzuklären.

Das, was er Mulle von dieser Geschichte erzählte, war sozusagen die legendenhafte, verklärte Spiegelung einer, wie man sah, gar nicht so ruhmvollen Wirklichkeit. Vielleicht hatte er tatsächlich schon vergessen, warum er damals mehr zufällig als absichtlich hintendran mitgelaufen war. Aber da sein Gedächtnis im allgemeinen noch ganz gut funktionierte, liegt die Vermutung näher, daß er in Mulles hellblaugrau und schön auf ihn gerichteten Augen, in denen vor kurzem noch Spottfünkchen geglitzert hatten – »Widerstand gegen die Staatsgewalt – in deinem Alter!« – zur Abwechslung mal Bewunderung aufglänzen sehen wollte für die auf heroisch frisierte Jünglingsgestalt des Studiosus Leppien, der, an der Spitze seines trutzigen Häufleins natürlich (»Klar an der Spitze! Wo denn sonst? Nee, ohne Fahnen und Transparente. Die hatten wir damals noch nicht.«), unerschrocken durchs Brandenburger Tor marschierte wie vor ihm und nach ihm noch manch anderer Held und nur durch seinen geharnischten Protest vor den Reichstagsstufen und ein paar eingebuffte Zylinderhüte die Freiheit der Kunst gerettet hatte.
»Na, was denkt *ihr* denn?« protzte er vor Mulle, in deren Augen es nun wirklich glänzte. »Daß ihr den ganzen Kram mit Anti und so erfunden habt? Nee, is nich! Is alles schon mal dagewesen! Wir waren schon damals nicht von Pappe! Wir nicht! Wir haben das Maul aufgerissen, wenn uns was nicht gepaßt hat, und die Po . . . die Bullen von damals mit ihren Pickelhauben und Plempen hatten auch nichts zu lachen.«
Jäh und abkühlend fiel ihm die eigentliche Absicht des Gespräches ein, und er fügte schwächlich hinzu:
»Na ja, natürlich haben wir auch zwischendurch tüchtig geschuftet. Von nischt is nu mal nischt. Und du solltest deine hübschen Finger-

chen auch davon lassen. Jedenfalls bis du dein Examen hast.«
Später, als Mulle wieder die Eulenstraße entlang abgetuckert war, sagte Großmutter lächelnd:
»Nur gut, daß du zum Schluß gerade noch die richtige Kurve gefunden hast. Ich hab' dich schon als so 'ne Art Denkmal mit Kränzen und Blumen rundrum am Heldengedenktag gesehen.«
Paul Otto junior lächelte nicht, als er zu seiner nächsten vierwöchentlichen Kaffeestippvisite bei ihnen erschien.
»Na, hab' ich Mulle hingekriegt?« erkundigte sich Großvater erwartungsvoll.
»Großartig«, gab Paul Otto zurück. »Besser ging's nicht. Seitdem du mit ihr geredet hast, hab' ich sie gestern zum zweitenmal von der Polizeiwache abholen müssen. Und als ich ihr anständig Bescheid stoßen wollte, hat sie gesagt: ›Denkst du, wir haben das Anti und so erfunden? Frag mal Großvater. Ich halt' mich bloß an die Familientradition.‹«

6. Kapitel

Außer mit seinen Bemühungen um größere finanzielle Bewegungsfreiheit und seinen Kollegheften und Vorlesungsbesuchen natürlich war Großvater um diese Zeit auch mit anderen, ihm nicht weniger am Herzen liegenden Dingen beschäftigt. Die Tatsache, daß ihm so recht kein Schnurrbart sprießen wollte, obwohl sogar sein Freund Peschke schon mit einem stattlichen Schnauzer aufwarten konnte, bereitete ihm zum Beispiel sorgenvolle Stunden.
Schon vor seiner Reise nach Mittenwalde hatte er sich, um diesem Mangel abzuhelfen, ein Tiegelchen Türkischen Bartwuchsbalsam erstanden, dessen Etikett unter der verlockenden Devise »Ohne Schnurrbart kein Kuß« schnelles und sicheres Gedeihen verhieß. Aber entweder machte er's nicht richtig oder – schrecklicher Gedanke! – die Humusschicht seiner Oberlippe war nur ungenügend

ausgebildet, jedenfalls war das, was sie an spärlichem Gekräusel produzierte, meilenweit von dem versprochenen »strammen Stolz jedes Jünglings« entfernt.

»Was hast du da bloß unter der Nase?« hatte Mutter Martha einmal erstaunt gefragt. »Wenn das ein Bart sein soll, wär's mir lieber, du trügst keinen. Das sieht ja aus wie 'ne verkümmerte Schmetterlingsraupe, in der die Motten gewesen sind.«

Auch Herr Trittkow beäugte mißtrauisch das dürftige Ergebnis von Großvaters Zuchtbemühungen und äußerte Zweifel, ob der Träger solchen Mißwuchses geeignet sei, als Beifallsspender noch seriös und mitreißend genug zu wirken.

»Sehense mal, mein lieber Leppien«, dozierte er in einem Stil, der seine vom Stationsvorsteher vorgenommene Bestallung zum Professor noch nachträglich rechtfertigte, »wenn einer für sein gutes Geld ins Theater geht, will er was davon haben, und hinterher will er Beifall klatschen. Das gehört dazu wie's Salz zur Suppe. Denn wenn er nicht klatscht, hat's ihm nicht gefallen, und er hat sein Geld umsonst rausgeschmissen. Wenn wir ihn aber dazu bringen, trotzdem zu klatschen, kommt's ihm so vor, als hätt' es ihm doch gefallen, und er hat was für's Geld gehabt. Damit er aber klatscht, müssen wir Vorklatscher ihm Vertrauen einflößen, aber ob Sie das können mit dem komischen Fliegendreck da unter der Nase ... Ich weiß nicht recht. Bis das Ding mehr schießt, werd' ich Sie vorsichtshalber in den Hintergrund setzen, wo das Licht von der Bühne nicht so hinkommt.«

Um schlimmerer Degradierung zu entgehen, hatte Großvater es dann mit einer in allen Kulturländern gesetzlich geschützten Dampf-Bartbinde versucht, die laut Gebrauchsanweisung widerspenstige Papillen mittels Treibhaus-Wärmeentwicklung zu erhöhter Leistungskraft anspornen sollte.

Aber auch da war der Erfolg ziemlich kläglich gewesen. Großvaters Papillen wollten nun mal nicht.

Das Zeug, das ihm endlich den ersehnten männlichen Zierat bescherte, hieß Papillin oder so ähnlich und war ihm am Eingang zum Bahnhof Friedrichstraße von einem Straßenhändler, der außerdem noch Schnürsenkel, Schuhwichse, Büstenelixiere und die neu er-

fundenen Rasierklingen in seinem Bauchladen feilhielt, allerwärmstens ans Herz gelegt worden.
»Det Zeuch wirkt jradezu blitzartich, Herr Baron. Wennse sich det morjens vorm Frühstück unter de Neese schmiern, kennt Ihnen die Frau Jemahlin beis Nachhausekommen mittachs nich wieder. Meine Frau hat's ooch probiert, weilse irrtümlich dachte, et wär' wat für ihren Damenbart, und nu is 'ne Walroßschnauze 'n jlatter Kinderpopo jejen ihr. Falls Se ihr besichtijen wolln, ick steh' Ihnen nach Ladenschluß zur Vafüjung.«
Großvater verzichtete auf die Besichtigung, startete seinen letzten Versuch, und siehe da, zwar nicht blitzartig, aber doch nach etwa vierzehn Tagen schon war genug Bart gesprossen, um seinen liebevoll tastenden Fingern Gelegenheit zum Zwirbeln zu geben.

Nach Lösung dieses Problems ging's mit gesteigertem Selbstgefühl gleich ans nächste: den Auszug aus der Schillerstraße. Eine Bude hatte er schräg gegenüber dem Metropoltheater in der Behrenstraße gefunden. Sie lag unter dem Dach, der Wasserhahn zum Waschen war auf dem Flur, was zuweilen zu schreckhaften Unterbrechungen der Prozedur und schleunigen Rückzügen führte, und die Retirade, wie die Portiersfrau verschämt-elegant das Klo umschrieb, befand sich auf dem Treppenabsatz im Stockwerk drunter. Aber dafür war sie billig, und vor allem war niemand da, der aufpaßte, was er da oben trieb. Schließlich hatte er oft genug das schöne Lied »Der Freiheit hab' ich mich ergeben« gesungen, und wenn schon alles andere Fehlanzeige war, was der weitere Text verhieß – »Brav Gelder muß der Vater schicken, wenn der Herr Sohn studieren soll, den Beutel mit Dukaten spicken, nur dann gerät das Söhnlein wohl . . .« –, wollte er doch wenigstens die Freiheit in praxi exerzieren. Den Bedenken des Stationsvorstehers ließ sich mit praktischen Argumenten wie Zeit- und Fahrgeldersparnis nach und nach beikommen, und letzte Zweifel beseitigte ein bescheidener Hinweis Großvaters auf die gute Meinung Professor Trittkows über sein »bestes Pferd im Stall«, aber Mutter Martha war nicht so leicht zu überzeugen. Die Aussicht, ihr Jungchen, das einzige, in die Fremde ziehen zu sehen, erfüllte sie mit wahren Schreckensvisionen, deren gelindeste noch ein mählicher Hungertod fern jeden menschlichen Beistands war.

»Du tust gerade so, als ob der Junge ins finsterste Afrika wollte«, ließ sich der Stationsvorsteher nach solchen phantsievollen Ergüssen ärgerlich vernehmen. »Dabei will er bloß in die Behrenstraße.«

»Aber allein«, jammerte Mutter Martha. »Ganz allein da irgendwo unterm Dach. Denk doch, wenn ihm da was passiert, und keine Seele, die ihn hört! Neulich erst hat im Lokalanzeiger gestanden, daß sie ein Gerippe gefunden haben . . .«

»Aber doch nicht unterm Dach«, stellte Leppien senior richtig. »In einem ausgebuddelten alten Germanengrab. Der Mann ist bestimmt nicht umgekommen, weil seine Mutter ihm nicht die Frühstücksstullen ans Bett bringen konnte. Außerdem kannst du den Jungen ja öfter besuchen.«

Mutter Martha wartete jedoch gar nicht erst ab, bis Großvater richtig eingezogen war, sondern machte sich gleich am nächsten Tag sorgenvoll zur Behrenstraße auf die Strümpfe, um die neue Bleibe ihres Einzigen zu besichtigen. Sie gefiel ihr ganz und gar nicht – »'ne bessere Bodenkammer«, erzählte sie nach ihrer Rückkehr –, aber immerhin fand ihr hausfraulicher Blick sie halbwegs sauber, nur die beiden Dachfenster hatten dringend ihres vorsorglich mitgebrachten Putzlappens bedurft, und unten im Haus war ein Milchgeschäft und gleich nebenan ein Bäckerladen. Für die fundamentalen Existenzbedürfnisse des Jungen war also gesorgt. Und ganz allein und verlassen war er auch nicht da oben, denn fast Tür an Tür befand sich ein

»Fotografisches-Artist.-Atelier
nebst Vergrößerungs-Anstalt«,

wie auf einem ungemein verschnörkelten Schild zu lesen stand.

»Da müssen ja manchmal Leute hinkommen«, beschloß sie ihren Bericht, halbwegs über ihre schlimmsten Befürchtungen hinweggetröstet, »und der Fotograf soll auch da wohnen. Und wegen Ablenkung –«, Mutter Martha kannte ja ihren Pappenheimer, »– brauchst du dir keine grauen Haare wachsen zu lassen. Bloß so zum Spaß klettert da keiner fünf Treppen hoch.«

In diesem Punkt – was mögliche Ablenkung anbetraf – befand sie

sich allerdings auf dem Holzweg. Sie hatte nämlich nicht mitgekriegt, daß die Kabuse früher mal zum Fotoatelier gehört hatte und nur durch eine dünne Wand und eine von schäbigen grünlichen Samtportieren verhüllte, jetzt verriegelte Tür von ihm getrennt war. In diesem Atelier nun residierte der Bildkünstler Hugo Günteritz. Und der war ihr zum Glück nicht über den Weg gelaufen, denn an seinem bohemienhaften Samtjackett, seiner geblümten Satinweste, dem horngefaßten Monokel an schwarzem Band und der wallenden Künstlertolle hätte die Gute vermutlich doch Anstoß genommen. Er lebte, und das allem Anschein nach nicht schlecht, von dem weitverbreiteten menschlichen Bedürfnis, die nur allzu schnell vergänglichen Augenblicke irdischen Glücks für eine möglichst ausgedehnte Ewigkeit festzuhalten. Für pudelnackte Babys, die nicht wußten, was sie auf dem Eisbärenfell sollten und deshalb häufig Unerwartetes taten, hatte er eine weit über die Behrenstraße hinaus gerühmte glückliche Hand. Aber auch kichernde Konfirmandinnen in sittsam hochgeschlossenem, zum erstenmal fußlangem Schwarz, verschämt-zärtlich einander zugeneigte, Hand in Hand verankerte junge Brautpaare, frischgebackene Leutnants in brandneuer, noch nicht bezahlter Montur und noch vom Treppensteigen pustende Silberne Hochzeiter wurden von ihm hochkünstlerisch porträtiert und in Hochglanz auf Pappe aufgezogen oder, was ihm noch lieber war, weil es mehr einbrachte, in ganzer Figur je nach Wunsch vor stimmungsvoll gemalten Burgruinen, Rokoko-Liebestempeln oder Mondscheinlandschaften auf die Platte gebannt.
Auch für Scherzaufnahmen war er bestens gerüstet. Wer wollte, konnte grienend oder grimmig durch den ausgesparten Gesichtsausschnitt der Pappattrappe eines germanischen Kriegers oder eines bizepsgewaltigen, hantelstemmenden Schwerathleten gucken und so urkomisch verwandelt die liebe Verwandtschaft erschrecken.
Soweit also wäre gegen den Nachbarn Günteritz nichts einzuwenden gewesen. An den immer gleichen Prozeduren solcher Sippenabbilderei fürs goldgeprägte Familienalbum hätte Großvaters Neugier nicht genug Nahrung gefunden, um ihn ernstlich von seiner Arbeit abzulenken. Aber etwas anderes zog ihn magnetisch an.
Zu gewissen Zeiten huschten leichtfüßige junge Damen ins Atelier

nebenan, hübsche Tanzmäuse aus dem Corps de ballet des Metropoltheaters schräg gegenüber, wie er später erfuhr, die zur Aufbesserung ihrer mageren Gage Herrn Günteritz als Modelle für gewisse Fotografien dienten, gewagte Fotografien sich erotisch gebärdender Odalisken in fülligen, viel zu fülligen, spitzenumrauschten, schleifchenverzierten rosigweißen Dessous, die allenfalls Schultern, Busenansatz und schwarzbestrumpfte Waden freiließen. Großvater hatte von solchen Fotos reden hören, aber in der Schillerstraße gab's sowas nicht, und die Herrengesellschaften, in denen er verkehrte, waren wohl nicht dieselben, in denen derartige Frivolitäten unter und über dem Tisch von Hand zu Hand gingen.

Und nun hauste er also Wand an Wand mit solchen Unsittlichkeiten! Die Vorstellung allein trieb ihm Schauer über den Rücken. Schlimmer noch: Sein ohnehin nicht allzu üppig entwickelter Studieneifer litt darunter. Oft genug kam es nämlich vor, daß er unterwegs zu einer Vorlesung treppabwärts jungen Damen begegnete, die mit wippenden Hüten und gerafften Röcken in hochgeknöpften Stöckelschuhen an ihm vorbei treppaufwärts strebten.

Manchmal gelang es ihm, seinem Gefühl für das Pflichtgemäße noch ein paar Stufen abwärts treu zu bleiben, aber spätestens ein Stockwerk tiefer erlag er der prickelnden Verlockung und strebte schuldbewußt hinterher. Gelegentlich vergebens, weil die Damen schon vorzeitig in der Parfümerie-Niederlage oder dem Rechtsanwaltsbüro im vierten Stock abhanden kamen, hin und wieder aber auch mit Erfolg.

Dann stand er mucksmäuschenstill in seiner Kemenate und lauschte hinüber, wo flinke, helle Stimmen durcheinanderschwatzten und ab und zu Gelächter wie ein Schwarm piepsender Spatzen aufflog, bis er Herrn Günteritz sagen hörte, einfach so, als sei es das Selbstverständlichste von der Welt:

»Nu macht schon vorwärts. Zieht euch aus. Ich hab' nicht viel Zeit. Ich muß nachher noch zu 'ner Hochzeit im Kaiserhof.«

Dieses »Zieht euch aus!« – Großvater hätte wer weiß was drum gegeben, es genauso wurschtig verlauten lassen zu können – an junge Damen gerichtet, versteht sich –, und Herr Günteritz avancierte in seinen Augen zum Chimborasso der Lebemänner.

(Eins muß an dieser Stelle wohl doch gesagt werden: Großvater hat uns solche Geschichten natürlich nie selber oder wenn, dann nur mit viel Geräuspere und, was seine Rolle dabei betraf, allerlei verschönernden Umständen erzählt. Was wirklich passiert war, erfuhren wir von seinem Busenfreund und nachmaligem Leibfuchs Peschke, der von ihm sagte: »Euch kann ich's ja verraten, ihr quatscht's nich rum. An Paulo is nämlich 'n Casanova verlorengegangen. Er hat bloß selten die richtige Traute und notabene auch selten die richtige Gelegenheit dazu gehabt.«)
In diesem Fall hatte er wirklich keine. Die einzige Möglichkeit, an der Ruchlosigkeit nebenan teilzuhaben, bot das Schlüsselloch der verriegelten Tür. Und da kniete er nun hinter der staubigen Portiere, preßte die Nase am Türholz platt und versuchte, Einblick zu gewinnen. Doch ach, da war kein Einblick, denn die Mädchen zogen sich gerade in der Ecke vor dem Schlüsselloch aus, ganz dicht davor, und eins hatte wohl sein Kleid über die Türklinke und damit auch über den Einblick gehängt.
Großvater blieb also auf die akustische Seite der Angelegenheit beschränkt, was seinen Erkenntnisdrang eher noch beflügelte. Jedenfalls wurzelte er eisern auf seinem Platz, noch immer auf den Knien, obwohl sie sich mit den knotigen, rissigen Dielenbrettern schlecht vertrugen, und harrte geduldig des Moments, der ihm auch optische Teilnahme gestatten würde.
Aber der kam nie, denn wenn der Vorhang sich vor dem Schlüsselloch endlich hob, war zu Großvaters herber Enttäuschung alles vorbei, und er merkte erst, wieviel Zeit inzwischen verstrichen war, wenn er hinterher aufstehen wollte und die Knie nicht geradekriegen konnte. Es dauerte ein peinvolles Weilchen, bevor es einigermaßen ging, und als er dann ein wenig steifbeinig den Treppenabsatz betrat, um sich zum Befehlsempfang zu Herrn Trittkows Stammtisch im Victoriacafé zu begeben, verließ eben auch Herr Günteritz auf dem Wege zum Kaiserhof sein Atelier.
»Rheuma oder Gicht?« fragte er und beäugte Großvaters Gang durch sein Monokel. »Reichlich früh in so jungen Jahren. Seltsam. Es muß wohl am feuchten Klima hier oben liegen. Ihr Vormieter in dieser Bude zeigte dieselben Symptome.«

»Ist nicht so schlimm«, erwiderte Großvater und unterdrückte ein schmerzliches Stöhnen. »Mir sind bloß die Füße vom dauernden Sitzen am Schreibtisch eingeschlafen.«
»Jaja, das Studium«, äußerte mitfühlend Herr Günteritz. »Sich um Erkenntnis bemühen, heißt Opfer bringen.«
Dann neigte er sich vertraulich Großvater zu.
»Aber man kann sich's auch erleichtern. Legen Sie sich das nächstemal lieber ein Kissen unter die Knie. Das hab' ich Ihrem Vormieter auch empfohlen. Oder kommen Sie rüber. Manchmal kann ich auch junge Herren gebrauchen.« Er zwinkerte aufmunternd. »Dabei schlafen Ihnen bestimmt nicht die Füße ein.«
Großvater sah ihm offenen Mundes nach, während er mit seinem Kameraungetüm elastisch die Treppe hinunter entschritt, dem Ausgang zur Behrenstraße zu, wo gewiß schon eine bestellte Droschke seiner wartete.

Die Einladung zur Mitwirkung scheiterte an den moralischen Bedenklichkeiten, die Großvater in der Schillerstraße eingetrichtert worden waren, aber er kam auch ohne sie und noch dazu ganz ohne sein Zutun in persönliche Berührung mit den freizügigen jungen Damen.
Damals quälte er sich erst mit den Verzwicktheiten des Römischen Rechts herum, und die Sittenparagraphen des Bürgerlichen Gesetzbuchs waren ihm noch nicht vertraut, aber daß dieser spezielle Bereich der Aktivitäten des Herrn Günteritz das Licht der Öffentlichkeit zu scheuen hatte, konnte er sich denken. Es verwunderte ihn daher nicht, erfüllte ihn eher mit einem genußvollen Gruseln, daß gelegentlich überraschend ein Polizeibeamter nebenan im Atelier erschien, um sich zu überzeugen, ob da nichts Unmoralisches vor sich ginge.
Meistens traf er, wenn überhaupt jemand, nur die übliche Kundschaft an, aber in seltenen Fällen kam es schon vor, daß er klopfte, wenn sich Herr Günteritz gerade der Herstellung jener der Aufmunterung erotisch frustrierter jüngerer und vor allem älterer Herren dienenden Fotografien widmete. Das erstemal hatte der Lichtbildkünstler seine lieblichen Helferinnen ohne viel Federle-

sens durch die eilends entriegelte Verbindungstür in Großvaters Kabuse geschoben, bevor er den Mann durch die Ateliertür einließ, und Großvater hatte gänzlich unvorbereitet zwei hübschen Geschöpfen gegenübergestanden, die mit Korsett und Unterrock für den Antrittsbesuch bei einem jungen Herrn etwas ungewöhnlich bekleidet waren.

Nach dem ersten versteinernden Schreck hatte er ihnen stumm Platz angeboten – stumm wegen des behördlichen Besuchers nebenan –, und sie hatten sich, rosigweißen Täubchen gleich, brav nebeneinander auf seiner Bettkante niedergelassen, weil es keine andere Sitzgelegenheit gab, hatten mit blanken Augen zuerst den höflichen jungen Mann, dann eine die andere angesehen, und dann hatten beide schleunigst je eine Hand auf die Lippen gepreßt, um ihre aufsteigende Lachlust zu unterdrücken. Erst da war Großvater klargeworden, daß er noch seine Bartbinde trug, und er hatte sie verlegen grienend abgenommen.

Zum Glück dauerte die peinliche Situation nicht lange. Nebenan klappte die Tür, und derbe Schritte verhallten den Flur hinunter. Gleich darauf ging die Verbindungstür auf, und Herr Günteritz schob die Portieren beiseite. Auf seiner Satinweste blühten triumphierend die Blumen, und sein Monokel verschoß ironische Blitze. »Innigsten Dank für Ihre bereitwillig gewährte Hilfe, mein Bester«, sagte er heiter. »Verständnis für den Dienst an der Kunst gehört nun einmal nicht zu den hervorstechendsten Eigenschaften der Polizei, und ich wollte die jungen Damen gar nicht erst unerfreulichen Mißverständnissen aussetzen. Hoffentlich haben sie Sie nicht allzusehr inkommodiert.«

Großvater versicherte stotternd, es sei ihm im Gegenteil ein Vergnügen gewesen, und falls wieder einmal . . . und dann gern auch länger . . . Und dann sah er halb erleichtert, halb bedauernd den raschelnd davonhuschenden beiden Täubchen nach. Ein zwiefaches Lächeln streifte ihn noch zur Belohnung.

Nur ein leiser Duft nach Steckenpferd-Lilienmilchseife, mit einem Hauch Parfüm vermischt, blieb in seiner Kemenate zurück. Vielleicht lag es daran, daß er den ganzen Tag über sein Dachfenster geschlossen hielt, obwohl draußen die schönste Sonne schien.

Überraschungsbesuche solcher Art wiederholten sich noch zwei- oder dreimal, und beim letztenmal wäre es beinah schief gegangen, weil der Polizist, der zum fünften Stock hinaufstrebte, gar keiner war, sondern der Stationsvorsteher persönlich, der sich wegen eines notwendig gewordenen Dienstbesuchs bei der Preußischen Eisenbahndirektion in der Leipziger Straße in seine Ausgehuniform mit Plempe geworfen hatte. Hinterher hatte er das Bedürfnis verspürt, sich doch einmal nach dem Sohn umzusehen, da er ja ohnehin in der Nähe war und dessen neue Behausung nur aus Mutter Marthas allzu umschweifigen, präziser Einzelheiten ermangelnden Berichten kannte.

So war er also in die Behrenstraße geraten, hatte in Unkenntnis der Verhältnisse und ohne in der Dämmerung des Bodenflurs Herrn Günteritzens Firmenschild zu bemerken, an die falsche Tür geklopft und als vermeintlicher Polizist die gerade anwesenden jungen Damen sozusagen in der Versenkung verschwinden lassen. Das Verhängnis schien nicht mehr aufzuhalten, denn der Irrtum klärte sich raschestens auf, und von der Ateliertür zu Großvaters Bude war nur ein Schritt.

Daß er trotzdem der Katastrophe – und der Stationsvorsteher einem schrecklichen Schock – entging, verdankten sie nur seinem feinen Ohr, das die väterliche Stimme draußen im Flur erlauschte, und der schnellen Entschlußkraft, mit der er die verschreckten Mädchen wieder in entgegengesetzter Richtung durch die Verbindungstür zu Herrn Günteritz zurückbeförderte.

Der Besuch verlief danach zu beiderseitiger Zufriedenheit. Das heißt, fast wäre doch noch ein Malheur passiert. In der Eile der Rückverfrachtung hatte eins der Mädchen ein Strumpfband verloren. Es war ein niedliches, feminin-rosiges, schleifchenverziertes Gebilde, und es lag unübersehbar mitten auf den abgetretenen Dielen zwischen Schreibtisch und Tür. Jedem wäre es auf den ersten Blick ins Auge gefallen, nur dem Stationsvorsteher nicht. Dem war glücklicherweise sofort Großvaters Wecker auf dem Schreibtisch ins Blickfeld geraten.

Automatisch zog er nacheinander seine drei Uhren hervor, verglich sie miteinander und dann mit dem Wecker und sagte tadelnd:

»Die Uhr da geht elf und 'ne halbe Minute nach. Du wirst unpünktlich zu deinen Vorlesungen kommen, wenn du nicht besser auf sie achtest.«
Großvater versprach es erleichterten Herzens. Das Strumpfband hatte er inzwischen unauffällig unter den Schrank expediert.

7. Kapitel

Folgenschwere Ereignisse sollen bekanntlich ihre Schatten warnend vorauswerfen, aber als Großvater zum erstenmal einer gewissen Emmi Dobbertin begegnete, die später bei uns zur Großmutter avancierte, war auch kein Fitzelchen davon zu spüren. »Begegnen« war eigentlich nicht das richtige Wort für ihre reichlich ungewöhnliche Art von Kennenlernen. Sie prallten unversehens mit Schwung zusammen, klammerten sich für Leute, die sich nicht vorgestellt und noch dazu verschiedenen Geschlechtes waren, unziemlich dicht aneinander fest, um sich auf den Beinen zu halten, landeten dann aber doch auf dem Hosenboden beziehungsweise auf dem, was das Fräulein Dobbertin statt dessen aufzuweisen hatte, und Großvater sagte: »Hoppla, Frollein! Haben Sie keine Augen im Kopf?« Und Fräulein Dobbertin antwortete entrüstet: »Klar, aber doch nicht hinten!« Und damit war's auch schon ausgestanden, denn Anni, Emmis hilfreich hinzueilende Freundin, gefiel ihm viel besser. Sogar ohne Monokel registrierte er diesen Tatbestand auf den ersten Blick.
Jede Geschichte hat ihre Vorgeschichte, und um sozusagen die historische Perspektive dieses Zusammenstoßes gleich mitzuliefern, muß ein bißchen umschweifig ausgeholt werden. Das Fräulein Dobbertin, Emma Ottilie mit Vornamen, war Confectioneuse bei der Wäschemanufactur Jules Biester und Co. in der Friedrichstraße, also das, was man heute Feinnäherin oder Stickerin nennen würde, wenn es dergleichen überhaupt noch gäbe, und den heftig in

ihr wirkenden, von ihrer Umwelt wenig geförderten Drang zum Höheren verstickte sie einstweilen kunstvoll in die Säume der Nachthemden und Negligés von Hofdamen oder gar Prinzessinnen, denn die Firma Jules Biester war kaiserlich-königlicher Hoflieferant, und ein Trousseau ohne Biestersche Mitwirkung war bei besseren Herrschaften gar nicht zu denken.

Trotz so intimer Berührung mit höheren Kreisen hatte sie auch für die ungesäumten Reize volkstümlicher Vergnügungen etwas übrig. Schon als kleines Mädchen hatte sie im Hinterhof in der Pankstraße, wo ihre Eltern wohnten, zur Leierkastenmusik getanzt und die Texte mitgesungen. Ein paar konnte sie noch auswendig, und wenn wir sie recht baten und sie besonders guter Stimmung war, sang sie sie uns mit ihrer ein wenig brüchig und rauh gewordenen, aber noch immer irgendwie rührend mädchenhaften Stimme vor: »In der Brunnenstraße, in der Brunnenstraße is'n Ding passiert, da hat 'ne Ziege mit 'ne Jans poussiert«, zum Beispiel, oder: »Da kam aus Treuenbrietzen ein junger Mann daher, der wollte so gerne Sabinchen besitzen und war ein Schuhmacheeer . . .«

Später ging sie mit ihrer Schwester Clärchen an Sonntagnachmittagen gelegentlich in die Biergärten am Oranienburger Tor und in der Hasenheide tanzen, und als sie schon bei Jules Biester hochherrschaftliche Wäsche bestickte und Clärchen verheiratet war und fürs erste nur noch mit Herrn August Kluckhuhn tanzte, weil sie in ihn verliebt und Herr Kluckhuhn als Kolonnenführer bei der Städtischen Straßenreinigung fast sowas wie Beamter und als solcher auf klare Verhältnisse bedacht war, zog es sie mit ihrer Freundin Anni in den neuen Westen, in das zwar protzig-feine, aber noch ziemlich schüttere Viertel rings um den Kurfürstendamm.

Da gab's nämlich seit kurzem ein neumodisches Etablissement, American Roller Rink geheißen, zu deutsch Rollschuhbahn, wo man sich für eine ganze Mark Rollschuhe ausleihen und dann zu den schmetternden Klängen der Kapelle des Garde-Train-Bataillons im Marsch-, Polka- oder Walzertakt über die blankgewienerten Holzdielen dahinrollern konnte. Natürlich nur, wenn man imstande war, sich auf den Dingern senkrecht zu halten. Für die, die es nicht waren, standen ein paar junge Herren in feschen Kohlblattmützen,

Radlerpumphosen und gleichfarbigen Sweatern parat, ihnen gratis Unterricht zu erteilen.
Das Fräulein Dobbertin hatte sich zuerst zum Zugucken und einem Täßchen Kaffee ins dazugehörige Restaurant gesetzt, einen schikken, schmalkrempigen Canotier mit selbstgebastelter Federgarnierung schräg nach vorn auf dem puschligen blonden Haar, die Federboa elegant um die in den aufgepluschten Keulen ihrer Blusenärmel steckenden Schultern geschlungen, und hatte sich von den schneidigen Rhythmen einfangen lassen. Das, was sich da vor ihren blauen Augen abspielte, war ja wie Tanz, und Tanzen liebte sie über alles. Und das Beste dran war, daß man keine Herrn dazu brauchte. Sie war zu ihrem Leidwesen schon ganz hübsch entwickelt gewesen, als ihre Altersgenossinnen hinten- und vornerum noch nicht viel vorzuweisen hatten, und sie hatte es höchst genierlich gefunden. Einmal vonwegen überhaupt, und zum andern, weil es die Herren dazu verlockte, beim Tanzen zu tatschen. Und wenn sie was auf den Tod nicht ausstehen konnte, dann das.
»Das muß an dir liegen«, hatte Anni einmal auf ihr Jammern gesagt. »Bei mir tatscht keiner.«
»Du hast ja auch nischt«, hatte Fräulein Dobbertin gekränkt erwidert. »Und wieso an mir? Was kann ich für die Mode mit den angeklatschten langen Röcken und engen Blusen? Soll ich vielleicht der Lustmolche wegen in Umstandskleidern rumlaufen? Das wär' ja noch schlimmer!«
Und nun konnte man hier also tanzen, ohne Herren und ohne Tatschen! Nach einem halben Stündchen Stolpern und Wackeln schwebte Fräulein Dobbertin schon auf Rollschuhen dahin, und wenn es vorderhand auch noch kein ganz richtiges Schweben war, weil die Füße manchmal noch woandershin wollten als die obere Hälfte, war es doch schon recht beachtlich und noch dazu ohne Gratisunterricht erreicht. Ihre natürliche Anmut und ihr Sinn für Ausgleich und Gleichgewicht, der sich späterhin in ihrer Ehe mit Großvater noch so manches Mal bewähren sollte, genügten vollauf. Jedenfalls bis zu dem Moment, in dem sie mit einem gleichfalls rollernden wildfremden jungen Herrn mit Monokel und steifem Hut unversehens zusammenprallte...

Wenden wir uns erstmal wieder Großvater zu.
Er hatte vor kurzem seine erste Referendarstelle beim Amtsgericht in Neuruppin angetreten, aber so kurz es auch war, es schien ihm bereits, als habe das schläfrige Provinznest einem unternehmenden jungen Mann von Welt nichts mehr zu bieten. Die erste freudig hochprickelnde Erregung über das Aufsehen, das sein neu erworbenes, vorsichtshalber nur außer Dienst getragenes Monokel und seine sonstige hauptstädtische Eleganz bei den biederen Ackerbürgern weckte, war verrauscht, die paar Sehenswürdigkeiten wie die Klosterkirche und Tiecks Denkmal Friedrich Wilhelms II. vor dem Gymnasium hatte er pflichtgemäß ohne sonderliches Interesse besichtigt, an Weiblichkeiten bot sich nichts unbedingt Erquickliches seinem schweifenden Blick, und selbst die wenigen jüngeren Kollegen im Amt sahen so aus, als ob sie ständig unter eingeschlafenen Füßen litten. Und in den Gasthof zum Deutschen Haus zog es ihn nur, weil ihn der dortige Garçon, vermutlich des Monokels wegen, gelegentlich mit »Herr von Leppien« titulierte, was er stets mit einer lässigen Geste abwies, die jedoch die Möglichkeit offenließ, daß ihm der Titel wohl zustand, er aber hier sozusagen inkognito zu bleiben wünsche.
Unter solchen Umständen wurde ihm die Woche reichlich länglich, und da er auch nicht gerade ein Naturschwärmer war, dem das sonntägliche Lustwandeln am Seeufer oder unter den alten Eichen des Stadtwalls zwischen Rheinsberger und Tempeltor die Unterhaltungsmöglichkeiten zivilisierterer Gegenden hätte ersetzen können, zog es ihn schon am Samstag abend in Richtung Berlin.
In der Schillerstraße tauchte er bei solchen Gelegenheiten zwar auch manchmal auf, um sich zur Abwechslung von Mutter Martha verwöhnen und das Schwarze unter dem Nagel nach seinen neuen Pflichten und Lebensumständen ausfragen zu lassen, wobei es dem Stationsvorsteher mehr auf die Pflichten und Martha mehr auf die Umstände ankam, aber meistens machte er um Charlottenburg einen Bogen und übernachtete bei Peschke. Das heißt, wenn man die frühen Morgen- und Vormittagsstunden, die er auf dem ausgesessenen Kanapee in Peschkes Wohnzimmer verschlief, überhaupt übernachten nennen konnte.

In Großvaters Augen hatte Peschke mehr Dusel als Verstand gehabt. Zum einen amtierte er im Amtsgericht Schöneberg und hatte es nicht nötig, erst stundenlang mit dem Bummelzug in der Weltgeschichte herumzujuckeln, bevor er sich in die Berliner Vergnüglichkeit stürzen konnte, und zum andern brauchte er sich nicht als möblierter Herr mit neugierigen und jugendlichem Überschwang abgeneigten Schlummermüttern rumzuärgern. Von Amts wegen war ihm nämlich die Gärtnerwohnung der sequestrierten Villa eines nach den Gründerjahren bankrott gegangenen Spekulanten zugefallen, in der sich eine Gobelinfabrik eingerichtet hatte. Die Wohnung befand sich in einem Häuschen am Ende eines verwilderten Gartens und war so sturmfrei, wie man sich's nur wünschen konnte. Von beiden Möglichkeiten machte Peschke jedoch so gut wie keinen Gebrauch. Er war mit einer Großbauerntochter aus Rathenow mit Ring und allem Klimbim verlobt, machte ihr alle zwei Monate persönlich seine Aufwartung, schrieb ihr zwischendurch pünktlich alle zwei Wochen einen Brief, in dem er sie in den umschweifigen Floskeln amtlicher Verlautbarungen, die er für gediegenen Briefstil hielt, seiner anhaltenden Geneigtheit versicherte, und verbrachte im übrigen seine Abende genügsam mit dem von Pfeifenknasterdunst gewürzten Studium von Akten, die er tagsüber, da er etwas langsamen Geistes war, nicht gründlich genug hatte durchackern können. Daß solchem geruhsamen Dasein die Würze des An- und Aufregenden fehlte, merkte er nur, wenn Großvater bei ihm aufkreuzte und ihn quirlig aus seiner Ordnung scheuchte. Vielleicht war das überhaupt die tiefere Ursache der Zuneigung, die die beiden ungleichen Kumpane ein ganzes Leben lang miteinander verband: daß beide im anderen fanden, was ihnen selbst fehlte und was sie gerne besitzen wollten. Der grundsolide, behäbige Peschke etwas von Großvaters aufschneiderischer Bravade und unruhig-oberflächlicher Lebenslust und Großvater eine Portion von Peschkes Gründlichkeit, Verläßlichkeit und wackerem In-sich-Ruhen. So ganz falsch wäre es nicht gewesen, die beiden mit Don Quichote und Sancho Pansa zu vergleichen, nur daß Peschke-Pansa seinen Don Paulo um gut anderthalb Köpfe überragte.
Manchmal gelang es Großvater, Peschke zum Mitkommen in ir-

gendeinen Tanzbums in Schöneberg oder Halensee zu beschwatzen, und fast immer verwickelte er ihn dabei in irgendwelche Streitigkeiten mit Herren, die seiner Meinung nach seiner jeweiligen Tanzdame durch unverschämte Blicke zu nahe getreten waren oder ihre Zigarrenasche in sein Bier gestreut hatten, oder er machte ihn zum widerwilligen Teilhaber an abenteuerlichen Unternehmungen, die dem Braven schon beim bloßen Zusehen den Angstschweiß aus den Poren trieben, von denen er aber noch wochenlang mit gruslig-wonnevollem Schuddern zehrte. Immerhin hatte er ja mitgemacht und beim Mitmachen seinen Schatten übersprungen. So zum Beispiel, als Großvater eines Nachts beharrlich darauf bestand, sich auf das Zugpferd der letzten Pferdebahn zu schwingen, statt sich in das klapprige Gefährt zu setzen, und mit geschultertem Spazierstock wie ein Gardekürassier wirklich ein Stück Kurfürstendamm hinunterritt. Und ein andermal, als er in bierfrohem Überschwang mit ihm, Peschke, gewettet hatte, daß er nüchtern genug sei, die große Halenseer Eisenbahnbrücke nicht wie alle Welt auf dem Pflaster, sondern genauso sicher mittels einer Kletterpartie über den hoch ins nächtliche Dunkel ragenden Bogen zu überqueren.
Peschke hatte ihn, kopfschüttelnd über soviel Unvernunft, davon abzubringen versucht, schließlich aber nachgegeben, weil er besorgte, daß durch den von Großvater veranstalteten Entrüstungsradau irgendein patrouillierender Polizist auf sie aufmerksam werden könnte. Junge Referendare waren zu gesittetem Lebenswandel verpflichtet, und polizeiliche Anzeigen wegen ungebührlichen Benehmens und ruhestörenden Lärms konnten ihnen die Führungslisten gewaltig verhageln.
Peschke hatte also mit stockendem Herzen Großvaters Anstieg von unten her verfolgt, bis er, im Mondlicht schattenhaft zu erkennen, auf allen vieren die Höhe der Wölbung erklommen hatte. Dort aber schien er in Schwierigkeiten zu geraten, sei es, daß er in einem klaren Moment zum erstenmal richtig den gähnenden Abgrund gewahrte, über dem er da oben schwebte, sei es, daß er sich für den Abstieg auf der anderen Seite umdrehen mußte und nicht wußte, wie er das in seinem Zustand auf dem schmalen Eisenband anstellen sollte. Jedenfalls konnte er weder vor noch zurück, und der brave

Peschke sah sich genötigt, angstschwitzend hinterherzuklettern, um ihm irgendwie aus der Bredouille zu helfen.
Gerade als er bei seinem platt wie eine Flunder auf dem Bauch liegenden Kumpan angelangt war, tauchte noch dazu unten die Pikkelhaube eines gewichtig dahinwandelnden, wachsam um sich spähenden Polizisten auf, und Peschke mußte auch noch Großvaters Absicht, einen Jodler loszulassen, zu der ihn wohl die Höhenluft und die Anwesenheit von Publikum angeregt hatten, schleunigst durch Mundzuhalten vereiteln. Sie konnten von Glück reden, daß im gleichen Moment ein Güterzug unter der Brücke durchfuhr, dessen Lokomotive sie in dichte, stinkende Rauchschwaden hüllte. Der Rußgestank saß ihnen noch zäh in der Nase, als sie endlich mit zitternden Knien wieder sicheren Boden erreichten. Wessen Knie mehr zitterten, wurde nie verläßlich ermittelt, aber sicher ist, daß sie sich später brüderlich in den Ruhmesglanz der allmählich in legendäre Fernen entrückenden und je ferner je schwankender in ihrem Ablauf werdenden Geschichte teilten. In einer Version waren sie, wie Seiltänzer aufrecht über den Brückenbogen balancierend, einer kleinen Armee von Polizisten entflohen, nachdem sie zuvor eine einzelne Dame gegen eine Schar Raufbolde verteidigt hatten, in einer anderen, viel späteren offenbar durch frühe Harry Piel-Filme angereicherten, gar von der Höhe des Bogens auf eins der Wagendächer des fahrenden Güterzuges hinuntergesprungen und auf diese Weise ihren Verfolgern entwischt.
Auf den offensichtlichen Widerspruch festgenagelt, erklärte Großvater friedlich:
»Das kann so oder so gewesen sein. Stelle anheim. Vielleicht ist es auch so *und* so passiert. Damals haben wir soviel Rabatz gemacht, daß wir nicht über jede Kleinigkeit haben Buch führen können.«
Peschke nickte dazu. Er redete Großvater nie in seine phantasievollen Exkurse rein und sonnte sich im übrigen in den nach wie vor bewundernden Blicken Almas, seiner längst angeheirateten Rathenower Braut, die sich nicht genug darüber verwundern konnte, daß ihr braver Mann früher so ein Filou und tollkühner Tausendsassa gewesen sein sollte.
An jenem Sonntagnachmittag im American Roller Rink am Kurfür-

stendamm war er natürlich auch dabei. Nicht auf Rollschuhen, klar – acht in alle Himmelsrichtungen strebende Rädchen fand er als Basis für seine schon damals beinah zwei Zentner Lebendgewicht doch ein wenig ungenügend –, sondern hinter einer dampfenden Bockwurst und einem Glas Weißbier an einem der Tische des Restaurants. Und als Großvater kaum zehn Schritte vor ihm mitten in einer nach rückwärts gezogenen schwungvollen Acht mit dem Fräulein Dobbertin karambolierte, eilte er hilfsbereit hinzu, während von der anderen Seite her Fräulein Dobbertins Freundin Anni nahte.

»Aber doch nicht hinten!« hörten sie Fräulein Dobbertin entrüstet sagen, und dann gewahrte Peschke in Großvaters Blick jenes ihm nur allzu bekannte Erobererfunkeln, das seine auf eine bestimmte junge Dame gerichteten galanten Absichten unmißverständlich verriet. Aber es galt nicht der, die er zu Fall gebracht hatte, sondern der andern.

So gut wie ausschließlich mit ihr beschäftigte er sich auch während des folgenden Kaffeestündchens, zu dem er die kleine Gesellschaft quasi zur Entschädigung für das Fräulein Dobbertin angetane Ungemach einlud, und seine Gefühle erfuhren erst eine leise Abkühlung, als Anni seine Begleitung für den Nachhauseweg rundweg abschlug.

»Nee, lassense man«, sagte sie. »Wir beide finden unsern Weg schonst alleine. Mein Verlobter hat's übrigens auch nicht gerne, wenn ich mich von fremden Herren bringen lasse.«

Nur eins gestand sie auf Drängen Großvaters zu, der sich auch von Lappalien wie angeblichen Verlobten nicht abschrecken ließ, wenn er einmal Feuer gefangen hatte: daß er sie mal nach Arbeitsschluß bei der Firma Jules Biester abholen könnte. »Aber nur mit meiner Freundin zusammen – und in allen Ehren, versteht sich.«

Als Anni und das Fräulein Dobbertin, letzteres noch immer ein bißchen hinkend und mit leise schmerzendem Hinterteil, der Haltestelle des Pferdeomnibusses zugingen, durchbrach Anni schließlich verständnisvoll das anhaltende Schweigen:

»Bist mir wohl böse, was, weil der kleine Fixe mir Avancen gemacht hat? Den schenk' ich dir in Goldpapier. Von mir aus kannste dir den in Sülze einlegen.«

»Den kannste behalten.«

Das Fräulein Dobbertin drängte tapfer die kaum eingestandenen zarten Gefühle zurück, die Großvater trotz seines schändlichen Verhaltens in ihr wachgerufen hatte, streckte erhaben die Nase in die Luft und fuhr fort:

»Was soll ich denn mit so einem Fips? Und'n Monokel trägt er auch noch! Aus Fensterglas sicher! Da wär' mir der andere, der Große, schon lieber. Der hat sowas Ordentliches, Gesetztes ... Nee, den Kleinen steck dir man an'n Hut. Der is nich meine Kragenweite!«

8. Kapitel

Aber Kragenweite hin, Kragenweite her – es ließ sich nicht leugnen, daß es dem Referendar Leppien trotz Fipsigkeit und Monokel ganz unbeabsichtigt gelungen war, in den geheimeren Gefühlsbereichen jenseits von Fräulein Dobbertins Kratzbürstigkeit bleibende Spuren zu hinterlassen. Erstens war er was Besseres, kein Müllkutscher oder Straßenfeger wie Clärchens Kluckhuhn, sondern irgendwas beim Gericht, das man richtig studiert haben mußte, und zweitens hatte er feine Manieren, wenn er sie auch mehr Anni als ihr gegenüber an den Tag gelegt hatte. Vor allem aber waren es seine romantischen, italienisch dunkelglutigen Augen, in denen sie eine Verheißung zu lesen vermeint hatte, die ihr, obwohl vorläufig gar nicht für sie bestimmt, leise Schauer über den Rücken jagte, wenn sie vorm Einschlafen an ihn dachte.

Schon vorher war sie immer darauf bedacht gewesen, hübsch und adrett zur Arbeit zu kommen – der Umgang mit hochherrschaftlicher Leibwäsche verpflichtete schließlich –, aber jetzt fand sie kein Ende mit Bändchen und Schleifchen, und wenn ihr an Kosmetikkünsten auch nicht viel zu Gebote stand, tat sie doch ihr Möglichstes, ihren ein bißchen fadblonden Augenbrauen und bläßlichen Lippen mittels abgebrannter Streichhölzer und Roterübensaft nachzuhelfen. Das Schlimme war nur, daß ihre Mühewaltung umsonst blieb, weil sich der heimlich ersehnte Kavalier weder während der nächsten noch während der folgenden Woche nach Feierabend vor der Toreinfahrt der Firma Jules Biester blicken ließ.

»Der Pinkel kommt bestimmt nicht«, sagte die weltkluge Anni, der Emmis beharrliche Verschönerungsbemühungen nicht entgingen, und die sehr wohl wußte, wem sie galten. »Wo ich ihm doch gesagt habe, daß er nur mit uns beiden flottmachen darf.«

»Pah, an den denk' ich schon gar nicht mehr«, erwiderte Emmi mit trotzig zur Schippe geschürzten Lippen. »Der kann mich mal. Erst einem um ein Haar alle Gräten im Leibe brechen und sich dann nicht mal entschuldigen oder bloß soso . . . Nee! Und wenn der hier vor mir auf'n Knien rumrutschte und mich anflehte, mit ihm zum Essen zu Adlon zu gehen – ich würde den Fatzken kalt wie 'ne Hundeschnauze abfahren lassen.«

Zu ihrem Glück kam Emmi vorerst nicht in die Verlegenheit, ihre Drohung wahrmachen zu müssen, denn Großvater blieb auch weiterhin unsichtbar, und das aus triftigem Grunde. Nicht, daß ihn seine amtlichen Pflichten übermäßig beansprucht hätten – die paar Streitigkeiten um Ackergrenzen, Viehschäden und Alimente, die ihm auf den Schreibtisch kamen, ließen sich notfalls mit der linken Hand erledigen –, er war da nur ahnungslos in eine verteufelt unangenehme Situation reingeschlittert, die seine ungeteilte Aufmerksamkeit erforderte.

Ganz harmlos angefangen hatte es damit, daß er einen Kurs im Institut des Tanzmeisters Krusé belegte, um ein bißchen Gelegenheit zu anregendem Flirt zu finden und seine bis dahin ziemlich vernachlässigten Tanzkünste aufzubessern. Eines Tages würde er sie brauchen, um auch auf dem glatten gesellschaftlichen Parkett bestehen zu können. Das Flirten erwies sich als unergiebig – die Elevinnen Monsieur Krusés, wie der einstige Tänzer aus dem Ballettcorps der Königlichen Oper zu Berlin sich gern nennen hörte, obwohl er schlicht Kruse hieß und aus Brieselang stammte, waren meist derbe

Landpomeranzen, Gutsbesitzers- oder Großbauerntöchter aus der Umgebung, und hielten von direkteren Annäherungen mehr als vom feinen Spiel amoureuser Nuancen –, aber für den Tanz erwies er sich als wahres Talent.

Der kleine, geschniegelte Tanzmeister war entzückt von ihm, jedenfalls ließ Großvater derartiges in aller Unbescheidenheit durchblicken, und reihte ihn sehr bald in eine auserwählte kleine Schar fortgeschrittener Eleven ein, die zur Eröffnung des vom Geselligkeitsverein demnächst zu veranstaltenden Wohltätigkeitsballes ein Menuett vorführen sollte.

Großvater fühlte sich gebumfiedelt, andererseits sah er den zu diesem Zweck anzulegenden historischen Seidenkniehosen mit gemischten Gefühlen entgegen, da sie seine sonst von den zivilen Hosenröhren kaschierten dünnen Waden enthüllen mußten, und in diesem Punkt war er ziemlich empfindlich.

Außerdem hätte er sich eine lieblicher anzusehende Partnerin gewünscht. Die, die Monsieur Krusé ihm zugeteilt hatte – sie hieß Amélie Fielitz – war ein bißchen klein, füllig und kurzbeinig geraten, ein Nachteil, der durch Froschaugen, ein vorstehendes Kaninchengebiß, eine zu große Nase und schon ein wenig angewelkte Jugendlichkeit nicht unbedingt aufgewogen wurde.

Dafür schien sie freundlichen Gemüts und war die einzige Tochter des Bürgermeisters und eine reiche Erbin überdies, wie der Tanzmeister ihm vertraulich zugeflüstert hatte, offenbar um ihn den ästhetischen Mängeln der Demoiselle gegenüber milder zu stimmen. Nun, beim Tanzen kam es weniger auf eine hübsche Fassade als auf Anmut der Bewegungen an, und in dieser Hinsicht war an Fräulein Fielitz wirklich nichts auszusetzen. Sie bewegte sich mit einer füg- und schmiegsamen, ganz ihrem Partner sich anpassenden Geschmeidigkeit, die Großvater, falls er argwöhnischer gewesen wäre, mancherlei über das, was sich in ihrem Gefühlsleben zusammenbraute, hätte verraten können. Mit den andern Paaren hatte Monsieur Krusé bei ihren abendlichen Übungsstunden jedenfalls erheblich mehr Mühe.

Unter den leise zischenden Gasleuchten des Exerzitiensaales, durch den großen Wandspiegel seltsam verzwiefacht, standen sie

nebeneinander aufgereiht und führten zunächst paarweise die Figuren aus, um sich auf das Ensemble vorzubereiten. Im Hintergrund entlockte ein graues weibliches Wesen dem Klavier die benötigte rhythmische Untermalung.
Monsieur Krusé, gestrafft vom öligen Scheitel bis zu den Lackspitzen seiner Stiefeletten, mit nadelscharf hochgezwirbeltem Schnurrbart und Kinnbärtchen à l'espagnol, klatschte gebieterisch in die Hände und kommandierte:
»Und nun à gauche! Rechter Fuß in fünfter Position vorn. Der rechte, mon enfant! Sie sind kein Tausendfüßler, Sie haben nur zwei. Man sollte meinen, die Möglichkeiten eines Irrtums seien begrenzt, und doch bringen Sie es zuwege, es jedesmal wieder falsch zu machen ... Ah, très bien! Achten Sie nun gefälligst auf mich!«
Der kleine Mann federte leicht in den Knien, hob zierlich den rechten Fuß, streckte die Beine, schien einen Moment in eleganter Pose zu schweben und berührte mit der Spitze des auswärts gedrehten Fußes einen halben Schritt voraus erneut die Dielen.
»Haben Sie aufmerksam zugesehen? Leichtes demi-coupé, rechter Fuß in Position vier. Die Eleganz der Bewegung liegt in der Elastizität der Knie, im anmutig gehobenen und gestreckten Fuß. Machen Sie es mit Ihrem Partner nach und denken Sie dabei an beschwingten Dreivierteltakt. Hm-ta-ta, hm-ta-ta ... Mon dieu, non! Nicht so!«
Er reckte die Arme verzweifelt zur Decke. »Sie schweben nicht! Sie hüpfen ja wie junge Karnickel im Stall! Und Sie gehen in die Knie, als wollten Sie Kartoffeln klauben! Dies ist kein Ländler, kein Bauerntanz, sondern ein Menuett de la cour!«
Es endete nicht selten mit hysterischem Haareraufen und vor die Augen geschlagenen Händen, und Großvater entsann sich mit Bedauern der anmutigen Nymphen vom Metropol, mit denen er in der Behrenstraße auf Kosten seiner Knie durchs Schlüsselloch Kontakt gepflegt hatte. Sie hätten bei diesem Menuett wahre Wunder gewirkt und selbst dem lahmsten Landjüngling zu beschwingtem Hm-ta-ta verholfen.

Großvater war demnach mit seiner Tanzpartnerin bestens bedient, und er wäre höchst zufrieden gewesen, wenn es damit sein Bewenden gehabt hätte. Er hatte sich geschmeichelt bereit erklärt, auch bei den lebenden Bildern nach berühmten Mustern mitzuwirken, die Monsieur Krusé als letzten modischen Schrei aus Berlin zum Höhepunkt des Festes vorzuführen gedachte, aber daß ihm auch dabei stets Amélie entgegentrat – mal als von Pleureusen an Besenstielen statt von Palmwedeln umfächelte Cleopatra, mal als Fortuna mit Gänseflügelchen an den Füßen oder keusch vor Bacchus fliehende, in ein Bettlaken gewickelte Ariadne, und immer, wenn auch aus unterschiedlichster Gewandung, dieselbe Nase, derselbe schmelzend ihm zugewandte froschige Blick –, fand er dann doch entschieden übertrieben.

Endgültig ging es ihm aber erst über die Hutschnur, als sie im »Urteil des Paris« auch die Aphrodite mimte, der er als Paris den Apfel der Schönsten überreichen sollte.

»Nee, ohne mich!« erklärte er nach der Probe energisch Monsieur Krusé. »Nehmen Sie wenigstens dafür 'n anderen. Wenn ich Paris gewesen wäre, hätte ich der nicht mal ohne Brille den Apfel gegeben. Mit Brille schon gar nicht. Wir ruinieren ja die ganze Mythologie!«

Er fand den kleinen Tanzmeister nicht ohne mitfühlendes Verständnis, aber in der Sache selbst wenig hilfreich. Eine Kleinstadt habe ihre eigenen Gesetze, erklärte er, nachdem er Großvater am Arm in einen stillen Winkel fern jedem Lauscherohr gezogen hatte, und der Demoiselle Fielitz stehe bei gesellschaftlichen Anlässen dieser Art aus hierarchischen Gründen eben die Hauptrolle zu, wenn man sich nicht mit ihrem einflußreichen Papa anlegen wolle. Er selbst, der vom gesellschaftlichen Wohlwollen nun einmal abhängig sei, sehe sich leider total außerstande . . .

Durch eine ausholend flatternde Geste seiner beredten, delikat gestalteten Hände vervollständigte er das Eingeständnis seiner Machtlosigkeit. Dann neigte er sich vertraulich Großvater zu. Ein diskreter Duft nach Bartpomade wehte in dessen Nase.

Im übrigen, fuhr er noch um eine Nuance gedämpfter fort, könne er ihm verraten, obwohl es ein kleines Geheimnis sei und er sich dieserhalb seiner Diskretion anempfehle, daß die Demoiselle Fielitz ihn sich selbst als Partner gewünscht habe. Und was schöne Frauen

wünschten – er schluckte, räusperte sich, offensichtlich war ihm das Wörtchen »schön« um ein Haar in der Kehle steckengeblieben –, sei dem Sprichwort zufolge bekanntlich auch Gottes Wille.
Mehr als Krusés Eröffnung selbst machte sein Lächeln Großvater hellhörig. Nicht nur, weil es ein suspekt-anzügliches, irgendwie kupplerisches Lächeln war, sondern weil er, was ihm jetzt einfiel, in den vergangenen Tagen mehrfach Spielarten dieses selben Lächelns bei seinen Amtskollegen angetroffen hatte, wenn sie etwa beiläufig bemerkten:
»Man hört da neuerdings so allerlei ... Sie sollen sich ja mit dem Fräulein Fielitz brillant verstehen. Na, zu wünschen wär's ihr ja. Sie ist ja lange genug auf Jagd gewesen ...«
Großvater sträubten sich die Nackenhaare, während in ihm langsam ein Verdacht hochkroch, der ihm allzu kühn und auch zu unbestimmt schien, um sich in Worte fassen zu lassen. Er hatte sich Amélie gegenüber doch stets mit der gebotenen reservierten Korrektheit verhalten, wenn auch vor allem ihre Menuettanzerei gewisse Vertraulichkeiten des Umgangs mit sich brachte, die aber zu Mißverständnissen kaum Anlaß gaben. Hatte sie trotzdem mißverstanden? Oder mißverstehen wollen?
Ganz gegen seine Gewohnheit schlief er in diesen letzten Tagen vor dem großen Ereignis miserabel. Mitten in der Nacht fuhr er aus schauerlichen Alpträumen hoch, in denen er von kurzbeinigen Krokodilen mit Appetit verspeist oder von gemütvollen, aber zäh ihre Fäden ziehenden froschäugigen Spinnen hilflos in unzerreißbare Netze verstrickt wurde. Gelang es ihm, wieder friedlich einzuschlummern, fand er sich alsbald unrettbar von den glitschigen, mit Saugnäpfchen reich versehenen Fangarmen eines Polypen umschlungen, der mit ihm höchst zierlich Menuett zu tanzen versuchte oder mit gefletschtem Kaninchengebiß einen Apfel begehrte.
Es war zum Auswachsen, zumal ihm mit nun geschärfter Aufmerksamkeit nicht entging, daß sich in Amélies Verhalten während der Proben gewisse Anklänge an seine nächtlichen Schreckensvisionen zeigten. Ihr froschiger Blick war schmelzender denn je, sobald er sich ihm zuwandte, beim Menuett schmiegte sie sich ihm mit der klebrigen Hingabe einer Weinbergschnecke entgegen, und als

Ariadne schien es ihr neuerdings schwerer zu fallen, sich mit der ihrer Rolle angemessenen Keuschheit Bacchus zu entziehen. Bacchus war natürlich er.
Wäre Großvater ein kaltschnäuziger Mitgiftjäger und Karrierestratege gewesen – in diesen ihm so offenkundig gebotenen Hafen hätte er mit Glanz und Gloria einlaufen können, eines späteren auskömmlichen Vermögens und der beruflichen Förderung des bürgermeisterlichen Schwiegerpapas gewiß. Aber er war eben keiner. »Mit so 'ner Spinatwachtel? Nee, nich in die Tüte!« erzählte er später, in seinem Gehaben aber nicht ganz frei von stolzer Genugtuung über die Stürme der Leidenschaft, die er in einem zur besten Gesellschaft zählenden jungfräulichen Busen hatte entfesseln können. »Na, vielleicht war sie auch gar nicht so schlimm . . . bloß eben nicht mein Typ und daß sie so mächtig hinter mir her war . . . Und feuchte Hände hatte sie auch.«
Aus purer Angst, sie könnte aus seinem Benehmen was Verkehrtes herauslesen, gebärdete er sich beim Menuett so steif, daß Monsieur Krusé ihm zum erstenmal seine kritische Aufmerksamkeit zuwenden und ihn ernstlich ermahnen mußte, der verspielten Rokokogalanterie zu gedenken, die diesem Tanz ihr Gepräge gebe. Zu seinem Verdruß schien seine Zurückhaltung Amélies Glut aber eher noch anzuheizen, und als am Vorabend des Festes die Bürgermeistersgattin mit anderen Mitgliedern des Ballkomitees an der Generalprobe teilnahm, wurde Großvater der vielbeflüsterten Ehre teilhaftig, ihr von Amélie vorgestellt und von ihr huldvollst zum Tee »in engstem Kreise« geladen zu werden.
»Das Kind –«, Großvater fand diese Bezeichnung für seine schon hoch im Heiratsalter stehende Menuettgefährtin nun doch ein wenig untertrieben, »– hat mir soviel Liebes von Ihnen erzählt«, flötete sie unter dem üppigen Blumenbeet ihres sommerlichen Hutes hervor, »daß ich darauf brenne, Sie näher kennenzulernen, Herr Referendar, und einiges über Ihre Familie zu erfahren.«
Dabei lächelte sie so penetrant schwiegermütterlich, daß es Großvater eiskalt über den Rücken schauerte und er vorübergehend sogar seine Geniertheit über die erstmals getragenen, seine schmächtigen Waden enthüllenden historischen Hosen vergaß.

Trotzdem wäre vielleicht doch noch alles ohne peinlichen Eklat abgegangen, wenn sich gegen Ende des Balles, genauer gesagt beim »Urteil des Paris«, nicht Unvorhergesehenes ereignet hätte . . .

Bis dahin war alles vorzüglich verlaufen. Das Menuett hatte reichen Beifall geerntet, obwohl die Landpomeranzen zu Monsieur Krusés Bekümmernis noch immer ein bißchen Kartoffeln klaubten. Dafür hatte Großvater seinen Vorsatz, Zurückhaltung zu üben, angesichts des beifallfreudigen Publikums nicht durchhalten können. Er hatte natürlich sein Bestes gegeben, hatte Amélie durch sein Beispiel beflügelt, und ihre im tänzerischen Zusammenwirken sich entfaltende Eintracht war von vielen verständnisinnig beobachtet und hinter vorgehaltenem Fächer mit vielsagendem Lächeln kommentiert worden.

Danach hatte Großvater eine Migräneaufwallung vorgeschützt, um nicht auch noch auf dem Ballparkett mit Amélie tanzen und weiteren Stoff zu Flüstereien liefern zu müssen, und sich statt dessen klammheimlich auf dem Umweg über den dunklen Remisenhof in die Gaststube des »Deutschen Hauses« verkrümelt. Wie erwartet, war sie der Festivität im großen Saal wegen gähnend leer, aber auch hier fand er nicht die erhoffte Ruhe vor den bedrängenden Sorgen seiner Situation.

Der einzige zur Bedienung der Laufkundschaft verbliebene Kellner, der ihm die bestellte Flasche Wispelsheimer Doktor brachte, schien fest entschlossen, die rare Gelegenheit zu einem Schwätzchen zu nutzen.

»Wohl 'ne kleine Vorfeier, Herr Referendar?« erkundigte er sich wohlwollend, lässig wie zu längerem Verbleib an der Tischkante lehnend. »Ich hab' da sowas läuten hören . . . Abschied von der Freiheit, was?« Teilnehmend wiegte er sein mit rosigen Pölsterchen und einer spiegelnden Glatze ausgerüstetes Haupt. »Was man hat, weiß man; was man kriegt, weiß man nie. Aber lassense man, 'n kleines, in jeder Weise gutgepolstertes Frauchen zu Hause hat auch seine angenehmen Seiten . . .«

Großvater bedurfte der ganzen Flasche, um sich von dieser Ansprache zu erholen. Während der ersten Hälfte der zweiten heiterte sein

Gemüt sich vollends auf. Es war lächerlich, solches Gerede und die ganze Geschichte überhaupt ernst zu nehmen. Schließlich konnte man ihn nicht gegen seinen Willen verkuppeln, und wenn es zehnmal die Bürgermeisterstochter war. Er würde die lästige Angelegenheit einfach ignorieren.

Die Befriedigung über diesen Entschluß verlangte nach Untermauerung durch ein Schnäpschen, und erst als beim dritten der Kellner mit einem Anflug väterlicher Besorgnis meinte: »Ich weiß nicht recht, Herr Referendar. Von mir aus gerne, aber müssen Sie nicht noch auf die Bühne?«, fiel ihm ein, daß er ja noch die lebenden Bilder vor sich hatte. Wohlgelaunt trotz Aussicht auf eine mehrfach sich wandelnde, doch leider dieselbe bleibende Amélie erhob er sich, fand es zu seiner Verblüffung einigermaßen mühsam und griff als Reiseproviant nach der zweiten, noch halb gefüllten Flasche. Es war gut, notfalls immer etwas zur Stärkung zur Hand zu wissen. Leicht verschwommenen Blicks und nicht ganz sicheren Fußes begab er sich in die Rumpelkammer neben der kleinen Bühne, in der sich die Verwandlung aus dem Referendar in den bei Cleopatra zu Besuch weilenden Julius Cäsar zu vollziehen hatte.

Aus dem Festsaal nebenan drangen bereits die munteren Klänge des Finales der von der Garnisonskapelle mit viel Tschingbum gespielten Quadrille und dazwischen die krähenden Kommandos des Vortänzers Krusé:

»Moulinet des dames à droite ... Moulinet des dames à gauche ... Balancé en moulinet ... Tour de main à place ...« Bis zur »Révérence« war es also nicht mehr weit; dann war er an der Reihe, sich auf der Bühne zu beweisen. Um sich auf die Höhe der Situation zu befördern, genehmigte er sich noch einen kräftigen Schluck, bevor er sich in die bereithängende römische Toga hüllte und seinen Zügen vor seinem im Spiegel auf unbegreifliche Weise eigentümlich verschwimmenden Bild probeweise den Ausdruck kaiserlicher Würde und Macht verlieh ...

Als der Vorhang mit seiner von ausgeblaßten Blumengirlanden umkränzten Lyra sich dann quietschend vor der Reihe der lebenden Bilder hob, wurde nach kurzem eines klar: Nie zuvor hatte Neuruppin einen in Mimik und Geste so ausdrucksmächtigen, von der Begegnung mit der Leidenschaft bis zum Schwanken ergriffenen Cäsar, nie einen vom musischen Rausch überwältigteren Apoll, nie einen genußfroheren, von Wein und Gier nach der Keuschheit der flüchtenden Ariadne im wahrsten Sinne des Wortes trunkeneren Bacchus gesehen. Aus der Heroen- und Götterwelt, so schrieb am folgenden Tage der Berichterstatter des »Märkischen Landboten für Neuruppin und Umgebung« rühmend, seien sie mit beklemmender, zuweilen fast die Grenzen des Schicklichen mißachtender naturalistischer Unmittelbarkeit in die Bereiche des Menschlich-Allzumenschlichen herabgestiegen. Herr Leppien, der, wie man wisse, sich zur Zeit am hiesigen Amtsgericht der Rechtspflege widme, habe die darzustellenden Gestalten auf eine überraschend moderne Weise ausgelegt und damit eine bedeutende Probe seines darstellerischen Talents gegeben.

Daß Großvater auch eine beachtliche Probe seines Stehvermögens abgelegt hatte, war dem Herrn wie auch dem gebührend beeindruckten Publikum zum Glück entgangen. In der Pause nach dem Bacchus hatte Monsieur Krusé nämlich die Vorstellung eigentlich abbrechen wollen, um den Erfolg des Ganzen nicht durch einen allzu naturalistischen, weder im Programm vorgesehenen noch durch modernistische Gestaltungsweisen rechtzufertigenden Sturz seines Protagonisten von der Bühne zu gefährden, doch eine eilends aus der Gasthofküche herbeigeschaffte doppelte Mokkaportion hatte Großvaters Gespür für Gleichgewicht so weit wiederhergestellt, daß er sich zur Überreichung des Apfels imstande fühlte. Es ging auch alles großartig ab – bis auf das erwähnte Mißgeschick, das ihm nach dem dritten Vorhang passierte ...

Der Beifall war ihnen zum drittenmal prasselnd um die Ohren geklatscht, Großvater hatte es wiederum einigermaßen mühsam gefunden, sich aus der Verbeugung in die rettende Senkrechte zurückzukämpfen, statt als antikische Tafeldekoration vornüber auf Bürgermeister Fielitzens Ehrengast-Tisch gleich vorne vor der Rampe zu kippen, und dann hatte ihn der Vorhang zum Glück von neuem allen Blicken entzogen.

In der Annahme, nun sei alles zu Ende, hatte Amélie sich zu ihm umdrehen wollen, aber da er mit einem Fuß auf der Schleppe ihres Gewandes stand, war sie dabei ins Wanken geraten, und er hatte sie pflichtschuldigst aufgefangen. In diesem Moment war der Vorhang noch einmal überraschend hochgerauscht – und da standen sie nun vor aller Augen, Aphrodite hingegeben in Paris' Armen, ganz eindeutig eine aus dem Mythologischen ins Neuruppinisch-Wirkliche fortgesetzte Folge der lebenden Bilder von Cäsars Liebestrunkenheit bis zu des Paris Entscheidung für die Eine. Amélies Eltern konnten sich die Verlobungsanzeige im »Landboten« sparen. Großvaters verminderte Reaktionsschnelligkeit ließ ihn seine Haltung erst nach Verrauschen des Beifalls und Fallen des Vorhangs revidieren, aber die ganze fürchterliche Folgenschwere des Augenblicks ging ihm erst auf, als Amélie sich erneut an ihn schmiegte und verschämt errötend flüsterte:

»Ach, du! Dadrauf hab' ich doch schon so lange gelauert!«

Wie Großvater sich allem Weiteren entwand, und wie und warum er zu später – oder wenn man so will: früher – Stunde nach zielloser Wanderung durch die Nacht gerade im Wartesaal des Neuruppiner Bahnhofs landete, ist ungeklärt. Er selbst konnte sich, als die erste panikhafte Verwirrung geschwunden und die Klarheit des Geistes einigermaßen wiedergekehrt war, an nichts mehr erinnern. Es muß wohl eine instinktive Flucht gewesen sein, ein dumpf verspürtes Verlangen, sich von dem Ort, wo er beinah in eine listig gestellte Falle geraten war, so weit wie möglich zu entfernen. Was danach kam, ob man sich schließlich doch dem Unvermeidlichen zu stellen hatte oder nicht, war eine andere, später zu beantwortende Frage. Daß er eigentlich nach Berlin wollte, dämmerte ihm erst, als er hinter einem schalen Bier im kümmerlich durch ein paar Gasfunzeln erhellten Wartesaal saß. Natürlich nicht in die Schillerstraße. Mit Mutter Martha und dem Stationsvorsteher konnte er über diese Angelegenheit nicht reden. Sie würden ihm zur Verlobung gratulieren – man denke, ein leibhaftiger Bürgermeister in der Familie! – und ihn hinterher zum Bahnhof eskortieren, um ganz sicher zu gehen, daß er auch ja bestimmt mit dem nächsten Zug zurückfuhr. Und auch nicht zu Peschke. Was der auf seine nüchtern wägende Art sagen würde, konnte er sich denken. »Tscha, da kommst du wohl

nicht mehr raus, Paulo. Und warum auch? Sie ist doch 'ne gute Partie. An die Nase gewöhnst du dich. Man gewöhnt sich an alles. Meine Alma schielt auch 'n bißchen, aber wer macht da schon groß Aufhebens von bei hundert Hektar Ackerland, dreißig Hektar Wald und achtzig Stück Vieh, das Kleinvieh gar nicht gerechnet.«
Nein, nicht zu Peschke. Zu niemand. Nur untertauchen im Gewimmel am Potsdamer Platz oder sonstwo, wo niemand auf ihn achtete, niemand ihn mit neugierig-runden Knopfaugen anglotzte wie die festtäglich aufgeputzte Bauerntrine drei Tische weiter, die sicher über Sonntag zur Verwandtschaft in die Stadt fuhr und dabei was Aufregendes erleben wollte. Warum glotzte sie nur? Auch der Kellner hatte ihn vorhin schon so komisch angesehen. Wußten die etwa schon was?
Zu seiner Erleichterung stellte er in der Bahnhofstoilette fest, daß er bloß die Paris-Schminke – mittelmeerische Bräune und edle Augenbrauenbögen in Fettschwarz – in der Eile des Aufbruchs abzuwischen vergessen hatte. Er putzte sie ab, so gut es mit Spucke gehen wollte, und erschien auf dem nun in fahlem Morgenlicht liegenden Bahnsteig, als eben pustend und klappernd der Frühzug einlief.
Die langstielige, bei jedem Kuhdorf zu quietschendem Halt kommende Fahrt nach Berlin verbrachte er allein in seinem Vierter-Güte-Abteil mit trüben Meditationen über sein Pech mit Mädchen. Entweder wollten sie gar nichts von ihm oder gleich zuviel, und von denen wollte wiederum er nichts.
Weibliche Wesen schienen aus Widersprüchen zu bestehen. Wie Carmen, zum Beispiel, oder wie die Ballettmädchen vom Metropol, seine Bekanntschaften durchs Schlüsselloch, die er dann doch mal zur Damenkneipe seines Corps' »Justitia« eingeladen hatte. Peinlich, höchst peinlich war das gewesen.
Es war natürlich kein richtiges Corps; bei denen war er abgeblitzt aus Mangel an Beziehungen und der nötigen Pinke, und deshalb hatte er mit Peschke und ein paar anderen, die ebenso wie er nach den äußeren Anzeichen flotter Burschenherrlichkeit, nach Mütze und Couleurband, dürsteten, ein eigenes, »Justitia« genanntes, gegründet. Mit einer solennen Kneipe, bei der der speziell hinzugezogene Herr Günteritz sie rund um einen mit Bierflaschen und Glä-

sern reichbestellten Tisch im Glanze ihrer neuen Insignien für die staunende Verwandtschaft festhalten mußte und deren Folgen in Gestalt brummschädeligen Katzenjammers sie im Gefühl erfüllter Pflicht freudig trugen, war das Kind aus der Taufe gehoben worden, und nun sollte zur weiteren Intensivierung des Corpslebens eine Kneipe mit Damen folgen. Aber woher die Damen nehmen? Peschke hatte die schielende Alma, aber die war in Rathenow und für diesen Zweck nicht besonders geeignet. Auch die anderen hatten in diesem Punkt nichts Nennenswertes anzubieten. Allenfalls zweifelhafte Cousinen und eine gelegentliche filia hospitalis, die zu Hause im stillen Kämmerlein zwar ihre Annehmlichkeiten hatte, aber doch nicht das Rechte zum Vorzeigen war. Schließlich sollte doch, darauf legte Großvater Wert, von allem Anfang an ein gesellschaftliches Niveau gehalten werden, das niemand erlaubte, über die »Justitia« etwa die Nase zu rümpfen.
Wie üblich, erwarteten sie die rettende Idee von Großvaters findigem Köpfchen, und das produzierte sie auch. Sein Kontakt mit Günteritzens leichtfüßigen Animiermodellen war nicht eben üppig zu nennen, machte es ihm aber immerhin möglich, zwei von ihnen, die sich auf dem Weg zum Fotoatelier befanden, im Treppenhaus in der Behrenstraße anzusprechen und mit ein paar Kolleginnen zu dem großen Abend einzuladen. Zu seiner freudigen Überraschung willigten sie ein.
Eine ganze halbe Woche lang durfte sich Großvater in dem schmeichelhaften Rufe sonnen, zum weiblichen Teil des Metropol-Balletts intime Beziehungen zu unterhalten, und das Corps Justitia erfreute sich daraufhin des stürmischen Zulaufs zweier weiterer Kommilitonen. Zum Festlokal wurde, um der besonderen Gelegenheit Rechnung zu tragén, statt ihrer üblichen Kneipe eins der Vereinszimmer der Weinstube in der Oberwallstraße auserkoren, in der für gewöhnlich nur Studenten mit reichlicher ausstaffierten Wechseln verkehrten, und die Justiten wurden ermahnt, tüchtig Subsidien in die Kasse einzubringen, damit man bei den Besseres gewöhnten Damen Ehre einlegen könne.
Am Tage des Festes sorgte Großvater für Blumenschmuck, stellte das von der nähkundigen Schwester eines Corpsgenossen verfer-

tigte neue Emblem in Gestalt eines rot-weiß-grün gestreiften, silbrig bordierten Wimpels mit der kühn verschnörkelten Initiale »J« vor den Platz des Präsiden, das heißt, seinen eigenen, regelte mit dem wenig begeistert blickenden Kellner die Auswahl der Weine, memorierte noch einmal seine aus »Voigts Sammlung bewährter Tischreden und Toasts zu jeder Gelegenheit« abgeschriebene, mit eigenen scherzhaften Zutaten versehene Damenrede, und als schließlich die anderen erschienen, erwartungsvoll in Mütze und Band, frischgebügeltem Anzug und hochragender Kragenröhre, fehlte nur eins noch: nämlich die versprochenen Damen.
Sie fehlten nach einer guten Stunde noch immer, und als Großvater mit dem getreuen Peschke im Gefolge aufbrach, um sich im Lokal nach ihrem Verbleib zu erkundigen, entdeckten sie Anzeichen ihrer Anwesenheit in einem Vereinszimmer weiter vorn in dem zu den Hofregionen führenden Flur, vor dessen Tür eine Batterie teils schon geleerter, teils noch in Eiskübeln wartender Champagnerflaschen verriet, daß das dort tagende Corps über spendable Alte Herren verfügte. Auf die Idee, daß die Damen durch den Anblick des opulenten Getränks vom Pfade der Tugend, das heißt dem zu ihren rechtmäßigen Gastgebern, abgelenkt worden sein könnten, kam Großvater gar nicht. Er sah nur eine Möglichkeit, eine Art Raub der Sabinerinnen: Sie hatten sich in der Tür und im Corps geirrt, und die Nutznießer ihres Irrtums hatten sie widerrechtlich zurückgehalten. Das aber mußte gerochen werden.
Großvaters erstem blutrünstigen Impuls, den Verantwortlichen auf schwere Säbel zu fordern – weniger schien ihm der Ehrenkodex nicht zu erlauben –, konnte Peschke noch mit dem abkühlenden Hinweis begegnen, dann besser gleich ein Beerdigungsinstitut zu bestellen, denn soweit er wisse, müsse man zu solchem Unternehmen auch fechten können. Aber weder er noch der Ober noch beide zusammen konnten den wutentbrannten kleinen Kampfhahn daran hindern, ins fremde Vereinszimmer einzudringen.
Und da erwies sich zu seiner grenzenlosen Enttäuschung, daß die Damen keineswegs sehnsüchtig ihres Befreiers harrten. Es tat ihnen zwar leid, ihn versetzt zu haben, aber sie waren nun einmal versehentlich hier gelandet, man hatte sich schon viel zu gut aneinander

gewöhnt, man wollte die unverhoffte, unverhofft angenehme Bekanntschaft feiern, und jede Störung war vom Übel. Hätte der Zudringling sich versöhnlich gezeigt, wäre vielleicht noch ein Kompromiß, eine gemeinsame Fidelitas zu erreichen gewesen, aber Großvater wollte »seine« Damen nicht teilen, er wollte alles oder nichts.

Zu beschönigen gibt's nichts. Trotz heftigen Sträubens und wilden Gestikulierens wurde er von der Übermacht auf den Flur abgedrängt, und als er von draußen mit überschnappender Fistelstimme doch noch seine Säbelforderung anbringen wollte, antwortete ihm nur schallendes Hohngelächter. Das war das Schlimmste: Man nahm ihn nicht ernst, weder ihn noch sein Corps. Die satisfaktionsfähige Corpsbrüderschaft hatte ihn als Parvenü erkannt und ausgestoßen.

Die Sitzung wurde an diesem Abend viel früher als vorgesehen aufgehoben. Die Stimmung war nicht danach. Selbst ihr Rundgesang, mit dem sie sich zum Trost die reinen Wonnen brüderlich-männlicher Freundschaft beschworen, klang halbherziger als sonst. Ihnen war eben nach anderen, mehr schwesterlichen Wonnen zumute gewesen.

Die beiden dem Corps neu gewonnenen Kommilitonen traten übrigens wieder aus und waren noch unverschämt genug, ihren Obolus zur Festivität zurückzufordern ...

Der Zug fuhr in den Lehrter Bahnhof ein. Neuruppin war samt Amélie über den Horizont gerutscht, war gar nicht mehr wahr; er atmete freier. Mit der Stadtbahn zuckelte er ein paar Stationen gen Westen. Nach dem langen Sitzen im Abteil verlangte es ihn nach schwungvoll freier Bewegung, wie sie nur ein Paar gut geschmierter Rollschuhe unter den Füßen verleiht.

Der American Roller Rink (»Wollen Sie graziös sein, lernen Sie Rollschuhlaufen!«) am noch beinahe ländlichen Kurfürstendamm war schon geöffnet. Kinder unter dem abgelenkten Blick ihrer Gouvernanten, junge Damen in sportlichen Radlerblusen und wehenden Röcken, Herren mit flotten Strohhüten oder des Zugwinds wegen in die Stirn gezogenen Kalabresern rollten über die weite Flä-

che. Noch hatte der Betrieb nicht voll eingesetzt, noch waren nur leere Gartenstühle auf dem Podium der Militärkapelle aufmarschiert.
Es war der rechte Augenblick, um noch ungehemmt seiner Lust an freier Bewegung zu frönen, schwerelos dahinzurollen, kühne Bogen zu schlagen, vorwärts und rückwärts elegante Schleifen zu ziehen.
Man sagt, die Dinge wiederholten sich nicht, was einmal geschehen, kehre nicht wieder und schon gar nicht am gleichen Ort, unter gleichen Umständen noch dazu, es sei denn, das Schicksal griffe ein, um das Unmögliche möglich und als Logik des Unwahrscheinlichen, als Eingriff höherer Mächte ins menschliche Dasein erkenntlich zu machen. So muß es bei Großvater damals gewesen sein, wenn er auch später manchmal – scherzhaft natürlich und nur vor Großmutters Ohren – sagte, von Logik sei dabei keine Rede, und die höheren Mächte, wenn es dergleichen überhaupt gäbe, hätten ihre Finger besser aus dem Spiel lassen sollen; Dummheiten mache der Mensch schon zur Genüge alleine.
Er jedenfalls war am wenigsten gefaßt darauf, daß er, wiederum bei einer kühn rückwärts gezogenen Acht, unversehens auf ein Hindernis stieß, und daß die junge Dame, die er beim Umdrehen mit leicht schmerzlicher Miene vor sich auf dem Boden sitzen sah, dieselbe war, die er schon einmal hier auf die gleiche Weise zu Fall gebracht hatte.
Nur verschlug es diesmal beiden die Sprache – Großvater vor Verblüffung und dem Fräulein Dobbertin vor ungläubiger und doch schon fast frommer Ergriffenheit. Denn sie war an diesem Sonntagvormittag eigentlich in Erinnerung an jenen Vorfall zur Rollschuhbahn gepilgert, tief im Herzen die nicht eingestandene, geradezu wahnwitzige Hoffnung, dort dem zu begegnen, nach dem sie Abend für Abend vor der Toreinfahrt der Firma Jules Biester & Co. ebenso verstohlen wie vergeblich Ausschau gehalten hatte. Und nun war sie so prompt bedient worden!
Schließlich besann sie sich als erste, vor allem auf ihre Lage, und sagte:
»Wenn Sie sich schon nicht entschuldigen wollen, helfen Sie mir

wenigstens auf die Beine. Ich kann ja nicht ewig hier sitzenbleiben. Oder wollen wir lieber warten, bis Ihr dicker Freund es für Sie besorgt?«

Wenn es überhaupt Eis zu brechen gab – nun war es geschehen. Großvater hißte sie auf die Füße, staubte sie ab, das Fräulein rückte Strohhut und Schleierwölkchen zurecht, und gemeinsam rollten sie zum Café hinüber, um sich bei einer Schale Wiener Melange für den ausgestandenen Schreck zu entschädigen.

Aus dem einen Schälchen wurden mit der Zeit drei pro Nase, Großvater fand die Gesellschaft Fräulein Dobbertins reizvoll genug, um ihr Zusammensein auszudehnen, und entdeckte dabei Vorzüge an ihr, die ihm bei ihrem ersten Zusammenprall nicht aufgefallen waren, wohl weil er, damals abgelenkt, nicht so genau hingeguckt hatte. Erstens war sie bei aller Schlankheit rundherum erfreulich handlich, so daß er seine Finger kaum im Zaum halten konnte, und auch sonst gab's da so allerlei Lieblichkeiten, einen hübschen, zur Zeit ein bißchen schmolligen Mund, halb unter blonden Löckchen versteckte zierliche Ohren und eine Haut, die einen Pfirsich oder was es da sonst an einschlägig gerühmten Früchten gab vor Neid erblassen lassen konnte. Das Hübscheste aber waren die blauen Augen, skeptisch kühl manchmal und auch voller Lachlust und dann wieder mitfühlend, warm und Vertrauen einflößend, und das war es wohl, was Großvater zu seinem eigenen Erstaunen dazu brachte – das und ein auch dabei noch erhebendes Gefühl von Wichtigkeit –, ihr von Amélie und der peinlichen Klemme zu erzählen, in der er steckte. Fräulein Dobbertin schien nicht übermäßig beeindruckt.

»Was ist denn da schon weiter bei?« bemerkte sie sachlich, und nur ein winziges Zittern der Lippen verriet das Ausmaß ihrer intimen Beteiligung. »Wollen Sie nu, oder wollen Sie nicht? Sich verloben, mein' ich.«

»Natürlich nicht!« beteuerte er. »Das ist es ja eben.«

Sie blickte kühl unter leicht angehobenen Augenbrauen.

»Warum sagen Sie nicht einfach, Sie sind schon verlobt? Doppelt geht nicht.«

Verdutzt starrte Großvater sie an. So einfach war das! Natürlich,

doppelt ging nicht. Das fiel unter irgendwas im Strafgesetzbuch. Wieso war er bloß nicht darauf gekommen? Für einen Moment fühlte er sich aller Sorgen ledig, aber im nächsten schon sanken sie erneut bedrückend auf seine Schultern herab.
»Ausgeschlossen!« meinte er niedergeschlagen. »Der Bürgermeister klöhnt mit dem Amtsgerichtspräsidenten am Stammtisch zusammen. Wenn der Präsident mich nun fragt, mit wem? Als Referendar bin ich meinem Vorgesetzten gegenüber zur Auskunft verpflichtet.«
»Dann ...« Das Fräulein Dobbertin gab sich einen Ruck. Sie spürte: Hier ging es um die Wurscht. Mit mädchenhafter Zurückhaltung war kein Blumentopf zu gewinnen, wenn sie ihren Monokelfatzken festhalten wollte. Sanfte Unschuld im Blick, fuhr sie deshalb fort: »Dann sagen Sie eben, mit mir ...« Und hastig weiter: »Nur zum Spaß natürlich, klar. So'n Filou wie Sie würd' ich sowieso nicht nehmen.«

9. Kapitel

Während der nächsten Wochen wurde bei allen besseren Kaffeekränzchen in Neuruppin und Umgebung ein Beträchtliches geflüstert und geklatscht und plötzlich auffällig und mit blanken Augen geschwiegen, wenn mittendrin im schönsten Tratsch etwa die Tochter des Hauses oder das Dienstmädchen reinkam, um die leer gewordenen Tassen mit frisch Gebrühtem aufzufüllen oder für Streusel- und Marmorkuchen-Nachschub zu sorgen.
Reichlich Stoff dazu war vorhanden: Acht Tage nach dem Ball war Fielitzens Amélie überraschend aus dem Verkehr gezogen worden und angeblich zu einer Tante nach Berlin abgedampft. Es hieß, sie habe schon seit längerem ihr Herz für den Lehrberuf entdeckt und beabsichtige nun nach endlich erfolgter Zustimmung ihrer Eltern, sich zunächst dem entsprechenden Studium und darauf diesem zu

widmen. Aus anderer Quelle verlautete, sie sei in einer Berchtesgadener Kuranstalt, um bei Almenmilch und Bergluft ihre Bleichsucht zu kurieren. Beides klang gleich unwahrscheinlich, denn weder zum einen noch zum andern waren je Neigungen bei ihr wahrgenommen worden.

Was den neuen Referendar anbetraf, dessen darstellerische Künste so eindrucksvoll, wenn auch nicht ganz unumstritten gewesen waren, wurde er zwar noch immer behenden Schrittes auf dem Weg zwischen seiner Behausung und dem Amtsgericht oder – in diesem Fall besonders behende – dem Bahnhof gesichtet, aber er vermied es offenkundig, sich an öffentlichen Orten wie im Gasthof zum Deutschen Haus oder bei der Sonntagspromenade auf dem Wall blicken zu lassen. Man munkelte, er habe um seine Versetzung nachgesucht, weil ihm die Neuruppiner Luft nicht bekomme, und warte nur auf die Genehmigung der Behörde, um seine Habseligkeiten zu packen.

Was zwischen den beiden vorgefallen war, das nach dem vielbeklatschten Überraschungstableau auf der Bühne statt zur allseits erwarteten offiziellen Verlobung zu diesem Versteckspiel geführt hatte, darüber schwiegen sich die Beteiligten beharrlich aus. Großvater am beharrlichsten, weil er allen Grund dazu hatte.

Schon am Sonntagabend hatte man den Amtsgerichtspräsidenten am Honoratiorenstammtisch im Deutschen Haus zehn Minuten lang unter vier Augen sehr ernsthaft mit Bürgermeister Fielitz konferieren sehen. Keiner der anderen Gäste, die den Vorzug genossen, von einem der Nachbartische aus diskret den Vorgang verfolgen zu können, hegte irgendwelche Zweifel, was da so intensiv besprochen wurde. Infolgedessen war es kein Wunder, daß man sich im weiteren Verlauf des Abends nicht nur in etlichen ehelichen Schlafzimmern beim Zubettgehen in reizvollen Spekulationen über die Einzelheiten des Gesprächs erging, sondern daß die Kunde auch Großvater brühwarm zugetragen wurde, bei dem sie eine schlaflose Nacht zur Folge hatte. Wie zu erwarten, war er dann auch am Montagvormittag ins Amtszimmer seines Vorgesetzten befohlen worden, wo ihm von diesem nach äußerst kühler Begrüßung eröffnet wurde, daß er eine Erklärung von ihm erwarte. In welcher Angele-

genheit, brauche er ihm wohl nicht erst auseinanderzusetzen. Großvater nickte bleich, weit mehr beeindruckt durch den durchbohrenden Blick und die drohend aufgepflanzten Schnurrbartlanzen des allerhöchsten Porträts an der Wand hinter dem alten Herrn als durch diesen selbst, der mit seinem bis zum obersten Westenknopf wallenden Bart eher wie ein ungewohnterweise in schwarzem Bratenrock steckender Weihnachtsmann aussah.
Als Haupt dieser Behörde, fuhr der Weihnachtsmann fort, könne er nicht dulden, daß seine Herren sich bei der Bevölkerung ins Gerede brächten und ein Verhalten an den Tag legten, das in diesem beklagenswerten Falle eine der angesehensten Familien der Stadt gröblichst beleidige.
Wenn Großvater von solchen für ihn nicht gerade erbaulichen Situationen erzählte, pflegte er sein ins Wanken geratene Selbstgefühl noch nachträglich wieder instand zu setzen, indem er erklärte: »Na, dem hab' ich's vielleicht gegeben« oder so ähnlich. Aber in diesem Fall blieb solche Bemerkung aus.
»Der Alte war ein anständiger Kerl«, meinte er dafür anerkennend. »Ich hab' ihm auseinanderklamüsert, wie ich ahnungslos in die Geschichte reingerutscht bin, und als ich ihm sagte, ich hätte die Amélie, als der Vorhang zum letztenmal hochging, gar nicht richtig umarmt, sondern bloß festgehalten, weil ich auf ihrer Schleppe stand und sie sonst womöglich lang hingeschlagen wäre, hat er sich so komisch geräuspert und die Hand vors Gesicht getan, aber ich hab' ganz deutlich gesehen, daß er beinah gegrient hat. Beinah natürlich nur, denn ich war ja bloß Referendar und er Gerichtspräsident, und da konnte er sich sowas nicht leisten.«
»Und was war weiter?« fragten wir. »Hast du nicht gesagt ...?«
»Na, klar hab' ich's gesagt, aber erst, als er so rumredete, ob ich nicht doch, wie die Dinge nun einmal stünden ... Das Mädchen sei schließlich die beste Partie in der Stadt, ein wahrer Glücksfall für einen aufstrebenden jungen Mann, und ein einflußreicher Schwiegervater im Hintergrund könne bei der Karriere nur nützen ... Ja, da bin ich denn damit rausgerückt, ich wär' schon verlobt.«
»Und hinterher hast du's bereut«, ließ sich Großmutter aus ihrem Lehnstuhl am Fenster vernehmen, wo sie ausnahmsweise nicht

stickte, denn das tat sie noch immer gern, sondern eine zu Bruch gegangene Enkelhose flickte. »Du hast ja noch jahrelang von dem Mädchen geträumt.«
»Jawoll, Alpträume«, griente Großvater. »Und was das Bereuen betrifft – ich könnt's mir noch überlegen, wenn du mir nicht noch'n Gläschen aus der Pulle spendierst, aber aus deiner guten im Küchenschrank ...«

Damals war die Sache damit entschieden gewesen. Irgendwelche Folgen hatte sie nicht – bis auf eine. Der Amtsgerichtspräsident hatte mit einem Anflug von Väterlichkeit gemeint, daß es unter diesen Umständen für alle Beteiligten besser sei, wenn der Referendar Leppien um seine Versetzung einkäme. Er bedauere zwar, einen so vielseitig begabten und gesellschaftlich befähigten jungen Mann zu verlieren, werde sein Gesuch aber dennoch wohlwollend weiterreichen, um ihm hierorts Peinlichkeiten zu ersparen. Im übrigen empfehle er, über dieses Gespräch wie überhaupt über die ganze Angelegenheit strengstes Stillschweigen zu bewahren. Ja, und nun wartete Großvater also auf seine Versetzung und entschädigte sich für die nun noch längere und trübseligere Woche weiterhin durch sonntägliche Abstecher nach Berlin.
Mit dem Fräulein Dobbertin traf er sich meistens auf der Rollschuhbahn, nachmittags pilgerten sie zum Lunapark, nobel per Droschke erster Güte, wenn Großvaters Kassenstand es erlaubte, ließen sich vom Teufelsrad angenehm aufregend durchschütteln, gruselten sich im Gruselkabinett, bestaunten die unverwundbaren Derwische, und angesichts der pechschwarzen Sudanneger, die zu ihrer Trommelei seltsame Tänze vollführten, flüsterte Fräulein Dobbertin ängstlich:
»Mich kribbelt's richtig, wenn ich die sehe. Gehen Sie bloß nich so nah ran. Das sollen doch Kannibalen sein, die Koteletts von Menschenfleisch essen.«
Und Großvater erwiderte feixend:
»Na, bei mir können sie nich groß Fettlebe machen. Bei Ihnen schon eher. Übrigens wüßt' ich da auch andere, die gern mal'n bißchen anbeißen würden.«

Worauf Fräulein Dobbertin ganz gegen ihre Gewohnheit und sonstige Kühle milde errötete.
Sie waren damals noch immer per Sie, und Großmutter hielt darauf, daß es einstweilen auch so blieb. Großvater, das hatte sie inzwischen erkannt, war einer von der reitenden Truppe, ein schneller Sprinter, wie man so sagt, und wenn man ihm erst den kleinen Finger überließ, kassierte er gleich den ganzen Arm und was sonst noch so dranhing.
»Wenn er's ernst meint«, hatte ihre Schwester Clärchen, nun verehelichte Kluckhuhn, gemeint, »wird er auch'n bißchen warten können. Was glaubst du, wie lange ich Kluckhuhnen hab' zappeln lassen! Bis er mit'm Verlobungsring angerückt is. Zwar bloß Doublé mit'm Glassplitter drin, aber Ring is Ring.«
Ihr schicker Referendar war mit dem Kolonnenführer Kluckhuhn natürlich nicht in einem Atem zu nennen, aber die schwesterliche Erfahrungsweisheit traf auch auf ihn zu, vielleicht sogar in verstärktem Maße. Wenn sie ihn sonntags mit unternehmungslustig schräg gerücktem steifen Hut, manchmal sogar im Zylinder, mit Gamaschen über den Lackstiefeletten und geschwungenem Spazierstöckchen antanzen sah, Italien im Blick, fragte sie sich zuweilen bedrückt, was dieser schnieke Pinkel eigentlich von ihr wollte, die doch bloß bei Jules Biester Wäsche für feinste Kreise bestickte und sich nicht mal als Sekretärin oder sowas ausgeben konnte, weil sie mit den Kommas und Semikolons und den Fremdwörtern vor allem auf Kriegsfuß stand. In der Klippschule, in die sie gegangen war, hatte man von derlei Finessen kein Aufhebens gemacht. Falls es nur das eine war, was alle wollten, konnte er ihr gestohlen bleiben, obwohl ihr noch immer zittrig zumute wurde, wenn er in ihre Nähe kam. Aber eben darum mußte sie ihn auf Abstand halten. Sie hielt ihn auch in Anstand auf Abstand, wenn sie ins Reichshallen-Theater gingen und »Mieze im Hosenrock« sahen oder zu den »Stettiner Sängern« und hinterher im Klosterkeller Ecke Friedrich- und Mohrenstraße zum gemütvollen Gesang dreier als Klosterbrüder verkleideter dicker Herren eine Kleinigkeit speisten. Großvater drängte immer in die düsteren Ecken, aber das Fräulein Dobbertin war mehr fürs Übersichtliche, Helle.

»Ich sitz' nicht gerne wo, wo mir die Leute auf die Finger gucken können, und außerdem zieht's hier«, wandte Großvater verdrießlich ein. Denn wenn er sich schon in Unkosten stürzte, sollten sie sich wenigstens lohnen.
»Mir zieht's nicht«, erwiderte sie und setzte sich. »Und mir –«, sie betonte auch dieses »mir«, »– können sie auch ruhig auf die Finger gucken. Bei mir sind sie genau immer da, wo sie sein sollen.«

Was Großvater bei Fräulein Dobbertin festhielt, hätte er damals wohl selbst nicht sagen können. Streng genommen, war sie gar nicht sein Typ. Er flog mehr auf die koketten, flotten Lehrmädchen und Verkäuferinnen, die nicht lange Sperenzchen machten, bevor sie zu einem Küßchen in Ehren die Lippen spitzten, die gern lachten und auf seine Witzchen eingingen und ihn naiv bestaunten – oder so taten –, wenn er mit »r«-rollendem Pathos seine lateinischen oder französischen Brocken von sich gab.
Mit dem Fräulein Dobbertin war das anders. Sie konnte auch lustig sein, aber es war eine andere Sorte Lustigkeit, mehr geradeheraus und irgendwie ehrlicher, echter, und manchmal nahm sie ihn auch ganz schön auf die Schippe, hintenrum, so daß er's nicht gleich merkte. Und trotzdem – oder vielleicht gerade deswegen – fühlte er sich wohl neben ihr, und hübsch war sie auch und wohlgeraten rundrum in dem fußlangen blauen, weißgetupften Musselinkleid mit den raschelnden Röcken drunter oder dem weiten weißen Mullrock und der selbstfabrizierten Stickereibluse mit der weichen weißen Seidenschleife vorne vorm drallen Busen. Und dann – ja, das rechnete er ihr hoch an –, sprach sie nie wieder über diese Verlobungsgeschichte. Es war eben wirklich nur zum Spaß gewesen, und sie hatte es längst vergessen, und er brauchte sich nicht weiter beschwert oder gar verpflichtet zu fühlen.
Aber seltsamerweise schwirrte in seiner Erleichterung doch etwas wie Bedauern, daß es eben nur Spaß gewesen war, und manchmal hätte er ganz gerne gewollt, daß es doch . . . Aber dann vergaß er's wieder – bis zum nächstenmal.
Peschke tat ahnungslos das seine dazu, solche Stimmungen heraufzubeschwören. Manchmal beteiligte er sich nämlich an ihren sonn-

täglichen Lustbarkeiten, und hinterher gab er seine Meinung kund.
»Das Mädchen is goldrichtig«, sagte er. »Die hat sowas Kerniges. Die sieht so aus, als könnte sie gut Kartoffelpuffer machen, und das is so 'ne Art Kriterium. Wenn ich meine Alma nich hätte ...«
»Und die achtzig Stück Vieh, das Kleinvieh nicht gerechnet«, fiel Großvater ein.
»Eben«, sagte Peschke. »Sowas will alles bedacht sein. Was wollt' ich doch sagen? ... Ja, richtig! Wenn eine ordentliche Kartoffelpuffer machen kann, innen schön zart und'n bißchen fettig und zum Rand zu hellbraun und leicht knusprig, dann is se in Ordnung, dann kannste sie unbesehen heiraten.«
»Unbesehen? Na, lieber nich«, bemerkte Großvater zweifelnd. »Ich bin mehr fürs gründliche Besichtigen. Vorher. Hinterher is es zu spät. Und wegen Kartoffelpuffern alleine ...?«
Aber als er einen oder zwei Sonntage später mit Fräulein Dobbertin über die Rollschuhbahn walzte, platzte er doch mit der Frage heraus, ob sie wohl Kartoffelpuffer backen könnte.
Sie sah ihn verdutzt und ein bißchen mißtrauisch an.
»Komisch. Wie kommen Sie 'n jetzt auf Kartoffelpuffer?«
»Bloß so«, meinte er harmlos. »Is mir gerade eingefallen.«
»Klar kann ich. Und wie!« Sie sah keinen Grund, ihr Licht unter den Scheffel zu stellen. »Alle zehn Finger würden Sie sich nach denen lecken.«
Großvater überlegte einen Moment.
»Dann brutzeln Sie mir doch mal welche«, sagte er drauf. »Bei Peschke wär's möglich. Der hat 'ne sturmfreie Bude. Da regt sich keine Schlummermutter auf, wenn mal 'n bißchen Fett auf'n Herd spritzt.«
»Ach so«, erwiderte Fräulein Dobbertin gedehnt. »Und dann ist Ihr Freund zufällig auch gerade ausgegangen. Nee, das wollen wir lieber nicht. *Die* Kartoffelpuffer kenn' ich!«
Und dabei blieb's, obwohl Großvater, ausnahmsweise ziemlich ehrlich, heilige Eide schwor, daß er an sowas nicht mal im Traum gedacht hätte.

Falls er vor soviel prinzipienfester Hartnäckigkeit je auf den nicht

allzu fernliegenden Gedanken gekommen sein sollte, die Belagerung aufzustecken und es zur Abwechslung mal mit einem anderen, weniger unzugänglichen weiblichen Wesen zu versuchen, dann spätestens an jenem Tage mitten in der Woche, an dem er sie, die endlich eingetroffene Versetzung zum Amtsgericht Nauen in der Tasche, ganz unprogrammäßig nach Feierabend vor der Biesterschen Toreinfahrt in der Friedrichstraße erwartete. Bis zum Dienstantritt im neuen Wirkungskreis blieben ihm nämlich noch ein paar Tage Zeit, er hatte bei Peschke Quartier bezogen, und irgendwie verband er mit diesen unverhofften Urlaubstagen die Vorstellung, daß sie ihm endlich aus dem Fräulein-Dobbertin-Stadium ins Emmi- oder lieber gleich Schnuckelchen- oder Putzelchenstadium verhelfen müßten.
Zwecks Anbahnung dieser Entwicklung hatte er am Leipziger Platz einen dicken Strauß beziehungsvoll roter Nelken erstanden und sich, der Überraschung wegen, auf der anderen Straßenseite in einem Hausflur auf die Lauer gelegt. Überrascht war dann aber nur er selbst gewesen, denn als das Fräulein Dobbertin schließlich inmitten eines Schwarms munter schwatzender Mädchen erschien, war unerwartet ein junger Mann auf sie zugetreten, den er drüben schon hatte auf- und abgehen sehen, hatte sie unverschämt vertraulich begrüßt und war mit ihr in einem gerade vorbeikommenden Pferdebus abgezockelt.
Er starrte noch verdutzt hinterher, als in der Einfahrt Fräulein Dobbertins Freundin Anni auftauchte. Sein enttäuschter Groll fand einen Ausweg. Anni hatte ihm schon bei ihrer ersten Begegnung gefallen, und wenn's die eine nicht war, dann eben die andere.
Aber auch damit war's Essig.
»Ach, guck an, unser Rollschuhkavalier!« sagte Anni heiter. »Da haben Sie aber Pech. Emmi is schon weg, und ich hab'n Rendezvous mit meinem Verlobten. Da ist er schon. Schade um die schönen Blumen.«
Sie schwebte an ihm vorbei, drehte sich aber noch einmal um:
»Warum bringen Sie sie nich zu ihr in die Pankstraße? Nummer sechzig is es, zweiter Hinterhof, eine Treppe. Dann haben Sie das schöne Geld wenigstens nicht umsonst rausgeschmissen.«

Zum zweitenmal innerhalb einer Viertelstunde mußte Großvater zusehen, wie ihm ein Mädchen von der Konkurrenz weggeschnappt wurde. Es war nicht gerade erheiternd. Aber am deprimierendsten war doch die Entdeckung, daß das Fräulein Dobbertin offenbar ein schamloses Doppelleben führte: sonntags mit ihm, wochentags mit einem oder – konnte man's wissen? – gar mehreren anderen. Gerade von ihr hatte er das am allerwenigsten erwartet! Und es war nicht bloß verletzte Eitelkeit, die ihn schmerzlich zwackte; es war mehr, und es war noch bei keiner anderen Dame aufgetreten...

Eine Weile erwog er, ob er die Nelken wegschmeißen sollte. Zur Pankstraße würde er jedenfalls nicht gehen. Erstens trieb sie sich ohnehin irgendwo anders rum, mit diesem Kerl, mit dem sie sich bestimmt nicht so etepetete benahm wie mit ihm, und zweitens, wie kam er dazu, so einer Gans auch noch nachzulaufen? Nee, er nicht! Eher würde er die Nelken – er reckte sich, und ein bißchen vom alten Eroberglanz glomm wieder in seinen italienischen Augen – einer anderen Dame verehren, die seine galante Gabe und ihren Spender besser zu schätzen wissen würde.

Doch der Eroberglanz hielt nicht lange vor, obwohl er mit einem des Geschäftsschlusses wegen proppevollen Pferdebus in die Hasenheide gerollt war, um sich nach soviel Enttäuschung ein bißchen Vergnüglichkeit zu gönnen. Inmitten der dröhnenden Lustbarkeit zwischen lampionbesternten Biergärten, russischen Schaukeln und Akrobatenzelten kam er sich womöglich noch verlassener vor, und bei jedem engverschlungenen Pärchen, das ihm über den Weg lief – und sie ließen sich kaum zählen! –, stand ihm das Fräulein Dobbertin vor Augen, blond und voll kratzbürstiger Lieblichkeit, aber im Kern schwarz und verräterisch von Seele.

Aus war's mit ihr, endgültig aus, und er war doch so nahe daran gewesen, ihr...

Mitleid mit sich selbst überschwemmte ihn, das dringend nach aufrichtender Tröstung verlangte, und als ihn im Halbdunkel zwischen zwei Zelten eine weibliche Stimme fragte: »Na, Kleener, hat se dir versetzt mit deinem Jemüse?«, wäre er der, die da sprach, zum Ausweinen und auch sonst liebend gern an den Busen gesunken, hätte sich dank eines freundlichen Lichtstrahls nicht im letzten

Moment erwiesen, daß es sich offenbar um die vollbärtige Dame aus dem nebenan gelegenen Abnormitätenkabinett handelte, die bloß mal zum Luftschnappen aus ihrer Bude getreten war.
Das der neuerlichen Enttäuschung doppelt übermächtig entquellende Bedürfnis nach Trost trieb ihn endlich in den fröhlichen Lärm eines zeltüberdachten Bierausschanks; in der alles vereinenden Harmonie durstiger Seelen hoffte er, noch am ehesten Zuspruch und Zweisamkeit zu finden.
Das Mißgeschick dieses Tages wich ihm jedoch nicht von den Hakken. Die junge Dame, neben die er sich hoffnungsvoll auf die lange Holzbank quetschte, weil sie ihm wiederum von fern Fräulein Dobbertins Bild ins Gedächtnis rief, war in puncto Harmonie offenbar noch nicht weit genug vorgeschritten. Die schon ein wenig mitgenommenen Nelken nahm sie zwar als ihren Reizen unverbindlich zugedachte Huldigung gnädig, wenn auch leicht erstaunt entgegen, aber als Großvater, durch diesen ersten Erfolg ermuntert, sich vorsorglich erkundigte, wie es bei ihr mit Kartoffelpuffern stünde, starrte sie ihn an, als habe er ihr einen unsittlichen Antrag gemacht.
»Kartoffelpuffer? Wie kommen Sie mir denn vor, Männeken?« fragte sie entrüstet. Und dann zu ihrem Nachbarn zur Rechten: »Emil, der Herr hier wird anzüchlich. Zeich ihm mal, was 'ne Harke is!«
Die Folgen für Großvater waren unerfreulich. Emil war nicht nur groß und prunkte mit einem Kreuz wie eine Bahnwärterbude, er war auch taub für Großvaters mit Anstand, obgleich hastig vorgebrachte Erklärungsversuche, aber dafür finster entschlossen, den seiner Dame angetanen Schimpf bitter zu rächen. Der feine Pinkel da kam ihm gerade recht, seinen beim Haut-den-Lukas nicht genügend strapazierten Betätigungsdrang in Kavalierstugend umzusetzen.
Zunächst kippte er Großvater, sozusagen als Ouvertüre, seinen frisch gefüllten Literhumpen Bier über die Weste, dann drosch er ihm den Zylinder über die Ohren, und bevor Großvater, mit beiden Händen verzweifelt an der Krempe zerrend, sich wieder Licht und Luft schaffen konnte, hatte er ihn schon am Schlafittchen gepackt

und mit einem strammen Tritt in die Hinterfront aus dem Zelt befördert. Die Nelken segelten hinter ihm her . . .
Daß Großvater sich nicht nach seiner Gewohnheit blindwütig ins Zelt zurück und auf den ungehobelten Kraftprotz stürzte, um dabei aller Voraussicht nach eine zweite Tracht Prügel zu beziehen, verdankte er nicht einer kühl abwägenden Wertung des beiderseitigen Kräfteverhältnisses, sondern einer Einsicht, die ihn im Augenblick seiner tiefsten Schmach überkam, als er nämlich, bierdurchfeuchtet bis auf die Haut, den Zylinder tief auf der Nase, mit aufgeplatztem Rock und zerschlissenem Hosenboden vor dem Bierzelt in einer Pfütze saß. Der Einsicht nämlich, daß ihm, genau besehen, recht geschehen sei, weil er selber Unrecht getan habe. Wochen-, ja monatelang hatte er mit dem Fräulein Dobbertin scharmuziert, ohne je das entscheidende Wörtchen zu sprechen, das sie vielleicht von ihm erwartete, in jedem Fall aber erwarten konnte, nur weil es so bequem gewesen war, nur weil er sich ein Hintertürchen offen lassen wollte, und dabei wußte er längst, daß sie die Richtige war.
Wenn sie sich nun mit einem anderen eingelassen hatte – durfte er es ihr verdenken? Aber er hatte es ihr ungerechterweise verdacht, hatte seine eigene Schuld auf ihre hübschen Schultern abgeladen und dafür in der groben Handschrift des Goliath die verdiente Quittung bezogen. So empfand er es jedenfalls. Wenn überhaupt noch etwas zu retten war, hieß es jetzt, schleunigst zur Pankstraße aufzubrechen. Und während er sich mühselig den in Ziehharmonikafalten gequetschten Zylinder aufwärts über die Ohren zwängte, fand er es höchst wundersam, daß ihm solche Klarsicht ausgerechnet in einem Moment geworden war, in dem ihm mißliche Umstände jeden Ausblick versperrten.
Er rappelte sich auf, fand zu seiner Befriedigung die schon verschenkten Nelken wieder, säuberte notdürftig die Hose und überhörte vornehm die spöttischen Bemerkungen der um ihn Versammelten, die seinem Rausschmiß beigewohnt hatten. Wie er aussah, war ihm schnurz. So bedacht er ansonsten auf sein Äußeres war, diesmal beflügelte ihn nur ein Gedanke: sein Unrecht wiedergutzumachen, als reuiger Sünder vor das Fräulein Dobbertin hinzutreten und ihr die Nelken zu überreichen, die er schließlich für

sie gekauft hatte. Wo hätte er um diese Zeit sonst auch Blumen herkriegen sollen? Und Blumen gehörten nun mal zu einer Verlobung. Auf der Straße hielt er eine gerade vorbeizuckelnde Droschke an, zum Glück weit genug von der nächsten Laterne entfernt, so daß der Kutscher das volle Ausmaß seiner äußerlichen Zerrüttung nicht zu erkennen vermochte und nur mißtrauisch schnupperte, bevor er fragte:

»Besoffen sind Se doch hoffentlich nich?«

Großvater konnte ehrlich verneinen, denn wenn ihm das Bier auch reichlich über die Weste gerieselt war, über die Lippen war ihm jedenfalls kein Tröpfchen gekommen.

»Na, denn is man jut«, erklärte der Mann. »Sonst hätt' ick Ihnen nämlich nich mitjenommen. Denn stinken tun Se wie 'ne janze Destille, und ick hab' keine Lust, meine Kalesche heute abend noch sauber zu putzen.«

Zu protestieren war sinnlos; Großvater brauchte nicht erst zu schnuppern.

Jeder halbwegs bei Sinnen befindliche Mensch hätte Abstand davon genommen, unter solchen Umständen als Brautwerber bei fremden Leuten in Erscheinung zu treten – noch dazu zu so später Stunde, denn bevor er in gemütlichem Zuckeltrab in der Pankstraße anlangte, war es sage und schreibe halb elf geworden –, doch Großvater brannte seine löbliche Absicht so auf den Nägeln, daß ihm das Unpassende seines Besuchs erst aufging, als er in der geöffneten Tür von Nummer 60, zweiter Hinterhof, eine Treppe Mutter Dobbertins Gestalt in barchentenem Nachthemd und ohne den sie sonst verschönenden falschen Wilhelm ansichtig wurde. Sie war bereits fürs Bett gerüstet und auf offizielle Besuche nicht mehr gefaßt. Er starrte sie einen Moment betreten an, aber da er nun schon mal so weit war, besann er sich auf die in solcher Situation doppelt gebotenen Umgangsformen, stellte sich mit dezentem Hackenknallen vor und äußerte sein Begehr, das Fräulein Tochter in einer unaufschiebbaren Angelegenheit sprechen zu dürfen. Und um ja keinen Zweifel an der moralischen Reinlichkeit seiner Absichten aufkommen zu lassen, fügte er hastig hinzu, falls er des Vergnügens teilhaftig sei, die verehrliche Frau Mama vor sich zu haben, erlaube er sich gleich, in aller Form um die Hand des besagten Fräulein Tochters anzuhalten. Damit streckte er ihr beschwörend den Blumenstrutz unter die Nase, der mittlerweile wirklich so aussah, als hätte er ihn unterwegs durch den Hinterhof aus einem Müllkasten gezogen.

Man kann es Mutter Dobbertin kaum verdenken, daß sie den späten Besucher anfangs für einen Verrückten und dann, durch das von ihm ausgehende Odeur bewogen, für einen Betrunkenen oder gar für beides zugleich hielt und ihm die Tür vor der Nase zuschmeißen wollte. Aber da war etwas, das sie davon abhielt und das sie später mit der widersprüchlichen Feststellung zu erklären versuchte: »Vertrauenswürdig sah er ja nu wirklich nich aus, aber er hatte sowas Ehrliches in der Pupille.«

Und noch etwas anderes kam hinzu. Mit Kluckhuhn, dem Mann ihrer älteren Tochter Clärchen, war sie zwar durchaus einverstanden – schließlich hatte er sein gutes Auskommen, und ordentlich war er auch –, aber die Portion Romantik, die ihrem gefühlvollen Gemüt für junge Liebe unerläßlich schien, war bei ihm nur in spärlichen Andeutungen vorhanden gewesen, während dieser junge Mann, ob betrunken, verrückt oder was auch immer, sie in reichlichem Maße zu besitzen schien. Und wenn es Clärchen auch schnuppe war und Solidität ihr mehr am Herzen lag als romantischer Firlefanz – für ihre Jüngste wollte sie es nun mal anders.

Deshalb rief sie, wenn auch noch immer etwas zögernd, nach Emmi, und als das Mädchen erschien und durch ihrer sonstigen Borstigkeit fremde Verwirrung und sanftes Erglühen kundtat, daß der Verrückte ihr gewiß nicht fremd und schon gar nicht gleichgültig war, fand sie es an der Zeit, sich in die Kammer zurückzuziehen und der Gelegenheit würdig herzurichten, das heißt, das Barchentnachthemd mit dem guten Schwarzen von der Beerdigung ihres Mannes zu vertauschen und eine Flasche Johannisbeerwein aus dem Kleiderspind zu kramen. So fand dann das große Ereignis statt ...

»Ihr hättet euren Großvater bloß sehen sollen«, griente Großmutter, als sie uns mal davon erzählte, »'ne Schießbudenfigur war gar nischt dagegen.«

Großvater räusperte sich verdrießlich.

»Na, nu mach's man halblang«, meinte er. »Damals hast du jedenfalls gegen ein Verlobungsküßchen nichts einzuwenden gehabt.«
»Hatt' ich auch nicht«, sagte sie. »Ganz und gar nicht. Ich hab' mir gedacht, was man hat, das hat man, und ich kannte dich ja auch schon von deiner Schokoladenseite. Nur...«, sie seufzte im Nachklang ferner Erinnerung, »... ein bißchen feierlicher hätt' ich mir meine Verlobung doch schon gewünscht. Nicht zu Hause am Küchentisch neben dem Ausguß mit sauerm Obstwein im Zahnputzglas und Mutter mit abgelatschten Filzpampuschen unterm Schwarzen und falschem Willem, der immer verrutschte, weil sie ihn in der Eile nich richtig festgesteckt hatte, und du mit deinem vom Bier quatschnassen, aufgeplatzten Jackett, und ich im Frisiermantel, weil ich schon unterm Plumeau gewesen war, als jemand draußen an der Tür bummerte und Mutter rief, da wär'n Verrückter, der sich unbedingt noch so spät in der Nacht mit mir verloben wollte...«
»Na, ganz so war's ja nu nich«, fiel Großvater grämlich ein, der uns grinsen sah und für seine Reputation bei uns fürchtete.
»Nee, ganz so nich, nur noch schlimmer«, entgegnete Großmutter fest. »Aber schön war's eben doch.«
Und dann nahm sie seine Hand und streichelte einmal leise über sie weg, und bei ihrer spröden, nicht gerade zu überschwenglichen Zärtlichkeiten neigenden Art war das mehr als zwanzig heiße Liebesschwüre. Großvater war auch sichtlich gerührt.

Als Großvater in dieser Nacht in seine provisorische Bleibe kam, war er noch so voll von dem großen Ereignis des Abends, daß er sich unbedingt jemand mitteilen mußte. Vorher, das war so sicher wie das Amen in der Kirche, würde er auf seinem Kanapee keine Ruhe finden. Der einzige Jemand, der zur Verfügung stand, war der längst friedlich schnarchende Peschke, und da Peschke wie alles andere auch seine Nachtruhe gründlich betrieb, dauerte es eine ganze Weile, bis Großvater ihn weit genug aus seinen Träumen herausgerüttelt hatte, um ihm die freudige Kunde seiner soeben vollzogenen Verlobung mitteilen zu können. Peschke plierte ihn gähnend an, wischte sich mehrmals über die Augen, als müsse er da eine Vision verscheuchen, die sich mit der Wahrnehmung seiner Ohren nicht vereinbaren ließ, und äußerte endlich zweifelnd, ob ihn eine momentane Geistesverwirrung nicht etwa über die Natur der stattgehabten Ereignisse täusche? Nach seinem Dafürhalten sehe er nämlich eher aus, als sei er eben mit knapper Not einer Wirtshausprügelei entronnen. Wenn es aber mit der Verlobung stimme und sie ihn schon so mitgenommen habe, fuhr er mit juristisch geschulter Logik fort, bestünde berechtigter Anlaß zu der Frage, ob er die Hochzeit überhaupt überstehen würde. Er jedenfalls müsse dringend empfehlen, sich die Sache noch einmal gründlich zu überschlafen. Und damit überließ er sich erneut seinem Traum, der sich vermutlich um eine beachtliche Menge Ackerland, achtzig Stück Vieh, das Kleinvieh nicht gerechnet, und auch ein bißchen um Alma drehte ...

Die richtige Verlobungsfete holten sie übrigens trotzdem in würdigerem Rahmen noch nach, wenn auch ohne Mutter Dobbertin und ihren falschen Dutt, weil sie ihr Beerdigungs-Schwarzes für eine Verlobung doch nicht so recht geeignet fand und überhaupt »für so 'ne Paradejeschichten«, wie sie sich ausdrückte, nicht zu haben war. Großvater spendierte Emmi, wie sie jetzt für ihn hieß, ein feudales Souper – nicht bei Adlon, wohin Großmutter, wie sie mal geschworen hatte, keinesfalls mit ihm gehen wollte, und wenn er auf Knien vor ihr rumrutschen würde, aber immerhin doch im Klosterkeller, und diesmal durfte er sogar mit ihr an einen Tisch in einer mehr düsteren Ecke.

Da saßen sie dann bei gutbürgerlicher Blumenkohlsuppe und Sauerbraten, prosteten sich mit Mosel zu, und zuallererst steckte ihr Großvater einen garantiert echten neugoldenen Ring an den Finger, und dann machten sie Pläne, und zwischendurch raunte er ihr was ins Ohr, worüber sie ganz unjungfräulich kichern mußte, weil sein Schnurrbart so kitzlig an ihrer Backe entlangstrich. Und schießlich kam er auch auf den jungen Mann zu sprechen, der sie bei Jules Biester neulich abgeholt hatte – sowas müsse jetzt natürlich unterbleiben, erklärte er streng –, und erfuhr dabei, daß es nur ihr Vetter Eugen aus Klotzsche bei Leipzig gewesen sei, dem sie aus verwandt-

schaftlicher Verpflichtung während eines kurzen Besuchs mal die Linden, das Schloß und das Zeughaus habe zeigen müssen.
»Den hättest du mal sächsisch reden hören sollen!« kicherte sie. »Zum Wändehochgehen! Bist du etwa eifersüchtig auf den gewesen?«
Großvater sandte einen elegischen Blick zur Decke.
»Wie'n Kümmeltürke«, gestand er ein. »Und wegen dem hab' ich mich in der Hasenheide beinah mit 'ner Dame mit Vollbart eingelassen und mich hinterher mit einem Möbelpacker oder sowas geprügelt – das heißt, er sich mit mir – und meinen Sonntagsausgehzylinder ruiniert!«
»Und dann«, fuhr Großmutter fort und verkniff sich ihr Lachen, »hast du wahrscheinlich gedacht, nu hat die Welt für dich ohnehin keine Schrecken mehr, nu kannste dich ebensogut auch gleich noch verloben.«
»Ungefähr so war's«, erklärte Großvater großzügig, »die Kleinigkeiten nicht gerechnet. Schließlich hatte ich's ja auch dem Amtsgerichtspräsidenten schon erzählt, und wenn der's nach Nauen weitergemeldet hat, muß ich da doch mit 'ner richtigen Braut antanzen.«
Er griente plötzlich.
»Was is denn da so komisch dran?« erkundigte sich Großmutter mißtrauisch.
»Daran nich«, sagte Großvater. »Mir is bloß eingefallen, daß deine Mutter mich an dem ersten Abend gefragt hat, als du mal rausgegangen warst, ob bei dir schon was unterwegs wäre, weil ich's mit der Verlobung nicht bis zu weniger nachtschlafender Zeit hätte abwarten können.«
»Da kann ich schon gar nichts zum Lachen bei finden«, tadelte Großmutter pikiert.
»Du vielleicht nicht. Ich ja.« Großvater zwirbelte seinen Bart. »Oder verrat mir mal, wie das hätte passieren können, wo ich bis zur Verlobung nicht mal Händchen mit dir hab' halten dürfen, weder über noch unterm Tisch. Ein gefallener Engel warst du doch bloß auf der Rollschuhbahn, und das pflegt meines Wissens allenfalls blaue Flecken zur Folge zu haben.«

10. Kapitel

Peschkes schlaftrunkenen Rat, sich die Sache lieber noch einmal zu überlegen, befolgte Großvater zwar nicht, aber so seine Bedenken hatte er doch. Bei der Vorstellung nämlich, daß er dem Stationsvorsteher und Mutter Martha das Faktum seiner Verlobung beibringen mußte, wurde ihm leicht schwummerig zumute. Denn daß es keinesfalls ihren Beifall finden würde, stand für ihn beklemmend außer allem Zweifel.

Mutter Martha war wie alle Mütter, die sich für das Vorankommen ihrer Sprößlinge in der Welt manches vom Munde abgespart haben, der festen Meinung, daß sich das sichtbarlich auszahlen müsse, vor allem auch bei der Wahl seiner künftigen Lebensgefährtin. Als Studierter konnte er eben Ansprüche stellen, und wenn sie an den hoffnungsvoll noch in weiter Ferne vermuteten schmerzlichen Moment dachte, in dem sie ihn der sorgenden Obhut eines anderen weiblichen Wesens würde überlassen müssen, schwebte ihr mindestens eine Kommerzienratstochter mit ansehnlicher Mitgift und Aussicht auf ein solides, seine Zukunft standfest untermauerndes Vermögen vor Augen. Während der Stationsvorsteher in Erinnerung an seinen nie ganz verwundenen Ehefehltritt ins Handwerkermilieu sowie in der tief verankerten Überzeugung, die Weltordnung erfordere, daß Gleiches zu Gleichem sich geselle, vermutlich an eine Braut aus gehobenen juristischen Kreisen dachte. Wenn sie nebenbei – und darin waren sich beide zur Abwechslung einig – auch noch präsentabel aussah und ihrem Jungen nicht nur zärtliche Gefühle entgegenbrachte, sondern ihm auch solche zu entlocken verstand, war das zwar eine angenehme Beigabe, aber für eine gute Ehe nicht unbedingt erforderlich. Untergeordneter Natur war diese nicht zähl- und meßbare Angelegenheit, die sich Liebe nannte, ihren eigenen Erfahrungen nach auf jeden Fall. Vor allen Dingen zog man aber in einer so wichtigen Angelegenheit vorher seine Eltern zu Rate.

Nun fühlte sich Großvater zwar durchaus Manns genug, seine eigene Wahl zu treffen, und letzten Endes ging die Geschichte ja auch nur ihn und Emmi etwas an, aber es war doch eine ganz andere Sache, sich vor der elterlichen Wohnungstür noch einmal aufmunternd diesen Standpunkt zu bestätigen, als ihn dahinter vor ihren vorwurfsvollen Mienen zu vertreten. Außer in Kneipen und ähnlichen Örtlichkeiten war Großvater nun mal keine Kämpfernatur, und schließlich meinten die beiden es ja nur gut. Andererseits mußte er aber irgendwann einmal Farbe bekennen, schon Emmis wegen, die Anspruch darauf hatte, durch Vorführung bei den alten Herrschaften offiziell in die Sippe der Leppiens aufgenommen zu werden.

Er nahm sich also fest vor, ihnen bei seinem nächsten Besuch in der Schillerstraße reinen Wein einzuschenken, und nachdem er zwecks geistiger Vorbereitung mehrmals murmelnd vor dem Haus auf- und abgegangen und des Gemurmels wegen von Passanten argwöhnisch gemustert worden war, glaubte er auch, die rechten Worte dafür gefunden zu haben, aber irgendwie wollte sich dann keine passende Gelegenheit finden, sie loszuwerden. Entweder ließ sich der Stationsvorsteher gerade über seine ernstlichen Besorgnisse aus, ob der Eisenbahn- und speziell der Stadtbahnverkehr nicht binnen kurzem aus Mangel an Kundschaft zum Erliegen kommen müsse, da es, wie er kürzlich dem Lokalanzeiger entnommen habe, in Berlin schon über fünfhundert, in allen deutschen Landen zusammengenommen gar schon bald an die zehntausend dieser neumodischen, Automobil genannten Gefährte gebe und bald jeder ohne Schienen, Lokomotive, Fahrplan und, was das Schlimmste war, ohne Bahnhof und Bahnhofsvorstand fahren könne, wann und wohin er wolle.

Oder Mutter Martha erkundigte sich umschweifig, ob er sich in Nauen schon eingelebt habe, und wie es da überhaupt sei. Da es mit Hin- und Rückfahrt und bei den spärlichen Verbindungen fast eine Tagesreise war und der Stationsvorsteher weder unnütze Ausgaben noch vorgekochte Mahlzeiten schätzte, hatte sie zu ihrem Kummer darauf verzichten müssen, sich persönlich von den Qualitäten seiner neuen Bleibe zu überzeugen und erging sich dafür unermüdlich in Fragen, ob seine Wirtin auch pünktlich alle vierzehn Tage die Bettwäsche wechsle, wer seine Strümpfe stopfe und Hemden ausbügle, und ob er auch seine Schuhe allmorgendlich richtig putze. »Wer's im Leben zu was bringen will, muß proper sein«, pflegte sie mahnend zu sagen. »Deinen Charakter kann dein Vorgesetzter mit bloßem Auge nicht sehen, aber für ungebügelte Hemden und drekkige Stiebel braucht er nicht erst 'ne Brille.«

Außerdem hatte sie sich erinnert, daß ihre Cousine Berta nach Nauen geheiratet hatte, einen gewissen Kunze, Postbeamter, soweit sie wisse. Sie hatte sie seit zwanzig Jahren nicht mehr gesehen und auch sonst keine Verbindung mit ihr gehalten, aber verwandt war nun mal verwandt, und da Paulo in Nauen amtierte, konnte sie zumindest einen Pflichtbesuch erwarten.

Wie gesagt, Großvater kam bei solchen und ähnlichen Gesprächen rund um den Sofatisch in der nach Möbelpolitur und Mottenpulver riechenden guten Stube nie so recht zu der ihm am Herzen liegenden Angelegenheit, und es soll nicht verschwiegen werden, daß er nicht ganz unfroh war, sie auf den nächsten Besuch verschieben zu können, bei dem es ihm dann nicht besser erging. Nach dem dritten oder vierten vergeblichen Versuch vertraute er seine Verlegenheit Emmi an und fand sie zu seiner Erleichterung höchst verständnisvoll.

»Nu wenn schon«, sagte sie. »Ich bin ja nicht mit deinen Leuten, sondern mit dir verlobt, und die Hauptsache ist, wir beide wissen Bescheid. Mir wär's bloß peinlich, wenn sie zur Taufe angerückt kämen und noch nicht wüßten, daß wir verheiratet sind.«

Großmutters Worte hatten einen prophetischeren Einschlag, als sie zu ihrem Glück damals ahnen konnte. Großvater war zwar weiterhin besten Willens, aber ihr Verständnis für seine Nöte gab ihm nun die erfreuliche Möglichkeit, die peinliche Unterrichtung des Stationsvorstehers und Mutter Marthas mit nur mäßig schlechtem Gewissen immer weiter und weiter auf die längste aller Bänke zu schieben. Dafür genehmigte er ihr einen noch nicht mit Unannehmlichkeiten belasteten Vorgriff auf die Zukunft, indem er bereitwillig vor den Schaufenstern aller Möbelgeschäfte stehenblieb, wenn sie sonntagnachmittags zum Reichshallen-Garten oder zum Kaiserpanorama in der Lindenpassage spazierten, um sich für zwei Gro-

schen eine Wanderung durchs Riesengebirge oder durch die Sächsische Schweiz vorgaukeln zu lassen.
»Guck mal da«, meinte sie dann hingerissen und wies auf ein mit eingelassenen Spiegeln und allerlei üppigem Holz- und Messinggeranke sich zierendes Vertiko. »Bloß fünf Mark Anzahlung, den Rest kannste mit einer Mark die Woche abstottern. Schön, nicht?«
Sie sah auf, weil Großvaters Antwort ausblieb, und stellte fest, daß seine Aufmerksamkeit zu einem schmucken Mahagoni-Doppelbett im Nebenschaufenster abgeglitten war. Ein Momentchen ließ sie ihren Blick ebenfalls nicht ganz ungerührt auf dem verlockenden Prunkstück verweilen, doch dann weckte sie ihn mit einem Ellbogenstupser aus seiner verdächtigen Versunkenheit und sagte:
»So weit sind wir noch nicht! Betten sehen wir uns erst an, wenn's richtig ernst wird. Und mit'n Doppelbett hab' ich sowieso nichts im Sinn. Da stört einer den andern bloß beim Schlafen.«
Großvater wollte etwas Aufklärendes über die nicht zu unterschätzenden Reize von Doppelbetten sagen, ließ es aber bleiben, da er wußte, daß in solchen Dingen ohnehin nicht mit ihr zu reden war. Denn ob verlobt oder nicht – Emmi blieb dabei, daß gewisse Anspielungen und Dinge einschließlich noch ziemlich harmloser Zärtlichkeiten erst nach einem Zeitpunkt stattzufinden hätten, an dem ihr Bund in aller Form legitimiert sein würde.
Die goldene Lebensregel, die Mutter Dobbertin ihren Töchtern mit auf den Weg gegeben hatte – »'n junges Mädchen is bloß noch halb soviel wert, wenn's keins mehr is« –, trug ihre Früchte.
Natürlich war Emmi Weltkind genug, um sich klar darüber zu sein, daß das Großvater auf eine harte Probe stellte. Er gehörte zur leicht entflammbaren Sorte, und platonische Angelegenheiten waren bestimmt nicht sein Fall, aber schließlich war auch sie selbst nicht aus Pappmaché, und wenn sie sich schon anstands- und guter Sitten halber beherrschen konnte, hatte auch er sich gefälligst am Riemen zu reißen.
»Du ißt ja auch nicht den Braten vor der Suppe«, machte sie ihm eines Tages, um Sachlichkeit bemüht, klar, als er sich über ihre Kühle beschwerte. »Und kühl bin ich gar nicht! Hast du 'ne Ahnung!« Sie war richtig empört. »Ich denke bloß, hinterher schmeckt's viel bes-

ser, wenn man sich zuerst den Brotkorb ein bißchen höher hängt.« Großvaters gelegentlich aufkeimender Verdacht, sie ließe ihn nur listig zappeln, um ihn desto sicherer vors Standesamt zu schleifen, schwand angesichts des ehrlich-unschuldsblauen Blicks, der solcherlei Äußerungen begleitete, und als sie ihm in einer besonders anfälligen Stimmung einmal verschämt anvertraute, auch ihr sei in gewissen Momenten viel blümeranter zumute, als sie nach außen durchscheinen lasse, und sie zähle dann einfach mit angehaltenem Atem bis dreißig, um ihren Seelenfrieden wiederzufinden, kam ihm das anfangs zwar ziemlich komisch, hinterher aber eher rührend vor, und er beschloß, es ihr zu Gefallen ebenfalls mit diesem offenbar recht probaten Verfahren zu versuchen. Wäre jemand in der Lage gewesen, ihn genau zu beobachten, hätte er ihn danach in ihrer Gesellschaft und speziell beim spätabendlichen Nachhausekommen vor der Haustür häufig mit inwärts gewandtem Blick lautlos die Lippen bewegen sehen können. Das Dumme war nur, daß es bei ihm nicht funktionierte, mit angehaltenem Atem oder ohne, obwohl er sich gar nicht erst bei zweistelligen Zahlen aufhielt, und daß er darüber hinaus von Emmi auch noch Bemerkungen über seine mangelnde Konversationslust einstecken mußte.

»Wenn du jetzt schon so maulfaul bist«, sagte sie vorwurfsvoll, »wie soll'n das erst werden, wenn wir zehn Jahre verheiratet sind?«

Worauf er verbittert erwiderte:

»Was soll ich'n noch? Zählen und Süßholz raspeln zu gleicher Zeit kann ich nicht.«

Emmi lächelte besänftigend.

»Na, dann is es ja gut«, sagte sie. »In zehn Jahren brauchst du ja hoffentlich nicht mehr zu zählen.«

Schon dieses Zustands wegen drängte es beide zu einer Änderung dieser auf längere Dauer doch reichlich unbefriedigenden Situation, aber es kam noch was anderes hinzu: der Halleysche Komet!

Seit geraumer Zeit schon waren die hauptstädtischen Zeitungen voll von Nachrichten über diesen wanderlustigen Himmelskörper, der sich dem Vernehmen nach auf seiner vor grauen Zeiten berechneten Bahn wieder einmal bedenklich der Erde näherte, so daß die Gefahr

einer Karambolage mit düsteren Folgen für die alarmierte Menschheit bestand. Einzelne behaupteten, schon ein leises Schütteln und Schaukeln des Bodens unter ihren Füßen verspürt zu haben, und schworen Stein und Bein, daß es mit dem Aufprall der von dem heranbrausenden Kometen in Bewegung gesetzten Luftmassen zu tun haben müsse, während unvoreingenommene Beobachter es mehr für Folgeerscheinungen ihres alkoholisierten Zustands hielten. Aber neben so unverbürgten Auswirkungen der langsam anwachsenden Katastrophenhysterie gab es auch andere. Sektiererische Konventikel taten sich in Vereinszimmern zusammen, um Buße zu tun und sich in letzter Minute noch die Eintrittskarte zu paradiesischen Gefilden zu verdienen. Weniger jenseitig Gestimmte fragten sich besorgt, ob es nicht zweckdienlich sei, mühsam Erspartes schleunigst für irgendwelche Kinkerlitzchen und Lustbarkeiten zu verpulvern, um wenigenstens etwas davon zu haben, bevor der Komet jäh allem Irdischen ein Ende setzte.
Ganz Gewitzte hingegen ließen sich, sofern sie noch einen gutgläubigen Partner fanden, in kühne Pumpgeschäfte ein, in der teils frohen, teils melancholischen Erwartung, das Gepumpte ja doch nicht oder jedenfalls nicht in dieser Welt zurückzahlen zu müssen.
Und man erzählte sich sogar, daß besonders findige Köpfchen sich auf die Fabrikation von Fesselballons geworfen hätten, um vorsorglichen Kunden gegen horrende Preise Gelegenheit zu verschaffen, im letzten Moment mit ihren Familien wie einst Noah in seiner Arche dem Weltuntergang zu entfliehen. Wo sie hinterher landen sollten, blieb allerdings ungewiß.
Großvaters mehr irdischen Dingen zugewandtes Naturell war durch derlei nebulose Bedrohungen aus dem All nicht so leicht zu beeindrucken. Wäre etwa die Rede davon gewesen, daß aus Mangel an Hopfen und Malz die Bierbrauereien demnächst ihre Tätigkeit würden einstellen müssen, hätte das seinen Ausblick in die Zukunft vermutlich weit mehr verdüstert. Zudem gedieh die Kometenhysterie auch nur in Berlin zu vollster Blüte, während man in Nauen und Umgebung, wo die gute Landluft und die vorwiegende Beschäftigung mit den schlichten Notwendigkeiten des Daseins wie Ackerbau und Viehzucht irrationale Albernheiten nicht recht aufkommen

ließ, mehr auf die höhere Vernunft der Weltordnung vertraute. »Berlin«, hieß es, »dat mag ja sind, dat das unterjeht. Dat is'n Sündenpfuhl. Aber Nauen, dat is was anderes. Noch dazu, wo wir jrade man erst die neue Bedürfnisanstalt am Rathaus jebaut haben.«
So bedurfte es sozusagen eines Umwegs, über vertraut-menschliche Bereiche, um Großvater klar zu machen, daß angesichts der aus den Himmelsgefilden dräuenden Gefahr auch mit seinen Heiratsplänen vielleicht und selbstredend nur vorsichtshalber größere Eile geboten war.
Der menschliche Umweg hieß Max Pieszczolowski, war Großvaters Kommilitone auf der Uni gewesen und ihm und Peschke seither freundschaftlich verbunden, obwohl er die Referendarprüfung nicht bestanden und als Justizsupernumerar eine Etage tiefer den Weg in den Staatsdienst angetreten hatte. Auch diesen Fehlschlag schrieb er wie alles andere Mißgeschick seines Lebensweges hauptsächlich dem betrüblichen Umstand zu, daß seine Qualitäten häufig übersehen wurden, weil er überaus klein geraten war. Trotz extra dick besohlter Schuhe und krampfhaft hochgereckter, durch eine superhohe steife Kragenröhre noch zusätzlich gestreckter Haltung gelang es ihm nicht, mehr als ein Meter fünfundvierzig vor die Meßlatte zu bringen, was ihm seit seinen Schultagen den Spitznamen Krümel eingetragen hatte. Mit der zungenbrecherischen Konsonantenfülle des richtigen kam ohnehin kein Mensch zurecht.
Krümel litt nun ganz besonders darunter, daß seine Statur oder vielmehr sein Mangel daran es ihm schwer, wenn nicht gar unmöglich machte, bei weiblichen Wesen Anklang zu finden.
Die einzige Liaison, von der man hatte munkeln hören, hatte ihn in die Arme einer Fröbelschen Kindergärtnerin geführt, die, schon von Berufs wegen auf Mini-Größen eingestellt, diese Neigung offenbar auch auf ihr spärliches Liebesleben übertragen hatte.
Verwirrend war nur, daß sich ihr die Grenzen mitunter verwischten, und man erzählte sich, daß Krümel ihr zur Rettung seiner Selbstachtung schließlich entflohen war, als sie ihm einmal ein Nuckelfläschchen hatte aufnötigen wollen. Seitdem er nun von der Bedrohung der Menschheit durch den vagierenden Kometen in der Zeitung gelesen hatte, bedrückte ihn sein Erlebnisdefizit in dieser

Hinsicht besonders, und das veranlaßte ihn, auf eine in der Zeitschrift »Gartenlaube« erschienene, »Sehnsüchtiges Herz« in Fettdruck überschriebene Anzeige mit dem Geständnis seiner eigenen Einsamkeit zu antworten.
Das sehnsüchtige Herz, eine jungverwitwete Bierbrauersgattin aus Altenmelle bei Osnabrück, wie sich herausstellte, hatte sein Geständnis mit einem gleichen erwidert, weitere Epistel waren hin- und hergeflogen, und schon nach kurzem war eine durch keusche Scheu kaum noch verhüllte zarte Gleichgestimmtheit der Seelen nicht mehr zu übersehen gewesen.
Zwecks optischen Kennenlernens waren dann auch fotografische Konterfeis ausgetauscht worden, worauf sich, durch beiderseitiges, nun auch äußerliches Wohlgefallen ermuntert, ihr Briefwechsel vom Seelischen und Ideellen mehr realen Bereichen und vor allem der nun dringend erwünschten Möglichkeit einer ersten persönlichen Fühlungnahme zugewandt hatte.
Sie sollte anläßlich einer Reise vonstatten gehen, die sie in nächster Zeit zu Berliner Verwandten zu unternehmen gedachte, und Krümel verbrachte die wenigen Tage bis zu dem großen Ereignis in einem Zustand fieberhafter Erwartung. Selbst hinter seinem Amtsschreibtisch konnte er der Versuchung nicht widerstehen, hin und wieder das mit einem blaßblauen Seidenband umwundene Bündelchen Briefe verstohlen aus seiner Brusttasche – der linken, der über dem Herzen – zu ziehen und aus ihnen der andächtigen Betrachtung der Fotografie gleich einer Biene den Honig tröstlicher Gewißheit zu saugen, daß nun auch ihm bald wärmende Zweisamkeit zuteil werden würde, dank derer es ihm leichter fiele, dem Verhängnis aus dem Weltall ins Auge zu blicken.
Doch der Krümel, der gegen Mittag des mit Herzklopfen erwarteten Ankunftstages – einem Sonntag – vor dem Gang zum Bahnhof noch einmal bei Peschke aufkreuzte, um vor ihm und Großvater im Schmucke eines speziell für diese Gelegenheit geschneiderten Sommerhabits zu paradieren und sie für den Abend zu einem gemeinsamen Festmahl zu laden, war in der kümmerlichen Erscheinung nicht wiederzuerkennen, die zu ihrer Überraschung kaum zwei Stunden später dem Gärtnerhäuschen hinter der einstigen

Prunkvilla und jetzigen Gobelinfabrik zuschlich. Irgend etwas war offenbar schief gegangen und hatte die Feder, die den kleinen Mann sonst forsch gereckt im Gange hielt, zumindestens heftig angeknackst. Selbst der neue Anzug schien in Kummerfalten zu schlottern.

»Was ist denn?« erkundigte sich Großvater erstaunt. »Ist deine Dulzinea etwa nicht gekommen?«

Krümel sank wankenden Knies auf einen Stuhl.

»Doch. Das ist es ja gerade«, murmelte er dumpf. »Wär' sie bloß nicht!«

Großvater und Peschke tauschten einen ratlos-besorgten Blick. Das Problem ließ sich erheblich schwieriger an, als sie dachten. Da die Dame pünktlich erschienen war, hätte doch eigentlich alles in schönster Ordnung sein müssen.

Peschke gab seine diesbezügliche Meinung kund und erntete damit bei Krümel nur ein Lächeln und die wenig aufschlußreiche Replik: »Ihr seid eben nicht dabeigewesen.«

Doch danach kam, erst bröckchenweise, dann in stetig anwachsender, immer stürmischer bewegten Jammerflut die ganze tragische Geschichte zutage. Tragisch insofern, als das Exempel wieder einmal erwies, wie gern die boshaft-launischen Götter dem ein Bein zu stellen belieben, der gläubigen Gemüts von ihrer Güte die Erfüllung seiner Wünsche erhofft. Denn wider alles Erwarten (und aus dem Fotoporträt nicht zu ersehen) hatten sie dem zarten Seelchen aus Altenmelle als irdische Heimstatt tückischerweise eine gewaltig dimensionierte, Krümel um gut zwei Köpfe überragende Körperlichkeit verliehen. Es war, als sei die Berolina vom Alexanderplatz höchstpersönlich dem Zuge entstiegen. Und bei diesem Anblick wurde ihm auf der Stelle und ohne jede Möglichkeit der Berufung peinvoll klar, daß es zwischen ihrer monumentalen Üppigkeit und seiner eigenen, in so unmittelbarer Konfrontation doppelt dürftig empfundenen Winzigkeit nie und nimmer etwas Gemeinsames geben konnte. Mochten ihre Herzen auch im gleichen Takte schlagen – die schnöde Welt, in der sie lebten, erkannte nur Äußerlichkeiten an, und in ihrem Hohngelächter würde das innige Zwiegespräch ihre Seelen verwehen.

In sein Schicksal ergeben, hatte er die rote Erkennungsnelke aus dem Jackettknopfloch gezogen und sich unauffällig verdrückt, obwohl solche Vorsicht gar nicht vonnöten gewesen wäre, denn ihr suchender Blick war ohnehin eine Etage höher über ihn hinweggeglitten und hatte ihn vermutlich nicht einmal registriert...
Abwesend tastete er nach Peschkes Glas und nahm einen Schluck, und was er weiter sagte, wie zu sich selbst, war kaum zu verstehen:
»Schade... Mit der hätt' ich sogar vor dem Weltuntergang keine Manschetten gehabt. Die wäre so leicht nicht zu erschüttern gewesen.«

Auf Großvater und Emmi war Krümels Tragödie nicht ohne Eindruck geblieben, und die Rolle, die der Halleysche Komet dabei spielte, hatte vor allem Großvater veranlaßt, sich über seine ungelösten persönlichen Probleme Gedanken zu machen.
»Weißt du«, sagte er am Sonntag drauf zu Emmi, als sie wieder einmal vor einem Möbelgeschäft festgewurzelt war, »ich glaub' zwar nicht an den ganzen Untergangsrummel, aber besser ist vielleicht besser...«
Er räusperte sich Mut an, denn immerhin war's ja eine Entscheidung fürs Leben, und fuhr zögernd und mit eigenartig belegter Stimme fort:
»... ich meine, wenn wir bald heiraten würden.«
Und hastig fügte er hinzu:
»Meinen alten Herrschaften brauchten wir's ja nicht gleich auf die Nase zu binden. Du hast ja bei unserer Verlobung selber gesagt, die Hauptsache wär' schließlich, daß *wir* es wüßten...«
»Aber ich hab' auch gesagt«, fiel Emmi ein, »mir wär's nicht gerade angenehm, wenn sie zur Taufe anrückten und noch keinen Schimmer hätten, daß wir verheiratet sind.«
»Bis zur Taufe ist es ja noch'n Weilchen hin«, beschwichtigte er.
»Und es wär' doch gemein, wenn der Halley recht behielt, bevor wir...«
Er versuchte, sie ein bißchen näher zu ziehen, aber sie sträubte sich.
»Wenn's bloß wegen dem dußligen Dingsda, dem Kometen, is...«
»Quatsch!« erboste er sich. »Nicht bloß, allenfalls bloß'n bißchen!

Weswegen ich's wirklich will, würd' ich dir gern schon mal vorexerzieren, wenn's hier nicht so öffentlich wäre!«
Unversehens ließ ihr Widerstand nach, und plötzlich kuschelte sie sich weich in seinen Arm.
»Na, denn nur zu«, murrte sie gegen ihre Rührung an. »So öffentlich is es ja nun auch wieder nich, und wer mit dem Heiraten Ernst machen will, wird sich wohl auch 'n Küßchen auf Vorschuß genehmigen dürfen.«

Die Hochzeit wurde also ohne Mutter Martha und den Stationsvorsteher begangen, ohne Umstände dieserhalb und standesamtlich natürlich nur, mit Peschke und Clärchen Kluckhuhn als Zeugen, und von Hochzeitsreise war keine Rede, denn Großvater mußte am Sonntagabend nach Nauen zurück, und Großmutter stickte ab Montagmorgen wieder bei Biester.
Auch sonst änderte sich nicht allzuviel. Nur daß Großvater nicht mehr auf Peschkes Kanapee schlief, wenn er am Samstagabend aus Nauen hereinkam, sondern in der Pankstraße, wo Mutter Dobbertin mit Hilfe der verwaisten Bettstatt ihres Einstigen Emmis Kammer zum vorläufigen ehelichen Schlafgemach hergerichtet hatte. Außer den beiden Betten und dem Waschtisch ging nichts mehr rein, und Großvater behauptete, in einer Heringstonne sei's auch nicht enger, und wenn er sich die Jacke an- oder ausziehen wolle, müsse er Tür und Fenster aufmachen. Worauf Emmi meinte, so schlimm sei das nun auch wieder nicht, und ihr sei es allemal lieber, eine Nacht mit ihm in einer Heringstonne zu schlafen, als sich die ganze übrige Woche reichlich unverheiratet zu fühlen.
Nun, so unbequem die Verhältnisse auch sein mochten, und so selten Großvater sich mit ihnen herumschlug – es blieb nicht lange verborgen, daß er es jedenfalls erfolgreich tat und daß seine Besuche in der Pankstraße gewisse Folgen gezeitigt hatten. Und damit ergab sich, wenn Emmis prophetische Befürchtung nicht wahr werden sollte, die nun nicht mehr zu verschiebende, dringende Notwendigkeit, Mutter Martha und den Stationsvorsteher noch rechtzeitig vor dem freudigen Ereignis ins Bild zu setzen. Denn Heiraten ohne elterlichen Segen ging zur Not noch an, aber bei den Ahnungslosen

gleich mit einer kompletten Familie anzurücken, schien ihm dann doch eine gelinde Kleinigkeit übertrieben.
Um aber von vornherein der Hauptschwierigkeit aus dem Wege zu gehen, die darin bestand, daß er es in der Schillerstraße jedesmal mit zwei Gegnern zu tun hatte, von denen er Mutter Martha mit ihrem bei passenden und unpassenden Gelegenheiten stets paraten tränenfeuchten Blick am meisten fürchtete, verfiel er auf die gloriose Idee, sich den Stationsvorsteher allein vorzunehmen, das hieß, ihm während der Dienstzeit in seinem Kabäuschen im Bahnhof einen Besuch abzustatten.
»Da muß sich der Alte auf den Betrieb konzentrieren«, erklärte er Emmi zuversichtlich, »und hat keine Zeit, mir einzuheizen. Aber wenn Mutter mich so mit 'ner Träne im Knopploch anguckt, komm' ich mir immer gleich vor, als hätt' ich wer weiß was verbrochen – 'n Wurschtzippel aus der Speisekammer gemopst oder eine von ihren guten Tassen mit Goldrand zerteppert.«

Großvaters Einschätzung der Situation, die er bei seinem Besuch im Bahnhof antreffen würde, war gar nicht so verkehrt. Wie erwartet, war der Stationsvorsteher vollauf damit beschäftigt, Botschaften des Bahntelegrafen zu entziffern, durchs Klappfensterchen Auskünfte über Zugverbindungen nach Hoppenrade und Dallgow zu erteilen, hin und wieder zur Kelle zu greifen und zwecks Zugabfertigung auf den Bahnsteig zu stürzen, und zwischendurch zur Vorsicht und Wahrung äußerster Pünktlichkeit seine drei Uhren mit der Bahnhofsuhr zu vergleichen. Wie wenig er von des Filius beklommener Beichte mitbekam, wurde offenkundig, als Großvater während einer gerade in diesem Moment einsetzenden Atempause von dem in Aussicht stehenden Familienzuwachs berichtete.
»Ein Kind? Was für ein Kind?« erkundigte sich der Stationsvorsteher zerstreut. Dann dämmerte, genährt durch Großvaters verlegene Miene und nachträglich ins Bewußtsein sickernde Details des eben Gehörten, ungläubiges Begreifen in seinem Blick.
»Doch nicht etwa ...?«
Großvater nickte stumm.
Der Stationsvorsteher fühlte sich genötigt, sich der Stütze eines

Stuhls zu versichern. Seine Erfahrung hatte ihn auf gelegentliche Betriebsunfälle bei der Eisenbahn, aber kaum im familiären Bereich vorbereitet, schon gar nicht auf solche so heikler Art.
Hatte er eigentlich je mit dem Jungen über so peinliche Dinge wie die Mechanik menschlicher Fortpflanzung gesprochen? Er erinnerte sich nicht – wahrscheinlich hatte er es von Martha erhofft, und Martha hatte es, wenn es ihr überhaupt eingefallen war, wiederum von ihm erwartet –, und vages Schuldbewußtsein kroch in ihm hoch, der fürchterliche Verdacht, daß sein erzieherisches Versäumnis den Sohn in Unkenntnis gelassen und in dieses Verhängnis gestürzt haben könnte.
Wie immer, wenn er sich unsicher fühlte, tastete er unwillkürlich nach seinen Uhren, aber er wußte ja ohnehin, was die Glocke geschlagen hatte. Sein kategorischer Imperativ ließ nur eine einzige Lösung zu.
»Du wirst das Mädchen natürlich heiraten müssen«, erklärte er fest.
»Aber«, fiel Großvater hastig ein, »ich bin doch ...«
»... nicht schuld dran, willst du sagen. Das sagen alle!«
Mit diesem Sprung in eine gesicherte moralische Position spürte der Stationsvorsteher wieder festeren Boden unter den Füßen, und er gedachte, einiges über Verantwortlichkeiten und Pflichten zu äußern, die ein Ehrenmann und ein Beamter in besonderem Maße zu üben habe, doch die ihm durchs aufgestoßene Klappfenster zufliegende Mitteilung, daß der Personenzug nach Magdeburg seit einer Minute auf Abfertigung warte, trieb ihn in hektischer Eile aus dem Kabäuschen.
Als er zurückkam, schien er in erster Linie mit den dienstlichen Konsequenzen seiner Lässigkeit beschäftigt.
»Eine Minute und achtundvierzig Sekunden zu spät«, murmelte er abwesend, während er sich vor seinem Schreibtisch niederließ. »Ich werde es in den Dienstbericht eintragen müssen.«
Dem persönlichen Problem seines Sohns näherte er sich erst wieder mit der zweifelnden Erwägung, ob in einem amtlichen Dokument als Ursache der Verspätung ein unversehens aufgetauchter unehelicher Enkel herhalten könne. Schließlich entschied er sich dafür, daß in einem solchen Ausnahmefalle die Wahrhaftigkeit einer mehr neu-

tralen Formulierung zu weichen habe, etwa »... infolge Eintretens höherer Gewalt«.

»Du siehst, wohin so etwas führt«, bemerkte er tadelnd. »Leichtfertigkeit und Sittenlosigkeit im privaten Verhalten haben zwangsläufig Unordnung im Beruf zur Folge. Keine Widerrede also! Mutter und ich haben zwar eine andere Verbindung für dich erhofft, aber unter diesen Umständen gehen die verdammte Pflicht und Schuldigkeit vor.«

Zu weiteren Erklärungsversuchen kam es nach diesen markigen Worten nicht mehr, und bei näherem Besinnen fand Großvater die Lösung eigentlich recht praktisch. Wenn der alte Herr nun mal auf seinem Irrtum bestand, sollte es an ihm nicht liegen.

»Und er hat keine Sperenzchen gemacht?« forschte Emmi mißtrauisch, als Großvater triumphierend erzählte, es sei alles in Butter und höchste Zeit für sie, sich den Hals zu waschen, wenn sie sich am nächsten Sonntag zwecks eingehender Besichtigung würdig in der Schillerstraße präsentieren wolle.

»Zu Sperenzchen hatte er gar keine Zeit«, versicherte er. »Bloß einmal hat er von Leichtfertigkeit und Sittenlosigkeit gepredigt.«

»Sittenlosigkeit? Na, hör mal!« Emmi war entrüstet. »Wo es erst nach der Hochzeit passiert ist!«

»Von Hochzeit weiß er doch noch gar nichts«, erklärte Großvater, eine Winzigkeit verlegen. »Wenn er das auch noch mitgekriegt hätte, wär' ihm vor Schreck womöglich der Fahrplan total durcheinandergeraten, und das wäre schlimmer gewesen, als wenn ich einen ganzen Harem und zehn uneheliche Gören angeschleppt hätte. Nee, zum Schluß war er hocherfreut, als ich ihm in die Hand versprach, daß ich dich wie ein Ehrenmann heiraten würde. Es hat nicht viel gefehlt, und er hätte mir 'n Groschen in die Hand gedrückt, wie früher, wenn ich zur Abwechslung mal 'ne gute Zensur aus der Schule nach Hause brachte. Biste nu zufrieden?«

»Mächtig«, erwiderte Emmi. »Ich könnte gar nicht zufriedener sein. Ich hab' nämlich schon immer davon geträumt, als verführte Unschuld rumzulaufen und dann von einem windigen Ehrenmann vonwegen Pflicht und Schuldigkeit geheiratet zu werden. Hoffentlich gibt's dafür auch 'n Groschen zur Belohnung.«

Plötzlich preßte sie mit einen kleinen erschrockenen Laut die Hand auf den Mund.
»Du, wir können doch gar nicht heiraten! Wir sind doch schon!«
»Bloß standesamtlich.« Großvater griente. »Die kirchliche holen wir auf Vaterns Kosten jetzt nach.«

Die »Besichtigung« verlief besser, als zu erwarten gewesen wäre. Mutter Martha nahm zwar nur schweren Herzens von ihrer Kommerzienratstochter Abschied, und Emmi fand es genierlich, als uneheliche Kindsmutter vor die Augen ihrer künftigen Schwiegereltern zu treten, aber da dieser Umstand noch nicht zutage trat, infolgedessen mit Anstand übergangen werden konnte, und zudem, wie sich herausstellte, ein Großonkel von ihr Lokführer bei der anhaltinischen Eisenbahn war, was einfache, aber anständige Familienverhältnisse garantierte, taute die anfangs kühle Atmosphäre allmählich auf. Hinzu kam, daß Emmi Mutter Martha sozusagen zum Einstand ein Batisttüchlein überreichte, dessen selbstgefertigte kunstvolle Randstickereien bei der Beschenkten höchste Bewunderung weckten und sie in Unkenntnis des Biesterschen Hintergrunds zu dem Schluß verleiteten, daß von jemand, der sich zu solcher Geschicklichkeit befähigt zeige, auch in jeder anderen Hinsicht hausfrauliche Tugenden zu erwarten seien.
Bis zum Abschied hatte sich Mutter Martha nicht nur mit der Technik von Kreuz- und Lochstickerei vertraut gemacht, auch das anfangs mit Zurückhaltung empfangene Fräulein Dobbertin hatte sich in eine fast schon familiär vertraute Emmi verwandelt, und die Hochzeit war aus begreiflichen, doch unausgesprochenen Gründen auf den nächstmöglichen Termin festgesetzt worden. Sie fand – aus den gleichen verschwiegenen Gründen – in engstem Familienkreise statt, und Großvater gelang es sogar, die längst vorangegangene standesamtliche Trauung unauffällig in die Versenkung verschwinden zu lassen.
Diesmal schloß sich jedoch eine Hochzeitsreise an – acht Tage nach Braunlage im Harz, wo Emmi sich endlich nicht nur samstags, sondern die ganze Woche über verheiratet fühlen durfte.
»Ich weiß nicht«, vertraute sie Großvater auf der Nachhausefahrt

im standesgemäßen Abteil zweiter Klasse an, »warum die Leute bei der Hochzeitsreise immer bloß nach Venedig wollen. Da soll's doch so feucht sein, und die Betten sind bestimmt auch nicht besser. Und wie soll der Mensch bei dem ewigen italienischen Nudelzeug bei Kräften bleiben?«
Sie lehnte sich wohlig seufzend ins Polster zurück, sah einen Moment befriedigt auf den schmalen, nun echt goldenen Reif an ihrem Ringfinger hinab und fügte dann träumerisch hinzu:
»Weißt du, wenn's nicht so verrückt wäre, würde ich unsern Ersten glatt Halley nennen.«

11. Kapitel

Auch in den folgenden Ehejahrzehnten kam Großmutter über Braunlage, Klausthal-Zellerfeld und ein paarmal Swinemünde oder Ahlbeck nicht raus, und wenn sie auch ganz gern mal was Exotischeres gesehen hätte, blieb ihr so wenigstens das »italienische Nudelzeug« erspart. Kartoffeln in allen Spielarten zog sie vor, sofern sie nur rund um ein ordentliches Stück Fleisch garniert waren.
Großvater hingegen trieb es unternehmungslustig ins Weite, aber da es ohne »Pikus den Buntspecht«, wie er sagte, wobei er der Deutlichkeit halber seine leeren Hosentaschen umkrempelte, und des sich mit der Zeit einstellenden Nachwuchses wegen nicht ging, beschränkte er sich notgedrungen darauf, in seinem alten Schulatlas mit dem Finger auf der Landkarte ungehemmt durch die ganze Geographie zu reisen.
Nur ein einziges Mal machte er sich wirklich auf und gondelte per Zug und Dampfer nordwärts über die heimischen Grenzen nach Dänemark. Vierzehn Tage hatte er wegbleiben wollen, aber nach dreien war er schon wieder da und hatte so ausgiebig von einer Örtlichkeit namens Tivoli erzählt, daß seine Sprößlinge fälschlicherweise glaubten, die dänische Hauptstadt hieße so und bestünde nur

aus Schießbuden, Karussells und Achterbahnen, und deshalb mit ihrem Geographielehrer ernstlich in Konflikt gerieten. Denn schließlich wußte der Mann ja nur aus Büchern Bescheid, während Großvater richtig dagewesen war.
Warum er so überstürzt zurückgekehrt war, blieb lange von einem Mysterium umgeben, das er durch teils listig-augenzwinkernde, teils düster-geheimnisvolle Andeutungen – je nachdem, wen er gerade vor sich hatte, seine Stammtisch-Kumpels oder die Jungs – noch zu nähren trachtete. Nur Emmi gestand er die Wahrheit ein, allerdings erst, nachdem er sie feierlich zur Verschwiegenheit gegen jedermann verpflichtet hatte, und auch nur, um ihren eifersüchtigen Anwandlungen zu entgehen. Denn natürlich glaubte sie steif und fest, er habe sein Reisegeld mit irgendeiner leichtlebigen Dame im besagten Tivoli verpraßt. Woher sollte er auch sonst so eingehende Ortskenntnisse haben?
Die geradezu absurd-lächerliche Wirklichkeit – unglaubhafter, als Großvater sie als Ausrede je aufzutischen sich getraut hätte – jedoch war, daß ein Pony das Geld verspeist hatte. Kein gewöhnliches, immerhin, sondern ein besonderes, dreier Sprachen mächtiges Pony, das auf der Bühne eines Tivoli-Varietés auf ihm in diesen Sprachen zugerufene Zahlen entsprechend oft und jedesmal richtig mit dem Huf auf den Boden klopfte. Entzückt, wie er war, hatte sich Großvater, der sich ohnehin bei jeder Gelegenheit gern vor Publikum produzierte, für ein weiteres Experiment zur Verfügung gestellt, in dessen Verlauf das Pony ein paar in der Hosentasche der Testperson versteckte Mohrrüben aufspüren und herausangeln mußte. Und da war's passiert! Er hatte nämlich nicht dran gedacht, daß die Hosentasche außer den Mohrrüben auch sein Portemonnaie, ein Schnupftuch und sein Taschenmesser mit sechs Klingen und einem Korkenzieher barg ... Nur das unbekömmliche Taschenmesser hatte das gründliche Pony unter dem Beifall der begeisterten Zuschauer wieder ausgespuckt.
»Ein Glück«, fügte Großvater hinzu, »daß ich gerade noch genug Geld fürs Hotel und für die Rückfahrkarte in der Brusttasche hatte, sonst hätt' ich durch die Ostsee paddeln und per pedes apostulorum nach Berlin zurücktippeln müssen.«

Emmi hielt übrigens ihr Schweigeversprechen ziemlich lange durch, nur wenn Großvater mal nach Berlin reinfuhr, um irgendwas zu erledigen, rief sie ihm manchmal nach: »Paß auf, daß du keinem Pony zu nahe kommst!«, ein Ausspruch, der, ohne daß recht zu ergründen war, was er bedeuten sollte, allmählich in der Familie sprichwörtlich wurde.

Es wäre ein Irrtum anzunehmen, daß Großmutter damals mit sich und der Welt und der Aufgabe völlig zufrieden gewesen wäre, sich um den Haushalt und anteilig um die beiden Jungs kümmern zu müssen. Sie war zwar auch nicht unzufrieden – schließlich hatte sie sich ja ihren glutäugigen Paulo geangelt und ihn in den Ehehafen gelotst –, sie hatte nur was gegen das ewige tägliche Einerlei, gegen die ewig gleichen Pflichten und Verrichtungen, und sie sehnte sich nach ein bißchen Abwechslung und Veränderung, und wenn es bloß die Balkonmöbel waren, die sie alle Nase lang anders anstrich. Großvater merkte es meistens gar nicht – nur manchmal musterte er sie mit gerunzelter Stirn und fragte: »Sag mal, waren die immer grün? Mir is so, als hätten sie mal blau ausgesehen . . . oder nee, es kann auch gelb gewesen sein«, und er nahm lediglich Anstoß, wenn er sich ungewarnt auf einen der gerade frisch gestrichenen Stühle setzte und beim Aufstehen klebenblieb. Dann allerdings konnte man sein Gezeter drei Häuser weit hören und Großmutter mußte stundenlang mit Terpentin und Fleckenwasser wirken, um den Anzug von den Folgen ihrer Veränderungswut zu befreien.
Größere Ausmaße nahm diese Wut aber erst an, nachdem sie gleich nach dem Ersten Weltkrieg und lange vor der Inflation das kleine Haus mit Garten in der Eulenstraße gekauft und sich dazu noch Hühner, Karnickel und vorübergehend sogar ein Schwein namens Adelheid angeschafft hatten. Es war zwar angenehm, dank der häuslichen Nahrungsmittellieferanten nicht nur auf die allgemeine kärgliche Versorgung angewiesen zu sein, aber nach Ahlbeck oder Braunlage mitnehmen konnte man Adelheid schlecht, und außerdem steckte Großvater des Hauskaufs wegen noch so tief in Schulden, daß er kaum aus den Augen gucken konnte, wie er grämlich behauptete, und sich in melancholischen Stunden schon unter

Kuratel gestellt sah. Reisen kamen fürs erste nicht mehr in Frage. Unter diesen Umständen genügte das Anpinseln von Balkonmöbeln Großmutter nicht mehr. Wenn sie schon jahrein, jahraus durch die Fenster immer nur dieselbe Aussicht sehen mußte, wollte sie wenigstens in ihren vier Wänden Abwechslung haben. Zuerst fing sie schüchtern damit an, eine Kommode oder die Anrichte umzustellen, und als ihr das nicht mehr genügte, machte sie sich daran, in Großvaters Abwesenheit ganze Zimmer umzuräumen.

Gegen das Möbelrücken hatte Großvater nichts einzuwenden gehabt, aber als er nach einer ausgedehnten feuchtfröhlichen Sitzung in seinem Stammlokal »Zum strammen Hund« eines Nachts nach Hause kam und weder Bett noch Schlafzimmer an der gewohnten Stelle fand, hörte bei ihm die Gemütlichkeit auf.

Zuerst war er erschrocken durch den dunklen Garten zurück zum Gartentor gestolpert, um sich durch einen Blick auf das Namensschild zu versichern, ob er in seinem angetüterten Zustand nicht etwa ins falsche Haus geraten war, und als er, wenigstens in diesem Punkt beruhigt, einen zweiten schwankenden Vorstoß unternahm, ohne auch diesmal seine Lagerstatt lokalisieren zu können, blieb er ergeben dort, wo sein Schlafzimmer hätte sein müssen, aber merkwürdigerweise nicht war, pellte sich aus seinen Hüllen und bettete sich auf etwas halbwegs Weiches, in der tröstlichen Zuversicht, daß seine alkoholischen Halluzinationen – um was anderes konnte es sich ja nicht handeln – beim Erwachen verflogen sein würden.

Sie waren es nicht, es waren, wie sich nun herausstellte, auch keine Halluzinationen gewesen. Er lag im Hemd fröstlig zusammengerollt auf einem wirklichen Kanapee, das er jetzt als in sein Arbeitszimmer gehörig erkannte, und Emmi stand gut ausgeschlafen und morgenfrisch in der Tür und erkundigte sich erstaunt, warum er nicht ins Schlafzimmer gekommen wäre. Es sei neuerdings nebenan, sie habe ihm dafür sein Arbeitszimmer hier eingerichtet, und es sei auch viel praktischer so und hätte eine freudige Überraschung sein sollen.

»War's auch«, knurrte er und setzte sich mit brummendem Schädel auf. »Du kannst dir nicht vorstellen, wie freudig überrascht ich war, als ich heut' nacht mein Bett nicht finden konnte. Sag mir lieber gleich, ob die Toilette noch da ist, wo sie war. Ich muß nämlich mal schleunigst hin, und es wär' peinlich, wenn ich erst lange rumsuchen müßte.«

Er hatte noch mancherlei zu diesem Thema zu sagen, und er sagte es mit beträchtlich erhöhter Lautstärke, nachdem er die brummschädeligen Folgen der Nacht überwunden hatte, aber nachhaltigeren Eindruck machte er deswegen bei Großmutter nicht. Sie blieb hartnäckig dabei zu räumen, wenn es ihr wieder mal zu Haus zu eng und eintönig wurde, und wenn sie ausnahmsweise vom Umräumen genug hatte, fuhr sie fein angepuppt »in die Stadt«, das heißt nach Berlin, ging zu Tietz oder Wertheim oder wie die Kaufhäuser hießen und kaufte ein – Stoff für neue Vorhänge, eine Tischdecke zum Besticken, neue Hosen für die Jungs, was Großvater für total überflüssig hielt, bevor sie nicht allenfalls nur noch als Putzlappen zu verwenden waren, und gelegentlich auch mal einen neuen schicken Hut für sich –, alles auf Beamtenkredit. Sie brauchte das eben für ihr seelisches Gleichgewicht.
Immer brachte sie es fertig, die Leute in der Kreditabteilung zu beschwatzen, und meistens auch, den Pump von ihrem Wirtschafts-Schmugeld püntklich wieder abzustottern, aber hin und wieder kam ihr Großvater doch auf die Schliche, und danach donnerte und blitzte es einen Abend lang in der Eulenstraße, daß die Wände wakkelten. Großvater beschwor ahnungsvoll den unweigerlich seiner harrenden Schuldturm und empfahl Emmi, dann doch lieber Möbel zu rücken, weil er auf die Art der ständigen nervenzerrüttenden Überraschungen wegen nur ins Irrenhaus käme. Es sei ihm zu Ohren gekommen, daß man da anständiger zu essen kriege. Zu erwähnen ist noch, daß der lange Lehmann Großmutter beim Möbelrükken half. Allein hätte sie's auch kaum schaffen können. Er war Hundefänger von Beruf und wohnte am hintersten Ende der Eulenstraße in einem baufälligen Schuppen mit einem Zwinger daneben, in dem er seine kläffenden Fundstücke zeitweilig unterbrachte. Außerdem wurde er in der ganzen Gegend als Kapazität konsultiert, wenn es um die schwierige Aufgabe ging zu entscheiden, was in einem frischen Karnickelwurf Böcke und Zippen waren.

Warum Großmutter ihn mochte, war für ihre Angehörigen schwer zu begreifen. Alles andere als ein Beau, war er endlos lang, krummrückig, in den Hüften breit und füllig im Hosenboden, in Brust und Schultern schmal, und ganz obendrauf saß ein für diese Höhe viel zu kleiner Kopf mit langer, melancholischer Nase, abstehenden Ohren, farblosen Augen und Brauen und dünnem, wispeligem blonden Haar. Großvater sagte boshaft, er sähe »wie 'n Regenwurm mit einem Hintern wie 'n Achtzig-Taler-Gaul« aus, und sogar Großmutter mußte darüber lachen, weil es ein bißchen stimmte.
Trotzdem hatte sie ihn, wie gesagt, ganz gern, vielleicht, weil sie sich irgendwie da von ihm verstanden fühlte, wo Großvaters Verständnis nicht hinreichte: in ihrem unbestimmten Bedürfnis, ihrer Umgebung immer mal wieder ein paar neue Farbtupfen aufzusetzen, um im täglichen Trott nicht einzuschlafen. Und außerdem hatte ausgerechnet er ihr eine Tür aufgetan, durch die sie sich in eine andere Welt begeben konnte, ohne sich erst wegen Kredit herumschlagen oder Schränke durch die Gegend schieben zu müssen: zur Poesie.
Eines Abends, an dem Großvater zu seinem wöchentlichen Stammtisch abgeschwirrt war, die Kinder schon oben im ersten Stock schliefen und Emmi, eine Emaillekanne mit Kaffee neben sich auf dem Herd, mit einem Haufen löchriger Strümpfe vereinsamt in der Küche saß, klopfte er nämlich ans Fenster, und nachdem er sich ein Weilchen linkisch in der Küchentür rumgedrückt hatte, fragte er verlegen, ob er ihr, wenn's nichts zu rücken gäbe, zur Abwechslung mal was vorlesen dürfe. Emmi hatte gegen Vorlesen nichts einzuwenden. Strümpfestopfen gehört nicht gerade zu den unterhaltsamsten Dingen, und ihr Detektorradio war kaputt, ganz abgesehen davon, daß sie nicht gern mit dem Ding hörte, weil die Kopfhörer ihre Ohren drückten. Der lange Lehmann versorgte sich also verschämt mit einer Nickelbrille (kein Mensch hatte ihn je mit sowas gesehen) und las, Gedichte von Storm – »Das macht, es hat die Nachtigall die ganze Nacht gesungen ...« –, und am Schluß entdeckte Emmi verblüfft, daß sie beim ersten Strumpf hängengeblieben war. Sie hatte alles um sich vergessen, den langen Lehmann mit seiner Brille, die Küche, sogar der Kaffee war in ihrer Tasse kalt geworden, und das

wollte bei ihr was heißen, und wenn sie hätte sagen sollen, was sie eigentlich empfunden hatte, wäre sie vermutlich in Verlegenheit geraten und über ein ärgerliches: »Weiß ich nicht! Woher soll ich 'n das wissen? Ich hab' immer bloß zugehört!« nicht rausgekommen. Sie war so hin und weg, daß sie sogar nicht mehr daran dachte, Lehmann zu fragen, wieso ein Hundefänger dazu kam, Gedichte von Nachtigallen zu lesen, die doch gar nicht in sein Fach schlugen. Lehmann kam von da an regelmäßig, und zwar immer freitags, weil Großvater an diesem Abend den »Strammen Hund« frequentierte, und nachdem sie zuerst halbherzig und nur der Ordnung halber ein bißchen Stühle und Tische rumgerückt und Bilder abgehängt und woanders wieder aufgehängt hatten, setzten sie sich zu einer Tasse Kaffee in die Küche, und Lehmann kramte ein Buch aus der Tasche. Von Storm waren sie mittlerweile über Grimms Märchen bis zu Reuters »Ut mine Stromtid« vorgedrungen.
Emmi freute sich die ganze Woche über auf diese Abende, aber sie hatte auch eine Kleinigkeit schlechtes Gewissen dabei, weil Großvater von ihnen ausgeschlossen war. Das heißt, dachte sie grollend, sich selbst ausschloß. Als sie einmal unvorsichtig genug gewesen war, ihm von den Vorlesungen zu erzählen, hatte er mächtig erstaunt getan und mit Anspielung auf Lehmanns Brötchenerwerb gesagt: »Was, der kann lesen? Ich dachte, der kann bloß bellen.« Und dann hatte er grienend hinzugefügt: »Immer bloß zuhören und nicht reden? Nee, macht ihr man allein. Vorlesen ist jedenfalls besser als Betten verstecken. Und eifersüchtig brauch' ich auf den fettsteißigen Regenwurm ja wohl nicht zu sein.«
So überflüssig und lächerlich diese Bemerkung auch war, hatte sie doch wieder ein Bedenken in ihr geweckt, das schon früher mal flüchtig bei ihr aufgetaucht war. Mit der Zeit konnte ihr nämlich nicht verborgen bleiben, daß der lange Lehmann in ihr nicht nur geduldiges Publikum für seine Lesestunden sah, sondern sie still und heimlich verehrte, und so angenehm es auch war, sich noch anderweitig als weibliches Wesen gewürdigt zu sehen, wollte sie doch nicht, daß er sich womöglich falsche Vorstellungen machte. Die Ordnungsliebe, die Mutter Dobbertin ihr eingetrichtert hatte, beschränkte sich eben nicht nur auf Küche und Speisekammer.

»Hoffentlich denken Sie sich nichts dabei, wenn wir hier so zusammenklucken«, sagte sie ihm deshalb unverblümt, als er wieder mal seine langen Knochen notdürftig auf einem ihrer Küchenstühle untergebracht hatte und zusammen mit dem Buch einen Strauß zerdrückter Astern aus seinem Garten aus der Tasche zwängte. »Ich bin verheiratet, und Sie sind 'n netter Mensch, und mehr als Möbelrücken und Vorlesen is nich.«
Lehmann blinzelte sie, während es ihn bis in die Schläfen rot überlief, durch seine Nickelbrille an, sagte aber ganz ruhig mit seiner ein bißchen fistligen Stimme:
»Na, das is doch schon 'ne ganze Menge.«
Und dann nahm er die Brille ab und putzte sie umständlich, als hätten sich die Gläser beschlagen, und dann fuhr er ohne sie anzusehen fort:
»Wissen Sie, Frau Leppien, immer nur Hunde und Karnickel ... Der Mensch braucht schließlich 'ne Ansprache. Und lesen is ja viel, aber doch nich allens. Man muß auch mal drüber 'n Wort verlieren können.«
Und auf einmal war ein bißchen kümmerliches, verlegenes Lächeln da, und er sah sie an, ohne Brille, nur mit seinen bläßlichen, rotumränderten Augen, und schloß: »Machen Sie sich man keine Sorgen. Mehr is nich. Und wenn mehr wäre, ging's ja niemand was an.«
Und dann blätterte er in »Ut mine Stromtid«, und obwohl er ein Lesezeichen reingelegt hatte, dauerte es eine ganze Weile, bis er die richtige Stelle fand, wo sie stehengeblieben waren, und dann las er, vielleicht nicht ganz so unbeschwert wie sonst, aber mit Hilfe von Großmutters Cocnacflasche aus dem Küchenschrank wurde es doch noch ein ganz hübscher Abend.
Es war bestimmt nicht seine, das heißt Lehmanns, Schuld, soviel muß hier gesagt werden, daß Großvater beinah die Herren Klosewsky und Piechulek oder jedenfalls einen von beiden um die Ecke brachte. Nicht mit Absicht selbstredend, aber das betrübliche Resultat wäre das gleiche gewesen. Es fing damit an, daß Großvater wieder mal den Garten in Ordnung bringen wollte, sich vielversprechend die Ärmel hochkrempelte und im Hause herumposaunte, was er alles vorhatte und wie ein richtig angelegter Garten auszu-

sehen hätte. Bei solchen Gelgenheiten war immer dicke Luft in der Eulenstraße. Großmutter wappnete sich mit philosophischem Gleichmut, und die Jungs machten sich so unsichtbar wie nur möglich, denn ohne Krach gingen Großvaters Unternehmungen solcher Art nie ab.

Der erste war fällig, wenn er in der Waschküche nach den Gartengeräten suchte und gerade die nicht fand, die er brauchte, oder – anders herum – gerade die unbedingt zu brauchen meinte, die er beim ersten Blick nicht fand. Meistens standen sie nur in einer anderen Ecke oder draußen im Schuppen, wo Großmutter sie nach seiner letzten erfolglosen Ordnungsbemühung hingestellt hatte.

Manchmal fand er auch bei seinem Stöbern Dinge, die er gar nicht finden sollte. Großvater hob nämlich alles auf, wovon er glaubte, daß er es irgendwann noch würde verwenden können: leere Zigarrenkisten, uralte Schuhe mit löchrigen Sohlen, rostige Nägel, zerrissene Schnürsenkel, fettiges Packpapier und dergleichen. Nahm seine Sammlung für Großmutters Ordnungsvorstellungen allzusehr überhand, packte sie alles zusammen und verbrannte es in der Waschküche oder stopfte es, wenn gerade keine große Wäsche ins Haus stand, in irgendeinen Winkel zu künftiger Vernichtung. Man kann sich vorstellen, was passierte, wenn Großvater seine mißachteten und längst vergessenen Schätze unversehens wiederfand.

Machte er sich aber schließlich doch im Garten ans Werk, hielten seine guten Vorsätze den Mühsalen des Umgrabens und Jauchekarrens gewöhnlich nicht lange stand. Es genügte schon, daß sich jemand an den Zaun lehnte und einen Gruß herüberrief, um ihn von der Arbeit wegzulotsen, und hinterher war sein geräuschvoller Schaffensdrang erlahmt, irgendwas anderes, Dringlicheres fiel ihm ein, und er verschob die Fortsetzung auf den folgenden Tag. Die Werkzeuge lagen dann so lange im Gras herum, bis Großmutter sich erbarmte, sie einsammelte und das Notwendige an Arbeit selbst besorgte.

Diesmal erbot sich der lange Lehmann, ihr diese Plackerei abzunehmen, doch als sie Großvater davon erzählte, in der Annahme, er würde über den billigen Ersatzmann heilfroh sein, wurde er zu ihrer Überraschung fuchsteufelswild.

»Das fehlte noch!« trompetete er wütend. »Mir reicht's schon, daß der Kümmerer um dich rumschleicht, wenn ich nicht zu Hause bin, und nu auch noch im Garten! Nächstens kriecht der noch als Schlafbursche bei uns unter!«
Während Großmutters Herz um eine Kleinigkeit schneller schlug, weil sie noch nicht lange genug verheiratet war, um sich durch eine offensichtlich eifersüchtige Aufwallung ihres Eheherrn nicht beglückt zu fühlen, fuhr er diktatorisch fort:
»Nee, nich in die Tüte! Das machen wir anders. Anders und viel besser. Ich weiß schon, wie.«
Sein Geistesblitz hatte zur Folge, daß er zwei Tage später gegen Mittag mit zwei nicht gerade vertrauenerweckenden Gestalten im Gefolge erschien, eben den besagten Herren Klosewsky und Piechulek, deren Platz, wie sich herausstellte, eigentlich im Untersuchungsgefängnis hinter dem Amtsgericht war, wo sie ihrem Prozeß wegen gemeinsamen Diebstahls und Landstreicherei entgegensahen.
Natürlich war es strikt verboten, Untersuchungshäftlinge für private Hilfeleistungen zu nutzen, aber Justizinspektor Klimke, dem die Aufsicht über die Zellen oblag, gehörte zu Großvaters Skatrunde und konnte ihm nichts abschlagen. Außerdem fand Großvater, daß sie sich für die ihnen von Vater Staat großzügig gewährte freie Kost und Logis ruhig ein bißchen erkenntlich zeigen könnten, ganz abgesehen davon, daß Bewegung in frischer Luft ihnen zweifellos besser bekam als das ewige faule Herumschlenzen hinter Gittern.
So gesehen, war sein Unternehmen, wie er Großmutter beruhigend erklärte, geradezu eine soziale Tat.
Doch Großmutter war durch sein Geschwafel nicht so leicht zu beruhigen.
»Und wenn sie auskratzen?« fragte sie besorgt. »Was is 'n dann? Dann wirst du doch bestimmt haftbar gemacht.«
»Tun die nicht«, erwiderte Großvater zuversichtlich, indes er durchs Küchenfenster die beiden im Auge behielt, die, des Blicks ihres Gönners bewußt, schon lässig Spaten und Harke in Tätigkeit setzten. »Jetzt, wo's Herbst wird, sind die froh, 'ne gemütliche

Zelle zu haben und jeden Tag was Warmes in den Magen zu kriegen. Und außerdem haben sie's mir versprochen.«
So ganz sicher war er seiner Sache aber offenbar nicht, denn bevor er sich aufs Rad schwang, um ins Amt zurückzustrampeln, ermahnte er Emmi noch, hin und wieder nachzusehen, ob sie noch vorhanden wären. Aber nicht zu auffällig. Auch Pennbrüder wie die hätten ihr Ehrgefühl und sähen es nicht gern, wenn man ihnen mißtraute.
»Nachmittags«, fuhr er fort, »kannst du ihnen ja 'ne Tasse Kaffee und 'ne Butterstulle spendieren. Und abends schafft Klimke sie wieder zurück in die Zelle.«
Damit entschwand er.

Klosewsky und Piechulek schienen Großvaters Vertrauen wirklich rechtfertigen zu wollen, denn so oft Emmi vorsichtig hinter dem Vorhang aus dem Fenster lugte, waren sie noch da und emsig dabei, sich ihren Nachmittagskaffee zu verdienen. Die Katastrophe brach erst aus, als sie auch die Butterstullenspende verdrückt hatten, die, durch zwei auskömmliche Schinkenscheiben angereichert, ihren weiteren Tatendrang hatten fördern sollen, ihn aber, wie sich's nun erwies, nur in eine unerwünschte Richtung gelenkt hatten. Jedenfalls waren sie spurlos verschwunden, als Großmutter nach einer Weile wieder nach ihnen sah. Lediglich die leeren Tassen und Teller standen noch da, die Kaffeelöffel hingegegen – zwei von den guten silbernen, die Großmutter genommen hatte, um nur ja keine Mißtrauenskomplexe bei ihnen zu wecken – mußten sie eingesteckt haben.
Es blieb ihr nichts weiter übrig, als Großvater telefonisch ins Bild zu setzen, und als er eine halbe Stunde später schwitzend angeradelt kam, brüllte er als erstes:
»Da hat bloß der lange Lehmann dran schuld! Wenn der seine unegalen Finger von meinem Garten gelassen hätte, wär' ich gar nicht auf die Idee mit den Gaunern gekommen!«
Er brüllte noch einiges mehr, während er hastig den Garten durchsuchte, ob die beiden sich nicht doch in irgendeinem Gebüsch von der ungewohnten Arbeit ausschliefen, und dann verschwand er im Oberstock, wo Großmutter ihn rumoren und zwischendurch greu-

lich fluchen hörte. Als er wieder zum Vorschein kam, hatte er sich gerüstet, als gelte es, eine Schlacht zu bestehen. Obenrum steckte er in einer Windjacke, die er mit seinem alten Militärkoppel umgürtet hatte, an dem ein seinem Ältesten gehörender Pfadfinderdolch baumelte. Dazu hatte er sich eine Flinte umgehängt, die vor Jahren von ihm angeschafft worden war, um wilde Karnickel von den Salatbeeten fernzuhalten und eventuelle Einbrecher zu erschrecken, und über Schuhe und Hosen hatte er sich martialisch bis zu halber Wadenhöhe reichende Gamaschen geschnallt, wie sie Jäger trugen. Die Jungens, damals so um zehn und zwölf Jahre alt, waren hellauf begeistert. Sie meinten, er sähe mindestens wie Old Shatterhand aus, und wo das Lasso wäre, mit dem er die ausgerissenen feigen Kojoten einfangen wolle?
Ihre Bewunderung tat Großvater sichtlich wohl, und als Großmutter ihn beschwor, das Einfangen der Flüchtlinge doch lieber der Polizei zu überlassen, tönte er siegesgewiß: »Bevor die sich aus ihrer Bude rühren, bin ich schon längst wieder zu Hause! Und außerdem käm's dann ja raus, daß die bei mir gearbeitet haben. Nee, das is meine Sache! Den Halunken werd' ich höchstpersönlich mit der Knarre hier beibringen, Versprechen zu halten!«

Seine Rückkehr verlief dann allerdings bedeutend weniger triumphal als sein Abmarsch, wenn auch zum Glück im schützenden Dunkel der Nacht. Großmutter hatte alle Hände voll zu tun gehabt, die Jungens ins Bett zu kriegen, und schließlich hoch und heilig versprechen müssen, sie auf jeden Fall zu wecken, wenn er seine Gefangenen gefesselt anschleppen würde. Aber so heikel sie sonst in solchen Dingen auch war, diesmal schien es ihr doch besser, sie nicht aus ihren Old Shatterhand-Träumen zu reißen. Denn nicht Großvater schleppte die Gefangenen an, sondern sie schleppten ihn, und von dem ausrückenden Helden war nur ein kümmerlich humpelnder Invalide übriggeblieben.
Als sie nämlich kurz nach elf in ihrer Sorge doch noch bei der Polizei hatte anrufen wollen, war das Quietschen des Gartentores von draußen an ihr Ohr gedrungen, und gleich darauf hatte sie, eilends zum Fenster gestürzt, auf dem Weg zum Haus ein langsam sich

fortbewegendes dunkles Grüppchen gesichtet. Die Eckpfeiler bildeten zweifellos die beiden entflohenen Gartenhelfer, und zwischen ihnen hing und hüpfte Großvater, deutlich an dem seine Schulter überragenden mithüpfenden Lauf der Flinte erkenntlich. »Na, wie hab' ich das gemacht?« fragte er mit einem etwas bläßlichen Versuch, sich in sowas wie Siegerhaltung zu werfen, als er zwischen den beiden vor der Haustür auftauchte.

»*Da* sind sie jedenfalls, und das ist die Hauptsache«, erwiderte Großmutter nüchtern, ihre erste Angst unterdrückend. »Na, nu kommt erst mal rein und stärkt euch ein bißchen. Dabei kannst du mir ja dann die ganze Geschichte erzählen.« Doch Großvater, der mit der Schilderung seiner Ruhmestaten sonst alles andere als knauserig war, blieb ungewohnt schweigsam, während sie sich rund um den Küchentisch an Großmutters reichlich herangeschleppten Speisekammerbeständen labten, und erst auf ihr beharrliches Fragen rückte er mit der kargen Erklärung heraus, ein Bauer habe ihm was von zwei Gestalten gesteckt, die er per Zufall in einem Heuschober habe verschwinden sehen, und da sei er eben hingefahren, habe sie da auch wirklich entdeckt und ... nun ja, eben mitgenommen.

Einen Moment sah Emmi vor ihrem inneren Auge Großvaters heldische Gestalt mit schußbereiter Flinte und energischem »Hände hoch!« die Flüchtlinge aus dem Schober treiben, doch schon im nächsten verblaßte das erhebende Bild angesichts des mühsam unterdrückten Grienens auf Klosewskys Gesicht und gewisser Zweifel, die die Begleitumstände seiner Rückkehr ihr aufdrängten.

»Deswegen brauchst du doch nicht zu humpeln«, wandte sie ein, »und wo ist überhaupt dein Rad geblieben?«

Die Anspielung auf das Humpeln schien keinen Widerhall in seinem Gehör zu finden, dafür beschrieb er, auffallend wortreich für den bescheidenen Anlaß, den Verlust seines Rades. Er sei, sagte er, bei der Verfolgung im Dunkeln in einen Graben gefahren. Die lächerliche Karbidfunzel reiche keine zwei Schritte weit, und bei seinem rasanten Tempo ... Da sei's eben passiert, und die alte Mühle habe er mit gebrochenem Lenker liegenlassen.

»Und dabei hast du dir auch den Fuß verstaucht«, folgerte Großmutter logisch.

Aber gerade diese beharrlich angewandte Logik trieb Großvater offenbar auf die Palme.
»Jawoll, so war's! Verdammt noch mal!« brüllte er jäh, knallrot um die Ohren. »Und jetzt will ich davon nischt mehr hören! Meine Ruhe will ich! Und wieso sind die beiden da überhaupt noch hier? Hast du Klimke nicht telefonisch Bescheid gesagt, daß er sie abholen soll?«
Großmutter hatte. Und als Klimke ein paar Minuten später kam und sie ihn und die beiden zum Gartentor eskortierte, raunte Piechulek, der mit Koteletten und fettiger Stirnlocke wie ein heruntergekommener Friseur aussah, ihr vertraulich zu:
»Nehmen Sie's dem Herrn Jemahl man nich übel, wenn er'n bisken nervös is. Vonwejen verstaucht is nämlich nich. Rauskommen tut's ja sowieso, und da kann ich ruhig petzen. Beim Anschleichen is er jestolpert, und dabei is 'n Schuß losjegangen und hat 'n in 'n Fuß jetroffen . . . Keine Angst! Nichts Schlimmes!« fuhr er hastig fort, als er Großmutters Schreckreaktion verspürte. »'n Streifschuß, mehr nich. Bloß daß er nich alleine hat jehen können. Und weil er 'n netter Mensch is und die Nächte für einen, der's nich jewöhnt is, doch schon 'n bisken schnupfrig sind, haben wir dem Herrn Amtsrichter nach Hause verholfen. Schließlich hatten wir ihm ja versprochen, nich auszukratzen«, fügte er mit Biedermannsmiene hinzu, »und wo kämen wir 'n hin, wenn man sich untereinander nich trauen dürfte.«
Nach ihrem Abmarsch blieb Großmutter ein Weilchen noch vor der Haustür stehen, um sich zu sammeln und ihrer Heiterkeit Herr zu werden. Dann trat sie ein und fand Großvater schon auf der Bettkante vor. Er warf ihr einen argwöhnischen Blick zu und fragte:
»Bestimmt hat doch einer von den Brüdern gequatscht?«
Großmutter nickte.
»Na, dann weißt du ja, wie's war«, konstatierte er trübe.
»Weiß ich«, erwiderte sie. »Du bist mir schon einer.«
Der Lachreiz saß ihr ganz oben in der Kehle, doch sie wollte ihn nicht kränken. Er hatte an seinem offenkundig gewordenen Durchfall als Held schon genug zu knabbern. Und dann – ganz unerwartet – sah sie ihn grienen, ein bißchen verschämt noch und knurrig zu-

erst, aber es zeigte ihr an, daß er kräftig dabei war, über das Debakel und seine enttäuschte Lust am Renommieren und Prahlen hinweg wieder zu seinem Humor zu finden.
Nun endlich konnte sie lachen, und – ja, wirklich! – er lachte mit, schmiß sich vor Lachen aufs Bett, und in beider immer wieder hochjuchzendem Gelächter ging alles unter, was an diesem Abend danebengegangen war. Zum Schluß konnte er nur noch selig ächzen: »Wahrhaftig, so gut haben wir uns lange nicht amüsiert!« Und dann wurde er doch noch mal ernst.
»Weißt du, Emmi«, sagte er in einem Ton, der seine Erleichterung verriet, »ich bin heilfroh, daß ich mir in den Fuß geschossen habe.« Und als sie verdutzt zu ihm aufsah: »Ich hab' nämlich nicht gewußt, daß in dem Ding noch'n Schuß drin war. Stell dir bloß vor, was passiert wäre, wenn ich nur so, um die Kerle zur Räson zu bringen, auf einen von ihnen angelegt und auch noch abgedrückt hätte. Womöglich hätt' ich ja treffen können . . .«

Als sie später, nachdem sie die Streifwunde an Großvaters Fuß neu verbunden hatte – sie war wirklich nicht schlimm; allenfalls würde er noch ein paar Tage humpeln, wofür er für seine Kollegen gewiß eine aufregende Erklärung finden würde –, als sie später also noch mal in die Küche ging, um den Tisch abzuräumen, fielen ihr die beiden fehlenden silbernen Kaffeelöffel ein, und sie nahm sich vor, ihre Rückerstattung ausschließlich über Herrn Klimke zu betreiben. Unter Umgehung Großvaters, denn wenn der davon erfuhr, würde dem ohnehin schon länglichen Schuldregister der Herren Klosewsky und Piechulek womöglich noch ein weiterer Punkt hinzugefügt, und das hatten sie gewiß nicht um ihn verdient.
Aber sie bedurfte Klimkes Hilfe nicht, denn sie fand die Löffel zu ihrer Überraschung säuberlich nebeneinander auf dem Tisch, offensichtlich als letzter Akt tätiger Reue dorthin gelegt. Vielleicht auch, weil im Gefängnis keine rechte Verwendung für private Kaffeelöffel bestand.
»Wär' ja auch noch schöner«, murmelte sie in Erinnerung an Piechuleks letzte Worte von vorhin. »Wo kämen wir 'n hin, wenn man sich untereinander nicht trauen dürfte.«

12. Kapitel

Großvater war kurz zuvor mit Tsching-Bum und Trara fünfzig geworden und damit, wie er meinte, »aus dem Gröbsten raus«, was vermutlich besagen sollte, daß die Zeit des Dummheitenmachens nun ein für allemal für ihn vorbei und er ins Stadium männlicher Reife geraten sei, aber Großmutter hatte da so ihre Zweifel. Soweit sie sehen konnte, waren Veränderungen an ihm nämlich nicht festzustellen. Zum Besseren schon gar nicht. Noch immer brachte er samstags vom Markt halbvergammeltes Zeug mit nach Hause, nur weil es so schön billig war – hinterher hatte sie alle Hände voll zu tun, es möglichst unauffällig wieder wegzuschmeißen –, und wenn es im Haus was zu reparieren gab, versuchte er es zunächst unter eindrucksvollen fachmännischen Erläuterungen selbst, bis er sich das erstemal mit dem Hammer auf den Daumen gehauen hatte oder bis ihm die Gardinenstange auf den Kopf gefallen war, und schleppte dann irgendeinen seiner Spezis an, der sich angeblich aus dem ff auf die Sache verstand und noch dazu keinen Pfennig kostete. Gewöhnlich endete es damit, daß die beiden sich zerstritten, weil sie sich über die anzuwendende Reparaturmethode nicht einigen konnten oder nach vielversprechendem Anlauf bei ein paar zur Stärkung herangeschafften Flaschen Bier und munterem Geplauder über ihre Militärzeit ihre ursprüngliche löbliche Absicht aus den Augen verloren, und Großmutter am nächsten Tag einen Handwerker kommen lassen mußte, dessen Rechnung Großvater später, meistens viel später, zähneknirschend bezahlte.

Nein, von Veränderung war da nicht viel zu merken. Sogar seine Akten brachte er aus alter Gewohnheit nach wie vor nach Hause mit, obwohl er längst hätte wissen müssen, daß ein Haushalt mit zwei heranwachsenden, pädagogischer Nachhilfe bedürftigen Knaben selten die gründlichem Aktenstudium förderliche Ruhe bot. Regelmäßig nahm er sie ungeöffnet wieder mit ins Amt, wenn er sie nicht vergaß oder verlegte oder sonstwie ihretwegen in Unannehmlichkeiten geriet. Selten allerdings in so verhängnisvolle wie am Tage nach Peschkes zwanzigjährigem Dienstjubiläum ...

Großvater hatte damals wohl einen Fall verschusselt, der am nächsten Tag zur Verhandlung anstand, jedenfalls mußte er sich noch über Nacht mit der Sachlage vertraut machen und nahm zu diesem Zweck die Akte nach Dienstschluß mit. Diesmal, dazu war er eisern entschlossen, hatten pädagogische und sonstige Pflichten zurückzustehen.

Die Klippe der Kneipe »Zum strammen Hund«, wo um diese Zeit immer eine Runde durstiger Amtskollegen anzutreffen war, umschiffte er mit Erfolg, indem er vorsichtshalber einen Umweg machte, aber als er bei Betreten des Hauses Großmutter schon im geblümten Seidenen für festliche Gelegenheiten und mit Lockenwicklern im Haar antraf, fiel ihm jäh ein, daß sein Kollege und Freund Peschke an diesem Tage sein zwanzigstes Dienstjubiläum beging und ihn sowie die verehrte Frau Gemahlin zu diesem fröhlich-feierlichen Anlaß gebeten hatte. Sie amtierten jetzt nämlich beide am Spandauer Amtsgericht, nur war Peschke dort zwei Jahre früher gelandet.

Festivitäten solcher Art ließ Großvater nun nie aus. Sie lieferten ihm genau das richtige Forum für seine geselligen Talente, und kein Goldfisch in einem komfortabel ausstaffierten Aquarium konnte sich wohler fühlen als er, wenn er bei einem kostenlosen Glas Wein jede Menge Leute fand, die bereit waren, seinen schon ziemlich angestaubten Witzchen und Scherzen zuzuhören und den altersgrauen Rideamus-Versen, die er auswendig konnte. Aber da war nun diese Akte und am nächsten Morgen ein Termin, zu dem sich, wie ihm mitgeteilt worden war, zu allem Überfluß auch noch der Amtsgerichtspräsident angesagt hatte, vermutlich, um sich ein Bild für seine Beurteilung zu machen. Andererseits sollte er als ältester Freund bei Peschkes Jubiläum die Festrede halten, und das war in seinen Augen fast genauso wichtig. Was also tun?

»Wir sagen eben ab«, bemerkte Großmutter hoffnungsvoll. Sie hatte ohnehin für solchen Rummel nicht viel übrig und ging nur mit, um notfalls Großvaters Überschwang zu dämpfen und ihn si-

cher nach Hause zu lotsen, wenn er wieder mal vergessen hatte, wie wenig er vertrug.
Großvaters findiges Köpfchen hatte jedoch schon einen Weg ersonnen, wie er das Vergnügliche und das Notwendige aufs angenehmste verbinden konnte.
»Ausgeschlossen«, sagte er fest. »Das kann ich Peschke nicht antun, wo wir doch schon so lange ... Nee, das geht nicht! Weißt du was? Ich nehm' den Aktenkrempel einfach mit, und wenn ich die Rede vom Stapel gelassen habe ... Übrigens –«, er begann aufgeregt in seinen Taschen zu suchen, »– wo ist denn überhaupt mein Konzept?«
»Vermutlich auf deinem Schreibtisch«, ließ sich Großmutter vernehmen. »Jedenfalls hab' ich da einen Zettel gesehen, auf dem du ein paar faule Witze notiert hast.«
Großvater atmete erleichert auf.
»Das ist es ... Wenn ich sie also vom Stapel gelassen habe, such' ich mir ein friedliches Eckchen und seh' mir das Zeug durch. Schließlich braucht ein alter Hase wie ich nicht mehr auf Komma und Punkt zu studieren. Wenn er nur die wesentlichen Zusammenhänge kennt, erledigt er so was im Handumdrehen.«
Und so geschah es denn auch. Mit Großmutter am Arm, mischte sich Großvater frisch rasiert und festlich angetan unter die Gästeschar in Peschkes Wohn- und Arbeitszimmer, nachdem er seine Aktentasche ein wenig versteckt draußen in der Garderobe abgestellt hatte, und seine Laune wurde nur einen Moment lang von einem Anflug leisen Schreckens und schlechten Gewissens überschattet, als er unversehens vor dem Amtsgerichtspräsidenten stand, der auf ein Stündchen erschienen war, um den Jubilar durch seine Anwesenheit zu ehren.
Die Rede mit allerlei augenzwinkernden Anspielungen auf gemeinsame flotte Studienerlebnisse fand natürlich den erwarteten dröhnenden Beifall. Großvater war auch wirklich in Hochform gewesen, und daß er danach spurlos verschwand, fiel in der Bombenstimmung niemand auf, Großmutter schon gar nicht, die sich nur wunderte, wo er wohl in diesem Trubel sein friedliches Eckchen gefunden haben mochte.

Sie wunderte sich nicht mehr, als sie bei dem Versuch, sich in der Toilette ein wenig zu restaurieren, im schmalen Flur vor deren Tür auf eine kleine Ansammlung von Herren stieß, die sich offensichtlich vergeblich mühten, Einlaß zu finden.
Bei Großmutters Erscheinen mimten sie verschämt ein harmloses Plaudergrüppchen, das für einen erholsamen Moment dem Radau im Wohnzimmer entflohen war, aber ihre beklommenen Mienen ließen deutlich genug die Dringlichkeit ihres Anliegens erahnen. Großmutter schwebte unbeschwert an ihnen vorbei in die Diele, öffnete die in den dunklen Vorgarten führende Tür, und nachdem sie die Köstlichkeit der frischen Nachtluft durch vernehmliches Einziehen und ein beglückt aushauchendes »Aaaah!« ausreichend belegt hatte, wandte sie sich aufmunternd an die von einem Fuß auf den andern tretenden Herren.
»Gehen Sie doch lieber in den Garten«, sagte sie. »Sie ahnen ja nicht, wie erleichternd so ein Momentchen im Freien nach dem Qualm da drinnen ist.«
Das Wörtchen »erleichternd« mußte den Groschen zum Fallen gebracht haben, denn während Großmutter sich wieder festwärts zurückzog, hörte sie die Herren im Eilmarsch über die Diele dem Garten zustreben. »Da kann's ja nichts schaden«, dachte sie. »Das Wetter ist letzthin sowieso ziemlich trocken gewesen, und so hat Paulo wenigstens noch'n Weilchen Ruhe.«
Hätte sie gewußt, daß Großvater auf dem Klodeckel längst eingeschlafen war, wäre ihre Befriedigung über ihr gelungenes Ablenkungsmanöver vermutlich um einiges geringer gewesen. Er hatte zwar anfangs die besten Absichten gehabt und sich die Akte vorgeknöpft, aber dann war die Müdigkeit des langen Tages jäh über ihn gekommen, zu der der Wein und die Aufregungen der Rede das ihre beigetragen hatten, und ihm waren die Augen zugefallen, obwohl er auf dem harten Holzdeckel mit der noch härteren Spülkastenröhre im Kreuz alles andere als gemütlich saß. Und wenn Großvater einmal schlief, dann schlief er eben und war auch durch Kanonenschüsse kaum aufzuwecken.
Die Sache war nur die, daß Großmutter schlecht während des ganzen Abends vor der Toilettentür Posten beziehen und die der Er-

leichterung Bedürftigen auf die Verschwiegenheit des Gartens verweisen konnte, ganz abgesehen davon, daß es Anliegen gab, die sich dort nur unter Peinlichkeiten erledigen ließen – jedenfalls sammelte sich, durch den Bierkonsum angeregt, nach und nach wieder ein Grüppchen vor Großvaters Refugium, das zu einer stattlichen Gruppe anwuchs und, da die Bande frommer Scheu nach dem Auszug des Gerichtspräsidenten endgültig gewichen waren, seinem Unmut über den Dauersitzer lautstark Ausdruck verlieh.

Das Getöse des Volkszorns nahm solche Ausmaße an, daß selbst Großvater es in seinem Tiefschlaf nicht mehr überhören konnte und in seinem Dusel erschrocken die Tür aufriß, weil er dachte, das Haus stehe in Flammen. Im nächsten Moment fand er sich durch den Ansturm in den hintersten Winkel zurückgedrängt, und es dauerte eine ganze Weile, bis er sich zwischen den um die Vorrangigkeit ihres Anspruchs streitenden Herren hindurch zum Flur durchgekämpft hatte. Kein Mensch hätte ernstlich von ihm erwarten können, dabei auch noch an den Verbleib der Akte zu denken.

Auch im weiteren Verlauf des Abends lagen ihm Gedanken an solche Lappalien fern, und als Großmutter ihn zu später Stunde in ein Taxi verfrachtete, war er der Wirklichkeit so weit entrückt, daß er ihr sogar den Platz an seiner Seite verwehren wollte.

»Ausgeschlossen«, erklärte er, bemüht, die Konsonanten so zu sortieren, daß sie an den richtigen Stellen saßen. »Ich kann dich nicht mit nach Hause nehmen, Puppe. Ich bin doch verheiratet.«

»Na, wenn schon«, erwiderte sie und schob sich, seinen schwächlichen Widerstand überwindend, neben ihn. »Ich auch.«

Der Chauffeur drehte sich zu ihr um. Seinem dicken, schnurrbärtigen Gesicht unter der Schirmmütze war Besorgnis abzulesen.

»Ich will mich ja nicht einmischen«, bemerkte er. »Ist ja schließlich nicht meine Sache. Aber das hier ist meine letzte Fuhre und ich hab' keine Lust, Sie hinterher noch ins Krankenhaus zu kutschieren ... Sie oder die Dame von dem Herrn da«, fügte er, von Großmutters Blitzeblick getroffen, eilig hinzu.

»Das lassen Sie man nur meine Sorge sein«, erwiderte sie kühl. »Und sehen Sie gefälligst nach vorn, sonst landen wir alle drei noch im Krankenhaus.«

Übrigens, falls Großmutter etwa an die Akte gedacht haben sollte, muß sie während der Heimfahrt ein Blick auf die Aktentasche beruhigt haben, die Großvater sich trotz seines Zustands beim Aufbruch mit nachtwandlerischer Sicherheit wieder unter den Arm geklemmt hatte. Wo die Tasche war, mußte auch die Akte sein; daran gab es für sie nicht die Spur eines Zweifels.

Daß sie und natürlich auch Großvater sich da in einem fürchterlichen Irrtum befanden, erwies sich erst, als er am nächsten Morgen mit der auf dem Gepäckständer festgezurrten Tasche dem Amtsgericht zuradelte. Großmutter hatte nach der langen Nacht begreiflicherweise allerlei Mühe gehabt, ihn aus den Federn zu scheuchen, und daß er trotz verschwenderischen Verbrauchs von kaltem Wasser richtig wach geworden wäre, konnte man beim besten Willen nicht behaupten. Sein Kater muckte zuweilen schmerzhaft auf, wenn das Stuckerpflaster Großvater besonders kräftig schüttelte, aber sonst schwebte er noch in den rosigen Wölkchen seines nachwirkenden Rednertriumphs vom Abend zuvor, und erst Trudchen Zepernick, der Wirtin vom »Strammen Hund«, blieb es vorbehalten, ihn in den grauen Alltag zurückzuführen.
Als er des Lokals hinter den wie Wäscheleinen von Baum zu Baum gespannten Glühlämpchen des kiesbestreuten Vorgartens ansichtig wurde, verspürte er nämlich ein jähes Gelüst nach einer Tasse strammen Kaffees, keiner Plürre, wie sie ihm Großmutter zur Schonung des Herzens vorzusetzen pflegte. (Sich selber hielt sie für weniger schonungsbedürftig). Er lehnte also sein Rad an den Zaun und begab sich in die Gaststube, wo er hinter der Theke Frau Zepernick in prallweißer Schürze gewahrte. Ihr oblag für gewöhnlich der Frühdienst, während Herr Zepernick sich noch oben im Schlafgemach von den Strapazen des vorangegangenen Abends erholte.
»Mokka oder saurer Hering?« fragte sie nach flüchtigem Aufblick, ohne sich beim Putzen des Bierhahns stören zu lassen. »Sie sind heute früh schon der vierte vom Amtsgericht. Muß ja flott zugegangen sein gestern bei Peschke.«
»Mokka«, bestellte Großvater und holte zu einer blumigen Schilderung der festlichen Ereignisse unter besonderer Berücksichtigung

seiner Glanzrolle aus, aber Frau Zepernick fuhr schon fort: »Sollen Sie haben. Ich leg' noch 'n paar Extrabohnen aus der Privattüte zu. Schließlich braucht man einen klaren Kopf, wenn man einen wichtigen Termin hat wie Sie. Die Herren haben vorhin drüber geredet. Sogar der Herr Amtsgerichtspräsident soll ja . . . Is Ihnen was, Herr Leppien?«
Großvater sah aus, als hätte sich unversehens vor seinen Füßen ein schwindelnder Abgrund aufgetan. Später sollte Trudchen Herrn Zepernick berichten, während sie ihm am Stammtisch in der Ecke unter der mit Glasperlenschnüren befransten Hängelampe Spiegeleier auf Speck zum verspäteten Frühstück vorsetzte:
»Käseweiß war er um die Neese, richtig zum Fürchten. Ich dachte schon, ihm käme noch nachträglich Peschkes Sauerbraten hoch, und als er sich aufrappelte, sagte ich: ›Hinten im Flur, erste Tür links‹, aber er rannte vorne raus, und dann sah ich durchs Fenster, wie er die Aktentasche vom Rad knüpperte und wie 'n Verrückter drin rumwühlte. Und dann kam er wieder wie 'n Gespenst ohne was rein und sagte: ›Geben Sie mir 'n Cognac zum Kaffee, Frau Zepernick, aber 'n doppelten. Am besten gleich zwei!‹«

Ja, so hatte sich das also zugetragen. Auf Frau Zepernicks historische Gewissenhaftigkeit war einigermaßen Verlaß, weniger auf Großvaters, der, als alles vorbei war, wie üblich so tat, als sei das alles nur ein kleiner Fisch gewesen, und sich beharrlich darüber ausschwieg, wie ihm wirklich zumute gewesen war.
In Wahrheit war's natürlich kein kleiner, sondern schon ein recht dicker Fisch; die Akte war schließlich weg, unerklärlich wohin, und der anstehende Termin würde nicht nur das, sondern auch seine totale Unkenntnis der Prozeßmaterie erweisen, denn das bißchen, was er sich auf Peschkes Klodeckel davon angelesen hatte, war ihm zusammen mit der Erinnerung daran in der Verneblung seines Katers völlig entschwunden. Und das Schlimmste war, daß das alles in Anwesenheit des Gerichtspräsidenten ans Licht kommen würde. Mit seiner Karriere war es vorbei, mit Schimpf und Schande würde man ihn aus Amt und Würden jagen, kein Hund würde in Zukunft noch einen Krümel Brot von ihm nehmen, wenn es ihm

nicht gelang, in aller Eile einen Ausweg zu finden. Aber wohin? Sein beachtlich entwickelter Sinn für Theatralik mag ihm für einen Moment das Bild seines feierlich aufgebahrten, den Tücken der Welt entrückten Selbst inmitten der tränenfeuchten Freunde und Kollegen als lockende Ausflucht vorgegaukelt haben, nur mußte ihm schon im nächsten ernüchternd aufgegangen sein, daß er dabei zwar Mittelpunkt wäre, aber in einer stummen Rolle, und das lag ihm nun ganz und gar nicht. Dann eher schon eine hübsche, kleine, die Stimmbänder nicht beeinträchtigende Krankheit wie Cholera oder Beulenpest. Aber erstens hatte ihn das halbe Amtsgericht vor ein paar Stunden erst noch bei bester Gesundheit erlebt, und zweitens brauchte er zur überzeugenden Aktenkundigmachung seines Leidens ein Attest des Amtsarztes, der ihm nicht recht gewogen war, seitdem er ihm beim letzten Skatabend im »Strammen Hund« drei Mark fünfzig abgeknöpft und dabei bemerkt hatte, wenn er mit seinen Patienten ebenso umspringe wie mit den Karten, würde er nicht mal seinen Wellensittich in seine Sprechstunde schicken, falls er einen hätte.

Was blieb ihm also übrig, als den Stier todesmutig bei den Hörnern zu nehmen oder sich vielmehr vom Stier auf die Hörner nehmen zu lassen und dabei soviel Haltung wie möglich zu zeigen. Wenn schon Untergang, dann aufrecht und mit fliegenden Fahnen.

So weit war er, als Frau Zepernick ihm den zweiten Doppelten entzog, nach dem er gerade zwecks weiterer innerlicher Festigung greifen wollte.

»Lassense man lieber sein, Herr Amtsrichter«, sagte sie gutmütig-besorgt. »Wennse den Angeklagten mit *der* Ladung intus anpusten, kippt der glatt vernehmungsunfähig aus den Pantinen, und damit wär' Ihnen ja gewiß nicht gedient.«

Ach, wie ihm damit gedient gewesen wäre – sie ahnte es nicht! »Bei Vernehmungsunfähigkeit des Angeklagten ist die Verhandlung auszusetzen und u. U. zu vertagen . . .«, war es nicht so? Einen Moment erwog er diese lockende Möglichkeit und verwarf sie gleich wieder. Es war ja unmöglich, und selbst wenn . . . Man entzog sich seinem Schicksal nicht durch so billige Tricks.

Während des Restes des Wegs fühlte sich Großvater von dumpfen Trauermarschrhythmen umwogt. Ernst und gefaßt stellte er sein Fahrrad im Schuppen auf dem Hof des Amtsgerichts ab, ernst und gefaßt umfing sein Blick noch einmal das Gebäude, in dem er so lange Jahre gewaltet hatte, ernst und gefaßt schritt er sodann am Fensterchen des Pförtners vorbei, der wie gewöhnlich hinter der Scheibe grienend grüßte, stieg die ausgetretenen, um diese Stunde nach Scheuerlappen riechenden steinernen Stufen hinauf und betrat sein Zimmer, um ein paar private Habseligkeiten zusammenzusuchen: einen nicht mehr ganz sauberen steifen Eckenkragen zum Wechseln, einen einsamen linken Handschuh aus grauem Zwirn, ein Paar Wollsocken, das er noch hatte waschen wollen, den bayerischen Bierkrug mit Zinndeckel und der Aufschrift »Eins, zwei, drei – gsuffa!«, ihm vom Büropersonal zum Fünfzigsten überreicht, in dem er alte Schreibfedern, Bleistiftstummel und Heftklammern verwahrte – lächerlicher Schutt eines gescheiterten Lebens. Er wollte bereit sein, ohne lange Fisimatenten seinen Platz zu räumen. Und dann ... ja, dann war der Moment gekommen, in dem er vor seinen Vorgesetzten zu treten und mannhaft seine Schuld zu bekennen hatte. Während er den Flur zu dessen Zimmer entlangschritt, nun unter gedämpft-makabrem Trommelwirbel, kam es ihm vor, als schritte er mit entblößter Brust den Läufen eines feuerbereiten Pelotons entgegen. Nein, keine Binde! Frei vor dem Pfahl stehend, wollte er seinem Schicksal ins Antlitz sehen.
Einen Atemzug lang hielt er, sich sammelnd, vor der Zimmertür inne, hob die Hand zum Klopfen und – vernahm von innen die verärgerte Stimme des Präsidenten:
»Unerhörte Schlamperei! Wie konnte sowas nur passieren?! Schikken Sie ihn sobald wie möglich zu mir!«
Was war das? War die Kunde ihm etwa vorausgeeilt? Um so besser! Man brauchte nicht erst nach ihm zu schicken. Er stieß die Tür auf, sah den Präsidenten den Telefonhörer auf die Gabel legen, sah seinen erstaunten Blick und sagte fest:
»Herr Amtsgerichtspräsident, der Termin heute morgen ...«
»Ich weiß. Ist geplatzt ...«, fiel der hohe Herr mit einer ungeduldigen Handbewegung ein. »Stehen Sie doch da nicht so ungemütlich

herum. Setzen Sie sich . . . Ja, der Anwalt des Beschuldigten hat uns zur Kenntnis gebracht, daß sein Mandant plötzlich ernstlich erkrankt sei, und um Vertagung gebeten. Ich denke, dagegen ist nichts einzuwenden . . .«

Einen Moment war es Großvater, als schwänden ihm die Sinne. Nur noch ein Rauschen füllte seine Ohren, aus dem sich langsam wieder die Stimme des Präsidenten hob:

»Immerhin . . . der Fall wirft ja einige knifflige juristische Fragen auf, und da Sie sich gründlich mit ihm beschäftigt und sich eine Meinung gebildet haben, würde ich gern Ihre Auffassung von der Rechtslage hören. Fürs erste bin ich zwar gezwungen, mich einer ärgerlichen Angelegenheit zu widmen, aber nach dem Mittagessen . . .«

Großvater nickte mechanisch.

»Und im übrigen«, fuhr der Amtsgerichtspräsident mit einem huldvollen Lächeln fort und stand auf, »war es sehr amüsant, Sie gestern abend in einer so ganz anderen Rolle kennenzulernen. Von uns Juristen heißt es immer, wir seien humorlose, trockene Pandektenschnüffler, und es freut mich, gerade in einem meiner Herren den Beweis fürs Gegenteil zu finden.«

Ein Händedruck, und Großvater war in Gnaden entlassen. Draußen lehnte er sich erstmal mit wackligen Knien gegen die Wand. Der Umschwung war ihm zu plötzlich gekommen. Doch dann schwemmte ihn die jähe Erleichterung in sein Zimmer zurück. Die neu erwachte Lebenslust wollte raus, mußte sich in einem Akt des Überschwangs manifestieren, und da ihm als erstes der bayerische Bierkrug in die Finger kam, feuerte er dessen Inhalt gegen die Dekke. Das dazugehörige »Juhu!« blieb ihm allerdings in der Kehle stecken, denn während es um ihn Heftklammern regnete, wurde ihm peinlich klar, daß die Prüfung für ihn ja noch nicht vorüber war, daß er zu früh triumphiert hatte.

Diesen Augenblick erwischte Großmutter, als sie überraschend ins Zimmer trat. Erstaunt musterte sie sein mit Heftklammern gespicktes Haupt, das zu seiner trostlosen Miene nicht so recht passen wollte.

»Warum machst du denn so 'n Miesepeter?« erkundigte sie sich.

»Der Portier hat mir doch gesagt, dein Termin wär' vertagt.«
»Is er auch«, erwiderte er. »Deswegen hab' ich ja eben das Feuerwerk abgebrannt.« Er klaubte zerstreut ein paar Klammern aus seiner Tolle und ließ sie achtlos zu Boden rieseln. »Aber mittendrin ist mir eingefallen, daß der Alte nachher noch über den Fall mit mir reden will, und da . . .« Er verstummte, sank geschlagen auf seinen Stuhl, fuhr aber gleich wieder hoch und zupfte sich eine verbogene Schreibfeder aus dem Hosenboden. Großmutter unterdrückte in aller Eile ein Lächeln.
»Na, und? Was ist denn da weiter bei?«
»Nischt«, sagte Großvater bedripst. »Gar nischt. Bloß, daß ich keinen Schimmer habe und daß die Akte verschwunden ist.«
Großmutter riß unschuldig-blaßblaue Augen auf.
»Nanu? Du hast sie doch gestern abend bei Peschke gelesen!«
Er starrte sie mit offenem Munde an. Man sah's förmlich, daß hinter seiner gerunzelten Stirn die Rädchen seines Denkapparats auf Hochtouren rotierten.
»Warte mal!« flüsterte er rauh. »Warte mal! Bei Peschke . . .« Und plötzlich hatte er den Erinnerungszipfel erwischt. »Klar!« brüllte er. »In Peschkes Lokus! Und dann platzte die ganze Blase rein, und beim Rausdrängeln hab' ich das Ding vergessen!«
Er war schon fast an der Tür, als Großmutter gerade noch seinen Jackenzipfel zu fassen bekam.
»Wo willst du denn hin?«
Er zappelte hektisch in ihrem Griff.
»Zu Peschke natürlich! Wer weiß, was die mit Papier anstellen, das sie auf ihrem Lokus finden!«
»Brauchst du nicht«, beschwichtigte sie. »Ich hab's nämlich hier. Alma hat die Akte heute morgen gefunden und zu uns rübergebracht, und weil du schon weg warst, hab' ich mich gleich auf die Socken gemacht.«
Großvater grapschte nach dem Konvolut, das sie aus ihrer Einkaufstasche zog, blätterte es mit zitternden Fingern auf und brach sodann in einen Indianertanz aus, der einem Siouxhäuptling alle Ehre gemacht hätte.
»Junge, Junge!« keuchte er hinterher. »Da hätten wir ja gerade noch

die Kurve gekratzt. Ich hab' mich mit dir und den Gören schon aus Amt und Haus verjagt und im Obdachlosenasyl gesehen.«
Er drückte ihr rasch einen Kuß auf die Backe.
»Nur als Anzahlung«, griente er. »Und jetzt verschwinde! Ich hab' noch mächtig zu ackern, wenn ich dem Alten die Rechtslage gründlich auseinanderposamentieren soll. Aber heute abend puppst du dich piekfein an, und dann fahren wir nach Berlin zu Kempinski und feiern. Der lange Lehmann kann ja zur Abwechslung mal den Jungs was vorlesen, damit sie inzwischen zu Hause keine Dummheiten machen.«
Und so geschah's denn auch. Es wurde ein munterer Abend wie lange nicht, aber der Clou war doch, daß Großvater, nachdem er des langen und breiten wohlgefällig von den Lobesworten des »Alten« über seinen juristischen Scharfblick berichtet hatte, zu Großmutter sagte:
»Weißt du, Emmi, wir haben doch eigentlich nie 'ne richtige Hochzeitsreise gemacht. Bloß acht Tage Braunlage mit Blümchenkaffee und Bratkartoffeln. Es wird höchste Zeit, das nachzuholen. Und weißt du, wohin? Nach Venedig natürlich! Ich hab' immer davon geträumt, mal mit dir Gondel zu fahren.«
Großmutter faßte unter dem Tisch gerührt nach seiner Hand, weil sie es hübsch fand, daß er das sagte, aber weil sie von skeptischer Natur war und ihren Pappenheimer überdies kannte, ließ sie sich über dem Tisch nicht viel merken.
»Abwarten und Teetrinken«, das war's, was sie sagte.
Und sie behielt recht. Die Familienchronik jener Jahre und Jahrzehnte berichtet nichts darüber, daß Großvater seine löbliche Absicht wahrgemacht hätte. Über familiären und welthistorischen Problemen geriet sie zeitweilig in Vergessenheit, aber wer Großvater wirklich kannte, wußte, daß Zeit bei ihm keine Rolle spielte. Solange er sich jung fühlte, und das tat er immer, gab es für ihn keine Vergangenheit, die sich nicht einholen und in blitzblanke Gegenwart verwandeln ließ.
So war auch Großmutter keineswegs übermäßig erstaunt, als er kurz nach seinem neunzigsten Geburtstag auf den Boden kletterte und den Reisekoffer runterholte.

»Tu doch nicht so«, erwiderte er auf ihre Frage, was das denn solle. »Ich hab' dir doch erst neulich versprochen, unsere Hochzeitsreise mit dir nachzuholen.«
»Neulich ist gut«, bemerkte sie trocken. »Nach meiner Rechnung sind's mindestens vierzig Jahre her.«
»Wirklich?« Großvater staunte, aber nicht lange. »Na, wenn schon. Es kann ja mal was dazwischenkommen. Hauptsache, aufgeschoben ist nicht aufgehoben.«
Eine kleine Welle von Zärtlichkeit stieg in ihr auf, während sie ihm zusah, wie er geschäftig mit dem erstbesten Küchenhandtuch den Koffer abstaubte. Auch darin war er ganz der alte. In all den Jahren hatte er sich kaum verändert. Ein bißchen spillriger vielleicht, ein bißchen Grau im Haar, aber drahtig war er wie früher, und in den Augen lag noch immer der dunkle Glanz, auf den sie damals, in jenen fernen Zeiten des American Roller Rink, reingefallen war. Sogar seine Fähigkeit, Dinge zu übersehen, die ihm nicht paßten, die er nicht wahrhaben wollte, hatte sich bestens konserviert. Immerhin, eine Mahnung schien ihr nicht unangebracht:
»Ist es nicht doch 'n bißchen spät? Was werden denn die Kinder sagen? Hochzeitsreise in unserm Alter?«
Er reckte sich wie ein kleiner Kampfhahn auf. Über den Ohren standen ihm storre graue Haarbüschel ab wie gesträubte Federn.
»Was heißt in unserem Alter?« krähte er erbost. »Denen können wir beide noch 'ne Menge vormachen! Wenn ich so sehe, wie Paul Otto mit Mulle nicht fertig wird und der andere ... Wie heißt er noch?«
»Friedrich Wilhelm«, half Großmutter seiner Vergeßlichkeit nach.
»Richtig, Fritz! Wie dem seine Gören auf der Nase rumtanzen! Nee, da sind wir doch ein anderes Kaliber! Auch heute noch! Und wenn die sich einbilden, es wär' schon was Besonderes und Verdienstvolles, jung zu sein, müssen wir denen zeigen, was wir beide noch auf dem Kasten haben!« Er griente plötzlich, dann schmiß er das Handtuch beiseite und nahm ihre Hand.
»Nu gerade machen wir Hochzeitsreise«, sagte er leise. »Und pack dir ja was Warmes ein. Es wird zwar Frühling, und wir juckeln nach

Venedig, aber Wasser macht frisch, und ich wollte doch immer schon mit dir Gondel fahren.«
Sie lehnte sich sacht an ihn. Wie ein kleines Wunder umfing sie die alte Wärme, und es klang fast wie ihre Mädchenstimme von einst, als sie sagte:
»Na, wenn du meinst. Gehen wir also auf Hochzeitsreise . . .« Und ihre letzten Zweifel besiegend: »Da unten wird's ja wohl auch noch was anderes geben als das glibbrige italienische Nudelzeug.«

CIP-Kurztitelaufnahme der Deutschen Bibliothek

Nicklisch, Hans:
Ohne Mutter geht es nicht. Opas Zeiten [u. a.]. 3 heitere Romane / Hans Nicklisch. – Frankfurt/Main; Berlin: Ullstein, 1987
(Ex Libris Ausgabe)
ISBN 3-550-08541-9
NE: Nicklisch, Hans: [Sammlung]

Hans Nicklisch

Familienalbum

Ein heiterer Roman

Hans Nicklischs Roman »Familienalbum« ist ein umwerfendes, in Berlin spielendes Sippenpanorama, das um die Jahrhundertwende beginnt, zumeist in den »goldenen zwanziger Jahren« spielt, jedoch auch bis in die Gegenwart reicht.
Eine Zeitchronik von olympischer Heiterkeit und irdischer Satire.

HANS NICKLISCH

Zärtlich ist der Marabu

Ein vergnüglicher Roman

Will man sich das Leben leichter machen, kommt's auf die richtige Reihenfolge an. Verliebt, verlobt, verheiratet, so will es der alte Brauch. Macht man's umgekehrt, fängt man mit dem Heiraten an, hat man sich den Ärger selbst zuzuschreiben. Vor allem dann, wenn die Scheidung gleich eingeplant ist.

Ullstein Taschenbuch 20 802